HEYNE‹

Das Buch

Eigentlich hat Eliza keinen schlechten Job: Sie ist als Justifier für den Konzern *Enclave Limited* unterwegs und erledigt Spezialaufträge. Wäre da nicht die Bombe, die *Enclave Limited* ihr in den Kopf eingepflanzt hat. Eliza hat deshalb nur zwei Ziele: die Bombe entschärfen und aus den Klauen des Konzerns fliehen. Als sie einen prominenten Gewerkschaftsboss beseitigen soll, bietet sich ihr eine einmalige Gelegenheit dazu – doch statt in die Freiheit gerät sie immer tiefer in einen tödlichen Komplott. Für Eliza und den Gewerkschaftsboss bleibt nur noch die Flucht nach vorn in einen turbulenten Rachefeldzug gegen ihre Auftraggeber. Doch wie sagt man? Einmal Justifier, immer Justifier ...

Die Autorin

Lena Falkenhagen, geboren 1973, gestaltet seit über einem Jahrzehnt als Redakteurin Aventuriens die größte phantastische Rollenspielwelt Deutschlands mit. Daneben schreibt Lena Falkenhagen historische und phantastische Romane und Kurzgeschichten. Die Autorin lebt in Hannover.

Der Herausgeber

Markus Heitz, 1971 in Homburg geboren, ist einer der erfolgreichsten deutschen Autoren. Zahlreiche seiner Bücher standen monatelang auf allen Bestsellerlisten. Mit dem Roman »Collector« hat er das Tor in das JUSTIFIERS-Universum geöffnet.

Der Umschlagillustrator

Oliver Scholl, geboren 1964 in Stuttgart, ist Production Designer in Hollywood und hat an vielen großen Science-Fiction-Filmen wie *Independence Day*, *Godzilla*, *Time Machine* und *Jumper* mitgearbeitet.

Mehr Informationen unter:
www.justifiers.de
www.justifiers-romane.de

LENA FALKENHAGEN

UNDERCOVER

Roman

Mit einer Kurzgeschichte von
Markus Heitz

WILHELM HEYNE VERLAG
MÜNCHEN

JUSTIFIERS®

ist ein Rollenspiel-Universum
von Markus Heitz

MIX
Papier aus verantwor-
tungsvollen Quellen
FSC® C014496
FSC
www.fsc.org

Verlagsgruppe Random House FSC-DEU-0100
Das für dieses Buch verwendete FSC®-zertifizierte Papier
Holmen Book Cream liefert Holmen Paper, Hallstavik, Schweden.

Originalausgabe 04/2011
Redaktion: Catherine Beck
Copyright © 2011 für den vorliegenden Roman
by Markus Heitz und Lena Falkenhagen
Copyright © 2011 dieser Ausgabe by
Wilhelm Heyne Verlag, München,
in der Verlagsgruppe Random House GmbH
Printed in Germany 2011
Umschlagillustration: Oliver Scholl
Umschlaggestaltung: Nele Schütz Design, München
Satz: Christine Roithner Verlagsservice, Breitenaich
Druck und Bindung: GGP Media GmbH, Pößneck

ISBN: 978-3-453-52717-1

www.justifiers.de
www.heyne-magische-bestseller.de

JUSTIFIERS®

MISSION REPORT
5634113-EL13451X

Sicherheitsfreigabe: streng vertraulich
(Konzernleitung *Enclave Limited*)
Beteiligte Organisationen: *Enclave Limited, United Industries*
Aufgabe: Sprengung eines *UI*-Xenanfunds unter
Shroeder's Peak
System: Guavarra
Planet: Carabine
Zeit: 23/03/3042
Autor: Lena Falkenhagen

UNDERCOVER

Seite 7

ADDENDUM 5634113-EL13451X-ADD_1
Autor: Markus Heitz

SUBOPTIMAL II

Seite 473

ATTACHMENT 5634113-EL13451X-GLS

GLOSSAR

Seite 509

LENA FALKENHAGEN

UNDERCOVER

Für Susanne. Kämpf weiter, Kriegerin!

Mit Dank an meine Erstleser Volker Weinzheimer und Thomas Römer. Ihr seid meine Helden.

PROLOG

Ich bin nicht paranoid. Wirklich nicht.

Trotzdem wechselte ich auf der Tour von der stillgelegten Gießerei zurück zum Hotel Hyperion mehrfach das Antigravtaxi, um sicherzustellen, dass mich niemand verfolgte. Das Ganze wäre einfacher gewesen, wenn in Carabine nicht ein Streik der Gewerkschaft die öffentlichen Verkehrsmittel lahmgelegt hätte. So zog ich erst zwei Stunden später die SwipeCard an dem optischen Schloss meines Zimmers entlang und öffnete die Tür.

Ich weiß nicht, was genau mich warnte, doch beinahe unmittelbar nach Eintritt bewegte ich mich von der Türöffnung weg und drückte mich an die Wand, während ich meine Waffe zog, eine altmodische mechanische *Gauss Industries VersatileXP*. Ich schloss die Augen und konzentrierte mich in dem dunklen Raum auf die Sinne, die mir helfen würden, die Gefahr zu lokalisieren. Vielleicht war es der Geruch, der vorher noch nicht im Zimmer gehangen hatte, oder dieses merkwürdige Gefühl der Spannung, wenn jemand auf der Lauer liegt ... zumindest wusste ich, dass sich außer mir noch jemand im Raum befand.

Ich erwog, erst zu schießen und dann Fragen zu stellen, entschied mich jedoch dagegen. Mit solchen Methoden machte man sich selten Freunde. Auf der anderen Seite nutzten einem Freunde nichts mehr, wenn man tot war. Also tastete ich mit der Hand nach dem Lichtschalter, die Mündung immer auf den Sessel gerichtet. Als das Licht anging, saß Jabbert dort. Die Mündung seiner Handfeuerwaffe wies auf mich. Wir sahen einander einen Augenblick lang an. Der Mann konnte leise wie eine Fliege an der Wand sein. Und eigentlich war er mein Partner – zumindest für den Augenblick.

»Okay«, sagte ich. »Wir können jetzt ausprobieren, wer länger den Arm hochhalten kann. Oder wir fechten es aus wie Männer und schauen, wer als Erster zuckt. Möglicherweise bist du schneller als ich. Vielleicht aber auch nicht. Stattdessen könntest du mir aber auch endlich erklären, was hier gespielt wird, Jabbert.«

Er hielt meinem Blick stand, ohne zu blinzeln. Schließlich nahm er seine moderne automatische Pistole herunter, eine *United Industries Pacifier 3000,* und legte sie auf den Tisch des schäbigen Hotelzimmers. »In Ordnung«, sagte er. »Ich bin in diesem Beruf so alt geworden, weil ich gelernt habe, wann man aus einem Spiel aussteigen muss. Reden wir.«

Erstaunt sah ich ihn an, war selbst aber nicht so vertrauensselig, sondern hielt die Mündung weiterhin auf ihn gerichtet. »Okay. Aber ich warne dich – versuch deine Hirnwichserei bei mir, und ich drücke ab.«

Jabbert legte die Finger gespreizt zusammen und die Zeigefinger an die Lippen. »Was willst du wissen?«

»Warum hat man ausgerechnet mich ausgeschickt, um Richard Cross zu töten?«

Okay, okay, ich habe gelogen. Ich *bin* manchmal ein wenig paranoid. Sehen Sie's mir nach.

Mein Name ist Elyzea Quinn. Ich bin ein Justifier im Dienst von *Enclave Limited*. Eigentlich lege ich Bomben oder entschärfe sie.

Warum ausgerechnet ich ausgeschickt worden bin, um einen Gewerkschaftsfunktionär umzubringen? Diese Geschichte war mal wieder deutlich verzwickter, als mir lieb war.

1

23. März 3042 (Erdzeit)
System: Guavarra
Planet: Pherostine
Ort: Shroder's Peak, 25 Meilen westlich von Carabine.

Ich töte Menschen nicht gern.

Glauben Sie mir, ich vermeide es, wo immer ich kann.

Daher zog ich weder meine schwere Pistole noch mein Messer, als der Gardeur auf mich aufmerksam wurde, mich mit seiner SpotLite anstrahlte und mir, die Hand auf dem Holster mit der Waffe, zurief: »Heda, Mädchen! Was hast du hier zu suchen? Gehörst du zu den Demonstranten?« Die Stimme klang dumpf durch den Respirator, der vor seinem Gesicht hing.

Eine Frau zu sein, hat einige Vorteile. Man schminkt sich nett, macht sich zurecht und zieht unpraktische, aber stylishe Schuhe an, und schon nimmt einen keiner mehr ernst. Selbst wenn man eigentlich keine Meisterin der Verkleidung ist, funktioniert es immer. Versuchen

Sie es mal. Wenn Sie eine Frau sind, meine ich natürlich, ansonsten dürfte der erzielte Effekt ein anderer sein.

In jedem Fall schlug die Masche sogar bei der Konzernwache von *United Industries* an, die den neuen unterirdischen Xenanfund auf dem Planeten Pherostine vor den Augen Unbefugter schützen sollte. Nun war ich unbefugt – aber so was von – und hatte nichts Gutes im Sinn. Die Tatsache, dass das flüssige Xenan, einer der wichtigsten Katalysatoren für Xerosin (den Treibstoff für Triebwerke), schon in unverarbeitetem Zustand hochexplosiv war, ließ den Mann nett, aber vorsichtig sein. Immerhin war die örtliche Jugend berühmt dafür, dass sie Crave-Parties in den unbenutzten Stollen abhielt – je gefährlicher, desto cooler.

»Hände hoch, Miss. Sie befinden sich auf Grund und Boden von *United Industries,* und ich bin autorisiert, hier scharf zu schießen.«

»Du bist echt ein Spielverderber. Da will man ein bisschen Spaß haben ...« Ich klimperte mit den Wimpern.

Das gab dem Gardeur den Rest.

Ich muss dazu sagen, dass ich mich *wirklich* nicht gut verstellen kann. Mir kam zugute, dass ich das Outfit – Pseudo-Cargo-Hosen mit vielen Nieten und Schnallen, schwarzes Trägershirt, darüber eine mit Nieten versehene Jacke, um das Schulterholster zu verbergen sowie das Juwel des Outfits: ein paar Pumps mit breitem Absatz im roten Schottenkaro-Muster – größtenteils auch alltags ganz ähnlich trage. Nur der durchsichtige Respirator störte das Bild der jungen Möchtegern-Rebellin, die auf Crave-Parties an abgefahrenen Locations steht.

Der Gardeur hatte offensichtlich entweder lange abstinent gelebt oder steckte in einer Langzeitbeziehung – in jedem Fall hatte er keine Ahnung mehr davon, wie das Spiel funktionierte. Er entspannte sich tatsächlich und fuhr sich mit der Hand durch das streng gescheitelte Haar. Er trug eine braune Uniform mit dem Logo von *United Industries:* drei auf einem Fleck einschlagende Blitze.

Der Mann räusperte sich, die Stimme gedämpft vom Respirator. »Miss, Sie dürfen sich hier wirklich nicht aufhalten. Im ganzen Stollen besteht Brandgefahr, und trotz der Pumpen kann es passieren, dass sich Dämpfe konzentrieren. Das kann einem schon mal zu Kopf steigen. Wir wollen doch nicht, dass Sie bewusstlos umfallen und hier unten vergessen werden, oder?«

Nein, das wollten wir natürlich nicht. Wir – das heißt ich – wollten eine Mikrozündladung FOX-18 an einem der Bohrköpfe anbringen und sie in die Luft jagen, damit es aussah wie ein Unfall. Und eigentlich wollten wir dabei keine Zeugen zurücklassen. Und so geriet meine Abneigung gegen das Töten von Menschen mal wieder in einen unangenehmen Konflikt mit meiner Auftragsbeschreibung.

»Hier unten« war übrigens der riesige Stollen eines weit verzweigten Erzabbausystems unterhalb Shroder's Peak. Draußen hatten im hellen Sonnenschein ein Bauzaun, ein Gefahrenschild und eine Plakette von *United* davor gewarnt, das Gelände und den Stollen Adam zu betreten. Dort war auch auf giftige Dämpfe und erhöhte Brandgefahr hingewiesen worden. Weder davon noch von den installierten Kameras hatte ich mich abschrecken lassen. Die Wachleute, die sonst beim Zugang patrouillierten, waren vorhin ein paar Demonstranten jagen gegangen, die auf Shroder's Peak gegen die Arbeitsbedingungen bei *United* und die Luftverschmutzung durch die Schwerindustrie im Großraum von Carabine City auf die Straße gingen.

Nein, ich weiß auch nicht genau, wie diese Punks darauf gekommen sind, ausgerechnet jetzt an einem so abgelegenen Ort zu demonstrieren. Oder wo die beiden Kisten Bier herkamen, die sie voller Entrüstung über alles Schlechte auf dieser Welt leergetrunken hatten.

Wirklich nicht.

In dem von Maschinen gebohrten Tunnel unter dem Berg herrschte momentan undurchdringliche Nacht, denn die Hochleistungs-Bauscheinwerfer waren nicht eingeschaltet, da die Arbeit an den Erzadern ruhte. Die Keramstahlfräsen mit ihrem Nanodiamantüberzug hatten sich tief in die Stollen von sicherlich sechs Metern Höhe gefressen. Der Stollen war verwaist, weil eine der Schrämwalzen durch eine Wand in eine natürliche Höhle gebrochen war, in der man das Xenanvorkommen gefunden hatte. Nun wurde darüber gestritten, ob der Fund auf Konzerngebiet oder Gewerkschaftsland lag, wer ihn abbauen durfte und wie man das am besten tat, ohne dass eine Katastrophe geschah.

Der halbrunde Tunnel war mit rostigen Netzgittern und Stahlträgern ausgekleidet, was einem den Eindruck verlieh, tief in den Eingeweiden eines mechanischen Wals zu stecken. Leitungsrohre verliefen an der Decke, Kabel waren an den Wänden gespannt, und lange Ketten waren in regelmäßigen Abständen aufgehängt, vermutlich, um die Bohrer anhieven zu können. In der Mitte des Stollens führten Gleise in den Berg, auf denen man mit kleinen, automatisierten Loren Erzabraum und Passagiere transportieren konnte. Staub und Geröll waren allgegenwärtig.

»Aber findet hier heute Nacht nicht die Crave3200-Party statt?« Ich griff an meine Seite und zog mit einem Daumen eine Handschelle vor, die ich immer am Gürtel trug. Eigentlich besaß ich sie tatsächlich dafür, lästige Gegner fixieren zu können, aber ich hoffte, der Mann käme durch meinen gar nicht so kindlich-unschuldigen Augenaufschlag auf andere Gedanken. Umso weniger würde er sich an seine Vorschriften halten.

»Bestimmt nicht, Miss«, stotterte er. »Wir achten hier sehr auf Unbefugte.« Er fasste sich, runzelte die Stirn und nahm mich beim Oberarm. »Kommen Sie, wir bringen Sie jetzt besser wieder nach oben.«

»Okay«, sagte ich munter.

Dann drehte ich den Unterarm hoch und schlug ihm die Rückseite meiner Faust ins Gesicht.

Etwas knackte – ich konnte nicht unterscheiden, ob es der Respirator oder ein Knochen gewesen war –, und der Mann hielt sich fluchend die Nase. Er taumelte rückwärts, das Licht seiner SpotLite zuckte wild über die Felswände. Dabei stolperte er über die Gleise nach hinten und fiel auf sein bestes Stück – damit meine ich natürlich das Hinterteil. Der zweite Griff ging an seine Seite, zum Holster.

Doch so weit ließ ich es nicht kommen.

Ich setzte nach und trat ihm ins Gesicht, um ihn am Boden zu halten, so dass der Respirator ganz vom Kopf rutschte.

»Verdammt!«, schnaufte der Mann. Er schien begriffen zu haben, dass er es hier nicht mit einer zugedröhnten Punkerin zu tun hatte, denn die Linke fuhr zu dem Funkgerät an seinem Ohr, die Rechte löste die Lasche des Holsters. Jetzt wurde es ernst. Bestimmt hatte er hier unten ebenfalls Funk über Relais. Wenn er Verstärkung rief, war meine Mission gescheitert, bevor sie richtig begonnen hatte. Und dann würde ich einen Riesenärger mit meinem Chef bekommen.

Noch im Liegen zog er seine Waffe und legte auf mich an. Ich reagierte bloß und sprang ihn an, denn bei den Dämpfen hier unten konnte ein Schuss uns beide das Leben kosten. Ich riss seinen Waffenarm beiseite, doch er zog bereits den Abzug durch.

Aber nur ein peitschendes Knacken erklang, das eher an eine Spielzeugwaffe erinnerte. Offenbar handelte es sich um eine *Mark VIII* von *United Industries,* ein elektromagnetisches Modell ohne Zündung.

Glück gehabt.

»Heiliger Apollo.« Offenbar stellte *United* doch nicht nur Deppen zur Bewachung der Stollen ab. Er hatte die Waffe gegriffen, doch ich drückte sein Handgelenk mit beiden Armen herunter und stemmte mich mit vollem Gewicht darauf. Dem Wachmann gelang es trotzdem, langsam den Arm zu heben.

Ich verfluchte die Tatsache, dass ich ob meines Jobs und der ruhigen Hand, die man für die Verwendung von explosiven Substanzen teilweise benötigte, nie für Cyber- oder Chemo-Projekte in Betracht gezogen worden war wie meine Kollegen. Ich kann Sprengstoffe spüren – fragen Sie mich nicht, wie –, kenne ihre Zusammensetzung und weiß automatisch, was sie bewirken. Nebenbei kann ich sie in einem Radius von ein paar Dutzend Metern auch mit Gedankenkraft zur Detonation bringen. Leider kann ich eine einmal aktivierte Bombe nicht abschalten oder eine Detonation verhindern, so sehr ich mir das manchmal wünschen würde.

Ja, ich bin psionisch begabt. Sie haben bestimmt auch Charakterfehler, die Sie lieber verbergen würden, oder?

Das alles half mir momentan aber überhaupt nicht dagegen, dass sich die Mündung der Waffe gerade Stück für Stück meinem Gesicht näherte. Denn obwohl die *MarkVIII* bloß eine hochtechnologisierte Steinschleuder war, konnte sie im menschlichen Körper doch recht traditionelle Löcher verursachen. Meine Hände begannen unter der Anstrengung zu zittern.

Verdammt – der Mann war viel, viel stärker als ich. Also ließ ich mit einer Hand los, zog die fingerlange Klinge aus der Scheide am Hosenbund und stieß sie ihm mit einer schnellen Bewegung seitlich in die Kehle. Blut sprudelte über meine Finger, und ich entrang ihm jetzt mühelos die Waffe.

Er starrte mich an, griff mit der freien Linken nach meinem Gesicht und kratzte über meine Wange. Dabei blieb er am Riemen meiner Respiratormaske hängen und riss ihn ab.

Schließlich begann sein Körper zu beben, bevor er tot

zu Boden sank. Eine Weile blieb ich noch keuchend im Halbdunkel der SpotLite sitzen, bis mich mein Funkgerät aufschreckte. »Elephant an Alpha One – Alpha One, bitte kommen. Statusmeldung.«

Ich aktivierte das ohrstöpselgroße Funkgerät. »Alpha One an Elephant. Status unverändert.« Meine eigene Stimme klang fremd. Plötzlich bemerkte ich das Echo jeden Geräuschs in dem leeren Stollen.

»Elephant an Alpha One. Hältst du das für ein Picknick, Alpha One?« Der Empfang war schlecht, denn die häufigen elektrischen Entladungen in der niederen Atmosphäre von Pherostine störten sämtliche Funkwellen. Die häufigen Gewitter auf dem Planeten hatten vermutlich ähnliche Ursachen.

Pherostine war sprichwörtlich dafür geworden, dass die freie Punkt-zu-Punkt-Kommunikation so unzuverlässig war wie ein Esel-Beta-Humanoid. Daher benutzten die meisten Bewohner hier das von *United* kontrollierte engmaschige Netz aus Richtfunkstrecken oder – ganz antiquiert – Kabeltelefon. Wegen dieser Störungen hatte ich seit Betreten der Mine in regelmäßigen Abständen eine Kette daumengroßer Powerrelais deponiert, die das Signal meines Ohrhörers zunächst zu der interstellaren Komstation Richfield auf William's Peak sandten, einer der höchsten geologischen Erhebungen nördlich von Carabine. Dort wurde es als harmloser Astrologiesender durchgeschleust und schließlich zur *Apathos Vierhundert* übermittelt, die sich momentan hinter einem der Monde des Planeten verbarg. Ich schätzte das sehr – es war gut, unter Tage nicht allein zu sein.

Ich schnallte mir den Respirator des Gardeurs vor das Gesicht, denn an meinem war der Riemen kaputt, und ich brauchte beide Hände. Seit ich die Pumpen und Sensoren sabotiert hatte, hatten sich hier unten vermutlich bereits die Xenandämpfe gesammelt. Ich humpelte zu der SpotLite und hob sie auf, dann steckte ich auch die *Mark VIII* in meinen Rucksack – ein Kollege sammelte solche Memorabilia. Schließlich lud ich mir den schweren und schlaffen Leichnam auf die Schultern, denn ich wusste nicht genau, wann mein Chef den Befehl zum Sprengen geben würde. Wenn jemand hier runterkam und aus Versehen darüberstolperte, wäre die Hölle los. Also wankte ich unter dem Gewicht zu dem Loch am Stollenende, um zu beenden, weshalb ich gekommen war.

Ich überlegte kurz, den Zündsatz schon jetzt an die Kabel des Bohrkopfs zu setzen – sein zartes Summen drang aus dem Rucksack zu mir heraus –, doch ich entschied mich dagegen, denn das hätte bedeutet, dass ich den Mann hätte absetzen und wieder aufheben müssen. So stark bin ich mit meinen nicht ganz 1,60 dann doch nicht.

Über ein Geröllfeld stieg ich hinunter in die dunkle Höhle. Große und kleine Brocken gerieten unter meinen Füßen ins Rutschen, und ich ließ den Leichnam beinahe fallen, um das Gleichgewicht zu halten. Mit nur auf einen winzigen Bereich eingeschränktem Gesichtsfeld konzentrierte ich mich auf meine anderen Sinne. Das Echo, das an meine Ohren drang, verriet mir, dass ich mich in einer großen Tropfsteinhöhle befand. An mehreren Stellen konnte ich vereinzeltes Tröpfeln hören, und jeder Schritt verursachte ein deutliches Echo. Aufdringlicher waren allerdings das brennende Gefühl auf der Haut, das die Substanz verursachte, sowie der Geruch.

Die penetranten Kohlenwasserstoff-Ausdünstungen des Xenans legten sich wie ein öliger Film über Kleidung und Haar und drangen selbst durch meinen Respirator. Jetzt bereute ich, dass ich den beschädigten Respirator des Wachmanns genommen hatte, statt das kaputte Band meines eigenen zu reparieren, denn bereits als ich die Geröllhalde verlassen und festen Felsboden erreicht hatte, spürte ich, wie mein Kopf sich leichter anfühlte – Sauerstoffmangel, nahm ich an. Wenn ich nicht gleich den Sternen durch die Höhlendecke hindurch neue Namen geben wollte, durfte ich keine Zeit verlieren.

Ich ließ den Leichnam des Wachmannes neben dem flüssigen Xenanvorkommen zu Boden gleiten. Der See wirkte unter dem Licht der SpotLite beinahe wie Wasser; erst auf den zweiten Blick sah man an den mikroskopischen Wellen, die meine Schritte hervorriefen, und an der seltsam durchweichten Uferzone, dass sie ungewöhnlich leicht sein musste. Tatsächlich zog sich die Flüssigkeit, Newton verspottend, die Felsen hinauf und bildete unerklärliche Senken im See. Waren das bereits die Auswirkungen der Xenandämpfe? Ich presste mir den Respirator dichter vor Nase und Mund und beschloss, mich zu beeilen.

Der Planet Pherostine gehörte beinahe vollständig

dem Mega-Konzern *United Industries*. Nur einige Ländereien waren inzwischen in Privathand oder im Besitz der recht regen Gewerkschaft des Planeten, der Pherostine Labour Union. Bislang hatte diese abgelegene Welt im Guavarra-System wenig Interesse bei anderen Konzernen geweckt, da er hauptsächlich aus Rost, Holz und Staub zu bestehen schien. Vor achtzig Jahren hatte man hier in einem Boom zwei, drei Städte aus dem Boden gestampft, um die Erz- und Mineralvorkommen und das Holz aus dem dichten Urwald abzubauen sowie auf den Rodungen ein wenig Landwirtschaft zu betreiben. Es gab eine Handvoll Städte mit relativem Komfort, die auf dem sonst unbesiedelten Planeten wie Inseln aus der Wildnis ragten. Dazu kam, dass inzwischen kostbare Xenohölzer abgebaut wurden und sich die drei Monde Pherostines wachsender Beliebtheit unter betuchten Investoren und Privatiers erfreuten, denn von dort hatte man, wie die Werbung versprach, mit bloßem Auge eine wundervolle Aussicht auf den violetten Balthusius-Nebel des Guavarra-Systems.

Vor zwanzig Jahren hatte sich dann herausgestellt, dass die besten Erzlagerstätten abgebaut und die restlichen nicht von so guter Qualität waren, wie die überschwänglichen Messungen vorher behauptet hatten. Damals wurden die Monde schon teurer gehandelt als der Planet, dessen Land von *United* zu Schleuderpreisen verkauft wurde. Es gab nur wenig Käufer, am häufigsten tatsächlich die Gewerkschaft und die Einwohner, die hier inzwischen in zweiter bis dritter Generation wohnten.

Selbst zu besten Zeiten war Pherostine in allen wichtigen Lebensbereichen von Importen abhängig. Treibstoffe mussten kostspielig angeliefert werden.

So war es kein Wunder, dass der Rohstofffund im letzten Monat eine Sensation im Guavarra-System gewesen war. Offenbar hatte sich *United* auf Pherostine nie die Mühe gemacht, nach Xenanvorkommen zu suchen. Man musste dem Kon zugutehalten, dass Funde dieses Rohstoffs auf terrestrischen Planeten extrem selten waren; er wurde sonst nur unter schwierigen Bedingungen aus den lebensfeindlichen Atmosphären spezieller Gasriesen gewonnen und kam selten bis gar nicht natürlich in seinem flüssigen Zustand vor. Trotzdem hatten die Nachrichtenkonzerne *Starlook, Freepress* und *StellarWeb* den angeblichen Xenan-Fund auf Pherostine dem ganzen Universum mit entsprechendem Spott verkündet.

Binnen weniger Tage waren die Börsenpreise von *United Industries* gestiegen, ebenso wie die Quadratmeterpreise von Baugrund in Carabine, der Hauptstadt Pherostines, und der drei Monde Ariel, Beruge und Crest. Nicht zuletzt meine Anwesenheit hier war ein starkes Anzeichen, dass sich zumindest der Konzern *Enclave* jetzt in die Geschehnisse einmischen wollte. Doch was die Großen untereinander trieben und warum, interessierte mich nicht. Ich erhielt einen Job und führte ihn aus. Es ist ja nicht so, dass ich eine Wahl hätte.

Die sogenannten Megas – *Tau Ceti Prime, Enclave Limited, United Industries, Terra TransMatt Specialities Inc.* und wie sie nicht alle hießen, führten einen Krieg um die Macht im Universum. Zu manchen Zeiten war der

Krieg sichtbarer als zu anderen – die drei Konkriege der Vergangenheit hatten bewiesen, dass mit offener und nicht selten brutaler Gewalt in den Weiten des Alls um Ressourcen, Technologien und Artefakte gekämpft wurde. Zwischen diesen großen Schlachten herrschte aber kein Frieden; zu diesen Zeiten tobte ein unsichtbarer Krieg, und wir Justifiers waren seine Fußsoldaten.

Apropos Krieg – ich hatte Arbeit zu erledigen.

Ich nahm an, dass *Enclave* die Qualität des Xenans testen wollte, von dem man sagte, dass ein paar Tropfen in einem weniger machtvollen Treibstoff ausreichten, um die Wirkung zu potenzieren. Mein Chef hatte mir zumindest aufgetragen, eine Probe davon mitzubringen – zur Sicherheit füllte ich zwei Behälter. Die Flüssigkeit fühlte sich weich und warm an, und ich hatte beinahe den Eindruck, dass sie sich gierig meinen Fingern entgegenstreckte, als hätte jemand außer mir die Oberfläche in Unruhe versetzt. Doch im Licht der Lampe konnte ich nichts erkennen.

Ich verstaute die Behältnisse gerade im Rucksack und rollte den Leichnam in den See, als ich aus den Augenwinkeln sah, dass sich die Oberfläche weiter hinten bewegte. Sie schien aus eigener Kraft zu vibrieren.

Ich blinzelte.

Konnte es sein, dass hier unten ein Wesen in dem giftigen Zeug überleben konnte? Doch bei den Gerüchten über Kreaturen im All war es wahrscheinlich naheliegend, dass auch andere für uns Menschen feindliche Umgebungen Leben bergen konnten. Ich meine – haben Sie schon von den Collectors gehört? Ahumane, die eine

Reihe Planeten von der Außenwelt abgeschnitten haben und gegen die gerade vom Sicherheitsrat der Vereinten Humanen Raumfahrtnationen angeblich eine riesige Flotte gesammelt wird? Gruselige Gesellen, und niemand hatte bislang ihre Gesichter gesehen oder auch nur erfahren, ob sie humanoid waren. Sie konnten genauso gut zwölfarmige Tentakelwesen sein, die ihre menschenähnlichen Anzüge bloß als Fortbewegungsmaschinen benutzten, so wie wir die Raumschiffe. Und wenn das stimmt – von mir haben Sie es zuerst gehört.

Ich beobachtete die schillernde Dunkelheit noch für ein paar Sekunden. Nichts regte sich. Also entspannte ich mich und tat das Ganze als Auswirkung der Dämpfe ab.

Als ich mich erhob und umwandte, stand die Frau vor mir.

Sie war aus dem Nichts gekommen und hatte dabei kein Geräusch gemacht. Überraschungen sind gut, um die Reflexe zu testen, und meine funktionierten einwandfrei. Binnen eines Herzschlags hatte ich meine schwere Pistole in der Hand und hielt sie ihr direkt an die Stirn. Um ein Haar hätte ich auch den Abzug bedient, doch es gelang mir, mich zurückzuhalten. Der Plan war zwar, das Xenan, das einen extrem niedrigen Flammpunkt besaß, mit einem Sprengsatz zu entzünden, doch eigentlich wollte ich vorher ausreichend große Distanz zwischen mich und das Zeug gebracht haben. Nennen Sie mich eine Memme, aber ich hänge nun mal am Leben.

»Wer sind Sie, und was machen Sie hier, verdammt?«

Die Frau antwortete nicht. Sie trug ein weites Sommerkleid mit changierenden Blumen, das unter der vollen Brust mit einem Band geschnürt war. Ihr dunkles Haar – ein sattes Lila, wenn ich mich bei dem Licht nicht täuschte – hatte sie mit glitzernden Schmetterlingsklemmen zurückgenommen und über dem Hinterkopf zu einer Banane aufgesteckt. Spießerpack.

»Heiliger Apollo, reden Sie schon – wer sind Sie? Was machen Sie hier?«

Die Frau schwieg noch immer.

Erst als ihre Haut so hell wurde, dass sie das Innere der Höhle erleuchtete, bekam ich den Verdacht, dass hier etwas nicht stimmte. Möglicherweise lag es auch an der Blumenwiese unter ihren Füßen und der Schaukel hinter ihr, so dass selbst mein momentan etwas langsam laufendes Hirn endlich begriff, dass hier diverse Dinge nicht zusammenpassten. Die Dämpfe des Xenans mussten zusammen mit dem Sauerstoffmangel bereits ihre Wirkung tun. Ich ließ meine Waffe sinken.

»Sie sind gar nicht echt, oder?«

Die Frau schüttelte zur Bestätigung den Kopf.

»Aber wer sind Sie? Und was machen Sie in meinem Rausch?«

Sie sah mich bloß an, die dunklen Augen unbeirrbar auf mich gerichtet. Der Ausdruck auf ihrem Gesicht war unleserlich, beinahe versteinert.

Als sich die Frau umdrehte, wusste ich endlich, wer sie war und warum sie mir erschien. Die Hälfte ihres Hinterkopfs war in eine blutige Masse verwandelt worden und so flach, als hätte jemand mit einem Vorschlaghammer darauf eingeschlagen. Ein Fünf-Kilo-Hammer, um genau zu sein. Woher ich das weiß? Ich hatte am anderen Ende gestanden und zugeschlagen. Dreimal.

»Geh weg!«, murmelte ich bestürzt. Und sie ging. Doch neben ihr tauchte eine weitere Person auf – das Gesicht des Geschäftsmanns, den ich danach getötet hatte. Ich hatte nicht gewusst, dass ich ein so gutes Gedächtnis für Details besitze, denn ich hätte schwören können, dass der Mann mit den drei Löchern in der Brust absolut real war. Ich riss den Respirator runter und kotzte in den See.

Vielleicht ernüchterte mich der Druck im Kopf. In jedem Fall merkte ich hinterher deutlicher, dass der Raum um mich herum schwankte. Das Ziehen der Waffe, das ich für schnell gehalten hatte, musste quälend langsam gewesen sein, wenn ich danach urteilen sollte, wie lange es dauerte, sie wieder ins Holster zu schieben. Ich musste hier raus. Ich musste raus, bevor noch mehr Leichen aus meiner Vergangenheit – Sie erinnern sich? Ich töte nicht gern, und das hat seine Gründe, mein Gedächtnis für Gesichter ist einfach zu gut – aufmarschierten und mich in den Wahnsinn trieben. Und nebenbei wollte ich noch den Sprengsatz am Bohrkopf anbringen. Jetzt verfluchte ich mich dafür, das nicht vorhin schon getan zu haben.

Meine Augen ließen sich nicht mehr richtig fokussieren, ich sah kaum drei Meter weit, geschweige denn den Ausgang. Und das Gewicht meiner Gliedmaßen drohte, mich zu Boden zu ziehen. Ich hob den bleischweren Arm und aktivierte mein Funkgerät. »Elephant, hier

Alpha One, bitte kommen. Wo sind die Koordinaten des Ausstiegs?«, fragte ich.

Zumindest dachte ich, dass ich das gefragt hätte.

»Alpha One, hier Elephant. Anfrage unverständlich. Bitte wiederholen.«

Ich wiederholte den Satz.

»Alpha One, hast du getrunken? Habe nicht verstanden.«

Ich riss mich zusammen und beschloss, die komplizierteren Worte wegzulassen. »Hol. Mich. Raus.« Zur Hölle mit der Funkdisziplin.

Es gab eine Pause. »Geh zehn Schritte nach Nord-Nordost.« Erleichtert entspannte ich mich. Der Chef würde den Überblick bewahren. Der Chef würde mich hier rausholen. Ich würde meinen Respirator mit dem intakten Sauerstoffdepot finden und aus diesem Grab herauskommen.

»Nord-Nordost!«, wiederholte er. »Rechts!«

Ich korrigierte meinen Kurs und tapste voran. Dann machte die Welt im Schein der SpotLite eine schwungvolle Vierteldrehung. Oder ich war gestürzt – was, wenn ich genauer darüber nachdachte, wahrscheinlicher war. Ich muss von den Gasen einen Blackout gehabt haben und zu Boden gefallen sein. Zumindest fand ich mich mit dem Gesicht auf dem Geröll des Hangs wieder und fühlte dumpfen Schmerz in Schulter und Wange. Neben mir lag die Frau mit der Matschbirne.

Jetzt erinnerte ich mich. Ihr Name war Erica.

Erica Brooks fläzte sich auf den groben Hang, als befände sie sich am Sandstrand von Kalahea Prime. Die

Hände hinter dem Kopf verschränkt, den Körper demonstrativ in Pose geworfen, war sie ganz die Genießerin. Wenn ich genau hinsah, konnte ich sogar die Hitzewellen über ihre Haut streichen sehen.

»Was machen Sie hier?«, fragte ich.

»Ich warte«, antwortete sie mit einem sonnigen Lächeln.

Aha, sie reagierte. »Warten? Worauf?«

Sie drehte den Kopf nur ein bisschen. »Darauf, dass du stirbst, natürlich. Dummchen.«

»Aha.« Etwas Schlaueres wollte mir dazu nicht einfallen. »Wie lange wird's denn wohl noch dauern?«

»Nicht mehr lange«, erwiderte sie schmunzelnd. »Hier auf dem Boden wird es sogar ein bisschen schneller gehen, weißt du.« Real oder nicht, Erica hatte Recht. Die Dämpfe waren schwerer als Luft. Das bedeutete, dass die Kohlenwasserstoffkonzentration hier unten auf dem Boden noch höher war, so dass dieses Drecks-Xenan mich noch schneller angreifen würde ...

Erica sonnte sich vor mir in einem unsichtbaren Licht. Aber wenn die Frau meinem Unterbewussten, Halbbewussten oder Sonst-wie-Bewussten entstammte, dann unterlag sie der Kontrolle meines Willens. Und wenn ich etwas besaß, was stärker war als der Nebel in meinem Hirn, dann war es mein Drang zu überleben. Während mein Verstand also Achterbahn fuhr, biss ich die Zähne zusammen und ballte die Fäuste. »Du. Bist. Nicht. Real.«

»Natürlich nicht, Dummerchen«, erwiderte sie, und ihre Lippen kräuselten sich zu einem Halblächeln. »Ändert das etwas?«

Sie hatte nicht ganz Unrecht. Doch wenn sie bloß eine Projektion meines schlechten Gewissens war und das, was sie erzählte, Sinn ergab, dann musste da ein Bereich in meinem Kopf existieren, der noch klar denken konnte. »Geh weg!«

Enttäuscht klimperte sie mit den Wimpern. Dann flüsterte sie: »Du musst den Respirator finden, Schnäuzelchen!« Merkwürdigerweise klang ihre Stimme dabei, als würde sie aus weiter Ferne zu mir sprechen. Dann war die Frau verschwunden, so schnell und lautlos, wie sie gekommen war.

Der Triumph beflügelte mich. Benommen schob ich die SpotLite in den Gürtel, denn wenn ich das Licht verlor, würde ich hier nie wieder herausfinden. Sehen Sie? Ich konnte wieder halbwegs klare Gedanken fassen. Ich schob die Arme unter den Körper, stemmte mich hoch und zog die Knie nach, so dass ich auf allen vieren hockte. Dann begann ich, mich vorwärtszuschieben.

Fragen Sie mich nicht, wie lange es dauerte, bis ich mit bunten Tönen vor den Augen und summenden Farben im Ohr den oberen Rand des Hangs zum Bohrkopf hinaufgeklettert war. Ich zog mich am Durchbruch schwankend auf die Füße, hechtete zum nächsten festen Objekt – dem Bohrkopf – und klammerte mich wie ein Kleinkind an ein Stück Metall, das nur dazu gemacht schien, mich daran festzuhalten. Ich verschnaufte ein paar Sekunden, doch ich durfte keine Zeit verlieren.

Meine Blicke suchten den Boden ab, denn das Einzige, auf das ich meine Gedanken momentan noch fixieren konnte, war der Respirator, den ich hier oben zurückgelassen hatte. Ich sah das durchsichtige Plastik in ein paar Schritt Distanz liegen, sackte daneben in die Knie und griff danach. Mir tanzten schon schwarze Punkte vor den Augen.

Ich fand das Plastik wieder, stülpte mir die Maske auf Mund und Nase und aktivierte das Sauerstoffdepot, das sich in einem schmalen Zylinder befand.

Als ich die klare, saubere Luft atmete, klammerte ich mich mit beiden Händen an das Gerät und lehnte mich an das sehr kalte, massive, bodenständige und reale Metall des Bohrfahrzeugs hinter mir. Doch es dauerte, bis ich meine Denkprozesse wieder in halbwegs geordnete Bahnen gelenkt hatte. Ich gab mich damit zufrieden, dass sie erst einmal keine Zickzack-Kurse mehr fuhren. Gemurmel drang an mein Ohr und verwandelte sich in Worte. Schließlich erkannte ich darin die Stimme meines Chefs.

»... Statusmeldung!« Er musste auch die Warnung ausgesprochen haben, die durch Ericas Mund zu mir vorgedrungen war.

»Alpha ... Alpha One an Elephant«, murmelte ich mit dicker Zunge. »Status eingeschränkt, aber arbeitstauglich. Gebe jetzt ... gebe dem Affen Zucker.« Den Codebegriff hatte sich mein Chef ausgedacht – manchmal hielt er sich für einen Witzbold.

»Verstanden, Alpha One. Gut, deine Stimme zu hören. Elephant out.«

Ich deaktivierte das Funkgerät und gab mir noch fünf Minuten, um den Sauerstoff wirken zu lassen. Dann blinzelte ich, um den Kopf klar zu bekommen, und verschaffte mir einen Überblick über meine Situation, angefangen mit meiner körperlichen Verfassung. Meine Knie und Handballen waren total aufgeschürft und würden sicher bald schmerzen. Nebenbei war ich von Kopf bis Fuß mit dunklem Staub bedeckt.

Ich zog einen Injektor aus meiner Brusttasche, schüttelte ihn, setzte ihn an den Hals und drückte auf den Knopf, der die Substanz im Innern mit einer kleinen Nadel in meine Blutlaufbahn befördern würde. Ich brauchte einen halbwegs klaren Kopf. Das Xtreme würde die Schmerzen dämpfen, war aber extra auf mich abgestimmt, damit es mich weder aufputschte oder nervös machte. Haben Sie schon mal einen dieser Suprasoldier gesehen, wenn der richtig unter Strom steht? Oder den durchschnittlichen Tigerbeta, so vollgepumpt mit Drogen, dass er keine Schmerzen mehr fühlt und kaum Freund und Feind voneinander unterscheiden kann? So was ist in meinem Beruf nicht drin.

Apropos – ich hatte eine Mine zu sprengen. Ich zog die streichholzgroße Stiftlampe vom Lauf meiner schweren Pistole und klemmte sie mir zwischen die Zähne, um das Licht besser unter Kontrolle zu haben. Dann packte ich den vorbereiteten Sprengsatz aus dem Rucksack. Er wirkte in meinen Händen warm und schien zu summen, und wenn ich mich darauf konzentrierte, wurde es stärker. Ich fühlte das Summen mehr, als dass ich es hörte, und zwang mich, regelmäßig zu atmen und an etwas anderes zu denken. Gänseblümchen sollen schön sein um diese Jahreszeit. Ich stellte mir die kleine Blüte vor, wie sie im Frühjahr im Wind zitterte, die Blätter innen weiß und zart, nach außen hin tief violett werdend, in der Mitte der gelbe Stempel ...

Das Summen ebbte wieder ab. Ich weiß, dass das Geräusch von niemandem außer mir zu hören ist, und das ist auch gut so. Auf diese Art hatte ich schon so manche Mikrosprengladung ohne Zünder detonieren lassen – manche sogar unabsichtlich, bis ich gelernt hatte, meine Gabe zu kontrollieren.

Ich entspannte mich und sah mich um. Wenn ich mir die Abbaumaschine so ansah – sie wirkte wie eine Lokomotive mit Laufstegen, Förderbändern und Auffangbehältern –, dann war es kein Wunder, dass sie die Arbeit abgebrochen hatten. Bei der herrschenden Konzentration explosiver Gase würden ein Kurzschluss oder ein Funke von aufeinanderschabendem Metall ausreichen, um ein Schlagwetter auszulösen, das die Mine locker in den Orbit blasen könnte. Und genau dieses Phänomen wollte ich simulieren.

Mein Sprengsatz war simpel: ein Zünder und eine kleine Menge FOX-18 entzündete Magnesium, das heiß genug brennen würde, um eine Kettenreaktion mit dem Xenan auszulösen. Ich wollte mich nicht darauf verlassen, dass die Dämpfe ausreichten, um sich durch ein paar Funken zu entzünden. Eine regelrechte Kettenreaktion würde die Dämpfe hier draußen entzünden, dann die in der Höhle. Das sollte ausreichen, um den See in ein hässliches Aerosol zu verwandeln, und die resultierende thermobarische Explosion würde den Leichnam des Wachmanns, das Bohrfahrzeug und die komplette Sohle des Bergwerks in Schlacke verwandeln.

Mindestens. Jenseits einer Aerosolbombe kamen eigentlich nur noch Nuklearwaffen.

Vorsichtig zog ich mich die metallene Stiege hinauf, um mir von dort aus weiter den Weg zum Antrieb zu suchen. Ich konnte auf dieser Ebene stehen, ohne mir an der darüberliegenden den Kopf zu stoßen. Ich sah mich um und erspähte im vorderen Bereich hinter dem Bohrkopf die riesige Turbine, die das Bohrgewinde antrieb.

Schwerfällig kletterte ich hinauf und schob mich über einen Träger und vorbei an einem ausfahrbaren Arm, immer darauf bedacht, beim Luftholen den Respirator anzulegen, der die Luft filterte. Das Sauerstoffdepot war leer; eine zweite Chance, mir den Kopf zu klären, würde ich nicht bekommen. Die Höhe von knappen vier Metern ließ mich schwindeln. Ich tastete mich zu dem Rohr vor, in dem die Kabel verlegt waren, und zog mein Allzweckmesser aus der Rückenscheide. Es klebte noch das Blut des Gardeurs daran.

Mit ungeschickten Fingern schraubte ich eine Platte ab, zog das Panzerband aus dem Rucksack, das ich immer bei mir trug, klebte damit die kleine Zündladung mit dem Magnesium auf die dicken, mit Kunststoff ummantelten Kabel, die im Rohr lagen. Ich wollte gerade die Uhr programmieren, da hörte ich Stimmen. Und dieses Mal war ich mir sicher, dass sie nicht meiner momentan leicht erregbaren Fantasie entsprangen.

»Hier herunter, Herrschaften, ja?«, entnahm ich dem Echo, das durch den Stollen hallte. »Wir sind gleich da. Vorsicht an dem Träger dort – ach, zu spät. War nicht schlimm, oder?«

Der zuckende Schein großer Kaltlichtstrahler zeigte mir, dass eine sicher sechsköpfige Gruppe von Menschen keine fünfzig Meter entfernt auf mich zukam.

»Ist das hier auch vorschriftsmäßig gesichert?«, fragte eine Stimme, die der Tonlage nach zu einem Greis gehören musste. »Etwas liegt in der Luft ... Nicht, dass uns allen gleich ein bisschen warm wird ...«

»Natürlich ist das sicher, nicht wahr?«, schleimte der Mann, der zuerst gesprochen hatte. »Hier wurde ja bis vor kurzem noch gearbeitet. Nicht rauchen, nicht ohne Respirator atmen, dann geht das schon. Ja? Fühlen wir uns alle wohl?«

Ich hatte der Sprengladung aus Vorsicht keinen Zeitzünder beigefügt. Stattdessen aktivierte ich den Empfänger für den Fernauslöser und schraubte die Abdeckplatte an zumindest einer Ecke hastig wieder auf das Rohr – ich wollte ja gar nicht, dass die Sprengladung vollständig abgedichtet war. Dann ließ ich mich so leise wie möglich hinter das Bohrfahrzeug gleiten, um mich zu verstecken, und löschte hastig beide Lampen.

Keinen Augenblick zu früh. Auf einmal blendete mich gleißende Helligkeit – jemand hatte das Hauptlicht angeschaltet. Ich zuckte zusammen und beschimpfte den Mann insgeheim als Idiot. Ich verwendete speziell gesicherte Stromkreise in meinem Funkgerät und in dem Empfänger an der Bombe. Jede sorglose Verwendung von Strom konnte hier unten in einem Debakel enden – und zwar während wir im Stollen steckten!

»Schauen Sie, Ratsvorsitzender Symes, so geht das doch viel besser, oder?«, sagte derselbe Mann in schleimigem Ton, der mir den Mann sofort unsympathisch machte. »Man sieht ja sonst die Hand nicht vor Augen, was?«

»Gruber, mach das Licht aus!«, rief ein anderer Mann mit dunkler Stimme. »Du bringst uns noch alle um!«

Ich spähte durch die metallene Maschinerie hindurch und sah eine Gruppe von insgesamt acht Menschen, sieben Männer und eine Frau. Sie trugen vorschriftsmäßig Schutzkleidung, Respiratoren und gelbe Schutzhelme mit den *United*-Blitzen, waren jedoch im Durchschnitt zu sauber, zu alt und zu wohlgenährt, als dass es sich wirklich um Kumpel hätte handeln können. Im Gegenteil, so sahen Bürohengste und Papierschubser aus.

Der Mann namens Gruber, der das Licht angemacht hatte – ein hagerer kleiner Mittfünfziger mit weißem Haarkranz und rotem Gesicht –, trug in der Hand einen knallroten Ordner, auf dem eine weiße Faust zu sehen war, darunter standen die Buchstaben PLU. Ich hatte das Logo und die Abkürzung auf der Mappe in den letzten Tagen auf Pherostine sehr oft gesehen. Gleich bei meiner Ankunft im Raumhafen von Carabine hatte ein Stand mit Gewerkschaftlern von der Pherostine Labour Union Unterschriften für bessere Arbeitsbedingungen gesammelt, und man kam an den Demonstranten und Streikenden mit dem Logo momentan nicht vorbei. Die PLU war die örtliche Abteilung der Galaxy Worker Alliance GWA, der interstellaren Gewerkschaft.

Neben dem Mittfünfziger stand ein deutlich jüngerer und weniger schwerer Mann mit dunklem Haar, der in den Stromkasten griff. Einen Augenblick später war der Stollen wieder dunkel und die Lampen die einzigen Orientierungsmarken dafür, wo sich die Leute aufhielten. Doch ich wagte nicht, meine Multifunktionsbrille aus dem Rucksack zu holen, mit der ich die Positionen der Leute per Infrarotsicht hätte verfolgen können. Ein falsches Geräusch, und ich war entdeckt.

»Wir finden uns auch so zurecht«, sagte der junge Mann ungehalten. Er hatte noch am ehesten nach einem aktiven Arbeiter ausgesehen und kannte sich hier unten offenbar am besten aus. »Nicht rauchen, nicht ohne Respirator atmen, *nicht die Elektrik benutzen*. Klar?«

»Ja doch«, erwiderte der als Gruber angesprochene weinerlich.

Ich fluchte stumm. Was machten die Leute ausgerechnet jetzt an meinem Bombenkrater in spé?

»Schauen Sie, da vorne ist der Einstieg, Ratsvorsitzender Symes. Bitte seien Sie vorsichtig mit den Köpfen, meine Herrschaften, ja? Ach, und die Dame natürlich auch. Man kann sich leicht stoßen, und das wollen wir ja nicht, oder?«

Ich atmete schon auf, denn der Großteil der Gruppe war bereits an meinem Versteck vorbei.

Nicht so der Greis. Er verharrte neben dem Bohrfahrzeug und hielt den Jüngeren mit den dunklen Haaren, der das Licht gelöscht hatte, am Arm zurück. Dann deutete er auf die Stelle, an der ich eben noch den Sprengsatz installiert hatte. »Cross, schau mal, ist da eine Platte lose?« Der Stimme nach handelte es sich um den alten Mann, der sich eben nach der Sicherheit erkundigt hatte.

Wieder fluchte ich stumm. Wenn sich jemand die Platte näher ansah, war die Chance hoch, dass er den Sprengsatz im Innern fand. Was sollte ich tun? Ich konnte die beiden hier schlecht ausschalten, ohne dass die anderen etwas davon mitbekamen – und dann würde ich ein Blutbad anrichten müssen, um alle Zeugen aus dem Weg zu schaffen. Ein Blutbad unter den Mitgliedern der Spitze der Gewerkschaft Pherostines, wenn ich das richtig verstanden hatte. Das war indiskutabel.

Der Dunkelhaarige richtete den Strahl seiner SpotLite auf das Gestänge. Ich zog den Kopf ein.

»Ich kann nichts erkennen, Symes.«

»Da.« Der Alte wies auf die Stelle, an der ich eben hantiert hatte. »Hat da jemand die Elektrik nicht ordentlich abgedichtet?« Symes machte schon Anstalten, sich auf die Maschine zu ziehen und nachzuschauen, doch Cross hielt ihn zurück. »Lass mal, Symes, das mach ich später. Wir sollten den anderen folgen, sonst kaut Gruber ihnen noch ein Ohr ab.«

Damit gingen sie in die Höhle, und ich atmete auf. Sie hatten den Sprengsatz nicht entdeckt, und ich spürte das warme Summen des Magnesiums immer noch. Es war geradezu begierig darauf, sich in einer hellen Stichflamme zu entzünden. Ich versuchte, es auszusperren und mich wieder auf das Gänseblümchen zu konzentrieren, doch mit all dem Adrenalin fiel es mir schwer. Ich brauchte mehr Abstand, doch ich konnte hier nicht weg. Verbissen bohrte ich mir die Fingernägel in die Handflächen.

Kaum waren die beiden durch das Loch in die Höhle

verschwunden, kroch ich aus meinem Versteck und eilte, so leise es in meinen Tussen-Schuhen denn eben ging, aus dem Stollen – nicht, ohne die daumengroßen Relais dabei wieder einzusammeln. Mit jedem Schritt wurde das Summen hinter mir leiser und erträglicher, bis es schließlich auf halber Strecke völlig verklang. Dann erst konnte ich mich wieder entspannen.

Vor dem Stollen nahm ich den Respirator herunter und sog die frische Luft ein, während ich zusah, dass ich den Bereich verließ. Ich musste husten, denn die massive Schwerindustrie ohne Umweltstandards auf Pherostine sorgte dafür, dass »frisch« ein relativer Begriff war. Glücklicherweise waren die beiden Wachmänner noch nicht von ihrer Punkermission zurück – mein Plan war aufgegangen.

Trotzdem war ich froh, aus dem Berg heraus zu sein. Die Sonne über Pherostine besaß einen wunderschönen Hof, als sie gen Horizont sank und den drei Monden Platz machte. Transportgleiter schnitten über den in Blau- und Rottönen glühenden Himmel. Dieser Teil des Planeten war von Tiefbau- und Metallverarbeitungsindustrie geprägt. Minenöffnungen, Abraumhalden, Essen, Förderbänder und Hochregalhorten durchzogen die Täler zwischen den flachen Hügelkämmen und verliehen ihnen von oben den Eindruck aufgerissener und nur grob getackerter Wunden. Alles um mich schien aus grobem, dunklem Stein zu bestehen. Nur ab und an krallten sich ein paar Grasbüschel oder flach wurzelnde Gesträppe an einem kleinen Fleck Erde fest.

Das Tal vor mir war voller Menschen. Die Arbeiter

anderer Stollen beendeten offenbar gerade ihre Schicht und strömten gen Ausgang. Viele fuhren die Boden- und Antigravtrucks zum Fahrzeugpark und nahmen eine Wagenladung Kumpel mit. Hunderte Männer und Frauen der neuen Schicht standen bereits am Tor Schlange, um sie abzulösen, während Demonstranten mit PLU-Schildern versuchten, die Streikbrecher draußenzuhalten.

Ich sah genauer hin und entdeckte nicht nur Menschen. Wie beinahe jeder Konzern auf jeder Welt hielt *United* einen Großteil Beta-Humanoider in seiner Arbeiterschicht, um die Gehälter zu drücken und die Gewerkschaft klein zu halten. Besonders unter den Streikbrechern befanden sich viele Betas. Genau diese Politik hatte in den letzten Wochen zu wütenden Demonstrationen auf Pherostine geführt.

Ich sah etliche Stiere, Maulwürfe und sogar eine Dackelfrau, die in den Tunneln vermutlich gute Dienste leisten konnte. Diese Mischwesen aus Mensch und Tier, die in einem Konzernlabor entstanden sind, waren im besten Falle halbfreie Sklaven. Auch *United* ermöglichte den Betas das sogenannte buy-back. Sie konnten sich freikaufen, wenn es ihnen gelang, die oft willkürlich bestimmte Summe für ihre Zeugung und Aufzucht – meist in Millionenhöhe – abzuarbeiten. Betas hatten auf der Erde, von der ich stammte, immerhin halbmenschliche Rechte erhalten, und die Galaxy Workers Alliance, die interstellare Gewerkschaft, arbeitete daran, sie vertreten zu dürfen, damit die Konzerne sie nicht mehr als Streikbrecher einsetzen konnten. Auch in den Justifier-

Teams hatten die Betas die Preise gedrückt. Ich mochte sie nicht sonderlich, dabei war ich in einer ähnlichen Situation – keine Rechte, nur Pflichten, kaum Geld.

Aber ganz ehrlich? Menschen mit Fell und Reißzähnen? Die Typen ließen mir einfach sämtliche Haare zu Berge stehen.

Ich tauchte hinter einer Abraumhalde ab und suchte mir den Weg zu einem der Seitenausgänge, der durch das Beta-Ghetto führte. Dabei aktivierte ich mein Funkgerät. Ich musste meinen Chef über die Gewerkschafter im Stollen informieren. Wenn sie den Leichnam im See entdeckten, war alles vorbei. Die auf Pherostine üblichen Phonesticks würden da unten zwar kaum nennenswerten Empfang haben, aber zumindest einige hatten gesunde Füße, und die Sicherheit von *United* war nicht weit.

»Alpha One an Elephant. Elephant bitte kommen.«

Stewart antwortete sofort. Offenbar hatte er nur auf meine Rückmeldung gelauert. »Elephant an Alpha One.«

»Affe hat Zucker. Ich wiederhole: Affe hat Zucker.«

»Sehr gut, Alpha One.«

Ich hatte diese Codesprache schon bei meiner Sicherheitsausbildung ein wenig albern gefunden, doch der Chef stand darauf, um eventuellen Mithörern nicht sofort zu verraten, was wir vorhatten.

»Problem: Einer der Affen ist gestorben. Außerdem gibt es Zuschauer.«

Eine Gestalt rempelte mich an. Ich hatte sie nicht kommen sehen; offenbar liefen meine Reflexe noch nicht wieder auf Hochtouren. Ich hoffte bloß, dass sie mich nicht hatte reden hören. »Hey, pass doch auf, wo du hintrittst!« Es handelte sich um eine Frau, auch wenn man das nicht auf den ersten Blick sah. Sie war schmal, drahtig und trug das blonde Haar bis auf eine Strähne, die ihr ins Gesicht hing, kurzgeschoren. Mehrere Cyberoos in Form von blauen Tribalzeichen zierten Stirn und Wangen. Wenn man genau hinsah, veränderten sich die Muster auf der Haut langsam.

»Entschuldigung«, gab ich überrascht zurück. »Zu einem Crash gehören immer zwei.«

»Stinkende Schlampe!« Sie rümpfte die Nase – offenbar hatte sie das Xenan an mir gerochen.

Ich zeigte ihr den Finger und stapfte außer Hörreichweite. »Alpha One an Elephant. Erbitte Anweisungen zum weiteren Vorgehen.«

Die Leitung wurde kurz still. Dann klickte es wieder, und der Chef sagte: »Sicherheitsabstand zum Affenkäfig gewinnen und bereithalten, Alpha One. Stand by.«

»Verstanden, Elephant. Alpha One out.«

Ich schlüpfte durch das Loch im Maschendrahtzaun, das ich mir und den Punks für den Hinweg geschnitten hatte, wieder hinaus und kraxelte den Hang eines Hügels hoch, der direkt gegenüberlag und mir einen guten Blick auf Shroder's Peak und den Stollen Adam gewährte. In der Ferne zog ein Gewitter auf – man konnte es auch an der drückenden Stimmung in der Luft spüren. Ich war froh über den Abstand, denn die Explosion würde den halben Berg in die Luft jagen.

An dem Hang hockte ich mich in ein dürres Gestrüpp und richtete mich ein, will sagen, ich zog die Fernbedienung für den Sprengsatz und meine *SuperSight-X*-Multi-brille aus dem Rucksack, den ich dann als Polsterung für meinen müden Körper nutzte. Ich fühlte mich noch immer, als hätte man mich ein paar Runden in einer Beschleunigungs-Zentrifuge drehen lassen: tatterig, schwindelig und von Kopf bis Fuß verkrampft.

Nach ein paar ruhigen Augenblicken setzte ich die Brille auf, zoomte mit dem rechten Glas den Stollen-ausgang heran und beobachtete, was sich da unten tat. »Alpha One in Position«, meldete ich dem Chef. »Zu-schauer haben Affenkäfig noch nicht verlassen.« Selbst wenn sie gerannt wären, würden die Gewerkschaftler den Ausgang des Stollens erst jetzt erreichen.

»Verstanden, Alpha One. Für Fütterung bereithalten. Stand by.«

»Verstanden.« Ich kramte in der Tasche meiner Jacke und zog einen ChocFrog heraus, riss die Folie auf und begann, daran zu knabbern. Schokolade macht Mäd-chen glücklich – daran wird sich vermutlich auch in tau-send Jahren nichts ändern. Ich richtete mich darauf ein, hier eine Weile zu warten, denn immerhin befanden sich noch Menschen in dem Stollen. Da das nicht einge-plant gewesen war, würde sich die Sprengung sicher noch verzögern.

Ungefähr eine Viertelstunde verging, in der sich die Situation unten im Tal erstaunlich schnell ordnete. Hier draußen neigte sich die Dämmerung der Nacht zu. Mor-gen sollte es regnen, doch dann wäre ich nicht mehr hier. Mit der Sprengung des Stollens würde ich diesem traurigen Weltraumfelsen den Rücken kehren.

Nachdenklich ließ ich den Blick über das aufgerissene Land schweifen. Ich fragte mich, was für Menschen freiwillig nach Pherostine kamen. Alles, was es hier gab, waren Dreck, Wald, Kuhmist und harte Arbeit zu miesen Bedingungen.

Ich verdrückte den letzten Bissen des ChocFrogs und legte mich auf den Bauch, um mich so gemütlich wie möglich auf das Warten vorzubereiten. Ich hasste Warten. Geduld ist nicht meine starke Seite.

Als ich den Fokus der *SuperSight* wieder auf den Eingang des Stollens richtete, sah ich einen Mann herauskommen. Vor Überraschung wäre ich beinahe aufgesprungen. Dunkle Haare, schlanke Figur – das musste der jüngere Gewerkschaftler sein, Cross. Ich zoomte sein Gesicht näher heran. Er hatte seinen Respirator abgesetzt und hielt sich etwas ans Ohr, vermutlich einen der auf Pherostine üblichen Phonesticks, denn ich sah ihn sprechen. Er war sicher herausgekommen, um besseren Empfang zu haben. Insgesamt wirkte er wie ein Mann, der trotz seines Alters im Leben schon viel gesehen hatte – und zwar keine Daunendecken und silbernen Löffel. Sein kantiges Gesicht hätte ohne den Drei-Tage-Bart vermutlich hart gewirkt. Er hatte die Stirn gerunzelt – offenbar führte er kein erfreuliches Telefonat. Vielleicht schämte er sich auch dafür, dass er vergessen hatte, da unten sein Gerät auszuschalten.

Mein Funkgerät klackte, und ich meldete mich. »Elephant an Alpha One. Affenfütterung einleiten.«

Das Singen in der Leitung, das auf Pherostine überall das Funken und Telefonieren erschwerte, bewahrte mich vor einer unmittelbaren Antwort, und das war gut so. »Alpha One an Elephant. Bitte wiederholen.«

Die Stimme meines Chefs behielt seine moderate Tonlage. »Elephant an Alpha One. Wiederhole. Affenfütterung einleiten.«

Ich blickte auf die kleine Fernbedienung in meiner Hand, dann auf den Stolleneingang. Acht Menschen waren hineingegangen. Einer stand momentan davor. Das bedeutete, dass sich noch sieben im Herz des Sprengradius' befinden würden, wenn ich jetzt auf den Knopf drückte. Ich sah die Gesichter der Gewerkschaftler vor mir, so weit ich sie im Halbdunkel hatte erkennen können. Wenn das Magnesium das Xenan entzündete, würden sie alle sofort verbrennen. Ich blickte zu dem Mann, der noch immer vor dem Eingang hin und her ging.

»Alpha One an Elephant. Affenkäfig hat noch Zuschauer. Wiederhole. Affenkäfig hat *Zuschauer*.«

»Verstanden, Alpha One. Wiederhole. Affenfütterung jetzt einleiten.«

»Verdammt nochmal, Stewart, da sind noch Leute drin!«, protestierte ich.

»Funkdisziplin, Alpha One«, tadelte mich die ferne Stimme in meinem Ohr. »Wiederhole. Affenfütterung jetzt einleiten. Bestätigen.«

Ich stellte das Funkgerät kurz aus und holte tief Luft, bevor ich in einen ausgedehnten Fluch ausbrach, den ich Ihnen hier ersparen möchte. Dann schaltete ich das Funkgerät wieder ein und meldete mich. »Status: Sieben unbeteiligte Zivilisten befinden sich im unmittelbaren

Zielgebiet, Elephant. Werde nicht zünden. Wiederhole: Ich werde nicht zünden!«

Der Mann, der vor dem Eingang zum Stollen telefoniert hatte, schien das Gespräch beendet zu haben und wandte sich um. Offenbar wollte er sich wieder zu den anderen gesellen.

Eine kleine Pause entstand, in der ich Stewart am anderen Ende der Leitung einen Atemzug machen hörte. »Wie du willst, Alpha One«, sagte er.

Dann machte er die Bombe in meinem Kopf scharf.

In meinem oberen rechten Sichtbereich erschien plötzlich ein kleines Icon, das im Nichts zu schweben schien. Als hätte der Programmierer der Technik in meinem Kopf einen gesunden Grad an Ironie besessen, zeigte das Bildchen eine funkensprühende, schwarze und runde Bombe, die einer Karikatur hätte entsprungen sein können. Daneben erschien die kleine Zahl 40.

Normalerweise verwaltet der Anführer meiner Gruppe Justifier den Zündmechanismus für den Sprengsatz in meinem Kopf – in der Regel Estyxia, unsere Schakalbeta. Das soll die Hierarchie in der Einheit sicherstellen, schätze ich. Wenn ich nicht im Team arbeitete, gab es natürlich auch niemanden, der dieses Gerät mit sich führte.

Deshalb existiert ein Fernzünder, der auf die Weiterleitung des Signals per Relais-Satelliten angewiesen ist. Und bevor Sie fragen – nein, ich habe noch keinen Störsender gefunden, der die Frequenz dieses Funksignals hätte unterbrechen können.

Stewart, mein Chef, war im Augenblick der Einzige, der die aktivierte Mikrosprengladung an meiner Medulla oblongata wieder ausschalten oder aber den Countdown durch eine sofortige Sprengung unterbrechen konnte. Dann würden mit dem Ding so nebensächliche Funktionen wie die Regulierung von Atmung und Blutkreislauf ausgeschaltet. Nicht schön, weil man meist sofort tot war.

Stewart meinte es ernst.

Jetzt, wo ich mich darauf konzentrierte, spürte ich die erbsengroße Ladung in meinem Kopf mit meinen anderen Sinnen, wie ich im Stollen die Sprengladung gespürt hatte. Sie summte in der nervigen Tonhöhe einer Mücke. Je länger ich mich darauf konzentrierte, desto lauter wurde das Summen, und die Ziffer machte einen spontanen Satz von der 40 auf die 35. Gänseblümchen. Rote Gänseblümchen. Ich atmete langsam ein und aus, um mich zu beruhigen. Verstehen Sie jetzt, warum ich mir wünschen würde, Sprengsätze nicht nur anheizen, sondern auch ausschalten zu können? Leider funktioniert meine Gabe so herum nicht.

»Elephant an Alpha One. Dies ist ein wichtiger Auftrag. Drücke bitte innerhalb der nächsten dreißig Sekunden auf deinen Knopf, dann deaktiviere ich deinen Sprengsatz. Elephant out.« Damit klickte es in der Leitung, und ich blieb mit der Entscheidung allein auf dem Berghang von Pherostine zurück.

35. 34. 33. Und so weiter.

Ich hatte diese Situation schon einmal erlebt, vor ziemlich genau vier Jahren. Damals war ich frisch aus dem Gefängnis zu dem Team aus Justifiern bei *Enclave Limited* gekommen. Stewart hatte mir den ersten Soloauftrag erteilt, der mich zum Planeten Sharidon geführt hatte. Dort sollte ich eine Frau mit »größtmöglicher Brutalität« töten – Erica Brooks.

Ich hatte sie beobachtet. Sie hatte mit ihrem Mann in einem kleinen Vorstadthaus mit Garten gelebt. Am Tag des Zugriffs hatte sie alles für eine Grillparty vorbereitet. Ich hatte herausgefunden, dass ihr Mann erst später dazustoßen wollte. Ich war in das Haus eingedrungen und hatte mir den Hammer gegriffen. Dann war ich in den Garten gegangen. Erica hatte sich ihr Telefon mit schiefem Kopf an die Schulter geklemmt, weil sie dabei war, das letzte Laub wegzuharken. Ich weiß bis heute nicht, warum sie keinen Ohrhörer benutzt hat. »Ja, hier Erica«, hatte sie gesagt. Und »Oh, das ist ja schade, wir haben uns so auf euch gefreut. Ja, natürlich verstehe ich das. Dann vielleicht ein anderes Mal! Bye!«

Mit diesen schlichten, unberechenbaren Worten war der Auftrag für mich vorbei gewesen. Jetzt hatte das Opfer nicht nur einen Namen, sondern ein Gesicht und eine Stimme. Und ich hatte mich geweigert, sie zu töten.

Stewart war ein netter Kerl, der mir sonst alle Freiheiten gelassen hatte. Doch damals hatte er mir wie heute unmissverständlich klargemacht, dass er in letzter Instanz nicht mit sich spaßen ließ. Er hatte den Sprengsatz in meinem Kopf aktiviert und mir zwei Minuten gegeben, mich mit einem Foto der Leiche zurückzumelden. Dann hatte er die Funkverbindung gekappt. Mit der blinkenden Bombe vor Augen war ich bei 1:19 in den Garten gegangen und hatte Erica erschlagen.

Jetzt und hier auf Pherostine zoomte ich den Eingang des Stollens näher heran. Der Mann telefonierte noch immer angeregt, dann nahm er den Phonestick vom Ohr und wandte sich wieder zum Stollen um. Ich schloss die Augen und atmete durch.

Der Countdown vor meinem geistigen Auge sprang auf die 28.

Sollte ich es drauf ankommen lassen, dass Stewart nur bluffte? Der Mann mochte mich. Doch würde ich mein Leben darauf verwetten?

Nein, ich hatte keine Wahl.

Ich öffnete die Augen wieder und nahm die Fernbedienung in die Hand. Der Mann war noch nicht wieder im Eingang der Mine verschwunden. *Besser sieben als acht,* dachte ich mir.

Als der Zähler die 24 anzeigte, drückte ich auf den Knopf.

»Affenfütterung begonnen«, meldete ich Stewart gleichzeitig über Funk und wiederholte es zur Sicherheit noch einmal.

Bevor ich bis drei gezählt hatte, zerriss eine gewaltige Detonation den Berg. Der Boden bebte, Schwaden aus Staub und Rauch quollen aus dem Eingang des Stollens. Schnell verhüllten sie die nähere Umgebung, nach einigen Sekunden lag das halbe Tal unter einer Wolke verborgen. Irgendwo begann eine Sirene zu heulen. Ich hörte Rufe. Den dunkelhaarigen Mann sah ich nicht mehr.

Der Zähler sprang von der 22 auf die 21. Dann verschwand das Icon der Bombe. Und ich pries an Göttern, was es zu preisen gab. Nicht, dass ich sonderlich gläubig wäre.

Wie gesagt, ich töte Menschen nicht gern.

Besonders nicht, wenn es sich bloß um einen dummen Zufall handelt wie bei diesem Lohnsklaven. Aber ich stehe in Brot und Lohn bei *Enclave Limited.*

Manchmal ist das Töten Teil meines verdammten Jobs.

Immerhin bin ich ein Justifier.

2

23. März 3042 (Erdzeit)
System: Guavarra

Ich verließ Pherostine auf demselben Weg, auf dem ich gekommen war, denn ich hatte einen weiten Weg vor mir: Die *Apathos Vierhundert* hatte sich mit zwei KSP wieder an den Rand des Systems gebracht, um im Orbit von Pherostine nicht länger als nötig Versteck mit der Satellitenüberwachung von *United Industries* spielen zu müssen. Das Stellar Voice Radio der *Apathos* hätte mich wohl auch so erreicht, aber umgekehrt hatte ich mir das monströs große Ding von den Ausmaßen eines Gebäudekomplexes einfach nicht auf den Rücken schnallen wollen, um über die Distanz ohne Verzögerung zurückfunken zu können. Und sich in das SVR von *United* hineinzuhacken, war eine andere Hausnummer, als einen Astrologiesender vorzutäuschen.

Ein übervolles altes Shuttle mit stinkenden Sitzen brachte mich auf die nahe Versorgungsstation Gemini, die bessere Version einer Tankstelle, die den Charme einer Ausnüchterungszelle besaß und alle Säufer des Universums zu versammeln schien. Von dort hangelte ich mich über zwei weitere Zwischenhalte durch einen Abschnitt des Guavarra-Systems. Wenn man in meinem Beruf eines lernt, dann ist es, bei Bedarf schnell zu verschwinden.

Mein umgebautes Shuttle stand noch genau dort, wo ich es zurückgelassen hatte – bei Cagliostro an einem Dock von Chorriah. Die Station war nur von Schurken und Konzern-Arbeitern bewohnt (auch wenn manche Leute diese Unterscheidung als müßig ansehen würden). Dieser Ort ermöglichte mir sicherzustellen, dass eventuelle Verfolger meine Spur in den letzten zwei Tagen seit der Explosion endgültig verloren hatten.

Bei Chorriah Station handelte es sich um einen Raumhafen der *Terra TransMatt Specialities,* kurz *TTMS,* der als Umschlagplatz des Systems galt und wo man Waren aus allen Teilen des bekannten Universums erwerben konnte. Die Station sah aus der Ferne aus wie eine gigantische Vogelspinne, die schwerelos in der Luft hing. Im »Leib« befanden sich die Wohn- und Verkaufsbereiche, an den acht abgestreckten »Beinen« lagen die Andockschleusen. Einige davon waren bereits mit Schiffen besetzt, an einer Stelle schwebte eines noch im Landeanflug im All.

Cagliostro hatte sich mit der *TTMS* gutgestellt und hielt seine Finger offenbar so sauber, dass er seine Geschäfte von Chorriah aus führen konnte. Er ist ein Mann, an dem man nicht vorbeikommt, wenn man im Guavarra-System arbeitet. Im Universum gibt es einen Haufen merkwürdiger und zwielichtiger Menschen, und Cagliostro ist mit jedem einzelnen per Du. Vom mittelalterlichen Morgenstern bis zur Kronos-Korvette kann er alles organisieren und Kontakte herstellen, von denen andere nur träumen – aber Alpträume, meistens. Kurz: Cagliostro war die Sorte Mensch, mit der man sich gutstellte. Ich hatte gesehen, was mit jemandem passierte, der versucht hatte, ihn aufs Kreuz zu legen. Glauben Sie mir, hübsch ist etwas anderes.

Trotzdem hatte ich mehrfach gut mit ihm zusammengearbeitet und betrachtete ihn als wertvolle Quelle und guten Freund. Das bedeutete aber nicht, dass ich ihm mehr anvertrauen würde als mein Shuttle.

»Ich denke, du wirst alles zu deiner vollsten Zufriedenheit vorfinden«, näselte er nun. Seine affektierte Art zu sprechen hatte ihm seinen Spitznamen eingebracht – zusammen mit seinem sauber gestutzten, bereits ergrauenden Bärtchen und der perfekt sitzenden Scheitelfrisur, die in einem mit Samtband gebundenen Pferdeschwanz endete. Beides verlieh ihm das Aussehen eines Landadligen aus dem 19. Jahrhundert, das er noch mit maßgeschneiderten Anzügen unterstrich. Offenbar hatte damals ein Betrüger existiert, der sich als Graf Cagliostro ausgegeben hatte. Er musste gut gewesen sein, wenn sich sein Ruf bis heute gehalten hatte.

Wir standen in einem von flackerndem Neonlicht erhellten Andockarm von Chorriah. »Und behaupte nicht etwa, die Lagerung in den letzten Tagen hätte diesem ... mir fällt keine freundlichere Vokabel ein als ›Schrotthaufen‹ ... noch Schaden zugefügt.« Mit manikürten Fingern deutete er auf mein Shuttle.

Das rostige alte Ding sah tatsächlich aus wie ein Haufen Weltraummüll. Mich störte dieser Zustand nicht, im Gegenteil. Niemand vermutete in dieser Schrottmühle einen Menschen mit Konzernverbindungen. »Keine Sorge, C.«, ich klopfte ihm auf die Schulter. »Ich habe dir nichts vorzuwerfen. Ich mag das alte Ding genau so, wie es ist.«

Cagliostro verzog das Gesicht – wohl ebenso sehr wegen der Verkürzung seines Spitznamens auf das Akronym der universellen Währung C als auch, weil ich seinen Anzug beschmutzt haben könnte, und nickte. »Dann ist ja gut.«

Ich drückte ihm Hundert C für die Unterbringung in die Hand und öffnete das Schott, das wie eine Space-Metal-Band quietschte und mich über die Gangway zu meinem Schiff brachte.

Es handelte sich um ein ganz normales, langweiliges Shuttle der Dolphin-Klasse, so benannt, weil es zwei kurze, flossenähnliche Flügel seitlich und einen oben besaß und das Cockpit von außen der Schnauze eines Delphins nicht unähnlich war. Der rote Lack war inzwischen von korrodierenden Atmosphäreanteilen so ausgeblichen, dass er die Farbe der undefinierbaren rosigen Marmeladensorte in den Dauerrationen angenommen hatte. Daher auch der Name, den mein Kollege Kaufmann dem Ding gegeben hatte: *Jelly.*

Kaufmann, der Scharfschütze unserer Einheit, war ein echter Spaßvogel, doch so wollte ich momentan nicht von ihm denken. Momentan war der passende Begriff »Arschloch«, denn er hatte vor ein paar Wochen unsere lockere Beziehung zugunsten einer festeren mit unserer Kollegin Estyxia aufgegeben.

Im Innern des Shuttles fand ich noch alles genau so vor, wie ich es zurückgelassen hatte. Das kleine Cockpit mit der Thermoplex-Windschutzscheibe bot Platz für einen Piloten, der das Schiff manuell steuern konnte, und einen Beobachter, der die zusätzlich eingebaute Sensorkonsole überwachte. Notfalls ließ sich das Schiff aber auch von einer Person fliegen. Der Lagerbereich war mit festmontierten Spinden für Waffen, Munition, Ausrüstung und Nahrungsmittel bestückt. Dort, wo sonst die kleine Krankenstation lag, gab es eine Koje mit zwei Betten. Ich kontrollierte den Tankinhalt, programmierte den Kurs, wartete auf die Freigabe der Andockklammern und legte mich hin, nachdem das klapprige Ding sicher vom Andockarm abgekoppelt hatte und abgesehen von den üblichen Vibrationen des Triebwerks einigermaßen ruhig lief.

Doch der Schlaf wollte sich nicht einstellen. Stattdessen suchte mich die Erinnerung an Erica Brooks heim, und das bittere Gefühl der Galle, das ich bei dem realen Anblick geschmeckt hatte, kroch wieder auf meine Zunge. Ich schluckte hart, um mich nicht zu übergeben. Damals hatte ich es getan.

»Größtmögliche Brutalität« war von Stewart eingefordert worden, wem auch immer er damit eine Botschaft hatte hinterlassen wollen. Hinterher hatte ich von Kollegen erfahren, dass der Chef Anfängern mit meinem Hintergrund gern solche Aufträge zuteilt, um sie gleich »richtig einzuorden«, was auch immer das in einem vermutlich elfdimensionalen Universum heißen sollte. Und der Job hatte einen bleibenden Eindruck bei mir hinterlassen, das können Sie mir glauben. Ärgerlich schüttelte ich den Kopf und zwang mich, an etwas anderes zu denken.

Also starrte ich aus dem Seitenfenster des Shuttles ins All. Sternengefleckte Schwärze gähnte mich an: ewig, unverrückbar, eingefroren. Zu viel Distanz, die bloß das Reisen erschwerte. Ich schloss die Augen, denn je länger ich hinaus in die Dunkelheit sah, desto mehr wurde mir bewusst, dass sie ihre Spiegelung in meinem Innern fand.

Ich musste wohl doch noch ein wenig geschlafen haben, denn als ich aufwachte – ziemlich groggy und noch immer schlecht gelaunt – und zum Pilotensitz ging, war ich bereits im Anflug auf den Zerstörer der Tartaros-Klasse der *Enclave Limited,* den Stewart, Exec der Justifier-Einsatztruppen im Konzern *Enclave Limited,* momentan als bewegliche Basis nutzte. Der Autopilot manövrierte mich in Sichtweite. Ich aktivierte den Bordfunk. »Shuttle *Echo Charlie Fünf Sieben Null. Jelly* an *Apathos Vierhundert.* Bitte um Andockerlaubnis. Code Echo Sierra Tango Neun Vier Zwo Null Eins Null. Bitte bestätigen.«

Es dauerte eine Weile, bis ich eine Antwort bekam. Dann teilte mir eine leidenschaftslose Stimme zwischen intensivem Rauschen mit: »Code bestätigt. Übermittlung der Andockdaten eingeleitet. *Apathos Vierhundert* heißt Sie willkommen, *Jelly.* Willkommen zu Hause.«

»Danke, *Apathos Vierhundert*.«

Mein Shuttle glitt in einem sanften Bogen träge durch das All. Auf der einen Seite erstreckte sich die deprimierende Schwärze des Weltalls, auf der anderen Seite baute sich der Zerstörer in all seiner Pracht vor mir auf. Im Gegensatz zur Hyperion-Klasse mochte er winzig sein, doch verglichen mit meinem Shuttle wirkte er gigantisch. Ich fand, diese Tartaros-Klasse sah aus wie eine liegende, lauernde Echse – ein Waran oder wie diese Viecher hießen. Ein Riesenschädel machte den Anfang. Hinter einer Einschnürung folgte der gigantische Körper, an dem sich rechts und links Ausleger mit Waffenphalanxen befanden, die ein bisschen den Eindruck von angelegten Beinen erweckten. Der Rumpf endete in einem stumpfen Aufbau, in dem die Kommandozentrale saß. Im Kampf machte der Zerstörer dem Eindruck einer urtümlichen Bestie alle Ehre, hatte ich gehört. Ich überprüfte die zufriedenstellend grün schimmernden Anzeigen und überließ die langwierige Annäherungsprozedur dem Autopiloten und der Leitstelle der *Apathos.*

Dann schmiegte ich mich tiefer in den löchrigen Pilotensessel, rückte das schwarz-pinke Kissen mit dem Aufdruck *Do or die* zurecht, das mir Kaufmann augenzwinkernd geschenkt hatte, und beobachtete, wie der waffenstarrende Koloss aus Stahl immer näher kam. Der Anflug würde sicher noch eine halbe Stunde dauern. Sonst nutzte ich die oft für ein Nickerchen, doch heute weigerte ich mich, die Augen wieder zuzumachen.

»Do or die« war inzwischen so etwas wie mein Lebensmotto geworden.

Am Anfang der vier Jahre, die ich nun für Stewart arbeitete, hatte alles so einfach ausgesehen. Ich hatte in der Zwickmühle gesessen – zwanzig Jahre Gefängnis auf dem Gefängniskontinent Australien sind nicht gerade ein Zuckerschlecken, besonders, wenn man noch achtzehn davon vor sich hatte.

Ich war auf der Erde vom Müll- und Dekontaminierungskonzern *WasteLand* im Abrissgeschäft ausgebildet worden – unter dem Strich hatte ich gelernt, Gebäude in die Luft zu jagen, die entweder baufällig waren oder beim Bau von Speichereinheiten störten. Von Anfang an hatte ich ein echtes Talent im Umgang mit Sprengstoffen besessen. Wo andere abwiegen und messen mussten, hatte ich im Gefühl, wie viel Material für welche Sprengwirkung nötig war und in welchem Abstand ich mich aufhalten musste, um nichts abzukriegen. Das hätte mich eigentlich früh misstrauisch machen müssen.

Wie auch immer, ich hatte kaum ein Jahr in dem Beruf gearbeitet, bis etwas schiefgegangen war. Menschen waren gestorben, und ich war dafür verurteilt worden. Sie wollen wissen, ob zu Recht? Fragen Sie den Schnellrichter, der mich verurteilt hat.

Wenig später hatte Stewart mir einen Ausweg geboten: den Eintritt in den Dienst von *Enclave* als Mitglied seines Justifiers-Teams. Das bedeutete in der Regel die Erkundung und Erforschung eines neuen Planeten für den Konzern.

Verstehen Sie mich nicht falsch: Was auf den ersten Blick wie ein Leben voller Abenteuer klingt, bedeutete in der Realität üblicherweise unkalkulierbare Lebensgefahr ohne Rückfahrtschein. Niemand, der gesunden Verstandes ist, wird freiwillig ein Justifier.

Nach zwei Jahren harter Zwangsarbeit in Australien allerdings hatte das als Alternative gar nicht schlecht ausgesehen. Die einzige Bedingung war der Sprengsatz in meinem Kopf gewesen, um Loyalität und Gehorsam sicherzustellen. In der Theorie hatte das einleuchtend geklungen. In der Praxis war ich noch Monate nach der Operation jede Nacht schweißgebadet aufgewacht, weil ich befürchtete, mir mit meiner Kraft selbst die Birne wegzublasen. Aber auch die Vorstellung, dass irgendwo im Universum jemand einen Knopf besitzt, mit dem er Ihr Hirn in Tomatensaft verwandeln kann, ist keine schöne.

Tatsächlich waren mein Team und ich aber nicht wie andere auf einen fremden Planeten geschickt worden, sondern hatten uns mit kleinen Aufträgen hochgearbeitet, die gegen fremde Konzerne gegangen waren. Mit der Zeit wurden die Jobs brisanter, immer unter der Ansage, dass Stewart und *Enclave* alle Verbindungen zu uns leugnen würden, wenn man uns erwischte. Dem ersten gemeinsamen Auftrag folgten ein zweiter und ein dritter, und schließlich hatte ich aufgehört zu zählen, sondern akzeptiert, dass wir fünf – Browder, Jones, Estyxia, Kaufmann und ich – von Stewart gern als kleine Spezial-Armee im Dienste der *Enclave Limited* herangezogen wurden. Jones war vor zwei Monaten bei einem Auftrag von einem Leibwächter erschossen worden, und seitdem waren wir nur noch vier.

Ich vermisste Jones. Der alte Militär war ein anständiger Kerl gewesen. Estyxia und Kaufmann arbeiteten oft im Team, Browder und ich waren mehr oder weniger Einzelgänger. Browder, weil er nicht anders konnte, ich, weil ich nicht anders wollte. Ich wollte nicht, dass wieder etwas schiefging.

Ein abruptes Zittern lief durch den Pilotensitz und schreckte mich aus meinen Gedanken auf. Das Shuttle setzte sich mit den Bremsdüsen auf dem Landepunkt ab und wurde in die Schleuse hinabgesenkt. Es zischte.

»*Jelly*, Sie haben Atmosphäre«, verkündete schließlich eine Frauenstimme über die Bordkommunikation. »Willkommen.«

Ich ergriff mein Gepäck und stieg aus. Gleichzeitig stählte ich mich für die bevorstehende Begegnung. Stewart würde nicht erfreut sein, mich zu sehen; er schätzte es nicht, wenn Dinge nicht nach Plan liefen. Als mir die Dockarbeiter entgegenkamen, runzelte ich die Stirn und hielt denjenigen mit dem Tankschlauch an. »Warum die Eile, Billy? Brennt's wo?«

»Sollen das Baby gleich wieder fertig machen«, war die karge Antwort.

»Na super«, murmelte ich. Vermutlich bedeutete das, dass der nächste Auftrag gleich in der Warteschlange stand. Ich warf meine Sachen über die Schulter und verließ den Hangar. Der Chef war sicher bereits darüber informiert, dass ich angereist war.

Kaum hatte ich diesen Gedanken zu Ende gedacht, summte meine Multibox, eine Mischung aus Smartphone und Handgelenkcomputer. Eine Nachricht teilte mir mit, dass ich in zehn Minuten ein Treffen mit Stewart hätte.

Selbst mit Turboliften und Transportbändern dauerte ein gemütlicher Gang durch das Schiff zu seinem Konferenzraum sicher zwanzig Minuten. Ich konnte seine Vorgabe nicht halten, und das wusste er. Also beschleunigte ich meine Schritte durch die eintönigen Korridore und nickte stumm, wenn ich jemandem von der Crew begegnete.

Man sollte meinen, *Enclave Limited* hätte genug Geld für einen vernünftigen Innendesigner. Das schien nicht der Fall zu sein. Das Farbschema der *Apathos Vierhundert* bestand aus Weiß und Chrom. Spätestens nach zehn Minuten schmerzen einem beim grellen Licht der Flure die Augen, nach einer halben Stunde tanzen einem helle Flecken auf den Netzhäuten. Ich war bei der Besatzung auf wenig Verständnis gestoßen, als ich gefragt hatte, ob es schon Fälle von Schneeblindheit gegeben hätte. Was soll ich sagen, die klassischen Konzernangestellten sind nicht für ihren Humor bekannt. In regelmäßigen Abständen wiederholte sich auch das Firmenlogo von *Enclave Limited:* ein Kubus mit einer gewölbten Hand darüber und dem Spruch »Gebaut für die Ewigkeit«. Ich hoffte jedes Mal, dass die Collies nicht ausgerechnet jetzt angriffen, um den Gegenbeweis anzustellen.

Trotz des engen Terminplans führten mich meine Schritte erst in Richtung Quartiere. Ich wollte mich wenigstens kurz duschen, bevor ich dem Chef unter die Augen trat. Als ich den einfachen Mannschaftsraum betrat, der unserem Team zugewiesen worden war, lümmelten dort Kaufmann und Estyxia herum. Zumindest Kaufmann lümmelte, Estyxia bearbeitete einen Sandsack mit Tritten und Hieben aus dem kleinen Kickbox-Einmaleins. Die beiden hingen in der letzten Zeit immer zusammen herum; unnötig zu sagen, dass es wehtat. Ich hatte nicht gewusst, wie sehr mir Kaufmann fehlen würde. Der Sex war gut gewesen. Man weiß wohl doch immer erst, was man verloren hat, wenn es weg ist.

»Hey!«, keuchte Estyxia, genannt Styx. Sie war eine Schakal-Beta mit spitzer Schnauze und großen Ohren. Ihr sandfarbenes Fell hatte vom Schweiß dunkle Flecken, und sie trug einen engen Sportdress – die Sorte, die nur an einer fantastischen Figur wirklich gut aussehen. Sie konnte sie tragen, denn sie war fast zwanzig Zentimeter größer als ich und sehr fit – man bekam den Eindruck, dass es an ihrem Körper kein Gramm Fett zu viel gab. Sie warf mir aus den kleinen dunklen Augen einen abschätzenden Blick zu.

Ja, Kaufmann hatte mich gegen eine Chimäre eingetauscht. Ich zuckte mit den Schultern. Wenn der Mann drauf stand …

Kaufmann begrüßte persönlicher. »Lyze! Du hast ja schon wieder überlebt!«

»Ich find's auch schön, dich zu sehen, Kaufmann«, erwiderte ich mit einem säuerlichen Lächeln.

Er besaß breite Schultern und war sportlich gebaut, wirkte insgesamt aber nicht ganz so muskulös wie Styx. Auf seinem runden Gesicht war oft ein gewinnendes Lächeln zu sehen. Er besaß Augenbrauen, die bei einem Werwolf nicht deplatziert wirken würden, und trug sein dunkelbraunes Haar im künstlich fabrizierten Ich-komme-gerade-aus-dem-Bett-Stil.

»Wo ist Browder?«, fragte ich, während ich zu meinem Spind ging und mir Wechselklamotten heraussuchte. Browder war der Chemical unter uns, der mit seiner Gabe Maschinen mit dem Geist steuern konnte – ziemlich gruselig, wenn Sie mich fragen. Aber er war mit den Aufklärungsdrohnen und der Sensorenphalanx oft der wichtigste Mann im Team.

»Unterwegs«, erwiderte Kaufmann.

Das bedeutete wohl, dass die anderen es nicht wussten. Auch solche Aufträge gab es manchmal.

Ich packte die *MarkVIII* auf den kleinen Couchtisch der Garnitur – immerhin, der Aufenthaltsraum hier besaß so etwas wie Gemütlichkeit! –, die ich dem Wachmann abgenommen hatte. »Richtet ihm einen Gruß von mir aus. Das Baby hier wird ihm doch bestimmt gefallen.«

»Oh, lass schauen.« Obwohl vor Kaufmann sein zerlegtes Scharfschützengewehr lag, beugte er sich jetzt über die »Neuanschaffung«. »Das neueste Modell! Sehr hübsch.«

»'tschuldigung, Leute, ich habe es eilig, Stewart will sofort einen Bericht«, sagte ich.

»Dann lässt du ihn besser nicht warten«, sagte Estyxia zwischen zwei Schlägen. Ihre Ohren spielten nervös vor und zurück. »Er ist ein wenig angespannt, habe ich den Eindruck.«

»Woher?«

»Weil Doktor Estyxia mal wieder in ihre Kristallkugel geschaut hat.« Kaufmann verdrehte die Augen. »Sie hat ihn zwei Sekunden gesehen und fand, er wirkte angespannt. Mag sein – mag aber auch nicht sein.«

Estyxia trat den Sandsack besonders hart.

»Ist er wütend?« Man wollte ja wissen, woran man war.

»Stewart ist nicht wütend«, antwortete Styx. »Stewart ist nie wütend.«

»Das stimmt so nicht«, warf Kaufmann ein. Styx und ich sahen ihn fragend an. »Ich bin seit acht Jahren hier und habe Stewart genau einmal wütend gesehen«, fuhr er fort. Er nickte mir zu. »Dein erster Solo-Einsatz war das Ergebnis. Der Holovid-Fuzzi.«

Mir stellten sich die Haare im Nacken auf. Erica Brooks. Das mit dem Holovid-Fuzzi, wie Kaufmann ihn nannte, war mir aber neu. Ich hatte damals keine Informationen erhalten, warum Erica hatte sterben müssen. Auch hinterher hatte ich das Thema gemieden, wo ich konnte. »Was war mit dem?«

»Er hat Stewart sehr wütend gemacht.« Er zuckte mit den Schultern, um zu signalisieren, dass er nicht mehr wusste.

»Also musste seine Frau sterben«, ergänzte ich. Das bedeutete wohl, dass Stewart den Mann noch gebraucht hatte oder nicht direkt an ihn herangekommen war.

Estyxia wandte sich wieder ihrem Sandsack zu. »Ich dachte nur, du solltest wissen, dass der Chef angefressen ist.«

»Danke. Das ist gut zu wissen.«

Ich stellte mich unter die Dusche, zog mich um und holte dann die beiden unterarmgroßen Xenanproben aus dem Rucksack. Glücklicherweise war damit nichts passiert – nicht ausgelaufen, nicht verlorengegangen –, so dass ich die zweite auch vernichten könnte. Aber erst die wichtigen Dinge. Ich ließ meine beiden Kollegen zurück und straffte mich ein wenig, um so würdevoll durch die kühl-professionellen Gänge zu gehen, wie man das mit klatschnassem Haar eben vermochte. Als ich Stewarts Konferenzraum betrat, kamen mir zwei Sekretäre mit hochroten Köpfen entgegen. Sie wirkten besonders erregt.

»Was ist passiert?«, fragte ich.

Der kleinere von beiden – Smithers, wie sein Namensschild am Hemd verriet – runzelte die Stirn. Offensichtlich hatte er nicht gewusst, dass die kämpfenden Truppen bereits die menschliche Sprache entwickelt hatten. Er ließ sich trotzdem zu einer Antwort herab. »Ein hohes Tier – eine Abteilungsleiterin – ist überführt worden, Privatgeschäfte auf Kosten des Konzerns zu machen.«

»Autsch«, erwiderte ich. Neben Versagen sah *Enclave* es überhaupt nicht gern, wenn die Verantwortlichen versuchten, ihren Mutterkonzern hinters Licht zu führen. »Lebt sie noch?«

»Noch, ja. Die Leute sind ziemlich aufgeregt.«

»Verständlich.« Ich nickte ihm und seinem Kollegen zu und ging hinein.

Im Innern begrüßte mich milderes Licht, das eine große virtuelle 3D-Leinwand an der gegenüberliegenden Wand bildete, die wiederum in zwölf verschiedene Monitore eingeteilt war. Auf einigen Kanälen liefen in stummer Pantomime verschiedene Nachrichtensendungen – Freepress, FTLNews, Starlook sowie einige globale Programme von Pherostine und den umliegenden Planeten spulten Börsendaten und geräuschlose Katastrophen herunter. An den verschiedenen Plätzen wurden die Oberkörper von Männern und Frauen ebenfalls im 3D-Format an den Konferenztisch projiziert.

Stewart saß am Kopf der langen Versammlungstafel und sprach mit seinen Gesprächspartnern, die an den Revers ihrer Anzüge und Kostüme jeweils ein kleines metallenes Abzeichen der *Enclave Limited* trugen. Ob es sich dabei um Stewarts Chefs handelte? Sie sahen nicht erfreut aus – entweder wegen der Abteilungsleiterin oder meinetwegen. Ich hütete mich, in den Radius der Konferenzkameras zu treten. Manchen Leuten will man ums Verrecken nicht auffallen.

»... alles zu unserer Zufriedenheit. Ich versichere Ihnen, dass Sie den Bericht in vier, spätestens fünf Tagen im System haben.« Das klärte die Frage, worüber die Herrschaften so aufgeregt waren – der Grund schien die Situation vor Ort, auf Pherostine zu sein.

Stewart kappte die Verbindung mit der Fernbedienung und wandte sich zu mir um. Auf dem Tisch war ein Arbeitsschirm hochgefahren, verschiedene Pads lagen herum. Dies war praktisch Stewarts Wohn-, Schlaf- und Aufenthaltszimmer. Der Mann war ein Workaholic. »Elyzea. Du kommst spät.«

Ich nickte bloß, setzte mich geduldig auf den Tisch und ließ die Beine baumeln, während er noch Programme hin und her schob. Viele davon erkannte ich nicht; nur eines davon weckte unangenehme Erinnerungen in mir: das Logo von *WasteLand,* meinem früheren Arbeitgeber.

Nebenbei war er bei *Enclave Limited* der Head of Special Resources – der Chef sämtlicher Justifiers. Momentan gab es vermutlich keinen höherrangigen Vertreter von *Enclave Limited* in diesem System. Selbst die Gouverneure der einzelnen Planeten würden für ihn den roten Teppich ausrollen – wenn er sie denn überhaupt wissen ließ, dass er hier war. Da unsere Einsätze meist hochgradig inoffiziell waren, hütete er sich davor, das zu tun. Doch in der Regel begleitete er uns nicht persönlich und flog uns auch nicht zum Einsatzziel. Das hieß, die Jobs, die wir hier erledigten, mussten wichtig sein.

Mein Chef war mindestens doppelt so alt wie ich, ich schätzte ihn knapp über fünfzig Jahre. Er war sportlich, mittelgroß, und man sah ihm den ehemaligen Sicherheitsmann noch immer an. Obwohl der Geschäftsanzug, den er trug, gut geschnitten war, wirkte er an dem muskulösen Körper unpassend. Sein weißes Haar war penibel geschnitten, erinnerte aber eher an einen Space Marine als einen Bürohengst. Sein Gesicht war hart, trug aber um die Augen sympathische Lachfältchen.

Schließlich stand Stewart auf und kam näher. Er musterte mich. »Geht es dir gut?«

Ich nickte wenig entschlossen. »Mir ist nichts passiert. Mein Respirator war beschädigt, und ich habe eine Weile Sauerstoffmangel gehabt. Ein paar Xenandämpfe ... Nichts, was nicht wieder wird.«

»Gut. Aber du lässt dich heute noch durchchecken, ja?«, bat er. »Hast du die Probe?«

Stumm stellte ich das Gefäß auf den Tisch.

»Sehr gut«, sagte er. Dann runzelte er die Stirn, und ich

erkannte, warum Estyxia ihn als ungehalten einge-schätzt hatte. »Du hast da unten ein ganz schönes Chaos hinterlassen.«

»Oh«, erwiderte ich in gespieltem Erstaunen. »Hätte ich gewusst, dass du das Ganze subtil geregelt haben willst, hätte ich eine unauffälligere Bombe gelegt.« Ich runzelte die Stirn, denn wenn jemand Chaos verursacht hatte, dann war er das mit seinem Sprengbefehl ge-wesen. »Der Auftrag war, einen Unfall bei dem neuen Xenanvorkommen von *United* einzuleiten, nicht, die Gewerkschaftsspitze in die Luft zu jagen. Also, wenn *Enclave* nicht bekommen hat, was es wollte, dann ist das nicht meine Schuld, oder?« Ich zögerte. »Hat *Enclave* be-kommen, was es wollte?«

»Beinahe.« Stewart wies mir einen Konferenzsessel zu, und ich setzte mich. »Wir konnten die Sprengung nicht mehr verzögern, Gewerkschaftler hin oder her.« Dann stand er auf und zoomte einen der Nachrichtenberichte näher heran, so dass die Menschen auf dem Bild besser erkennbar wurden.

Eine gut aussehende blonde Reporterin mit künstlich aufgespritzten Lippen sprach auf Starlook gerade mit professioneller Betroffenheit in die Kamera: »... große Teile des Stollens Adam kollabiert. Die Untersuchungen sind noch nicht abgeschlossen, und *United Industries* hat noch keinen Kommentar veröffentlicht. Experten nann-ten das Ereignis einen ›tragischen Unfall‹ begründet durch einen Kurzschluss der Stromanlagen im Stollen, die anonymen Quellen gemäß als ›wachsend marode‹ bezeichnet werden. Und während sich Pherostine noch in Trauer eint und *WasteLand* mit den Aufräumarbeiten beginnt, verwandelt sich die schon aufgeheizte Stimmung auf Pherostine in ein Pulverfass. Erste Stimmen bezeichnen die Explosion als geplanten Schlag im Arbeitskampf gegen die Gewerkschaftsspitze der PLU.«

Ein staubiger dunkelhaariger Mann mit staubigem Bart wurde eingeblendet, der das rote Band der PLU, der Gewerkschaft, am Oberarm trug. Wut und Schmerz standen ihm ins Gesicht geschrieben. Sein grimmiger Blick entdeckte die Kamera, dann hielt er eine Hand davor und schüttelte bloß den Kopf – offenbar unfähig, auch nur »kein Kommentar« zu sagen. »Die PLU hat ihre gesamte Führung verloren. Einzelne Vertreter versuchen vergeblich, die Situation zu entschärfen. Forderungen beinhalten mehr Sicherheit für die Kumpel beim Erzabbau und die Integration der Beta-Humanoiden Arbeitskräfte in die Gewerkschaft. Inzwischen hat sogar der interstellare Vorsitzende der Galaxy Workers Alliance, Gerhard Müller, seinen Besuch auf Pherostine angekündigt, um zwischen den Fronten zu vermitteln und bei einer Neuwahl des Gewerkschaftsrates Pate zu stehen. Ich bin Justine Ashley für Starlook aus Carabine City, Pherostine«, endete die Reporterin.

Ich zog eine Augenbraue hoch. Gerhard Müller war das höchste Tier in der GWA, die immerhin selbst die Größe und die Machtfülle eines Mega-Konzerns besaß. Wenn sich der Mann persönlich um die Situation auf Pherostine kümmerte, dann sah die Situation wirklich übel aus.

Nach dem Bericht wurde der nächste Newsclip eingespielt, der sich mit den schlechten Arbeitsbedingungen auf Pherostine und dem wachsenden Einsatz von Beta-Humanoiden für gefährlichste Arbeiten beschäftigte, mit dem die menschlichen Arbeiter ausgebootet wurden. Die Darstellung ließ kein gutes Haar an *United Industries.*

Stewart hielt den Bericht mittendrin an und fror damit einen ungewaschenen, staubigen Kumpel mit offenem Mund ein, an dem man ablesen konnte, was *United* seinen Angestellten für eine schlechte Zahnversicherung bezahlte. Dann wandte er sich zu mir um und betrachtete mich stirnrunzelnd. »Was ist da unten passiert, Lyze?«

Ich nahm an, dass er nicht von der Sprengung an sich sprach. Ich verschränkte die Arme vor der Brust. »Was soll schon passiert sein?«

»Weich mir nicht aus.« Er lehnte sich gegen den Tisch und verschränkte ebenfalls die Arme. Eine steile Falte zwischen den Brauen zeugte von seinem Unmut. »Du hast einen totalen Aussetzer gehabt.«

Ich sah die Gewerkschaftler vor meinem geistigen Auge, wie sie an meinem Versteck hinter dem Bohrfahrzeug vorbeigingen, unwissend, was in der Höhle auf sie warten würde. Der alte Greis, Symes, war ein sympathischer alter Geier gewesen. Die Übelkeit kehrte zurück, und so beugte ich mich vor und stützte die Ellbogen auf die Knie. »Ich schätze, auf einen Massenmord war ich wohl nicht vorbereitet«, murmelte ich und sah nicht auf.

»Ja, so etwas ist immer hart. Aber wenn es dich tröstet: Du hast nur auf den Knopf gedrückt. Die Befehle geben andere. Es ist nicht deine Schuld.«

Ich schwieg, denn die einzige Antwort, die ich ihm

darauf geben konnte, würde ihm nicht gefallen. Sicher, die Vorgesetzten von *Enclave Limited* hatten Stewart den Auftrag für die Sprengung gegeben. Doch er war es gewesen, der mich dazu gezwungen hatte, auf den Knopf zu drücken. Ich sah auf und suchte in seinem Gesicht nach einer Spur von Härte, doch ich fand nur Mitgefühl.

Stewart war mir und den anderen stets eher ein Kumpel gewesen, wenn wir mit ihm zusammengearbeitet hatten. Er hatte sich aus dem aktiven Dienst in diese Position vorgearbeitet und war nicht einer dieser verweichlichten Anzugträger, die keine Ahnung davon hatten, was ihre Soldaten im Feld erwartete. Er hatte ebenso schlimme Dinge erlebt wie ich – vielleicht schlimmere. Davor musste man Respekt haben. Hätte er trotz des guten Verhältnisses zwischen uns wirklich auf den Knopf gedrückt? Ich hatte während der Ausbildung von anderen Teams gehört, dass er es getan hatte.

»Du weißt, dass ich das nicht gern mache, Lyze. Aber wir kämpfen an vorderster Front eines dreckigen Kriegs um die Vormacht im All. Ich kann nicht akzeptieren, dass einer meiner Leute selbst entscheidet, ob Aufträge auszuführen sind oder nicht. Das fällt auf uns alle zurück, und ich bin dann derjenige, dem meine Vorgesetzten den Kopf abreißen. Außerdem hast du eine besonders umstrittene Position. Du weißt, dass Strafgefangene eigentlich weder Waffen noch Explosivstoffe verwenden dürfen. Ich habe meine Hand für dich ins Feuer gelegt, Lyze. Du bist wertvoll für uns und gleichzeitig ein Pilotprojekt. Wenn bei dir alles gut läuft, kann man vielleicht auch andere bewaffnen. Wenn du es verbockst, beschließt die Chefetage vielleicht sogar, alle Strafgefangenen *endgültig* aus dem Dienst von *Enclave* zu entfernen. Du siehst ein, dass ich das nicht zulassen kann?« Er hatte das Wort »endgültig« auf eine Weise betont, die nahelegte, dass wohl keine bloße Entlassung gemeint war.

Ich nickte pflichtschuldig, doch seine Worte änderten nichts an der Situation. Er hatte Recht: Dies war ein dreckiger Krieg. *Enclave* machte sich auf einem Planeten von *United* breit, weil es dort endlich etwas zu holen gab. Mega-Konzern gegen Mega-Konzern – das war brisant, selbst wenn es sich bei dem Feld der Intrigen nur um eine kleine Welt wie Pherostine handelte. Momentan gab, wie Stewart sicher beabsichtigt hatte, jeder *United* die Schuld an dem »Unfall«, der schnell zu einem »Attentat« umgedeutet wurde. Wenn herauskam, dass *Enclave* Shroder's Peak gesprengt hatte, wären die politischen Auswirkungen zwischen den Konzernen unabsehbar. Die Gewerkschaftler waren bloß im Kreuzfeuer eines unsichtbaren Kriegs zwischen den Konzernen gestorben. Doch das machte es nicht besser.

Stewart seufzte. »Das ist das zweite Mal, dass ich den Sprengsatz in deinem Kopf habe aktivieren müssen, Elyzea. Einmal zu Anfang kommt vor – wir Menschen geben uns eben ungern mit Zwangssituationen ab. Zweimal ist bereits schwierig. Ich muss einen Bericht darüber schreiben. Und wir wollen beide nicht, dass man dich in den Bewertungsetagen von *Enclave Limited* nicht mehr als Bereicherung für das Team sieht, oder? Ein drittes Mal sollte es besser nicht geben.«

Ich presste die Lippen aufeinander. Die Kräfte, die mir meine Gabe verlieh, waren, soweit ich wusste, bislang einzigartig. Mein Händchen für Sprengstoffe war oft und gern zum Einsatz gekommen; dafür besaßen meine Kollegen Felderfahrung und konnten mich im Notfall mit der Faust, mit dem Scharfschützengewehr oder einer Handvoll Drohnen aus Gefahrensituationen heraushauen. Ich war nicht oft allein unterwegs, denn ich hatte von Estyxia und Kaufmann zwar Training im Nahkampf und an den Schusswaffen erhalten, betrachtete mich aber als alles andere als eine Kampfmaschine.

Trotzdem blieb ich für die Firma eine Kosten-Nutzen-Rechnung. War ich dienlich, durfte ich leben. Hörte ich auf, dienlich zu sein, würde sich *Enclave* vermutlich nicht damit belasten, mich zurück nach Australien in die Zwangsarbeit zu schicken, wie es mein Vertrag eigentlich vorsah. Ich nickte, um meinem Chef zu signalisieren, dass ich verstanden hatte.

»Gut«, sagte er. »Reden wir nicht mehr darüber.«

Stewart wandte sich zum Bedienfeld auf dem Konferenztisch und ließ den Newsfeed rückwärts laufen, bis zu der Frage der Sicherheitsrisiken im Untertagebau von *United.* Als der Mann erschien, der gleich die Hand vor die Kamera halten würde, fror Stewart das Bild wieder ein. Jetzt erkannte ich ihn unter all dem Staub. Es war der jüngere Gewerkschaftler, der kurz nach mir aus dem Stollen getreten war, um seinem Phonestick besseren Empfang zu geben. Er hatte also überlebt.

»Richard Cross«, begann Stewart. »Einunddreißig, ledig, einer der Vorarbeiter bei *United Industries.* Er ist ein intelligenter Mann und gilt in der PLU auf Pherostine als aufstrebender Stern.« Er sah mich an. »Für uns ist er jetzt eine Belastung. Er hat die Explosion überlebt und stellt sehr unbequeme Fragen. Das muss aufhören. Du bist an der Sache dran und kennst Pherostine wenigstens rudimentär. Du wirst auf den Planeten zurückkehren und ihn töten.«

Ich starrte auf das übermenschengroße Gesicht auf der Leinwand, las den Schmerz und die Wut in seinen Augen.

»Ist das ein Problem?«

Ich schüttelte den Kopf. »Vertraust du mir nicht mehr?«

»Natürlich vertraue ich dir, Elyzea. Allerdings habe ich bei den letzten paar Aufträgen eine gewisse ... Ermüdung an dir festgestellt. Auch dieses Mal wäre das Zeitfenster groß genug gewesen, damit alles hätte glattgehen können. Viele kleine Fehler haben sich aufsummiert. Das Ergebnis war beinahe eine Katastrophe.«

»Selbst mit einem guten Plan kann man nicht alle Unwägbarkeiten kalkulieren. Das hast du selbst gesagt. Und jetzt bin ich schuld?«

Er betrachtete mich nachdenklich. »Nein, vermutlich nicht. Ich weiß das. Und ich vertraue dir. Aber wenn die Analysten dich als psychisch nicht mehr belastbar einschätzen ...« Er ließ den Satz unvollendet.

Ich spürte die alte Panik aufflattern, die mich begleitete, seit ich nach der OP aufgewacht war, bei der mir der Sprengsatz eingepflanzt worden war. Flüssiges Eis, das einem in die Adern gegossen wird, ist nichts dagegen.

Wenn irgendein Papierschubser in der Psychologischen Abteilung von *Enclave Industries* mich für ausgebrannt hielt ... »Und was wird jetzt?«

»Mach dir erst einmal keine Sorgen, Lyze. Wir sehen zu, dass die Scharte wieder ausgewetzt wird. Das bedeutet, dass ich dich sofort wieder einsetze und dass du Richard Cross selbst beseitigst. Allerdings muss ich ...«

»Was?«

»Die Chefetage hat darauf bestanden, dass du bei deinen nächsten Aufträgen jemanden mitbekommst, der ein Auge auf dich hat.«

Ich starrte ihn ungläubig an. »Ich bekomme einen Babysitter?«

»Ich habe keine Wahl, Lyze. Ich vertraue dir. Aber die Herrschaften da oben«, er deutete auf die zu winzigen Symbolen zusammengeschrumpften Feeds mit dem Logo des Konzerns, auf denen eben noch die Männer und Frauen zu sehen gewesen waren, »die kennen dich nicht.«

»Du weißt, dass ich lieber allein arbeite. Und so etwas wie auf Pherostine wird sich nicht wiederholen. Wenn ich mich darauf einstellen kann, dass Menschen sterben, ist es ... leichter. Was soll ich denn denken, wenn mir plötzlich eine Gruppe Unbeteiligter in den Sprengradius läuft?«

»Verständlich, Lyze. Aber Jabbert kannst du vertrauen. Er ist der Beste. Er ist bereits in Carabine undercover und kann dir assistieren. Er kann den Job nicht selbst ausführen, denn er hat da unten andere Aufgaben.«

Ich hatte bereits viel von Jabbert gehört und war ihm

ein einziges Mal kurz im Ausbildungslager begegnet. Der Mann war eine Legende – neben Stewart einer der wenigen Justifier, die es über das Alter von vierzig Jahren geschafft hatten. Er war wirklich gut. Man nannte ihn auch die Maschine, weil er keine Fehler beging. Ich hoffte, dass er nicht wirklich eine war. KIs verursachten mir eine Gänsehaut. »Warum Jabbert? Warum ein verdammter Aal? Warum nicht Kaufmann, oder Browder ...«

»Er kompensiert deine Lücken im Bereich der Infiltration. Das Ganze sollte nicht allzu professionell wirken. Keine Scharfschützengewehre, keine zweite Explosion – das wäre zu auffällig. Am besten wäre es, wenn es nach einem Unfall aussieht. Aber wenn du die Zeit dafür nicht hast, tut das nicht not«, erwiderte Stewart geduldig. »Du musst dich undercover in einer fremden Gesellschaft bewegen. Ich kann die Chefetage ein wenig vertrösten – du brauchst ja allein zwei Tage zurück nach Pherostine –, aber in fünf Tagen ist Schluss. Du hast da unten drei Tage. Bis dahin muss Richard Cross von der Bildfläche verschwunden sein. Mit Jabberts Hilfe wird das schon klappen. Hier ist alles drauf, was du wissen musst.« Er reichte mir einen kleinen Datenchip.

Widerwillig räumte ich ein, dass Stewart vielleicht nicht ganz Unrecht hatte. Einen Wachmann um den kleinen Finger zu wickeln, war eine Sache, besonders wenn man sich dafür nicht sonderlich verstellen musste. Ich war nach dem Zwangslager in ein Ausbildungscamp gekommen, in dem Justifiers auf den Einsatz vorbereitet wurden. Dort hatte ich gelernt, dass ich kein Talent dafür besaß, im Zweifelsfall die Agenten anderer Konzerne auszuspionieren. Ich war mehr ein Plan-B-Mensch. Mit der Tür ins Haus fallen, Dinge in die Luft sprengen – das konnte ich. Ich seufzte. »Wann soll ich los?«

»Sobald du von deiner Untersuchung zurückkommst.«

»Verstanden.« Ich erhob mich und griff mir meine Sachen, um in die medizinische Abteilung zu gehen.

»Lyze ...«, sagte Stewart noch, bevor ich durch die Tür getreten war.

Ich wandte mich halb um.

»Keine Fehler, bitte.«

Ich sah zu dem Standbild auf der Leinwand. Richard Cross hieß der Mann also, dem ich mit meinem Zögern das Leben gerettet hatte. Die Aufnahmen mussten vor zwei Tagen direkt nach der Explosion gefilmt worden sein; ich sah die Trauer und die Wut in seinen Augen. Als ich genauer hinsah, erkannte ich darunter noch eine Regung, die weit gefährlicher war – Hilflosigkeit. Wenn uns die Hände gebunden sind, wollen wir am meisten um uns schlagen, egal, wen es trifft. Ich kannte das Gefühl, kannte es sehr gut. Daher wusste ich, dass dieser Mann Ärger machen würde.

Ich erwiderte das Nicken. »Keine Fehler.«

Hauptsache, man lässt sich nicht unter Druck setzen.

3

Also machte ich mich wenige Stunden später auf, zurück nach Pherostine – nicht auf demselben Weg, aber doch auf dieselbe Weise, wie ich dorthin geflogen war. Die letzte Station war beinahe zwei Tage später wieder der Shuttlebus von der Station Gemini, der noch intensiver stank – offenbar hatte jemand auf Boden und Polster gekotzt, und die schlecht programmierten Putzbots waren nur mäßig geeignet gewesen, das Ganze zu entfernen.

Ich starrte auf den Folienbildschirm an der Rückenlehne vor mir, wo ein Cartoon lief. Willy, das arbeitsame Wiesel, bekam von seinem Vorarbeiter Bully, dem bösen Bagger, ordentlich auf die Schnauze. Mir schwante, dass darin irgendwo eine Metapher verborgen war. Doch bevor das Filmchen vorbei war, würde Willy grausame Rache nehmen und Bully mit Hilfe eines Krans oder eines

Containers auf zwei Dimensionen zusammenklopfen. So war es immer – mit den eigenen Waffen geschlagen. Und im nächsten Cartoon ging alles von vorne los, ganz wie im wahren Leben. Ich schaltete um zu *Damn Collie, die*, einer Serie, die mir sympathischer war. Justifier-Teams kämpften gegen die hochgerüsteten schwarzen Collectors. January, die hochbegabte, aber psychisch labile Psionikerin, begegnete gerade CEO Stark, ihrer Nemesis. Ich musste grinsen, als sie sich am Ende des Kampfes in die Arme fielen und küssten, denn ich hatte es geahnt. Die erotische Spannung war seit einigen Episoden aufgebaut worden.

Auf dem ziemlich langweiligen Rest der Reise hatte ich mir Gedanken über meinen Auftrag gemacht – warum ausgerechnet ich ihn erhalten hatte und was Stewart damit bezwecken könnte. Sicherlich gab es ein oder zwei Erklärungsmodelle, in denen Stewart gut wegkam. Vielleicht wollte er mir gestatten, mich nach meinem Fehler zu beweisen, um meine Akte reinzuwaschen. Vielleicht wollte er bloß den Job zu Ende gebracht sehen und hielt mich wirklich für die beste oder einzige Alternative. Aber mal ganz ehrlich – wenn man einen Auftrag subtil erledigen will, schickt man nicht die örtliche Bombenlegerin, sondern einen Sniper wie Kaufmann, oder ließ das diesen Jabbert gleich selbst erledigen.

Alle anderen Gründe dafür, mich auszuwählen, waren milde gesagt unerfreulich. Das begann damit, dass Stewart mich in der Scheiße, die ich ihm bereitet hatte, absaufen lassen wollte. Hm, auf den zweiten Blick hätte ich vielleicht besser ein anderes Bild verwenden sollen, aber Sie wissen, was ich meine. Oder er hoffte, dass ich Cross tatsächlich erledigen konnte, dabei aber wegen meines Hangs zu wenig leisen Auftritten selbst draufging. Die böseste Variante war, dass Jabbert mich eliminieren sollte, sobald Cross tot war. Doch wie man es drehte und wendete – ich hatte keine Wahl. Ich konnte mich nicht absetzen, um allen Problemen aus dem Weg zu gehen, und ich wusste nicht, was auf mich zukam. Also beschloss ich, meinen Auftrag genau so anzugehen wie geplant, dabei aber wachsam zu bleiben und Jabbert nicht den Rücken zuzuwenden, wenn es sich vermeiden ließ.

Neben mir auf dem leeren Sitz lag ein labbriges Plakat aus vergammelten ElektroSync-Papier, auf dem stand:

NIKOLAJ POLJAKOWS
INTERSTELLAR GRÖSSTES
XENO-SPEKTAKULARIUM

Was so beeindruckend klang, war vermutlich ein unspannendes Kuriositätenkabinett oder ein heruntergekommener Wanderzoo. Sorglos durch das All ziehen, ohne Verpflichtungen, ohne Bindungen ... Ein Traum, den ich nicht zu träumen wagte.

Ich versuchte, durch die halbblinden Seitenfenster etwas von der Oberfläche zu erkennen. Erst sah ich nur »Strega war hier« und »Jerome liebt Anastasia«. Doch wenn man zwischen den Kratzern hindurchschielte, bekam man einen Blick auf das Panorama von Carabine. Der Bus befand sich im Landeanflug.

Ich steckte den Chip von Stewart zum wiederholten Mal in meine Multibox, um die Daten abzurufen, die darauf gespeichert waren. Das eine war das kurze Nachrichtenvideo von Richard Cross, auf dem man sein markantes Gesicht nur undeutlich erkennen konnte. Das andere war ein Foto von Jabbert, auf dem er aussah wie ein Nazi aus dem historischen Deutschland: Bürstenhaarschnitt, sauber rasiert, gebürstete Uniform und von den Augen bis zu den Mundwinkeln ein frostiger Gesichtsausdruck. Ich seufzte, denn die Zusammenarbeit mit dem Mann, den man »Die Maschine« nannte, würde kein Spaß werden. Ich schloss die Daten wieder, die mit dem digitalen Wasserzeichen von *Enclave* hinterlegt waren – eine Art virtueller Fingerabdruck, den man nicht kopieren konnte – und steckte den Chip in ein Geheimfach in meinem Gürtel.

Die Hauptstadt von Pherostine schmiegte sich in ein Tal, das von drei steilen Hügeln umgeben war, von denen sich Shroder's Peak mit dem Stollen Adam und dem Ghetto der Beta-Humanoiden im äußersten Nordwesten befand. William's Peak lag im Norden, und den ganzen Süden nahmen die Statler Mountains ein. Der Bent River, der zwischen den nördlichen Hügeln entsprang, und eine siebenspurige Autobahn zerteilten die Stadt wie ein umgekehrtes Y in drei Teile – ein westliches, ein östliches und ein südliches. In einer Schleife des Flusses lag der feine Stadtkern, dessen Wolkenkratzer alle anderen Gebäude der Stadt überragten. Offenbar hatte es heute heftig gewittert und geregnet, denn die Fassaden aus spiegelndem Glas und poliertem Stahl reflektierten das Licht der Abendsonne, während sich im Hintergrund die dunklen Wolken verzogen. Sogar das Messegelände dort, das einen eigenen Raumhafen für Frachtschiffe besaß, glänzte weiß und sauber.

Ich mochte solche überfeinen Ecken nicht, in denen Geschäftsmänner ihre teuren Anzüge austrugen, die feinen Damen ihre Zuchtpudel paradierten und die Halbstarken besser frisiert waren als Models. Teure Privatgleiter auf Dachlandeplätzen und protzige, pseudo-gotische Dächer der Hochhäuser täuschten fast darüber hinweg, dass die Stadt insgesamt zu den hässlichsten im Universum gehörte – und in den Außenbereichen auch zu den dreckigsten.

Gegen das Zentrum wirkte der größere Teil der Stadt dunkel und unübersichtlich. Während des örtlichen Erzbooms vor fünfzig Jahren hatte *United* in drei Bauabschnitten Wohnraum für die Arbeiter aus dem Boden gestampft. Daraus waren drei mehr oder weniger runde Ringe aus Mietskasernen, Schwerindustrie und Straßen im ersten Ring um das Zentrum entstanden, die sich am Fluss entlang zwischen die Berge zwängten. Der dritte, größte und dreckigste Ring war im Norden bereits auf die Berghänge unter die Sonnenkollektoren geklettert. Dort war man am weitesten vom Zentrum weg und führte das beschwerlichste Leben.

Wenn ich das von meinem Kurzbesuch das letzte Mal richtig in Erinnerung behalten hatte, waren die drei Stadtviertel des umgekehrten Y im Osten, Westen und Süden jeweils in zwei bis drei Ringe eingeteilt. Der erste Ring umfasste das Zentrum und lag ganz auf einer Seite der Flussschleife, der zweite und dritte Ring breiteten sich wie konzentrische Kreise darum aus. Man wohnte in Carabine zum Beispiel im dritten (äußersten) Ostring, oder im zweiten (mittleren) Südring. Schauen Sie mich nicht so an, ich habe mir das nicht ausgedacht. Ich schätze, das ist historisch gewachsen.

Jetzt, zwei Jahrzehnte nach den letzten großen Wachstumsschüben, sah man der Stadt an, dass sie ihre besten Tage längst hinter sich hatte. Graue Mauern aus Beton, die nur von rostigen Eisenträgern zusammengehalten zu werden schienen, wechselten sich mit verwaisten Wohnsilos und Schachtelhotels ab. Vielleicht würde der Xenanfund, der Pherostine über Nacht wieder ins Interesse der Konzerne gerückt hatte, Carabine wieder ein wenig beleben.

Der im äußersten Osten am Fluss gelegene Passagierraumhafen der Stadt war zu dieser späten Stunde verwaist. Nachdem ich durch den Zoll war – ich notierte meinen Aufenthaltsgrund in einem Anflug billiger Ironie mit »Ressourcen liquidieren« –, betrat ich die Halle. Bis auf die obligatorischen Penner auf den Sitzen und die Geschäftsleute, die selbst müde immer noch wie aus dem Ei gepellt zu sein schienen, gab es nur wenige Reisende. Manche gingen auf die oberen Ebenen, vermutlich, um sich ein Antigravtaxi zu nehmen. Ein verwaister Stand der PLU kündigte für morgen eine Notfall-Vollversammlung an und rief für Verständnis im Streik der Arbeiter in Schwerindustrie und Personennahverkehr auf.

Ich trat auf die Straße und wartete auf den ATV-Bus, der mich in den zweiten Südring zum Hotel Hyperion zwischen den beiden Brücken brachte, die auf dieser Seite der Stadt ins östliche Drittel und ins Zentrum führten. Trotz des reinigenden Regens roch die Luft noch bitter und metallisch, kein Wunder, bei der Schwerindustrie im Tal.

Das Hyperion hatte seinen klangvollen Namen wahrhaftig nicht verdient. Der Teppich wies braune Stellen auf, die Tapeten gelbe Wasserränder. Auf dem »fungiziden« Lack hatten Schimmel-Kolonien ihre Flecken hinterlassen. Aber diese Absteige besaß den unschlagbaren Vorteil, dass man mit einem neutralen C-Stick per Automat Zimmer buchen und bezahlen konnte. Das garantierte mir wenigstens ein bisschen Anonymität und schützte mich vor dummen Fragen.

Leider wies mir die Maschine einen Raum im siebten Stock zu. Das Zimmer hielt, was die Lobby versprochen hatte. Es handelte sich um zwölf Quadratmeter mit Bett, Tisch und Sessel, Garderobe und schmieriger Herdplatte. Öffnete man die Fenster, waberten die Gerüche einer nahen Schnellküche und der Lärm der Straße herein. Ich schloss es schnell wieder und drückte auf einen Knopf an der Wand – nur um festzustellen, dass die Klimaanlage nicht funktionierte.

Ich ließ mein Gepäck auf den Boden fallen und überprüfte meine Multibox, denn mein innerer Wecker schrillte bereits. Die automatisch umgestellte Zeitangabe sagte 24:37 Uhr. Ich erschrak – das Treffen mit Jabbert sollte um 00:00 Uhr im Luxemburg-Haus stattfinden. Dann erinnerte ich mich, dass die Tage auf Pherostine fünfundzwanzig Stunden hatten.

Ich jagte mein Zeitgefühl endgültig zur Hölle, nahm die Keycard und verließ mein neues Heim wieder, denn trotz der gewonnenen Stunde würde ich mich bereits verspäten. Zu dumm – dann musste mein neuer Partner eben warten.

Die Magnetschwebebahn, die die Stadt durchzog und mit den Erzabbaugebieten in den Bergen verband, fuhr eigentlich rund um die Uhr, wurde aber im Gegensatz zu dem Shuttlebus momentan gerade von den Mitarbeitern im Rahmen des Arbeitskampfs mit *United* bestreikt. Trotzdem waren die Straßen prallgefüllt mit Menschen auf der Suche nach Action. Ich nahm mir ein automatisiertes Antigravtaxi, wechselte es aus purer Gewohnheit zweimal und gab beim letzten schließlich die endgültige Adresse ein: Microsoft Avenue 21, 3. Westring. Den restlichen Weg wollte ich zu Fuß gehen, quasi No-tech. High-tech ist zu gut nachzuverfolgen, und die Routen der Taxis wurden mit ziemlicher Sicherheit alle aufgezeichnet.

Was sich protzig *Avenue* nannte, erwies sich als in jede Richtung achtspurige Stadtautobahn, die den Westring vom Südring trennte. Ich bog in eine Straße nach Norden ein und umrundete ein paar Blocks, bevor ich in der Ferne die gesuchte Leuchtreklame ausmachte: das Luxemburg-Haus. Trotz der rosa Lichter an der Fassade handelte es sich, soweit ich sehen konnte, nicht um ein Bordell, sondern um eine Kneipe. Die schlichte Betonfassade mit den kleinen Fenstern hob sich außer durch die Leuchtreklame durch nichts von den anderen Gebäuden der Straße ab.

Alles, was ich vom Luxemburg-Haus bislang gehört hatte, bestätigte, dass es die richtige Wahl für ein Treffen mit Jabbert war. Es war groß, besaß mehrere Themen-Räume und war allabendlich zum Brechen gefüllt. Nirgendwo könnte man so gut in der Menge verschwinden wie dort. Wir waren hier im Irish Pub verabredet, vermutlich dem lautesten und aggressivsten Teil der Kneipe.

Als ich die Tür zum Luxemburg-Haus aufschob, empfingen mich der Geruch von Synthhopfen und die dröhnende Geräuschkulisse eines mit Dutzenden von Menschen angefüllten Raums. Die Biermägde hinter der Theke – anders konnte man die drallen Mädels mit Zöpfen und Dirndln nicht nennen – wuchteten teilweise fünfzehn schaumbedeckte Maß. Die Empfangstheke war im bayrisch-nostalgischen Stil gehalten.

Ich zögerte kurz, um mich an einem leuchtenden Übersichtsplan an der Türzarge zu orientieren. Zwar schreit nichts so »Fremde!«, wie auf einen Plan zu schauen, aber mich durchzufragen wäre auch nicht unauffälliger gewesen. Immerhin fand ich heraus, dass sich das Irish Pub im ersten Obergeschoss zur Rechten befand.

Ich kämpfte mich durch das vor Menschen und Beta-Humanoiden starrende Luxemburg-Haus, vorbei an der mit rosa Plüschsofas ausgestatteten Schwulenbar und dem Western-Bereich. Als ich im ersten Stock ankam, hatte ich einen recht guten Überblick über die Klientel gewonnen, die den Laden frequentierte. Ich hatte den Eindruck, dass sich hier Männer und Frauen jeglicher Hautfarbe und sexuellen Identität zusammenfanden.

Sie alle hatten eines gemeinsam – sie trugen keine Versucci-Anzüge, sondern hatten mit aller Mühe den Staub der Bergwerke hinter den Ohren fortgewaschen. Sportübertragungen auf Folienbildschirmen, billiges Glücksspiel, der Geruch nach zu viel Arbeit und zu wenig Geld, moderate Preise und zünftiges Bier, oder, wie mir der malzige Duft am Durchgang zum Irish Pub mitteilte, Guinness und Whiskey – ich konnte mir eigentlich nicht vorstellen, dass ich mit meiner Art hier sonderlich auffallen würde. Mit ein bisschen Glück würden die Kumpel hier gar nicht merken, dass ich neu in der Stadt war.

Hatte unten schon eine Atmosphäre zotiger Bierseligkeit geherrscht, wuchs hier oben der Lärm an. Rufe, Diskussionen und Streitereien bauten eine beinahe undurchdringliche Geräuschkulisse auf. Dazwischen konnte ich Fetzen von Musik ausmachen – jemand spielte auf einer Gitarre und sang irischen Folk dazu.

Ich sah mich nach Jabbert um. Wenn er dem Bild, das ich von ihm besaß, auch nur im Geringsten ähnelte, müsste er hier herausstechen wie ein Kamel unter Karpfen. Allerdings würde das seinem Ruf gewaltigen Abbruch tun, denn neben all den anderen Dingen besaß er den Nimbus eines sozialen Chamäleons.

Ein rotgesichtiger Kerl sah mich schräg an, kam mit einem Pint voll Guinness auf mich zu und prostete mir zu. Dann legte er mir den Arm um die Schulter und wollte mich zur Bar ziehen. »Komm, Baby, trink einen Schluck mit mir und meinen Freunden!«

Abwehrend hob ich die Hand. »Nein danke, *Baby*, ich bin verabredet.«

»Hey, schade! Aber wenn er nicht kommt, dann sagste Bescheid, ja?«, sagte er grinsend.

»Du bist der Erste, der es erfährt«, erwiderte ich, lächelte entschuldigend und schob mich an einer Gruppe gackernder Frauen vorbei in den hinteren Teil des Pubs. Auch hier war Jabbert nicht zu sehen. Ein Blick auf die örtliche Zeitanzeige meiner Multibox bestätigte mir, dass ich tatsächlich zu spät war: 00:17h. Ich hatte keine neue Nachricht von meinem zukünftigen Partner, was bedeutete, dass er hier irgendwo stecken musste. Ich eroberte mir einen Sitz mit dem Rücken zur Wand, von dem ich die Tür und drei Viertel des Pubs im Auge behalten konnte, ließ den Blick über die Anwesenden schweifen und wartete.

Der einzig auffällige Mann war ein unrasierter Mittdreißiger, der an der Wand rechts von mir allein im einzigen toten Winkel saß, den der Raum mit der Theke bildete. Ich behielt ihn eine Weile lang im Auge, um zu schauen, ob er sich mir zu erkennen geben würde, doch nachdem ich zweimal unbeabsichtigt seinem Blick begegnet war, winkte er ab, wie um mir zu zeigen, dass er nicht an einem Quickie interessiert war. Nun – ich auch nicht.

An dem vollen Tisch, an dem ich saß, unterhielten sich drei der Männer gerade über die Arbeitsbedingungen bei *United.* »Verdammte Schande ist das«, schnaufte einer zwischen zwei Schlucken Guinness. »Ernie hat es das halbe Bein abgerissen, und den Rest mussten sie auch noch abschneiden, weil die OP nicht sauber war. Das nennt *United* dann Krankenversicherung.«

»Saubande«, stimmte sein Gegenüber zu. »Ich bin bei den Demos dabei, jeden Tag. Dienst nach Vorschrift, sage ich immer. Warum uns Beine ausreißen – wörtlich –, wenn uns die da oben nur ausbluten lassen und sich einen Dreck darum scheren, was mit uns passiert?«

Der Erste nickte. »Sie setzen uns die verdammten Betas vor die Nase, die jeden Job billiger machen. An Qualität ist niemand mehr interessiert. Man muss denen zeigen, was ihnen fehlt. Wenn wir streiken und nur noch die Betas in die Minen gehen, dann werden die sich schon umschauen!«

Der Dritte sagte mit bierschwerer Zunge: »Ach ja – früher war alles besser. Das waren noch Zeiten.«

Ich ignorierte das Trio. Nach einer Weile entdeckte ich, dass die Menschen in diesem Raum deutlich familiärer miteinander umgingen, als ich das aus normalen Kneipen und Clubs gewohnt war. Man berührte sich viel, führte hitzige Diskussionen und sang gemeinsam Arbeiterlieder, die ich nicht kannte. Mit jeder Minute fühlte ich mich mehr als Fremdkörper in einer homogenen Masse.

Der nächste Blick auf die Multibox sagte 00:46 Uhr. Ich verfluchte die Entscheidung, mir nicht gleich ein Guinness mitgenommen zu haben, als der rotgesichtige Mann vom Eingang wieder auf mich zukam – dieses Mal mit zwei Pints in der Hand. Ich spürte, wie ich mich innerlich weiter einmauerte, um ihm endgültig klarzumachen, dass er bei mir an der falschen Adresse war. Ich hatte keine Lust auf bierselige Unterhaltungen mit Zivilisten, wollte aber auch keine Kneipenschlägerei vom

Zaun brechen. Nicht in einem Irish Pub – ich war ja nicht wahnsinnig.

»Du bist ja immer noch allein, Baby«, lallte er. »Hier, mit einem Pint bist du immerhin schon zu zweit. Lust auf einen netten Abend?«

»Ich bin nicht durstig«, erwiderte ich abweisend.

Als hätte er meine Worte nicht verstanden, stellte er das Pint vor mir ab und ließ sich auf den letzten freien Platz auf der Bank gegenüber fallen. Er sah gar nicht mal schlecht aus – braunes, streichholzkurzes Haar mit einer leicht eigenwilligen Krause hob sich von dem geröteten Gesicht ab. »Jetzt weiß ich, was Stewart meint«, sagte er. »Du tust wirklich alles, um dich nicht zu integrieren, oder?«

Ich starrte ihn an, bis die Erkenntnis einsackte. »Jabbert?«

Er brachte die Meisterleistung fertig, mir gegenüber die Maske des Betrunkenen so subtil fallen zu lassen, dass vermutlich keinem der Umstehenden etwas aufgefallen war. Ich nahm auf den Schrecken einen Schluck Guinness und musterte ihn genauer.

Er war über vierzig Jahre alt, mittelgroß und durchtrainiert. Das Gesicht besaß kaum markante Züge, an denen man ihn hätte wiedererkennen können – weder waren die Brauen besonders dick noch die Nase übermäßig groß, und auch das Kinn wollte sich mir nicht als aufsehenerregend breit einprägen. Erst auf den vierten Blick fiel auf, dass die Rötung seines Gesichts nicht vom Guinness und der stickigen Luft stammte, sondern aufgeschminkt war. Ansonsten sah er momentan vom

Scheitel bis zu den stilecht dunklen Rändern unter den Fingernägeln nach Minenarbeiter aus. Um nichts in der Welt hätte ich ihn von unserer kurzen Begegnung im Ausbildungslager wiedererkannt. Ich fand Vertrautes in den harten grünen Augen und ein paar Linien im Gesicht, die ihm, wenn er sich nicht bemühte, einen grausamen Zug verliehen.

»Hier bin ich James«, sagte er.

Ich erwiderte das einzig Intelligente, was mir auf die Schnelle einfiel: »Hi, James.« Verklagen Sie mich – ich war halt überrascht. »Du wirst dich nicht erinnern, aber wir sind uns schon mal ...«

»... kurz begegnet, ja. Im Ausbildungslager in Australien. Ich erinnere mich. Man hat damals deine ... Eigenschaften getestet.«

Oh ja, *Enclave* hatte sich sehr dafür interessiert, welche Fähigkeiten mir meine Gabe verlieh und welche nicht. Es war ein schmerzhafter und anstrengender Prozess gewesen, in dessen Verlauf man herausgefunden hatte, dass ich chemische Prozesse in Sprengstoffen beschleunigen und sie damit zur Reaktion bringen konnte. Zumindest haben mir die Techniker von *Enclave* das so erklärt. Herauszufinden, dass ich dieselben chemischen Prozesse umgekehrt aber nicht verlangsamen oder abstellen kann, hätte mich beinahe das Leben gekostet, als die Herrschaften mich an einen Sprengsatz gefesselt hatten, um zu schauen, ob sich diese Kräfte vielleicht durch Lebensgefahr erwecken ließen. Dass ich noch lebe, habe ich einem geistesgegenwärtigen Assistenten zu verdanken, der rechtzeitig auf den richtigen Knopf gedrückt hat.

»Ich hätte nicht gedacht, dass wir uns nochmal sehen.«

Er verzog die Lippen zu einem Lächeln. »Man begegnet sich immer dreimal im Leben.«

Ich zog eine Augenbraue hoch. »Wer sagt das?«

»Ich. Zum Kennenlernen, um ein Stück Weg miteinander zu gehen und zum Abschied nehmen.«

»Hm. Du hältst nicht viel von Langzeitbeziehungen, oder?«

»Nein.« Er musterte mich. »Stewart hat mir gesagt, dass du nicht sonderlich gut in der Undercover-Arbeit bist. Er hat untertrieben.«

Müde rieb ich mir die Nasenwurzel. »Ich bin vor nicht mal ganz drei Stunden angekommen. Ich habe noch nicht gegessen und nicht geschlafen. Gib mir ein paar Stunden, dann denke ich mir auch eine sinnvolle Hintergrundgeschichte aus.«

Er schenkte mir einen kühlen Blick. »Genau das ist dein Problem. Die Undercover-Arbeit fängt an, bevor du in die Atmosphäre des Planeten eindringst. Wenn du in diesem Augenblick noch nicht weißt, wie du heißt, wer du bist und wie du auftreten sollst, hast du schon verloren.« Er hob die Hand, spreizte den Daumen ab und deutete mit dem Zeigefinger auf mich, als schösse er eine Pistole ab. »Bumm. Tot.«

Er mochte Recht haben, doch ich gewann den Eindruck, dass ich mit dem Ego dieses Mannes nicht zusammen in einen Raumschiff-Hangar passen würde. »Nun mach mal halblang, Jabbert. Es ist ja nicht so, dass ich mich glaubhaft in eine spießige Konzernsekretärin verwandeln wollte oder so. Ich sehe keine Not, hier das Chamäleon heraushängen zu lassen. Ich will mich hier bloß ein paar Tage unauffällig aufhalten, den Job machen und wieder verschwinden. Außerdem hat Stewart gesagt, dass du dich um alles kümmerst.«

»Im besten Fall willst du hier aber arbeiten, ohne dass sich jemand an dich erinnert, oder?«, fragte Jabbert.

»Sicher. Aber wer von den Typen hier kümmert sich denn um etwas anderes als sein Guinness oder seine Kumpel? Ich müsste meine Waffe abfeuern, damit man mich bemerkt.« Nicht, dass ich mein bestes Stück dabei-hatte – aber das musste ich Jabbert nicht auf die Nase binden.

»In Carabine nicht aufzufallen, ist dir durch deinen Auftritt heute Abend schon gründlich misslungen. Die Hälfte der Kerle hat den Kopf nach dir umgedreht und dich abgecheckt. Und selbst die andere Hälfte mag dich vielleicht nicht aktiv schief angeschaut oder bewusst wahrgenommen haben, aber wenn jemand Fragen stellt, werden sie sich an die merkwürdige junge Frau erinnern, die im Luxemburg saß und fehl am Platze wirkte, ohne dass sie beschreiben könnten, warum. Und wenn sie sich an dich erinnern, dann vielleicht auch daran, dass ich mich mit dir getroffen habe. Das kommt mir nicht gut zupass.«

»Warum nicht?«

»Weil ich auf diesem Planeten tatsächlich längerfristig undercover arbeite. Daher kann ich dir auch nur assistieren. Weißt du, was dein Problem ist?«

»Ich kann kaum erwarten, es herauszufinden«, log ich.

»Du *willst* dich nicht integrieren. Du willst nicht dazugehören. Nicht hier, aber auch nicht auf der *Apathos Vierhundert* oder bei deinem Team.« Er setzte sein Pint ab. »Ich nehme an, das ist deine Weise, dich vor Verlust auf der einen und Fehlern auf der anderen Seite zu schützen. Wenn du nicht mit jemandem zusammenarbeitest, kannst du auch niemanden in Gefahr bringen, nicht wahr?«

Verärgert runzelte ich die Stirn. Jabbert war psychologisch bestens versiert und kannte offenbar meine Akte. Und er nutzte sie, um Machtspielchen mit mir auszufechten. Wenn ich auf die *Apathos Vierhundert* zurückkehrte, konnte Stewart etwas dafür erleben, dass er diesem Kerl einen solchen Einblick in mein Leben gegeben hatte.

»Willst du als Nächstes meine Kindheitstraumata analysieren?«, fragte ich gereizt. »Nein, danke. Bleib raus aus meinem Kopf, Jabbert!«

»Sonst?«, fragte er und lächelte. Seine Augen erfassten mich kühl und schienen mich zu taxieren – und für zu leicht zu befinden. Er wusste, dass er besser war als ich. Und er wusste, dass ich das auch wusste. Der Mann war mir nicht sympathisch.

Ich hielt seinen Blick. Er wollte mich provozieren, doch den Gefallen würde ich ihm nicht tun. Auch das war eine Form der Manipulation. Ich hatte nicht darum gebeten, mit einem verdammten Aal zusammenzuarbeiten. »Sonst haben wir beide ein Problem.«

Jabbert nickte. »Gut zu wissen. Gehen wir zur Arbeit über.« Er händigte mir unauffällig eine ID und einen

Datenchip aus. »Hier ist alles, was ich zu Cross habe finden können.«

Ich steckte das Ding zu dem anderen Chip in meinem Gürtel.

Dann beschrieb er mit dem Zeigefinger einen Kreis, mit dem er offensichtlich die Menschen hier in der Kneipe zusammenfassen wollte. »Der erste Schritt ist die Analyse. Was fällt dir an den Leuten hier auf?«

Jetzt wollte er mir Lektionen erteilen. »Das ist nicht dein Ernst, oder?«

»Stewart hat gesagt, du sollst etwas lernen. Also, was fällt dir auf?«

Offenbar hatte der Mann ein hohes Sendungsbewusstsein. Vielleicht würde er Ruhe geben, wenn ich das Spiel eine Weile mitspielte. Also blickte ich mich um. »Sie stehen sich nahe.«

»Korrekt. Das Verhältnis der Leute ist beinahe familiär. Schwer zu durchdringen. Und sonst?«

Ich deutete mit dem Kinn auf die drei Männer an unserem Tisch. »Die Leute regen sich viel auf, aber die meisten sind weinerliche Säcke. Reicht's jetzt?«

»Sie beschweren sich viel über die Zustände. Sie fühlen sich hilflos. Jetzt ist die Frage, was das für unsere Auswertung bedeutet. Worauf müssen wir in diesem Umfeld achten?«

»Dass wir nicht an einem Tisch voll Uneingeweihter über wichtige Details sprechen?«, erwiderte ich spöttisch. Doch ich ärgerte mich darüber, dass ich all seine Feststellungen im Bauch bereits gespürt hatte, ohne den Finger darauf legen zu können. Bestimmt war ich ein verkapptes Naturtalent, das nächste Woche bei Das-Universum-sucht-den-Superstar entdeckt würde. Na ja, man darf ja noch träumen.

»Die hören uns nicht. Zu laut«, erwiderte Jabbert. »Also? Worauf muss man achten?«

»Du weißt doch, was für eine Antwort du hören willst. Du klingst wie die Lehrer im Ausbildungslager!«

»Es handelt sich um eine simple Schlussfolgerung aus Fakten, Eliza, das sollte selbst jemand wie du schaffen.«

»Jemand wie ich?«

»Jemand ohne … nennenswerte akademische Ausbildung.« Er rieb sich eine kaum sichtbare Narbe an seinem rechten Kiefer.

Ich funkelte ihn an. »Du hältst mich für dämlich.«

»Ich würde es eher ›ungebildet‹ nennen. Die Schlussfolgerung, bitte!« Ungeduldig tippte er mit dem Zeigefinger an sein Pint.

Ich schaffte es, mir eine patzige Antwort zu verkneifen. »Betas und Fremde müssen vorsichtig sein, sonst bekommen sie ein paar auf die Schnauze?«

Er nickte. »Ich würde es zwar anders formulieren … Je größer die Probleme von außen, desto mehr rücken die Leute zusammen und stehen einander bei. Bedrohung führt zu Gemeinschaft, Machtlosigkeit mündet in Wut. Eine explosive Mischung. Welche Möglichkeiten hat man, sich in eine solche Gesellschaft zu integrieren, um das Vertrauen der Menschen zu gewinnen? Na?«

Fragend breitete ich die Hände aus. »Man schmeißt eine Runde?«

Jabbert gab durch nichts in seiner Mimik eine Regung preis, hob sein Bier und prostete mir zu. Dann trank er einen tiefen Schluck. »Der Mann da drüben – was verrät den?« Kaum merklich wies er mit dem Pint auf den Einzelgänger im Schatten der Theke.

Ich musterte ihn mit neuem Interesse. Mir fiel auf, dass er nicht nur außen vor blieb, sondern alle Fühler für die Atmosphäre im Raum ausgestreckt hatte. Der unrasierte Mittdreißiger besaß Muskeln und dicke knotige Fingergelenke. Beides sprach für harte Arbeit im Kalten. Handelte es sich bei dem Kerl um einen Spitzel, der für *United* einen Finger am Puls der Arbeiterschaft haben sollte? »Er beobachtet die Stimmung.«

»Und den da? Was verrät den da als Konzernspion?« Jabbert deutete mit dem Finger auf einen großen, bulligen Kerl, der mit dem Rücken zu uns am Tisch stand. Ich machte drei Kreuze, dass es so laut im Pub war, dass man tatsächlich das Gespräch seiner Nachbarn mit normalen Ohren nicht verstehen konnte, ohne sich weit hinüberzubeugen.

Leider besaß der Bullige keine normalen Ohren, und den letzten Satz hatte Jabbert ein bisschen lauter gesprochen, als gut für uns war. Als er sich umwandte, blickte ich auf die breite Brust eines Bullen von einem Kerl. Genauer gesagt handelte es sich um die Brust eines dunklen Bulldoggenkerls mit kurzer Hundeschnauze, die aussah wie eine deformierte Bierdose, und hängenden dunklen Lefzen. Und, ja, die Lefzen trieften. Er war mit einem Knopf im Ohr als Besitz der *United Industries* markiert. Ein Beta, eine Chimäre, eine Mischung aus

Mensch und Hund – nennen Sie es, wie Sie wollen. Mir stellten sich die Nackenhaare auf.

»Wer nennt mich einen Konzernspitzel?« Er lehnte sich mit beiden Händen auf den Tisch. Ich bekam den zarten Eindruck, dass er eine Bedrohungskulisse aufbauen wollte, die, ganz Chauvi, in Jabberts Richtung ging.

»Mann, Ares, lass das, das gibt nur Ärger.« Ein Beta mit dem Oberkörper eines Wolfs kam mit zwei riesigen Maß Bier herüber und wollte der Dogge eines davon in die Hand drücken. Doch Ares – *Ares?* – ignorierte den Mann.

»Also? Wer ist hier der Konzernspitzel?«, wiederholte Wauzi. »Erst sind wir dreckiges Viechzeug, dann Streikbrecher, jetzt Spitzel?«

»*Sie* hat das gesagt«, stieß der Aal hervor und wies mit dem Daumen auf mich. »Sie hat gesagt, du hättest dich mit einem Schlipsträger von *United* getroffen!«

»Scheißkerl«, stieß ich hervor. Ich meinte zwar Jabbert, aber Ares schien sich mit angesprochen zu fühlen, denn er griff nach meinem Kragen und zog mich mit einem Ruck halb über den Tisch. »Glaubst etwa, dass ich keine Frauen schlag, was? Sorry, ist mir scheißegal.«

»Der Kerl lügt«, erwiderte ich. Dann musste ich schmunzeln. »Aber, hey, *Ares*? So wie der Kriegsgott? Der Name passt nicht zu dir, Wauzi.« Mein Versuch, das Thema zu wechseln, war grandios schiefgegangen. Manchmal verfluchte selbst ich mein loses Mundwerk.

Aus der stinkenden Kehle direkt vor meinem Gesicht drang ein Knurren. »Wie gesagt, Zwerg. Ich habe kein Problem damit, Frauen zu schlagen.« Dann explodierte ein grelles Feuerwerk vor meinen Augen.

Sobald ich wieder denken konnte, schloss ich messerscharf, dass er seine Drohung wahrgemacht hatte. »Verdammte Emanzipation«, murmelte ich benommen. Ich blinzelte und sah mich um. Ich lag auf der Tischplatte zwischen den drei weinerlichen Männern. Einer hielt sich das Gesicht, weil ich ihm offenbar mit dem Arm sein Pint gegen die Zähne geschlagen hatte, ein anderer war mit biernassem Schritt aufgesprungen und schimpfte wie ein Space Marine. Der Dritte schien zufrieden damit, sein Glas vor der Zerstörung gerettet zu haben, und wollte einen Schluck nehmen. Ich kam ihm zuvor. »'tschuldigung«, sagte ich, schnappte mir das Pint und warf es nach Wauzi, um ihn daran zu hindern, mich am Fuß zu sich herüberzuzerren. Er duckte sich zwar unter dem Geschoss weg, das Guinness erwischte ihn jedoch voll.

Ich rollte mich vom Tisch herunter und kam neben Jabbert auf die Füße. »Das wäre jetzt genau der richtige Augenblick für teambildende Maßnahmen«, keuchte ich. Ich sah bloß noch, dass er an seiner Multibox herumfummelte, dann blickte er auf und griff sich etwas vom Tisch, kurz bevor Wauzi die Platte mit einem Arm anhob und auf die drei Männer warf, um das Hindernis zwischen uns auszuräumen. Dann schleuderte Jabbert ihm den Inhalt des Pfefferstreuers ins Gesicht. Der Beta heulte auf wie ein getretener Köter – ein dummes Wortspiel, ich weiß – und hielt sich die Augen.

Wenn ich aber gedacht hatte, dass die Schlägerei mit Ares' Niederlage vorbei war, hatte ich mich gründlich geirrt. Hinter Jabbert stand ein fetter Rothaariger, der ihm das Pintglas zurückgeben wollte, das ich geworfen hatte – allerdings von oben auf den Kopf. Von der anderen Seite kam das Dreierteam schreiend hinter dem aufrecht stehenden Tisch hervor und suchte Rache für kassierten Schaden. »Scheiß Beta-Pack!«, brüllte dabei einer.

Vorhin hatte ich den Pub als überfüllt empfunden. Jetzt wunderte ich mich, wie viel Platz sich plötzlich fand, um auszuholen, Schemel zu schwingen und über Tische zu flanken. Der ganze Raum brodelte bald in einer Kneipenschlägerei, die sich gewaschen hatte. Selbst die gackernden Frauen vom Eingang stürzten sich mit wütendem Johlen ins Getümmel. Es hieß jeder gegen jeden und alle gegen die drei Betas, den Hund, den Wolf und einen Löwen. Und so komisch das Ganze zunächst anmuten mochte, verwandelte sich doch alles wieder in einen ernsten Kampf, als sich Wauzi von der Pfefferattacke erholt hatte und mit entblößten Lefzen und einem bedrohlichen Knurren auf mich zukam.

Ich konnte gerade noch auf die an der Wand festmontierte Holzbank hinter mir springen, um meine Reichweite zu seinem Gesicht zu erhöhen, da war er auch schon heran, griff mich bei den Armen, knallte mich mit dem Rücken gegen die Wand und nagelte mich dort fest. Ich versuchte noch, mein Knie vorzuziehen, um es zwischen uns zu schieben und ihn wegzustoßen, doch ich war vollauf damit beschäftigt, mit beiden Händen seine gebleckten Reißzähne von meinem Hals fernzuhalten. »Nenn – du – mich – 'nen – Spitzel!«, grollte er. Wenn sich der Kerl mal in etwas verbissen hatte, ließ er offenbar so schnell nicht mehr los.

»Wenn du darauf bestehst«, keuchte ich. Dann tat ich das Einzige, was bei einem Kerl wie ihm Erfolg zu versprechen schien – ich donnerte ihm meine Stirn in die sensibelste Zone des Hundekörpers – in die Nase. Prompt fiepte Ares auf und hielt sich die Schnauze. Hinter ihm stürzte sich das trübe Trio auf ihn. »Der verdammte Beta hat angefangen!«

. Ich rutschte schmerzhaft mit dem Steiß auf die Banklehne, fluchte und sah mich um. Jabbert steckte im Getümmel zu meiner Linken, in dem ein Stuhlbein und eine Bierflasche eine größere Rolle zu spielen schienen, die gackernden Weiber mischten inzwischen die Leute an der Theke auf. Merkwürdigerweise schien der Ausbruch von Gewalt eher mehr Gäste in den Pub zu ziehen, als welche zu verscheuchen. So viel zur friedlichen Disposition der menschlichen Rasse.

Erst das Knallen einer Druckpistole beendete den Spaß. Sie zerstäubte ein Gas in der Luft, das sich schnell durch den Raum verbreitete. Anstatt aber sämtliche Anwesende in Tränen ausbrechen zu lassen, wie ich vermutet hatte, begann ein Jaulen und Fauchen. Drei Betas hatten an der Schlägerei teilgenommen, und alle drei rieben sich Schnauzen und Augen – offenbar wirkte das Zeug nur auf sie. Schnell wurden die Bewegungen der Betas kraftloser, bis sie bloß noch dastanden und starr vor sich hin glotzten. Dann trennte ein Dutzend Braunhemden vom *United*-Sicherheitsdienst die restlichen Kämpfenden und nahm die Personalien auf. Die Störenfriede – oder jene, die man dafür hielt – wurden verhaftet.

»Ares«, seufzte der in mit silbernen Epauletten geschmückte Anführer der *UI*-Sec, als er dem Hundebeta die Handschellen anlegte. »Als man uns alarmiert hat, habe ich zehn C darauf gewettet, dass du mittendrin steckst. Und siehe da – du steckst mittendrin. Ich schätze, deine Ablösesumme erhöht sich mal wieder um den Gegenwert des zerschlagenen Mobiliars hier.«

Der Beta antwortete nicht. An seinen Lefzen bildeten sich lange Sabberfäden. Seine Augen tränten, und dort, wo das Fell nur dünn war, sah man, dass das Gesicht geschwollen war.

»Die Schlampe hat angefangen«, knurrte ein mir unbekannter Mann und wies mit dem Kinn grob in meine Richtung.

Der Sicherheitschef zog eine Augenbraue hoch. »Wow, Ares hat eine Freundin gefunden. Und sie sabbert nicht. Umdrehen, Mädchen!«

Ich gehorchte zögerlich.

Die Betas schob man aus dem Raum, als wären es willenlose Marionetten. Dann wurden nach und nach sämtliche Beteiligte der Schlägerei verhaftet und der Reihe nach auf die Bänke an der Wand gesetzt. Dort warteten wir auf den Abtransport. Ich hoffte bloß, dass sie mich nicht noch vollständig durchsuchten und die Daten über Cross fanden, denn dann würde ich in Erklärungsnotstand kommen.

Ich saß neben Jabbert. »Und, fühlst du dich nun besser?«

Er lächelte kühl. »Die erste Regel der Integration in eine misstrauische Subkultur: Schaffe einen gemeinsamen Feind.« Er nickte zu den *United*-Sicherheitsleuten hinüber. »Morgen werden die Leute nicht mehr über das neue Mädel reden, Eliza. Sie werden *mit* der Kleinen reden, die sich mit dem Beta geprügelt hat und nach der Schlägerei im Pub zusammen mit ihnen eingebuchtet worden ist.«

Entgeistert starrte ich Jabbert an. Der Abend war offenbar genau so verlaufen, wie er es geplant hatte. Mit einem Mal kam ich mir entsetzlich berechenbar vor. Ich spie blutigen Speichel vor ihm auf den Boden, denn ein Schlag ins Gesicht hatte meine Wange an einem Zahn aufgerissen. »Na, man gut, dass alles nach Plan verlaufen ist«, sagte ich ironisch.

4

Am nächsten Tag stellte ich fest, dass tatsächlich alles nach Plan verlaufen war. Nicht nur, dass ich genau so reagiert hatte, wie Jabbert es vorausgesehen hatte – Ares, besser bekannt als Wauzi, tat es auch. Als wir aus der Ausnüchterungszelle entlassen wurden, in die uns die *UI*-Sec gesteckt hatte, knurrte er nicht mehr mich an, sondern die Sicherheitsleute. »Verdammte Konzernsklaven«, spie er aus. »Das nächste Mal geben wir ihnen auf die Mappe, was?« Er tat fast so, als hätten wir zusammen im Dritten Konkrieg gedient, und sah auch beinahe so aus – sein Gesicht war unter dem Fell noch gerötet, doch die Schwellungen waren zurückgegangen. Was ihm die *UI*-Sec auch ins Gesicht geschossen haben mochte, es hatte ihn offenbar effektiv ausgeschaltet. Und es hatte nur die Betas im Raum betroffen.

»So was von«, erwiderte ich schnell, denn etwas Gescheiteres wollte mir nicht einfallen. Ich war bloß froh, dass unsere falschen Identity Cards nicht aufgeflogen waren, als die Leute vom Sicherheitsdienst sie überprüft hatten, und dass der Datenchip in dem Versteck in meinem Gürtel schlicht nicht gefunden worden war.

»Wie heißte?«

»Eliza.«

»Wo arbeiteste?«

»Konrad«, sagte ich wie aus der Pistole geschossen und betete, dass er nicht im selben Stollen schaffte. »Und du?«

»Konrad«, knurrte er. »Neu, was? Welcher Bereich?«

Verdammt. »Sprengungen vor Ort.« Damit kannte ich mich wenigstens aus.

Wauzis Hundestirn kräuselte sich. »Sprengmeisterin? Das heißt, dass Smithers gefeuert wird?«

Ich hob abwehrend die Arme. »Keine Ahnung, Mann. Ich hab nur den Vertrag unterschrieben.«

Er nickte. »Sprengmeisterin, was? Kein Wunder, dass du so eine Lippe riskierst.«

»Und du?«, fragte ich statt einer Antwort.

»Wetterdienst. Ich schnüffel nach Gas.«

»Hast bestimmt eine feine Nase«, sagte ich.

Ares grinste. »Allerdings.« Er musterte mich mit seinen blutunterlaufenen Bulldoggenaugen von oben bis unten. »Bist okay.«

Dann stapfte er von dannen und ließ mich verwirrt zurück. Der misstrauischste Kerl auf der ganzen Halde – und ein stinkender Beta dazu – hatte Vertrauen zu mir gefasst. Und ich kam mir vor, als hätte ich gerade einen wichtigen Einstellungstest bestanden.

Während ich in einigem Abstand darauf wartete, dass Jabbert von der *UI*-Sec entlassen wurde, sichtete ich die Daten, die Jabbert mir über Cross gegeben hatte, auf meine Mulitbox. Viel war das nicht – sogar erstaunlich wenig.

Tatsächlich enthielt der Chip weniger Informationen über den Mann, als ich einem dieser antiquierten Telefonbücher aus Papier hätte entnehmen können, die sie auf der Erde in Museen ausstellten; tatsächlich erhielt ich nicht einmal seine Wohnadresse. Es gab zwei oder drei Artikel, die Cross in Verbindung mit der PLU brachten – offenbar hatte er, ohne in eine Sprecherfunktion gewählt worden zu sein, mehrere wütende Reden gehalten und die Zustände der Arbeitssicherheit unter Tage und in der Verhüttung angeklagt. Außerdem war er ein vehementer Vertreter der Beta-Menschenrechte. Einmal hatte sich der Vorsitzende der Pherostine Labour Union, Steve Symes, zu der Aussage genötigt gefühlt, dass Cross mitnichten im Namen der ganzen Gewerkschaft sprach. Sonderlich diplomatisch schien er also nicht zu sein. Eine positive Eigenschaft, wenn Sie mich fragen. Aber wer fragt mich schon?

Als sich Jabbert zu mir gesellte, fragte er mich, ob Stewart mir einen Chip gegeben hatte, bevor ich die *Apathos Vierhundert* verlassen hatte.

»Sicher. Wieso?«

»Ich möchte gern schauen, ob er noch zusätzliche Daten mitgeliefert hat.«

Ich zog den Chip aus dem Versteck im Gürtel. »Tob dich aus. Da sind aber nur Videos und Bilder darauf. Eins von dir. Es ist nicht sonderlich gut getroffen.«

»Du hast den Code nicht entschlüsselt?«

»Code? Welchen Code?«

Jabbert warf mir einen ungläubigen Blick zu, der mich innerlich um drei Zentimeter schrumpfen ließ. »Den Code, den er üblicherweise im Wasserzeichen hinterlegt.« Er setzte den Chip in seine Multibox ein und tippte auf der virtuellen Tastatur ein paar Befehle ein, dann zeigte er mir den Bildschirm. »Schau.«

Ich staunte nicht schlecht, denn tatsächlich zerfiel das Logo von *Enclave* langsam, aber sicher in seine Bestandteile. Übrig blieben die Befehle, die Stewart mir mündlich gegeben hatte, noch einmal im Telegrammstil zusammengefasst. »Richard Cross – keine offensichtlich professionelle Arbeit – Job beenden bis 00:00 Uhr Ortszeit am 7. Juli, Carabine/Pherostine.«

»Da soll mich doch der Hades holen«, murmelte ich.

»Früher oder später wird er das – in unserem Beruf vermutlich früher«, sagte Jabbert kühl. »Hast du von den Mitteilungen nichts gewusst?«

Ich schüttelte den Kopf. »Vermutlich hat die im Team immer Browder ausgelesen – mir hat man am Anfang nur das Nötigste gesagt. Vielleicht hat Stewart aber auch einfach vergessen, mir den Code zu geben.«

»Sicher«, sagte er spöttisch. »Alles klar, ich weiß Bescheid.«

Ich kehrte erst einmal in mein Hotelzimmer im Hotel Hyperion zurück, um die von Guinness versifften Klamotten zu wechseln. Dann beschloss ich, mich nicht auf die Daten zu verlassen, die ich aus Jabberts Hand bekam, sondern auf eigene Faust zu graben. Immerhin hatte nicht er den Auftrag erhalten, Richard Cross zu töten, sondern ich.

Stewart war nicht sonderlich wählerisch gewesen, wie das zu geschehen hatte, doch er kannte mich und musste wissen, dass ich keine Begabung dafür besaß, es wie einen Unfall aussehen zu lassen. Die einzige Verschleierungstaktik, die ich anwenden konnte, war die, meine Explosionsquellen oder Brandherde zu tarnen, damit die Feuerwehr hinterher nicht beweisen konnte, ob jemand Hand angelegt hatte oder nicht. Doch sprengen durfte ich nicht, es sollte nicht allzu professionell aussehen. Also war mein bestes Stück die Waffe meiner Wahl.

Ich zog die *Versatile* aus dem Rucksack. Ich liebte diese Waffe, obwohl sie keinen elektronischen Schnickschnack aufwies und mit einem kleinen Zielfernrohr und der Stiftlampe am Lauf ziemlich unelegant aussah. Dafür tat sie einfach und zuverlässig ihren Dienst. Nach dem Besuch im Stollen Adam hatte ich die streichholzgroße Stiftlampe wieder unter dem Lauf befestigt. Jetzt montierte ich alles ab, was abnehmbar war, zerlegte die Pistole, ölte die entsprechenden Teile und setzte sie sorgsam wieder zusammen. Als das Magazin mit einem satten Klicken im Griff einrastete, nickte ich zufrieden und ließ die Waffe wieder in dem Schulterholster unter meiner Jacke verschwinden. Dann kehrte ich der rustikalen Heimeligkeit meines Hotelzimmers auch schon wieder den Rücken.

Pherostine hat den Nachteil, dass ein Großteil der Kommunikation über terrestrischen Funk stattfindet.

Nur die Nachrichten ins und aus dem Universum laufen über einige wenige Stationen teils auf der Erde, teils auf Satelliten. Für *United* hat diese Regelung ganz nebenbei den Vorteil, dass man filtern kann, was hinaus und hinein ging.

Ich suchte in der Servicebox des Hotels nach der nächsten Kommunikationszentrale, nahm den ATV-Bus dorthin und setzte mich in ein mit weißen Plastikstühlen bestücktes öffentliches Cybercafé. Ich brauchte Informationen – über mein Ziel, seine Gewohnheiten und sein Umfeld. Ich wollte wissen, wo er wohnte, ob er mit jemandem zusammenlebte, wo seine Familie auf Pherostine herstammte, wo er arbeitete und wo er aufs Klo ging. Vom letzten Punkt abgesehen konnte man auf vernünftig technologisierten Welten zumindest viele dieser Dinge online abrufen.

Wenn ich so darüber nachdachte, dass mir bei meinem ersten Auftrag allein das Wissen um Ericas Namen beinahe unmöglich gemacht hatte, sie zu töten, dann hatte ich mich seit damals deutlich weiterentwickelt. Natürlich würde all das Wissen darum, dass Cross ein Mensch war, es nicht leichter machen, ihn zu töten, im Gegenteil. Er besaß vielleicht Familie und Freunde, trank morgens möglicherweise dreifach gebrühten Tarótee, und vielleicht mochte sein Lieblingscharakter aus *Damn Collie, die* der schlichte Söldner Zeno mit dem Herz am richtigen Fleck sein. Doch ich brauchte all die Informationen, um ihn überhaupt zu finden und zu erwischen, und sie würde mich heute nicht mehr davon abhalten, den Auftrag auszuführen. Wenn ich so darüber nachdachte, war das nichts, worauf ich stolz war – und ich wusste, dass Großpapa Heinz, der früher selbst Kumpel gewesen war, es auch nicht gewesen wäre.

Doch zurück zur Arbeit. Was ich im Laufe der nächsten zwei Stunden fand, ging nicht über Jabberts magere Informationen hinaus. Auf dem örtlichen News-Server von Starlook fand ich die flammenden Artikel von Cross, die bereits auf dem Chip gewesen waren. Ich suchte weiter und verglich die Einträge mit den digitalen Nachrichtenarchiven.

Wie es schien, hatte der Mann mit seinen Vorwürfen durchaus Recht gehabt. Die Ausrüstung der Arbeiter war, wenn man den Berichten glauben durfte, in den letzten zwanzig Jahren nicht modernisiert worden. Auch die Maschinen von *United* stammten noch aus der Zeit der Goldgräberstimmung, in der man sich einen Dreck um die Arbeiter auf Pherostine geschert hatte, sondern Wert auf schnellstmöglichen Abbau und ebensolche Verarbeitung gelegt hatte.

Im letzten Jahr waren fünf Unfälle in verschiedenen Abbau- und Produktionsstätten geschehen, die laut Richard Cross durch moderne Sicherheitstechnologie hätten vermieden werden können. Drei Menschen waren bei diesen Unfällen gestorben. Die Stellungnahmen von *United* wiederholten jedes Mal ungefähr denselben Sermon: Es gäbe ausreichend Sicherheitsausrüstung und -kleidung, die Vorarbeiter seien angehalten, beim Anzeichen kleinsten Maschinenversagens die Produktion zu stoppen, die Unfälle seien auf menschliches Versagen zurückzuführen. Der übliche Publicity-Kram also.

Statt den Protesten der Arbeiter nachzugeben, hatte *United* mit dem Einsatz von Beta-Humanoiden reagiert. Die befanden sich immerhin im Besitz des Konzerns und konnten weder unverschämte Forderungen stellen, noch nahm der Rest der Menschheit es sonderlich übel, wenn ein paar davon bei einem Unfall starben.

Ich fand etliche Hass-Artikel gegen die Betas, und selbst die PLU hatte sich gegen deren Ansiedelung und Verwendung ausgesprochen. Nicht so Cross. Im Gegenteil – er versuchte seit einer Weile, eine Aufnahme der Betas in die Gewerkschaft zu ermöglichen. Das stieß jedoch an rechtliche Grenzen, denn Betas hatten nur einen halbmenschlichen Status zugestanden bekommen. Immerhin waren sie ja auch nur halbe Menschen.

Ich rieb mir die Schläfen, denn die gefundenen Informationen machten mich nachdenklich. Es sah ganz danach aus, als sei Richard Cross ein Gutmensch – und ein echter Querkopf. Unbequem war er aber hauptsächlich für *United*.

Musste es *Enclave Limited,* meinem Arbeitgeber, nicht sogar sehr recht sein, wenn Richard Cross *United* ein Attentat auf die Gewerkschaft vorwarf? Lebend wäre er ein stetig bohrender Dorn im Fleisch von *United*. Starb er, würden sich die Manager dort bloß die Hände reiben.

Auf der anderen Seite würde mein Chef ganz tief in der Patsche sitzen, wenn Cross herausfinden sollte, dass das Ganze ein Sabotageakt von *Enclave* gewesen war. Vermutlich wollte Stewart keine Spuren hinterlassen.

Meine Gedanken kehrten zu dem Mann selbst zurück, über den ich so erstaunlich wenige Informationen gefunden hatte. Und genau diese Tatsache machte mich misstrauisch. Für einen Mann seines Alters, der auf Pherostine geboren sein sollte, war das zu wenig. Natürlich gab es hier keine Einwohnermeldepflicht oder Ähnliches, doch gerade in der Jugend hinterließ man Spuren – Schule, Verhaftungen oder andere Auffälligkeiten. Tatsächlich konnte man über mich, die ich erst ein paar Tage auf Pherostine verbracht hatte, beinahe ebenso viele Informationen aufstöbern wie über Cross. Also setzte ich mich noch einmal hin und analysierte die Daten seiner Aktivitäten. Schließlich zog ich verdutzt die Augenbrauen hoch. Keiner der Berichte war älter als dreieinhalb Jahre! Befriedigt stellte ich fest, dass sich meine doppelte Recherche damit schon gelohnt hatte, denn diese Information war in Jabberts Datenauswertung nicht enthalten gewesen.

Alles in allem schlug das bei mir eine Saite an, die direkt mit meinem Warnsystem verdrahtet war. Entweder war Richard Cross gar nicht auf Pherostine geboren oder er hatte seinen Namen geändert. Oder aber, und da schrillte mein Alarm am lautesten – beides. Mir schwante, dass *Enclave* mir mal wieder nicht die ganze Wahrheit über Richard Cross und den Xenanfund auf Pherostine mitgeteilt hatte. Das war nicht ungewöhnlich – warum sollte ein Metakonzern wie *Enclave Limited* einer kleinen Fußsoldatin wie mir auch all seine Pläne offenlegen? Ich ärgerte mich trotzdem darüber. Irgendwie besaß das bei mir selbst nach vier Jahren immer noch den schalen Beigeschmack des Für-dumm-verkauft-Werdens. Ich meldete mich aus dem Starlook-System ab und beschloss, mich erst einmal in den Biergarten zu setzen und etwas zu essen zu bestellen, denn mein Magen meldete meinem Hirn aggressiv Treibstoffbedarf.

Trotz der Mittagsstunde war es hier draußen düster, heftige Windböen fegten über die Straße. Was meinen Auftrag anging, war ich durch meine Recherche nicht schlauer geworden. Der einzige Anhaltspunkt, wo ich weiter nach Hinweisen suchen könnte, war das Personalbüro von *United Industries*, wo sich Cross' Daten ja befinden mussten. Aber ein Einbruch in ein gesichertes Büro dauerte, und man musste herausfinden, wann man einsteigen konnte und wie schwierig das sein würde. Für solche Beobachtungen brauchte man Zeit, Ruhe – und Nacht.

Als das Gulasch kam, wirbelte eine Bö ein rotes Flugblatt gegen meine Brust. Ich nahm es ab und wollte es schon wegwerfen, da erkannte ich das Logo der PLU.

SAGT NEIN!

Neben dem Text prangte eine geballte weiße Faust. In kleineren Buchstaben verkündete das Blatt, dass am heutigen Abend eine Versammlung der Gewerkschaft in einer verlassenen Stahlgießerei im 3. Ostring stattfinden würde. Auf dem Handballen der weißen Faust prangte ein Stempelabdruck, der offenbar später hinzugefügt worden war:

NEUWAHLEN!!!
Notfall-Versammlung der Pherostine Labour Union
Der Vorstand der PLU stirbt – Zufall?
Richard Cross spricht! Um 20 Uhr.
Wir brauchen DICH!

Ich erinnerte mich an das Plakat am Stand der Gewerkschaft im Raumhafen, das mir diese Versammlung in Carabine bereits gestern angekündigt hatte. Manchmal waren die Dinge so einfach. »Dann gehen wir heute Abend wählen, was?«, murmelte ich.

Sollten noch Zeichen und Wunder geschehen? Mir war ein Plan eingefallen, der keine Explosionen beinhaltet. Jabbert würde deshalb vermutlich für den Rest unserer Zusammenarbeit über mich spotten.

Die alte Gießerei lag in einem Bereich des 3. Ostrings, in dem nicht einmal ich mich trauen würde, nachts allein und unbewaffnet herumzuspazieren. Glücklicherweise war ich nicht unbewaffnet – mein bestes Stück war dieses Mal mitgekommen –, und leider war ich auch nicht allein.

Jabbert und ich standen im Halbschatten der Scheinwerferbeleuchtung, das von der alten Gießerei herüberdrang, hinter einer Ecke und beobachteten. In meinem Rücken fühlte ich eine Wand aus Gussbeton, die bereits so porös war, dass von einer ebenen Fläche nicht mehr zu sprechen war. Der Frühling ließ die Abende schon länger werden, es begann gerade zu dunkeln. Wir waren früh dran – es war 19:15 Uhr.

Die nach und nach eintrudelnden Leute hatten allesamt eines gemein: Sie sahen nicht danach aus, als würden sie mit dem Gouverneur von Pherostine am Frühstückstisch sitzen. Männer und Frauen in Parkas und Jeans mit stabilen Schnürstiefeln gingen da, die Fäuste in die Taschen gerammt, die Köpfe tief in die Kapuzen gezogen. Offenbar gehörte es in Carabine nicht zum guten Ton, bei einem Treffen der Gewerkschaft gesehen zu werden.

Während ich also der Basis dabei zusah, wie sie in Grüppchen zögerlich in die Halle strömte, wanderten meine Gedanken wieder zu meinem Auftrag. Wenn die verärgerte Masse dahinterkam, dass ich im Stollen Adam den Knopf gedrückt hatte, dann würden meine Überreste nicht mal mehr durch einen Fleischwolf gehen.

Vor mehreren Tausend Zuschauern wollte ich den Schuss nicht ansetzen, aber vielleicht ließ sich Cross zum Schluss isolieren. In jedem Fall war es gut, wenn wir so lange so unauffällig blieben wie möglich. Das bedeutete wieder Undercover. Ich hasste diesen Teil des Jobs. Kurz war ich versucht, einfach hier draußen zu warten, bis die Versammlung zu Ende war, um Cross auf dem Heimweg zu töten. Das war riskant – Carabine war groß, und er hatte jeglichen Heimvorteil auf seiner Seite. Ich besaß zwar einen Peilsender, den ich ihm im Notfall unterschieben konnte, um ihn nicht zu verlieren. Doch dafür musste ich ihm schon *sehr* nahe kommen.

Jabbert lud neben mir seine Waffe durch, eine neumodische *UI Pacifier3000*. In seinem Gesicht erkannte ich weder Furcht noch Besorgnis und auch sonst keine Regung. Ich ahnte, warum der Mann »die Maschine« genannt wurde.

Wir reihten uns also in die Menge ein und schoben uns geduldig mit voran. Neben den Gewerkschaftlern der PLU, die Broschüren verteilten, standen hier auch echte, professionelle Leibwächter im Anzug mit *Super-Sights* und allem möglichen technischen Schnickschnack. Vermutlich gehörten die zum Gewerkschaftsvorsitzenden Müller.

Man scannte sich offenbar mit den Identity Cards ein und erhielt dann Wahlchips mit je einem roten und einem grünen Punkt darauf. »Grün für Ja und Rot für Nein«, sagte eine Frau dazu in gelangweiltem Ton. So weit, so einfach.

Als ich mich registrierte, gab das Gerät keine Beanstandung von sich. Das machte mich misstrauisch. Unsere Identitäten hatten auch der Überprüfung durch die *UI*-Sec standgehalten. Wenn Jabbert *die* hatte täuschen können, besaß er offenbar Zugang zu hochsensiblen Daten von *United*. Wer war der Mann? Und wie kam es, dass auch er nur so wenig über Cross hatte herausfinden können?

»Und jetzt?«, fragte Jabbert, als wir vom Tisch weggingen. »Du musst an Cross heran.«

»Vielleicht behaupte ich, etwas über den Vorfall in der Mine zu wissen?«

Neben mir schnaubte Jabbert abfällig. »Typisch Frau. Kennt ihre eigenen Waffen nicht.« Er griff mir an den Ausschnitt, riss mein Shirt ein Stück weit ein, damit der Einblick in mein Dekolleté größer wurde.

»Und das soll etwas bringen?«

»Hast du in der letzten Zeit mal in den Spiegel geschaut? Ein bisschen mit den Wimpern klimpern, große Augen machen – der Rest geht von alleine.«

Ich warf ihm einen zweifelnden Blick zu. Diese Mädchensache – Männer um den kleinen Finger wickeln – ist mir noch nie leichtgefallen. Der Gardeur im Stollen hatte da die rühmliche Ausnahme gebildet. Aber ich beließ den Ausschnitt so, wie Jabbert ihn gelassen hatte. Möglicherweise würde es funktionieren. Jetzt musste ich nur noch an Cross herankommen und ihn weichkochen. Alles kein Problem für jemanden mit ausreichend schauspielerischem Talent. Lachen Sie nicht, das war ironisch gemeint.

Die Menge der Gewerkschaftler sammelte sich locker um ein Podium.

»Ein Königreich für eine Mikrosprengladung unter dem Sprecherpult«, seufzte ich.

»Geht nicht. Anweisung vom Chef.«

»Ich weiß. Aber man darf ja wohl träumen, oder?«

Er hob eine Augenbraue. »Ich will nicht wissen, wovon du sonst nachts träumst«, beschloss er dann.

»Nein«, sagte ich, wieder ernst. »Das willst du nicht.«

Dann ging ich mit Jabbert in die riesige Halle hinein, in Richtung der Menschenmenge.

5

Die Halle der alten Gießerei schien mehr für Giganten und Maschinen als für Menschen gemacht. Als ich zwischen den letzten Zeugnissen dieser Industrieruine hindurchging, kam ich mir vor wie ein Zwerg. Mehrere riesige Hochöfen standen auf festen Fundamenten und reichten sicher zwanzig Meter bis zum Dach und noch einmal das Fünffache darüber hinaus. Dazwischen spannte sich ein Netz aus temperaturbeständigen Förderbändern und in den Boden eingelassenen Schamottkanälen, in die, wie ich von meinem verstorbenen Großvater wusste, zum Beispiel flüssiges Eisen zum Abkühlen und Ableiten gelassen wurde. An anderen Stellen hingen riesige Kessel mit Gießmäulern, in denen das Metall mit anderen Materialien zu Schiffs- und Waffenlegierungen verarbeitet wurde. Nach einem wirren System ragten voll automatisierte Lanzen in den Raum, mit denen man das flüssige Material mit Gasen anreichern konnte. Ein paar uralte Stapler-Mechas standen in der Gegend herum, als hätten die Piloten diese menschenähnlich geformten Stahlkolosse dort stehen gelassen, wo sie sie zuletzt benutzt hatten. Alles war längst rostig und verstaubt.

Insgesamt war es kein Wunder, dass diese altmodische Gießerei stillgelegt worden war. Heutzutage schüttete man das gemahlene Eisenerz in einen flachen Bioreaktor, wo spezialisierte Mikroorganismen und Naniten das Rohmaterial in Kügelchen aus dem wesentlich flexibler einsetzbaren Ultrastahl verwandelten. Dafür brauchte man keine Armee an Facharbeitern mehr, die wie hier in der Gießerei die Maschinen bedienen mussten, sondern nur noch ein paar Spezialisten, die auf Knöpfe drückten.

Nach dem Eingang erwarteten uns Spruchbänder. »Totgespart« hieß eines, ein zweites besagte »Frische Luft für harte Arbeit unter Tage!«. Ein drittes verkündete »Billig-Betas, nein danke!«

Jabbert und ich gesellten uns zu den Wartenden, die sich um ein mit roten Spruchbändern geschmücktes Podest versammelt hatten. Ich staunte nicht schlecht über die Menschenmassen. Sicher, von draußen hatte man schon gesehen, dass es sich um viele Leute handeln musste, doch als ich sie abzuschätzen versuchte, kam ich auf eine Zahl von sicherlich dreißigtausend Menschen und Beta-Humanoiden, die sich hier inzwischen versammelt hatten. Letztere waren deutlich in der Minderzahl und bildeten zu großen Teilen ein eigenständiges

Grüppchen, das sich kaum mit den Menschen mischte. Die Spannungen zwischen den beiden Rassen waren spürbar.

Wenn man von der Anzahl der Arbeiter von Carabine City ausging, handelte es sich hier sicherlich nur um den harten Kern, trotzdem fand ich die Menge beeindruckend. Mein Großvater hatte mir von Zeiten berichtet, in denen ganze Völker auf die Straße gegangen sein sollten, um ihren Willen durchzusetzen. In Pherostine hatte das mit dem Streik vielleicht schon begonnen – und das in einer Zeit, in der eigentlich nicht demonstriert wurde. Wenn man heutzutage schlecht behandelt wurde, setzte man sich vor den 3D-Cube und jammerte über die Schlechtigkeit der Welt und die bösen Mega-Konzerne.

Die Versammlung hatte wohl gerade begonnen, denn oben auf dem Podium stand jemand und sprach. Die Stimme hallte über die Verstärker zu uns herüber, wirkte in der großen Gießerei aber immer noch dünn und schmal. Ich hörte mit einem Ohr hin und schloss, dass der Mann die Ereignisse der letzten Tage zusammenfasste. Er war ein schlechter Redner und erzählte den Leuten wohl auch nichts Neues, wie das abgelenkte Gemurmel in den Reihen vermuten ließ. Gigantische Holoprojektoren waren an verschiedenen Stellen in der Gießerei installiert und sorgten dafür, dass jeder auch sein Gesicht sehen konnte – er sah genauso fade aus, wie er klang.

Ich arbeitete mich tiefer in die Menge vor und entdeckte eine bekannte Schnauze. Ares a.k.a. »Wauzi«

stand im Grenzbereich zwischen dem Beta-Territorium und dem Menschenbereich Hand in Hand mit einer Freundin ohne Fell. So wenig ich Betas mochte, ließ sich jetzt vielleicht die frisch aufgebaute Knastbruderschaft nutzen. Ich signalisierte Jabbert, sich im Hintergrund zu halten, und stellte mich neben den beeindruckend großen Beta mit dem dunklen Fell. »Hallo, Wauzi.«

»Ah, die Zicke«, sagte Wauzi, doch es klang so freundlich, wie eine Bulldogge eben klingen konnte. »Ich habe dir von ihr erzählt, Jenny.«

»Ah, du bist diese Eliza«, sagte sie und machte eine Bewegung mit den Fingern, die wohl ein Winken darstellen sollte. Sie besaß ausgeprägte Rundungen, magentarot gefärbtes Haar und eine Stupsnase. Ihr Lächeln war ansteckend.

»Hallo, Jenny.« Ich deutete mit dem Kinn auf das Podium. »Wer ist denn das? Ist das dieser Cross?«

»Nä«, sagte sie. »Das ist Feldberg. Er kandidiert für den Vorsitz. Cross kommt noch.«

»Und was ist an diesem Cross so toll, dass man den überall ankündigen muss? Der Chef der Gewerkschaft?«

»Nä, der Chef der Gewerkschaft war Symes. Ist im Stollen Adam gestorben. Bist nicht von hier, was?«

Bei Jennys Frage schlug mein Herz ein paar Takte schneller. Super – zwei Sätze, und ich hatte mich schon wieder als Fremde geoutet. Wenn das so weiterging, steckte ich in zehn Minuten kopfüber in einem der kalten Schmelztiegel. »Ich ... ich komme aus Savosta.« Ich hielt mich an die Geschichte, die ich mir zurechtgelegt hatte. Savosta war die nächstgrößere Stadt auf Pherostine. »Bin gerade erst hergezogen und weiß noch nicht so recht, was hier abgeht.«

»Ah, neu hier.« Sie musterte mich von Kopf bis Fuß und deutete auf meine Schottenkaro-Pumps. »Coole Schuhe. Und wo arbeitest du?«

»Danke. In Konrad«, sagte ich. »Aber mal ehrlich – wer ist dieser Cross?«

»Wir hoffen, dass er auch kandidiert. Er ist ein guter Mann«, sagte Jenny. Sie musterte mein Gesicht – ich hatte meine Wange schon wieder vergessen. Vermutlich zeigte sich da inzwischen eine tüchtige Schwellung. »Einer, der das Maul aufmacht.«

Stürmische Begeisterung brandete im vorderen Teil der Menge auf und setzte sich zeitversetzt nach hinten fort. Offenbar hatte der Langweiler das Mikro an Richard Cross übergeben. Auf den 3D-Cubes erschien das Gesicht, das ich in dem Nachrichtenbeitrag verstaubt und grimmig gesehen hatte. Cross wirkte deutlich sauberer, aber kaum weniger ernst, als das letzte Mal, dass ich ihn gesehen hatte.

Ich machte ein paar Schritte nach vorne zu dem durchscheinenden Bild und war dabei nicht die Einzige – die ganze Masse Menschen rückte näher zusammen, um besser sehen und hören zu können. Ich sah mich um und fand Jabbert ganz in der Nähe. Mit einem Schuss Adrenalin kam mir wieder mein Auftrag ins Bewusstsein. Doch wenn ich mich so umsah – es standen immer wieder Anzug tragende Leibwächter der GWA in der Gegend herum –, grenzte es an Selbstmord, heute auch nur darüber nachzudenken, hier etwas abzuziehen. Ich musste warten, bis sich die Menge und Müller mit seinen Wachhunden verzogen hatten.

Als ich mich wieder Wauzi und Jenne zuwenden wollte, stand neben mir eine blonde Gestalt, die gerade auf Zehenspitzen versuchte, einen besseren Blick durch die Leute vor sich zu erhalten. Ich erkannte sie sofort wieder – es war die drahtige blonde Frau mit den Cyberoos und der langen Strähne, mit deren Schulter ich am Tag des Anschlags bereits nähere Bekanntschaft geschlossen hatte.

Ich hoffte schon, sie hätte mich nicht gesehen, und versuchte, ein paar Leute zwischen uns zu bringen, da stieß sie mich mit der Schulter an. Offenbar eine Grobmotorikerin. »Hey!«, sagte sie auch dieses Mal. »Pass doch auf!«

Im letzten Augenblick verkniff ich mir eine Antwort, durch die sie sich an mich erinnert fühlen könnte. »'tschuldigung«, sagte ich bloß und wandte mich ab. Mit einem Blick über die Schulter bemerkte ich allerdings, dass sie mir mit gerunzelter Stirn nachsah. Hoffentlich besaß sie ein schlechtes Gedächtnis.

Ich ging wieder zu Ares und Jenny hinüber, um der Blonden aus dem Weg zu gehen. Dort hatte ich einen deutlich schlechteren Blick – in manchen Situationen ist meine Körpergröße halt nicht von Vorteil.

»Richard Cross«, kündigte der Langweiler seinen Nachredner an. Mehrere zigtausend Menschen brachen in Begeisterungsstürme aus.

»Danke«, schallte eine Stimme durch die Lautsprecher. »Aber ihr solltet mir erst dann zujubeln, wenn ich etwas getan habe, nicht vorher.«

Obwohl die Worte platt hätten sein können, wenn sie jemand anderes gesagt hätte, klangen sie aus Cross' Mund so gar nicht nach einem Wahlkampfslogan. Sie klangen ehrlich.

»Feldberg hat die Situation ganz gut zusammengefasst«, fuhr Cross fort. »Eines hat er aber ausgelassen.« Er sammelte sich und blickte in die Kameras – ich fühlte mich über die riesigen Cubes sofort direkt angesprochen. Dabei benahm er sich so ungezwungen, dass er entweder Erfahrung in der Öffentlichkeitsarbeit haben musste oder sich einfach keinen Dreck darum scherte, wie er wirkte.

»Wir stehen hier auf Pherostine an einem Scheideweg. Die Dinge werden sich verändern. Bislang hat *United* uns klein halten können. Das geht in Zukunft nicht mehr. Smog in den Straßen und verrußte Industrieluft? Marode Kabel und Maschinen? Betas, die unsere Lohnforderungen unterwandern? Nicht mit mir!« Er machte eine zwangsweise Künstlerpause, denn die Leute jubelten wieder. »Wie sich herausgestellt hat, haben wir einen großen Xenanvorrat unter Shroder's Peak. Ziemlich sicher sogar unter der Hälfte von Shroder's Peak, den die PLU vor neun Jahren für Altersheime gekauft hat. Damals hat *UI,* um überhaupt noch etwas für das Land zu bekommen, alles mit Schürfrechten verkauft. Das bedeutet, dass wir auf Pherostine in Zukunft kaum noch Antigrav-Treibstoff von Reglay oder Canopus mehr kaufen müssen. Wenn es stimmt, was die Berichte sagen, dann reicht das Vorkommen für uns hier vor Ort, um sämtliche auf Pherostine vorhandenen Treibstoffe auf zwei Jahre zu strecken.« Wieder schrien und pfiffen die Leute.

»Ein Teil des Xenans ist kürzlich in die Luft geflogen, aber vermutlich gibt es noch weitere Lagerstätten, wie viele und wie groß weiß man nicht – und *United* will auch verhindern, dass wir es herausfinden.« Buhrufe schallten durch den Raum.

»*United* will uns glauben machen, dass das Xenan auf Konzernland liegt. Und sie wollen uns vormachen, dass das Xenan instabil ist und nicht abgebaut werden kann. Ich war mit dem Vorstand vor der Explosion vor Ort, um Proben zu holen und Messungen vorzunehmen. Beides ist uns nicht gelungen, weil – ihr wisst, warum. *United* ...« Cross stockte, seine Stimme wurde grimmiger. Er setzte neu an. »*United* sagt natürlich, dass die Explosion, die unseren alten Vorstand getötet hat, ein bedauerlicher Unfall war.« Jetzt wurde es still im Raum. »Ich bin mir da nicht so sicher. Ich weiß nur, dass Symes, Gruber, Willboury und all die anderen tot sind. Und ich werde herausfinden, wer schuld daran ist, das könnt ihr mir glauben.« Zustimmendes Gemurmel ging durch die Reihen.

Ich sah mich um und las in den Gesichtern der Menschen um mich herum mein Schicksal, wenn sie mir jemals auf die Spur kamen.

Cross räusperte sich befangen. »Aber das bringt uns im Augenblick nicht weiter, und Symes hat immer gesagt – ›Nach vorne schauen, nicht nach hinten. Da kriegt man nur Genickstarre.«« Die Leute lachten über den liebevollen Scherz.

»Aber mal im Ernst. Ich will euch nicht zu viel versprechen. Beide Fakten wollen noch geprüft werden. Daher habe ich vor, im Namen der PLU auf dem Boden von Shroder's Peak eigene Bohrungen anzustellen. Dafür brauche ich aber eure Hilfe. So ein Antrag kann nur von einem Ratsmitglied der PLU gestellt werden. Die sind nun alle tot. Also stelle ich mich hiermit zur Wahl.«

Der Aufruhr, den diese Worte verursachten, war ohrenbetäubend. Die Leute brauchten mehrere Minuten, um sich wieder zu beruhigen. Auch Wauzi und Jenny waren ganz aus dem Häuschen. Der Beta sabberte sogar.

In Richard Cross' Stimme schwang ein Unterton mit, der mich aufhorchen ließ. Der Mann meinte es ernst mit seinen Worten – wirklich ernst. Er glaubte fest daran, dass der Kampf um die geforderten Bedingungen wert war, dass man dafür in den Tod ging. Ich wusste nicht, woher diese draufgängerische Einstellung stammte, doch mir stellten sich die Haare im Nacken auf. Stewart hatte Recht – Richard Cross war ein gefährlicher Mann.

»Ich verspreche euch nicht, dass ich ein Programm einhalten werde, in dem so viele Paragrafen stehen, dass sogar die Anwälte es nicht mehr verstehen«, fuhr Cross fort. »Ich verspreche euch auch nicht, dafür zu sorgen, dass die Beta-Humanoiden, die eure Arbeit so billig machen, aus den Stollen und Schächten entfernt werden.« Er machte eine bedeutungsschwangerere Pause und blickte mittels der Cubes wieder über die Menge. »Die Betas sind nicht der Feind. Im Gegenteil – ich bin der Meinung, dass die Betas unsere besten Freunde sind. Sie sind stark, sie sind viele, und sie sind genauso wütend über das, was auf Pherostine passiert, wie wir.« Jetzt hörte man auch tierische Laute aus der Menge – Wauzi bellte sogar. »Daher werde ich dafür kämpfen, dass die Beta-Humanoiden Arbeiter auf Pherostine in die Gewerkschaft zugelassen werden. Niemand kann uns gegeneinander ausspielen, wenn wir gemeinsam, Schulter an Schulter, für bessere Arbeitsbedingungen einstehen! Dankeschön, Genossinnen, Genossen!«

Diese letzte Ankündigung schien die Menge zu spalten: Manche jubelten, andere buhten, viele riefen ihre Meinung hinaus. Das Ergebnis war eine Kakophonie, in der man keine Stimme verstand. Cross hatte ihnen Stoff zum Nachdenken gegeben.

»Ich sage doch, der tut was«, sagte Jenny neben mir und strahlte über das ganze Gesicht. »Der quatscht nicht nur dummes Zeug. Wenn der sagt, dass das kein Unfall war, dann glaube ich das.«

»Und wer ist dieser Cross, dass er das angeblich so genau weiß?«, fragte ich. »Ich habe bislang keine Beweise gesehen.«

»Wirst du noch«, erwiderte Jenny voller grundgütigem Vertrauen. »Man sagt, Cross war mal Reporter. Ein Studierter. Jemand, der genau weiß, was er tut und wo er die Informationen herbekommt. Wart's ab. Der quatscht nicht nur.«

Ich hörte nicht weiter zu. Richard Cross war also Reporter. Ein weiteres Detail, das Stewart – und Jabbert – vergessen hatten, mir über diesen Auftrag mitzuteilen.

Was auf den ersten Blick nebensächlich wirken mochte, würde mir die Arbeit unendlich erschweren. Nicht nur, dass Journalisten misstrauischere Zeitgenossen abgaben als Hänschen oder Lieselotte Mayer-Durchschnitt. Sie waren auch besser darin, ihre Spuren zu verwischen, wenn sie verschwinden wollten. Und sie kannten die Beschattungstaktiken alle selbst und wussten, wie man Leute erkannte, die sich an sie ranmachen wollten. Und was machte ein verdammter Reporter überhaupt auf diesem Stück Weltraumdreck? Heiliger Apollo, das wurde ja immer verworrener.

Ich hatte angenommen, dass *Enclave Limited* seinem Konkurrenten *United* mit dem Entzünden des Xenans hatte Steine in den Weg werfen wollen. Nun sah es beinahe danach aus, als hätte ich *United* mit meinem Auftrag gleich mehrere Gefallen getan – den Gewerkschaftsrat aus dem Weg geschafft und einen ersten Beweis dafür geliefert, dass das Xenan instabil war. Das war eine kleine Sensation, denn die Metakons halfen einander nicht aus Menschenfreundlichkeit.

Mir dämmerte, dass das Spiel, das hier gespielt wurde, möglicherweise gar nicht Konzern gegen Konzern, sondern zwei Konzerne gegen die Gewerkschaft hieß. Denn die einzige Ausnahme zu dieser Regel stellte der Kampf gegen die Gewerkschaft dar, der im Interesse aller Metakons lag. Besonders, wenn sie, wie die PLU hier, gerade dabei war, ihre Machtstellung auf einem Planeten auszubauen.

Dazu mochte *Enclave Limited* schon mal einen anderen Konzern wie *United* heimlich unterstützen. Doch das durfte natürlich nicht an die Öffentlichkeit dringen, besonders, falls *Enclave* auf Pherostine ebenfalls Eigeninteressen verfolgte.

Vermutlich war das der Grund, warum Stewart nicht wollte, dass Cross' Tod nach einer allzu professionellen Hinrichtung aussah. Wenn man das Ganze als Machtkampf in der Gewerkschaft verkaufen konnte, dann war *Enclave* fein raus. Besonders jetzt, da offenbar die Augen des Universums und der Galaxy Workers Alliance auf den Geschehnissen auf Pherostine ruhten.

Und Cross musste sterben, weil die Arbeiter ihre Hoffnungen auf ihn legten. Wenn der Mann ein Kämpfer war, dann würde er allein die Schuhe von Symes und den restlichen Vorstandsmitgliedern zusammen ausfüllen, und die Probleme gingen von vorne los.

Auf der anderen Seite konnte man auch misstrauisch werden. Der Vorstand der PLU war durch meine Sprengung im Stollen Adam vollständig ausgelöscht worden. Richard Cross war der Einzige, der wieder lebend aus dem Stollen gekommen war und gleichzeitig von den Toden profitierte. Warum war er überhaupt mit hineingegangen, wenn er nicht im Vorstand gewesen war? Konnte er beteiligt gewesen sein? Er war es auch gewesen, der diesen Symes davon abgehalten hatte, auf der Bohrmaschine nach dem Rechten zu sehen. Hatte er die lose Platte nicht gesehen, oder hatte er sie ignoriert?

Nach der grimmigen Rede, die Cross gerade gehalten hatte, war der Mann entweder ein begnadeter Manipulator, oder er war ungefähr so intrigant veranlagt wie ich – also gar nicht. Für die Kumpel vor Ort hoffte ich, dass Letzteres zutraf. Für mein Gewissen wünschte ich mir eher Ersteres. Immerhin sollte ich den Mann töten. Doch dazu musste ich erst einmal an ihn herankommen. Und dafür musste dieser Zirkus vorbei sein.

Der Langweiler hatte offenbar alles, was er benötigte, denn jetzt trat er zurück ans Mikrofon. »Liebe Genossinnen und Genossen, ich freue mich, euch einen hochrangigen Gastredner vorstellen zu dürfen. Wir dürfen uns geehrt fühlen, den Vorsitzenden der Galaxy Workers Alliance in unserer Mitte zu begrüßen. Applaus für Gerhard Müller.«

Die Anwesenden reagierten pflichtschuldig, dann heulte eine Rückkoppelung durch die Lautsprecher. Bei Müller handelte es sich um einen gewichtigen Endfünfziger mit Glatze und maßgeschneidertem Anzug, der trotzdem nicht richtig an seiner Figur sitzen wollte.

»Wer ist das?«

Jenny sah mich schief an. »Hinter welchem Mond hast du denn gehaust? Müller ist ein hohes Tier – ein ganz hohes. Er ist der Vorsitzende der Galaxy Worker Alliance, der ganzen interstellaren Gewerkschaft! Sein Bruder Bruno ist ein bekannter Abenteurer, der eine eigene Firma hat, *Troja Corp.* Ein Schatzsucher-Unternehmen, das die Weiten des Alls nach Ancient-Artefakten durchforstet hat.«

»Nie gehört, beide. Ich hab's bislang nicht so mit der Politik gehabt. Wie steht dieser Gerhard Müller zu den Ereignissen?«

»Schwierig zu sagen«, erwiderte sie. »Er soll gekommen sein, um zwischen PLU und Konzern zu vermitteln.

Aber diese Leute von der GWA haben doch immer nur die große Politik im Kopf.«

Der neue Redner räusperte sich. »Danke, Feldberg. Liebe Genossinnen und Genossen, ich möchte meinem Vorredner Richard Cross zustimmen. Auf Pherostine wird sich etwas ändern, darauf könnt ihr Gift nehmen.« Er lächelte, als hätte er einen Witz gemacht. »Die Frage ist aber nicht, *was* sich ändert, sondern *wie* es sich ändert. *United* ist immer noch der Hauptarbeitgeber von Pherostine. Euer Hauptarbeitgeber.« Er ließ die Worte bedeutungsschwanger in der Luft hängen.

»Das bedeutet, dass auf diesem ganzen Planeten ohne *United* nichts geht. Nicht vor und nicht zurück. Hier geht es nicht darum, mit flammender Lanze eine schreiende Ungerechtigkeit zu rächen. Hier geht es um Diplomatie und Verhandlungsgeschick. Wir müssen *United* respektieren, denn immerhin bezahlt *United* die Brötchen. Ich verstehe Richards Drang, mit dem Kopf voran durch die Wand gehen zu wollen. Was ich über die Zustände gehört habe, macht auch mich wütend.« Grimmig sah er wieder über die Menge. »Ihr trefft hier heute eine wichtige Wahl. Ihr wählt nicht nur einen neuen Mann an die Spitze der PLU, ihr wählt auch einen neuen Kurs. Lasst bei dieser Wahl nicht außer Acht, dass ihr Mieten zahlen müsst. Dass viele von euch Schulden zu begleichen, andere Familien zu ernähren haben; Kinder! In meiner beinahe zwanzigjährigen Karriere in der GWA habe ich gelernt, dass es niemals gut ist, einem Konzern die Pistole auf die Brust zu setzen. Ich empfehle euch, an den Verhandlungstisch zurückzukehren. Eine Lösung ist in

Griffweite – eine, mit der ihr keine verbrannte Erde auf Pherostine hinterlasst. Denn ihr müsst hier auch die nächsten zwanzig Jahre noch mit den Leuten von *United* klarkommen.«

Müller war ein klassischer Politiker; der Typ Mann, der ohne Zweifel davon ausging, dass jeder, der ihm zuhörte, seiner Meinung sein musste, der auf Knopfdruck seinen Charme einschalten konnte, wenn er einen für wichtig hielt, und der Tatsachen schuf, um die Konkurrenz mundtot zu machen. Müller hatte diesen Alles-wird-gut-Tonfall perfektioniert und war damit offenbar bislang gut gefahren – immerhin war er Berufspolitiker und Manager der GWA zugleich.

»Ich bin heute Abend auch zu euch gekommen, um euch eine gute Nachricht zu bringen. Feldberg und ich haben gestern und heute ausgedehnte Krisensitzungen mit Gouverneur Clairveaux und den Leuten von der Arbeitssicherheit bei *United* geführt. Wir fordern einen ausgedehnten Einbau von Luftwandlern in sämtlichen Stollen und Betriebsstätten, und in einem zweiten Schritt auch in ganz Carabine. Niemand soll mehr unter den Gesundheitsschäden und dem Gestank leiden. Ich kann euch sagen, dass sich *United* mit Händen und Füßen gewehrt hat. Trotzdem denke ich, dass wir sie morgen oder übermorgen so weit haben, dass sie zustimmen. *United* will uns hier ernsthaft die Hand reichen, Genossinnen und Genossen. Ich bitte euch nur um eines: Schlagt diese Hand nicht aus. Ich danke euch.« Müllers Rede hinterließ tiefen Eindruck bei den Anwesenden, die ja hier waren, weil sie sich um ihre Zukunft sorgten.

Ich war gespannt über den Ausgang der Wahl, denn wenn Cross Vorstandsvorsitzender der PLU war, bedeutete dass, das ich noch schwieriger an ihn herankommen würde.

Als er vom Podium zurückgetreten war, begannen Helfer mit der Organisation der Formalitäten. Offenbar sollten die nun fehlenden Vorstandsmitglieder gewählt werden und anschließend der Vorsitzende. Die Leute um mich herum nahmen ihre kleinen Wahlchips in die Hand – alle, bis auf die Betas.

Jenny runzelte die Stirn. »Wählt ihr nicht mit?«

»Ich – ja, klar doch.« Ich zog meinen Chip aus der Tasche. Jabbert hatte seinen schon in der Hand. Ares schaute betreten drein, denn als Konzernbesitz durfte er ja nicht in die Gewerkschaft und also auch nicht mit wählen.

»Nicht mehr lange«, tröstete Jenny ihn. »Cross ändert das bald. Dann erleben wir ein Stück Geschichte!«

»Jupp«, sagte ich. »Ich bin ganz gerührt.« Ich muss wohl ein wenig spöttisch geklungen haben, denn Jabbert jagte mir den Ellbogen in die Seite.

Jabbert sprang ein. »Jeder geht anders damit um, denke ich.«

Jenny nickte und wendete ihre Aufmerksamkeit wieder nach vorne, als ein Name verkündet wurde. Der Langweiler – Feldberg war sein Name – wurde zur Wahl gestellt, und es wurde abgewartet, bis die Ergebnisse eingegangen waren. Ich drückte auf Grün. Dann begann das Spiel von vorn. Schließlich wurde der Kandidat gefragt, ob er die Wahl annehmen würde. Das Ganze war ein Akt langweiliger Formalitäten, denn offenbar gab es nicht mehr Freiwillige als Sitze – kaum verwunderlich, da die Posten momentan nicht ganz ungefährlich zu sein schienen. Feldberg und Cross wurden beide in den Gewerkschaftsrat gewählt.

Die Spannung im Raum spitzte sich erst wieder zu, als das Amt des Vorsitzenden zur Wahl stand. Die einzigen beiden Kandidaten waren Myles Feldberg und Richard Cross. Ich schaute mich um und sah ernsthaften Fleiß in den Gesichtern, als die Leute auf ihre Knöpfe drückten. Ich konnte nicht abschätzen, wie die Wahl ausgehen würde. Klar, Cross war überaus beliebt. Doch das Argument mit Haus, Ehepartner und Kindern hatte die Arbeiter offenbar auch beeindruckt.

Die Menge wurde schon unruhig, als die Verkündigung des Ergebnisses länger dauerte als die Male zuvor. »Die Wahl fällt mit 54 Prozent auf Richard Cross«, verkündete eine Helferin dann grinsend. »Das ist eine Mehrheit, wenn auch knapp. Richard, nimmst du das Amt an?«

Man hätte in der riesigen Halle einen Schraubenschlüssel fallen hören können, so leise waren die fünfzigtausend Menschen. Das Bild in dem Cube zeigte Cross' Gesicht. Ich hatte den Eindruck, dass Cross einen winzigen, beinahe unmerklichen Moment zögerte. »In Ordnung«, sagte er dann, und die Menge brodelte auf beiden Seiten, bei Menschen wie Betas. »Ich nehme die Wahl an.«

Nach der Wahl verstreute sich die Menge leider nur zögerlich. Aufbruchstimmung hatte um sich gegriffen und eine neue Gemeinschaft zwischen den Anwesenden gestiftet. Die Augen der Leute leuchteten, ihre Wangen waren gerötet. Begeistert erzählten sie sich die tollsten Sätze und ballten dabei die Fäuste. Offenbar hatten alle das Gefühl, an etwas Großem teilgehabt zu haben. Ich beobachtete die Menge mit wachsender Anspannung. Konnten sich die Leute nicht einfach verziehen? Doch ich musste noch eine halbe Stunde warten, bis sich das Gedränge auch nur ansatzweise verstreut hatte.

Und auch dann blieb noch ein Teil der Leute zurück. Ich sah mich um und erkannte drei verschiedene Gruppen von Leuten. Einige breite Kerle bauten Bühne und Technik ab, andere wollten noch etwas besprechen – die Hirten. Dann gab es die Fans, die Richard Cross vermutlich sagen wollten, wie großartig sie seine Arbeit fanden und dass er ihnen *so viel Hoffnung* gäbe – die Schafe. Die Vorstellung, dass meine Metapher Jabbert und mich zu Wölfen machte, erheiterte mich ein wenig. Ich hatte gedacht, ich hätte das Spielchen, mich zum einsamen Helden hochzustilisieren, im Alter von achtzehn aufgegeben. Offenbar hatte ich mich geirrt.

Bei meiner Einschätzung der Leute fielen mir allerdings auch ein paar Männer aus der ersten Gruppe auf, die mit dem Abbau von Bühne und Technik beschäftigt war. Einige kräftige Kerle taten nur so, als würden sie helfen. Sie hielten sich in ähnlicher Manier in Cross' und Müllers Nähe auf wie die Leibwächter und ließen meine Alarmglocken klingeln. Einer davon trug einen Cowboyhut und kaute auf einem Pfriem herum – Kautabak. Da waren sie wieder, die Klischees.

»Siehst du die Männer da?«, raunte Jabbert mir zu.

»Allerdings. Cross' Bodyguards?«

»Möglich. Wenn ja, sind es ziemlich viele.«

Ich sah mich um und stimmte ihm zu. Wenn das Leibwächter waren, waren es *zu* viele, selbst wenn sich Müllers Krawattenträger einmal verzogen hatten. Ich würde
es niemals bis zu Cross schaffen – und selbst wenn, kam
ich hier nicht mehr lebend raus.

»Was nun?«, fragte ich.

»Plan B.« Jabbert wies mit dem Kinn unauffällig auf
meinen Ausschnitt.

Verdammt. Doch Undercover-Arbeit. Konnten die Dinge nicht auch mal einfach sein? »Erklärst du mir nochmal, warum du den verdammten Job nicht selbst erledigst? Du bist immerhin für so etwas geschult. Du hast
das verfluchte Schulungsbuch dafür geschrieben!«

»Weil's dein Job ist, nicht meiner«, erwiderte Jabbert.

Ich runzelte die Stirn. Jabberts Versuch, mich vorzu-
schicken, konnte natürlich etwas mit Stewarts Befehlen
zu tun haben. Er konnte auch ganz pragmatisch warten,
bis ich Cross getötet hatte, um mich dann entweder an
die *UI*-Sec auszuliefern oder mich gar selbst zu erledigen, um sich dann meinen Erfolg auf die Fahnen zu
schreiben. Zutrauen würde ich es ihm ohne weiteres.
Doch das paranoide Gegrübel half momentan gar nichts.
Ich beschloss, Jabbert gegenüber weiterhin wachsam zu
bleiben und derweilen das zu tun, weshalb ich gekommen war.

Also versuchte ich, den Wolf in mir wieder in einen
Schafpelz zu kleiden, und näherte mich der Gruppe um

Richard Cross, der gerade mit Müller diskutierte. Gleichzeitig fühlte ich das beruhigende Gewicht meiner *Versatile* im Schulterholster.

»... ist der helle Wahnsinn, Richard. Man muss mit den Leuten hinterher noch zusammenarbeiten! Wenn du jetzt im Namen der ganzen Gewerkschaft verbrannte Erde hinterlässt, sitzen die Leute hinterher alle ohne Job da! Ihr müsst mit *United* reden!«

»Geredet haben wir nun wahrhaftig lange genug, findest du nicht? Gerhard, wir haben jetzt eine echte Chance, etwas zu verändern!«

»Was hat dir die *United* getan, dass du so wütend bist? Egal, was es ist, dies ist nicht deine persönliche Vendetta, Richard! Hier hängen Tausende von Leuten dran, die Brot essen und ihre Kinder versorgen wollen.« Zwei Männer, die einen schweren Lautsprecher trugen, rempelten Müller an. Der schnappte sich den einen am Schlafittchen und knurrte: »Weißt du, wie sich eine gebrochene Kniescheibe anfühlt und wie weit man damit noch kriechen kann? Nein? Dann pass beim nächsten Mal besser auf!« Ich schätzte, Müller war wohl nicht Vorsitzender der GWA geworden, indem er mit seinen Gegnern Schach gespielt hatte.

Der Mann wandte sich zu Cross zurück. »Entschuldige bitte. Man muss den Leuten zeigen, dass man keinen Spaß versteht. Wo waren wir?«

»Bei der Vendetta. Aber das hat nichts mit einer Vendetta zu tun, Gerhard! Wir müssen *United* die Stirn bieten. Wenn man sich von den Konzernen alles gefallen lässt, dann hört das nie auf. Man muss ihnen Grenzen

setzen! Das fängt mit dem Stollen Adam und dem Xenanvorkommen an und hört bei den Menschenrechten
für Betas auf. Wenn wir uns alles gefallen lassen, hauen
die uns weiterhin übers Ohr und schaffen Betas heran,
um uns auszubooten – so wie die letzten Jahre auch
schon.«

»Dieses Gerede wird dich nochmal umbringen, Cross.«
Müller senkte die Stimme, so dass ich ein paar Schritte
vor machen musste, um noch verstehen zu können, was
er sagte. »Richard, hör mir jetzt genau zu. Hörst du mir
zu?«

»Ich höre, Gerhard.« Cross' Tonfall klang nur leicht
genervt.

»Dann merk es dir auch. Zu fordern, die Betas in die
Gewerkschaft aufzunehmen, braucht Zeit. Wir müssen
noch ein wenig vorsichtige politische Arbeit leisten.
Lass mir einfach noch ein, zwei Jahre, dann sieht vielleicht schon alles ganz anders aus.«

Cross musterte Müller mit einem Ausdruck, als hätte
er etwas Schlechtes gegessen. »Jemand muss den Anfang machen, Gerhard. Es kann nicht bleiben, wie es ist.«

»Du bist davon nicht abzubringen, was?« Ergeben
schüttelte Müller den Kopf. »Sag nicht, ich hätte dich
nicht gewarnt. Aber gib mir wenigstens … na ja, gib mir
zwei Tage. Dann kann ich meine Kontakte vorbereiten.
Den Schlag ein bisschen abmildern. Ansonsten sehe ich
schwarz für die Gewerkschaft.«

Cross zögerte. Dann nickte er. »Zwei Tage. Dann werde ich *UI* zwei Dinge auf den Tisch legen: dass wir auf
Pherostine die Betas in die Gewerkschaft aufnehmen

wollen und eine weitere Bohrung nach dem Xenan durchführen werden. Und wenn die *United* diese Zeit dafür nutzt, Shroder's Peak zu besetzen, dann schießen wir uns durch. Verstanden? Sag das deinen ›Kontakten‹.«

»Ich kann nichts versprechen«, entgegnete Müller. Die Sache schien zwischen den beiden geregelt zu sein.

Cross sah sich gezwungen, ein paar begeisterten Leuten die Hände zu schütteln, die ihm für seinen Einsatz danken wollten. Als er sich orientierte, wie es nun weitergehen sollte, nutzte ich den Moment, um ihn zu betrachten, denn bislang hatte ich ihn nur von weitem gesehen.

Ja, er war dunkelhaarig, und ja, er hatte ein kantiges Gesicht. Er musste sich zwischendurch rasiert haben, denn der Drei-Tage-Bart war einem Bartschatten gewichen. Jetzt schätzte ich ihn eher auf Anfang dreißig denn Ende zwanzig. Und er besaß die intensiven Augen von jemandem, der durch sein ganz eigenes Tal der Finsternis gewandert und daraus nicht als derselbe Mann hervorgegangen war, als der er es betreten hatte. Cross trug eine lockere dunkelblaue Jeans und einen grauen Rip-Pullover mit Stehkragen, der vorne mit einem Reißverschluss geschlossen war, dazu, wie fast jeder hier, schwarze Stiefel mit Stahlkappen.

Jabbert stieß mich mit dem Ellbogen an und ruckte mit dem Kopf in Cross' Richtung. Mein Augenblick war gekommen, und ich wusste so überhaupt nicht, was ich tun sollte. Was hatte mein Partner noch gesagt? Ein bisschen mit den Wimpern klimpern, und der Rest geht von allein? Das sollte mein Plan sein? »Ich bin für großflächige Sprengungen zuständig, verdammt«, murmelte ich, dann ging ich zögerlich auf Cross zu und streckte meine Hand aus.

»Ich, ähm«, begann ich, »ich wollte Ihnen danken, Mr. Cross.«

Er sah sich nur ein wenig genervt zu mir um und schüttelte mir die Hand. »Sag Richard, bitte. In der Gewerkschaft sind wir doch alle Genossen, oder?«

»Gern.«

»Wie heißt du?«

»Eliza. Konrad.« Verdammt. Warum war ich plötzlich total auf den Mund gefallen?

Cross sah mich auch irritiert an. Vermutlich hatte er heute Abend schon so viele Hände geschüttelt, dass er die Leute, die daran hingen, gar nicht mehr auseinanderhalten konnte. »Eliza Konrad?«

»Eliza. Aus Konrad. Dem Stollen.« Es war nicht so, dass ich hier stand und stammelte wie ein Teenager. Etwas in meinem Kopf hielt meine Zunge davon ab, vollständige Sätze zu formen. Vielleicht strahlte der Sprengsatz in meinem Kopf auf das Sprachzentrum ab. Genau, das wird es gewesen sein. Ich errötete und zog die Hand zurück. Vielleicht hatte ich sogar mit den Wimpern geblinzelt, so aus Versehen.

»Ich hatte mich gerade gewundert, dass du genau wie der Stollen heißt.«

Ich suchte nach Worten, fand aber noch immer keine. Also überließ ich meinem Mundwerk das Denken. »Ich hätte es meinen Eltern übelgenommen, wenn sie mich

Konrad genannt hätten. *Alfred* wäre vielleicht noch gegangen.«

Er lächelte. »Oder Adam.«

»Ja, Adam geht auch. Aber Konrad? Bitte!« In spielerischer Genervtheit verdrehte ich die Augen.

Wir lachten zusammen, beide ehrlich erleichtert, dass das Eis gebrochen war. »Du hast einen Humor, der mich an einen alten Freund erinnert«, bemerkte Cross.

Widerwillig lenkte ich meine Gedanken zurück auf den Job. Jetzt, da ich zur menschlichen Sprache zurückgefunden hatte, nahm ich meinen Mut zusammen. »Sag mal, ich wollte mit ein paar Kumpeln gleich noch etwas trinken gehen. Hast du vielleicht auch noch Lust auf einen Schluck?«

Er zögerte kurz. »Ich – gern. Wo geht ihr hin?«

»Ehrlich gesagt kennen wir uns hier noch nicht sonderlich gut aus. Hat's in der Nähe eine gute Kneipe?« Immer aktiv halten, die Herren, hat mir früher mal eine Freundin gesagt, die damals schon deutlich größere Erfahrung auf dem Feld besessen hatte als ich.

Er sah mir in die Augen. »Ja, sicherlich. Ich muss nur noch ...«

»Richard?«, fragte jemand dazwischen.

Cross wollte seinen Satz noch beenden: »... nur noch beim Abräumen ...«

»Richard!« Jetzt konnte man den Zwischenruf nicht mehr ignorieren.

Als wir uns gleichzeitig umwandten, musste ich den Reflex unterdrücken, mich sofort wieder abzuwenden, um nicht erkannt zu werden. Cross wirkte ungehalten: »Winslow, ich unterhalte mich gerade. Was gibt's denn?«

Winslow war die Blonde mit den Cyberoos, die dieses Mal die Freundlichkeit besaß, vor mir stehen zu bleiben, statt durch mich hindurchmarschieren zu wollen. Sie sah mich an, sprach aber offenbar mit Cross. »Ein paar der Jungs nisten sich vorsichtshalber bei dir zu Hause ein, nur, dass du's weißt.« Sie deutete mit dem Daumen auf den Cowboy, der nicht unweit stand.

»Meint Grange etwa, dass mich jemand überfallen will?«, fragte Cross stirnrunzelnd.

Ich verschluckte mich beinahe und versuchte, an Gänseblümchen und grüne Wiesen zu denken, um mich nicht durch einen Gesichtsausdruck zu verraten.

»Na ja, jetzt, wo du im Vorstand bist ... Wie lange dauert das bei dir noch? Wollten wir nicht längst los?« Sie runzelte die Stirn und schien mich jetzt erst richtig zu bemerken. »Und was will das Mädel hier von dir?« Die Fragen schossen aus ihr heraus wie Maschinengewehrfeuer.

Cross atmete einmal hörbar aus. »Winslow, das ist Eliza. Eliza, das ist Winslow.«

Sie sah auf mich herab, und ihre Augen verengten sich erst zu Schlitzen, dann weiteten sie sich in stillem Erkennen. Dieses Mal hatte sie sich definitiv an mich erinnert. Ob von der Begegnung eben, von dem Zusammenstoß am Schacht Adam oder von beidem, konnte ich natürlich nicht sagen. Wie sagte Jabbert noch? Man begegnet sich im Leben immer dreimal. Für mich verhieß das in keinem Fall etwas Gutes.

»Wir haben uns bereits getroffen. Zweimal. Eigentlich

hat sie mehr mich getroffen«, sagte ich und biss mir auf die Lippe. Ich wollte hier nicht die zynische Militaristin abgeben, sondern so aussehen, als wolle ich mit dem Herrn ein Date. Wie sollte ich mich verhalten? Konnte ich die Frau abkanzeln, wie ich es sonst tun würde, oder würde sich Cross dann darüber wundern, wie ich mich auf einmal benahm?

Winslow nutzte meine Verunsicherung brutal aus. »Du bist doch die Schlampe, die schon zweimal in mich hineingerammt ist, oder?«

»Winslow ...«, bat er, doch sie ließ ihn nicht zu Wort kommen.

»Und jetzt gräbst du Cross an? Bitte, wie billig ist *das* denn?«

»Ich grabe nicht ...« Ich begann schon, mich aufzuplustern, doch jetzt unterbrach Cross mich.

»Winslow! Jetzt halt mal die Luft an!«

»Richard, sie ...«

»Nein, wir werden das jetzt nicht diskutieren, wir ...«

»Aber, Richard, ich muss ...«

Cross platzte offenbar der Kragen. »Entschuldige mich bitte kurz«, sagte er in meine Richtung, dann nahm er Winslow beim Arm und zog sie ein paar Schritte beiseite. Die beiden begannen ein hitziges Gespräch.

Ich beschloss, lieber auffällig und schlau als unauffällig und dumm zu sein, und versuchte, die beiden unter den Wimpern heraus zu beobachten. Und in der Tat erwischte ich Winslow einmal dabei, wie sie mit prüfendem Blick zu mir hinübersah. Auch Cross sah dann und wann herüber, während er sprach.

Dann redete Winslow auf ihn ein und gestikulierte, strich sich mehrfach durch das Haar und stützte die Hand in die Hüften. Als Cross das nächste Mal zu mir herübersah, meinte ich, Misstrauen in seinen Augen zu sehen. Kein paranoides Du-willst-mich-umbringen-du-Schlampe-Misstrauen. Eher ein Kann-ich-dir-trau-en-oder-nicht-Misstrauen, wenn Sie verstehen, was ich meine.

Verdammt. Der Mann drohte, mir zu entgleiten, und ich hatte keine Ahnung, was ich tun sollte, um dem zu begegnen. Offenbar war die Blonde eine seiner besten Freundinnen, dass sie so mit ihm reden durfte.

»Die ist eifersüchtig auf dich«, sagte Jabbert hinter mir. »Offenbar bist du bei Cross in wenigen Augenblicken weiter gekommen, als sie vermutlich in Jahren. Gute Arbeit übrigens.«

»Danke – glaube ich. Eifersüchtig?«

»Na klar. Aber das heißt nicht, dass sie dumm ist. Deine Ungeschicklichkeit hat uns vielleicht den ganzen Auftrag versaut. Wir haben nur noch fünfundzwanzig Stunden, das ist dir hoffentlich noch klar.«

»Sicher doch. Mach ruhig weiter. Du kannst gern noch ein bisschen überflüssigen Druck aufbauen«, murmelte ich sarkastisch.

»Vielleicht passt du einfach ein bisschen besser auf, wo du hintrittst«, erwiderte er gereizt. »Wie kann man so viele Fehler auf einmal begehen?«

Ich drehte mich verärgert zu ihm um. »Verdammt, Jabbert! Willst du dich weiterhin benehmen wie ein Arschloch und mir jede Kleinigkeit vorwerfen, oder bist du in der Lage, dich zur Abwechslung mal wie ein Mensch zu benehmen? Du klingst ja schlimmer als meine Oma!« Und meine Oma, eine resolute alte Dame, konnte schimpfen, das kann ich Ihnen sagen. Zu ihren Lebzeiten natürlich. Obwohl ich der alten Lady durchaus zutrauen würde, ihre Verwandten auch noch aus dem Grabe heraus zu verfluchen.

»Wie hast du mich genannt?«, fragte Jabbert.

Jetzt war er offenbar wütend, aber das war mir egal. Der Mann attackierte mich mit seiner überheblichen Art, seit wir angefangen hatten, zusammenzuarbeiten. Ich hatte keine Lust mehr, sein Gift zu schlucken. »›Schlimmer als meine zickige alte Oma‹ habe ich dich genannt. Wobei der Vergleich eine Beleidigung für meine alte Dame wäre, das will ich dir …«

»Das sagst du nicht noch einmal!«, zischte er. Dann holte er ansatzlos aus und versetzte mir eine Ohrfeige, die meinen Kopf klingeln ließ.

Jetzt rastete der Mann endgültig aus.

Meine Antwort auf Jabberts Ohrfeige kam instinktiv: Ich zog das Knie hoch und trat ihm zwischen die Beine. Nur durch eine schnelle Halbdrehung konnte er den schlimmsten Schaden vermeiden.

»Verdammt!« Ich hielt mir die Wange. »Verdammt! Was soll das? Hast du *Spaß* daran, andere Leute zu vertrimmen?«

»Nicht mehr als du«, zischte Jabbert und rieb sich den Oberschenkel dort, wo ihn mein Knie erwischt hatte.

»Heda!«, rief Cross und eilte herüber. »Lass sie in Ruhe!«

»Oder was?«, fragte Jabbert höhnisch. Dann schubste er mich so hart, dass ich das Gleichgewicht verlor und zurückstolperte – direkt in Cross' Arme. Er fing mich wie ein Gentleman.

»Oder es wird dir leidtun«, sagte er nüchtern. In dem Satz steckte kein bedrohlicher Unterton – er sprach ihn aus wie jemand, der ankündigt, dass morgen teilweise Bewölkung in schauerartigen Regen übergehen würde.

»Die Schlampe ist sowieso nicht gut genug für mich!« Jabbert machte Anstalten, sich auf mich zu werfen – oder auf Cross, was momentan beinahe dasselbe war.

Ich wich aus und krallte mich an Cross' Pullover, um nicht wieder zu stolpern. Was Jabbert bezweckte, merkte ich erst, als plötzlich die drei starken Kumpel ins Geschehen eingriffen, die bislang beim Abbau von Bühne und Technik geholfen hatten. Zwei schnappten sich Jabbert an den Armen, der Dritte versetzte ihm einen tiefen Schwinger in die Magengrube, so dass er zusammensackte. Nennen Sie mich nachtragend, aber im Augenblick gönnte ich es ihm. Die Männer pressten ihn auf den dreckigen Betonfußboden und fixierten ihn dort.

»Alles klar, Jungs.« Cross hob beruhigend die Hände. »Das war bloß ein Missverständnis. Ich glaube nicht, dass der Mann mir etwas tun wollte.«

Die Kerle ließen Jabbert trotzdem nicht aufstehen. Er lag nach Luft ringend auf dem Bauch und rührte sich nicht.

Cross wandte sich mir zu. »Alles klar bei dir?«

»Ja, mir geht's gut.«

»Hey.« Er hob mein Kinn mit zwei Fingern an, so dass

ich ihm ins Gesicht sehen musste, und betrachtete besorgt meine Wange. »Das wird eine ganz schöne Schwellung geben, denke ich.«

»Die erste und letzte, die mir dieser Kerl hier zugefügt haben wird«, sagte ich und entzog mich seinem Griff.

»Gut so«, erwiderte Cross. »Du wirkst auch nicht gerade wie eine Frau, die sich so etwas gefallen lässt.«

Ein Teil von mir genoss die Art, wie er sich um mich sorgte. Der andere stellte sarkastisch fest, dass das mit den Männern und dem Heldentum noch immer funktionierte. Die Romantik war doch nicht mit der Titanic versunken.

Dann realisierte ich, was ich gerade tat. Böse Elyzea. Sitz, Elyzea. Behalte den Kopf auf den Schultern und einen kühlen Verstand. Schließlich willst du den Mann noch töten.

Er fuhr ein wenig verlegen fort: »Winslow hat gesagt ... Wir waren auch mit ein paar anderen Leuten verabredet. Eine große Runde.« Als wir zu der Blonden hinübersahen, die er hatte stehenlassen, funkelte sie finster zurück und verschränkte die Arme vor der Brust. Ihre blauen Cyberoos hoben sich krass von ihrem leicht geröteten Gesicht ab. Sie war wütend.

Cross schien sich zu etwas durchzuringen, denn er wandte sich wieder mir zu und lächelte warm. »Aber vielleicht treffen wir uns einfach danach?«

Einen Augenblick lang wusste ich nicht, was ich sagen sollte. Ich hatte nicht mehr damit gerechnet, dass es so einfach wäre. Ignorierte Cross den Rat der Freundin, weil sie sich danebenbenommen hatte? Oder wollte er

Zeit schinden, um mich vorher überprüfen zu lassen? Letzteres wäre nicht gut für mich, denn einer tieferen Überprüfung würden die Identitäten von Jabbert sicher nicht standhalten. Doch dieses Angebot war alles, was ich hatte. Ich konnte es schlecht ausschlagen, ohne Misstrauen zu erregen.

»Gern.« Ich drückte auf einen Knopf meiner Multibox, um ihm meine Nummer auf seinen Phonestick zu senden. »Ruf mich an. Aber wenn es zu spät ist, wunder dich nicht, wenn ich schon im Bett liege.«

»Das will ich nicht hoffen, Eliza. Bis später.« Damit trennten wir uns.

Cross und Winslow wurden von den »Jungs«, die ihm gerade beigesprungen waren, durch einen der Hinterausgänge hinausbegleitet. Kurz darauf hörte ich Motorengeräusche eines Fahrzeugs, vermutlich ein Schwebetaxi oder Ähnliches. Ich verließ die Gießerei durch den Vordereingang, nachdem ich dort meine Waffe abgeholt und den Wahlchip wieder abgegeben hatte. Ich wollte nicht mehr zusammen mit Jabbert gesehen werden, für den Fall, dass jemand uns beobachtete und es eventuell direkt an Cross weitergab.

Außerdem hatte die Erkenntnis, was Jabbert mir alles verborgen hatte, mich nicht unbedingt vertrauensseliger gemacht. Ich musste ein ernstes Wörtchen mit dem Mann wechseln, sobald sich die Gelegenheit dazu fand.

Draußen war es frisch geworden. Ich sah in den Himmel, hinauf zu den drei Monden. Ich war gespannt, ob sich Richard wirklich melden würde. Vielleicht überlegte er es sich doch noch anders. Geduld war zwar nicht unbedingt meine Stärke, aber ich beschloss, Richard ein paar Stunden Zeit zu geben. Was blieb mir auch anderes übrig? Ich hatte nicht einmal die Geistesgegenwart besessen, ihm den Peilsender zuzustecken, als ich die Chance dazu gehabt hatte. Doch die Zeit wurde knapp. Spätestens morgen Abend musste Cross tot sein, sonst wäre ich es.

Jetzt hieß es abwarten und Tee trinken.

Dabei mochte ich Tee nicht einmal sonderlich.

6

29. März 3042 (Erdzeit)
Ort: Carabine, Hotel Hyperion

Okay, den Satz mit der Paranoia verkneife ich mir dieses Mal. Wie anfangs beschrieben wechselte ich also auf der Tour von der stillgelegten Gießerei zurück zum Hotel Hyperion mehrfach das Antigravtaxi, fluchte über den Streik und betrat erst zwei Stunden später mein Zimmer.

Ich kann wirklich nicht erklären, was mich misstrauisch machte und meine Waffe ziehen ließ – vielleicht lag es daran, dass an diesem Abend schon so vieles anders gelaufen war, als ich es geplant hatte. Nachdem ich das Licht angemacht hatte, blickten Jabbert und ich uns über die Läufe unserer Pistolen an.

»Okay«, sagte ich, doch ich senkte die Waffe nicht. »Wir können jetzt ausprobieren, wer länger den Arm hochhalten kann. Oder wir fechten es aus wie Männer und schauen, wer als Erster zuckt. Möglicherweise bist du schneller als ich. Vielleicht aber auch nicht. Stattdessen könntest du mir aber auch endlich erklären, was hier gespielt wird, Jabbert.«

Der Mann hielt meinem Blick stand, ohne zu blinzeln. Schließlich nahm er seine *Pacifier* herunter und legte sie auf den Tisch des schäbigen Hotelzimmers. »In Ordnung«, sagte er. »Ich bin in diesem Beruf schließlich so alt geworden, weil ich gelernt habe, wann man aus einem Spiel aussteigen muss. Reden wir.«

Erstaunt sah ich ihn an, war aber selbst nicht so vertrauensselig, sondern hielt die Mündung weiterhin auf ihn gerichtet. »Okay. Aber ich warne dich – versuch deine Hirnwichserei bei mir, und ich drücke ab.«

Jabbert legte die Finger gespreizt zusammen und die Zeigefinger an die Lippen. »Was willst du wissen?«

»Warum hat man ausgerechnet mich ausgeschickt, um Richard Cross zu töten?«

»Definitiv nicht meine Entscheidung«, seufzte er. »Es ist eilig, und niemand anderes ist verfügbar.«

»Jeder andere meines Teams wäre genau so schnell hier gewesen wie ich.«

»Ja, aber die würden den Auftrag alle deutlich professioneller ausführen als du. Stewart will nicht, dass es nach Konzernjob aussieht.«

»Na, danke«, erwiderte ich. Natürlich hatte er Recht – ich war keine unauffällige Mörderin, das war einfach nicht mein Aufgabengebiet. Trotzdem fühlte ich mich gerade beleidigt. Ich hielt mich bereit, um die *Versatile* jeden Augenblick abfeuern zu können. »Soll ich dabei draufgehen?«

Jabbert bleckte die Zähne zu einem Haifischlächeln. »Wenn es so wäre, würde ich ›Ja‹ sagen, während du mit einer Mündung auf mich weist?«

Ich funkelte ihn an und versuchte, in seinen Zügen zu lesen.

»Aber die Antwort ist Nein. Ich habe keine Order, dich im Anschluss an deinen Auftrag zu eliminieren.« Er nahm die Hände herunter und legte sie in den Schoß – und damit ein kleines Stückchen näher an die Waffe. »Natürlich hast du keinen Anlass, meinem Wort zu trauen. Aber glaub mir – dein Auftrag ist für Stewart sehr wichtig.«

Ich kann nicht in Worte kleiden, wie sehr ich ihm nicht traute. Er wirkte überzeugend, wie immer. Doch ob er log oder nicht, machte gerade keinen Unterschied. Er würde mich mindestens so lange leben lassen, bis ich Cross getötet hatte. »Was ist deine Aufgabe auf Pherostine?«, fragte ich.

»Das darf ich dir nicht sagen.«

Ich zielte mit der Mündung ein wenig tiefer. »Ich würde vorschlagen, dass du es dir nochmal überlegst. Sonst werde ich doch noch misstrauischer, als ich es eigentlich vorhabe. Was ist deine Aufgabe hier, und warum erledigst du den Job mit Cross nicht einfach selbst? Du hast genug Talent dafür, es wie einen Amateur-Job aussehen zu lassen.«

Jabbert massierte sich die Nasenwurzel, als hätte er Kopfschmerzen. »Ich habe mich auf eine Position im mittleren Management von *United* vorgearbeitet, um den Konzern, seine Geschäftszahlen und -transaktionen auszuspionieren und an Stewart weiterzugeben sowie einige Zulieferfirmen ins Spiel zu bringen, hinter denen *Enclave* steckt.«

»Das heißt, *Enclave* will Pherostine wirklich übernehmen?«

»Es deutet alles darauf hin. Wie also vielleicht selbst dir deutlich werden sollte, darf man mich um nichts auf dieser Welt mit einer potenziellen Mörderin in Verbindung bringen. Wenn jemand anfängt, Fragen zu stellen, ist meine Position und damit mein Auftrag gefährdet. Wenn man dich hinterher auf Pherostine wegen Mordes sucht, ist das eine lästige Angelegenheit. Wenn man mich als Mittäter bezeichnet, bedeutet das, dass ich versagt habe.«

»Das ist natürlich keine Option«, sagte ich spöttisch.

»Natürlich ist das keine Option. Glaubst du, ich will immer als Justifier im Einsatz bleiben? Ich werde nicht jünger. Wenn sich dir eine Gelegenheit bietet, musst du alles auf eine Karte setzen, um zu gewinnen. Alle anderen sind Verlierer. Wenn du dir an mir ein Beispiel nimmst, wird vielleicht noch etwas aus dir.«

»Schon klar«, murmelte ich. »Null Toleranz.«

»Reicht dir das?«, fragte Jabbert. »Sonst würde ich vorschlagen, dass du die Waffe herunternimmst und wir zur Arbeit zurückkehren.«

»Wer ist Cross wirklich?«, fragte ich.

»Richard Cross, Vorarbeiter für *United Industries,* geboren am …«

»Ich kenne die Daten«, unterbrach ich ihn. »Die sagen mir aber nicht, wer Cross tatsächlich ist. Sicher, er hat ein Geburtsdatum, Eltern – aber es gibt keine Informationen über Kindheit, Jugend, Schule, Ausbildung – nichts. Ist dir nicht aufgefallen, dass der Mann vor dreieinhalb Jahren vom Himmel gefallen zu sein scheint?«

Er spreizte die Finger in einer sparsam verlegenen Geste. »Ich habe die Daten nur zusammengestellt, nicht ausgewertet.«

»Das ist dem großen Jabbert nicht aufgefallen«, triumphierte ich. Ja, ich kann kleinlich sein.

Aber die Tatsache, dass Jabbert auch nicht mehr über den Mann wusste, besänftigte mein Misstrauen tatsächlich am meisten. In meinem Kopf hatte sich schon der Eindruck einer Verschwörung um Cross und mich im Zentrum gebildet. Vermutlich traute ich den Menschen um mich herum mehr zu, als nottat.

Ich sicherte meine Waffe und verstaute sie in meinem Schulterholster. »Okay. Ich nehme an, ich bin wertvoll genug für den Konzern, um mich hier nicht einfach abservieren zu lassen. Schließen wir Frieden. Immerhin habe ich hier noch was zu tun.«

Wie gesagt – das bedeutete nicht, dass ich ihm traute. Ich traute ihm so weit, dass er mich jetzt nicht erschießen würde. Und dass ich paranoid bin, heißt nicht, dass ich nicht verfolgt werde.

Als wolle Jabbert mir Recht geben, sprang er so schnell und fließend aus dem Sessel auf mich zu und hatte mich bei der Kehle gegriffen, angehoben und an die Tür hinter mir gedrückt, bevor ich auch nur Piep sagen konnte. Ich hing dort für einen Augenblick röchelnd, hielt mich an seinem Handgelenk fest und versuchte, ein Knie zwischen unsere Körper zu bringen, um ihn von mir wegzustemmen – vergebens. Die Hand lag so fest um meinen Hals wie ein Schraubstock und schnürte mir die Luft ab.

Er sah mich nur an, sein Gesicht direkt vor meinem. In seinen Augen stand die überhebliche Arroganz, die er an den Tag gelegt hatte, seit ich ihm das erste Mal begegnet war. Gleichzeitig hatte ich das Gefühl, dass ich hier zum ersten Mal dem echten Jabbert begegnete.

»Du glaubst, dass du etwas Besonderes bist? Bilde dir nicht ein, dass du besser bist als ich«, zischte er mir zu. »Du bist *nichts*. Eine Fliege. Eine Mutation. Eine willkürliche genetische Verirrung, beschränkt auf ein paar Synapsen in deinem winzigen Hirn.« Damit ließ er mich zu Boden und löste den Griff.

Ich rang um Atem und hustete meine Luftröhre frei. Dabei drängte mich mein verletztes Ego, ihm mit einem Messer an den Kragen zu gehen. Glücklicherweise war ich dazu noch nicht in der Lage, und das zwang mich, ein wenig nachzudenken. Ja, auch bei mir kommt das manchmal vor.

Mein Hirn begann mit der Analyse und stellte drei Dinge fest: Erstens hatte Jabbert sich schneller bewegt, als ich es für menschenmöglich gehalten hatte. Zweitens war er kräftiger gewesen, als ich es für menschenmöglich gehalten hatte. Und drittens war er noch eingebildeter, als ich es für menschenmöglich gehalten hatte.

Also, was war er? Ein Suprasoldat kam nicht infrage – dafür hatte er dann doch zu wenig Muskelmasse und Testosteron. Sicher, er war extrem durchtrainiert und den Bewegungen nach in Kampftechniken geschult, aber ein Suprasoldat besaß das Format eines menschlichen Panzers. Jabbert war als Infiltrator deutlich unauffälliger gebaut. Ich hielt ihn auch nicht für einen Psioniker, Jump oder Chemical, denn das würde man sehen, und diese Kräfte waren eher geistig als körperlich. Nein, seine Arroganz lieferte mir das fehlende Puzzlestück. Vermutlich war er ein Augie, ein »Augmented Human«, wie es in der Konzernsprache so schön hieß. Ein Mensch, der sich einer langwierigen und unangenehmen, massiven Gentherapie unterzogen hatte, die seinen Verstand, seine Physis und seine Sinne verbessert hatte. Damit hatte er sich quasi selbst zum Übermenschen gemacht und hielt sich, wie viele Augies, für etwas Besseres. Und damit war er mir im Nahkampf deutlich überlegen.

Ich hatte dem Mann eine Waffe vor die Nase gehalten und ihn ein bisschen gekitzelt, um festzustellen, was sich hinter der Fassade befand. Nun hatte ich es gesehen und war zwar schlauer, aber nicht glücklicher mit dem Wissen. »Okay, okay«, sagte ich beruhigend, sobald ich wieder sprechen konnte. »Ich habe nie etwas anderes behauptet.«

»Gut.« Jabbert entspannte sich und nahm wieder Platz. »Beweis mir, dass du es draufhast. Lass uns an die Arbeit gehen.«

Möglicherweise hatte er doch einen Chip im Kopf, der ihn von einem Moment auf den anderen seine Gefühle umpolen ließ. Ich brauchte noch ein paar Momente, bis ich mich beruhigt hatte. »Wann haben dich die Bergarbeiter gehen lassen?«, fragte ich ihn dann.

»Das hat eine Weile gedauert. Ich schätze, sie wollten

sichergehen, dass Cross inzwischen weit weg war.« Er schlug die Beine über. »Und, hast du ein Date mit ihm?«

»War das dein großer Masterplan bei der Aktion mit der Ohrfeige?«

»Häusliche Gewalt gegen Frauen funktioniert bei Typen mit Messiaskomplex immer.«

Das Schlimmste war, dass sein Plan funktioniert hatte. Ich legte die Hand zur Kühlung auf die geschwollene Wange, auf die er mich in der Gießerei geschlagen hatte. »Es hätte nicht geschadet, mich zu warnen«, erwiderte ich säuerlich.

»Und riskieren, von deinen Schauspielkünsten verraten zu werden? Nein, danke. Du leistest gute Arbeit – ich habe deine Akte gelesen, vergiss das nicht. Du bist unser absoluter Joker, was Sprengstoffe und ihre Entschärfung angeht, und für deine Größe nicht schlecht im Nah- und Fernkampf. Aber das Feld der Intrige überlass bitte mir.«

»War da gerade ein Kompliment vergraben?«, fragte ich trocken. »Ganz tief? Sieh bloß zu, dass das nicht öfter vorkommt. Es könnte zur Gewohnheit werden.« Ich hatte keine Lust, ihn zu behandeln wie ein rohes Ei, nur weil er mir mit einer Hand das Genick brechen konnte.

»Ich mache keine Komplimente, ich benenne Fakten. Also, hast du nun ein Date?«

»Vielleicht.« Ich ließ mich rückwärts auf das weiche Bett fallen. Es protestierte knarrend, hielt jedoch. Ich versuchte mich zu entspannen und überprüfte meine Multibox. Cross hatte sich noch nicht gemeldet.

Ich war mit dem Ablauf der Ereignisse nicht glücklich. Cross hätte bereits tot sein sollen. Ich hörte schon den metaphorischen Sand der Zeit durch das nicht weniger metaphorische Stundenglas laufen, fühlte den Atem des Höllenhundes im Nacken, sah Gevatter Tod seine Sense schleifen. Welches Bild Ihnen auch immer am besten gefällt: Es war kein schönes Gefühl.

Immerhin wusste ich jetzt, dass Cross von seinen Kumpels beinahe professionellen Personenschutz erhielt. Was ihnen zu gut ausgebildeten Sicherheitskräften fehlte, machten sie durch Muskeln und Loyalität wieder wett.

»Und? Hast du einen Plan, falls er sich nicht meldet?«

»Allerdings«, sagte ich kurz entschlossen, in dem ich meine eben geordneten Fakten auswertete.

»Nämlich?«

»Er hat erstaunlich wenig Spuren auf diesem Planeten hinterlassen. Das spricht für einen vorsichtigen Menschen. Die Explosion im Stollen wird ihn noch paranoider machen. Vielleicht rechnet er sogar damit, dass *United* jemanden auf ihn ansetzt. Seine Leute tun es zumindest, sonst würden sie ihn nicht so im Auge behalten. In jedem Fall hält er sich bedeckt. Er geht sicherlich nicht an die Orte, an denen er sich sonst herumtreibt ...«

»... und die wir auch noch nicht kennen«, unterbrach Jabbert mich tadelnd.

»... die aber irrelevant sind. Das ist die Natur der Angst – oder der Paranoia. Man geht nicht an die Orte, von denen man selbst weiß, dass man dort regelmäßig aufzufinden ist. Er wird sich bei jemandem verstecken, der wenig mit ihm assoziiert wird, aber auf derselben Seite steht wie er.«

Jabbert furchte die Stirn. »Gerhard Müller, der Gewerkschaftsboss?«

»Genau der. Müller schien Cross nicht sonderlich zu mögen. Aber wenn er die PLU nicht vollständig zertreten will, braucht er Cross.«

»Müller klang nicht danach, als sei er von Cross' politischem Programm so überzeugt.«

»Nein, das sicher nicht. Aber sie haben ein gemeinsames Ziel: Den Xenanfund für die Gewerkschaft zu nutzen.«

Jabbert nickte langsam. »Eine taugliche Hypothese. Aber auch nicht sehr viel mehr als das – eine Hypothese. Immerhin die einzige, die wir haben. Müller ist eine so bekannte Persönlichkeit, dass er sich deutlich leichter finden lassen sollte als Cross.«

»Allerdings. Vielleicht geht dann alles schneller, als man denkt.«

»Das sollte es auch. Wir haben nur noch einen Tag.« Er verzog den Mundwinkel zu einem trockenen Lächeln. »Immerhin würden wir dich dann nicht mehr undercover in die Gewerkschaft schicken müssen.«

»Das wäre definitiv ein Plus.« Ein Teil von mir hoffte sogar, dass sich Cross nicht meldete. Auf dem Parkett, auf dem zum Takt von halb- und vollautomatischen Waffen getanzt wurde, kannte ich wenigstens die richtigen Schritte.

Dann brummte meine Multibox.

Ich sah Jabbert an. »Keine Kontaktdaten.« Ich stellte das Gerät laut.

»Ja?«

»Eliza?«

»Wer ist da?«

»Hier ist Richard Cross.«

Mein Herz tat erst einen freudigen Hüpfer – dann wurde es schwer.

So viel zu »keine Undercover-Arbeit mehr«.

Das Potemkin's, in dem Cross und ich uns verabredet hatten, stellte sich als Bar heraus, in der – Überraschung – nichts so war, wie es schien. Von außen wirkte das Eckgebäude teuer, beinahe pompös aufgemacht. Weiß-golden gestrichene griechische Säulenreliefs und zwiebelturmartige Aufbauten in Rot und Gold scheiterten kläglich daran, die Optik griechischer Tempel mit der Architektur der russischen Zarenzeit zu vereinbaren.

Ich hatte meine Müdigkeit weggeduscht, ein neues Shirt in Schwarz und Dunkellila angezogen, zum Make-up gegriffen und mich ein wenig geschminkt, gerade so, dass die Wimpern betont waren und Lippen und Wangen frisch wirkten und die leichte Schwellung von dem Schlag abgedeckt war. Pinsel und Lidschatten hatten sich fremd angefühlt – im Feld war weniger *Zart Rosé* und *Dark Mauve*, sondern mehr Schlammbraun and Camouflage Green angesagt. Doch manche Dinge verlernt man offenbar nicht. Schlussendlich hatte ich das Armband mit den petrolfarbenen Perlen angelegt, das ich mir bereits vor Jahren angeschafft hatte und für das sich viel zu selten Gelegenheiten boten. Sie fühlten sich warm und weich unter meiner Hand an und gaben ein vielstimmiges zartes Summen von sich.

Dann hatte ich mich per Taxi in eine Straße in der Nähe des Potemkin's fahren lassen und meinen Rucksack in der Nähe einer S-Bahnstation hinter der losen Vernagelung eines leerstehenden Gebäudes versteckt. Ich wollte meine beiden Mikrogranaten, die *SuperSight* sowie den Probenbehälter mit dem Xenan und meine restliche Ausrüstung nicht bei mir tragen. Wenn Cross mich durchsuchen ließ, waren sie definitiv das falsche Signal. Jabbert hatte sich einen Vorsprung erbeten und einen Umweg gemacht. Er wollte sich noch ausrüsten und umziehen, damit man ihn nicht erkannte.

Ich ging den Rest der Strecke zu Fuß. Links von mir türmte sich das Messegelände auf, geradeaus die Skyline des Zentrums. Ich sah hoch zum nächtlichen Himmel. Dunkel war er nicht gerade, denn der erste Ring erstrahlte noch unter dem hellen Licht des Zentrums von Carabine, in dem ein Dutzend Strahler die Wolken beschienen. An den Gebäuden um mich herum flackerten wechselnde Leuchtreklamen mit Bildern von nackten Frauen, die sich nur durch Stil und Geschmack von Bordellwerbungen unterschieden. Ein kometenhaft grelles Licht über dem Messegelände ging wohl von einem Raumfrachter aus, der dort Lieferungen machte. Dieser Teil der Stadt schlief nie. Der Unterschied zu den äußeren Ringen von Carabine hätte nicht größer sein können.

Ich überprüfte den Sitz meines Messers in der Scheide, die ich am Unterarm angebracht hatte, lud meine *Versatile* durch und tastete nach den beiden zusätzlichen Ladestreifen in den Taschen meiner Cargohose.

Was würde mich im Potemkin's erwarten? Ein romantisches Dinner oder eine Kugel zum Dessert? Cross hatte in dem Gespräch gesagt, dass wir uns unterhalten müssten. Hatte Winslow ihn weiter misstrauisch gemacht? Ich kannte mein Glück – im Zweifel wollte man mich in eine Falle locken, töten und meine Leiche auf einer Schlackehalde begraben.

Super. Nach Jahren des Arbeitslagers und des Dienstes für *Enclave Limited* hatte ich endlich mal wieder so etwas Ähnliches wie eine Verabredung. Und anstatt mich darauf zu freuen, mit dem gut aussehenden jungen Typen hinterher im Bett zu landen, stand ich hier und musste mir überlegen, wie ich ihn am besten umlegte, ohne selbst dran glauben zu müssen.

Bei der Ankunft umrundete ich erst einmal den Block und stellte fest, dass das Potemkin's einen sicherheitstechnischen Alptraum darstellte. Es gab nur eine Tür, vor der momentan ein großer TransportAntigrav parkte, und keinen Hinterausgang oder Innenhof, durch den man fliehen – Verzeihung, ich meine natürlich »einen kontrollierten Rückzug durchführen« – konnte.

Wie würde ich es anstellen? Ich traf mich mit Richard Cross in einer Bar. In jedem Fall musste ich ihn unter vier Augen zu greifen bekommen – im besten Fall in einem Raum oder Gebäude mit guten Fluchtmöglichkeiten. Und das alles, ohne dass man mich vorher entwaffnet hatte. Jabbert würde sich im Hintergrund halten – trotz anderer Kleider konnte es immer noch sein, dass ihn jemand erkannte. Er würde im Notfall eingreifen, besonders, was den Rückzug nach vollbrachter Tat anging. Wie auch immer, ich konnte nicht planen, ohne die Situation zu kennen.

Ich aktivierte das Funkgerät in meinem Ohr über die Multibox und überprüfte mit einem Räuspern, ob das winzige aufgeklebte Mikro an meinem Kehlkopf funktionierte. Die Leitungen sangen wie überall auf Pherostine. »Alpha One an Elephant, bitte kommen.«

Es dauerte gar nicht lange, bis ich Stewarts Stimme hörte. Er hatte die *Apathos Vierhundert* mit zwei KSP wieder in den Orbit von Pherostine bringen lassen. Vermutlich steckte das Schiff irgendwo im Schatten von Ariel und hatte einen Relaissatelliten an die Seite des Mondes geschossen, damit wir ohne Zeitverlust miteinander kommunizieren konnten. Mein Chef wollte die Aktion persönlich überwachen. »Elephant an Alpha One. Höre.«

»Bin vor Ort, *Schwesterchen*.« Ich hasste diese neuen Codebegriffe. Doch sie erfüllten ihren Zweck – sie sorgten dafür, dass jemand, der mir zufällig zuhörte, nicht sofort misstrauisch wurde. Nicht sehr einfallsreich, ich weiß, aber mit solchen Tarnbegriffen *will* man die Leute langweilen.

»Verstanden, Alpha One. Bin bei dir.« Stewart wäre ständig für mich ansprechbar und konnte im Zweifel reagieren. Nicht, dass er mir aus der Entfernung großen Beistand leisten konnte, aber immerhin. Er hatte sich vermutlich in das System der örtlichen Sicherheitskräfte eingeklinkt, konnte mich so an ihnen vorbeilotsen und im Zweifel eine Ablenkung erzeugen.

Stewart zögerte kurz, bevor er hinzufügte: »Pass auf dich auf, Alpha One.«

»Du kennst mich doch. Ich passe immer auf mich auf.«

»Ja, ich kenne dich. Also pass auf dich auf.« Er räusperte sich. »Und Elyzea?«

»Ja, Elephant?« Warum benutzte er meinen Namen? Immerhin, die Funkverbindung war verschlüsselt, aber Stewart war sonst immer derjenige, der auf der Funketikette herumritt.

»Dieses Mal gibt es keine Fehler.« Das war keine Frage, sondern eine Feststellung.

Meine Gedanken wanderten unwillkürlich zu der Karikatur einer funkensprühenden runden Bombe von vor ein paar Tagen. Nein, ich zweifelte nicht daran, dass er sie wieder aktivieren würde. Er war ein Geschäftsmann und hatte selbst einen Kopf zu verlieren. Nein, ein Versagen war unmöglich.

»Keine Fehler«, bestätigte ich.

Dann trat ich wachsam um den Antigravtruck herum durch die Tür des Potemkin's. Bei der Fassade hatte ich im Inneren einen Puff mit roten Plüschsofas erwartet, doch ich wurde positiv überrascht. Die Türzarge war mit Flugblättern plakatiert, deren große Titelzeilen sehr empört aussahen. Da sie in kyrillischen Buchstaben verfasst waren, konnte ich den Inhalt nur erraten – vermutlich ging es um Die Revolution. Eine rote Flagge mit Hammer und Sichel hinter der Bar verkündete die Auferstehung der Sowjetrepublik, die es vor ein paar Jahrhunderten auf der Erde gegeben hatte. Daneben hing ein Poster von Lenin. Mein Großvater, der Bergbau-Kumpel, hatte mir stets in glühenden Tönen von Marx, Engels, Bumantai und Vrandečić vorgeschwärmt und das eine ausgewogene politische Bildung genannt.

Die Bar mit Hockern erstreckte sich linker Hand der Tür vor mir, daran drängten sich die üblichen Verdächtigen, die man an jeder Theke in jeder Stadt des Universums findet: leicht bekleidete Frauen und Männer mit unsteten Augen. An vollen Tischen wurde gezockt – Poker, nehme ich an –, getrunken, gelacht und herumgemacht.

»Schwesterchen, ich bin gleich dort.« Ich bemühte mich, auffällig zu sprechen.

»Wie sieht's aus, Alpha One?«

Der Raum war vom Eingang schwer einsehbar, denn links hinter der Bar machte der L-förmige Raum einen Knick. Den besten Blick dürfte man von den herrschaftlichen Galerien gegenüber haben, die so gar nicht bolschewistisch wirkten. Leute mit Getränken standen an den Geländern der ersten Etage, die zweite war leer. Rechts neben mir führte eine Wendeltreppe hinauf. Der Rauch von Zigarren und Wasserpfeifen vernebelte die Luft, durchsetzt von einem süßeren Geruch – ich vermutete Dufttabak und Drogen. Alles wirkte wie eine perfekte Falle.

»Schwierig zu sagen, Schwesterchen. Der Laden ist ziemlich ruhig.«

»Zu ruhig?«

»Viclleicht.«

Alkoholschwangerer Schweiß und schneller metallischer Russen-Rock prägten das Ambiente. Die Blicke der Männer hatten mich innerhalb von Sekunden ausgezogen und umgestylt, die der Frauen mich von Kopf bis Fuß taxiert, ob ich eine Gefahr für ihre Stellung in der lokalen Hackordnung darstellte. Cross war nirgendwo zu sehen.

Ich stellte mich an die Bar und tat das, was böse Menschen immer tun, wenn sie ein fremdes Haus betreten: Ich sah mich nach Gefahrenquellen und nicht offensichtlichen Fluchtwegen um.

Letzteres war einfacher. Es gab mehrere Türen aus dem Gastraum – eine befand sich hinter dem Barkeeper, eine andere direkt gegenüber. Im abgewinkelten Bereich führte eine zweite Treppe auf die Galerie, darunter gab es noch eine Tür, doch keine davon schien ein weiterer Ausgang zu sein. So weit, so schlecht.

Dann kam ich zu den Gefahrenquellen. Davon liefen hier eine Menge herum – die meisten davon in Miniröcken und Stilettos. Bei den Männern konnte ich schlecht unterscheiden, ob sie bloß gebaut waren wie Schränke, um Mädchen aufzureißen, oder ob sie professionelle Schlägertypen waren. Die Gesichtsausdrücke sind meist ähnlich intelligent. Trotzdem hatte ich den Verdacht, dass ein Beta mit Frettchenkopf ein wenig zu sehr unter Strom stand, seit ich den Raum betreten hatte, und ein Rocker mit langen Haaren, dessen Schultern mindestens ebenso breit waren wie sein Bierbauch, zu lässig in meine Richtung schaute. Es war nur natürlich, dass Cross für seine Sicherheit sorgte, oder nicht? Trotzdem merkte ich, wie sich meine Muskeln im ganzen Körper anspannten, um mich sprungbereit zu machen. Ich hoffte, dass der Ort eher eine Defensivmaßnahme denn eine Falle war.

Nachdem ich das Paranoiker-Programm durchhatte, ging ich um die Ecke, um Cross zu suchen, fand ihn jedoch nicht. Ich beendete meine Schätzung und kam auf fünfzig Leute an den Tischen, etwa vierzig an der Bar und davor. Der Bereich zur Treppe hin war mit sicherlich fünfzig gefüllt, und die Galerie beherbergte auch noch einmal dreißig. Für eine so kleine Bar waren zweihundert Leute schon richtig viel und die Menge völlig unübersichtlich. Sicher jeder Zehnte war ein Beta, meist Hunde- und Marderchimären, wie sie im lukrativen Bergbau gern eingesetzt wurden. Ich gab die Situation an Stewart durch.

Ein Blick auf meine Multibox bewies, dass ich mich über eine halbe Stunde verspätet hatte – es war fast drei Uhr. Ich ging durch das Lokal und versuchte, nicht auszusehen, als wäre ich eine Mörderin auf einer Mission. Dabei ließ ich die Blicke schweifen. Die anwesenden Kerle verschlangen mich geradezu mit den Augen, offenbar gab es hier selten appetitliches Frischfleisch. Ich schob mich weiter zur Treppe im hinteren Bereich des abgewinkelten Raums. Im Schutz der Ecke knutschten hier die Pärchen auf den Lümmelsofas. Ich schob mich durch die lässig-cool am Geländer lehnenden Jäger. Die Blicke der Herren waren so einladend, dass mir nach der Hälfte des Wegs ganz weich in den Knien geworden war. Mein letztes Mal war halt eine Weile her.

Ich versuchte, mich wieder auf etwas anderes zu konzentrieren als auf den Dunkelhaarigen mit dem verwegenen Freibeuterbart neben mir, der mir im Vorbeigehen die Hand auf den Arm legte. Der Versuch misslang mir gründlich, und so musterte ich ihn wohlwollend. Verdammt gut aussehend, geschmackvolles schwarzbraun gestreiftes Hemd zur Jeans. An der Gürtellasche hing ein im Dunkeln phosphoreszierendes Plektrum. Ein Gitarrist? Das selbstbewusste Charisma sprach zumindest dafür, dass er ein Mann war, der keine Ablehnung kennt. Unwillkürlich lächelte ich ihn an. Was auch immer auf diesem Auftrag passierte, ich musste mal wieder Freizeit einplanen. Eine Frau hatte schließlich auch so ihre Bedürfnisse.

»Hey, Falkenauge«, sagte er laut, um den Russenrock zu übertönen. »Magst du mit mir etwas trinken?« Er musste bemerkt haben, dass ich wachen Auges durch die Bar gestreift war. Offenbar war ich hier nicht die Einzige, die Menschen gut einschätzen konnte.

»Du bist selbst nicht schlecht im Beobachten, hm?«, sagte ich.

Er zuckte mit den Schultern. »Die meisten Menschen versuchen, etwas darzustellen, wenn sie zu dieser Tür hereintreten. Du hast dich nur umgeschaut und versucht, mit der Tapete zu verschmelzen.«

»So auffällig, wie?«

»Nein«, erwiderte er mit einem Schmunzeln. »Suchst du jemanden?«

»Ja.«

»Jemanden Spezielles, nehme ich an?«

Auf der ersten Galerie hinter ihm blitzte ein blonder Schopf auf. Winslow? Doch als ich genauer hinsah, war niemand zu sehen. »Ja, leider. Den Mann meiner Schwester.« Ich lächelte den Freibeuter mit echtem Bedauern an und schenkte ihm einen Vielleicht-später-Blick. Bei den restlichen Stufen nahm ich immer zwei auf einmal und mischte mich unter die Leute, die hier oben standen und die Aussicht auf die Feiernden genossen.

Von der Ecke der Galerie, wo ich eben noch Winslow vermutet hatte, konnte man den ganzen Raum mit Ausnahme der Tische direkt im Blick behalten, doch ich sah weder Cross noch Jabbert. Von unten blickten der Rocker und das Frettchen zu mir hoch. Ich versuchte, mir meine Nervosität nicht anmerken zu lassen, denn dann kamen sie vielleicht auf falsche Gedanken, oder schlimmer – auf die richtigen.

Ich schaute mich nach der Blonden um, die ich hier oben wiedererkannt zu haben glaubte, und sah sie am Ende der Galerie. Winslow stand kurz vor der kleinen Wendeltreppe, die dort in der Nähe des Eingangs nach oben auf die zweite Etage und hinunter führte. Sie blickte mich finster an, und ich zog fragend eine Augenbraue hoch. Sie winkte mich zu sich herüber.

Offenbar wollte sich Cross hier nicht erst einmal unverbindlich treffen, sondern ließ mich gleich in ein Hinterzimmer rufen. Zusammen mit der Armee an Leibwächtern, die hier unten herumstand, war das alles andere als neutraler Boden.

»Schwesterchen«, sagte ich leise über Funk. »Ich glauhe, ich habe deinen Kerl gefunden. Ich fürchte, er ist nicht allein.«

»Verstanden, Alpha One.«

Ich wollte der Blonden auch über die zweite Hälfte der Galerie folgen, doch plötzlich fing mich ein mir unbekannter Mann mit dem Arm vor der Brust ab. Erst dachte ich, Jabbert hätte sich dieses Mal mit der Verkleidung echt übertroffen, doch er war es nicht, die Statur passte nicht. Vermutlich einer von Cross' Leuten. Er trug Schnauzbart und Bierbauch und sah auch ohne Tiergene aus wie ein menschliches Walross.

»Kein Wort«, raunte er mir zu, während er die Hände über meinen Körper gleiten ließ. »Es muss ja nicht die ganze Bar mitkriegen, was wir hier tun, hm?«

»Was tun wir denn hier?«

Seine Rechte schlüpfte unter meine Jacke und fand meine *Versatile.* Wortlos zog er sie heraus und ließ sie in seinem Hosenbund verschwinden. Er zog nur eine Augenbraue hoch – auf Pherostine war es üblich, bewaffnet herumzulaufen. Es gab hier genug Idioten und merkwürdige Viecher aus dem Wald, die sich manchmal bis in die Stadt trauten. Walross tastete weiter und hob eine Augenbraue, als er zu den Handschellen kam, die ich links an der Hüfte trug. Er ließ sie mir und zog die Hände zurück.

Immerhin hatte er den Knopf in meinem Ohr und mein Messer nicht gefunden. Jemanden mit der Klinge zu töten war zwar umständlicher, dreckiger und gefährlicher für mich, aber es würde gehen. Ich wollte schon weitergehen, doch er hielt mich fest und tastete meine

Arme ab. Schließlich fand er die Scheide am Unterarm und zog die Klinge heraus. »Misstrauisches Mädchen, hm?«

»Die Welt ist schlecht.« Ich wandte mich endgültig ab, während sich meine Gedanken überschlugen. Jetzt würde ich wirklich improvisieren müssen. Gegen Cross allein konnte ich vielleicht ankommen, gegen seine Bodyguards hatte ich keine Chance. Nein, ich brauchte eine Waffe, und sei es ein Stuhlbein, einen Brieföffner oder einen verdammten Zahnstocher. Unauffällig sah ich mich um. Wo steckte eigentlich Jabbert?

Winslow ging vor mir langsam die Treppe hoch, ich folgte in drei Metern Abstand. Als ich den Augen eines Mannes begegnete, der als Zweitletzter am Geländer der Galerie stand, verlangsamte ich meinen Schritt. Ich musste mehrfach hinsehen, um meinen Verdacht zu bestätigen – es war mein Partner. Der Aal hatte sich mit Haargel, einem Schnurrbart und etwas unauffälligem Make-up in einen Latin-Lover par excellence verwandelt. Vom glänzenden Scheitel über die Lederjacke mit dem weißen Muscle-Shirt darunter bis hin zur Markenjeans und den italienischen Designerschuhen stimmte alles. Nicht einmal ich hätte ihn wiedererkannt, wenn er mir nicht so deutlich in die Augen gesehen hätte. Wo hatte er so schnell neue Kleidung herbekommen?

Ich versuchte, mir nichts anmerken zu lassen, und ging weiter auf ihn zu. Dann sah ich, dass Jabbert seine Jacke leicht aufhielt, so dass sie mir Einblicke gewährte, allen anderen aber die Sicht blockierte. Darunter sah ich den Griff einer Pistole.

Ich reagierte, ohne nachzudenken. Als ich ihn passierte, griff ich schnell und unauffällig zu und ließ die Waffe im Schutz seiner Deckung im Holster unter meinem Arm verschwinden. Sie passte zwar nicht ganz, aber ich hoffte, sie würde nicht herausfallen. Dann stieg ich die Wendeltreppe hoch auf die zweite Galerie. Ich hörte, dass mir ein oder zwei Leute folgten. Erleichtert atmete ich aus. So weit also zum Improvisieren – vielleicht würde dieser Abend doch noch teilweise nach Plan verlaufen. Oben angekommen machte die dünne Punkerin keine Anstalten, mich aufzuhalten.

Besser hätte es nicht kommen können – Cross würde innerhalb einer Stunde tot sein. Und mit Jabbert im Hintergrund hatte ich vielleicht sogar eine Chance, hier wieder lebend herauszukommen. Dann konnte ich Pherostine den Rücken kehren, und alles wäre beim Alten.

Mit trockenem Mund folgte ich Winslow zur zweiten Tür auf der oberen Galerie, die bis auf einen offensichtlichen Aufpasser in der Ecke völlig leer war. Ein Blick bewies, dass das Frettchen und das Walross mir gefolgt waren.

Die Frau vor mir zog ein kleines Gerät aus der Tasche und tippte behände darauf herum, dann steckte sie es wieder ein, ohne die Miene zu verziehen. Sie wies mit dem Kopf in Richtung der Tür, vor der wir standen. »Geh schon«, sagte sie abfällig.

Ich öffnete die Tür, um einzutreten. Natürlich war mal wieder alles nicht so gelaufen, wie ich gehofft hatte. Cross' Sicherheitsleute überließen nichts dem Zufall, und das Attentat wäre hier kaum unauffälliger als in der

Gießerei. Doch in diesem Hinterzimmer im Potemkin's bot sich mir vermutlich die letzte Chance, die ich innerhalb der mir gegebenen Zeitspanne erhalten würde. Ich musste sie nutzen.

Tatsächlich stellte Richard Cross ab jetzt das kleinere Problem dar. Die wahre Herausforderung lag darin, nach seinem Tod das Potemkin's wieder lebend zu verlassen. In jedem Fall gab es kein Zurück mehr.

Der Gedanke besaß auch etwas Tröstliches.

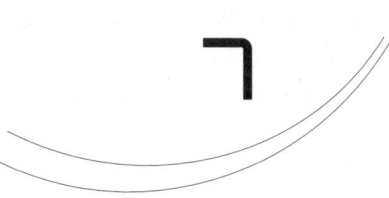

Cross saß in einem Sessel schräg links gegenüber der Tür, vor ihm ein Tisch mit seinem Phonestick und zwei Flaschen Bier darauf. Er trug noch dieselben Sachen, die er in der Gießerei angehabt hatte, die dunkelblaue Jeans, den grauen Reißverschlusspullover und die Stahlkappenstiefel. Er wirkte deutlich ruhiger als vor aller Öffentlichkeit auf der Versammlung. Trotzdem gewann ich den Eindruck, dass er unter Strom stand.

Das Zimmer war groß – größer, als ich gedacht hatte. Ich sah mich um. Die lange Seite dieses Raums wies mit mehreren Fenstern zur Seitenstraße, die kurze zur Front des Gebäudes schräg über dem Vordereingang. Die Tür bei der Treppe, an der wir vorbeigegangen waren, führte ebenfalls hier herein, ihr gegenüber ragte ein ausladendes Himmelbett mit wuchtigen Holzblenden und roten Vorhängen mitten in den Raum. Auch die restliche

Einrichtung entsprach mehr der eines teuren Puffs – rote Plüschmöbel und Vorhänge aus schwerem Samtbrokat. Zwischen den Fenstern nach vorne sah ich ein feudales Schminktischchen mit Spiegel, davor einen Hocker. Das Ganze hatte im Gegensatz zu der Bar unten einen deutlich herrschaftlichen, beinahe zaristischen Touch.

Ich war mit Cross – meiner Zielperson – allein. Mir schoss ein schlimmer Verdacht durch den Kopf. Vielleicht reichte der Sprengsatz an meiner Medulla oblongata sogar, um Cross mitzunehmen? War ich bloß hier positioniert worden, um ihn mitzunehmen, wenn ich starb? Aber Jabbert musste Stewart inzwischen vermeldet haben, dass so weit alles gutgegangen war. Wenn mein Chef mich bloß als Trojanisches Pferd hätte benutzen wollen, dann wäre ich jetzt schon tot.

Ich konnte jetzt die Waffe ziehen und es hinter mich bringen. Doch dann würden ein paar meiner Fragen für immer unbeantwortet bleiben. Wer war Cross, und warum war er datentechnisch ein Phantom? War er wirklich so aufrecht und ehrlich, wie er sich gab? Und wenn er misstrauisch war – warum hatte er mich dann hergebeten? Vermutlich war es ein Fehler, den ich später bereuen würde, aber ich beschloss, ein paar Minuten lang meiner Neugier zu frönen.

»Eliza.« Cross erhob sich zur Begrüßung. »Schön, dass du gekommen bist.«

»Ich habe mich über den Anruf gefreut«, erwiderte ich. Schmunzelnd wies ich auf das Dekor des Raums und das Bett. »Du bist eher von der direkten Sorte, wie?«

»Ich …« Er errötete tatsächlich ein wenig. »Die Hinterzimmer sehen hier alle so aus. Das soll nicht heißen, dass ich, also wir …« Er rang um Worte, dann gab er es auf. »… ein Bier?« Er wies auf die beiden Flaschen Bier und den Sessel, der seinem gegenüber an dem runden Tisch aus geschnitztem Holz und Glas stand. »Das Ambiente ist mir eigentlich etwas zu …«

»Bourgeois?«

»Ich hätte jetzt eher ›geschmacklos‹ gesagt, aber das kommt auf dasselbe hinaus. Also, ein Bier?«

»Okay.« Ich nahm in dem Sessel Platz und griff nach der Flasche. Doch ich trank nicht, sondern machte mir ein Bild von meinem Gegenüber. Cross' Hand lag auf der mir abgewandten Seite außen an seinem Bein, zwischen dem Stoff seiner Hose und dem Polster des Sessels. Hatte er dort eine Waffe? Das würde ihm ähnlich sehen – er war vorsichtig und nicht dumm.

Ich versuchte, nicht auszusehen wie eine Antilope auf dem Sprung. Ich wies mit dem Kopf zur Tür. »Warum bin ich hier?«

Er zögerte kurz. »Eliza Dorrit, Sprengmeisterin in Konrad, vor drei Tagen eingestellt.«

Cross hatte mich also tatsächlich überprüfen lassen. Ich hatte den Verdacht, dass seine Datenabteilung mich eben zur Tür geführt hatte. Ich dankte dem Heiligen Jabbert für seine Sorgfalt. »Und?«

»Niemand hat in den vergangenen Tagen eine neu angestellte Sprengmeisterin namens Eliza im Stollen Konrad gesehen. Keiner kann sich erklären, wo wohl noch eine gebraucht wird. Stattdessen tauchst du auf der Gewerkschaftsversammlung auf und verabredest dich mit mir.«

»Und?«, wiederholte ich. Dieses Gespräch entwickelte sich sehr schnell in genau die Richtung, die ich hatte vermeiden wollen.

»Du hast die Reflexe einer Kämpferin. Bist du eine Soldatin?«

Ich nickte – so ganz falsch war das ja nicht. »Eines der Grundgesetze der Menschheit: Irgendwo wird immer gekämpft.«

»Nicht ganz falsch«, erwiderte er düster. »So sind wir. Wir bringen uns ständig gegenseitig um. Manchmal frage ich mich, wie wir es geschafft haben, uns so auszubreiten.«

»Hormone«, rutschte es mir raus, bevor sich mein Gehirn dazwischenschalten konnte. Offenbar steckte die Umgebung an.

Er musste lächeln. Es stand ihm gut – mehr denn je sah er nach einem liebenswerten Schurken aus. »Vermutlich. Die sind an so manchen Dingen schuld ...«

Ich befahl meinen abschweifenden Gedanken, ins Hier und Jetzt zurückzukehren. Immerhin hatte ich einen Mord zu begehen.

Auch Cross wurde schnell wieder ernst. Er breitete die Hände aus, als hätte er nun alles vor sich ausgebreitet. »Fakt ist: Ich habe keine Ahnung, wer du bist oder was du hier willst, Eliza. Ich weiß nur, dass du bislang nicht auf meiner Seite stehst. Und das will ich ändern.«

Verblüfft schaute ich ihn an. »Du willst ...«

»... dass du zu mir überläufst.«

Ich brauchte einen Augenblick, um diese Offenbarung zu verdauen. Ich öffnete den Mund, doch bevor ich etwas sagen konnte, hob er eine Hand. »Du kannst jetzt natürlich noch eine Weile lang leugnen, behaupten, du wüsstest nicht, was ich meine – aber glaub mir, ich kaufe dir die Eliza Dorrit aus Savosta nicht ab. Zu viele kleine Details, die nicht stimmen. Zu viel ... Willenskraft im Blick.«

Ich schloss den Mund wieder. In der Tat hatte ich versuchen wollen, mich herauszureden, aber offenbar war er sich seiner Sache sehr, sehr sicher. Und trotzdem war ich noch am Leben und hatte es bis zu ihm geschafft. Er konnte die Verbindung zwischen mir und der Katastrophe in Stollen Adam noch nicht gezogen haben, sonst säße er dort nicht so entspannt. Also wollte er wirklich reden. »Aber du weißt gar nicht, für wen ich arbeite und was mein Auftrag ist.«

»Das wirst du mir ja gleich alles sagen«, entgegnete er mit entwaffnender Selbstverständlichkeit.

Ich schlug die Beine übereinander und nickte. »Langsam verstehe ich, warum die Leute unbedingt wollten, dass du hier die Gewerkschaft anführst.«

Er zuckte mit den Schultern. »Ich habe mich lange genug dagegen gesträubt. Irgendwann kann man seine Augen nicht mehr verschließen, schätze ich.«

Ich fragte mich wirklich, warum ein Mann wie er auf Pherostine sein Dasein fristete. Meines Erachtens gab es drei konkrete Gründe, die einen gebildeten Menschen dazu bringen konnten. Der erste war die Liebe. Eine heiße Romanze konnte einen Mann dazu bringen, durch das halbe Universum zu reisen. Aber er wirkte nicht so, als wäre er gerade glücklich verliebt.

Der zweite Grund wäre die Karriere. Doch was sollte ein intelligenter Mann wie Cross, der immerhin Journalist war, auf einem Erzabbauplaneten? Vor allem, da er offenbar selbst nicht in seinem alten Beruf, sondern in der Mine arbeitete? Nein, Cross war auch nicht hergekommen, um sich bei *United* ins Management hochzuarbeiten.

Dadurch ergab nur Grund Nummer drei noch einen Sinn: die Flucht. Cross war nach Pherostine gekommen, um vor etwas wegzulaufen. Entweder einfach vor Kugeln, die ihm um die Ohren geflogen waren, oder vor seinen emotionalen Dämonen.

Die Funkleitung in meinem Ohr wurde aktiv, ich hörte Rauschen und ein dissonantes Singen. Die Interferenzen auf Pherostine waren mal wieder besonders schlimm. »Elephant an Alpha One. Mission zügig beenden und heimkehren. Wiederhole. Mission zügig beenden und heimkehren. Es gibt Komplikationen.«

Beinahe hätte ich als Bestätigung genickt, doch ich beherrschte mich.

»Und warum willst du mit mir reden?«, fragte ich vorsichtig.

»Weil du von jemandem hergesandt worden bist, um Informationen über mich zu sammeln.« Er zögerte, bevor er weitersprach, und beobachtete mich genau. »Wie gesagt, deine Auftraggeber kenne ich nicht, aber ich möchte dich bitten, das zu lassen, tatsächlich sogar eventuell Falschinformationen zu streuen und mir und der

PLU dadurch zu helfen. Denn ich möchte nicht, dass allzu viel über mich an die Öffentlichkeit dringt.«

»Warum nicht?«

Er wies zur Tür, hinter der die Leibwächter standen. »Meine Leute behaupten, das Attentat auf den Vorstand sei eigentlich für mich bestimmt gewesen. Mein einziger Schutz ist, dass es kaum Daten über mich gibt. Ich möchte gern, dass das so bleibt.«

Jetzt wurde es interessant. »Gibt es denn einen Grund, warum jemand ausgerechnet dich töten will?«

Cross zögerte einen Augenblick zu lange. Dann breitete er die Hände in einer Geste aus, als läge die Antwort auf meine Frage auf der Hand. »Außer dem, dass ich der neue Vorsitzende der PLU bin, meinst du? Weil ich unbequem bin.«

»Vielleicht war es ein Zufall, dass der Vorstand da unten war?«

Entschieden schüttelte er den Kopf. »Dafür passt es *United* zu sehr in den Kram.« Er beobachtete mich – offenbar wollte er wissen, ob ich auf den Namen ansprang. Er hielt mich wirklich für eine Agentin des örtlichen Hauskonzerns.

Ich spielte seine Theorie ernsthaft durch. Konnte Cross das Hauptziel gewesen sein? War es möglich, dass der Stollen nur zu dem Ziel gesprengt worden war, den aufstrebenden Gewerkschaftsmacher zu töten? Stewart hatte mir den Befehl zum Sprengen gegeben, obwohl er wusste, dass Leute in der Mine gewesen waren. Wichtiger noch: Er hatte auch gewusst, dass jemand draußen *vor* der Mine gestanden hatte. Soweit ich mich erinnerte, hatte ich aber nicht vermeldet, *wer* draußen gestanden hatte. Wenn er es nicht mit einer Wahrscheinlichkeit von eins zu sieben darauf hatte ankommen lassen, dass Cross die Explosion überlebte, waren ihm die Personen nicht sonderlich wichtig gewesen. Und es entsprach so gar nicht Stewarts Art, auf Glück oder Statistik zu bauen. Im Gegenteil – er plante seine Einsätze minuziös von Anfang bis Ende durch. Mehr und mehr bekam ich den Verdacht, dass der Tod der Gewerkschaftler vielleicht kein Unfall gewesen war. Aber die Sprengung war auch bestimmt kein Attentat auf Richard Cross gewesen.

Aber alle diese Dinge konnte Cross nicht wissen. Er ahnte vielleicht, aber wusste nicht, dass sich ein zweiter Konzern auf das Parkett von Pherostine drängte und dafür Tabula rasa bei der Gewerkschaft machen wollte. Er ging davon aus, dass *United* ihm ans Leder wollte, nicht *Enclave Limited*. Er kämpfte gegen Schatten.

»Elephant an Alpha One. Dies ist die letzte Warnung.« Offenbar traute er mir inzwischen wirklich nicht mehr, wenn er mir ständig dazwischenfunkte. Außerdem ließ er den Funk offen und hörte mir zu. Er wollte mich überwachen.

Also musste ich handeln. Wenn es Komplikationen gab – vielleicht hatte *United* Wind von meiner Anwesenheit bekommen –, dann musste ich den Einsatz zügig beenden, damit ich Pherostine verlassen konnte. Das bedeutete auch, dass Richard Cross' Minuten jetzt gezählt waren.

Ich sah auf und traf seinen Blick. Vielleicht sah er meinen Entschluss darin. In jedem Fall sahen wir einander zum ersten Mal *wirklich* in die Augen. Ich kam mir vor, als wenn Cross mir die Maske der Eliza Dorrit vom Gesicht zog und durch zwei Fenster direkt in meine Seele blickte – die Seele von Elyzea Quinn, nach Australien verurteilte Strafgefangene, Justifier im Dienste der *Enclave Limited* und verantwortlich für den Tod von mehreren Dutzend Menschen. Ich wollte nicht, dass er all das sah. Aber ich konnte meine Augen auch nicht mehr schließen.

In Cross reifte offenbar eine Erkenntnis heran. Auf seinem Gesicht machte sich der Ausdruck eines Kaninchens breit, das langsam realisierte, dass es nicht mit einem Plüschtiger eingesperrt war, sondern mit einem hungrigen Löwen. Der Schreckensmoment schien sich eine kleine Ewigkeit zu dehnen. Dann blinzelte Cross, und die Zeit sprang in schnellen Vorlauf, als wolle sie die verlorene Strecke wiedergutmachen.

Wir reagierten beinahe gleichzeitig.

Cross griff zwischen die Polster seines Sessels und zog eine schlanke Automatik hervor, mit der er mich ohne Zweifel erschießen wollte. Ich ließ meine Waffe, wo sie war. Stattdessen stützte ich mich mit den Händen an den Lehnen meines Sessels auf, drückte mich vom Boden ab und trat nach seiner Hand – ein Trick, den mir Estyxia beigebracht hatte. Seine Automatik fiel klappernd zu Boden und rutschte zur Wand bei der Tür, bevor er sie abfeuern konnte. Ich kam wieder mit den Füßen auf dem Boden auf und suchte einen sicheren Stand.

Jetzt zog ich Jabberts *Pacifier*.

Ich richtete die Mündung auf den Punkt zwischen Richard Cross' Augen. Er erstarrte, die Hände reflexartig ein wenig angehoben, so dass sie auf Hüfthöhe schwebten.

Ein paar Augenblicke lang sagte keiner von uns ein Wort.

»Du bist also nicht gekommen, um mich auszuspionieren, sondern um zu töten.«

Ich sah Cross in die Augen und erblickte einen verdammt feinen, aufrechten Kerl, der sein Leben dafür riskierte, für andere zu kämpfen. Ich nickte mit echtem Bedauern. Immerhin war mein Großvater ein Kumpel gewesen. »Du bist ein offenes Ende.«

Cross' Augen weiteten sich. »Du! Du hast die anderen getötet! Symes, Willboury, Gruber – du hast den Stollen in die Luft gesprengt!«

Ich sah ihn über die Länge meines ausgestreckten Arms und des Pistolenlaufs an und schwieg. Offenbar war ihm das Antwort genug. Er wurde noch einen Grad blasser. Er schluckte schwer und schloss die Augen. Als er sie wieder öffnete, las ich schwer gezügelte Wut darin.

Und ich wusste, dass ich ihn nicht töten wollte.

Stewarts Stimme drang leise an meinem Ohr. »Elyzea, du hast noch zehn Sekunden.«

Cross, der den Funk ja nicht hörte, sagte bebend: »Symes war ein guter Mann. Willboury hatte zwei Kinder. Und selbst Gruber ... Keiner von ihnen hatte es verdient zu sterben.«

Wie schon einmal erschien die kleine, funkensprühende Karikatur einer Bombe in meinem rechten oberen Gesichtsfeld. Sie zählte einen Countdown von 12 herunter. Stewart hatte endgültig die Geduld verloren.

Und in diesem Augenblick lernte ich eine endgültige Lektion über mich selbst. Ich würde mich nicht aufgeben, um einen anderen zu retten. Nein, ich *wollte* Cross nicht töten, ich mochte den Mann und fand gut, was er tat. Aber ich würde es trotzdem tun. Stewart saß am anderen Ende meiner Funkverbindung mit dem Finger über dem Knopf, der mein Leben beenden würde, mit dem er die Bombe aber auch wieder abstellen konnte. Ich wusste nicht, ob er mich dieses Mal noch retten würde, nach allem, was passiert war, aber ich musste es darauf ankommen lassen. Er kannte mich – ich hatte noch immer mein eigenes Leben vor das anderer gestellt.

»Es tut mir leid.« Ich meinte es ernst. Der Tod seiner Freunde, der Schmerz, den er darüber empfand; die Tatsache, dass ich ihn erschießen würde – all das tat mir leid. Dann legte ich die zweite Hand an die Waffe und zielte zwischen Cross' Augen.

Mitten in diese Situation hinein riss jemand die Tür auf. »Richard, du musst hier weg! Auf ein paar Funkfrequenzen geht der Teufel ab, irgendjemand startet hier eine Operation, vielleicht die *UI*-Sec! Du musst deinen Störsender aktivieren und dann ...« Winslow platzte in den Raum und erstarrte auf der Schwelle, als sie uns so stehen sah. Nach einem Schreckmoment sprang sie zurück und schlug die Tür wieder hinter sich zu.

Der Zähler zeigte die 8. Ich riss mich zusammen, konzentrierte mich erneut, atmete sanft aus und krümmte den Finger über dem Abzug.

In diesem Augenblick presste Cross die Lider zusammen, als könne er mein Geschoss mit purer Willenskraft davon abhalten, seine Stirn zu durchbohren. Es war eine hochkonzentrierte Geste, eine, die nicht dazu passen wollte, dass er gleich sterben würde. Er sah mehr so aus, als wolle er einen Jedi-Gedankentrick anwenden. Sie wissen schon – die Star Wars Super I – XX Revival Edition für den 3D-Cube.

Der Zähler sprang auf die 6, und ich machte mich schon für die 5 bereit. Doch die 5 kam nicht.

Der Digitalzähler blieb auf der 6 stehen. Einfach so.

Auch das funkensprühend animierte Bombensymbol fror ein. Auch das Rauschen in meinem Ohr war weg – der Funkempfänger war tot.

Ich starrte Cross an. Mein Finger verharrte, halb gekrümmt, über dem Abzugshahn der Waffe. »Warst du das? Hast du den – den Funk ausgestellt?« Immerhin hatte Winslow von einem Störsender gesprochen.

Doch es ergab trotzdem keinen Sinn, dass die Bombe nicht weitertickte.

Lange hatte ich heimlich nach einem System gesucht, das ausgeklügelt genug war, die Verschlüsselung des Funkempfängers der Bombe in meinem Kopf zu brechen oder auch nur gegen das Empfangen des Signals abzuschirmen und nichts gefunden. Aber selbst wenn Cross' Störsender stark genug war, um das zu schaffen – Stewart hatte die Bombe längst aktiviert, dadurch war sie autonom. Sie hätte auch ohne Funkkontakt bis zur null herunterzählen und mich töten sollen.

Die einzige Erklärung war ein Fehler im System des Zündmechanismus selbst.

Und wenn das der Fall war, dann versuchte Stewart

jetzt vermutlich gerade, diesen Fehler zu beheben und die Bombe erneut zu starten. Und da half mir Cross' Störsender dann doch, denn dadurch konnte mich das Signal momentan nicht erreichen.

Ich erkannte, was für ein unglaubliches Glück ich gerade gehabt hatte.

Auf der Galerie krachte etwas, doch ich hörte es kaum. Alles, was ich sah, war die Chance, die sich mir in diesem Augenblick bot. Die Chance, die es nur einmal im Leben gab und die, wenn ich sie verstreichen ließ, nie wieder käme.

Die Chance auf Freiheit.

Den Unterschied zwischen Freiheit und Tod machte nur der Störsender in Richard Cross' Kopf aus. Die Realität holte mich ein, als ich erkannte, dass der vermutlich eine begrenzte Reichweite besaß. Das bedeutete, dass Stewart meine Bombe so lange nicht erneut zünden konnte, wie ich diesen Radius nicht verließ. Oder er umgekehrt meinen.

Plan und Ausführung trennte nur ein Wimpernschlag. Ich griff mir mit links an den Gürtel, zog meine Handschellen heraus und streifte sie Cross in einer fließenden Bewegung über das rechte Handgelenk. Sie schnappte mit einem metallischen Knirschen zu. Dasselbe tat ich mit meinem linken Arm. »Was zur Hölle ...«, begann Cross, doch er konnte seinen Satz nicht beenden.

Die erste Tür, an der ich vorhin vorbeigeführt worden war, brach der Länge nach in den Raum. Jabbert hatte die Linke am Ohr, in dem er vermutlich den Funkempfänger trug, in der Rechten hielt er die Maschinenpistole, die vorhin unter der Jacke verborgen gewesen sein musste. »Omega One an Elephant – Kontakt positiv.« Dann legte er auf Cross und mich an. Was war aus der Politik geworden, dass er auf Pherostine nicht als Mörder gesucht werden wollte?

Als der erste Schuss fiel, brach die Hölle über das plüschrote Zimmer im Potemkin's herein.

Der ganze Auftritt hätte sicher verdammt beeindruckend gewirkt, wenn unser Gegner nicht ausgesehen hätte wie ein verdammter Gigolo.

Ich brüllte: »Runter!« und riss Cross an der Handschelle zu Boden. Ich ging über ihm in die Hocke und versuchte gleichzeitig, über die Fußblende des riesigen hölzernen Himmelbetts hervorzuschauen. Dann hob ich die Waffe und feuerte drei Schüsse ab, bevor ich den Kopf wieder einzog. Die Mündung von Jabberts Waffe flammte fast zeitgleich auf. Ein ohrenbetäubendes Rattern war zu hören, und hinter mir spritzte Putz von der Wand.

»Spring!« Ich riss Cross hoch und zog ihn über das Bett auf die andere Seite. Wir kamen unsanft auf dem Boden auf. Ich nutzte die Bewegung, um Cross so herumzurollen, dass ich oben lag. Dann zog ich den Kopf ein, die Pistole noch in der Rechten, und wartete auf das Unvermeidliche. Hier hatten wir mehr Deckung, doch das Bett würde Jabbert nicht davon abhalten, uns einfach zu durchlöchern.

Eine andere automatische Waffe knatterte los. Unter dem Bett hindurch sah ich die Füße von zwei Leuten, die im Streufeuer durch die zweite Tür ins Zimmer sprangen – vermutlich Winslow, die mit Verstärkung zurückgekehrt war. Beide schrien Zeugs, das im Lärm unterging. Jabbert tat das einzig Vernünftige in dieser Situation – er sprang wieder rückwärts, zurück aus dem Raum, hinaus auf die Galerie.

Ich schob mich von Cross herunter in die Hocke und lugte über das Bett zu den Neuankömmlingen hinüber – tatsächlich Winslow und der Walross-Mann, der mich abgetastet und meine *Versatile* eingesackt hatte. Die beiden sahen zu mir herüber und feuerten vorsichtshalber ein paar Schüsse in meine grobe Richtung ab, so dass ich den Kopf wieder einzog, doch sie hatten nicht gezielt, vermutlich aus Angst, Cross zu treffen.

»Richard?«, schrie Winslow mit sich überschlagender Stimme – sie schien Kampfsituationen nicht gewohnt. Cross bewahrte seine Nerven besser. Er setzte sich auf und machte den Mund auf. »Winslow, ich ...«

Draußen auf der Galerie bellte wieder Jabberts Waffe. An der uns gegenüberliegenden Wand platzten Löcher auf – er schoss einfach durch die Synthgipswand hindurch. Jemand kreischte vor Schmerz, vermutlich Winslow, und hielt mit automatischem Feuer gegen, und auch die zweite Waffe fiel wieder in das arhythmische Tänzchen ein.

Wir steckten in einem Hexenkessel. Und mir ging der Arsch auf Grundeis. Eingesperrt in der Ecke eines Zimmers sieben Meter über dem Boden; die einzigen Ausgänge von Wahnsinnigen blockiert, die automatische Waffen trugen und mir nach dem Leben trachteten. Ich konnte nur an eines denken: Ich musste hier raus, und zwar schnell. Und Cross musste mit, egal, was seine Freunde davon hielten, denn im Augenblick war er meine einzige Lebensversicherung. Und das, nachdem ich es vor kaum zwei Minuten noch auf *sein* Leben abgesehen hatte. Die Ironie der Situation entging mir nicht.

»Ich bring dich hier lebend raus. Komm!«, stieß ich aus und begann, mit Cross unter dem Bett hindurch wieder auf die andere Seite des Raums zurückzukriechen. Damit blockierte es mit der großen Blende immer noch die Sichtlinie zu Jabbert, wenn wir den Kopf unten behielten. Nur Winslow und Walross würden uns im Zweifel sehen – und ich hoffte, dass sie wegen Cross nicht riskieren würden, auf mich zu schießen.

Kurz darauf zerfetzten mehrere Schüsse dort den Holzboden und den Teppich, wo Cross und ich eben noch gelegen hatten. In der Ecke hinter der zweiten Tür lag Winslow und rührte sich nicht. Vom Walross hörte ich nur Schüsse, vermutlich stand er auf der Galerie oder befand sich in einem der Nebenzimmer.

Aus einem Eckzimmer herauszukommen, war gar nicht so einfach, wenn an beiden Eingängen wild um sich geschossen wurde. Einer von beiden musste frei gemacht werden. Auf Walross zu schießen kam nicht infrage – nicht aus Sentimentalität, sondern weil er und seine Kumpel das Einzige waren, was Jabbert momentan davon abhielt, Cross und mich einfach zu durchlöchern. Auf der anderen Seite würden Cross' Leute auf mich anlegen, wenn ich Jabbert aus dem Weg räumte.

Eine große Wahl hatte ich aber nicht. Ich tauchte hinter dem Bett auf, legte die Hand mit der Waffe oben auf die rückwärtige Blende und wartete. Die Mündung wies zur ersten Tür, jene, durch die Jabbert eben gekommen war. Die Tür, durch die er vermutlich wieder hereinkommen würde.

Bei der ersten Bewegung, die ich sah, zog ich in schneller Folge den Abzugshahn durch. Drei der fünf Schüsse trafen ihr Ziel – Jabberts Brust. Er flog rückwärts durch die Tür, zurück auf die Galerie. Dann hörte ich Holz splittern. Ich blinzelte erstaunt.

Das war einfach gewesen.

»Schnell!« Ich zog Cross hoch und wollte mit ihm gen Tür hinüber, doch er hielt dagegen.

»Ich muss schauen, wie es Winslow geht!«

»Wir müssen hier weg!«

»Du meinst, *du* musst hier weg. Lass mich los!« Er rüttelte an den Handschellen.

»Ich habe keine Zeit für so was!«, grunzte ich, schob ihm unsanft die Waffe in die Seite und deutete mit dem Kopf zum Ausgang. Was als Mordversuch begonnen hatte, war fließend in einen Überfall übergegangen und endete gerade in einer Entführung. An manchen Tagen hat man eben einen vollen Kalender.

Was auch immer Cross in meinem Gesicht las, motivierte ihn genug, um seinen Widerstand aufzugeben. Er folgte mir zur ersten Tür, derjenigen, die sich näher an der Wendeltreppe hinunter zur Bar und zum Ausgang befand. Hinter uns stöhnte Winslow vor Schmerzen.

Ich steckte meinen Kopf mit einem Auge kurz durch

die Tür und zog ihn sofort zurück. Vollautomatisches Feuer begrüßte mich. »Pfeif deine Leute zurück!«

»Nicht schießen!«, rief Cross. »Ich bin's! Ich komme raus!«

»Und jetzt langsam voran.« Ich schlang Cross den Arm über den Kopf, so dass er darunter wegtauchen musste. Unsere durch die Kette verbundenen Hände lagen damit vor seinem Bauch, ich wurde mit der Brust an seinen Rücken gepresst. Dann gingen wir hauteng wie ein Tangopärchen (nur umgekehrt, er vorne, ich hinten) durch die Tür. So hatte ich immerhin meine Rechte mit der Waffe frei.

Als ich auf die Galerie trat, sah ich rechts von mir bei der anderen Tür Walross stehen. Zwei seiner Leute lagen bereits stöhnend in ihrem Blut, doch er legte auf uns an. Cross hob beruhigend die linke Hand. »Keine Dummheiten, Chanterons!«

Das Holz unter unseren Füßen stöhnte. Vor uns war das Geländer dort zerbrochen, wo Jabbert seinen Abgang gemacht hatte. Jetzt hörte ich auch die Schreie, das Trampeln und das Klappern von Stühlen und Tischen unten in der Bar. Ich unterschätze immer, wie wenig Zeit vergeht, während man um sein Leben kämpft. Ich wagte nicht hinunterzuschauen, konnte mir aber lebhaft vorstellen, was bei den ersten Schüssen geschehen sein mochte. Ganz zu schweigen davon, dass kurz darauf ein Mann mit von mehreren Einschüssen zerfetztem Brustkasten zwei Stockwerke tief auf einen der Tische gestürzt sein musste.

Ich schob mich mit Cross zur Wendeltreppe hinüber,

die Waffe inzwischen mehr in die generelle Richtung von Walross und Konsorten gehalten. Ein Blick voran bewies mir, dass auch auf der Treppe zwei Bewaffnete warteten, die jetzt langsam den Weg freigaben. Einer davon war der charmante Freibeuter. Er zuckte nur mit den Schultern, als ich ihn erstaunt ansah – bei ihm hatte ich nicht damit gerechnet, dass er zu Cross' Leuten gehörte. Manchmal blockieren die Hormone einem das Urteilsvermögen, schätze ich.

»Sag ihm, er soll sich beherrschen«, befahl ich Cross.

Er gehorchte. »Turner, nur die Ruhe.« Der Freibeuter nickte zur Bestätigung bloß, nahm die Waffe aber nicht herunter.

»Langsam vorwärts!«, sagte ich, als wir die Wendeltreppe erreicht hatten, die uns direkt zum Eingang bringen würde. Hier wurde die Situation noch einmal richtig haarig, denn durch das Gefälle gab es immer einen Bereich, auf dem ich nicht sichern konnte – anfangs unterhalb der Galerie, danach oberhalb davon. Ich hoffte bloß, dass keiner von Cross' Leuten ein Cowboy war, der wild drauflos ballerte. Kugeln lassen sich nicht von einem menschlichen Körper aufhalten, nicht bei der Tuchfühlung, die Cross und ich momentan aufgenommen hatten. Wenn auf mich geschossen wurde, wäre Cross genauso tot wie ich, und umgekehrt.

Also sicherte ich zunächst oberhalb der Treppe in Richtung Walross und Partner und versuchte dafür zu sorgen, dass Cross mir nach unten hin als Schild diente. So kamen wir Schritt für Schritt voran, an dem Fenster vorbei, das am Ende der Galerie zur Straße wies. Wir traten aus dem Schatten der Säule, die den Kern der Wendeltreppe bildete, und blickten auf die Galerie im ersten Stock, als ich mit meiner flachen Hand auf Cross' Bauch spürte, wie er nach Luft schnappte. Ich nahm das als subtiles Signal, dass etwas nicht stimmte.

Vor uns baumelte Jabbert. Er klammerte sich mit einem Arm an eine der antiquiert aussehenden Laternen, die an einer Säule auf Höhe des zweiten Stocks der Galerie befestigt waren. Er musste sich beim Sturz dort abgefangen haben. In der freien Hand hielt er seine Maschinenpistole, und ich sah unter dem halbzerfetzten Hemd eine schusssichere Weste. Jetzt richtete er die Waffe auf uns und drückte ab.

Cross reagierte wie ich auf die einzige mögliche Weise: voran. Wir stürzten kopfüber auf die Wendeltreppe nach unten. Dabei hielt ich die Waffe in Richtung Jabbert und drückte blind ab, um uns zu decken.

Die Holztreppe splitterte unter den Einschlägen von Jabberts Kugeln. Während wir fielen, drehte Cross uns um unsere Mittelachse, so dass er voranfiel und wir beide mit den linken Seiten über ein paar Stufen schrammten. Das tat weh, brachte mich aber mit der Rechten in eine optimale Schussposition. Als wir auf der Treppe zu liegen kamen, zog ich den Abzugshahn wieder durch, ohne zu zielen. Ich hörte ein paar Einschläge im Holz und ein Klirren, als die Laterne, an der Jabbert sich festhielt, zerbrach. Er stürzte ab. Da wir mit den Köpfen nach unten hingen, hatte ich einen wunderbaren Blick auf das, was im Erdgeschoss der Bar geschah.

Menschen kauerten sich in die Ecken oder hatten sich

hinter Tischen und Stühlen verschanzt. Noch immer liefen Männer und Frauen kreischend durcheinander. Vor allem sah ich Jabbert, der mitnichten unkontrolliert gestürzt war, sondern federnd in der Halbhocke aufgekommen war. Jetzt erhob er sich, als wäre er von einem flachen Podest gehüpft. Die Galerie im ersten Stock lag immerhin mindestens vier Meter hoch, er hatte noch darüber gehangen. Das war ein Fall von bestimmt fünf Metern. Jetzt wusste ich, warum man ihn »Die Maschine« nannte. Ich war fit, aber das traute ich mir nicht zu.

Cross und ich lagen auf der halben Wendeltreppe zum Bodenniveau des Erdgeschosses. Jabbert würde sich nicht einmal sonderlich anstrengen müssen, um uns zu treffen. Es wäre wie Tontauben schießen. »Hoch!«, keuchte ich und begann, mich aufzurappeln. »Wir müssen hoch!«

Cross und ich zogen uns unter den einschlagenden Kugeln von unten wieder auf die erste Galerie zurück. Hier eröffneten der Freibeuter und sein Kumpel das Feuer auf Jabbert. Von oben kam gerade das Walross hinunter.

»Verdammt!«, fluchte ich und sicherte vorsichtshalber in ihre Richtung.

»Eliza – oder wie auch immer du heißt – gib auf!«, keuchte Cross. »Wenn du mich freilässt, bist du vor meinen Leuten in Sicherheit. Die schaffen den Mann schon!«

»Den Teufel schaffen sie. Jabbert bringt uns alle um, einen nach dem anderen!«

Ich sah mich noch um und überlegte fieberhaft, wie wir aus dieser Situation herauskommen konnten, da flog eine Handgranate von unten auf die Galerie und kullerte mit beinahe lasziver Langsamkeit über den Boden auf uns zu.

Man muss sagen, dass eine Handgranate keine Waffe für den Nahkampf in geschlossenen Gebäuden ist, sondern genau einen Zweck besitzt: unbekannte Räume oder Flächen zu säubern, um sie gefahrfrei betreten zu können. Im Straßenkampf zum Beispiel wirft man eine Granate in ein Haus, von dem man nicht weiß, ob Feinde darin Schutz gesucht haben, wartet darauf, dass sie explodiert, und kann sich hinterher relativ sicher sein, dass man nicht von Antipersonenmunition durchlöchert wird, wenn man selbst hineingeht. *Dafür* sind Handgranaten gut.

Eine Handgranate ist nicht die Waffe der Wahl, um in hohen Räumen voller unbeteiligter Menschen *über* demjenigen, der sie warf, seine Feinde zu töten. Ich sah das Ergebnis der Sprengwirkung schon vor meinem geistigen Auge. Die Granate würde in einem Radius von mindestens sechs Metern die gesamte Galerie aufsprengen. Teile der Wände zu den Räumen, die an die Galerie und den Barraum angrenzten, würden mit weggerissen werden – ich hatte ja gesehen, aus was für dünnem Material die Wände waren, als Jabbert hindurchgeschossen hatte. Zumindest eine Handvoll Menschen dort unten würden von der Sprengwirkung getötet, noch mehr von Splittern verletzt werden. Es gab nur zwei gute Gründe, warum Jabbert diese Granate hier und jetzt geworfen haben konnte. Erstens: Er selbst hatte sich in Deckung gebracht, möglicherweise hinter der metallverkleideten

Bar. Zweitens: Er wollte Cross und mich tot sehen und schreckte dazu vor nichts zurück. Drittens: Jabbert war entweder wahnsinnig oder wahnsinnig skrupellos. Oder beides.

Vermutlich war es gut, dass mein Hirn den Dienst in solchen Situationen an meine Instinkte abgab, denn was ich dann tat, wäre von meinem Verstand niemals abgesegnet worden. Ich sprang der Granate entgegen. Ich bekam sie zu fassen und warf sie in die einzige Richtung, in die ich sie auf die Schnelle bringen konnte, ohne andere Menschen weiter zu gefährden: weiter nach oben auf die zweite Galerie. Ich hoffte, dass ich den offenen Durchgang zum Zimmer treffen würde, damit der Hauptteil der Sprengwirkung durch Wände und den Boden gedämpft wurde.

Ich hörte die Granate über mir auf dem Holzboden der Galerie aufschlagen und wusste, dass uns nur noch eineinhalb, vielleicht zwei Sekunden Zeit blieben, um hier wegzukommen. Hinter uns sprangen die Männer, die hier oben noch standen, über das Geländer der Galerie hinunter in die Tiefe.

»Raus! Zum Fenster!« Ich tauchte unter Cross hindurch, so dass wir wieder nebeneinander laufen konnten und sprintete los.

»Spring!«, schrie ich. Im Laufen schoss ich auf die Scheibe am Ende der Galerie, dann riss ich den schweren roten Fenstervorhang auf uns herunter. Von dem Stoff gedeckt warf ich mich mit der Schulter in Richtung Scheibe und betete, dass Cross es mir gleichtat. Wenn er auch nur eine Sekunde langsamer war als ich, würde er

197

meinen Sprung derart bremsen, dass wir beide abstürzten wie Steine.

Schauen Sie mich nicht so an. Die Aktion war weniger halsbrecherisch, als sie auf den ersten Blick aussehen mochte. Ich verließ mich auf drei Dinge: Erstens, dass die Scheibe nicht aus schusssicherem Sicherheitsglas bestand und wir uns die Schädel einrammen würden, zweitens, dass Cross ebenfalls nicht nachdachte, sondern sich auf mich verließ, und dass drittens der verdammte Antigravtruck immer noch an derselben Stelle stand wie vorhin, als ich das Potemkin's betreten hatte. Ich gebe zu, spätestens wenn die dritte Annahme falsch war, würde uns das in Teufels Küche bringen – und zwar auf direktem Wege, ohne Rückfahrtschein. Dann fielen wir kopfüber vier Meter auf harten Asphalt.

Ich hörte Glas splittern, ohne dass wir auf Widerstand trafen. Also hatten meine Schüsse die Scheibe zerschmettert. So weit, so gut. Der Aufschlag war verdammt hart. Ich fragte mich schon, ob ich den Truck nicht verfehlt und doch die Straße getroffen hatte, doch die Tatsache, dass ich diese Gedanken noch fassen konnte, bewies eigentlich das Gegenteil. Ich stöhnte und zählte meine Gliedmaßen – nichts fühlte sich so an, als sei es gebrochen. Auf der anderen Seite war ich vermutlich so mit Adrenalin vollgepumpt, dass mir ein fehlender Fuß nur auffallen würde, wenn ich darüber stolperte.

Hastig versuchte ich, mich aus dem Vorhang zu befreien und einen Überblick zu gewinnen. Schließlich lagen Cross und ich auf dem Truck in einem Meer aus Scherben, während über uns im zweiten Stock eine Explosion das Potcmkin's zerriss. Unter uns flohen Männer und Frauen panisch aus der Bar, aus der Schmerzensschreie wie aus einem Kriegsgebiet drangen.

Cross starrte mich mit aufgerissenen Augen an. Er hatte im Kampf nicht den Kopf verloren, aber er besaß keine Felderfahrung – ich auch nicht, aber ich war die Arbeit unter Adrenalin gewohnt, es bremste mich nicht mehr aus. Bei ihm war das anders. »Wer zur Hölle ist das?«, keuchte er.

Zeit für Diskussionen blieb später. »Los!« Irgendwie hatte ich bei dem Sprung sogar die Waffe festgehalten. Ich fuchtelte damit gen Führerkabine des Trucks. »Runter!«

Ich weiß nicht genau, ob Cross wegen der Pistole reagierte oder weil er im Eifer des Gefechtes einfach gehorchte, zumindest rutschten wir zusammen die kleine Stufe auf das Dach der Führerkabine hinunter. Als wir hier die Schräge nutzten, um auf den Asphalt zu gleiten, flogen uns erneut Kugeln um die Ohren. »Rein da!«, sagte ich, zog die Luke hoch und krabbelte auf den Führerstand.

Hier eröffnete sich mir, dass die Sache mit der Handschelle vielleicht doch nicht ganz so weise gewesen war, wie ich gedacht hatte. Um die Rechte frei zu haben, hatte ich Cross an meine Linke gekettet. Das bedeutete nun, dass er fahren musste, weil ich nicht auf dem linken Sitz sitzen konnte, ohne mir den Arm auszurenken – oder meinen unfreiwilligen Partner links neben dem Fahrzeug laufen zu lassen.

Cross folgte, stieß mich unsanft hinüber auf den Beifahrersitz und drückte auf den Anlasser. Nichts geschah, außer, dass neben dem Anlasser ein Touchpad mit einer Zahlentastatur aufleuchtete und ein blinkendes Signal »please enter correct code first« anzeigte. Er sah mich fragend an. Dann schlug eine Kugel ein Loch in die Kabine.

»Mist!«, fluchte Cross. »Wir sollten bleiben und den anderen gegen den Kerl helfen! So schwer kann es doch nicht sein, zu viert oder fünft gegen ihn anzukommen!«

»Winslow und deine Leute sind längst tot«, entgegnete ich gepresst. »Jabbert ist nicht wählerisch. Und er ist eine Maschine. Er schreckt vor nichts zurück.« Ich erklärte Cross nicht, dass ich die Handgranate vermutlich in genau den Raum geworfen hatte, in dem ich Winslow, von Jabberts Schüssen getroffen, zuletzt hatte liegen sehen. Aber vielleicht war sie ja bei Bewusstsein gewesen und rechtzeitig aus dem Raum gekommen. Schon klar, Elyzea, hielt ich mir spöttisch selbst vor. Genau so wird es gewesen sein. Ich hämmerte wahllos Zahlenkombinationen auf das Touchpad ein, doch es meldete weiter nonchalant: »please enter correct code first«.

»Eine Maschine?«, fragte Cross. »Ein Android?«

Ich rollte mit den Augen. »Nein. Eher ein Augie. Aber nicht minder gefährlich. Wir müssen hier weg.«

»Aber solltest du nicht die Handschellen abmachen?«

Ich schüttelte den Kopf. »Mit Sicherheit nicht. *Wir müssen hier weg.*«

Schüsse trafen den Antigravtruck in die Seite und brachten ihn zum Beben. »Der Kerl ist uns gefolgt!« Offenbar hatte bloß die nötige Motivation gefehlt. Cross riss die Verschalung unter dem Touchpad auf, tat dort etwas mit den Drähten und schloss das Fahrzeug kurz. Der Antigravtruck keuchte einmal auf, dann schnurrte er sich ein.

Ich schrak zurück, als neben mir das Fenster aufplatzte und eine Hand nach meinem Hals griff – schon wieder. Dieses Mal riss ich instinktiv die Waffe hoch und drückte ab. Ich hatte vermutlich nichts getroffen, doch der Schuss machte einen Heidenkrach. Als ich noch einmal durchzog, klickte die Waffe bloß. Entweder war die Munition alle, oder das Ding hatte eine Ladehemmung. Verdammt.

Ich drehte mich auf dem Beifahrersitz, so dass meine Beine gen Fenster wiesen, rief: »Los!« und trat, sobald ich wieder eine Bewegung sah, mit beiden Füßen aus. Keine Millisekunde zu spät, denn Jabbert steckte schon wieder die Waffe herein. Ich lenkte den Schuss ab – dachte ich zumindest. Das Polster hinter mir platzte auf. Dann spürte ich ein kaltes Brennen am Oberarm. Als Cross auf einen Knopf drückte, ging ein Stöhnen durch das ganze Vehikel, dann rauschten die Turbinen, und es hob ab.

Ich sah Jabbert für einen Moment in die Augen, als ihm Staub und Steinchen um die Ohren flogen. Er trat einen Schritt zurück, lächelte und legte neuerlich an.

Das war der Augenblick, in dem Cross den Steuerknüppel des Antigravtrucks ansatzlos von null auf hundert durchzog. Das Lastfahrzeug brüllte auf, scherte aus und stieß Jabbert von den Beinen. Dann beschleunigte es gehorsam durch die frühmorgendliche Straße des ersten Rings von Carabine City. Wir gingen mit viel zu viel Schwung in die erste Kurve.

Hinter uns hörte ich schnell weitere Schüsse, die den Truck zum Zittern brachten. Dann blinkte ein plötzliches Warnlicht rot auf der Konsole auf. Es war die Leuchte, auf der »engine« stand.

Verdammt.

»Ich glaube, er hat uns getroffen!« Cross versuchte mit aller Kraft, den Steuerknüppel festzuhalten, als das Fahrzeug halbseitig auf dem Boden schleifte. »Wir müssen hier raus!« Doch es war zu spät. Das Fahrzeug schlingerte, geriet außer Kontrolle, streifte einen Laternenmast und schleuderte waagerecht um die eigene Achse. Ich schrie und riss die Hände vor das Gesicht, dann wurde ich rechts auf die Bank gepresst. Cross wurde mit ganzem Gewicht auf mich geworfen.

An den Aufprall erinnere ich mich nicht.

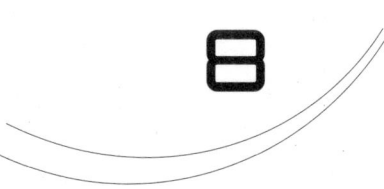

8

29. März 3042 (Erdzeit)
Ort: Carabine

Mein Kopf fühlte sich an wie ein Schwamm, das Bild, das meine Augen wiedergaben, war verengt wie durch das Visier eines Raumanzugs. Ich fühlte mich hochgezogen und aus dem Truck gehoben. Mein Selbsterhaltungsprogramm brachte mich langsam auf die eigenen Füße. Verblüfft stellte ich fest, dass ich die Pistole noch immer in der Hand hielt.

Der Antigravtruck hatte sich einmal gedreht und hatte mit dem Hinterteil seitlich ein Gebäude gerammt. Das Fahrzeug war nur noch Schrott, und das Haus, ein Reisebüro, besaß im ersten Stock keine Front mehr. Eine Leuchtreklame darüber hing schief herab, die losen Kabel versprühten helle Funkenregen. Sie verkündete fröhlich blinkend »Visit Our Future – Visit Other Planets«, bevor sie endgültig erlosch.

Die Blaulichter der *UI*-Sec näherten sich schnell, und

erste Suchscheinwerfer erleuchteten die Straße. Ich sah mich nach Jabbert um, sah ihn jedoch nirgends. Vermutlich hatte er sich abgesetzt, um nicht verhaftet zu werden.

Aufeinandergestützt ließen Cross und ich das Fahrzeug stehen und machten uns zu Fuß weiter. Wir liefen durch die Straßen des ersten Rings, die im gerade erwachenden Morgenlicht noch grau und trist schienen. Ein paar Straßenzüge lang blieb das blaue Licht der Sicherheitsfahrzeuge hinter uns. Das änderte sich, sobald wir in die Nähe des Messegeländes kamen.

Der Carabine Fair Ground erhob sich weiß und strahlend vor uns. Ich weiß nicht genau, wie die Leute von *United* es fertigbrachten, dass die vom Stil her sicher zwanzig Jahre alten Fassaden immer noch so frisch und sauber aussahen, als seien sie gerade neu gebaut worden, doch sie taten es. Das Hauptgebäude ragte hoch in den Himmel, flankiert von zwei nach vorne ragenden Seitenflügeln. Der Hof dazwischen war mit Glas überdacht.

Die Brücke beim Messegelände, die sich über den Bent River spannte, lag in Sichtweite. In gespenstischem Blau erleuchtet erkannte man gut, dass die Innenstadt gerade von außen durch Sicherheitsfahrzeuge abgeriegelt wurde. Die Sirenen wurden vom anhebenden Wind flussaufwärts, gen Berge geweht: Die *UI*-Sec reagierte schnell und professionell. Auch in der Nähe kreisten Helikopter mit Suchscheinwerfern. Dieser Weg war definitiv versperrt.

»Und was jetzt?«, fragte Cross schwer atmend. Er war

fit und besaß Nerven, das musste ich ihm lassen. Andere Leute wären nach der Tortur, die wir gerade hinter uns hatten, reif für das Krankenhaus – oder die Klapsmühle.

Apropos – ich zog zwei Aufputschpflaster aus einer Tasche meiner Cargo-Hose, klebte mir eines auf die Schulter und reichte Cross das zweite. Er beäugte es misstrauisch, bevor er es auf dem Arm anbrachte. Ich wartete auf die vertraute Wirkung des Xtremes, das Schmerzen dämpfte, wach machte und die Sinne schärfte. Dann prüfte ich meine Optionen. Der Luftraum war gut geschützt – zu gut, wie üblich, Konzerne legten immer viel Wert darauf. Ein Antigravtaxi oder einen Helikopter kurzzuschließen und den ersten Ring fliegend zu verlassen, konnte ich mir also abschminken. Ein Bodenfahrzeug fiel auch aus, denn dann musste ich über eine Brücke, und die Brücken waren abgeriegelt worden.

Mein Blick fiel auf ein Straßenschild, das den Verkehr auf der vierspurigen Straße regelte. Darauf war neben den Abbiegemöglichkeiten gen MESSEBRÜCKE rechts, MESSEGELÄNDE geradeaus und 2. OSTRING links noch ein Unterpunkt ZUM MESSEHAFEN aufgeführt.

»Dorthin«, sagte ich und wies auf das Messegelände. »Auf Messen wird an- und abtransportiert. Da finden wir etwas.«

»Ich weiß nicht. Aber das Messegelände wird gut bewacht.«

»Hast du einen besseren Plan?«

»Wir können umdrehen, zu meinen Leuten zurückkehren. Die helfen uns.«

»Falsch. Sie helfen *dir*. Mich werden sie abknallen wie

einen räudigen Hund.« Ich zog an der Handschelle, doch er hielt gegen.

»Und ... wenn ich dir verspreche, dass das nicht passiert? Dass meine Leute dich nicht erschießen?«

Ich musterte ihn im Zwielicht des jungen Morgens. Möglicherweise meinte er es ernst. Möglicherweise wollte er bloß zurück in den Schutz seiner Kumpel, und es war ihm egal, was aus mir wurde. Vielleicht aber auch nicht. Ich hatte ihn mit einer Waffe bedroht, versucht, ihn zu töten. Momentan war er mehr oder weniger meine Geisel. Geiseln sagten alles, um in Sicherheit zu gelangen. Nennen Sie mich einen Kontrollfreak, aber ich konnte nicht darauf bauen, dass Cross sein Wort noch hielt, wenn ich nicht mehr die Oberhand besaß. Und ich brauchte ihn.

Ich schüttelte den Kopf. »Nein, 'tschuldigung. Kann ich nicht riskieren.«

»Du glaubst, ich halte mein Wort nicht?«, fragte Cross. »Du hast kein Vertrauen in die Menschen, oder?« Er bewegte sich immer noch nicht.

Ich hatte genug von dem Tauziehen und hob die Waffe. »Ich vertraue darauf, dass ich die besseren Argumente habe.« Dass sie beim letzten Schuss nicht funktioniert hatte, wusste Cross nicht.

Er erstarrte. »Warum solltest du mich jetzt erschießen, wenn du es vorhin nicht getan hast?«

»Falls es dir nicht aufgefallen ist, hat sich gerade alles geändert. Und momentan hängt mein Leben davon ab, dass wir uns einigen. Außerdem – willst du dorthin zurück?« Ich wies hinter uns. Über dem ersten Ring von

Carabine schwebten Helikopter mit Lautsprechern und das Blaulicht von schwebenden Sicherheitsfahrzeugen.

Cross folgte der Richtung, in die mein Finger wies. Er wirkte unschlüssig, doch dann gab er seinen Widerstand auf. »In Ordnung.«

Ich versuchte, mir meine Erleichterung nicht anmerken zu lassen, sondern winkte mit der Mündung der Waffe in eine Richtung. »Komm, dort ist die Mauer.« Wir eilten die Straße hinunter.

Wir flohen vor den Suchscheinwerfern der Sicherheitsfahrzeuge um eine Ecke. Dahinter fiel das Gelände ein bisschen tiefer ab und war so in Schatten getaucht. Die Blaulichter der Sicherheitsfahrzeuge auf und über der Brücke blinkten in regelmäßigen Intervallen auf, und ich war froh, dass die Dämmerung noch nicht weiter fortgeschritten war. Ein Sicherheitsscheinwerfer zuckte knapp über uns hinweg und zwang uns dazu, in den Schatten eine Zwangspause einzulegen. Wir lagen dort eine nervenzerrüttende Viertelstunde, dann wollte ich kurz aufstehen, um zu überprüfen, ob die Luft wirklich rein war. Ich warf Cross mehr zufällig einen Blick zu. Als ich sah, was er tat, fuhr ich herum.

Cross hatte seinen Phonestick gezogen und tippte darauf herum. Ich schnappte ihm das Teil weg, warf einen Blick darauf und stellte erleichtert fest, dass er noch nichts gesendet hatte. Dann deaktivierte ich das Teil und nahm die Batterie heraus. »Was soll das? Willst du uns umbringen?«, zischte ich.

»Ich wollte überprüfen, ob Winslow es geschafft hat«, erwiderte Cross ebenso leise.

»Keine Telefonate, keine Nachrichten! Geräte gehören ausgeschaltet. Das überprüft Jabbert zuerst! Außerdem kannst du damit momentan eh niemanden erreichen.«

Er wies auf meine Multibox. »Was ist damit?«

»Die ist verschlüsselt. Er wird sie nicht aufspüren können.«

»Siehst du? Mein Phonestick ist auch verschlüsselt.«

Ich sah ihn überrascht an. »Stimmt. Ich habe ganz vergessen, dass du ja auch so ein Geheimniskrämer bist.« Ich deutete auf seinen Kopf. »Ein Störsender im Schädel, hm? Bisschen paranoid?«

»Ich habe meine Gründe.«

Die Antwort hatte ich doch schon einmal bekommen. »Na klar«, sagte ich spöttisch. »Wir haben alle unsere *Gründe*.«

»Dann nenne du mir doch bitte den Grund, warum du mich töten wolltest.«

Ich wich seinem Blick aus und beobachtete den Fluss, noch immer halb in der Hocke. »Ich *sollte* dich töten. Das ist ein Unterschied«, sagte ich dann.

»Nicht von meinem Ende der Mündung aus gesehen.«

»Möglich«, gab ich zu und sah wieder zu ihm herüber. »Trotzdem war es nur ein Job.«

»Nur ein Job ...«, wiederholte er. Er musterte mich, dann weiteten sich seine Augen. »Du bist ein Justifier.«

Ich erwiderte nichts, steckte den Phonestick und die Batterie ein und sah mich um. Die Brücke war immer noch besetzt, und die Scheinwerfer zuckten hin und her, suchten aber eine andere Ecke ab.

»Für welchen Megakonzern?«

Ich schwieg.

»Für welchen Mega?«

Ich schüttelte den Kopf. Man redete nicht mit Außenstehenden über die Chefs. Fertig. Da gab es keine Diskussion. »Wir müssen los.«

Im Schutz der Senke legten wir die letzten paar Meter zur nächsten Ecke zurück, wo die undurchsichtige Mauer aus Hartplastik wieder zum Fluss vorsprang und hinunter zum Ufer lief. Darauf war Stacheldraht mit rasiermesserscharfen Klingen gespannt, an den Säulen, die alle zwanzig Meter für Stabilität sorgten, hingen Kameras.

Cross klopfte vorsichtig gegen den massiven Kunststoff und sah hinauf. Der Zaun schien stabil genug, unser Gewicht zu tragen, war allerdings knappe sechs Meter hoch. »Wie willst du da hinüberkommen?«

»Gar nicht.« Ich schob die Jacke über dem linken Arm zurück und die Handschelle auf das Handgelenk. Dann suchte ich unter dem Stoff mein Armband mit den petrolfarbenen Perlen. Ich nahm das Band ab, zog vorsichtig eine davon von dem Draht, der sie hielt, und legte das Band wieder an. Dann formte ich aus der weichen Perle langsam ein schmales Band, das ungefähr dreißig Zentimeter messen mochte. Ich tastete an der Mauer aus Kunststoff herum, bis ich eine Naht gefunden hatte, dann klebte ich den Streifen senkrecht darauf. Kugeln oder ungezielte Granaten würden hier nicht viel ausrichten, doch Nähte waren immer Sollbruchstellen.

»Jetzt sollten wir ein bisschen Abstand gewinnen«, sagte ich und eilte mit Cross ein Stück des Wegs zurück.

»Was ist das?«, fragte er misstrauisch.

»Nitramex«, erklärte ich. »Hochwirksamer Plastiksprengstoff. Klein, aber oho!« Ich wandte mich um und konzentrierte mich. Wie immer fühlte ich das Summen des Sprengstoffes erstaunlich schnell und deutlich, wenn ich unter Adrenalin stand. Leider, muss man sagen. Denn näher als der Plastiksprengstoff an der Mauer waren die anderen Perlen an meinem Handgelenk und das Ding in meinem Kopf. Ich versuchte, das alles zu ignorieren und mich vollständig auf die eine zu konzentrieren, die ich aktivieren wollte. Das war gar nicht so einfach, doch schließlich fand ich die Perle und ließ ihr Summen meinen Kopf erfüllen. Dann bündelte ich meine Panik und meinen Stress und formte daraus einen Pfeil, den ich geistig auf die Perle abfeuerte.

»Sprengstoff? Ist das nicht ein bisschen laut, um ...«

Noch während er sprach, erklang hinter ihm ein Geräusch, dem kurzen »Poff!« eines Feuerlöschers nicht ganz unähnlich. Eine kleine Wolke ungesund dunklen Rauchs stieg von dem Kunststoff auf, doch es war ein enges Loch darin, durch das ich locker hindurchpassen würde – Cross hingegen nur mit Mühe.

Cross starrte mich an. »Wie hast du das gemacht? Ich habe keinen Zünder gesehen ...«

Ich zuckte mit den Schultern. »Nennen wir es ein Talent.«

»Wie funktioniert es?«

»Über Wut, Ärger, Stress.« Ich versuchte die restlichen Perlen an meinem Armband zu ignorieren, die aufgeregt vor sich hin summten.

»Okay ...« Seiner Stimme entnahm ich, dass er sich daran erst mal gewöhnen musste. »Der Sprengstoff geht aber nicht mal eben so von allein hoch, oder? Immerhin ist er direkt neben meiner Hand.«

»Nein, mach dir keine Sorgen«, erwiderte ich. »Ohne Zünder – ob technisch oder mental – passiert da gar nichts. Du kannst das Zeug kauen, wenn du willst.«

»Nein danke.«

Wir passten einen weiteren Suchscheinwerfer ab und hetzten dann zu dem Loch. Ich steckte halb drinnen, halb draußen, als mir ein Geräusch am Rande meines Wahrnehmungsbereiches die Nackenhaare aufstellte. Ich legte den Kopf schief, um besser lauschen zu können, und bewegte mich nicht. »Was ist das?«, fragte ich Cross leise.

Auch er horchte auf.

Schließlich war ich mir sicher: Ein Surren kam näher, das sich anhörte, als hätte man einen Turbostaubsauger mit einem zornigen Wespenschwarm gekreuzt. Ich sah hoch – ein ballförmiges Ding schwebte vom Fluss zu uns herüber.

»Eine Sicherheitsdrohne!«, flüsterte Cross. »Das Messegelände und der Fluss sind off-limits, hier wird auf Sicht scharf geschossen. Zu viele Schmuggler, Dealer und andere Kriminelle, die hier Geschäfte getrieben haben. Das Ding wird uns umlegen. Wir brauchen Hilfe!«

»Willst du lieber zurückgehen und es mit Jabbert ausschießen? Vielleicht noch ein paar mehr deiner Jungs ins Leichenschauhaus bringen?«

Er schwieg, ich konnte die Augen in den Schatten seiner Brauen nicht sehen. Ich vermutete, dass ich ins Schwarze getroffen hatte.

Doch wir hatten dringlichere Probleme. Die Drohne zog in einem eleganten Bogen vom Fluss herüber. Wenn man den Kurs weiterdachte, führte er über die Dockarbeiter direkt zu uns herüber. »Heiliger Dreck«, fluchte ich und zog mich aus dem Loch wieder zurück vor die Mauer.

»Hat sie uns entdeckt?«, fragte Cross.

»Keine Ahnung.«

»Was machen wir jetzt?«

»Nicht die Nerven verlieren. Sie werden die Leute sicher nur innerhalb des Geländes überprüfen. Wie funktionieren die?«

»Vermutlich haben die Arbeiter hier einen Chip, der sie freischaltet. Wenn man nicht freigeschaltet wird ...«

»Dann sollten wir dem Ding besser nicht persönlich begegnen.«

Wir drückten uns an die Plastikmauer. Das Surren kam näher, und der zarte Morgen wurde von einem kaum wahrnehmbaren roten Licht erhellt, das über den Asphalt zuckte. Ich hatte das unmissverständliche Gefühl, als läge ein unsichtbares Fadenkreuz auf meinem Rücken. Ich riss mich zusammen und versuchte, normal zu atmen.

Trotzdem konnte ich es mir nicht verkneifen, durch das Loch einen Blick auf das Ding zu riskieren. Ich sah einen metallisch glänzenden Ball, der durch die Luft zog. Der Ursprung des roten Lichts sah aus wie ein übelwollendes Auge. Der rote Laserstrahl fuhr auf dem Boden hin und her, dann erfasste er ein paar Männer. Der Ball flog weiter, drehte sich dabei aber so, dass er die Männer weiterhin im Visier hielt. Sie standen da und glotzten, die Augen mit den Händen beschirmt. Schließlich erlosch das Licht, und der Ball schwebte weiter, in unsere Richtung. Er war nicht blitzschnell, sondern besaß eher das Tempo eines Joggers, mit dem er sich uns jetzt annäherte. Vielleicht hatte ich ja mal Glück, und es zog einfach weiter.

Dann tastete der rote Lichtstrahl das Loch ab. Das Surren näherte sich uns. Ich fluchte beinahe geräuschlos und beobachtete es mit einem Auge. Plötzlich sackte das Gerät zwei Meter ab, so dass es nur noch doppelt mannshoch über uns schwebte. Es stieg wieder an und näherte sich weiter dem Zaun, hinter dem wir hockten. Dann sackte sie ein zweites Mal im freien Fall, das Licht fiel flackernd ein paarmal aus. Schließlich fing sich das Ding wieder, drehte sich ein paarmal um sich selbst und blinkte wild. Dann surrte es von dannen.

Ich entließ den angehaltenen Atem. »Was war das? Warum hatte es plötzlich diese Ausfälle?«

»Möglicherweise mein Störsender«, antwortete Cross. »Der ist ziemlich stark, aber dass er so etwas zustande bringt ...«

Ich wusste in etwa, was für beeindruckende Leistungen der Störsender zustande brachte, denn immerhin hatte er das Funksignal zu Stewart unterbrochen – was ich bislang für unmöglich gehalten hatte. »Wie weit reicht der eigentlich?«

»Voll aufgeladen drei bis vier Meter Radius. Wenn die Akkus leer sind ... weniger.«

Mir stellten sich die Haare zu Berge. Über die Energiezufuhr seines Störsignals hatte ich mir noch keine Gedanken gemacht. Die 6 in meinem Sichtbereich schob sich plötzlich wieder stärker in den Vordergrund. Wenn Cross' der Saft ausging, hatte ich ein Problem. »Wie lange?«, fragte ich und versuchte, meine aufflatternde Panik zu überspielen.

Er warf mir einen Seitenblick zu, zuckte aber mit den Schultern. »Ich habe das Gerät noch nie im Dauerbetrieb genutzt. Ich nehme mal an, der Radius hält vierundzwanzig, höchstens fünfundzwanzig Stunden.«

Ich speicherte diese Daten in dem geistigen Ordner, auf dem »wichtig« stand. Je nachdem, wie schnell wir von diesem Planeten wegkamen, musste ich mir Gedanken darum machen, Cross' Akkus wieder aufzuladen oder mir ein eigenes Störgerät zu besorgen. Doch ein Problem nach dem anderen.

»Die Drohne hat das Loch entdeckt, und über den Störsender können sie uns über kurz oder lang finden«, fuhr Cross fort. »Wenn jemand die Daten auswertet, müssen sie nur den Funklöchern nachgehen. Vielleicht sollte ich ihn besser abschalten.«

»Nein!«, sagte ich schnell. Wenn er das tat, würde die Uhr in meinem Kopf vermutlich genau da weiterticken, wo sie stehen geblieben war. Und dann hatte ich noch knappe sechs Sekunden zu leben. »Keinesfalls. Es ist immer noch schwieriger, den gestörten Bereich zu identifizieren, als den Peilsender in meinem Kopf.« Das war nicht einmal gelogen – natürlich trug ich einen Peilsender. Der lag zwar nicht in meinem Kopf, aber so würde

Cross nicht auf die Idee kommen, mir mit einem Messer im Unterarm herumzubohren.

»Du hast einen Peilsender im Kopf?«, fragte Cross ungläubig. »Wer zur Hölle bist du?«

»Später«, sagte ich ausweichend. »Wir müssen weiter.«

Endlich krochen wir durch das Loch in der Mauer. Auf dem Messegelände angekommen, staunte ich über dessen Größe. Auf dem Abschnitt, den man von unserer Position aus einsehen konnte, hätte man sicher zwei Hardball-Felder unterbringen können. Es wurde linker Hand von zwei, geradeaus von einer weiteren Halle begrenzt – dahinter, so wies ein Schild aus, schloss sich der Raumfrachthafen an. Rechts befand sich der Anlegesteg. Zwischen den Gebäuden wiesen weiße Markierungen auf dem Asphalt den Weg zu weiter entfernten Anlagen.

Der Himmel begann langsam, ganz langsam zu ergrauen. Doch die Morgenruhe war trügerisch. Von unserer Position aus hatte man einen guten Blick auf das silberne Band des Bent River, über dem immer wieder rote Lichter aufblitzten. Über dem ersten Ring kreisten Helikopter, und Sirenen zerrissen die Stille. Wir marschierten gen Anleger hinüber. Jetzt mussten wir nur noch die knappen einhundert Meter zum Kai hinter uns bringen, ohne aufzufliegen. Ein Kinderspiel.

Zur Tarnung schnappten wir uns jeder den Griff einer Kiste und mussten uns wegen der Handschelle über die Länge der Kiste strecken. Da einer von uns so hätte schräg rückwärts laufen müssen, trugen wir das Ding seitwärts. So konnten wir beide sehen, wohin wir gingen.

»Wir könnten uns den ganzen Umstand sparen, wenn du die verdammten Handschellen abmachen würdest«, beschwerte sich Cross.

Ich schüttelte den Kopf. »Kann ich nicht.«

»Kannst du n...« Er stockte. »*Wie bitte?*«

»Ich kann es nicht. Ich habe die Schlüssel nicht.«

Er brauchte einen Augenblick, um das zu verdauen. »Du hast keine Schlüssel für die Dinger?«

»Ich habe die Schlüssel nicht *hier*. Dann bräuchtest du mich ja nur niederschlagen und sie dir holen. Die Schlüssel sind in meinem Rucksack. Mein Rucksack ist nicht hier.« Wehmütig dachte ich an meine Ausrüstung, die selig hinter einer Brettervernagelung des Fensters eines leerstehenden Gebäudes auf mich wartete. Doch sie war es nicht wert, dass ich mich in Gefahr begab, geschnappt zu werden.

»Dann holen wir zuerst den Rucksack!«

»Der Rucksack liegt hinter uns. Dazu müssten wir uns durch ein paar Straßensperren schlagen. Finde ich momentan keine so gute Idee ...«

Cross warf mir einen ungläubigen Blick zu. »Ich fasse es nicht. Das ist ein Alptraum.«

Wir befanden uns kurz vor dem Flussanleger, in den die Schiffe wie in eine Schleuse einfahren und von zwei Seiten aus gelöscht werden konnten – am Land war ein Kai, im Fluss schwamm ein zweiter. Als wir aus dem schützenden Schatten des Zauns traten, fühlte ich mich von allen Seiten beobachtet. Ich musterte die Dachkanten der Hallen und der am Messegelände liegenden Hochhäuser und konnte auf Anhieb zwei Dutzend perfekte

Plätze für ein Scharfschützengewehr ausmachen. Kaufmann hätte seine wahre Freude an diesem Szenario.

Auf dem Messegelände war insgesamt nicht so viel los, wie das tagsüber sicher der Fall sein würde. Das bedeutete allerdings nicht, dass keine Arbeiter da waren. Vor uns wurde gerade ein moderner Frachter gelöscht, und hinter der Halle vor uns fuhren Fahrzeuge hin und her.

Plötzlich warf ich auf dem Asphalt einen von einem roten Heiligenschein umkränzten Schatten. Ich sah mich um. Die Drohne hing in der Nähe und hatte uns voll erfasst, und sie hatte eine Schwester als Verstärkung mitgebracht. Im Morgenlicht glänzten sie wie kleine, tödliche Kanonenkugeln. Leider enthielten sie vermutlich deutlich mehr Hi-Tec als selbige. Langsam bekam ich den Eindruck, dass mir heute aber auch so gar nichts geschenkt wurde.

»Ich weiß, die Frage kommt ein bisschen spät – aber sind die Drohnen eigentlich bewaffnet?«

»Ich weiß es nicht«, keuchte Cross. »Ich hatte gehofft, die kommen nicht zurück.«

»Vermutlich hat jemand die Daten ausgewertet und beschlossen, die Ausfälle der Drohne näher zu untersuchen«, mutmaßte ich.

»Und jetzt?«, flüsterte Cross.

»Laufen!« Wir ließen die Kiste fallen und sprinteten los. Cross fasste meine Hand, damit wir uns gegenseitig mehr Halt geben konnten. Die Halle war bloß noch zwanzig Meter vor uns, aber genauso gut hätte sie einhundert Kilometer entfernt liegen können, denn wenn die Drohne auf uns feuerte, hatte sie völlig freies Schussfeld.

Wir eilten weg vom Fluss, weg von dem Ort, von dem ich am ehesten gehofft hatte, dass wir dort für ein paar Stunden sicher sein würden und dann fliehen konnten, in Richtung des nächsten Gebäudes: der Halle, die dem von uns geschaffenen Loch im Zaun direkt gegenübergelegen hatte. Das Einzige, was uns nun weiterhalf, war Deckung.

Der rote Laserstrahl streifte uns erneut. Ein Blick über die Schulter bewies mir, dass die Drohne – es schien allerdings eine andere zu sein, denn diese war etwas größer – etwa zehn Meter hinter uns schwebte. Ihr rotes Auge wies unmissverständlich auf mich. »Schneller!«

Ich hörte, wie ein Mechanismus klickte – einer, den ich schon zu oft gehört hatte. So klang das Einrasten des Magazins einer Waffe.

»Rechts!«, rief ich und sprang zur Seite. Richard war erstaunlich gewandt und tat es mir gleich. Eine Dreiersalve erklang, und dort, wo wir uns eben noch befunden hatten, spritzte der Asphalt.

»Links!« Wir liefen im Zick-Zack-Kurs, während der rote Laserstreifen versuchte, uns zu folgen, und eine neue Salve die Morgenluft zerriss – fünf Schüsse. Dabei hielten wir immer auf die Wand der Halle zu, denn wo eine Wand war, mussten auch Türen und Fenster sein. Zu unserem Glück war die Drohne recht langsam, wenn sie feuerte – vermutlich Probleme mit dem Rückschlag. Ich frohlockte, denn wenn ich die Entfernung richtig abschätzte, konnten wir es vielleicht doch schaffen. Ich sah eine Seitentür. Wenn die jetzt auch noch offen wäre …

»Da! Die Tür!«, rief auch Cross, der dieselbe Idee zu haben schien.

Zu dem Surren der ersten Drohne gesellte sich eine weitere, kleinere, die in einem leichten Bogen an uns vorbeisurrte. »Dreck!«, fluchte ich. »Warum ist das Ding schneller als das andere?« Sie blieb zwischen den beiden Gebäuden kurz vor der Tür hängen, auf die wir zuhielten. Offenbar war das eine Gerät unbewaffnet, das andere nicht.

Wir hechteten wieder in die andere Richtung, um auch Schüssen von vorne zu entgehen, doch die blieben aus. Stattdessen fuhr die Drohne vor uns ein Blaulicht aus und fing an zu heulen. Eine Sirene. Wenn wir nicht bald von hier verschwanden, würde ein ganzer Stall von *UI*-Sec-Leuten hier auftauchen und erst schießen, dann unsere Körperteile in alle Winde zerstreuen und hinterher die Fragen stellen.

Eine Salve von hinten – sieben oder acht Kugeln – jagte uns voran und streifte uns hautnah. Und ich meine hautnah, denn mein Jackenärmel wurde zerfetzt, ein paar Handbreit tiefer als dort, wo ich vorhin schon den Streifschuss von Jabbert erhalten hatte. Mir stand der Schweiß auf der Stirn, und ich fühlte, wie mir warmes Blut über die Haut lief. Doch der Schmerz erreichte mein Gehirn noch nicht, die Stelle fühlte sich taub an.

»Schieß doch!«, keuchte Cross. »Wozu hast du die Pistole denn?«

»Kein sicheres Ziel«, redete ich mich heraus. »Verschwendet nur Muni!«

Wir erreichten die Ecke der Halle und hielten uns immer an der Mauer. »Weiter!«, rief ich, als sich die bewaffnete Drohne neu in Stellung brachte, um sich ein gutes Schussfeld zu verschaffen.

Mit vollem Schwung sprang ich zur Tür und riss die Klinke herunter, um hineinzulaufen und eine sichere Wand zwischen mich und das große Kaliber zu bringen, das hinter mir abgefeuert wurde. Der Aufprall auf der Metalltür ließ mich rückwärtstaumeln, und für einen Augenblick sah ich schwarz. Cross wurde mitgerissen, dann hielt er mit seinem Gewicht gegen, damit ich nicht fiel. Hier würden wir nicht in den Schutz der Mauern gelangen.

»Weiter«, keuchte er und riss mich vorwärts, weg von den Schüssen, auf der Straße zwischen den beiden Hallen hindurch, der einzigen Richtung, die uns noch blieb. Vor uns lagen bestimmt dreißig Meter, in der das Teil uns eigentlich nicht verfehlen konnte, rechts und links nur hohe, kahle Wände – ein Todeskorridor.

Ich warf wieder einen Blick zurück. Die beiden Drohnen folgten uns in ausreichender Sicherheitshöhe zwischen die Gebäude, die Blaulicht-Sirene huschte über uns hinweg und jaulte am Ausgang der Straße weiter, während der fliegende Desperado langsamer folgte und hinter uns Schuss für Schuss das Pflaster zerfräste. Ich konnte nur hoffen, dass ihm die Munition ausging, bevor er uns erreicht hätte, doch ich glaubte nicht daran.

Jeder Schritt durch die Gebäudeschlucht war schwieriger als der davor, und ich merkte, dass ich Blut verlor. Ich sah mich mit der Tatsache konfrontiert, dass dies vielleicht das Ende war. Hier sterben? Auf Pherostine, einem Drecksplaneten am Rande der bekannten Welten, auf dem man nicht mal ein anständiges GlobalNet installiert hatte? Ich biss die Zähne zusammen und rannte weiter. Aufgeben würde ich nicht. Und ich würde mich nicht von einem aufgemotzten Infrarotdetektor abknallen lassen!

Dann hörten die Schüsse hinter uns auf. Ich verrenkte den Hals und stolperte dabei halb, konnte die zweite Drohne aber nicht mehr sehen. »Wo ist sie?«, keuchte ich. Hatte sie auch das zweite Magazin leergeschossen? Oder bekam sie Verstärkung?

»Keine Ahnung. Weiter!«, rief Cross.

Wir liefen die Straße bis zum Ende der beiden Gebäude weiter, wo wir atemlos auf einen großen Platz gelangten. Hinter uns lagen die drei Messegebäude, linker Hand in der Ferne schlossen sich weitere an, teilweise Dutzende Stockwerke hoch und mit überdachten Brücken verbunden. Rechts lag der Bent River, dem sich hier ein weiterer kleiner Fluss zugesellte. In dem dadurch entstehenden Dreieck lag der Raumfrachthafen des Messegeländes – ich erinnerte mich an das Schild. Dementsprechend gab es für Starts und Landungen ausreichend viel Platz. Und in der Mitte des Ports stand unsere Rettung.

9

29. März 3042 (Erdzeit)
Ort: Carabine

Vor uns auf dem Platz des Messegeländes stand das riesige, moderne Raumfrachtschiff und wurde gerade entladen. Es hatte einen dicken Ladebauch und ein Cockpit, das an das vielfacettierte Auge eines Insekts erinnerte. Richtig – das musste das Schiff sein, dass ich hatte landen sehen, bevor ich das Potemkin's betreten hatte.

»Dorthin!«, rief ich Cross zu und lief.

»Du willst in den Orbit? Das Ding ist doch bestimmt bestens gesichert und ...«

Dann ging alles sehr schnell. Ich sah aus den Augenwinkeln einen Schatten. Das allzu vertraute »Plopp« eines Minigranatwerfers war zu hören, und mein Instinkt übernahm. Ich warf mich aus dem Laufen ansatzlos auf Cross, riss ihn zur Seite und zu Boden und überschlug mich dabei mehrfach mit ihm. Dann bombte das Geschoss einen Krater in den Asphalt.

Die ganze Welt schien sich immer langsamer zu drehen, bis schließlich das Bild einfror und alles um mich erstarrt war. War ich tot?

Ich blinzelte. Ein monotones Fiepen hallte mir in den Ohren, das alle anderen Geräusche ausblendete. Parallel ging vor meinen Augen ein merkwürdiger Stummfilm ab. Erst dachte ich, er wäre verrauscht, dann erkannte ich, dass es Staub und Asphaltbrocken regnete. Ich mutmaßte, dass ich noch am Leben war.

Ich lag auf dem Rücken, Cross halb neben, halb auf mir. Ich schob ihn von mir herunter, zählte meine Gliedmaßen – und stellte erleichtert fest, dass noch alle da waren. Dann prüfte ich, ob Richard verletzt war. Er hielt die Hände auf den Ohren und starrte mich mit aufgerissenen Augen an, die Granate schien ihn aber nicht direkt erwischt zu haben.

Ich rappelte mich auf und zog ihn mit hoch. »Lauf!«, brüllte ich. Meine Stimme hörte ich unter dem Fiepen nur, weil sie mir im Kopf widerhallte.

Cross hing an meiner Seite wie ein Sack Mehl, doch er bekam die Füße unter den Körper und trug sein eigenes Gewicht. Das war schon viel wert. Wir stolperten voran – ich hatte keine Ahnung, ob die verdammte Drohne noch eine weitere Granate besaß oder nicht. Doch ich musste es versuchen. Ich konzentrierte mich und streckte mental meine Fühler aus. Und siehe da, das Summen der Drohne wurde stärker – aber vermutlich nur für meine Ohren. Sie hatte eine zweite Granate geladen.

Granaten besitzen üblicherweise sowohl ein chemisches Zündmittel als auch eine explosive Chemikalie. Mit anderen Worten: Sprengstoff.

Ich sammelte wieder meine Wut, meinen Schmerz und den Frust der letzten Tage. Wie aus weiter Ferne drangen wieder Schüsse an mein Ohr. Cross schrie, stolperte und sackte zusammen. Ich fasste auch mit der zweiten Hand zu. Dann ließ ich meinen Zorn auf die Drohne zu und hörte mit zufriedenem Grinsen, dass hinter uns etwas explodierte. Der Kopfschmerz folgte unmittelbar.

»Nicht schlappmachen, sonst sind wir ganz tot!«, rief ich und zog Cross weiter, voran, auf das Frachtraumschiff zu. Das schien zu helfen, denn er mobilisierte noch einmal seine Kräfte.

Das Dutzend Männer und Frauen, das eben noch dabei gewesen war, die Ladung des Raumschiffs zu löschen, ergriff vor uns die Flucht. Na gut – möglicherweise flohen sie auch eher vor der Maschine über uns, die nicht zwischen Freund oder Feind zu unterscheiden schien.

»Ein letzter Sprint«, keuchte ich. »Schaffst du das?«

Cross rang um Luft. Er blutete an der Seite, doch ich hatte keine Zeit nachzuschauen, ob es sich um einen Kratzer, eine Kugel oder einen Splitter handelte. Mein Arm brannte inzwischen wie Feuer. Er taxierte die Entfernung und sah offenbar selbst, dass es nicht mehr weit war. »Keine Ahnung. Gibt's Alternativen?«

»Nein!«

Wir hatten die halbe Strecke geschafft, da näherte sich von über und hinter uns das gefürchtete Surren. Ich hoffte einen Augenblick lang, dass es die schnellere Spionage-Drohne war, die uns gefolgt war. Doch als ich eine weitere Patrone in die Kammer einrasten hörte, wusste ich, dass meine Hoffnungen enttäuscht wurden.

Ich ballte die Hände und biss die Zähne zusammen, während ich meinen Beinen alles abverlangte, was sie herzugeben imstande waren. Die Laderampe des Frachters lag direkt vor uns. Im Innern sah ich einen roten Knopf an der Verschalung. Ich nahm an, dass man damit die Rampe hoch- und runterließ, doch ich *wusste* es nicht – ähnlich naheliegend wäre die Annahme, dass man damit eine Notverriegelung des kleinen Schiffes aktivierte.

Im Laufen zog ich meine Waffe aus dem Holster, griff sie am Lauf, zielte nur kurz und forderte sämtliche kosmische Schulden ein, die ich beim Universum noch offen hatte – nicht sonderlich viele, zugegeben, aber hey, in manchen Situationen zählt man Erbsen. Dann warf ich die Pistole – und ich war gut im Werfen.

Die Waffe rotierte ein-, zweimal um die eigene Achse, klapperte gegen die Wand über dem Knopf und fiel ins Innere des Laderaums. Verdammtes Universum. Es gibt einfach keine ausgleichende Gerechtigkeit im Leben.

Dann begann ein rotes Licht zu blinken, eine Warnanlage tönte mit dem Charme einer Lufthupe durch den Morgen, und die Rampe zitterte einmal, bevor sie erst langsam, aber unaufhaltsam waagerecht hochfuhr und sich dann zu neigen begann. Die Waffe musste den Knopf doch gestreift haben.

»Yay!«, stieß ich aus. »Danke, Universum!«

»Verdammt!«, hörte ich vor mir einen Mann fluchen, der aus dem Frachtraum geschossen kam und über das sich hebende Metall floh. Ein zweiter folgte ihm. Ich hoffte, dass alle Arbeiter, die noch drin gewesen waren, den Verstand besessen hatten zu fliehen, sonst drohte uns gleich noch eine Meuterei.

Cross und ich brachten die letzten Schritte gen Rampe hinter uns, während um uns herum die Schüsse einschlugen, sprangen wie auf ein unsichtbares Signal kopfüber auf die schon eineinhalb Meter über dem Boden schwebende und leicht angeschrägte Rampe hinauf – ich schrammte mit dem Oberschenkel unsanft über die Kante –, rollten ab und landeten in einem Gewirr aus Armen und Beinen auf dem Boden des Frachtraums. Eine Kugel schlug mit hässlichem Jaulen von der Rampe ab, dann krachte die Drohne in die Seite des Frachtschiffs über uns.

Wir hatten es geschafft. Dankbar schloss ich die Augen und ließ den Kopf auf den harten Metallboden fallen. Am Rande meines Bewusstseins stellte ich fest, dass ich ein Vibrieren spürte, obwohl Raumschiffe doch eigentlich bei Ladevorgängen völlig heruntergefahren wurden. Wenige Augenblicke später schloss sich auch die Laderampe mit metallischem Hall.

Wir waren in Sicherheit. Cross lag neben mir auf dem Bauch und keuchte. »Sind wir noch am Leben?«

»Ich glaube schon.«

Er sah mich an, wie ich wohl eine besonders gefährliche Sprengladung begutachten würde, die ich entschärfen wollte und bei der ich nicht wusste, ob sie bei Berührung, durch Schall oder schon durch Lichtsensoren hochgehen würde, wenn ein Schatten darauf fiel.

Respekt ist gut, redete ich mir ein. Respekt hieß, dass er nichts versuchen würde, um mich auszuschalten, nicht wahr? Oder dass er sich sehr, sehr sicher sein würde, dass das, was er versuchte, auch funktionierte, wandte das Teufelchen auf meiner linken Schulter ein. Trotzdem fühlte ich mich unter diesem Blick nicht wohl.

Ich sah mich um. Der Frachtraum war erstaunlich sauber und aufgeräumt, ähnelte ansonsten aber jedem anderen Frachtraum des Universums. Der einzige Unterschied bestand darin, dass Rost und Dreck fehlten. Offenbar wurden gerade Ausstellungsstücke für eine große Messe geliefert, denn an den Wänden stapelten sich Paletten über Paletten, manche noch festgebunden, andere standen bereit, um sie mit dem Gabelstapler nach draußen zu fahren. Die lose Ladung würde bei Starts und Landungen ein Problem sein. Wenn Sie mal eine zwei Zentner schwere Kiste mit Gewehren auf sich zufliegen gesehen haben, wissen Sie, was ich meine.

Eine vollautomatische Salve gegen die Seitenwand des Frachters erinnerte mich daran, dass wir keine Zeit für das Anschnallen von Fracht hatten. Die Drohne mochte vielleicht beschädigt sein, doch es folgten sicher noch die Antigravfahrzeuge der *UI*-Sec, möglicherweise mit schwereren Geschützen als die leichte Drohne sie besessen hatte. Noch waren wir nicht von diesem Drecksplaneten herunter.

»Wir müssen auf die Brücke. Aber vorher sollten wir alle Türen zum Laderaum gut absperren, damit uns die Fracht nicht aus Versehen erschlägt.«

Die Pilotenkanzel war ebenso schlicht und kahl wie

der Frachtraum. Doch meine Augen leuchteten, als ich die Hauptattraktion erblickte: eine KSP-Konsole. Unser Schiff war sprungfähig – für ein Frachtschiff eine kleine Sensation.

Ich zuckte zusammen, als eine Salve die Vorderscheibe traf. Vor uns schwebte ein Antigravfahrzeug der *UI*-Sec, das das Magazin eines festmontierten Maschinengewehrs auf uns entleerte. Man sah kaum mehr als die flammende Mündung. Doch die Scheibe hielt. Was auf den Ein- und Austritt einer Atmosphäre und das Vakuum im All ausgelegt ist, lässt sich von einem Maschinengewehr nicht beeindrucken. Trotzdem – wir mussten hier weg, und wir mussten hier *schnell* weg. Bevor die da draußen auf die Idee kamen, die wirklich großen Waffen aufzufahren.

Ich setzte mich auf den Pilotensitz, schnallte mich an und legte ein paar Schalter um. Das Raumschiff war tatsächlich völlig deaktiviert und musste erst hochfahren. Cross nahm auf dem Sitz links davon Platz. Die Treibstofftanks waren nicht mehr voll, aber auch nicht leer. Sie würden uns hier wegbringen.

Ich blickte aus dem Fenster, um zu sehen, ob Menschen in der Nähe standen, doch meine eingeschränkte Sicht ließ das nicht zu. Also startete ich die Motoren und hoffte, dass die Leute im Zweifel genug Sinn und Verstand besaßen, sich in Sicherheit zu bringen, bevor die Düsen aktiv wurden. Ich konnte mir jetzt nicht anderer Leute Köpfe zerbrechen.

Ich gab den Maschinen nicht viel Zeit zum Aufwärmen, denn dem Krach nach bestreute die *UI*-Sec gerade die Seitenwand des Frachters mit einem weiteren Kugelhagel. Da draußen musste es vor Querschlägern nur so regnen. Vermutlich beschädigten sie ihre eigenen Fahrzeuge mehr als meines.

Ich richtete die Düsen nach unten und tippte den Steuerknüppel an, um den Geier vom Boden wegzubekommen. Doch kaum hatten wir eine Distanz von ungefähr zwei Dutzend Metern zum Asphalt, piepte ein Warnsignal auf meiner Konsole. »Schau dir mal den Umgebungsradar an«, bat ich Cross und versuchte, den Steuerknüppel in genau der Position zu halten, in der er war. So sensibel, wie die Einstellung von dem Ding zu sein schien, konnte uns schon ein kleiner Verreißer in die Cafeteria des Messegebäudes im 12. Stock rammen. In einem ironischen Moment besaß der Gedanke sogar einen gewissen Charme – ich stellte mit einem Mal fest, dass ich schrecklich hungrig war.

»Augenblick ...« Cross klopfte ungeduldig auf die Konsole, als könne er damit etwas beschleunigen. »Die Anzeigen sind noch nicht alle da ... Ah, jetzt.« Er räusperte sich. »Ich habe unmittelbare Kontakte vor uns ...«

»Ach«, machte ich, beeindruckt von dieser neuen Erkenntnis – das Fahrzeug, das versucht hatte, uns die Sichtscheibe wegzuschießen, hing noch immer genau da, wo es vor ein paar Sekunden gewesen war.

»... sowie rechts neben uns«, fuhr Cross unbeeindruckt fort. Offenbar hatte er Übung im Lesen solcher Anzeigen. »Hinter uns ist auch ein Kontakt.« Er klopfte wieder auf die Anzeige.

»Na ja, dann können wir ja nur noch in zwei Richtungen«, fasste ich zusammen. »Auf die Messegebäude zu und nach oben. Da ich sowieso erst einmal aus der Atmosphäre rauswollte ...« Ich schickte mich an, den Steuerknüppel zu bewegen.

»Halt. Halt!« Cross fiel mir in den Arm und drückte ihn runter. Das Schiff taumelte wie eine betrunkene Ente im Sturm.

»Verdammt!« Ich versuchte, den Frachter wieder zu stabilisieren, ohne dass wir mit einem der ausladenderen Teile den Boden küssten. Als es mir gelungen war, hielt ich den Knüppel wie ein rohes Ei. »Tu das nie wieder!«

»Ich hätte nicht gedacht, dass ein Frachtschiff so sensibel in der Steuerung ist ...«, erwiderte er entschuldigend.

»Deswegen fliegt üblicherweise die Person, die am Steuer sitzt«, zischte ich. »Also, warum der ganze Zirkus?«

»Über uns ist auch ein Kontakt. Der Signatur nach vermutlich ein gepanzertes *UI-Sec-Fahrzeug.*«

»Verdammt.« Mein Puls schlug schneller, als ich realisierte, dass Cross gerade verhindert hatte, dass wir mit der Geschwindigkeit der Startdüsen ein anderes Fahrzeug rammten.

Ich überschlug die Situation kurz. Vier Fahrzeuge umgaben uns zu den drei Seiten und nach oben. Sicher, wir konnten nach einer der vier Richtungen auszubrechen versuchen. Dabei würden wir mindestens eines der Schiffe zumindest streifen. Das Schiff, in dem wir saßen, war vermutlich größer und haltbarer – aber ob es einen solchen Zusammenstoß überstehen würde, ohne dass eine der Düsen kaputtging, erschien mir dann doch zweifelhaft. Und selbst wenn wir es schaffen würden, die Insassen des entsprechenden Sicherheitsfahrzeuges würden den Crash nicht überleben. Die einzigen beiden Richtungen, die die *UI*-Sec nicht absicherte, war die, auf der die Gebäude lagen, sowie nach unten. Sie wollten uns zur Landung zwingen.

Aber nicht mit mir, ich würde mich nicht schnappen lassen. Ich rotierte das Schiff ungefähr dreißig Grad um seine eigene Achse, so dass wir mit der Nase zu den beiden Messegebäuden wiesen, direkt auf die Straße, die dazwischen hindurchführte und auf der wir gerade hierhergelaufen waren.

»Oh nein«, stieß Cross atemlos aus und schnallte sich hastig an. »Das wagst du nicht ...«

»Festhalten«, flüsterte ich. Dann gab ich Gas. Immerhin, so sagte ich mir, hatten wir nichts mehr zu verlieren.

Oder?

Das Frachtschiff brauste los. Ich zog einerseits die Nase hoch, um vom Boden wegzukommen, andererseits kippte ich das Gefährt um fünfundvierzig Grad um die Längsachse, so dass die kurzen Tragflächen senkrecht standen. Dann drückte ich auf den Knopf, der die Landefüße einzog. Mit ein bisschen Glück waren wir so schmaler, als wenn wir einfach waagerecht in die Straße flogen.

»Du bist ja wahnsinnig!«, keuchte Cross.

Den Sekundenbruchteil später, den wir brauchten, um

die Strecke zu den Gebäuden zurückzulegen, atmete ich aus und hielt die Luft an. Bei Kaufmann sah man das, wenn er den Abzugshahn seines Scharfschützengewehrs durchzog. Wer atmet, bewegt sich. Wer sich bewegt, verreißt und endet in einem Feuerball aus Treibstoff und Metallträgern am Frühstücksbüffet der Cafeteria der Messehalle. Kein Atem, kein Verreißer. Ich korrigierte den Kurs ganz leicht, der uns schräg auf die Häuserwand zugesteuert hätte, dann schaltete ich das Denken ab und verließ mich darauf, dass meine Instinkte die Situation schon richtig eingeschätzt hatten. Ich kämpfte den Drang nieder, einfach die Augen zu schließen, bis es vorbei war.

Wir sausten durch die Gebäudeflucht, als ich ein Krachen aus dem Frachtraum hörte – die Ladung polterte darin hin und her. Gleichzeitig spürte ich, wie das Schiff zu schlingern begann. Mir brach der Schweiß aus. Ich mahnte mich zur Vorsicht und stabilisierte das Steuer nur ganz wenig, damit wir weder unten noch oben an eine Häuserwand stießen. Dann schossen wir zwischen den beiden Häusern hervor.

Ich legte den Vogel wieder gerade, da wartete schon das nächste Problem auf uns: Einerseits die Skyline des ersten Rings, die auf der anderen Straßenseite des Messegeländes begann, andererseits die Flotte von Sicherheitsfahrzeugen, die sich immer noch mit Blaulicht und allem Drum und Dran auf und über der Messebrücke befanden.

Jetzt steuerte ich mit allen Düsen gegen, die uns nach oben trieben, und zog den Steuerknüppel so weit zurück, wie es mir möglich war. Ein Senkrechtstart wäre so viel einfacher gewesen. Jetzt hatten wir Schwung drauf – und wie viel Schwung wir hatten! Wir rasten genau auf die das Morgenlicht reflektierende Fensterwand des Towers vor uns zu, über dem ein leuchtendes Werbeschild fröhlich verkündete, dass sich darin der örtliche Lebensversicherungs-Zweig von *United* befand. Ich hatte die Wahl, das Steuer zu verreißen und eventuell in dem Gewirr der Hochhäuser dahinter zu landen, in dem ich kaum mehr schnell genug würde reagieren können, oder sofort einen Kurzstreckensprung durchzuführen. Ich versuchte Letzteres. Lieber ein Ende mit Schmerzen als Schmerzen ohne Ende.

Die Finger meiner Rechten tanzten über das Bedienfeld der Steuerung, mit der Linken klammerte ich mich an den Steuerknüppel, als bedeutete es mein Leben – was es streng genommen ja auch tat. Wir gingen in die Senkrechte und wurden in die Sitze gepresst, jegliche Luft floh durch die G-Kraft aus meiner Lunge. Cross keuchte neben mir. »Du willst doch nicht in der Atmosphäre einen Kurzstreckensprung programmieren?«, fragte Cross ungläubig. »Das bringt uns alle um! Aneurysmen und Lungen können dabei platzen, du kannst ...«

»Die Alternative ist der Wolkenkratzer dort«, erwiderte ich gepresst.

Ich wusste sehr gut, dass unsere Chancen zum Überleben beinahe größer waren, wenn ich den Frachter in das Gebäude setzte, als wenn ich in der Atmosphäre einen Kurzstreckensprung durchführte.

Vor uns füllte die gleißend beleuchtete Fensterwand

inzwischen das gesamte Fenster aus. Darin sah man, dass die von Gewitterwolken verhangene Sonne im Osten wie ein prachtvoller greller Ball hing, die drei Monde von Pherostine verblassten in ihren Sichelstadien. Cross krallte sich bleich an die Arme seines Sitzes und wurde immer kleiner. Ich ignorierte ihn.

Man sagt, dass das gesamte Leben vor den Augen abläuft, während man realisiert, dass man sterben wird. Ich kann dazu nichts sagen, denn ich war zu sehr damit beschäftigt, den Frachter um einen winzigen Winkel zu neigen, um ihn an der schmaleren Seite des kuppelförmig gewölbten Dachaufbaus vorbeizubringen, falls der Sprung nicht funktionieren sollte.

Dann drückte ich auf den Auslöser des Kurzstreckensprungs. Möglich, dass wir nicht mehr genug Strecke hatten und statt am anderen Ende dieses Sternensystems in der Rückfront des Wolkenkratzers vor uns stecken blieben, der immer näher kam. Dann verzog sich die Welt vor meinen Augen.

Die Sonne, die Monde und der Wolkenkratzer vor uns rückten in weite Fernen, so als würde man durch die falsche Seite eines Fernrohrs schauen. In meinem Nacken brannte jäh Schmerz auf, der sich von dort aus wie ein Geflecht aus Blitzen über den ganzen Körper verteilte. *Du wirst das überleben!*, sagte ich mir stumm. *Überleben, überleben, überleb...*

10

Als ich erwachte, fühlte ich mich, als hätte man mich ausgewrungen wie einen nassen Lappen. Ich hatte über die Konsolen vor mir gekotzt, und in dem Erbrochenen schwamm Blut. Ein Summen in meinen Ohren wich nur langsam und blendete dabei jegliche anderen Geräusche aus. Hinter meiner Stirn hämmerte ein migräneartiger Schmerz, und ich hustete mir die Seele aus dem Leib. Noch immer kam Blut aus Mund und Nase. Verdammt. Mir war hundeelend zumute. Cross ging es neben mir nicht viel besser – er erbrach sich immer noch, dazu blutete er aus den Ohren.

Ich schüttelte den Kopf leicht, um besser sehen und hören zu können, doch ich bereute es sofort. Heiliger Apollo, das Wort *Kopfschmerzen* deckte nicht annähernd ab, was da zwischen meinen Ohren vorging. Ich schloss die Augen und gab mir ein paar Minuten, um durchzuatmen und das Pochen abebben zu lassen. Dann riss ich mich zusammen und tippte auf dem Monitor herum, um eine Sternenkarte des Systems aufzurufen. Ich runzelte die Stirn.

Die Anzeige zeigte All, All, und mehr All. Mir stellten sich schon die Haare im Nacken auf. Was, wenn wir bei Hakup oder einer anderen von den Collectors unterworfenen Welt gelandet waren? Dann, endlich, meldete das System ein »Ping«, einen roten Fleck auf der Anzeige. Nach kurzer Zeit gesellte sich ein zweiter kleinerer hinzu. Ob des Rauschens und Flackerns auf den Monitoren konnte ich den Blip kaum erkennen. Ich pfiff anerkennend, denn Cross' Störsender musste eine echte Breitbandleistung mitbringen, wenn er auch diese Geräte beeinflusste.

Ich warf einen Blick auf meine Multibox, die ebenfalls flackerte. Zum Telefonieren würde ich sie vermutlich mit einem deutlich stärkeren Gerät oder einer Bodenleitung verbinden müssen, solange Cross' Störsender aktiv war.

Als auf dem Monitor endlich die Daten aufgelistet wurden, atmete ich auf. Checque lag vor uns – und noch viel wichtiger – sein Mond Banker's Rock. Dort gab es ein Kloster des Order of Technology. Wenn es einen Ort in diesem System gab, an dem man den Sprengsatz in meinem Kopf operieren oder deaktivieren konnte, dann wohl dort – besonders unter Zeitdruck. Vermutlich wollte der 2OT im Austausch meine Seele, aber was soll's, besser lebendig und dem Satan dienen als tot und heilig. Man tat, was nötig war, um zu überleben – so hielt ich es seit Jahren. Wir waren noch sechs Stunden von Banker's Rock entfernt.

Ich war zwar nicht genau dort, wo ich hingewollt hatte, aber doch ungefähr in der richtigen Ecke dieses Systems. Erst einmal befanden wir uns vor Jabbert, Stewart und der *UI*-Sec in Sicherheit. Das hatten wir uns nach dem heutigen Tag wirklich verdient. Viel bedeutender aber fand ich, dass wir Stewarts unmittelbare Kommunikationsreichweite verlassen hatten. Selbst wenn Cross seinen Störsender deaktivierte, brauchte es sicherlich ein paar Stunden, bis irgendwelche neuen Signale von Stewart bei uns ankamen. Und selbst dann schwebten wir momentan gerade abseits von jeglichen Kommunikationsrouten im All. Ich war nicht in Sicherheit, aber für eine Weile war die Gefahr minimiert. Ich atmete tief ein und entspannte mich.

Ich spürte die physikalische Erleichterung des Raumschiffs, das nun nicht mehr in der Atmosphäre ächzen musste. Beinahe wirkte es, als atme es im Vakuum auf. Wo Hülle und Stahl des Raumfrachters eben noch unter Beben der Schwerkraft ausgesetzt gewesen waren, herrschte nun eine Stille, die nur hin und wieder vom Stöhnen des sich wieder zusammenziehenden Metalls durchbrochen wurde. Vor mir lag die Unendlichkeit.

Und wow, war sie schön.

Warum war mir noch nie aufgefallen, wie überwältigend die Weite des Alls tatsächlich war? Hatte ich die letzten vier Jahre den Blick immer nur auf die Fußspitzen geheftet, anstatt mal den Kopf zu heben und mich umzuschauen? Es war, als sei ein Schleier von mir abgefallen, der mir zeit meines Lebens den Blick auf das Wesentliche versperrt hatte. Nun konnte ich sehen, *wirklich* sehen.

Ich fühlte mich wie ein Baby, das begeistert seine ersten Schritte tut – in eine Welt der unbegrenzten Möglichkeiten. Plötzlich hatte ich wieder eine Zukunft; konnte wählen, wohin ich meine Schritte lenkte. Diese Aussicht ließ einen Knoten in meinem Hals wachsen und raubte mir für einen Augenblick den Atem – und die Kopfschmerzen verstärkten sich auch.

Cross löste seine Gurte und kotzte ein letztes Mal zwischen seinen Beinen durch. Dann schien es auch ihm besserzugehen. Er wischte sich das Blut aus dem Gesicht und betrachtete den verschmierten Handrücken. »Du bist wirklich vollständig wahnsinnig, oder?«, fragte er verschnupft.

Eilig blinzelte ich die Feuchtigkeit aus den Augenwinkeln – bestimmt keine Tränen der Rührung, glauben Sie mir. Eher noch eine Nachwirkung des Sprungs. Widerwillig wandte ich die Augen von der Weite vor mir ab. »Wir sind da rausgekommen, oder?«, verteidigte ich mich. »Und wir sind am Leben.«

»So gerade.«

Ich rumorte an der Seite des Pilotensitzes in einem Spind herum und fand einen Ladestreifen mit Munition. Ich löste die Patronen und lud sie in meinen eigenen. Widerwillig erinnerte ich mich der Situation: Cross war technisch gesehen immer noch meine Geisel. Er war auf der zweiten Hälfte unserer Flucht mehr als willig gewesen – immerhin war es auch um sein Leben gegangen –, doch das mochte sich nun wieder ändern, da wir in relativer Sicherheit waren.

Als ich den Ladestreifen in die Kammer im Griff schob und dem satten Geräusch beim Einrasten lauschte, schaute Cross misstrauisch. »Wirst du jetzt wieder anfangen, mich damit zu bedrohen?«, fragte er.

Trotz der Kopfschmerzen warf ich ihm einen amüsierten Blick zu. »Nicht, wenn wir uns weiterhin so gut verstehen.«

»Wir verstehen uns nicht gut«, erwiderte er. »Ich würde das eher einen Nichtangriffspakt nennen.«

»Hey, ich habe dir immerhin das Leben gerettet.«

»Du hast ...« Cross starrte mich in einer Mischung aus Ärger und Verblüffung an.

»Ich habe dir das Leben gerettet, ja. Sogar zwei-, ach, dreimal, wenn man es genau nimmt.«

Er verschränkte die Arme vor der Brust, so dass mein Handgelenk vor seinem Bauch baumelte. »Jetzt bin ich gespannt. Willst du, dass ich mich dafür bedanke, dass du nicht mein Gehirn auf der Tapete des Potemkin's verteilt hast?«

Ungehalten zog ich meine Hand zurück, verstaute die Pacifier im Holster und die Clips erst einmal in den Taschen. »Das ist eines der drei Male, ja. Ich hätte dich töten können.«

»Du hast mich nicht getötet, weil du mich brauchst«, erwiderte Cross und tippte auf seinen Kopf. »Das ist etwas anderes, als jemandem das Leben zu retten.«

»Wie kommst du darauf?«, fragte ich vorsichtig. Der Mann war clever.

»Als ich dein Funksignal unterbrochen habe, hast du es dir plötzlich anders überlegt. Vermutlich ... nein, ziemlich sicher sogar hat mein Störsender den Peilsender in deinem Kopf gleich mit deaktiviert. Womit hatten sie das angepeilt? Mit einem Raketenortungssignal?«

Ich versuchte mir nicht anmerken zu lassen, wie nah er der Wahrheit gekommen war. »So etwas Ähnliches.«

Er wurde blass. »Das hätte jeden im Potemkin's getötet – vielleicht sogar den ganzen Block.«

»In jedem Fall habe ich dafür gesorgt, dass Jabbert dich nicht erschießt«, verteidigte ich mich. »Und vor der Drohne habe ich dich auch gerettet.«

»Beide Male wäre ich nicht in Lebensgefahr gewesen, wenn du mich nicht hineingebracht hättest.« Er schüttelte den Kopf. »Ich habe Besseres zu tun, als mich bei einer Profikillerin dafür zu bedanken, dass sie mich netterweise nicht erschossen hat.«

Ich zügelte meinen aufkeimenden Ärger, denn in diesem Punkt hatte er Recht. »Mag sein. Aber dass du Feinde hast, die dich tot sehen wollen, ist ja wohl kaum meine Schuld, oder?«

Darauf wusste Cross nichts zu erwidern. Nach einer Weile warf er mir einen vorsichtigen Blick zu. »Und jetzt? Wo sind wir?«

»In der Nähe von Cheque. Ich will nur gerade einen Kurs programmieren. Dann sollten wir vielleicht mal schauen, ob dieser Schrotthaufen einen Verbandskasten und ein paar saubere Kleider hat«, sagte ich.

»Kurs programmieren? Wohin?«

»Weg.« In diesem Wort lag so viel Verheißung. Ich

konnte gehen, wohin ich wollte. Ich linste aus dem Fenster vor mir, hinaus in die Weite des Alls. Bei dem Anblick klopfte mir das Herz noch immer bis zum Hals. Na gut. Vielleicht war ich doch ein wenig gerührt.

Cross strich sich mit der Rechten spontan das Haar zurück, das ihm in die Augen fiel, und riss mir mit der Geste die linke Hand von den Armaturen.

»Autsch!«, sagte ich, denn die Handschelle hatte sich so um meinen Arm verkantet, dass sie mir die Haut quetschte.

»Entschuldigung«, sagte er, doch es klang wie ein Reflex.

»Schon gut.« Ich rieb mir die geschrammte Stelle. Die Handschellen und der Grund, warum ich sie trug, holten mich schnell wieder auf den Boden der Tatsachen zurück.

Sicher, ich konnte gehen, wohin ich wollte. Ich hatte etwas mehr als dreiundzwanzig Stunden, die Cross' Störsender vielleicht noch die Funktion der Bombe in meinem Kopf dämpfen würde. Diese Zeit konnte ich nutzen, um mich im letzten Loch des Universums zu verstecken und es nie wieder zu verlassen, aus Angst, dass Stewart versuchte, die Bombe neu zu starten. Oder ich konnte versuchen, jemanden zu finden, der mir innerhalb dieser Frist in einer Notoperation den Sprengsatz ausbauen konnte. Beides war nicht sonderlich wahrscheinlich, wenn ich ehrlich war.

Dreiundzwanzig Stunden, jetzt vielleicht ein paar mehr, die das Funksignal durch die Entfernung von Stewarts Schiff hierher brauchen würde. Im All war das eine verdammt kurze Zeit. Eigentlich war das überall eine verdammt kurze Zeit.

»Und wohin ist weg?«, fragte Cross.

»Banker's Rock. Dort gibt es ... Techniker, die meinen Peilsender deaktivieren können.«

»Und dann?«

»Verschwinde ich.«

»Weglaufen bringt uns nicht weiter. Wir brauchen Hilfe«, sagte Cross. »Wir können wieder nach Pherostine zurückspringen und an einem abgelegenen Ort im Urwald landen.«

»Und dann? Wie kommen wir da raus?«

»Meine Leute ...«

»... stehen sicher unter Bewachung der *UI*-Sec«, vervollständigte ich seinen Satz. »Cross, ich weiß, das ist hart – aber wir sind auf uns allein gestellt. Abgesehen davon gibt es eine Satellitenstation in der Umlaufbahn um Pherostine. Nach unserer Flucht werden sie die Signaturen der eintreffenden Schiffe bestimmt doppelt und dreifach prüfen. Die *UI*-Sec verfolgt uns vielleicht – Jabbert tut das ganz bestimmt. Er kann sich leicht die Signatur dieses Schiffes besorgen und sie orten. Es sei denn, dein Störsender unterbindet auch das.«

»Ich fürchte nicht. Jabbert ist der Mann, der auf uns geschossen hat?«

»Ja.«

Cross presste die Lippen aufeinander. »Wenn Winslow es überlebt hat, dann kann sie uns da durchbringen. Sie hat ein Händchen für Kommunikationsanlagen.«

Ah. Vermutlich hatte ich mein Leben indirekt der

blonden Punkerin zu verdanken. Sie musste diejenige gewesen sein, die Cross' Störsender aufgemotzt hatte.

»Sie kann uns nicht helfen«, widersprach ich. »Sie hat ein paar Schüsse abbekommen und muss in der Nähe der Granate gewesen sein, als sie explodiert ist. Und selbst wenn sie noch lebt – du bist da unten nicht mehr der gefeierte Held. Richard Cross wird jetzt in Verbindung mit einer Schießerei im ersten Ring gesucht. Die *UI*-Sec wird dich jagen. Du bist ein Flüchtling, genau wie ich.«

Als er schwieg, musterte ich ihn von der Seite. Ich hatte keine Ahnung, was hinter seiner Stirn vorging, vermutete aber, dass er seine Optionen prüfte. Wir hatten auf Pherostine verbrannte Erde hinterlassen. Sein Name, der bislang für Ehrlichkeit und Kompromisslosigkeit gestanden hatte, war mit durch den Dreck gezogen worden. Ob er überlegte, wie sich das alles wieder richten ließ?

»Das ändert nichts«, sagte er schließlich.

»Oh doch. Das ändert alles«, widersprach ich. »Die *UI*-Sec sperrt dich ein, sobald sie dich in die Finger bekommt. Und wenn du in einem Untersuchungsgefängnis verschwunden bist, kannst du deinen Leuten auch nicht mehr helfen.«

»Möglich.«

»Nicht nur möglich, sondern todsicher. Aber ich will dich nicht aufhalten. Von Banker's Rock kannst du nach Chorriah gehen. Da findest du bestimmt ein Shuttle zurück nach Pherostine.«

»Chorriah?«, fragte er stirnrunzelnd. »Du meinst schon die *TTMS*-Station im Guavarra-System?«

»Sicher. Hast du ein Problem mit *TTMS*?«

»Kein konkretes.«

»Auf Chorriah gibt es ein paar Geschäfte, die Ausrüstung zu einem guten Preis verkaufen.«

»Hehlerware und Schmuggler?«

»Womöglich. Aber ein Bettler kann keine großen Ansprüche stellen, oder? Und du findest dort ein Schiff gen Pherostine. Auch wenn ich wirklich nicht weiß, was du dort noch verloren hast.«

Er warf mir einen prüfenden Seitenblick zu. »Dasselbe wie du.«

»Ach. Und das wäre?«

»Informationen bündeln. Wer deine Auftraggeber sind, was sie auf dem Planeten beabsichtigen und wie wir weiter vorgehen.«

Ich schüttelte den Kopf. »Mach das, Jesus, aber ohne mich.«

»Jesus?«, fragte er irritiert.

»Jabbert – der Mann, der uns im Potemkin's umbringen wollte – hat gesagt, dass du einen Messiaskomplex hast. Langsam glaube ich, dass er Recht hatte.«

»Messiaskomplex? Woher will er das wissen?«

»Das ist sein Job. Jabbert dringt in anderer Leute Köpfe ein.«

»Ist er Psioniker? Oder ein Jump?«

»Nein, ist er nicht. Er weiß, wie die Leute denken, handeln, fühlen, was sie motiviert, wie sie ticken ...«

»Und er hält mich für einen Messias?«

»Nein, er hält dich für jemanden, der sich für einen Messias hält. Sich für andere aufopfern, das schwerste Kreuz tragen, aus dem Leid Kraft ziehen und so weiter.«

Richard starrte mich an, und für einen Moment kehrte ein Anflug der Wut zurück, die ich in der Gießerei in ihm vermutet hatte. »Der Mann hat keine Ahnung, wer ich bin.«

Der Schmerz in seiner Stimme ließ mich allerdings ahnen, dass mein Ex-Partner mit seiner Einschätzung mitten ins Schwarze getroffen hatte. »Nein, er kennt dich nicht. Aber er weiß Menschen zu lesen. Und ganz ehrlich? Momentan bist du ein offenes Buch.«

Er verstummte, ballte die Fäuste und wandte den Blick auf den Sternenhimmel jenseits der Scheibe. Als er wieder herübersah, wirkte er gefasster. »Denk doch, was du willst. In jedem Fall ist weglaufen der falsche Weg. Glaub mir, ich weiß es.«

Ich versuchte, die Gänsehaut wieder abzuschütteln, die sein Tonfall bei mir verursacht hatte. »Dass es bei dir nicht geklappt hat, heißt nicht, dass ich es nicht schaffen kann.« Ich schüttelte den Kopf. »Du kannst gegen diese Leute nicht gewinnen, Cross. Sie haben immer mehr Soldaten. Mehr Ressourcen. Mehr Macht.«

»Ich kann es immerhin versuchen, anstatt mich auf den Rücken zu legen und gleich zu sterben. Die Leute auf Pherostine brauchen mich.«

»Du schuldest denen gar nichts. Du bist ja nicht mal dort geboren!«

Ich äußerte nur eine Annahme, doch Cross' Augen verengten sich zu Schlitzen, und er betrachtete mich für einen Augenblick schweigend. Ich wusste nicht, nach was er in meinem Gesicht suchte, doch er schien es nicht zu finden. »Natürlich hast du über mich recherchiert. Was hast du noch herausgefunden?«

»Alles, was es zu wissen gibt«, erwiderte ich ausweichend.

Ich spürte seinen Blick noch ein Weilchen auf mir ruhen, dann wandte er sich wieder ab, offenbar halbwegs beruhigt. »Das wage ich zu bezweifeln.«

»Na gut, der Schnüffler bist du. Ich bin eher Expertin für Plan B. Große Explosionen. Da kann man nichts falsch machen. Na ja. Fast nichts.«

Erst als Cross erbleichte, fiel mir auf, was ich gesagt hatte. Er musste meine Worte mit der Explosion verbinden, die seine Kumpel getötet hatte – und ich sprach so lapidar davon, als wäre auf Pherostine ein Regenschauer heruntergegangen. Der Raum im Cockpit zwischen uns schien sich ohne mein Zutun zu vergrößern, eine beinahe greifbare Spannung entstand. »Cross, ich – es tut mir ...«

»Leid? Es tut dir leid?«, fuhr er auf. »Du hast keine Ahnung von Leid. Du hast auf diesen verdammten Knopf gedrückt, obwohl die anderen in der Mine waren!« Dafür, dass er noch vor ein paar Minuten versucht hatte, mich auf seine Seite zu ziehen, kamen seine Worte überraschend hart. Vielleicht erholte er sich gerade von einer Art Stockholm-Syndrom.

»Ja, sicher«, sagte ich bitter, als ich mich an die Situation erinnerte, in der Stewart mich zur Sprengung gezwungen hatte. »Aber das mit deinen Genossen war nicht Teil des Plans.«

»War es nicht?«, fragte Cross. In die Wut mischte sich Überraschung. Natürlich – er ging ja noch davon aus, dass die Sprengung ein Attentat gewesen war.

Ich biss mir auf die Lippen. Eigentlich sollte ich nicht mit ihm über diese Dinge reden. Doch meine Loyalität gegenüber *Enclave* und Stewart war doch inzwischen überflüssig, oder? Und wenn jemand ein Recht darauf hatte, diese Dinge zu erfahren, dann war das Cross. »Ich wusste nicht, dass ihr da unten sein würdet.«

»Du meinst, dass es ein Zufall war, dass der Gewerkschaftsrat gestorben ist?«, fragte er. In seiner Stimme mischten sich Ungläubigkeit und Schmerz.

Ich nickte bloß und unterdrückte den Impuls, ihm die Hand auf den Arm zu legen, um ihn zu trösten. Ich wusste, dass ich ihm nicht helfen konnte, niemand konnte das.

»Das glaube ich nicht.« Er fuhr sich mit den Händen über das Gesicht, und ich duldete, dass er meine Linke dadurch wieder hin und her zog. »Das würde ja bedeuten, dass das Ganze nicht mal einen Sinn hatte.«

Ich schenkte ihm ein mitfühlendes Lächeln. »Der Mensch sehnt sich nach einem Sinn im Leben und einem Sinn im Tod. Ich habe schon viele Menschen sterben sehen. Einen Sinn habe ich nie darin gefunden.«

»Du verstehst nicht. Das Ganze *kann* kein Zufall sein. Das ist so minuziös geplant und durchschlägt in der Situation auf Pherostine manchen Knoten für *United,* der vorher unlösbar erschien.« Er schüttelte den Kopf, Wut und Schmerz kehrten zurück. »Ich hatte bloß verdammtes *Glück*, oder? Dass ich in dem Augenblick draußen mit Müller telefoniert habe? Sonst wäre ich jetzt auch tot!« Er spie das Wort *Glück* aus wie einen Fluch.

»Ja«, sagte ich einfach. Müde rieb ich mir die Nasenwurzel. »Hilft es dir, wenn ich sage, dass ich nicht auf diesen Knopf drücken wollte? Ich habe nur Befehle befolgt. Ich hatte keine Wahl.«

»Auf diese verfluchte Ausrede müsste man Gebühren erheben. Jeder Mensch hat in jedem Augenblick seines Lebens eine Wahl, selbst wenn es die ist, zu leben oder zu sterben!« Dann brachte Cross abwehrend die Hände zwischen uns, so als wolle er sich gegen mich schützen. Das Gesicht spiegelte den Schmerz wider, der in seinem Inneren tobte.

Ich schwieg. Was hätte ich darauf auch sagen sollen? Dass ich natürlich die Wahl gehabt hätte, selbst zu sterben? Für mir völlig unbekannte Menschen? So etwas zu behaupten, wäre Heuchelei gewesen.

Cross brauchte ein paar Minuten, bis er sich wieder in der Gewalt hatte. »Grange – meine rechte Hand – hat gemutmaßt, dass der Anschlag eigentlich mir gelten sollte. Stimmt das?«

Ich verdaute diese Information einen Moment lang. »Davon weiß ich nichts. Aber das heißt, du hast wirklich Feinde, denen du zutrauen würdest, dass sie dich tot sehen wollen?«

»Ja.«

Das setzte bei mir eine neue Welle von Gedankenschlüssen in Gang. Was ich für einen unglücklichen Zwischenfall gehalten hatte, für eine Panne, für Pech, mochte also doch kalte Kalkulation auf Stewarts Seite gewesen ein. Hatte das Arschloch mich auf Wetwork geschickt, ohne mich vorher darüber zu informieren? Ich spürte, wie sich ein kalter Ball aus Wut in meinem Bauch formte und sich gegen alles zu richten drohte, was sich in meiner Nähe befand. Wie die Sprengstoffperlen an meinem Armband. Ich versuchte, die Wut zu ignorieren und dachte wieder mal an Gänseblümchen. Außerdem half Wut nicht beim Denken. Dabei waren noch so viele Fragen offen.

Wie zum Beispiel, vor wem Cross nach Pherostine geflohen war. Alles an ihm sprach dafür, dass er einen geliebten Menschen verloren hatte. Doch unser Gespräch vorhin und seine Anmerkung über die Flucht sowie seine Reaktion auf meine Hintergrundrecherche über ihn ließ mich ahnen, dass er nicht nur vor seinen Gefühlen weggelaufen war. Er war nach Carabine geflohen und dort untergetaucht.

Das führte zu der nächsten Frage. Wer war Richard Cross in Wirklichkeit? Wie hieß er tatsächlich? Und warum hatte er seine Zurückgezogenheit jetzt aufgegeben und war in der PLU in die Öffentlichkeit getreten? Ich wusste nicht, ob das wichtig für die Situation unten auf dem Planeten war, aber ich fühlte mich immer wohler dabei, wenn ich alle Fakten auf dem Tisch hatte. Und schließlich blieb die Motivation für den Anschlag offen. War Cross das Ziel und sein Überleben eine Panne gewesen? Die Alternative war, dass mein zweiter Auftrag, Cross zu töten, von jemand ganz anderem gekommen war als der Job mit der Sprengung. Doch ich glaubte nicht daran, dass all das *nicht* miteinander verbunden sein sollte. Nennen Sie es ein Bauchgefühl.

Der Mann, der all diese Fragen vermutlich sehr leicht beantworten konnte, stand neben mir. »Wer will dich tot sehen, Cross?«

Der Mann neben mir musterte mich. »Ich dachte, du willst hier bloß weg? Mit der Sache auf Pherostine nichts mehr zu tun haben?«

»Das will ich auch. Aber Journalisten haben die Neugier nicht für sich gepachtet.«

»Dann wirst du wohl dumm sterben müssen«, befand er knapp.

Ich lehnte mich in dem Pilotensitz zurück. »Wie du willst.«

Ich schloss die Augen und machte eine genauere Bestandsaufnahme. Die Aufregung hatte auch bei mir verdeckt, wie müde und zerschlagen ich eigentlich war. Jetzt, wo das Adrenalin abgeflaut war, folgten Schmerz und Erschöpfung. Aufgeschürfte Knie und Ellbogen waren noch harmlos gegen die Asphaltsplitter, die die Granate in gefährlichen Schrapnell verwandelt hatte. Meine rechte Seite, besonders der Oberschenkel, schmerzte mit dumpfem Pochen. Am rechten Oberarm hatte ich zwei Streifwunden, die bald versorgt werden müssten.

Ich linste zu Cross hinüber. Er sah aus, als hätte ihn ein Antigravtruck überfahren. Die Detonation der Granate hatte ihm die Kleider zu Fetzen zerrissen. An seiner Seite war das Blut schon dunkel verkrustet. Immerhin hatte er mehr schlecht als recht laufen können, so dass ich hoffte, dass es sich um einen sauberen Durchschuss und nicht etwa einen im Fleisch steckenden Splitter oder Ähnliches handelte.

Je länger ich auf die Schadensmeldungen meines Körpers hörte, desto mehr begannen die entsprechenden Regionen auch zu schmerzen. Also tat ich das, was ich in solchen Situationen immer tat: Ich beschloss, nicht weiter darüber nachzudenken, sondern zu handeln.

»Komm, lass uns nach diesem Verbandskasten schauen«, schlug ich vor.

»In Ordnung.«

Wir durchstöberten die Spinde und fanden schnell eine Erste-Hilfe-Tasche und ein paar Kleidungsstücke, die uns passen würden. Wir griffen uns die Sachen und machten uns auf den Weg hinunter zum Hauptdeck des Schiffes. Es musste im Universum wohl doch einen Gott geben, denn hier offenbarte sich uns sogar eine Dusche – versifft zwar, aber funktionsfähig.

Ich drehte den Wasserstrahl so heiß wie möglich und wollte schon aus den Kleidern springen, doch das Ausziehen des Oberteils stellte mit den Handschellen ein Problem dar. Zerschneiden wollte ich die Sachen auch nicht, denn dann konnte ich sie nicht wieder anziehen. Also zog ich mir mit einer Hand ungelenk nur Schuhe und Hosen aus, schnitt die kaputte Jacke herunter und krempelte das Shirt, das noch halbwegs in Ordnung war, auf das linke Handgelenk. Cross wartete geduldig außerhalb der Kabine, sein einer Arm hing jedoch innerhalb.

Das Wasser war nicht kochend heiß, aber es reichte, um meine Lebensgeister zu wecken und den Dreck herunterzuspülen. Es gab sogar Seife. Ich schrubbte mich damit ab, bis die Haut glühte. Dann griff ich mir das Handtuch und stieg hinaus. »Du bist dran.«

Cross' Blick schweifte über meine nackte Figur, dann blickte er ganz anständig beiseite. Ich war das Duschen in Mannschaftsumkleiden in den letzten Jahren so gewohnt, dass ich beinahe vergessen hatte, dass das außerhalb von militärischen Einrichtungen nicht gang und gäbe war. Seine Befangenheit steckte an – ich bedeckte mich mit dem Handtuch.

Cross legte seinen Schlüsselbund auf das Waschbecken, zog sich halb aus und trat dann in die Duschkabine. Ich beobachtete seine Silhouette durch die Milchglasscheibe. Abgesehen von den Schrammen und Wunden sprach sein Körper von den Anstrengungen harter Arbeit. Er war verdammt gut gebaut.

Ich föhnte mir einhändig das Shirt trocken, schlüpfte umständlich wieder hinein – gar nicht so einfach, wenn der eine Arm in der Duschkabine hängt – und zog das Trägerkleid aus braunem Stoff und altrosafarbener Spitze darüber – den Träger des Kleides zerschnitt ich und wollte ihn über der Schulter festknoten, doch das wollte mir ohne die zweite Hand wirklich nicht gelingen. Also föhnte ich mir auch Haare und Nacken ein wenig und schloss dabei genießerisch die Augen, während Cross duschte.

Ich war warm, sauber, sicher und frei, zumindest für den Augenblick. Ich versuchte, mich daran zu erinnern, wann ich mich das letzte Mal so zufrieden gefühlt hatte. Sicherlich nicht in den letzten Jahren als Justifier für

Enclave Limited. Man musste die guten Momente genießen, solange sie währten.

Unwillkürlich stand mir die Szene im Potemkin's vor Augen, in der ich Jabbert drei verdammte Kugeln in die Brust gejagt hatte, um mir den Weg freizuschießen. Ich hatte nicht gewusst, dass er eine schusssichere Weste getragen hatte. Wenn es nach mir gegangen wäre, läge Jabbert jetzt die vielbeschworenen sechs Fuß tief unter der Erde.

Die Bedeutung dieser Tat wurde mir erst jetzt so richtig klar. Ich hatte auf meinen Partner gefeuert. So groß die Differenzen zwischen uns während der kurzen Zusammenarbeit auch gewesen sein mochten; in unserem Team aus Justifiern war kein Verbrechen weniger verzeihlich gewesen als dieses. Man musste sich nicht lieben, aber man arbeitete zusammen. Und man holte sich gegenseitig aus der Scheiße, wenn man konnte. Punkt. So stellten wir sicher, dass wir alle immer lebend nach Hause kamen, denn bei unseren Chefs zählte nur der Erfolg.

Ich öffnete die Lider, rieb den Dunst von dem halbtrüben Spiegel und sah mir in die Augen. Ich erinnerte mich an die Szene, konnte sie beinahe Sekunde für Sekunde durchspielen. Bei den Schüssen hatte ich keinen Augenblick gezögert.

War mir zu dem Zeitpunkt bewusst gewesen, welche Konsequenzen die Tat haben würde? Ich hatte dort unten im Hinterzimmer des Potemkin's auf Pherostine im Bruchteil einer Sekunde eine Entscheidung getroffen, die sich nicht wieder rückgängig machen ließ. Kein

Justifier löste sich vorzeitig aus dem Kontrakt mit seinem Konzern, und das galt umso härter für Strafgefangene. Und man machte keine gemeinsame Sache mit einem Außenstehenden, schon gar nicht mit Journalisten.

Wenn ich meine Handlungen der letzten paar Stunden zusammenfasste, hatte ich beinahe jedes ungeschriebene Gesetz der Justifiers gebrochen, das ich kannte. Als ich in mich hineinhorchte, stellte ich fest, dass ich mich schnell an diesen Gedanken gewöhnte. Denn wenn es umgekehrt nach Stewart und Jabbert gegangen wäre, dann läge ich jetzt in einem unrühmlichen Grab. Außergewöhnliche Umstände erfordern eben außergewöhnliche Maßnahmen.

Mein Blick eilte zur Duschkabine. »Bist du bald fertig?«

»Ich habe hier auch nur eine Hand frei«, erwiderte Cross. »Und wir haben es ja nicht unbedingt eilig, oder?«

»Nein, nicht wirklich.« Mir fiel noch eine Frage ein, die ich Cross hatte stellen wollen. »Wie hast du das da unten eigentlich gemacht?«

»Was?«

»Das Kappen des Signals. Ich kenne keinen Störsender, der stark genug wäre, den ... den Peilsender in meinem Kopf zu unterbrechen.« Ich biss mir auf die Lippen. Beinahe hätte ich Richard von dem Sprengsatz erzählt. Damit würde er aber sicher wissen, dass ich eine verurteilte Strafgefangene war, und ich war nicht bereit für die Fragen, die er mir dann stellen würde.

Er steckte den Kopf aus der Dusche. »Reichst du mir

das Handtuch?« Ich tat, wie gebeten. »Was überrascht dich daran?«, fragte er. »Die meisten Funksignale sind relativ leicht zu unterbrechen. Sich hineinzuhacken, ist eine andere Sache.«

»Bist du gut in solcher Technik?«

»Nein, ich nicht. Ich komme zurecht, aber Winslow ist das echte Tech-Genie.« Er verzog das Gesicht vor Trauer, als er realisierte, was er gesagt hatte. »Sie *war* ein echtes Tech-Genie.«

»Es tut mir leid. Wegen Winslow.« Und ich sagte das nicht nur, weil sie mit dem Problem in meinem Kopf hätte helfen können.

Cross schien zu merken, dass es mir ehrlich mit dem Beileid war. »Danke. Sie war ein feiner Kerl.« Er hatte sich abgetrocknet und die Hosen in der Kabine angelegt, jetzt trat er heraus. Mit uns beiden wurde es eng in dem Badezimmer. Er hantierte so leicht mit seiner freien Hand, dass ich ihn für einen Linkshänder hielt.

Ich lächelte. »Sie war kein Kerl. Sie war eine Frau, die sehr interessiert an dir war.«

»Und meinetwegen ist sie auch gestorben.«

Ich wünschte, ich könnte ihm das Gegenteil versichern, aber das konnte ich nicht. Er hatte Recht. Winslow hatte versucht, Cross zu schützen. Sie war für ihn in den Tod gegangen. Das musste wahre Liebe sein, stellte ich in einem Anflug von Sarkasmus fest.

Jetzt, wo wir gesäubert waren, begannen wir, einander die schlimmsten Verletzungen zu versorgen. Ich fand eine Handvoll Einwegspritzen mit etwas, das nach Xtreme aussah, und gab uns beiden eine davon. Insgeheim hoffte ich, dass das Zeug nicht für Betas gedacht war, denn dann würde uns die Portion im besten Fall für ein paar Stunden ins Elysium schicken. Außer einem Zittern in den Händen und einer gewissen Fahrigkeit stellten sich aber keine Nebenwirkungen ein. Cross' Durchschuss an der Seite und meine Streifwunden am Arm mussten wir mit dem Wundtacker schließen, der die Ränder mehr schlecht als recht mit selbstauflösendem Faden zusammenheftete. Der Rest wurde desinfiziert und würde so heilen.

Dann bat ich ihn, den Träger auf meiner Schulter zusammenzubinden. Auch wenn das Kleid wohl nicht freiwillig den Weg in meinen Schrank gefunden hätte, stand es mir erstaunlich gut.

»Cross, warum hast du dich mit mir im Potemkin's getroffen?«

Cross zögerte. »Ich schätze, ich hatte einen falschen Eindruck von dir. Ich habe nicht gedacht, dass du eine Attentäterin bist.«

»Und?«

»Winslow hat so aggressiv auf dich reagiert, und manchmal geht sie mir mit ihrer Paranoia auf die Nerven. Ich schätze, diesmal hat sie Recht gehabt. Ich habe gedacht, du wärst bloß ...« Er beendete den Satz nicht.

»Was?«

Jetzt schwieg Cross. Also beendete ich den Satz für ihn. »Du dachtest, ich wäre an dir interessiert.«

Er nickte und suchte mit den Blicken in meinem Gesicht nach einer Antwort. Schließlich sah er mir in die Augen und war für einen Moment sehr verwundbar.

Mir trocknete der Gaumen aus und plötzlich begannen Schmetterlinge in meinem Bauch wild mit den Flügeln zu schlagen – doofe Metapher, ich weiß, aber sie trifft einfach zu. Ich spürte schon, wie ich den Mund öffnete, um etwas Dummes zu sagen. Doch ich presste die Lippen aufeinander und verwandelte mein Gesicht in eine Maske. Die Antwort, die er suchte, würde er von mir nicht bekommen. Das machte es für uns beide leichter.

»Mein Fehler«, sagte er schließlich. Offenbar hatte er es mir abgekauft. »Dann sag mir wenigstens, für welchen der Megas du arbeitest.«

»Das hatten wir vorhin doch schon«, erwiderte ich.

»Ja. Was ich nicht verstehe ist, warum du die Leute noch schützt.«

»So etwas versteht ein Außenstehender nicht. Und was hilft es denn? Du solltest doch am besten wissen, wer noch eine Rechnung mit dir offen hat.«

»Soweit ich weiß, trachtet mir keiner der Megas nach dem Leben«, erwiderte er. »Immerhin würde es mir dabei helfen zu durchschauen, wer da auf Pherostine seine Spielchen spielt. Und der Typ – wie hast du ihn genannt? Jabbert? – hat auch auf *dich* geschossen! Du bist ihm nichts mehr schuldig! Also: Welcher der Megas war der Auftraggeber?«

Ich biss mir auf die Lippe. Es war mir so in Fleisch und Blut übergegangen, nicht über meine Hintermänner zu reden, dass es mir selbst jetzt schwerfiel. Doch Cross hatte Recht. Ich schuldete Stewart nichts mehr. »*Enclave.*«

»*Enclave Limited?*«, fragte Cross erstaunt. »Was wollen die auf Pherostine?«

»Vermutlich den Planeten übernehmen. Und dich tot sehen. Sehr tot.«

Richard schien ehrlich erstaunt zu sein. »Uns beide, wie du richtig sagtest. Wenn wir zusammenarbeiten, können wir …«

Ich schüttelte müde den Kopf. »Es gibt kein wir, okay? Ich arbeite nicht mit anderen zusammen. Ich komme gut allein klar.«

Sein Blick wurde beinahe milde. »Niemand kommt allein klar, Eliza. Glaub mir, ich habe es versucht.«

Dabei fiel mir auf, dass sich etwas zwischen uns verändert hatte. Ich kam mir nicht mehr vor wie eine Geiselnehmerin, und er benahm sich nicht mehr wie eine Geisel. Wir waren zusammen auf der Flucht, wortwörtlich durch Ketten zusammengeschmiedet.

Cross schien das ähnlich zu empfinden. Er strich sich mit der Linken das braune Haar aus dem Gesicht und wirkte plötzlich sehr jung. Ich erhielt einen kurzen Blick darauf, wie zerrüttet er über den Tod seiner Kumpel wirklich war. »Du hattest übrigens Recht. Du bist nicht schuld daran, dass ich Feinde habe, die mir auf den Fersen sind. Aber du bist die Einzige, die ich dafür verantwortlich machen kann.«

»Außer dir selbst.«

Cross erwiderte nichts. Auf seinem Gesicht las ich einen tiefen, alten Schmerz, der dort sicherlich nicht erst seit sechs Tagen, seit der Minensprengung stand. Dies war ein Schmerz, den er schon lange mit sich herumtrug, der ihn definierte und motivierte. »Ja, außer mir selbst. Glaub mir, das mache ich schon genug«, sagte er mit bitterem Tonfall.

Traurig lächelte ich ihn an. »Ich weiß, wie das ist.«

Cross suchte in meinen Augen nach etwas – einem Hinweis, dass das ein Scherz oder eine Lüge sein sollte, nehme ich an –, fand es aber offenbar nicht. »Wie kommt das?«, fragte er schließlich.

Mein Inneres fühlte sich wieder so wund an, als hätte jemand meine Seele mit einer Metallraspel bearbeitet. Da waren sie, die Fragen, für die ich nicht bereit war. »Mein Partner William ist vor vier Jahren auf der Erde gestorben. Eine Sprengung in der globalen Speichereinheit I, 51 Grad, 31 Minuten Nord, 6 Grad, 57 Minuten Ost, es sollte eine Chemo-Fabrik von *WasteLand* abgerissen werden. Es gab Demonstrationen der Arbeiter, die um ihre Anstellungen kämpften. Ich habe den Funkzünder programmiert und angebracht. Wir wollten in aller Ruhe Abstand gewinnen und den Zünder aus der Ferne aktivieren.« Ich hielt inne, denn die Ereignisse spielten sich in meinem Geist wieder ab, als wären sie gestern geschehen. Verdammt sei, wer ein gutes Gedächtnis hat.

»Ich habe ein paar der Demonstranten auf dem Gelände erwischt und sie rausgebracht, während Will überprüfte, ob sie Drähte beschädigt haben. Dabei standen wir ständig in Funkkontakt. Er hat vor Aufregung gestottert – er wollte bald heiraten und war dabei, mir den Ring zu beschreiben, den er Gladys geschenkt hat ...« Ich sah Cross nicht in die Augen, denn ich wollte nicht, dass er den Schmerz sah, der darin stehen musste. Stattdessen glotzte ich auf das dreckige Waschbecken vor mir. Manche Dinge hörten einfach nicht auf wehzutun, egal, wie lange sie zurücklagen.

»Ich war gerade auf dem Rückweg, da haben die Demonstranten angefangen, auf mich einzureden und zu streiten, mich eine Konzernhure genannt und versucht, mich auf ihre Seite zu ziehen ... Die Sache wuchs mir über den Kopf – sie haben mich geschubst und provoziert. Ich bin wütend geworden. Da hat es gekracht und die Leitung war – war tot.« Ich hatte das noch niemandem erzählt, doch jetzt konnte ich die Worte nicht bremsen.

»Wut – dein ›Talent‹.« Cross begriff schnell. »Du glaubst, du hast den Sprengsatz mental gezündet.«

»Am Anfang nicht. Ich habe das FOX-18 für fehlerhaft gehalten, das Material des Zünders, die Elektronik – alles. Aber dann detonierte eine Minigranate, als man mich in eine Zelle sperrte ...«

»Du machst dir immer noch Vorwürfe.«

Hilflos zuckte ich mit den Schultern. »Irgendwann hat man alles so oft in seinem Kopf gedreht und gewendet, dass man selbst nicht mehr weiß, was tatsächlich passiert ist.« Ich verschwieg, dass die zweite Explosion das Sicherheitspersonal im Untersuchungsgefängnis misstrauisch gemacht hatte und eine Untersuchung daraufhin meine Gabe zutage gebracht hatte – und Jumps und Psioniker werden auf der Erde ohnehin unter Generalverdacht gestellt. Man befand mich für schuldig, William Gibson in fahrlässiger Vernachlässigung meiner Pflichten getötet zu haben. Und vermutlich stimmte das sogar.

»Irgendwann schleichen sich eben die Zweifel ein.«

Ich schwieg. Ich musste an William und Gladys denken, die zusammen Kinder hatten zeugen und großziehen wollten. Für sie hatte es nichts Schöneres gegeben. Will hatte mir am Morgen noch mit glühenden Augen von dem Antrag berichtet, den er Gladys gemacht hatte. Und wie sie Ja gesagt hatte. Ich realisierte plötzlich, dass diese Erinnerung die letzte gewesen war, die in meinem Leben einen Sinn ergeben hatte. Danach war ich in die Hölle eingetreten und hatte sie nicht mehr verlassen.

»Was war es für einer?«, fragte Cross leise.

»Was war was?« Ich sah ihn verständnislos an.

»Der Ring. Was für einen Ring hat Will Gladys geschenkt?«

Ich blinzelte die Feuchtigkeit aus den Augenwinkeln. »Stahl. Mit einem Bernstein.«

Cross nickte, als hätte sich ihm soeben etwas bestätigt. »Justifier haben also doch ein Gewissen.« Ich las keinen Hohn und keine Wut mehr in seinem Gesicht, nur Mitgefühl. Also hielt ich die Klappe und fuhr mir mit dem Ärmel über die Augen.

Als ich den Arm wieder herunternahm, fiel mein Blick auf den Schlüsselbund, den Cross auf den Waschbeckenrand gelegt hatte. Daran hing ein Anhänger mit dem Holobild einer Frau, die mir bekannt vorkam. Ich blinzelte und sah genauer hin. Dann spürte ich das Blut aus meinem Kopf weichen. Das Bild zeigte Erica, Erica Brooks. Die Frau, die ich auf Sharidon getötet hatte und von der ich in der Mine von Stollen Konrad halluziniert hatte. Meine erste Leiche.

Cross sah offenbar meinen Blick. Hastig griff er nach dem Schlüsselbund und schaltete das Bild ab. »Wollen wir?«

»Ja«, sagte ich tonlos und wandte mich zum Gehen.

Langsam ebbte der Schock ab, und die Fakten setzten sich in meinem Kopf zusammen. Erica musste Cross' Frau gewesen sein. Ihr Tod musste die Ursache für seinen tief sitzenden Schmerz sein. Verdammt. Ich hatte sie getötet – warum auch immer. Damals hatte ich nicht nach einem Grund gefragt. Ihretwegen war Richard Cross – oder Brooks, oder wie er auch immer hieß – der Mann geworden, der jetzt neben mir saß.

»Wie weit ist es denn noch bis Banker's Rock?«, fragte Richard auf dem Weg ins Cockpit.

Ich ließ mich auf den Pilotensitz gleiten und starrte durch das Sichtfenster hinaus in die Schwärze. Banker's Rock lag so nahe. Ich musste bloß den Kurs lassen, wie er war, und versuchen, die Leute vom 2OT zu überzeugen, mir zu helfen – schnell zu helfen. Ging ich dort nicht hin, verdammte ich mich selbst zum Tode.

Auf der anderen Seite würde Cross spätestens auf Chorriah mit seiner Reise scheitern. Er hatte Recht – dort lebten nur Schurken. Er kannte sich im Universum aus, aber um mit Schurken umzugehen, bedurfte es selbst eines Schurken – oder einer Schurkin. Er hatte dort nichts zu bieten und besaß keine Kontakte. Im besten Fall würde er sofort im Gefängnis der Sicherheit von *TTMS* landen und mit dem nächsten Schiff nach Pherostine der *UI*-Sec ausgeliefert werden. Wenn ich jetzt auf die Chance hin nach Banker's Rock ging, dass der 2OT mir helfen konnte und, ohne nennenswerte finanzielle Mittel, helfen *wollte*, verdammte ich ihn zum Scheitern.

Ich dachte an Erica Brooks zurück, deren Blut an meinen Händen klebte, und begriff mit erschreckender Klarheit, dass ihr Tod auch mich zu dem Menschen gemacht hatte, der ich heute war. Die Frau verknüpfte Cross und mich seit damals wie ein unsichtbares Band.

Jetzt wusste ich, was Richard gemeint hatte, als er sagte, dass jeder Mensch zu jedem Zeitpunkt seines Lebens die Wahl hatte. Ich sah mich vor dieselbe Wahl gestellt wie noch vor kurzem im Potemkin's. Aber dieses Mal wusste ich genau, wie viel ich diesem Mann eigentlich schuldete. Ich wollte sein Blut nicht auch noch an meinen Händen kleben wissen.

Ich riss mich am Riemen und tippte auf dem Autopiloten herum. Ich brauchte drei Anläufe an dem gestörten System, dann hatte ich den neuen Kurs programmiert. »Etwas über vier Stunden bis Chorriah.«

»Ich dachte, du wolltest nach Banker's Rock. Warum nun Chorriah?«, fragte er stirnrunzelnd.

»Weil da nur Schurken sind. Genau das, was wir brauchen, wenn wir nach Pherostine zurückkehren wollen. Ich kenne da einen, der uns helfen kann.«

Erstaunt sah er mich an. »Helfen? Ich dachte du wolltest zu einem Techniker?«

»Ich habe meine Meinung geändert. Ich sorge dafür, dass du zurück nach Pherostine kommst.«

»Warum?«, fragte er. »Warum jetzt?«

Ich zuckte mit den Schultern. »Vielleicht hast du Recht. Vielleicht kann man vor seinen Dämonen nicht weglaufen. Das muss dir reichen.« Außerdem war es vermutlich sowieso sehr unwahrscheinlich, dass es auf Banker's Rock jemanden im 2OT gab, der mir in der gebotenen Zeit helfen konnte und wollte.

Er sah mich mit einem merkwürdigen Blick von der Seite an. »In Ordnung. Wer ist der Mann, der uns helfen soll?«

»Cagliostro. Ein Freund.«

»Und ... traust du ihm, obwohl er ein Schurke ist?«

»Ich traue der Tatsache, dass er seinen Schnitt machen will. C schert sich nicht um die Autoritäten – er ist selbst eine. Er hat gute Verbindungen nach oben wie nach unten.«

»Und wenn er einen besseren Schnitt bei jemand anderem machen kann?«

»Dann haben wir ein Problem. Ich sehe aber keinen anderen Weg. Mit diesem Schiff können wir nicht zurück – die Signatur würde der *UI*-Sec sofort auffallen.«

»Also gut, machen wir uns auf.« Dabei lächelte er mich zum ersten Mal an diesem Tag ohne Bitterkeit oder Trauer an. Ich las eine Spur der Hoffnung in seinen Augen, wie bei dem Gespräch nach der Dusche.

Der Anblick brach mir beinahe das Herz.

11

29. März 3042 (Erdzeit)
System: Guavarra
Ort: *TTMS*-Station Chorriah

Als wir uns viereinhalb Stunden später im Anflug auf Chorriah befanden, klopfte ich nervös mit den Fingerspitzen auf das Armaturenbrett. Vier Stunden von vielleicht noch dreiundzwanzig oder weniger. Und da die Station einer der gängigen Kommunikationsknotenpunkte des Guavarra-Systems war, würde Stewarts Funksignal auch wieder schneller bei mir eintreffen. Ich bereute meine Entscheidung – beinahe.

Trotz meiner Anspannung hatte ich ein, zwei Stunden schlafen können und dabei Cross überlassen, den Autopiloten zu überwachen. Als ich die Anzeigen prüfte, fiel mir auf, dass die Bordkommunikation eine Fehlermeldung anzeigte. »Hast du versucht, einen Funkspruch abzusetzen?«, fragte ich ihn.

»Ja. Ich wollte Grange fragen, wie es um Winslow steht, und ankündigen, dass ich auf dem Rückweg bin.

Aber ich glaube, das verdammte Ding hat nicht gesendet.«

»Ist vielleicht besser so«, erwiderte ich. »Wer weiß schon, wie gut die Kom hier verschlüsselt ist.«

Er zog eine Augenbraue hoch. »Ich bin kein Anfänger – natürlich habe ich nachgeschaut. Es gibt eine Grundverschlüsselung. Nichts Militärisches oder so, aber immerhin so viel, dass ich es habe drauf ankommen lassen, mitten im All eine Botschaft abzusenden.«

Ich runzelte die Stirn. »Versuch das nicht nochmal. Jabbert ist mit allen Wassern gewaschen, dem traue ich auch zu, uns durch ein verschlüsseltes Signal zu finden.«

»In Ordnung. Sie ist ja eh nicht rausgegangen.«

Vor uns im All hing die riesige Vogelspinne, an deren Andockarmen schon etliche Schiffe lagen. Ich kündigte dem Tower von Chorriah unsere Ankunft an. Dafür benutzte ich die Personendaten der Pilotin und des Kapitäns unseres kleinen Frachters und hoffte, dass die *TTMS* wie hier beinahe üblich die Daten nur stichprobenartig überprüfte. Der Mega-Konzern kontrollierte die Station hauptsächlich wegen des Sprungtors, das sich im Herzen befand. Wer dort hinein oder hinaus wollte, wurde minuziös überprüft. Der Rest der Anlage war *TTMS* herzlich egal.

Es dauerte noch beinahe eine weitere Stunde, in der wir darauf warteten, dass uns ein Platz zugewiesen wurde und wir die Koordinaten für den Autopiloten bekamen. Cross' Störsender produzierte mal wieder ein, zwei nervige »no signal«-Nachrichten, bevor das System die neuen Daten akzeptierte.

Der Operator von Chorriah leitete das Andockmanöver ein – die Gangway wurde ausgefahren und schlug mit dumpfem Hall an unserem Außenschott an. Widerwillig übergab ich dem Tower von *TTMS* die Verriegelungsmechanismen unseres Außenschotts, danach kommunizierte mir die gelangweilte und durch die Funkstörung verzerrte Stimme: »Innenschleuse wird unter Druck und Sauerstoff gesetzt in fünf. Vier. Drei. Zwei. Eins Sekunden, Raumfrachter Zero Five Five Zero Eight von Pherostine. Außenschott Ihrer Hülle entriegelt. Außenschott von Chorriah Dock V-28 entriegelt. Gangway freigegeben. Bitte beachten Sie, dass Sie bei Ihrer Abreise die Freigabe zum Flug erst bekommen, wenn die Schotts ordnungsgemäß verriegelt und die Andockklammern der Gangway gelöst sind. Bitte beachten Sie, dass Sie mit dem Betreten der Station die Territorial-Gesetzgebung der *Terra TransMatt Specialities Inc.* von 3011 als rechtsgültig akzeptieren. Willkommen auf Chorriah.« Der Mann klang, als käme der Dienst auf Chorriah Station bei *TTMS* einer Strafversetzung gleich.

»Verstanden, Chorriah. Raumfrachter *Zero Five Five Zero Eight* bedankt und verabschiedet sich«, sagte ich und kappte das Signal. Bei dem Gedanken daran, den Rechtsraum von *TTMS* zu betreten, stellten sich mir die Haare auf. Ich wusste nicht, ob Stewart mein Profil schon übermittelt hatte. Kein Konzern sprang mit abtrünnigen Justifiers zimperlich um, selbst wenn es nicht die eigenen waren.

Dann machten wir uns durch die Gangway auf den Weg, die wie ein ausfahrbares Teleskop aus Metall aufgebaut war, in dem man von einer Tür zur nächsten kam. Am anderen Ende öffnete sich das Schott mit einem letzten zischenden Druckausgleich. Wir betraten einen kahlen dunklen Gang, der mich ein wenig an die Mine erinnerte, in der ich vor nunmehr sechs Tagen den Sprengsatz installiert hatte.

Als wir die Station betraten, ging das Licht per Bewegungsmelder an, und eine weibliche Ansagestimme begann in fröhlichem Tonfall: »Willkommen auf Chorriah! Die *Terra TransMatt Specialities Inc.* wünscht Ihnen einen angenehmen Aufenthalt!«

Wir folgten dem erleuchteten Gang tiefer in die Station. Rostige Metallträger wechselten sich mit braunen Kunststoffwänden ab, die aussahen, als hätten sie den letzten Schwamm im vorigen Jahrhundert zu sehen bekommen. Nicht, dass ich zwangsneurotisch sauber wäre oder so, im Gegenteil. Aber die braunen Flecken an den Wänden ließen selbst mich beten, dass es sich dabei um Rost handelte. Klar. Rost, in dem Haarreste klebten. Kein schöner Anblick. Trotz des gefüllten Magazins in meiner Pacifier fühlte ich mich plötzlich sehr nackt.

Der Gang war so breit, dass zwei Frachtfahrzeuge locker aneinander vorbeifahren konnten, um Schiffe zu löschen oder zu beladen. Wir hatten diese ganze gespenstische Weite für uns allein, als wir der Beschilderung Richtung Zentrum folgten. Links und rechts öffneten sich in regelmäßigen Abschnitten spärlich beleuchtete Gänge zu weiteren Andockschleusen. An manchen stand die kleine Ampel auf Grün, was bedeutete, dass dort ein Schiff lag und sich hinter der Schleuse Druck und Sauerstoff befanden. Bei anderen glühte ein rotes Auge, das signalisierte, dass dahinter nur die eiskalte Weite des Alls wartete. In vielen der rot markierten Zugängen lagen Gestalten auf dem Boden, unter zu kleinen Decken zusammengerollt oder unter Zeitungen ausgestreckt, immer nach zu viel Schweiß und zu wenig Dusche riechend – und nach Schnaps und Urin. Die Gestrandeten des Universums. Ich ging an ihnen vorbei.

Wir hatten Glück, was den Zeitpunkt anging, zu dem wir die Station betraten. Mir war grob in Erinnerung, dass sich Chorriah wegen der räumlichen Nähe von der Zeit her an Pherostine orientierte – ob eine Stunde mehr oder weniger, wusste ich nicht genau. Meine Multibox, die wegen des Störsenders noch auf die Uhrzeit von Pherostine eingestellt war, zeigte 8:33. In jedem Fall musste es hier Nacht sein, denn es waren verhältnismäßig wenig Menschen unterwegs.

Bei den paar Leuten, die uns begegneten, handelte es sich zwar um kaffeebedürftige Zombies, die vermutlich unter diversen Jumplags litten, doch auch die wurden wach, sobald ihnen zwei durch Handschellen aneinandergekettete Leute in teilweise zerfetzter Kleidung entgegenkamen. Ein Geschäftsmann in zerknittertem Anzug sah uns merkwürdig nach.

Ich legte meine Finger in Cross' Hand. Als er mich von der Seite ansah, verzog ich das Gesicht zu einem entschuldigenden Grinsen. »Vermutlich würden uns die Leute eh nur für ein merkwürdiges Pärchen halten«, erklärte ich. »Aber je weniger wir auffallen, desto besser. Ist das okay?«

Cross nickte zögerlich, dann schloss er seine Finger um meine Hand. Sie fühlten sich warm und trocken an. »Wo gehen wir hin?«

»Cagliostro sitzt im Sektor II. Dafür müssen wir am Rande des Zentrums vorbei«, sagte ich. »Ich hoffe, er kann uns auch neu ausstatten.« Das Trägerkleidchen und das Shirt wärmten nicht sonderlich. Ich fröstelte und schlang den freien Arm um den Leib, doch es half kaum. Es wurde Zeit, dass ich heile Kleider fand.

»… und einen Bolzenschneider für die Handschellen borgen.«

»Bestimmt«, erwiderte ich ausweichend. Da Chorriah auf beinahe jeder Richtfunkstrecke des Guavarra-Systems lag, musste ich in jedem Fall verhindern, dass das geschah. Falls Steward ein Signal geschickt hatte, konnte es jeden Augenblick hier eintreffen.

»Meinst du, dass uns dieser Jabbert einholen wird?«

»Wenn er denn weiß, wo er uns suchen muss, vielleicht. Ich hoffe ja, dass er und die *UI*-Sec sich gegenseitig behindern.«

Wir verließen den langen Gang, der zum Zentrum führte. Die Umgebung wurde etwas wohnlicher und gepflegter; rechts und links öffneten sich Flure mit Türen, über denen Nummern und Sektoren standen. Wir hatten die Station in Sektor V betreten und marschierten an diversen Wohnzellen vorbei, die von außen aussahen wie Plastikklos – hartverschalter Kunststoff aus einem Guss. Vor einer Tür lag ein Junkie, der sich die Fingernägel an dem Zeug blutig gekratzt hatte und uns mit glasigen Augen anstarrte. Eine flackernde Neonröhre beleuchtete ihn mit Stroboskoplicht. Armer Bastard. Ich wandte den Blick ab.

Nach etwa einer halben Stunde Fußmarsch hatten wir das Zentrum erreicht. Das Herz der Station wirkte ein bisschen wie eine große Mall, auf die sternförmig acht Flure zuführten. Der offene Innenhof war sicher zwei Dutzend Etagen hoch und mit Galerien ausgestattet, von denen man in die Geschäfte und in die sieben anderen Gänge gelangte, die ins Innere der Station zu den Wohnbereichen und den Andockarmen führten. Auch dieser Vorzeigebereich schien seine besten Tage vor ein oder zwei Jahrzehnten gehabt zu haben. Immerhin konnten die künstlichen Efeuranken an den Rolltreppengeländern nicht verwelken.

Das Zentrum des Platzes stellte gleichzeitig den Wartesaal des von *TTMS* betriebenen Jumpportals dar, das die Raumstation Chorriah zu dem Verkehrsknotenpunkt machte, der sie war. Von meiner Position aus konnte man nur einen Blick auf das Gerät werfen, das hinter einer riesigen Scheibe aus doppeltem Panzerglas lag. Männer und Frauen von *TTMS* Security mit Sturmgewehren bewachten die Zugänge. Darüber hingen Schotts aus Stahl, die den Bereich ohne Zweifel per Knopfdruck in einen Hochsicherheitstrakt verwandeln konnten. Kameras überwachten die Wartebänke. Es gab keine Schlangen vor den Schranken, denn die Passagiere wurden üblicherweise nach Nummern aufgerufen.

Das Sprungtor bestand aus einem matten Bogen mir unbekannten Materials und war im Vergleich zu anderen, die ich bislang gesehen hatte, eher klein; vielleicht fünfzehn der maximal möglichen einundzwanzig Quadratmeter. Im Gegensatz zur Jump-Technologie von Raumschiffen war die Reise per *TransMatt*-Tor sanfter, die Gesundheitsrisiken gingen gegen null. Dafür kostete ein Lichtjahr Entfernung auch einen ganzen Monat Reisezeit. Von hier aus konnte man zu Fuß zu beliebigen anderen Portalen reisen oder sogar blind auf unbekannte Planeten springen. Pherostine selbst besaß kein Portal – es war nie wichtig genug gewesen.

Ich betrat den offenen Platz nicht, denn er bildete mit seinen Bars und Bänken gleichzeitig den Hauptwartebereich von Reisenden, die auf ihren Sprung in andere Systeme oder ihr Anschlussraumschiff warteten, aber kein Geld für ein Hotelzimmer besaßen. Stattdessen führte ich Cross durch einen der konzentrisch um das Zentrum verlaufenden Gänge weiter und tiefer in den Sektor II. Etwa zehn Minuten später standen wir vor Cagliostros Quartieren.

»Okay«, begann ich mit gehörigem Sicherheitsabstand zu den Türstehern, die das Büro von Cagliostro überwachten. »Halte dich hinter mir und überlass das Reden mir, ja? Je weniger Leute dich erkennen, desto besser. Ich will sehen, dass ich einen Trip zurück nach Pherostine organisiere. Leider macht Cagliostro nie etwas ohne entsprechende Bezahlung, und ich habe so gut wie nichts. Du?«

Cross schüttelte den Kopf. »Nicht viel zumindest.«

»Immerhin haben wir ein Raumschiff zu bieten. Den Rest werden wir improvisieren müssen.«

Er deutete auf die Glasfenster, an denen groß »Starcraft Im- und Export« prangte. »Den Gaunern fällt heutzutage auch nichts Neues ein, oder?«

»Ist ein Klassiker.«

»Ich habe mir das Büro eines Schurken irgendwie anders vorgestellt«, sagte er. »Nicht so sauber und aufgeräumt.«

»Moderne Schurken – moderne Büros«, erwiderte ich. Ich straffte die Schultern. »Also los.«

Ich ging auf die Männer und Frauen zu, die den Glaskasten bewachten, in dem eine kühle Braunhaarige im Kostümchen am Empfang saß. Cagliostros Büroräume befanden sich in diversen Stockwerken darüber.

Die Gardeure in Schwarz mit umgehängten Sturmgewehren kannten mich und nickten mir bloß zu, als Cross und ich – noch immer händchenhaltend – durch die Tür traten. Sie wunderten sich nicht einmal über den ramponierten Zustand unserer Kleider.

»Ja, bitte?«, fragte die Brünette hinter dem Tresen und nahm ihren Blick nur widerwillig von dem Cube, an dem sie arbeitete.

»Zu Cagliostro, bitte. Mein Name ist Liza, das ist Winter.«

Die Frau musterte mich mit dem überheblichen Blick, den so adrette und aufgerüschte Damen für Mädchen wie mich bereithielten. »Einen Cagliostro gibt es hier nicht«, sagte sie kurz und wandte sich wieder ihrer Arbeit zu.

Natürlich – ich hatte uns nicht telefonisch ankündigen können. Ich seufzte und beugte mich vor. »Natürlich gibt es hier einen Cagliostro – ich habe ja vor ein paar Tagen erst mit ihm gesprochen. Also bitte, würdest du ihm sagen, dass Eliza hier ist?«

Sie musterte mich abermals, dann blieb ihr Blick auf Cross hängen. Sie runzelte die Stirn. »Wie ich sagte – einen Cagliostro gibt es hier nicht. Ich muss Sie bitten zu gehen.« Sie drückte auf einen Knopf, und die beiden Bewaffneten traten heran.

»Lassen Sie die Finger ...«, begann Cross, doch ich hob die Hände. »Ruhe bewahren, Herrschaften. Cagliostro erwartet mich nicht, aber da ich weiß, dass in seinem Büro einer der Bildschirme auf die Lobby im Büro gerichtet ist und er uns in diesem Augenblick beobachtet«, ich hob die Hand und winkte in das winzige Gerät schräg hinter dem Schreibtisch der Brünetten, »wird es wohl nur noch ein paar Augenblicke dauern, bis er uns hereinbittet.«

Die Frau und die beiden Bewaffneten wechselten Blicke, dann gab der Fahrstuhl im Gang hinter dem Tisch der Empfangsdame ein freundliches Geräusch von sich.

»Ich denke, das ist ein Zeichen von ganz oben«, sagte ich lächelnd. Nur wenige Augenblicke später standen wir im Fahrstuhl.

»Du kennst diesen Cagliostro wirklich gut, oder?«, fragte Cross, als sich die Türen geräuschlos hinter uns schlossen. Dabei drückte er mir kurz dankbar die Finger.

»Ich habe ein paarmal mit ihm zusammengearbeitet. Er kann einem beinahe alles besorgen – und das überall im Universum. Der Mann kennt Menschen auf beinahe jedem Planeten, den ich bislang bereist habe. Oder er kennt Menschen, die Leute kennen.«

Mit einem »Ping« wurden wir in die fünfte Büroebene entlassen. Auch hier erwarteten uns Leibwachen, deren Mienen eine höfliche Bedrohungskulisse aufbauten.

C selbst empfing uns in seinem mit barockem Kitsch eingerichteten Büro. »Liza!« Er erhob sich hinter seinem Schreibtisch und verneigte sich, um mir wie üblich die Hand zu küssen – eine irritierende Angewohnheit, wenn man nicht darauf gefasst ist. Cross bekam einen männlichen Schlag auf die Schulter. »Und Herr Winter, nehme ich an?«

»Korrekt«, erwiderte ich.

»Na, du hast ja Nerven, hier aufzutauchen, Mädchen.« Er rückte sein Monokel zurecht. »Ich weiß nicht, mit wem du dich angelegt hast, aber jemand hat das halbe Universum diesseits von Canopus auf dich gehetzt. Zumindest den Teil, der nicht die Collies jagt.«

»So schlimm?«, fragte ich. Ich hatte gehofft, dass Stewart die Sache so peinlich war, dass er sie erst einmal nur intern halten würde. Offenbar hing sein Kopf doch nicht so sicher auf den Schultern, wie ich dachte.

»Ziemlich schlimm, meine Liebe. Aber ich nehme mal an, du willst nicht einfach nur Smalltalk betreiben?«

»C, du verletzt meine Gefühle«, protestierte ich trocken. »Vielleicht wollte ich einfach nur mal reinschauen und fragen, wie es dir geht?«

Er verzog einen Mundwinkel zu so etwas Ähnlichem wie einem Lächeln. »Nein, das sähe dir nicht ähnlich, junge Dame.«

»Da hast du Recht«, bekannte ich. »Ich brauche ein Shuttle.«

»Du willst nicht dein altes nehmen?«

»Nein, ich brauche ein neues. Kannst du eines besorgen?« Mein Shuttle war mit Sicherheit so mit Wanzen zugepflastert, dass es auf Stewarts Ortungsbildschirm aufleuchtete wie ein Weihnachtsbaum.

»Sicher. Wo wollt ihr denn hin?«, fragte C lauernd.

Ich sah ihn an, als wolle er mich für dumm verkaufen. »C, ich bitte dich. Du hältst mich doch nicht für dämlich, oder?«

Er schmunzelte. »Nein, aber ich muss wissen, was ihr für ein Schiff braucht.«

»So gut wie möglich.«

»Gut. Kannst du zahlen?«

Ich schabte nicht gerade mit dem Fuß vor Verlegenheit, schüttelte aber betreten den Kopf. »Ich bin abgebrannt, C. Mehr als der Frachter, auf dem wir gekommen sind, ist nicht drin. Reicht das?« Ich verschwieg den Verletzten, der sich an Bord befand, um den Preis nicht noch weiter zu senken.

»Wohl kaum – der ist heiß und muss umgeschminkt werden.«

»Ich besorg dir den Rest, wirklich.«

Seine schmalen Augenbrauen zogen sich zu einer bedauerlichen Geste hoch. »Liza, Mädchen, du kennst mich doch nun schon so lange. Ich bestehe auf geordnete Geschäftsbeziehungen. Eine Hand wäscht die andere. So war es schon immer, und so wird es immer sein. Darauf ist Verlass.«

Ich seufzte. C tat nie etwas ohne C, so die goldene Regel. »C ...«

Cagliostro hob die in weißen Handschuhen steckende Hand, um mich zu unterbrechen. »Kein Bitten und kein Betteln, Liza. Dafür kennen wir uns schon zu lange.«

Ich biss mir auf die Unterlippe. Ich hatte gehofft, dass Cagliostro mir wegen der guten Zusammenarbeit wenigstens so etwas wie einen Vertrauensvorschuss geben würde. Wenn er mir kein Shuttle besorgen konnte – inklusive Freigabe bei der *TTMS* –, würden wir diese Station nicht verlassen. Außerdem wollte ich ihn um Kleider und Proviant bitten sowie fragen, ob es einen Techniker an Bord gab, der sich mit Sprengsätzen auskannte. Die Hoffnung stirbt ja bekanntlich zuletzt.

Cagliostro wandte sich Cross zu. »Aber vielleicht hat der Herr ... Winter ... etwas zu bieten, das mich entsprechend entlohnen könnte.«

»Was sollte er dir schon zu bieten haben?«, fragte ich.

Unser Gegenüber warf mir einen verächtlichen Blick zu. »Pherostine mag ein malerischer kleiner Hinterwäldlerplanet sein, aber selbst von dort reist das Signal schnell durchs All.«

C griff nach der Fernbedienung und schaltete einen Cube an. Auf Starlook vermeldete die attraktive blonde Reporterin mit den aufgespritzten Lippen, die schon den Bericht über die Explosion im Stollen Adam gemacht hatte: »... wurde die Situation von der Pressesprecherin der *United Industries Corporation* in Carabine als ›kontrolliert‹ bezeichnet. Wie ›kontrolliert‹ Zustände allerdings sein können, wenn in einem Gebäude im ersten Ring von Carabine militärische Handgranaten gezündet werden, sei dahingestellt.« Ein Bild des Potemkin's wurde gezeigt. Davor standen fliegende Ambulanzen. Menschen, denen man Decken übergelegt hatte, stierten verängstigt ins Bild, dann hielt die Kamera wackelnd auf eine Trage, die gerade verladen wurde. Eine blonde Frau lag darauf, ein Atemgerät übergezogen, Hemd und Brust blutbefleckt.

»Das ist Winslow!«, zischte Cross mir zu. »Sie ist da lebend rausgekommen!«

Ich schüttelte den Kopf. »Leider nein. Schau.« Die Frau trug einen durchsichtigen Lackminirock und gläserne High Heels. Nicht gerade Winslows Stil. Kurz nach der Trage wurden gefüllte Leichensäcke herausgetragen. Viel wahrscheinlicher war, dass Winslow in einem davon steckte, aber das sprach ich nicht aus.

»Tatsächlich wird mit dem Attentat auf das Potemkin's auch ein Unfall in Verbindung gebracht, in dem ein Antigravtruck die Vorderfront eines Reisebüros zerstörte. Augenzeugen berichten, blutüberströmte Gestalten hätten den Truck verlassen und wild um sich schießend vor den Sicherheitskräften von *United Industries* die Flucht ergriffen.« Ein Bild vor Ort unterstrich diese Aussage.

»Im Zusammenhang mit den Geschehnissen werden drei Personen gesucht. Eine Frau, die als bewaffnet und gefährlich gilt und deren Identität nicht geklärt ist.« Ein Bild von mir wurde eingeblendet – dem Umfeld nach zu urteilen, war es von einer Innenkamera des Potemkin's aufgenommen worden, als ich die Granate weiter nach oben geworfen hatte. Man sah mich von schräg unten, so dass mein Gesicht nur halb zu sehen war. Trotzdem konnte man mich darauf wiedererkennen.

»Bei der zweiten Person handelt es sich nach durch die *United Industries Security* ausgegebenen Informationen um den Gewerkschaftler Richard Cross.« Ein Bild im Passfoto-Stil wurde eingeblendet. »Richard Cross, der am gestrigen Abend von der Gewerkschaftsbasis zum neuen Ratsmitglied gewählt worden ist, gilt als Golden Boy der Pherostine Labour Unit. Sein kometenhafter Aufstieg folgte nach der Explosion im Stollen Adam vor sechs Tagen, der fast die gesamte Gewerkschaftsspitze zum Opfer fiel.« Die Kamera zeigte nun wieder die Reporterin, die grimmig und entschlossen ihren Schlusssatz sprach. »Nach den erschütternden Ereignissen der letzten Nacht fragt sich Pherostine: Ist eine neue, gewaltsame Ära des Widerstandes der Gewerkschaft gegen die Konzerngewalt ausgebrochen? Ist Richard Cross ein Brandstifter und gehört hinter Schloss und Riegel? Ich bin Justine Ashley für Starlook aus Carabine City, Pherostine.«

»Justine hat mich also beerbt«, murmelte Cross abfällig. »So etwas nennt man dann vermutlich Qualitätsjournalismus.«

Der Sender schnitt zu einem weiteren Beitrag, in dem der Vorsitzende der Galaxy Workers Alliance, Müller, versuchte, die aufgebrachten Genossen auf Pherostine zu beruhigen. Zusammen mit dem Gouverneur von Pherostine – dem hager und freudlos aussehenden *United*-Chef namens Clairveaux – sowie einer Repräsentantin der Firma *WasteLand* weihte er die ersten in einem Stollen installierten Luftwandler ein, die die Arbeitsbedingungen in den Minen und damit auf ganz Pherostine verbessern sollten. Ich erhaschte noch einen Blick auf die Geräte, die aussahen wie fußballgroße Schneckenhäuser, die man in Abständen von etwa einhundert Metern an der Wand befestigt hatte, bevor Cagliostro den Lifestream wieder abschaltete.

»*WasteLand?*«, fragte Cross und zog die Augenbrauen zusammen. »Das ist der Konzern, der von *United* den Auftrag erhalten hat?«

»Sieht so aus«, sagte ich. Ich dachte nicht gern an diese Firma zurück. Im Augenblick machte mir aber mehr Sorgen, dass C wusste, wen er hier vor sich hatte. »Der Herr Winter steht nicht …«

Cross drückte meine Finger wieder leicht, dieses Mal allerdings, um mich zu unterbrechen. »Schon in Ordnung. Legen Sie los, Cagliostro. Was hatten Sie sich vorgestellt?«

C musterte Richard vom Kopf über die Handschellen bis zur Sohle. Er war ein Spieler – er schlug so viel Gewinn für sich selbst raus wie möglich. Ich hoffte bloß, dass er nicht doch vorhatte, unsere Köpfe an den Meistbietenden zu versteigern. Aber für solche Gedanken war es ein wenig spät. Auf der anderen Seite wollte C Geld verdienen. C verriet das Geld nicht.

»Eine Hand wäscht die andere. Ich rette Ihnen das Leben und bringe Sie hin, wo auch immer es Sie hinzieht, und Sie … sagen wir mal, ich habe einen Gefallen bei Ihnen gut.«

Bevor ich auch nur Einspruch erheben konnte, schüttelte Cross den Kopf. »Nein. Keine Blankolizenz. Das kommt überhaupt nicht infrage. Ich werde nicht zu den

Politikern gehören, die in Ihrer Tasche stecken. Oder in der Tasche eines anderen.«

Ich atmete auf.

»Hm, Sie wissen, was Sie wert sind, wie?«, fragte Cagliostro. »Also gut. Lassen Sie mich mal nachdenken. Ach ja. Sie haben doch demnächst – zumindest, wenn Sie nach Pherostine zurückkehren und Ihr Amt antreten – gute Kontakte zur GWA. Die Gewerkschaft lizensiert Güterschiffe. Sie könnten mir oder meinen Leuten sicher weiterhelfen, was den Transport einiger Lieferungen angeht ...«

Wieder schüttelte Cross den Kopf. »Ich werde Ihnen keine GWA-Schiffe für Ihre Schmuggelgüter zur Verfügung stellen, Cagliostro. Das kann nicht nur mich Kopf und Kragen kosten, sondern auch Menschen, die mit unserem Abkommen hier nichts zu tun haben. Keine Chance.«

C zog eine Augenbraue hoch, lehnte sich in seinem Sessel zurück und legte die Finger beider Hände zusammen. Ich dachte schon, er würde aus der Verhandlung aussteigen, dann nickte er. »Sie wissen wirklich, was Sie wert sind, Herr Winter.« Er stand auf und ging um seinen Schreibtisch herum. »Mein letztes Angebot, aus Respekt vor Ihnen und vor der guten Zusammenarbeit mit Ihrer Freundin hier.« Dabei wies er auf mich. »Pherostine rückt gerade mehr und mehr ins Zentrum der Aufmerksamkeit. Die Routen dahin werden ausgebaut werden, vielleicht wird gar ein Sprungtor installiert. In jedem Fall rückt der Planet für mich und viele andere ins Zentrum des Interesses. Sie garantieren mir und meinen Leuten ... nennen wir es ›strategische Rückzugsorte‹ in Carabine und Umgebung, wenn wir welche benötigen sollten.«

»Sie wollen, dass die Gewerkschaft Verbrecher vor der *UI*-Sec versteckt.«

»So kann man es natürlich auch nennen ...« Cagliostro nahm sein Monokel herunter und säuberte es mit einem blütenweißen Seidentuch. »Egal, in welcher Situation, egal, wie viele Leute, egal, vor wem.«

»Damit mache ich meine Organisation zu Mittätern bei Ihren dreckigen Machenschaften«, protestierte Richard.

C setzte das Monokel wieder auf und blickte Cross an. Das Augenglas verlieh ihm eine arrogante Aura. »Meine dreckigen Machenschaften scheinen Sie nicht so sehr zu stören, wenn Sie meiner Hilfe bedürfen, Herr *Winter*«, sagte er dann tadelnd. »Wie gesagt – dies ist mein letztes Angebot. Akzeptieren Sie es, oder versuchen Sie es auf eigene Faust. Ich bin sicher, Sie finden einen Weg.«

Cross' Kiefermuskulatur trat sichtbar hervor – er biss offenbar im wahrsten Wortsinn die Zähne zusammen. »Für wie lange gilt unser Handel?«

»Solange Sie Vorsitzender sind, dachte ich.«

Cross schüttelte den Kopf. »Ein halbes Jahr.«

C schmunzelte. »So wertvoll ist Pherostine nun auch nicht. Ein ganzes Jahr, vom Zeitpunkt ihrer Rückkehr nach Carabine gemessen.«

Cross sah kurz zu mir herüber, und ich zuckte kaum merklich mit den Schultern, um zu signalisieren, dass wir wohl kaum ein besseres Angebot bekommen würden. Da mir auch keine bessere Gegenleistung einfiel, nickte ich.

»Sie lassen uns jegliche Hilfeleistung zukommen, die wir im Augenblick brauchen, und sorgen dafür, dass wir zurück nach Pherostine kommen?«

»Ja.«

»Das klingt ... machbar.«

»Also sind wir uns handelseinig?«, fragte Cagliostro.

Richard nickte widerwillig. »Ja.« Die beiden reichten einander die Hände.

Und ich atmete auf. C verriet einen Handel nicht. »Ein Handel ist ein Handel ist ein Handel«, sagte er immer. Keine Ahnung, woher er diesen schlauen Spruch hat, aber unterm Strich besagte er, dass er eine gewisse Ehre im Leibe hatte. Jetzt erst war ich mir vollständig sicher, dass er uns nicht verraten würde.

»So, nun, da die Formalitäten abgehandelt wären, verraten Sie mir doch, was Sie brauchen.«

Ich mischte mich wieder in die Verhandlungen ein. »Die Freigabe meines Schiffs, Waffen, Munition, Kleidung – am besten sofort –, Proviant, Sprit – und einen Techniker.«

»Einen Techniker?«, fragte C. »Wofür?«

»Für einen Peilsender in meinem Kopf. Es wäre gut, wenn der Mal durchgemessen würde, um festzustellen, ob man ihn ausschalten kann. Gibt es an Bord jemanden, der sich mit so etwas auskennt?« Ich wusste, dass das eher unwahrscheinlich war, aber hey – immerhin befanden wir uns auf einer Station voller Schurken mitten im

All. So ein Ort zog merkwürdige Menschen an und musste im Zweifel auch einfach mal gewartet werden.

»Peilsender, hm?«, fragte Cagliostro und musterte mich. »Vielleicht kann dir Geronimo helfen. Du findest ihn im II. Sektor.« Er sandte mir ein paar Daten auf die Multibox. »Dafür schuldest du mir einen Gefallen, ja?«

»Geht in Ordnung«, sagte ich. Eigentlich hatte ich damit gerechnet, dass diese Bitte den Preis noch höher treiben würde. Doch mein Herz schlug vor Erleichterung schneller. Wenn dieser Geronimo gut war, dann konnte er mir vielleicht sogar mit dem Sprengsatz helfen ...

»Apropos Techniker«, warf Cross ein und hob die Hand, um unsere Handschellen zu präsentieren. »Sie haben nicht zufällig einen Bolzenschneider parat?«

»Vielleicht sollten wir das noch aufschieben, bis wir mehr darüber wissen, wie der Peilsender funktioniert?«, warf ich ein.

»Ich habe nicht die Angewohnheit, in meinem Büro mit schwerem Werkzeug zu hantieren«, beruhigte mich Cagliostro. »Ich bin sicher, dass Geronimo Ihnen da weiterhelfen kann, wenn Sie wollen.«

»In Ordnung«, sagte ich erleichtert – die Entscheidung war erst einmal aufgeschoben. »Kümmerst du dich um die Freigabe des Shuttles, C?«

»Sicher, ich werde es veranlassen. Und ich sorge dafür, dass ihr die geforderte Auswahl an Ausrüstung dorthin gesandt bekommt.« Er wandte sich wieder seinem Cube zu.

»Und C?«

Er sah nochmal auf. »Was denn, meine Liebe?«

Ich lächelte ihn an. »Danke, Mann. Du bist der Beste.«

»Kein Problem, junge Dame. Man tut, was man kann«, sagte er schmunzelnd.

Keine zehn Minuten später standen wir in neuer Kleidung wieder draußen vor dem Geschäftskomplex. Cross trug ein braunes Jackett sowie eine moderne Schiebermütze aus dunkelbraunem Flanell, ich hatte einen Wollmantel in titangrau und eine Wollmütze mit bunter Plastikkrempe aufgesetzt, die gerade in Mode gekommen waren. Alles, um nicht aufzufallen, was?

Meine Multibox zeigte, dass es bereits 10:08 war. Ich rief einen Plan der Station auf und stellte erfreut fest, dass der Weg zum Sektor VIII, wo laut C das Shuttle lag, von Geronimos Quartier tiefer im II. gar nicht weit war. Aber wenn dieser Geronimo die Bombe fand und auch noch herausholen wollte, dann würde das Zeit in Anspruch nehmen – Zeit, die Jabbert Gelegenheit gab, uns aufzuspüren. Und da unsere Gesichter nun überall über die Leinwände flackerten, würde der Weg durch die Station ein bisschen spannender werden, als ich gehofft hatte. Immerhin sah auch die *TTMS*-Sicherheit Nachrichten – das nahm ich zumindest an. So eilten wir durch die braunen Gänge. Inzwischen hatte der Tag auch für die Langschläfer angefangen. Ich versuchte, meine Schritte noch länger zu machen, um besser mit Cross mithalten zu können.

Die Masse der Menschen, denen wir begegneten, wurde immer dichter, und wir ernteten ein, zwei merkwürdige Blicke, denn immerhin sahen wir doch immer noch ziemlich ramponiert aus. Wir senkten die Köpfe, damit man uns nicht identifizieren konnte. Die Mützen würden gegen Sicherheitskameras von *TTMS* und zufällige Passanten helfen, nicht aber gegen Sicherheitsleute oder Suchdrohnen.

Langsam näherten wir uns wieder der äußeren Peripherie. Ganz wie in Carabine lagen die guten Wohn- und Verkaufsbereiche nahe dem Zentrum, die schlechten weiter außerhalb. Unser Ziel lag definitiv »weiter außerhalb«. Ich machte mich auf das Schlimmste gefasst.

Als wir in der Gegend ankamen, in der in jeder Großstadt, die sich etwas auf ihren Slum einbildete, die Mülltonnen gebrannt hätten, fanden wir Wohnbereiche vor, die aus Hartplastik zusammengeschweißt zu sein schienen. Auf manchen erkannte man sogar noch die Logos der gigantischen Maschinen, aus deren Verschalungen die Wände konstruiert waren.

Dann fiel mein Blick auf ein Element, das diesen Slum von allen anderen unterschied. Offenbar waren hier die Neonröhren mit ... Häkeldeckchen geschmückt. Ja, schauen Sie mich nicht so an – Häkeldeckchen. Selbst gemacht, nehme ich an.

Ich sah mich weiter um. Wo ich Punkrocker mit Schlagringen und mieser Zahnhygiene erwartet hatte, fand ich Kinder. Mütter. Familien. Auf einer Kreuzung war eine Stange mit Schaukel angebracht, auf der ein Mädchen im roten Tupfenkleid saß. Es holte gerade Schwung und lachte dabei. Die Mutter oder Kindergärtnerin daneben wies sie an zu bremsen und die Schaukel beiseite zu halten, damit wir darunter durchgehen konnten.

Als Cross neben mir scharf die Luft einsog und fast in die Knie ging, versuchte ich ihn zu stützen, ohne dass es weiter auffiel.

»Alles okay?«, fragte ich und half ihm, sich mit dem Rücken an die Wand zu lehnen, damit er nicht umfiel. »Ist die Wunde aufgerissen?«

Er nickte bloß, sein Gesicht eine Maske des Schmerzes. Ich ließ ihm ein paar Augenblicke, um sich wieder zu fassen. »Habe vergessen, wie weh es tut«, stieß er hervor.

»Hol ein bisschen Luft.« Ich begutachtete seine Seite, doch keiner der Verbände zeigte Anzeichen von Blut.

Er nickte wieder. »Geht schon.« Dabei wich er meinem Blick aus und stieß sich von der Wand ab. »Komm. Ma'am.« Er fasste sich an die Schiebermütze, um sich bei der Frau dafür zu bedanken, dass sie uns durchließ. Sie hatte violettes Haar.

Ich erstarrte, denn ich sah Erica vor mir. Cross' Frau.

Auf den zweiten Blick erkannte ich, dass die Mutter, die hier ihre Kinder beaufsichtigte, Erica bloß ähnlich sah. Sie hatte ebenfalls ein längliches Gesicht, die Haare besaßen beinahe denselben Violettton, und auch das Kleid, das unter der Brust geschnürt war, glich dem aus meiner Erinnerung. Ihr schwangerer Bauch ragte darunter hervor. Ich muss die Frau wohl angeglotzt haben, denn sie schlug die Augen nieder. Ich wischte mir den Schweiß von der Stirn. Verdammt. Bislang hatte ich immer gedacht, ich wäre immun gegen das posttraumatische Stress-Syndrom. Ganz offenbar hatte ich mich geirrt.

Jetzt fühlte ich mich von Cross gestützt. »Elyzea, alles in Ordnung?«, fragte er seinerseits.

»Ja«, hauchte ich. Ich durfte mir nichts anmerken lassen. Wenn er die richtigen Schlüsse zog – und der Mann las in meinem Gesicht wie in einem Buch –, wenn er von meinem Einsatz auf Sharidon erfuhr, von meiner Beteiligung am Tod seiner Frau, dann ... tja, was dann? Vermutlich würde er versuchen, mich umzubringen. In jedem Fall würde er mich hassen. Mir zog sich ein Knoten im Hals zusammen. Wenn ich weiterhin mit ihm zusammenarbeiten wollte, durfte er nichts erfahren. Und das war ganz sicher der einzige Grund, warum ich über diese Dinge schwieg. Bestimmt.

»Was ist mit dir? Geht's?«

»Ja«, erwiderte ich fester. »Jetzt, wo wir in Sicherheit sind, lässt das Adrenalin nach.«

Die Mutter stellte sich behütend neben die vier Kinder, reihte sie wie die Orgelpfeifen an der Seite des Gangs auf und ließ uns durch. Ich fühlte mich beobachtet, bis wir um die Ecke bogen und außer Sicht waren. Dann erst atmete ich auf. »Ich glaube, wir müssen hier lang.«

Wir passierten einen Hausmann, der auf einer Leiter stand und gerade kopfüber eine flackernde Neonröhre auswechselte. Er sah uns nach, als wären wir ein Fleck auf seinem über die Schulter geworfenen Schlips. Die zusammengewürfelte Garderobe verbarg eine Menge, aber mit den Mützen und den Blessuren im Gesicht, die Cross und ich davongetragen hatten, mussten wir immer noch ziemlich merkwürdig aussehen. Wir gingen weiter, bis sich der Gummiboden in Teppich verwandelte und ich Gartenzwerge sah.

Ernsthaft: Gartenzwerge.

Ich meine – besitzen die Menschen auf Chorriah keinen Funken Selbstrespekt?

»Was macht ein Mann namens Geronimo in einem Viertel aus Desperate Housewives in Space?«, fragte ich, als ich den Schrecken überwunden hatte. Die Serie mit demselben Titel war in der jüngsten Welle der 21.-Century-Nostalgie wiederentdeckt und neu aufgelegt worden.

»Der Name klingt nach einem blutrünstigen Kojotenbeta.«

»Das wollen wir nicht hoffen.« Schließlich endeten wir in einer Sackgasse. »II-22. Hier müsste es sein.«

»Sieht so aus.« Cross lenkte meine Aufmerksamkeit mit dem Finger auf eine Kamera, die uns mit einem roten Auge von schräg oben anglotzte. Ich hob eine Hand und winkte.

»Bevor du mit Rauchzeichen weitermachst: Da gibt's auch eine Klingel«, sagte Cross.

»Nichts geht über No-Tec«, entgegnete ich grinsend. Aber ich drückte auf den Knopf, über dem in sauber gravierter Schrift in einem Messingschild »Gardner« stand.

Nichts geschah. Ich drückte noch einmal.

»Verdammt«, grunzte ich enttäuscht.

»Vielleicht ist er in Urlaub?«, fragte Cross.

Ich nehme an, er wollte hilfreich sein, doch die Worte trösteten mich nicht. »Verdammt!« Niemand sagt, dass man wütend *und* originell sein muss, oder? Ich hieb mit der Faust gegen die Tür. »Das kann doch gar nicht sein!« Hatte ich mir wirklich eingebildet, dass dieser Mann hier mein Problem lösen könnte?

»Dann gehen wir halt direkt zum Schiff. Momentan dämpft mein Störsender dein Signal noch, und der hält auch noch ein wenig. Wenn wir im All sind, sollte so ein Raketenortungssignal doch nicht so leicht zu finden sein, oder?«

Cross kannte die Wahrheit nicht. Ich hatte noch sechzehn Stunden, um den Sprengsatz in meinem Kopf zu deaktivieren oder wenigstens Cross' Störsender wieder aufzuladen. Beide Optionen waren ohne Geronimo bereits zum Scheitern verurteilt.

Das Rauschen einer Gegensprechanlage erklang. Die Männerstimme am anderen Ende kam zerhackt bei uns an, doch ich erriet die Worte »Ja« und »da?«. Cross' verfluchter Störsender machte eine Unterhaltung fast unmöglich.

Ich nahm an, dass jemand »Wer ist da?« gefragt hatte. »Besuch von Cagliostro.«

»Wa?«

»CAGLIOSTRO schickt uns«, wiederholte ich lauter und betonter.

Die Verbindung brach ab.

Ich hob gerade die Hand, um erneut auf den Klingelknopf zu drücken, da summte die Tür und sprang einen Spalt auf. Mir stellten sich schon wieder die Haare im Nacken auf. Ich blickte Cross fragend an, doch er zuckte bloß mit den Schultern. »Deine Entscheidung.«

Ich holte tief Luft, dann zog ich meine Waffe und stellte mich rechts so neben die Tür, dass ich vom Rahmen verdeckt blieb, wenn sie sich öffnete. Zugegeben, die Deckung der Hartplastikwände war mehr als unzureichend. Doch manchmal galt immer noch der alte Spruch »Was ich nicht weiß, macht mich nicht heiß« für Justifier: »Was der böse Feind nicht sieht, kann er auch nicht erschießen.«

Ich bedeutete Cross, sich neben mich an die Wand zu stellen – inzwischen verfluchte ich die Handschellen selbst –, dann schob ich die Tür mit dem Fuß auf. Als sich nichts tat, lugte ich zuerst mit einem Auge, dann mit dem Kopf in den Flur.

Was erwartete man in der Werkstatt eines Technikers? Einen Raum voller Platinen, Kabeln und summenden Generatoren? Eine Werkbank, auf der man Stahl sägen und fräsen kann? Eine Wand voller Monitore mit unterschiedlichen Kanälen? Mein neumittelalterlicher Club, der sich für ein Revival des 21. Jahrhunderts starkmacht, würde das sicher für das Untergeschoss von Tony Starks Wohnung in Iron Man halten.

In jedem Fall keinen ausgestopften Achtender an der Wand, die etwa eineinhalb Schritte vor mir lag. Aber genau das sah ich, als ich mir Geronimos Flur ansah, der sich rechts und links noch jeweils ein, zwei Meter erstreckte.

»Irgendwas stimmt hier nicht«, murmelte ich.

»Das fällt dir jetzt erst auf?«, fragte Cross trocken. »Das Gefühl habe ich, seit wir beide uns begegnet sind.«

»Ich meine mit der Wohnung. Wer baut Kameras an die Tür und öffnet sie dann blind?«

»Jemand, der mit Besuch rechnet oder seinen Nachbarn vertraut?«, fragte Cross.

Ich sicherte nach rechts und links und trat mit der Waffe voran in den Flur, den wir über die lange Wand betreten hatten. An der Wand vor mir hing direkt neben dem Hirsch ein weiterer präparierter Kopf, der aussah wie ein wilder schwarzer Eber mit Hörnerkamm – keine Ahnung, was für ein Tier das mal gewesen war oder wo man es gefunden hatte. Dazwischen lächelte mich eine weitere Kamera an – die schien es hier überall zu geben. Auf der anderen Seite des Hirschkopfs hing ein altmodisches Jagdgewehr, eine echte Flinte, deren Einzelteile teils neu angepasst, teils echt antik wirkten. An den beiden Enden des Flurs rechts und links von uns mündete je eine Tür in ein Zimmer.

Ich warf geistig eine Münze und entschloss mich für links. Cross blieb immer hinter mir, so weit die Handschellen das zuließen. Die Tür war verschlossen. Leise drückte ich die Klinke herunter und schob sie sanft auf. Dahinter erwartete mich ein Schlafzimmer mit Bett, Teppichen und Schränken sowie Wandteppichen mit Jagdmotiven. Zwischen den Paraphernalia, mit denen man das Bayern des 19. Jahrhunderts wieder hätte heraufbeschwören können, wucherten von Tageslichtlampen angestrahlt Blumen und Rankpflanzen.

»Das sieht nicht aus wie die Wohnung eines Technikers«, sagte Cross neben mir. »Es sei denn, er repariert bloß Funkwecker.«

»Keine Ahnung. Das sieht ein bisschen aus wie das Puppenstübchen des Universums. Der scheint nicht oft

Besuch zu empfangen. Was würden die Nachbarn auch dazu sagen?«

Wie üblich sicherte ich in alle toten Winkel und um eine Ecke – hier war eine kleine Nasszelle aus demselben Hartplastik, aus dem die Wände gemacht waren. Waschbecken, Toilette und Dusche mit zugezogenem Duschvorhang auf genau dem Platz, den sie einnahmen, dazwischen ein halber Quadratmeter, um sich zu bewegen. Größer war das Bad nicht, das direkt hinter dem Hirschkopf eine Wand mit dem Flur teilte. Ich wollte gerade den Duschvorhang mit der Waffe beiseiteschieben, da sprang Musik an, vermutlich durch einen Bewegungsmelder aktiviert.

Marschmusik quäkte aus vier Lautsprechern in den Ecken. Ich fluchte leise – das »Tschingdarassa, Tschingdarassa Bumm – Bumm – Bumm« hätte mir beinahe einen Herzinfarkt verpasst. Und ganz nebenbei – wenn ich eine Sorte Musik nicht ausstehen kann, dann diese. Ich vollendete meine Untersuchung hier, doch hinter dem Duschvorhang war bloß eine peinlich sauber gehaltene Duschkabine – alles, wie es sich gehörte.

Ich bemühte mich nicht mehr um Unauffälligkeit – der Schützenumzug aus dem Badezimmer machte das unnötig. Im Schlafzimmer gab es keine weitere Tür, so dass ich in den Eingangsflur zurückging und mit Cross in das zweite Zimmer trat.

Ich sicherte das Wohnzimmer – oder das, was in jedem anderen Habitat vermutlich als Wohnzimmer genutzt worden wäre. Ich sah Werkbänke, vollgestopft mit Platinen, großen Tisch- und kleinen Handcomputern, technischen und untechnischen Geräten vom Handmixer über die Konfettikanone bis zum zerlegten Rasenmäher. Davor schwebte mit leisem Surren eine Art Antigrav-Arbeitsstuhl, mit dem man frei im Raum herumschweben zu können schien. Eine merkwürdige Erfindung. In die tiefer gehängte Decke führten Dutzende Kabelbündel – Stark- wie Schwachstromleitungen. Das Brummen deutete darauf hin, dass da oben ein Generator untergebracht worden war. Daneben spürte ich ein schwaches zweistimmiges Vibrieren, das ich nicht zuordnen konnte. Eigentlich waren wir hier weiter vom Kern der Station entfernt, in dem die Maschinen untergebracht waren. Ich maß dem keine weitere Bedeutung zu.

In einer Ecke stand eine ebenfalls elektronisch betriebene Liege, die mich unangenehm an Zahnarzt erinnerte, unter einer Scanvorrichtung, wie ich sie bei den Ärzten von *Enclave Limited* kannte. Ich begutachtete die Ausrüstung mit wachsender Hoffnung. Das nötige Equipment besaß dieser Geronimo schon mal. Wir waren hier zumindest nicht ganz falsch.

So hatte ich mir die Wohnung eines Technikers vorgestellt. Eine weitere Tür führte in einen Raum, vermutlich die Küche, so dass die Wohnung auf beiden Seiten beinahe spiegelverkehrt aussah. Die beiden durch den schmalen Flur verbundenen Zimmer umschlossen Bad und Küche in ihrer Mitte; das Bad war vom Schlafzimmer begehbar, die Küche vom Wohnzimmer. An meine Nase drang der penetrante Geruch verbrannten Plastiks. Hatte Geronimo gerade etwas bearbeitet?

Dabei fiel mein Blick auf ein Schneckenhaus aus

Kunststoff in der Größe eines Fußballs mit dem Firmenlogo *WasteLand* im Zentrum der Spirale. Ich erkannte das Gerät auf den ersten Blick – es handelte sich um den Luftwandler, den Müller und Gouverneur Clairveaux in dem Newsbeitrag auf Pherostine eingeweiht hatten. Die Klappe des Geräts stand offen und verwahrte im Innern neben dem Gebläse und dem Filter eine Batterie Phiolen, deren Inhalt offenbar verdunstet und mit der gefilterten Luft wieder an die Umgebung abgegeben werden konnte. Daneben stellte ein Cube die dreidimensionale Molekularstruktur einer Chemikalie dar, die Treptopenzan hieß, wie der eingeblendete kleine Textbaustein verkündete.

Ich wurde nicht so recht schlau daraus. »Schau mal«, sagte ich daher. »Sagt dir Treptopenzan etwas?«

Cross warf einen Blick auf den Bericht und zog die Brauen zusammen. »Allerdings. Auf Sharidon gab es während der Zeit der Betaaufstände einen Chemieunfall. Ich ... ich habe damals für einen Bericht darüber recherchiert, weil die Droge so gut auf Betas zugeschnitten war.«

»Aber ... dabei sind doch auch mehrere Hundert Menschen gestorben!«

»954, um genau zu sein. Neben Tausenden Beta-Humanoiden.«

»Und, was hast du bei deinen Recherchen herausgefunden?«

»Betas sind davon so stark betroffen worden, als hätte man einen Schalter in ihren Köpfen umgelegt. Einen Tag normal und ein wenig aggressiv, wie viele von ihnen eben sind, am nächsten völlig lethargisch. Bei den Menschen ist eine Massenproduktion von Serotonin – dem Glückshormon – in die Wege geleitet worden. Dasselbe, das ausgeschüttet wird, wenn du lange joggst oder einen Orgasmus hast.«

»Klingt nicht so übel«, murmelte ich.

»Nur, wenn dein Körper physisch dazu in der Lage ist, stundenlang Orgasmen zu ertragen. Die meisten sind an Herzversagen gestorben.«

»Oh. Wenn *WasteLand* an dieser Droge gearbeitet hat und jetzt die Luftwandler auf Pherostine einbaut, dann verheißt das wohl nichts Gutes, wie?«

»Überhaupt nichts Gutes. Ich habe Beweise dafür, dass die Katastrophe auf Sharidon damals der Feldtest einer Droge war, die von *WasteLand* absichtlich auf die Bevölkerung losgelassen worden ist.«

»Ein Feldtest?« Für einen Augenblick blieb mir die Spucke weg. »Von wem? Und was für Beweise?«

»Von wem – keine Ahnung. Ich habe einen Schwung E-Mails, Sitzungsbeschlüsse, sogar einen abschließenden Testbericht, der das Desaster zusammenfasst.«

Das war unglaublich. »Kopien oder Originale?«

»Nicht kopierbare Originale mit Sicherheitsstempel. Also echte, harte Fakten.«

»Warum hast du sie nicht veröffentlicht? Wenn das herausgekommen wäre ...«

»Weil ich eben nicht wusste, wer dahintersteckt.«

»Also bist du geflohen.« Das war also der Grund gewesen, warum er gegangen war.

Er nickte nur.

»Vielleicht bekommst du nachträglich die Chance, noch etwas über die Zwischenfälle herauszufinden.« Ich zog den Datenchip aus dem Cube, auf dem ein Logo mit CTP Enterprises stand, und steckte ihn ein. Wenige Augenblicke später erlosch das durchscheinende 3D-Bild. »Was auch immer sich auf diesem Chip befindet, jemand sollte herausfinden, was *WasteLand* mit dem Treptopenzan und diesen Luftwandlern auf Pherostine vorhat.«

»Allerdings. Ich muss zurück nach Pherostine«, schloss Cross finster. »Der Einzige, der uns jetzt noch helfen kann, ist Müller selbst. Die Betas sind ein gewichtiges Argument der GWA gegen die Konzerne. Wenn jemand versucht, sie zu beeinflussen ...«

Ein über der Musik kaum hörbares Geräusch von der letzten verbleibenden Tür her zog meine Aufmerksamkeit auf die mutmaßliche Küche. Ich griff mir noch eine der Phiolen, steckte sie mir ins Dekolleté (ja, das tun wir Frauen tatsächlich!) und bedeutete Cross mit einer Geste, mir langsam zu folgen. Was auch immer sich auf dem Chip befand, es musste warten, bis das warnende Gefühl in meinem Magen verschwunden war.

Das »Tschingdarassa-Bumm« hatte einen kleinen Aussetzer, dann hob es erneut an. Im Schutz des Krachs, der meine Schritte vollständig übertönte, ging ich langsam auf die halbgeschlossene Tür zu. Der stechende Geruch wurde stärker. »Lass mir genug Leine, um ganz durch die Tür springen zu können, damit ich nach rechts und links sichern kann«, flüsterte ich ihm zu. »Wenn wir ausweichen müssen, dann Richtung Ausgang.«

Mit Cross immer an meiner Linken – wo auch sonst? –

stellte ich mich an die Wand rechts von der Tür. Das Hartplastik würde mich immerhin vor Blicken schützen. Richard kam dadurch an der einen Werkbank in der Nähe des surrenden Stuhls zu stehen. Offenbar hatte auch ihn eine böse Vorahnung erfasst, denn er sah sich auf der Arbeitsplatte nach etwas um, das sich als Waffe verwenden ließ. Ich wartete nicht, bis er etwas gefunden hatte, sondern hielt die Waffe so vor den Körper, dass ich bloß abdrücken musste, wenn ich etwas vor die Mündung bekam. Dann trat ich mit dem Fuß die Tür auf und sprang hinterher, auf alles gefasst. Dachte ich zumindest, denn in der Küche von Geronimos Wohnung warteten drei Dinge auf mich, die ich nicht erwartet hatte.

Das erste war Geronimo – zumindest nahm ich an, dass er es war. Der untersetzte kleine Mann mit Halbglatze und Bauchansatz – offenbar ein Heavie (manche nennen diese Leute auch ganz unfreundlich »Zwerge«) – sah so gar nicht nach einem blutrünstigen Indianer aus. Von dieser Tatsache lenkten die Messer ab, mit denen seine Hände an die Oberschränke getackert worden waren. Der Mann hatte so viele Anschlüsse an Kopf und Nacken, dass er mit Sicherheit auch mit seinem Komsystem verdrahtet war und uns eben wirklich noch selbst begrüßt hatte.

Das zweite war die frisch durchschnittene Kehle, aus der so viel Blut floss, dass sowohl das blütenreine Hemd wie auch die Lederhose, Bavaria-Style, total ruiniert waren. Dass er noch blutete, bedeutete, dass er noch keine Minute tot war.

Das dritte war die Quelle des üblen Gestanks nach

verbranntem Plastik. Links von mir war vermutlich mit Säure ein Loch in die Wand aus Hartplastik gebrannt worden, durch das ein Mann bequem in den Nachbarraum steigen konnte – das Bad, das ich soeben überprüft hatte und aus dem mir noch immer das »Tschingdarassa – Bumm – Bumm – Bumm« entgegenpaukte.

Die Gleichung, die sich aus diesen drei Variablen errechnen ließ, war einfach. Jemand hatte soeben Geronimo getötet und war durch die Wand ins Badezimmer und durch das Schlafzimmer in den Flur gestiegen. Und wer den Flur hielt, kontrollierte den Ausgang.

Wir saßen in der Falle.

Und ich ahnte, wer sie aufgestellt hatte.

12

»Jabbert!«, keuchte ich. »Er kommt außen herum! Runter!«

Noch während ich den Satz beendete, ließ ich mich zu Boden fallen. Keinen Augenblick zu früh, denn im selben Moment durchsiebte auch schon die erste Salve Kugeln die Wände. Das vollautomatische Feuer stanzte ungefähr auf Bauchhöhe eine saubere Linie in den Hartkunststoff. Wir saßen nicht nur in der Falle, wir saßen in einer verdammt gut ausgeklügelten Falle. Einer, in der wir keine Chance hatten, durch Heimlichkeit oder Glück zu überleben – Ducken und den Kopf einziehen war keine Option. Wir mussten an Jabbert vorbei, wenn wir hier rauswollten.

Nur einen Herzschlag später beantwortete ich den Angriff mit ein paar eigenen Kugeln. Ich schoss blind durch die Wand, obwohl ich wusste, dass der Schütze ebenso

300

wenig noch an dem Ort war, von dem er geschossen hatte, wie ich gleich sein würde. So musste er wenigstens den Kopf unten halten.

Cross und ich lagen nun, nur durch die Wand aus Plastik getrennt, Seite an Seite, die gebundenen Arme vorgestreckt, die Kettenglieder der Handschellen führten um die Türzarge herum. »Halt dich fest!«, keuchte ich und zog mich auch schon an der Handschelle voran, um dann mit einer Rolle voran in das Wohnzimmer/Verrückter-Wissenschaftler-Laboratorium zu springen. Dabei hielt ich meine Pacifier gen Flur und zog den Abzug mehrfach durch.

»Hierher, schnell!«, hörte ich Cross hinter mir keuchen. Er hatte sich in einer Ecke hinter der Frontverschalung des fahrbaren Rasenmähers aus Stahl versteckt.

»Zieh mich!«, erwiderte ich.

Während Cross mich in Deckung zerrte, feuerte ich weiter. Die Musik erstarb endlich mit einem kläglichen Jaulen – einer der Schüsse musste die Quelle der Blaskapelle im Bad erwischt haben; ein anderer hatte eines der Kabel von der Decke gelöst, so dass es jetzt funkensprühend im Raum herumpeitschte.

Ich stieß mit der Schulter den schwebenden Arbeitsstuhl an, der durch den Schwung im Wohnzimmer herumzueiern begann, an einer Wand umfiel und mit verzweifeltem Surren versuchte, sich weiter fortzubewegen. Bei Cross in der Ecke angekommen, warf ich zuerst das beinahe leere Magazin aus und steckte ein neues in den Griff meiner Pacifier. In der Stille hörte man aufgeregte

Stimmen, hysterisches Weinen, ein Kind schrie. Immerhin, unsere Situation hatte einen Vorteil – schlimmer konnte sie nicht werden.

»Elyzea!«, rief Jabbert.

Natürlich war es mein allerwertester Ex-Partner, der uns hier aufgelauert hatte. Ich wusste ja, dass er gut war, aber wie hatte er uns hier so schnell gefunden?

Seine Stimme klang, als stünde er im Flur oder, wenn er schlau war, sogar außerhalb der Wohnung. Die Außentrennwände waren zwar nicht wesentlich dicker als die Innenwände, doch immerhin – sie würden ein bisschen mehr Schutz bieten.

Die Tatsache, dass vermutlich dasselbe Material in alle vier Himmelsrichtungen die Habitate voneinander trennte, machte mir mehr Sorgen. Ich hatte keine Ahnung, wie viele Wohnungen eine Kugel hier durchlöcherte, bevor sie schließlich im Material stecken blieb. Auch nicht, wie viele Väter, Mütter oder Kinder ein solcher Blindgänger auf dem Weg mitnahm.

Ich fluchte laut. Jabbert wollte reden? Also sollte er reden. Solange er redete, schoss er nicht. Zumindest hoffte ich das. »Was?«, rief ich also zurück.

»Ich habe doch gewusst, dass du zuerst einen Mechaniker aufsuchst. Du änderst deine Gewohnheiten nicht, wie?«

Ich schnaubte abfällig – von dem Mechaniker hatte ich bis vor einer Stunde selbst noch nichts gewusst. Konnte der Mann nichts anderes, als sich zu beweihräuchern? »Damit gewinnst du einen Blumentopf, Jabbert. Was willst du?« Die Frage war ehrlich gemeint. Er musste bloß weiterfeuern – bis wir ohne Munition dasaßen. Dann konnte er einfach hereinspazieren und uns abknallen.

»Komm freiwillig da raus, und ich lass dich vielleicht leben.«

»Machst du Witze?«, fragte ich. Ich musste ihn am Reden halten – der Mann war verliebt in den Klang seiner eigenen Stimme. Und solange er redete, schoss er nicht.

»Nein. Der Witzbold von uns bist du. Auch wenn deine Sprüche nur halb so lustig sind, wie du vielleicht glaubst.«

»Du kannst uns beide gehen lassen, Jabbert! Du könntest Stewart melden, dass wir tot sind. Niemand würde dir Fragen stellen.«

»Keine Option. Aber wenn du mir Cross gibst, dann gebe ich dir vielleicht noch eine Chance.«

»Du mir eine Chance? Das wird Stewart nicht zulassen«, erwiderte ich. »Der will meinen Kopf auf einem Silbertablett.«

»Vielleicht ist Stewart nicht mehr lange ein Thema«, rief Jabbert zurück.

Erstaunt schwieg ich einen Augenblick lang. Sollten die paranoiden Gedanken, die ich im Hotel Hyperion bei dem Gespräch mit Jabbert zur Ruhe gelegt hatte, doch korrekt gewesen sein? Gab es hier doch eine Verschwörung, aber anders, als ich mir das vorgestellt hatte? In jedem Fall hatte er mich offensichtlich über seinen Geheimauftrag auf Pherostine angelogen. »Was willst du damit sagen?«

»Ich will damit sagen, dass wir in Zeiten des Wandels

leben, Elyzea. Du hast die Wahl. Cross ist mehr wert, als du denkst. Übergib ihn mir und arbeite mit mir zusammen. Oder setze auf den Verlierer und mach so weiter wie bisher.«

Ich wechselte einen Blick mit Richard und schüttelte ungläubig den Kopf. Wollte er jetzt selbst in die Mission von *Enclave* hineinfunken? Der Mann war durch seine Augmentation nicht nur zum arroganten Übermenschen geworden, sondern sogar größenwahnsinnig. »'tschuldigung, Jabbert. Du bist einfach nicht mein Typ.«

»Das ist dein Pech«, erwiderte er, und die Arroganz troff förmlich aus seiner Stimme. »Am Anfang habe ich dich für eine Totalversagerin gehalten. Aber du hast es bis hierher geschafft, und das will schon etwas heißen. Hättest du das hier überlebt, dann hättest du mir bewiesen, dass du wertvoll genug für mein neues Team bist. So werden bessere Menschen auf dem Weg nach oben über dich hinwegtrampeln.«

So viel zum Thema Diplomatie. Immerhin konnte ich mir jetzt nicht vorwerfen, dass ich nicht versucht hätte zu verhandeln.

»Wie hast du mich gefunden?«, fragte ich, um ihn weiter zu beschäftigen.

»Dein lieber Freund da hat eine Nachricht an seine Verbündeten abgesetzt. Sie kam nicht vollständig an, aber es war deutlich, von wem sie stammte. Aber auch so wäre das nicht so schwierig gewesen.« Dann begann er mir einen Vortrag darüber zu halten, wie durchschaubar ich war. Während er redete, begann ich, mich von meiner Position aus in der Werkstatt von Geronimo umzusehen. »So viel zu verschlüsselten Nachrichten, hm?«, zischte ich Cross zu. »Aber das ist jetzt egal. Wir müssen hier raus!«

Man musste doch etwas als Waffe verwenden können! Auch Richard steckte den Kopf vorsichtig über die Werkbank und suchte darauf herum. Er hatte etwas gefunden, und wir trafen ein paar schnelle Absprachen im Flüsterton.

Jabbert beendete derweilen seine Ausführungen über mein Versagen mit den Worten: »Du siehst also, es war nur eine Frage der Zeit, bis ich dich erwische. Tatsächlich hatte ich gedacht, dass es länger dauert.«

»Touché«, erwiderte ich laut.

»Ich hoffe, ihr plant da hinten keine Dummheiten, Elyzea. Du weißt, es werden dann außer euch noch andere Menschen leiden. So wie die hagere Blondine im Potemkin's, die für euch gestorben ist. Schade um das süße Stück.«

Cross hielt inne und ballte die Fäuste. Ich sah, wie seine Knöchel weiß wurden und legte ihm die Finger auf die Hand. »Nur die Ruhe. Er will uns provozieren.«

»Das gelingt ihm«, zischte Richard durch zusammengebissene Zähne. »Warum?«

»Es macht ihm Spaß, auf anderen Leuten herumzuhacken.« Und lauter: »Ach, die ist gestorben?«

Ich nahm meine Hand weg und griff nach der Verschalung des Rasenmähers. »Fertig?«

»Nein«, erwiderte Cross. Er schenkte mir erst einen

Seitenblick, dann ein kleines Lächeln. »Aber das spielt keine Rolle. Lass uns den Bastard aus dem Weg räumen.«

Unter meiner Hand spürte ich ein Vibrieren, das direkt aus dem Rasenmäher zu kommen schien. Erstaunt tastete ich ein wenig herum und berührte auch den Boden – dort war nichts zu fühlen. Wieder berührte ich das kühle Metall und stellte fest, dass es direkt aus dem Tank zu kommen schien. Aus dem Tank ... Ungläubig zog ich die Augenbrauen hoch. Sprengstoff konnte sich nicht darin befinden, zumindest nicht, wenn Geronimo nicht eine merkwürdige Definition von Treibstoff besessen hatte. Das Zünden von Sprengstoffen war, so hatten mir die Techniker von *Enclave* das erklärt, bloß die Beschleunigung eines chemischen Prozesses. Kraftstoff war auch eine brennbare chemische Verbindung. Konnte es sein, dass er bloß eine andere »Stimme« besaß als Sprengstoffe? Dass ich dieses Zeug als Vibrieren fühlte, und nicht als Summen?

»Hey, da draußen passiert etwas«, sagte Cross. »Was hast du?«

»Ich ...« Auch ich hörte nun ein Schaben. Mein Ex-Partner hatte etwas vor. Also mussten wir uns beeilen. Ich hatte keine Zeit, die Sache mit dem Vibrieren näher zu ergründen – entweder es passierte etwas oder nicht.

»Genau, Elyzea.« Jabbert lachte spöttisch. »Du scherst dich nicht darum, ob andere leben oder sterben. Deshalb hängt auch der hübsche Bursche da noch an deinem Arm, statt auf Pherostine verscharrt zu werden, richtig? Wem versuchst du, hier etwas vorzumachen?«

Ich merkte, wic ich rot wurde, und atmete einmal durch. Dann nickte ich und flüsterte: »Also los.«

Cross und ich standen leise auf. Mit den beiden aneinandergebundenen Händen hielten wir die Metallverschalung des Rasenmähers vor uns. Dabei handelte es sich vermutlich um die beste Deckung im ganzen Sektor. Wir schlichen so vorsichtig wie möglich durch das inzwischen völlig verwüstete Wohnzimmer, immer darum bemüht, dem peitschenden Kabel auszuweichen und dabei leise zu bleiben.

»Arroganz?«, fragte mein Ex-Partner derweilen. »Ich nenne das gesundes Selbstvertrauen. Man muss auch etwas haben, auf das man sich etwas einbilden kann, was? Aber das wüsstest du ja nicht. Alles, was du kannst, ist Menschen in die Luft zu jagen.«

Cross und ich hatten uns inzwischen an den Kabelbündeln vorbeigeschoben und arbeiteten uns auf die Tür zu. Ich deutete mit einem hastigen Kopfnicken auf die Wand, hinter der der Flur begann. Sie würde uns vor Jabbert noch ein paar Augenblicke verbergen. Cross nickte. Ihm stand der Schweiß auf der Stirn, doch er schob sich trotzdem vorwärts, das Gerät, das er sich auf der Werkbank geschnappt hatte, im Anschlag. Dabei behielt er mich immer im Auge. Ich stellte mich an die Türkante und nickte ihm schließlich zu. Ich war bereit und hoffte, dass er es auch war.

Eine zweite Chance würden wir nicht bekommen.

Auf mein Nicken hin hielt Cross die Konfettikanone um die Ecke und drehte die Feder frei. Das Ding machte »Poff« und entließ seinen Inhalt in den Flur. Jetzt war mein Augenblick gekommen. Ich ließ die Rasenmäher-Abdeckung fallen, schoss durch die Flurwand hindurch und lief dem Konfetti hinterher. Sicher, ich sah genauso wenig wie Jabbert, aber ich hatte die Überraschung auf meiner Seite.

Gleichzeitig sandte ich einen Speer an Panik in den kleinen Tank des Mähers. Nichts geschah. Ich sandte einen stummen Fluch in den Äther.

Für einen Augenblick hingen die Papierfetzen in der Luft. Ich sprintete meinen blind abgefeuerten Kugeln hinterher und betete, dass sie nicht jemanden in den angrenzenden Wohnbereichen trafen. In dem bunten Regen sah ich von Jabbert bloß einen Schatten; er stand nicht vor der Wohnungstür, sondern musste hier im Flur gewartet haben. Er hatte die Hand hochgerissen und sich zurückgeworfen, als das Konfetti auf ihn zuschoss. Mit der anderen zog er den Abzugshahn seiner Waffe ebenso blind durch wie ich.

Ich duckte mich. »Spring!« Dann tat ich genau das – ich sprang durch den Kugelhagel gen Wohnungstür, während Jabbert mehr schlecht als recht ins Schlafzimmer floh.

Glücklicherweise reagierte Cross im selben Augenblick wie ich. Wir flogen in den Flur vor der Wohnung und rollten uns ab, kamen sofort wieder auf die Füße und liefen weiter. Jabbert schoss hinter uns her, und Kugeln durchsiebten die Wände vor uns. Dann machte es hinter uns nur noch »Klick«. Sein Magazin war leer.

Es würde nur wenige Sekunden dauern, bis er ein neues eingesetzt hatte – zu wenige, als dass wir umdrehen und ihn hinrichten konnten. Aber vorerst rettete uns diese Tatsache vermutlich das Leben, denn wir konnten einen kostbaren Vorsprung gewinnen.

»Schnell, da lang!«, keuchte ich.

Wir rannten durch die Flure des Sektor II. Über uns blinkten die Alarmlichter rot an den Wänden, und eine Sirene heulte. Jemand hatte die Schüsse der *TTMS*-Sicherheit gemeldet.

»Aus dem Weg!«, brüllte Cross, als wir in die Richtung liefen, aus der wir vorhin gekommen waren. Wir sprangen über die achtlos auf der Seite liegende Leiter, da bellten hinter uns schon wieder die nächsten Schüsse. Über mir zerschlug eine Kugel die spitzendeckenbekränzte Neonröhre.

Zwei Gänge weiter schwang die Schaukel sachte und verlassen vor sich hin. »Runter!«, schrie ich trotzdem aus voller Lunge, denn hier war niemand sicher. »Alle in den Wohnungen runter auf den Boden!« Natürlich konnte ich nicht wissen, ob die Menschen meine Warnung befolgen würden, doch ich musste es wenigstens versuchen.

Cross ergriff meine Hand, damit wir uns beim Laufen besseren Halt geben konnten. Vielleicht täusche ich mich, aber ich hatte den Eindruck, dass er sie kurz drückte, bevor er richtig zufasste. Dann bogen wir in einen Gang ein, bei dem ich ahnte, dass er gen Außenwand führen würde. Wir mussten zu den Docks. Ich hatte vergessen, wie lang diese Gänge wirklich waren.

Erneut flogen uns die Kugeln um die Ohren. Als ich im Laufen über die Schulter sah, war Jabbert ebenfalls in diese Rennstrecke eingebogen und lief hinter uns her. Der Mann war schnell. »Verdammt!«

»Ich sehe keine Türen!«, keuchte Cross. »Sprengstoff?«

Ich nahm an, er spielte auf die Perlen an meinem Armband an. »Keine Zeit! Schneller! Da vorne ist ein Dock!« Und in dem Dock, so hoffte ich, lag ein Schiff.

Wir flogen auf die nächste Kurve zu, hinter der ich die ersten Schiffe vermutete. Dabei hielt ich meine Pacifier nach hinten und feuerte selbst, doch ich zielte hoch – ich wollte niemanden aus Versehen erschießen. Trotzdem brauchten wir jede Sekunde, die wir bekommen konnten. Immerhin war Jabbert nicht so müde und verwundet wie wir; er würde schnell aufholen.

»Da lang!«, rief ich, als wir auf eine T-Kreuzung zukamen, und wies auf den rechten Gang. Doch als wir dort in Richtung der Docks von Sektor II einbiegen wollten, kam uns ein Trupp schwarz gekleideter Sicherheitsleute von *TTMS* entgegen. Die Sirene hatte ihre Wirkung gezeigt. Die Leute – sieben an der Zahl – waren genau so überrascht von der Begegnung wie wir. Sie trugen Ganzkörperpanzer Ares One, die sie aussehen ließen wie Hardball-Spieler; Helme mit blickdichten Visieren, Handschuhe, Bein- und Knieschützer in der universellen Badass-Farbe: Schwarz.

Die Leute erholten sich jedoch schnell von ihrem Schrecken. Sie hielten an und rissen ihre Sturmgewehre hoch. »Waffen weg! Stehen bleiben! Auf den Boden!«, schallte uns eine per Minilautsprecher verstärkte Stimme entgegen. »Sonst wird geschossen!«

Wir machten auf den Fersen halt und liefen zurück um

die Ecke der T-Kreuzung in die letzte freie Richtung. Ich feuerte ein paar Schüsse in die Decke, um den Sicherheitsdienst davon abzuhalten, zu übermütig zu werden, dann rannten wir. Statt einem Feind hatten wir nun zwei auf den Fersen.

»Wo führt der Gang hin?«, fragte Cross.

»Tiefer in die Station«, antwortete ich. »Zum Dock des Shuttles.«

Hinter uns entspann sich ein Gefecht. Ich konnte Jabberts Waffe identifizieren, andere klangen eher nach Sturmgewehren, vermutlich die *TTMS*-Sicherheit. Den Geräuschen nach, die die Kugeln beim Aufprall an den Wänden machten, schossen sie allerdings nicht mit normaler Munition – vielleicht Betäubungsgeschosse aus Plastik oder Pfeile. Sehr weise auf einer Station im All, die zum Teil aus Plastikwänden bestand.

Mir war es insgesamt sehr recht, wenn sich die beiden Parteien gegenseitig aufhalten wollten. Leider gab es von der Sicherheit noch deutlich mehr Trupps als diesen, die uns in die Quere kommen konnten.

Wir bogen um zwei, drei Ecken, begegneten unschuldigen Passanten, die im Angesicht meiner Waffe panisch kreischend in Deckung gingen. Dann fielen Cross und ich in einen steten Trab, der uns voranbrachte, aber nicht mehr ganz so viel Atem kostete. Eins musste man Richard lassen: Er war trotz der Flucht, die gefühlt bereits Tage dauerte, tatsächlich jedoch erst sieben oder acht Stunden, und diversen Verletzungen noch ziemlich fit.

Wir erreichten den Sektor I – eigentlich kein Ort, an

dem ich mich heimisch fühlte. Ich mochte keine blitz-blank polierten Türgriffe und modern eingerichteten Wartelounges, denn sie brachten immer eines mit sich, das Probleme bereitete: mehr Sicherheitsleute. Doch wir mussten hier durch, um zum Sektor VIII zu gelangen.

Der Sektor I war der Bereich, in dem sich die Mitarbeiter von *TTMS,* dem Betreiberkonzern von Chorriah, ihr Land abgesteckt hatten, wenn ich diese Metapher in einer Station aus Stahl und Kunststoff inmitten des Guavarra-Systems benutzen darf. Hier befand sich alles, was Rang und Namen hatte und das Symbol eines Sternentors auf dem Graumann trug – das Konzernlogo.

»Da! Da sind sie! Sektor I-VI!«, meldete ein Mann in schwarzem Sicherheitspanzer.

Wir machten kehrt und wählten einen anderen Weg. Hinter uns polterte eine hohl klingende Granate in den Weg – Tränengas, nahm ich mal an. In dieser Ecke schossen die Leute von der *TTMS*-Sec nicht scharf.

Es zischte, und plötzlich hingen Schwaden in der Luft. Wir hielten den Atem an und rannten weiter, um das Gas hinter uns zu lassen. Trotzdem biss das Zeug mir in die Augen und ließ für ein paar Momente meine Optik verschwimmen. Tränen wuschen es schnell fort. Wir waren glimpflich davongekommen.

Der gespenstische Hall von Schüssen und Schreien meldete, dass Jabbert auf die Leute von *TTMS* gestoßen sein musste und nicht so sanft mit ihnen umging. Wir bogen um mehrere Ecken und folgten den Gängen. Die Station wurde wieder leerer – und schmuddeliger. Die Türklinken waren nicht mehr geputzt, und die Sitzgruppen bestanden aus fleckigen Bänken aus Hartplastik. Phosphoreszierende Lichtbänder an den Wänden rechts und links malten die Strecke vor uns in die Dunkelheit – die Notbeleuchtung. Wo wir entlangliefen, aktivierten Bewegungsmelder die Neonröhren an den Decken, so dass wir den in düsterem Schlummer liegenden Bereich dieser Station erhellten wie eine Landebahn.

Dazwischen lungerten üble Gestalten in den Gängen herum und sahen uns hungrig hinterher. Insgesamt sahen sie aus, als seien sie einem Modekatalog der Hells Space Angels entsprungen.

Trotzdem bremste ich Richard irgendwann an der Handschelle aus. »Ich brauche eine Pause«, keuchte ich.

»In Ordnung«, erwiderte er ebenso atemlos wie ich. »Kommt mir entgegen.«

Langsam und mit weichen Beinen gingen wir nebeneinander her und rangen um Luft, die Ohren aufgesperrt. Inzwischen war mir vor Anstrengung beinahe übel. Ich war innerhalb der letzten Stunden aus einem Fenster in fünf Metern Höhe auf das Dach eines Lastwagens gestürzt, hatte einen Unfall mit selbigem gebaut, war beinahe von Drohnen erschossen und von Granaten in die Luft gesprengt worden und hatte mich von Jabbert durchlöchern lassen. Mein Arm schmerzte dort, wo mich vor Stunden die Kugeln gestreift hatten, mein ganzer Körper fühlte sich an, als sei er in eine Schrottpresse gesteckt worden. Ich hatte keine Reserven mehr, glauben Sie mir. Ich wollte mich bloß hinlegen und sterben. Zumindest für fünf oder zehn Minuten.

Doch die Schüsse hinter uns brachen nicht ab. Ich legte den Kopf schief und lauschte auf das unrhythmische Stakkato, um festzustellen, dass sie näher klangen als beim letzten Mal. Jabbert »die Maschine« holte auf. Musste der Mann niemals schlafen, pissen oder vor Müdigkeit kotzen? »Scheiße«, stöhnte ich.

»Allerdings. Wie weit noch?«

»Nicht mehr weit.«

»*Zu* weit?«

»Möglich«, sagte ich. Dann zwang ich meine Muskeln dazu, sich wieder schneller zu bewegen. Der Klang unserer Schritte warf dumpfe Echos. Als wir uns schließlich dem Docking-Bereich von Sektion VIII näherten, meinte ich, hinter uns noch einen anderen Widerhall zu hören. Jemand lief dort, und zwar schnell. Schneller, als ich es noch vermochte. Ich befahl meinen Beinen, noch einmal alles zu geben.

So platzten Cross und ich vom Körper der Vogelspinne kommend auf den Vorplatz des Dockingarms, einem offenen Raum, an dem sich vier breite Gänge trafen. Je einer führte von Sektion I und VII an der Außenhülle herum, der dritte war der, aus dem wir kamen, und der vierte führte in den Dockingarm, an dem die kurzen Schleusen zu den Gangways und schließlich zu den Schiffen führten.

Wir kreuzten den Platz mit mehreren großen Sprüngen und liefen hinein in die Düsternis des schlecht beleuchteten Docks. Ein paar Zoll-Angestellte von *TTMS* glotzten uns hinterher.

»Welche Nummer?«, fragte Cross.

»Achtundfünfzig!«

Das war viel zu laufen. Dock VIII-58 war im äußersten Bereich des Andockarms. Ich zählte mit – 15, 16 –, als schnelle laute Schritte auf dem Metallboden hinter uns verkündeten, dass Jabbert uns wieder direkt auf den Fersen war.

Im Laufen drehte ich den Kopf und feuerte ein paar Kugeln auf ihn ab, doch er brach zu einer Seite aus, ohne langsamer zu werden. Da auch eine blind gefeuerte Kugel mal ein Ziel finden konnte, schoss ich weiter. Als Jabbert die Höflichkeit erwiderte, wusste ich, dass wir die achtundfünfzig nicht erreichen würden. Ich zog den Kopf ein und lief geduckt zur nächsten Schleusentür, die sich mir bot – Dock 18. »Spring!«, rief ich. Und wir sprangen.

An der zweiten hinteren Schleusentür vor uns leuchtete ein rotes Licht. Rot signalisierte keine Atmosphäre, und das wiederum bedeutete, dass dort kein Schiff lag. Doch erst einmal waren wir in Sicherheit.

Ich sah aus dem Augenwinkel, dass Jabbert kaum zwanzig Meter hinter uns mitten im Dock stand und gemütlich zielte. Er hatte uns ja in der Falle. Er würde Cross, der hinten stand, eiskalt über den Haufen schießen. Ein Schreck fuhr mir durch die Glieder. »Nein!«

Mir blieb nur eine Wahl. Ich warf mich zurück zum Schott und hieb auf den Knopf, der den Eingang verschloss. Gleichzeitig hoffte ich, dass wir damit aus Jabberts Schusswinkel heraus wären, damit wir keine Kugeln fangen würden. Die Wucht schleuderte mich zurück, gegen Cross, der ebenfalls das Gleichgewicht verlor. Wir landeten unsanft auf dem Boden.

Ich schrie und presste die Hand auf die Wunde, die Pacifier fiel unbeachtet zu Boden. Ich rollte mich zu einem Ball zusammen und biss mir in den Stoff der Weste auf der Schulter, um den Schmerz zu ertragen. Die Frustration folgte auf dem Fuße – darüber, dass Gott offenbar beschlossen hatte, mir den schlimmsten – oder doch zumindest zweitschlimmsten – Tag meines Lebens zu servieren. Ich hatte die Schnauze gestrichen voll. Dann flutete eine Welle des Schmerzes jegliche Wahrnehmung davon.

Als ich die Augen wieder öffnete, lag ich noch immer in der Schleuse. Es war dunkel, nur das rote Licht erhellte den Raum, so dass ich zuerst dachte, ich befände mich in einem schlecht ausgestatteten Puff. Ich muss wohl für einen Moment bewusstlos gewesen sein.

Das Schott schloss sich gerade mit metallischem Geräusch – wir waren in Sicherheit. Der Schmerz schoss durch meinen linken Arm, denn er hing unter Spannung in der Luft, und ich schrie. Cross war zum Eingang zurückgekehrt und hatte mich hinter sich hergezogen. Als Cross das Rad zum Verschließen des Schotts herumwuchtete, gab es ein knirschendes Geräusch. Dabei schleifte er mich wieder ein paar Zentimeter über den Boden. Dann wurde es fast ganz still; sogar Jabberts Schüsse drangen von draußen nur noch gedämpft an meine Ohren.

Richard ließ sich neben mir zu Boden fallen und versuchte, meine Hand von der Schulter zu ziehen. »Lass mal sehen!« Er musste fast Gewalt anwenden, bis er die

Wunde sehen konnte. Ich spürte, wie mein Shirt dort warm wurde, wo das Blut über den Stoff rann, und stöhnte vor Schmerzen.

»Drück das darauf!«, befahl er mir, riss sich ein Stück Stoff vom Ärmel und schob es mir unter meine Finger, um die Blutung zu unterbinden. Ich tat wie befohlen, die glitschigen Finger zitterten.

Ein Lautsprecher knackte und rauschte. »Wir sitzen in der Falle«, warnte ich keuchend. »Was hält ihn davon ab, einfach die Schleuse zu öffnen und uns ins All zu schleudern?«

»Ich habe die Tür verschlossen. Ich hoffe, er braucht eine Weile, um einen Weg darum herum zu finden.«

»Eigentlich nicht«, erklang Jabberts Stimme verzerrt durch den Lautsprecher an der Tür zu uns herein. »Mal schauen, ob ich die Elektronik kurzschließen kann.« Mein Ex-Partner grinste durch ein Bullauge im Schott zu uns herunter. »Herzlichen Dank, dass ihr es mir so einfach macht.«

Ich ließ den Kopf auf den Metallboden fallen und schloss die Augen. »Man sollte einfach aufhören zu denken, dass es nicht schlimmer kommen kann«, murmelte ich. »Vermutlich ist eines der Naturgesetze des Universums, dass es dann schlimmer kommt.«

Richard sah sich in unserem kleinen Gefängnis um. »Apropos Schiff. Was machen wir jetzt?«

»Wenn wir Cagliostro erreichen, kann er es vielleicht herüberschicken.«

»Du weißt, dass ich dazu den Störsender ausschalten muss.«

»Das geht nicht«, sagte ich sofort. Wenn Jabbert hier war, konnte auch Stewart mit der *Apathos Vierhundert* in der Nähe sein, und ein Signal zum Neustart der Bombe in meinem Kopf würde mich schnell erreichen. Also würde das Ding, das mir das Leben rettete, verhindern, dass wir hier herauskamen.

Dann fiel mein Blick auf eine große Aufschrift an der Seite der Schleuse. Dort erkannte ich das Logo von CTP Enterprises wieder, das sich auch auf dem Datenchip befand. Darunter stand in kleinerer Schrift, was die Buchstaben bedeuteten. »Cagliostro Trading Post ...«, murmelte ich leise und wies mit dem Kinn darauf – einer der wenigen Stellen, die nicht wehtaten. »Verdammt.«

Cross folgte meinem Blick und wurde bleich. »Dein Freund Cagliostro hängt mit drin?«

»Sieht so aus.«

Hätten wir an Dock VIII-58 das Schiff vorgefunden, dass C uns versprochen hatte, wenn wir es bis dorthin geschafft hätten? Ich wusste es nicht. Doch die Tatsache, dass das Logo auf der Wand dasselbe war wie das auf dem Datenchip, sprach eine andere Sprache. Cagliostro arbeitete mit *WasteLand* zusammen. Und vielleicht hatte er uns auch an Jabbert verkauft. Vermutlich schreckte selbst er davor zurück, sich mit *Enclave* anzulegen.

Mir fiel der schneckenhausförmige Luftwandler ein, den ich in Geronimos Werkstatt gefunden hatte. Das Gerät musste deutlich mehr Funktionen besitzen als bloß Staubpartikel aufzufangen, denn wozu war der chemische Stoff darin sonst gut? Ich zog die Phiole, die ich aus dem Luftwandler entfernt hatte, aus ihrem doch etwas unbequemen Versteck und schob sie in den Rucksack.

»Sieht so aus«, bekannte ich schließlich. Ich war am Ende meiner Fahnenstange angekommen und musste dort feststellen, dass das Netz, das ich mir eigentlich darunter aufgebaut hatte, weggezogen worden war. Mal wieder.

»Und was machen wir jetzt?«, fragte Cross.

»Keine Ahnung.«

»Bislang hast du immer einen Ausweg gehabt. Manchmal sind sie so durchgeknallt, dass man vorher gar nicht wissen will, was du planst. Aber du weißt *immer* weiter.«

Ich schüttelte den Kopf. Ich hatte Mühe, den Schmerz beiseitezuschieben, um Kraft zum Reden aufzubringen. »Nö, 'tschuldigung. Keinen blassen Schimmer.«

Cross runzelte ärgerlich die Stirn. »Du gibst also auf?«

Ich lachte heiser. »Aufgeben? So würde ich das nicht nennen. Ich kann kaum laufen, wir sitzen hinter einem Schott fest, bei dem auf der einen Seite ein mordlüsterner Irrer und auf der anderen Seite das All wartet. Meine Waffe hat noch drei, vielleicht vier Schuss. Plus ein volles Magazin, immerhin.« Ich zuckte mit den Schultern. »Keine Ahnung, wie wir hier rauskommen sollen.«

Richard starrte mich noch einen Augenblick an, dann ließ er sich neben mir auf den Boden fallen. Vermutlich schlug auch bei ihm die Erschöpfung zu.

»Immerhin«, versuchte ich zu trösten. »Niemand kann uns vorwerfen, wir hätten es nicht versucht.«

Cross schüttelte den Kopf. »Das reicht mir nicht. Es *muss* einen Weg geben.«

»Dieses Mal nicht. Mal gewinnt man, mal verliert man. Das geht jedem so.«

»Nicht mir«, sagte er. »Nicht dieses Mal.«

Ich schwieg. Meine Schulter schmerzte höllisch. Ich hatte mich in den Gängen von Chorriah total verausgabt und verspürte keine Lust mehr, mit Cross über Mögliches oder Unmögliches zu diskutieren.

Die Stille in der Schleuse wurde nur von dem einen oder anderen Klackern von außen gestört, wo Jabbert daran arbeitete, uns ins All zu schleudern.

Schmerz und Ärger hin oder her – wir saßen beide senkrecht, als wir ein Piepen an der Elektronik des Schotts hörten und das rote Licht am Ende der Schleuse von Rot auf Grün sprang. »Die Andockschleuse ist freigegeben«, klärte uns eine freundliche automatische Frauenstimme auf. »Rückwärtiges Schott ist freigegeben! Willkommen auf Chorriah!«

»Verdammt«, sagten Cross und ich dieses Mal unisono. Jabbert hatte dem elektronischen System erfolgreich vorgegaukelt, dass ein Schiff angedockt hatte und die Schleuse geöffnet werden konnte. Nur, dass draußen keine künstliche Atmosphäre einer Gangway wartete, sondern das kalte Vakuum, das uns schockfrosten und zerplatzen lassen würde. Ich hatte vergessen, in welcher Reihenfolge.

»Du hättest wirklich groß werden können«, sagte Jabbert durch den quietschenden Lautsprecher hindurch. »Aber du hast dich schon immer für die Versager entschieden, nicht wahr?«

»Halt die Klappe, Jabbert«, erwiderte ich kraftlos.

Doch er dachte nicht daran, mir zu gehorchen. »Habt ihr Frieden mit eurem Schöpfer gemacht? Wenn nein, gebe ich euch noch ein, zwei Sekunden.«

»Der Schöpfer wird nicht sehr froh darüber sein, mich zu sehen«, murmelte ich.

Cross lachte trocken. »Bei mir gibt es auch keine Parade zur Begrüßung.« Er sah herüber. »Du heißt also eigentlich Elyzea, hm?«

»Ja. Elyzea Quinn.«

»Jonathan Brooks«, erwiderte Richard. »Aber bleiben wir für die letzten paar Minuten doch einfach bei Cross.«

»Nett, dich kennenzulernen, Jonathan«, murmelte ich. Dann schloss ich die Augen. Andere hätten jetzt vielleicht angefangen zu beten, egal, ob sie religiös waren oder nicht. Ich konnte das nicht – und ich wollte es auch nicht. Was immer da draußen in den Weiten des Universums noch auf die Menschheit wartete – Gott war mit Sicherheit nicht darunter. Aber ich würde nicht mehr miterleben, was genau man dort noch alles finden konnte. Oder was Freiheit wirklich für mich bedeutet hätte.

Verdammt. Dafür, dass ich mir einige Monate lang nach dem Tod von Will gewünscht hatte, dass ich an seiner Stelle in die Luft geflogen wäre, war ich verdammt wankelmütig. Aber ich konnte nichts dafür. Jetzt, wo es so weit war, wollte ich noch nicht sterben.

13

Als ich von dem Schott her ein dumpfes Geräusch hörte, öffnete ich ein Auge. Jabberts Gesicht war im Bullauge nicht mehr zu sehen. Das Geräusch wiederholte sich in mehrfacher, schneller Folge – es waren eindeutig Schüsse, gedämpft durch mehrere Lagen Stahl.

»Hörst du das auch?«, fragte Cross.

»Ja. Die Sicherheit von *TTMS* macht Jabbert sicher die Hölle heiß.«

»Anstatt ins All geschleudert werden wir also gleich verhaftet?«

»So sieht's aus.«

Cross zog die Beine an den Körper und umarmte sie, so weit unsere Handschellen das zuließen. »Ich schätze, so herum ist es besser für uns. Lieber lebend im Knast als tot und frei.«

Ich lag daneben auf dem Boden und versuchte, den

322

Zwergenaufstand in meinen Gliedmaßen niederzuschlagen. »Nein.«

Erstaunt sah er auf mich herunter. »Du bist lieber tot und frei?«

Ich nickte. Es war eine Sache gewesen, mich dazu zu entscheiden, Cross zu helfen, und dabei ziemlich sicher mein Leben zu verlieren. Aber ich hatte im Straflager gesessen. Auch wenn *Enclave* mich da herausgeholt hatte, würde die *TTMS* meinen Arsch zurück auf die Erde nach Australien verfrachten lassen – genau dahin, wo ich hergekommen war. Vielleicht würden sie sogar den Sprengsatz in meinem Kopf deaktivieren, so dass ich den Rest meiner Strafe würde antreten müssen.

Wissen Sie, wie anstrengend körperliche Arbeit bei über 40° im Schatten ist? Bei einer Luftfeuchtigkeit von über 100 Prozent die Reste des Regenwalds in Queensland abzuholzen, ist selbst mit elektrischen Sägen kein Spaß. Noch weniger lustig war die ständige Notwendigkeit gewesen, sich beweisen zu müssen, wenn man eine Frau meiner Größe war und nicht nur als Matratze und Boxsack für die eingeknasteten Schwerverbrecher herhalten wollte.

In den meisten Gebieten von Australien verwalteten sich die Deportierten selbst. Das hatte zu dem geführt, was man in der Theorie als Anarchie bezeichnete und in der Realität auf das Recht des Stärkeren hinauslief. Was auch immer ich in den Diensten von *Enclave* getan hatte, war nie so schlimm gewesen wie das, was ich in Australien hatte tun müssen, um zu überleben. Zum Beispiel hatten die meisten von ihnen begriffen, dass mit mir nicht zu spaßen war, als ich einem von ihnen einen Belegnagel ins Auge gerammt hatte. Aber auch nur die meisten.

Doch von alldem wusste Cross nichts. Er kannte die Verzweiflung nicht, die einen nach ein paar Monaten befiel, wenn man langsam, aber sicher realisierte, dass die Hoffnungslosigkeit, die man verspürte, für den Rest des Lebens anhalten würde. Wenn man erkannte, dass man nirgendwo hingehen würde, es sei denn, man ging über die Leichen jener, die es in dem selbst verwalteten Gefangenenknast zu etwas gebracht hatten, indem sie selbst bereits über Leichen gegangen waren. Wenn man nach und nach sämtliche Träume fahrenließ, weil man wusste, dass sie niemals in Erfüllung gehen würden.

Ich wechselte trotz der schmerzenden Schulter das beinahe leere Magazin meiner Pacifier gegen das letzte volle. Es rastete mit einem sauberen Geräusch in die Halterung im Griff. Dann stand ich auf und bereute es fast sofort wieder, denn mein Kreislauf protestierte: Der Raum um mich herum schwankte wild, und mir wurden die Knie weich.

Ich biss die Zähne zusammen und suchte festen Stand. »Knie dich hinter mich«, bat ich. »Da sollte es am sichersten sein. Nimm die Arme hoch und verschränke sie auf dem Kopf, damit lässt du mir genug Spiel. Garantieren kann ich aber für nichts.«

Cross sah mich ungläubig an. »Du willst dich durch die Sicherheit von *TTMS* schießen? Die, die hier gleich in Ganzkörperpanzern mit Sturmgewehren und Tränengas in der Tür stehen wird?«

Ich nickte bloß.

Richard starrte mich an, als sei ich irre, und machte keine Anstalten, sich zu verstecken. »Elyzea, du weißt, dass du dabei drauf...« Ein Zischen unterbrach ihn. Jemand hatte die Verriegelung der Schleuse geöffnet.

Ein letzter, kleiner Adrenalinstoß machte den Schmerz meiner Schusswunde erträglich. Ich hob die Waffe und legte auf den Schlitz an, der sich gleich auf der rechten Seite zeigen musste. Dabei blieb ich in der Mitte des leeren Durchgangsbereichs stehen. Cross hatte Recht. Ich wusste, dass ich dabei draufgehen würde. Aber ich war eh in ein paar Stunden tot. Wenn ich das Feuer auf mich zog, erwischten sie ihn vielleicht nicht.

Der Spalt weitete sich zu einem immer größer werdenden Durchlass. Ein Kopf mit hellem Hut wurde kurz in dem Bullauge sichtbar. Ich legte auf diese Höhe an und wartete.

»Cross?«, rief draußen jemand gedrückt, dann erschien der Kopf in meinem Schussfeld. Mein Finger krümmte sich über dem Abzug.

»Nicht!« Cross zuckte nur mit der Hand und verriss dadurch meine Waffe im selben Moment, als ich abdrückte. Die Kugel verfehlte den breiten Kopf des Cowboys aus Richards Team, den ich in der Gießerei gesehen hatte, nur um Haaresbreite, und schoss draußen als Querschläger durch den Kai. War ich froh, dass die Außenwände der Station hier aus solidem Sternenstahl waren!

Der Mann ging sofort in Deckung. »Verdammte Axt! Was zur Hölle ist los mit euch?«

»Scheiße«, keuchte ich. »Das sind *deine* Leute?« Ich sah Sterne, denn Cross' heftige Bewegungen hatten meinen linken Arm und damit die verwundete Schulter mitgerissen. Autsch. Nicht gut.

»Sieht so aus. Grange?«

»Ja, Boss?«

»Was bei allen Erinnyen machst du hier?«

»Dir den Arsch retten, Boss?«

Cross hatte die Finger um mein Handgelenk geschlossen, damit ich keine Dummheiten beging. Jetzt ließ er los. »Wie habt ihr uns hier gefunden?«

Vorsichtig steckte Grange den Kopf mit dem hellen Hut durch die inzwischen halbgeöffnete Schleuse. »Wir haben eine Nachricht bekommen, deren Inhalt total zerhackt war, und sind der Signatur gefolgt.«

Ich warf Cross einen vorwurfsvollen Blick zu. »Das mit der Verschlüsselung hat offenbar doch nicht so geklappt, wie du dir das vorgestellt hast, wie?«

»Das System war schlecht. Ich dachte nicht einmal, dass eine Nachricht rausgegangen ist.«

»Boss? Können wir euch *erst* retten und uns dann streiten? Die *TTMS* ist da hinten und wird's nicht gern sehen, dass wir auf ihrer Station mit großem Stückwerk hantieren, wenn du weißt, was ich meine.« Granges Blick streifte die Handschelle.

»Klar, Grange«, sagte Cross sichtbar erleichtert.

Wir folgten dem Cowboy in den Andockkai zurück, in dem noch drei weitere von Cross' Leuten standen – Turner, der Freibeuter aus dem Potemkin's, eine Frau mit langen, schwarzen Haaren sowie ein riesiger, dunkler

Doggenbeta. Erstaunt zog ich die Augenbrauen hoch, denn dort stand Ares, von mir in Wauzi umgetauft. Die drei waren schwer bewaffnet und gerüstet und deckten unseren Rückzug gen Station hin, wo sich bereits eine Gruppe von Leuten in Sicherheitspanzern sammelte. Von Jabbert sah ich keine Spur – er schien sich nach einem Schlagabtausch zurückgezogen zu haben. Wir mussten hier ebenfalls verschwinden.

Cross und Turner trugen mich mehr, als dass ich auf meinen eigenen zwei Beinen ging. Der Cowboy führte uns tiefer in den Spinnenarm hinein, also weg vom Rumpf der Station. Zwei bis drei Dutzend Schleusen weiter gab er eine Kombination auf einem Nummernschloss ein. Sie gab ein ablehnendes Piepen von sich und blieb verschlossen. Hatte er sich vertippt, oder hatte die *TTMS* uns bereits ausgesperrt?

Die Tritte fester Stiefel auf dem Metallboden des Auslegerarms veranlassten mich, einen Blick zurück über die Schulter zu werfen. Ich traute meinen Augen nicht. Dort kam eine Sicherheitstruppe der *TTMS* im Laufschritt anmarschiert, die Sturmgewehre – ohne Zweifel mit alltauglicher Munition – vor dem Bauch. An ihrer Spitze lief Jabbert. Ich wies Cross darauf hin.

»Verdammt! Was hat der Kerl der *TTMS* erzählt?«, fragte er halb bewundernd. »Gibt der niemals auf?«

»Nein. Der Mann *ist* eine Maschine.«

Beim zweiten Mal gelang es Grange endlich, die Schleuse zu öffnen. Das war auch höchste Zeit, denn ein Großteil der *TTMS* hielt an und legte auf uns an, während Jabbert und zwei weitere Leute an der Seite des

Gangs weiterliefen. Die Schleuse rollte mit quälender Langsamkeit auf, doch ich sah, dass am anderen Ende ein grünes Licht brannte. »Ihr habt ein Schiff?«, fragte ich erschöpft, aber erfreut.

»Nein, wir sind hergeschwommen«, erwiderte Turner neben mir schmunzelnd. »Natürlich haben wir ein Schiff.«

Schüsse peitschten durch den Andockarm, und wir zuckten zusammen. Grange und Wauzi tauchten in die Schleuse hinein, doch ich spürte, wie Turner neben mir zusammenzuckte und seine Beine einknickten. »Cross!«, keuchte ich. Jetzt war es an uns, den Mann zu stützen. Auf seiner Brust breiteten sich zwei rote Flecken schnell aus. Wir schleiften ihn durch die Öffnung.

»Achtung, Achtung!«, plärrte eine automatische Lautsprecherdurchsage dazwischen. »Wir weisen Sie darauf hin, dass das Mitführen von Waffen auf dem Territorium der *TTMS* nur unter Vergabe von Lizenzen gestattet ist. Bleiben Sie stehen und legen Sie jegliche Feuerwaffen auf den Boden. Andernfalls wird scharf geschossen werden. Es wird keinen weiteren Warnhinweis geben. Vielen Dank für Ihre Aufmerksamkeit.«

Wir hasteten durch die Schleuse; mir tanzten durch die zusätzliche Belastung durch Turner die Sterne vor den Augen.

Grange tippte auf der anderen Seite ebenfalls eine Nummer ein, dann öffnete sich die runde Gangway, die beinahe genau so aussah wie die, über die Cross und ich die Station vor ein paar Stunden betreten hatten – ein teleskopartig ausgefahrener Gang aus Metall, der sich am Ende mit Klammern an ein Raumschiff angedockt hatte. »Rein mit euch«, sagte er zu Richard. »Wir haben es eilig.«

Cross und ich halfen Turner mit letzter Kraft durch die Metallröhre, die unter unseren Schritten heftig wackelte. Mich störte das wenig, denn der Raum um mich herum schwankte ohnehin. Dann hasteten wir durch ein seitliches Schott in die gemütlichste Schrotthalde, die ich je im Vakuum gesehen hatte. Der wie aufgebläht wirkende Frachtraum des Schiffs schien nur aus Catwalks, Treppen, Laderegalen und Gängen zu bestehen, die weiter ins Schiff führten. Mehr gaben meine müden Augen nicht her. Kraftlos ließ ich Turner so sanft wie möglich zu Boden gleiten.

»Alle drin, Chester«, sprach Grange in ein Funkgerät. Der Mann schien nicht aus der Ruhe zu bringen zu sein.

»Alles klar, Grange«, funkte eine Frau zurück. »Dann wollen wir mal sehen, dass wir hier wegkommen, was?« Ich hatte noch nie einen Menschen so schnell reden gehört wie sie. Mit ihren Worten schloss sich auch das Schott hinter uns.

»Das war knapp«, seufzte ich leise. Ich nahm meine Waffe hoch, um die Sicherung einzulegen.

Sie glauben gar nicht, was man mit so einer kleinen Bewegung für eine Kettenreaktion auslösen kann.

»Runter, Boss!«, rief Grange und stieß Cross zu Boden. Während er das tat, hatte ich die Waffenläufe von zwei seiner stehenden Kumpel an Schläfe, Stirn und Hinterkopf, und zwei Hähne gaben ein hässliches Knirschen von sich, als sie gespannt wurden. Ich hielt den Atem an und versuchte, mich trotz meines Zustands ohne Schwanken auf den Beinen zu halten. Bloß nicht bewegen.

Grange legte mir den dritten Lauf seitlich an den Hals und winkte mit der anderen Hand auffordernd. »Wenn ich du wär, würde ich das Gerät langsam mit der Linken rübergeben.«

Ich atmete langsam aus und verkniff mir ein Nicken. »Okay«, sagte ich so flach wie möglich. »Nur die Ruhe.«

»*Wir* sind ganz ruhig, Baby«, sagte Grange. »Aber bei dem, was du letzte Nacht im Potemkin's abgezogen hast, hoffe ich, dass du das auch bist. Ich habe die Sicherheitsfeeds gesehen. Eine Granate in einem vollen Lokal? Nicht hübsch, Baby.«

»Das war ich nicht«, erwiderte ich. Ich reichte ihm langsam die Pacifier.

»Na klar«, grunzte Grange. »Eine Frau, die genau so aussieht wie du, hat die Granate in die oberen Stockwerke geworfen, was?«

Ich blinzelte mir den Schweiß aus den Augen. Das Video aus dem Potemkin's musste den Ausschnitt gezeigt haben, in dem ich Jabberts Granate weiter nach oben warf, damit sie nicht die Menge im Erdgeschoss traf.

»Sie hat die Granate nicht geworfen«, erklärte Cross. »Sie hat sie nur weggeworfen, damit sie niemanden verletzt.«

»Aha. Da hoch, wo Winslow lag?«, fragte Grange mit einem Blitzen in den Augen.

»Da war eh nichts mehr kaputtzumachen«, gab ich zurück. »Jabbert hat sie mindestens dreimal in den

Brustkorb getroffen.« Unter unseren Füßen bebte das Schiff – der Antrieb schien bereit zu sein.

»Wie auch immer«, knurrte Wauzi hinter mir. »Du hast dich bei Cross eingeschlichen, um ihn zu entführen!«

»Wer ist das?«, fragte Cross.

»Ares«, stellte der Cowboy ihn vor. »Er hat sich nach der Sache im Potemkin's freiwillig gemeldet. Er ist dem Mädchen da schon in der Gießerei begegnet.«

»Ist mir eine Ehre, Mister Cross«, sagte Wauzi mit einem wuffenden Geräusch.

»Gleichfalls, Ares«, erwiderte Cross. »Vielleicht sind wir ja bald Genossen.«

»Das ist genau die richtige Situation für eine Vorstellungsrunde«, murmelte ich und lugte zu den Läufen, die auf meinen Kopf wiesen.

»Ares, hol doch mal den Bolzenschneider«, grunzte Grange.

Mein Herz setzte einen Schlag aus, um dann in einen stolpernd schnellen Rhythmus zu springen. Sie wollten die Handschellen entfernen. Das bedeutete auch, dass Cross den Radius verlassen konnte, der den Sprengsatz in meinem Kopf abschirmte. Ich nahm nicht an, dass die Menge ausreichte, ein Loch in das Schiff zu reißen oder andere Leute zu gefährden. Aber wenn er ging, war es um mich geschehen.

»Meinst, ihr werdet mit der da fertig?«

Grange hob beide Augenbrauen. »Sie hat eine Kugel in der Schulter, und wir haben immer noch zwei Waffen auf ihren Kopf gerichtet, Ares. Wir werden das gerade so schaffen.«

Wauzi nahm seine Pistole herunter und rumorte in einem Werkzeugschrank herum. Dann knirschte Metall auf Metall, als er die Kettenglieder der Handschelle zerschnitt, die Cross und mich aneinanderband. Keine zwei Sekunden später hatte er mir den Arm auf den Rücken gedreht und einen Ferroplastriemen um beide Handgelenke geschlungen. Als er die Schlinge zusammenzog, schnitt das Hartplastik mir schmerzhaft in die Haut. Erst jetzt nahmen auch die anderen Männer die Pistolen herunter.

»Dann ist ja alles in Ordnung. Grange, du versorgst ihre Wunden«, bat Cross. »Swift, du kümmerst dich um Turner.«

An der Decke erstrahlten nacheinander grüne Lichter, als würde das Licht den Frachtraum abtasten – ein Scanner, nahm ich an –, und der Boden des Schiffs begann mit veränderter Frequenz zu vibrieren. Die Pilotin musste die Startsequenz eingeleitet haben, um abflugbereit zu sein.

Swift gehorchte und beugte sich über den Verwundeten, doch der Cowboy griff mir in die Haare und zog mir den Kopf zurück, so dass er mich ansehen konnte. »Wir sollten sie aus der Schleuse schubsen, Boss.« Ich funkelte ihn an. »Die ist hier so hilfreich wie eine Ladung FOX-18 im Bauch eines Antigravpanzers!«

Cross' Augen ruhten einen Moment auf mir. »Vielleicht«, sagte er langsam. »Aber ich werde sie nicht diesem Irren ausliefern.« Wauzi schnaufte so abfällig, wie es nur eine Hundeschnauze fertigbringt, doch Grange ließ mich immerhin los.

»Warum haben wir eigentlich noch nicht abgelegt?«,

fragte Cross und wandte sich ab. »Cross! Du kannst nicht gehen«, stieß ich hervor und versuchte, meine Handgelenke zu bewegen, doch der Ferroplastriemen schnitt mir unangenehm in die bereits von den Handschellen gequetschte Haut. »Der ... der Peilsender!« Ich machte einen Schritt hinter ihm her und trat damit aus Versehen in den Strahl des Scanners. Ein ohrenbetäubendes Alarmsignal ertönte, und sämtliche Schotts, die zum Frachtraum führten, wurden automatisch geschlossen und verriegelt. Gleichzeitig summte um mich herum ein Feld aus Lichtstrahlen auf, das mich auf dem Quadratmeter einpferchte, auf dem ich stand – ich konnte mich weder vor noch zurück oder zu einer der Seiten bewegen. »Achtung! Sprengstoff!«, verkündete eine gut gelaunte weibliche Computerstimme, die ich eher in dem Raumschiff einer Science-Fiction-Serie vermutet hätte. Oh, warten Sie. Vielleicht war das hier gar nicht so unangebracht, wie ich dachte, denn immerhin befanden wir uns im Bauch eines Raumschiffs ... »Achtung! Sprengstoff!«

Auf einem alten Folienbildschirm neben dem Schott nach draußen erschienen nach und nach meine physikalischen Daten. Größe, sämtliche meiner Körpermaße und mein Gewicht (wie hatte ich es bei all dem Stress geschafft, zuzunehmen?), meine Herzfrequenz, Gehirnwellen und ein kleines, aggressiv rot leuchtendes Etwas in meinem Schädel. Verdammt ausgefuchste Technologie für einen fliegenden Schrotthaufen, wenn Sie mich fragen. Vielleicht nutzte die Gewerkschaft diesen Kahn als Gefahrenguttransporter und wollte auf Nummer sicher gehen, dass nichts geschah.

Ein Abzugshahn spannte sich, als Ares erneut seine Waffe auf mich richtete. Grange war cool geblieben und hatte sich nicht gerührt; er stand da und kaute auf einem Pfriem herum.

Ich schüttelte den Kopf und bereute es sofort. Verdammt, in meinem Kopf saß ein halbes Dutzend Bergarbeiter mit Presslufthämmern und versuchte, mir die Hirnschale aufzubohren.

»Was ist das Ding da in deinem Kopf?«, knurrte Wauzi hinter mir. »Grange hat Recht – wir sollten die Ratte aus der Luftschleuse werfen! Cross!«

»Beruhigt euch«, bat Richard. »Es gibt bestimmt eine Erklärung dafür.«

»Dafür, dass sie Sprengstoff im Kopf hat? Ich kenne diese Tricks.« Die Schwarzhaarige sah von ihrer Aufgabe hoch. »Früher sind die Leute mit Sprengstoffgürteln in Einkaufszentren gegangen und haben sich in die Luft gejagt. Heutzutage wird die Bombe eingepflanzt. Was auch immer sie dir gesagt hat, sie hat gelogen, Cross. Sie ist ein verdammter Trojaner!«

Durch das grelle Licht der Energiestrahlen hindurch konnte ich Cross kaum erkennen. Er legte die Hände auf dem Rücken zusammen und zögerte. »Stash, wie viel Sprengstoff, was für eine Wirkung?«

Der Typ mit dem roten Käppi ging zu dem Folienbildschirm, tippte darauf herum und sagte dann: »Die Menge reicht nicht aus, um eine größere Sprengwirkung zu erzielen. Das Ding bläst ihr nur den Kopf weg.«

»Beruhigend«, murmelte ich.

»Wieso hat sie eine Bombe im Kopf?«, fragte Swift. Sie

hatte Turner inzwischen das Hemd von der Brust geschnitten und Kompressen aufgelegt.

»Elyzea?« Cross hatte die Hände vor der Brust verschränkt.

Trotz der Müdigkeit und der Schmerzen wählte ich meine Worte sorgfältig. »Der Sprengsatz befindet sich seit vier Jahren in meinem Kopf. Er ist nicht speziell für diesen Einsatz eingebaut worden.«

»Warum dann?«, fragte Grange.

»Sie ist eine verdammte Kriminelle, deshalb«, sagte Swift. »Justifier wird man nicht, weil man zu viel Freizeit hat, das weiß doch jeder! Entweder ist man verzweifelt, oder man wird dazu gezwungen. Vermutlich hat sie jemanden umgebracht.«

Cross hatte an dieser Erkenntnis sichtbar zu knapsen. Er deutete mit dem Daumen zurück nach Chorriah. »Warum hast du mir nichts davon gesagt? Du hättest genug Gelegenheiten gehabt.«

»Ich dachte, du würdest fragen, warum ich das Ding im Kopf habe.«

»Und das hätte dich gestört?«, fragte er sanft.

Ich nickte. »Du hättest dann eine noch schlechtere Meinung von mir gehabt.«

»Woher willst du wissen, was für eine Meinung ich von dir habe? Also, warum ist das Ding in deinem Kopf?«

Ich schätze, das hatte ich verdient, und schluckte eine bissige Antwort herunter. »Wegen Will. Meinem Kollegen.«

Ich sah Verständnis in seinem Blick aufkeimen. »Sie haben dich für seinen Tod verurteilt?«

Ich nickte. »Zwanzig Jahre Schwerarbeit in Australien. *Enclave* hat mich da rausgeholt.«

»Warum reden wir eigentlich noch mit der Frau?«, fragte Wauzi ungeduldig.

Jetzt erhob sich auch Swift und zog ihre Waffe. »Gute Frage. Wir haben keine Zeit für den Scheiß.« Sie richtete den Lauf auf mich, doch Cross hob beruhigend die Hände. »Wenn du jetzt abdrückst, bist du auch nicht besser als sie.« Er schob sich langsam vor mich, in ihre Schussrichtung.

»Sie hat Symes, Willboury und die anderen getötet! Und sie ist eine verdammte Konzernspionin und eine verurteilte Verbrecherin! Wenn wir es nicht tun, macht es jemand anders.«

Cross schüttelte den Kopf. »Das sind keine Gründe, Swift, das sind Rechtfertigungen.«

»Ich verstehe euer Misstrauen«, sagte ich. »Ja, ich bin verurteilt worden, ja, für einen Mord. Überrascht euch das? Ich bin ein Justifier. Aber nein, das bedeutet nicht, dass ich ein Spitzel oder eine Agentin bin, die gegen euch arbeitet. Ich will bei *Enclave* aussteigen, und der erste und bislang einzige Weg ist Cross mit seinem Störsender gewesen.«

»Cross hat einen Störsender?«, fragte die Frau namens Swift.

»Ja«, sagte Grange. »Ein starkes Breitbandgerät. Winslow hat es kalibriert.«

»Lass sie aus dem Käfig, Stash«, bat Cross den Typen mit dem Käppi.

»Bist du wahnsinnig?«, fragte Swift hitzig. »Sie hat es

doch selbst gesagt. Sie ist eine Mörderin. Ein Justifier. Sie ist gesandt worden, um dich zu töten, und ...«

»... hatte inzwischen mehr als genug Gelegenheiten dazu. Stattdessen hat sie mir mehrfach das Leben gerettet. Swift, lass Turner nicht verbluten. Stash, bitte lass die Frau da raus. Wir sitzen hier alle in einem ...«

Ein Funkspruch unterbrach ihn mitten im Satz. »Innenschleuse steht unter Druck und Sauerstoff, Schrottfrachter *Rosario* von Pherostine. Außenschott Ihrer Hülle ist entriegelt. Außenschott von Chorriah Dock VIII-49 ist entriegelt. Gangway ist freigegeben. Bitte beachten Sie, dass Sie keine Flugfreigabe erhalten haben. Sie werden erst eine Freigabe zum Flug erhalten, wenn die Schotts ordnungsgemäß verriegelt und die Andockklammern der Gangway gelöst sind. Bitte halten Sie sich für eine Inspektion durch die Sicherheit der *Terra TransMatt Specialities Incorporation* gemäß der Territorial-Gesetzgebung von 3011 bereit. Vielen Dank.«

»Heiliger Odin«, stieß Stash aus. »Die Sicherheit will uns entern.«

Von der Pilotin, Chester, kam ebenfalls eine Anfrage. Sie sprach so schnell, dass ich sie kaum verstand. »Grange, Cross, habt ihr das gehört?«

»Jupp«, gab Grange per Funk zurück.

»Was machen wir jetzt? Die *TTMS* hat das Andock-System noch nicht deaktiviert. Wir werden die Gangway nicht los.«

»Geht's nicht auch so?«, funkte Grange zurück.

»Na klar«, sagte Chester trocken. »Wenn du möchtest,

dass uns die Gangway beim Start zerreißt, können wir loslegen, Grange.«

»Mist!«, knurrte Wauzi und entblößte eine Reihe verdammt spitzer Zähne. Der Bulldoggenbeta schien ein ordentliches Temperament zu besitzen. »Was machen wir jetzt? *TTMS* wird Cross bestimmt verhaften. Und dann liefern sie ihn an die Behörden von *United* aus!«

Grange sah den Kollegen mit dem Käppi fragend an. »Kann man die Andockklammern an der Gangway manuell entriegeln?«

»Nicht an dieser Station. Die *TTMS* steuert diese Funktionen.«

»Was bleiben uns also für Optionen?«, fragte Cross.

»Einer von uns müsste versuchen, die Gangway von der anderen Seite aus kurzzuschließen«, murmelte Stash. Offenbar war er der Techniker an Bord. »Aber der kommt dann nicht mehr rein ...« Schweigend sahen die Männer einander an.

»Nein. Ich lasse niemanden zurück.« Cross ballte frustriert die Hände zu Fäusten. »Ihr habt euer Leben für mich riskiert, indem ihr hergekommen seid.«

»Wenn wir hier nicht wegkommen, schnappt die *TTMS* uns alle«, grunzte Grange.

»Wir können die Ratte hier aushändigen. Vielleicht lassen sie uns dann gehen!«, sagte Swift. Immerhin hatte sie sich wieder dem Verwundeten zugewandt.

»Gute Idee. Vielleicht lassen sie sich auf einen Handel ein.« Grange nickte Stash zu, und der Techniker tippte auf dem Folienbildschirm herum. Die Energieschranken lösten sich mit einem letzten Summen in Wohlgefallen auf.

Auch das Scannerlicht erlosch, und die automatischen Verriegelungen der Schleusen öffneten sich wieder.

Eine weitere Funknachricht hallte durch das Schiff. Dieses Mal handelte es sich nicht um eine elektronische Ansage, sondern um einen echten Menschen, der da sprach. »*Rosario,* hier Chorriah, *TTMS* Security. Bitte öffnen Sie Ihre Schleusen und halten Sie sich bereit für die Inspektion. Herzlichen Dank.«

»Leute, was geht jetzt?«, fragte Chester über Funk. »Soll ich denen aufmachen?«

Cross blickte Grange herausfordernd an. »Wir müssen denen was geben«, sagte der Cowboy. Er machte eine halbherzige Geste in meine Richtung.

»Das bringt doch nichts«, sagte Richard und strich die Hände über die Hose – eine nachdenkliche Geste. Er sah müde aus. »Die wollen nur mich. An ihr ist die *TTMS* nicht interessiert.« Er warf mir einen Blick zu, den ich nur schwer lesen konnte.

Ich furchte die Stirn und versuchte, mich durch die dicken Nebel um meinen Verstand durchzukämpfen, die die Schmerzen inzwischen hinterlassen hatten. Dann schob ich mich hoch auf die Knie. Um mich herum drehte sich alles, und ich fühlte Übelkeit in meinem Magen heranziehen. Was waren Richards Worte vorhin noch gewesen? Ich hatte immer einen Plan? Da ich von meiner Position aus einen guten Blick in die Gangway hatte, sah ich mir die Situation genauer an. »Hält eure Hülle etwa 20 Gramm Nitramex ab?«

Cross runzelte die Stirn, dann sah er den Mann mit dem Käppi fragend an. »Stash?«

»Zwanzig Gramm *was*?«, fragte der.

Ich überschlug das im Kopf. »Eine Explosion äquivalent zu etwa fünf Kilogramm TNT.« Die Maßeinheit war zwar antiquiert, doch die meisten gebildeten Laien verstanden sie noch.

»Könnte knapp werden«, erwiderte der misstrauisch. »Wieso?«

»Chester, hörst du mich?«

Ein zögerliches »Ja, schon«, kam aus dem Lautsprecher. »Warum?«

»Kannst du fliegen, wenn die Klammern gelöst sind?«

Grange leitete die Frage auf Cross Anweisungen weiter. Kurz darauf hallte die zögerliche Stimme der Pilotin durch den Frachtraum. »Ich denke schon.«

»Was haste vor?«, fragte Wauzi.

»Ich denke, ich habe einen Plan.«

Auf Cross' Gesicht zeichnete sich Hoffnung ab. Offenbar erriet er, was ich vorhatte. »Meinst du, du kriegst das so hin, dass es uns nicht zerreißt?«

Ich lächelte schief. »Das ist mein Job, Cross.«

»Wovon redet ihr?«, fragte Grange nun doch ein wenig beunruhigt.

»Wir sprengen die verdammte Gangway ab. Genauer gesagt die Drehelemente, die die Klammern ausfahren.«

»Ihr ...« Grange verstummte und glotzte mich an, als hätte ich den Verstand verloren. Dann sah er Cross an. »Du willst der Schlampe vertrauen, Boss?«

Richard antwortete nicht sofort. Dann nickte er. »Ich schätze, das will ich. Wenn sie eins kann, dann überleben. Das hat sie in den letzten Stunden bewiesen.« Er lächelte mich an. Erstaunt las ich so etwas wie Vertrauen in seinem Blick.

»Die hat versucht, dich umzubringen!«, grollte Wauzi erneut. »Das ist bestimmt dieses Norwegen-Syndrom.«

»Stockholm, Ares«, erwiderte Cross. »Und nein. Ich weiß sehr genau, was ich tue.«

»Scheißegal, wie das heißt! Sie ist ein verdammter Justifier!« Der Bulldoggenbeta knurrte und zuckte mit den kurzen Ohren.

Cross nickte. »Ich weiß.«

»Und da vertrauste ihr? Sie hat dich betrogen – und mich auch. Ich hab gedacht, sie wär okay.« Seine kleinen Augen funkelten mich unter den dicken Stirnwülsten an, und er zog drohend seine Lefzen von den Reißzähnen. Unwillkürlich schrumpfte ich in mich zusammen. Ich wollte nicht, dass diese Kampfmaschine ernsthaft auf mich losging.

»Sie ist vielleicht die Einzige, die uns hier wegbringen kann. Also mach sie los.«

»Leute«, hallte Chesters Stimme durch den Frachtraum. »Ich bekomme ein Ping von der äußeren Schleuse. Jemand verschafft sich Zugang. Ich kann sie noch ein paar Augenblicke beschäftigen, aber die meinen es ernst.«

Swift mischte sich ein. »Ich sag's nur ungern, aber Turner hier muss zu einem Arzt. Dringend.«

»Kommst du weg, wenn die Klammern ab sind?«, wandte sich Grange an die Pilotin.

»Das sollte funktionieren«, erwiderte Chester. »Wenn die Dinger weg sind, ist alles andere nur noch Dichtung und Krampen.«

»Lass sie frei, Ares, bitte«, beschwor ihn Cross.

Der Beta knurrte wütend, offenbar hin- und hergerissen zwischen seinem Misstrauen mir gegenüber und den äußeren Zwängen. »Na gut«, meinte er schließlich. »Aber sag nachher nicht, ich hätte dich nicht gewarnt.« Er nahm ein Bowiemesser aus dem Gürtel, zeigte es mir demonstrativ und verschwand dann damit hinter meinem Rücken. Als er das Band durchschnitt, das meine Arme zusammenhielt, brauchte ich ein paar Sekunden, um wieder Kontrolle über meine Gliedmaßen zu gewinnen. Beinahe wäre ich eingeknickt, doch Cross griff mir unter den Arm. »Danke«, murmelte ich.

»Ist in Ordnung, ich halte dich«, sagte er. »Kannst du gehen?«

»Denk schon. Du bleib bloß in meiner Nähe, ja?«

»Der Störsender, klar. Keine Bange, ich komme mit.«

»Dann lass uns anfangen.« Ich zog mein Armband mit den blauen Perlen vom Handgelenk und wandte mich zum Schott. Mein Handgelenk schmerzte noch dort, wo die Schelle gelegen hatte, und es fühlte sich beinahe merkwürdig an, den Arm wieder frei bewegen zu können. Dazu kam die Unsicherheit, dass ich nicht genau wusste, wie weit ich von Cross wegkonnte, ohne mich in Gefahr zu bringen. Man gewöhnte sich zu schnell an solche Umstände, schätze ich.

»Aber keine Dummheiten, Schlampe!«, knurrte der Bulldoggenbeta. Demonstrativ hob er die schwere Pistole.

»Klar«, erwiderte ich und verdrehte genervt die Augen. »Ich werde Cross mit dem Sprengstoff in die Luft jagen, während ihn *und mich* nur ein paar Zentimeter Stahl von dem Vakuum da draußen trennen.«

»Würd dir ähnlich sehen«, sagte Wauzi.

Cross schmunzelte. »Ich glaube, Ares hier traut dir eine Menge zu. Ich übrigens auch.« Dann stiegen wir beide in die Gangway. Ich warf einen Blick durch das Bullauge in die Schleuse zur Station, doch dort war noch niemand zu sehen. Gut so. Hastig zog ich zwei der petrolfarbenen Perlen von dem Draht, der sie an meinem Armband hielt, doch meine Finger zitterten so sehr, dass eine herunterfiel. Ich grunzte und hob sie mühsam auf. Die Anstrengung ließ mir wieder Sterne vor den Augen tanzen, doch ich riss mich zusammen, um die Hand ruhig zu halten. Ich befestigte je eine rechts und links an dem Rotationsmechanismus, der die Klammern der Gangway so drehen konnte, dass sie sich unter das Raumschiff schoben und festhakten. Jetzt konnte ich nur hoffen, dass die Explosion nicht Teile der Außenhülle der *Rosario* mitnehmen würde.

»Beeil dich«, sagte Cross, der durch das Bullauge spähte. »Die machen gerade das Schott auf der anderen Seite auf!«

»Schnell, das Schott ist offen. Sie sind in der Schleuse!«

Ich sah auf und sah kurz Jabberts Gesicht. Er lächelte. »Okay. Alles bereit, lass uns gehen.«

»Warte!«, bat Cross. »Wenn die Sicherheit schon in der Gangway ist, wenn die Dinger hochgehen, was ist dann?«

»Dann blasen wir sie mit weg.«

»Das geht nicht!«

»Cross«, sagte ich. Ich war trotz der Erschöpfung ruhig, wie immer, wenn ich mit Sprengstoff hantierte. »Ich mach das auch nicht gern. Aber jetzt heißt es sie oder wir. Ganz einfach.«

Ich sah den Mann erbleichen. Dann schüttelte er den Kopf. »Ich will nicht das Leben anderer opfern, um meines zu retten. Das schließt die Leute da mit ein!«

»Wir haben keine Zeit, Cross. Jabbert wird nicht aufgeben, bis er uns beide umgelegt hat! Es liegt bei dir.« Abwartend blickte ich ihn an. Diese Entscheidung musste er treffen – das war auch sein Leben und seine Crew.

Er sah unglücklich von der Schleuse hin zum Frachtraum und seiner Crew. Schließlich nickte er und wandte sich ab. Ich schätze, ich war nicht die Einzige mit einem gesunden Überlebenswillen hier.

»Geh langsam zurück ins Schiff und lass jemanden hinter uns die Tür zumachen, sobald ich drin bin. Sonst fliegen wir nirgendwo mehr hin.«

Ich hatte gelernt, dass man nicht laufen sollte, wenn der Sprengstoff einmal aktiviert wurde. Das hat seine Berechtigung – wer läuft, ist hastig. Wer hastig ist, macht Fehler. Wer Fehler macht, ist tot. So einfach ist das in dem Beruf.

Also ging ich in normaler Geschwindigkeit zurück zur *Rosario*. Dabei suchte und fand ich das helle, vertraute Summen der beiden Sprengladungen, das in einem leicht dissonanten Zweiklang zu mir herüberdrang. Offenbar waren sie doch nicht ganz gleich schwer.

Just in dem Augenblick, als hinter mir das Schott zur Gangway von der anderen Seite aus aufging, trat ich über die Schwelle zum Frachtraum. Ich sah zurück und sammelte meine Gefühle, versuchte, mich auf alles Aggressive in mir zu konzentrieren. Es fiel mir schwer, denn da war nur Erschöpfung. Die Sicherheitsleute von *TTMS* in voll gepanzerten Raumanzügen sicherten mit ihren Waffen in unsere Richtung. Ganz vorne stand Jabbert und zog die Waffe hoch.

»Stehen bleiben! Hände hoch!«, sagte einer von ihnen. Gleichzeitig hörte ich das Klicken vom Schott, das sich gleich schließen würde. Chester hatte gut reagiert.

Die Drohung ließ Panik in meinem Bauch aufflattern. Panik war gut. Panik konnte ich nutzen. Jabbert drängte sich vor, und ich wusste, dass er ohne Warnung feuern würde. Seine einzige Chance zu überleben war, mich zu töten, bevor ich die Detonation einleiten konnte. Ich wusste auch, dass es zu spät war, um noch beiseitezuspringen. Ich sah in Zeitlupe, wie sich der Lauf der Waffe auf mich richtete. Trotzdem lächelte ich.

»Bumm.«

Das Schott des Schiffs schloss sich vor meiner Nase und lenkte Jabberts Kugel ab, dann rastete das Schloss ein. Durch das Bullauge sah ich, wie sich die Leute in voller Montur zurückwarfen. Für einen Augenblick füllte sich die Gangway mit Feuer, und ich sah Jabbert nicht mehr. Der Schock der Detonation übertrug sich auf unser Schiff und rüttelte uns durch. Die Metallwände der Außenhülle stöhnten wie ein getroffener Wal, und ein Krachen erklang. Eine Sirene heulte auf – vermutlich, um einen Schaden zu melden. Dann verschwand das Feuer so plötzlich wieder, wie es gekommen war – das

Metall des Gangs war durch die Explosion geplatzt, und das Vakuum hatte den Flammen den Sauerstoff entzogen.

Der vertraute Kopfschmerz, der meine Gabe begleitete, suchte mich heim, doch ich wandte den Blick nicht ab. Die Sicherheitsleute hatten Raumanzüge getragen, so dass das All ihnen nichts anhaben würde. Doch das hatte denjenigen, die der Explosion am nächsten gewesen waren, sicher auch nicht geholfen. Kein Schutzanzug des Universums schützt gegen zwei Sprengladungen FOX-18 mit je zwanzig Gramm aus nächster Nähe.

Jabbert hingegen musste entweder verbrannt sein, zerfetzt oder durch die Eiseskälte des Vakuums im All schockgefrostet worden. Oder alles drei. Ich fühlte mich unmittelbar ein wenig sicherer.

Ich bildete mir ein, dass ich ihn dort in der Schwerelosigkeit trudeln sah. Mir fiel auf, dass er mit seinem Spruch tatsächlich Recht gehabt hatte: Wir waren uns dreimal begegnet. Wir hatten uns in Australien kennengelernt, waren auf Pherostine ein Stück Weg miteinander gegangen und hatten auf Chorriah Abschied voneinander genommen. Nur nicht auf die Art, wie er sich das vorgestellt hatte, schätze ich.

Das Schiff bebte, dann wurde es von der Pilotin vorsichtig gegen die Reste der metallischen Halterung gestemmt. Einen Augenblick lang fürchtete ich, dass der Plastiksprengstoff nicht gereicht hatte, beide Klammern abzusprengen. Schließlich erklang das Stöhnen von sich verbiegendem und berstendem Metall, und die *Rosario* riss sich los.

Im nächsten Augenblick zuckte vor meinen Augen ein Blitz auf. Meine Beine gaben unter mir nach, und ich fiel auf die Knie – meine Schulter sandte einen flammenden Stich aus. Etwas Warmes lief mir über die Seite des Kopfs. »Das ist für Chanterons, Schlampe!« Die Frau, Swift, musste mir den Knauf über den Kopf gezogen haben.

»Kleiner Tipp?«, murmelte ich benommen. »Der Frau mit der Bombe im Hirn auf den Kopf zu schlagen, ist keine gute Idee.« Meine Worte erzielten eine gewisse Wirkung: Swift trat einen Schritt zurück und legte die Pistole auf mich an. »Jetzt zahlst du für das, was du getan hast.«

Der noppige Metallboden verschwamm vor meinen Augen. Die Ironie der Situation entging mir nicht: Ich hatte mich als Geiselnehmerin mit einer Waffe an Cross' Kopf aus der einen Gefahr gerettet, nur um dann selbst in derselben Situation zu landen. Inzwischen war mir beinahe egal, was die Leute mit mir anstellten, Hauptsache, ich konnte meine Wange auf diesen heimelig aussehenden Boden betten.

»Aufhören!«, befahl Cross mit einschneidender Stimme und stellte sich erneut vor mich. »Elyzea hat uns geholfen. Ich habe ihr Sicherheit versprochen. Und genau das wird sie erhalten.«

»Hast du vergessen, was sie getan hat?«, zischte Swift durch zusammengebissene Zähne.

»Nein. Aber du hast offenbar vergessen, dass sie eine verdammte Bombe im Kopf trägt. Ich will das nicht entschuldigen. Aber es erklärt eine Menge, meinst du nicht?«

Swift erwiderte nichts, sie funkelte mich bloß an.

»Also nimm die Waffe herunter und zieh Leine, es sei denn, du willst mich auch erschießen«, fuhr Cross fort.

Einen Augenblick lang dachte ich, die Frau würde die Einladung annehmen. Dann senkte sie die Waffe und legte die Sicherung ein. Als sie sich umgedreht hatte und wegging, atmete ich auf.

Cross wandte sich ebenfalls ab und gab den anderen Crewmitgliedern Anweisungen. Er ignorierte die verärgerten Blicke seiner Leute absichtlich, schien mir. Ich hoffte, dass er die kleine Truppe noch eine Weile lang unter Kontrolle halten könnte, denn ansonsten war es mit mir vorbei.

Keine schönen Aussichten.

Das Schiff schien tatsächlich ein Gefahrguttransporter zu sein, der teilweise in einen Passagierflieger umgewandelt worden war. Ich saß auf dem Boden und zog die Beine an, um das Wanken auszugleichen. Jemand hatte den Alarm ausgestellt, und die Crew hatte sich auf ihre Stationen verteilt. Einer kümmerte sich immer um Turner. Insgesamt wirkte es so, als seien sie ein eingespieltes Team; jeder wusste, wo sein Platz war und was er zu tun hatte. Nur Wauzi saß herum, spielte mit seinem Bowiemesser und warf mir unfreundliche Blicke zu, die ich getrost ignorierte.

Ich schlang die Arme um die Beine und legte den Kopf auf die Knie. Der Schmerz in meiner Schulter war zu einem steten, dumpfen Pochen angeschwollen, und auch der Rest des Körpers ging in einen Vollstreik. Ich wollte bloß schlafen.

»Hey.« Cross hockte sich neben mich und stellte ein MedKit ab. »Leg dich hin und lass mal sehen.«

Ich rollte mich dankbar auf den Rücken, damit er mir Shirt und Weste von der Schulter schieben und meine Wunde säubern konnte. Er nahm sich sogar die Zeit, die Einschussstellen zu betäuben, mit Hautkleber zu füllen und hinterher mit dem Wundtacker zu schließen, bevor er mir ein Pflaster aufklebte. »Und jetzt die andere Seite.« Schwerfällig wälzte ich mich auf den Bauch, wo er dieselbe Prozedur durchführte. Dann kümmerte er sich um die Platzwunde am Kopf. »So. Das sollte eine Weile halten.«

»Danke. Ich wusste gar nicht, dass du Arzt bist.«

»Bin ich nicht. Aber man bekommt mit der Zeit eine gewisse Übung. Außerdem bin ich erster Sanitäter bei uns im Stollen.« Er wies mit dem Kopf auf das Schott. »Übrigens – danke für eben.«

»Kein Problem.« Ich verzog schmerzhaft das Gesicht, als er die Verletzung am Kopf klammerte. Dann spritzte er mir etwas. Genüsslich fühlte ich, wie die Chemikalie die Schmerzen wegschwemmte und mich entspannte. Was für eine Wonne.

»Jetzt müssen wir uns ein bisschen ranhalten«, fuhr Cross fort. »Wenn wir uns beeilen, können wir die Hintermänner enttarnen, die der Meinung sind, uns als Schachfiguren benutzen zu können. Du schlüpfst bei uns unter. Wir haben Erfahrung darin, von der *UI*-Sec nicht gefunden zu werden. Dann klären wir auf, was hinter all dem steckt. Finden heraus, wer die Mine sabotiert und wer den Gewerkschaftsrat tot sehen wollte. Ich weiß, dass du gesagt hast, dass dich das nichts angeht. Aber ... ich könnte deine Hilfe brauchen.«

»Ich helfe euch, solange ich kann, Cross. Aber es ist nicht mehr wichtig, wo ich hingehe.«

»Wegen des Sprengsatzes?«

»Ja.«

Er nickte langsam und verzog in schmerzhafter Erkenntnis den Mund. Offenbar begriff er jetzt erst, was das alles für mich bedeutete. »Das alles erklärt, warum du in der Mine abgedrückt hast, obwohl du nicht wolltest.«

»Genau.«

»Und die Szene im Potemkin's, als du so plötzlich deinen Auftrag abgebrochen hast. Und warum du mich mit den Handschellen durch das halbe System geschleift hast. Mein Störsender friert deinen Zünder ein, solange du dich in meiner Nähe aufhältst.«

»Ja.«

»Warum bist du dann nicht doch nach Banker's Rock geflohen?«, fragte er. »Da hättest du eine Chance gehabt, oder?«

»Die Chance, dass man mir dort hätte helfen können, wäre auch verschwindend gering gewesen«, redete ich mich heraus. Dass ich etwas an ihm wiedergutzumachen hatte, verschwieg ich.

»Wie lange hast du noch?« Plötzlich wirkte die Luft zwischen uns so zerbrechlich wie Glas.

Ich musste nicht auf meine Multibox schauen. »Fünfzehn Stunden.«

»Verdammt. Ich – es tut mir leid.«

Ich zuckte nur mit den Schultern. »Muss es nicht. Ohne dich wäre ich eh längst tot.«

»Oder ich wäre es, und du am Leben.«

Ich zuckte mit den Schultern.

Cross furchte nachdenklich die Stirn. »Meinen Störsender kann man wieder aufladen, weißt du? Bis wir eine Lösung gefunden haben, wie man die Bombe deaktiviert. Er hält nicht sehr lange, und das schränkt unseren Radius ziemlich ein, aber wenn du damit noch ein bisschen länger lebst ...«

Ich schloss die Augen, um das Brennen zu lindern, das sich darin sammelte. Das Atmen fiel mir plötzlich schwer. Ich hatte so viele Menschen getötet, die ihm etwas bedeutet hatten. Warum bot mir der Mann einen Ausweg an? »Ich bin nicht die, für die du mich hältst, Cross.«

»Vielleicht. Vielleicht bist du aber auch nicht der Mensch, für den *du* dich hältst.«

Ich sah ihn irritiert an und schwieg für einen Augenblick. Dann wies ich mit dem Kinn zu Ares und Grange hinüber, die sich nicht unweit unterhielten – sicher auch, weil sie uns nicht aus den Augen lassen wollten. »Deine Leute scheinen mir eher eine Kugel in den Kopf jagen zu wollen.«

Cross packte das Verbandsmaterial wieder in den kleinen Kasten. »Lass ihnen ein bisschen Zeit. Du hast ihnen gerade den Hintern gerettet, das werden sie nicht vergessen. Sie werden sich daran gewöhnen, mit dir zu arbeiten. Fakt ist, du musst nicht mehr allein kämpfen«, sagte er sanft. »Zumindest für den Rest ...«

»... meines Lebens?«

»Eigentlich wollte ich ›dieser Sache‹ sagen.«

Ich erwiderte nichts mehr, denn mir gingen die Argumente aus.

Als ich seine Finger an meiner Wange spürte, sah ich überrascht auf. »Cross ...«, begann ich, doch ich verstummte, als ich ihm in die Augen sah. Ich erkannte, dass er dabei war, sich Hals über Kopf in mich zu verlieben.

Schlimmer noch – auch in meinem Bauch fühlte ich ein Flattern, wie von einem Schwarm aufgeregter Schmetterlinge. Verdammt, verdammt, verdammt. Wissen Sie, wie lange es her ist, dass ich so etwas gespürt habe? Ich schloss die Augen, um den Moment für mich zu bewahren.

Als ich Richards Lippen sanft auf meinen fühlte, war ich nicht mehr überrascht. Ich erwiderte den Kuss, vorsichtig erst, dann zuversichtlicher. Trotz der Bartstoppeln fühlte er sich verdammt gut an. Schließlich löste er sich von mir und lächelte jungenhaft.

Ich ertrug die Intensität seines Blicks nicht mehr und sah aus dem Bullauge an der Wand gegenüber. Darin wurde die Station immer kleiner. Ich hatte nicht darüber nachdenken wollen, doch plötzlich spürte ich in meinem Innern ein Loch. Ich brauchte ein Weilchen, bis ich erkannte, was die Ursache dafür war: Auf Chorriah war meine Hoffnung bereits einmal aufgekeimt, dass Geronimo die Bombe in meinem Kopf analysieren und deaktivieren könnte. Jetzt war er tot, und es gab niemandem in Flugreichweite mehr, der das vollbringen konnte. Meine Gedanken kreisten um die Weite des Alls da draußen, die noch vor wenigen Stunden so verheißungsvoll und voller Möglichkeiten gewirkt hatte. Jetzt fand ich sie wieder düster und leer.

Cross wollte, dass ich noch einmal zu hoffen begann. Ich horchte in mich hinein und stellte fest, dass ich kaum noch Kraft dafür hatte. Ich schüttelte den Kopf. Wenn schon sterben, warum nicht gleich hier? Warum sich vorher noch zurück in die Scheiße begeben, aus der ich mich so mühselig herausgezogen hatte?

»Ein halber Tag ...« Jetzt war seine Stimme rau.

Ich richtete den Blick auf meine Schuhe. »Deshalb ist das eine unglaublich schlechte Idee.«

Cross zögerte, dann zog er die Hand zurück. »Vermutlich hast du Recht.«

»Ja«, wiederholte ich betreten. Es hatte nicht viel gebraucht, um ihn wieder auf die Erde zurückzuholen – zumindest metaphorisch. Vermutlich hatte er mich nur geküsst, weil ich zum Tode verurteilt war. Wie hatten diese Leute in amerikanischen Gefängnissen früher geheißen? Dead Man Walking? Dann war ich wohl Dead *Girl* Walking, dem ein letzter Wunsch zustand.

»In Ordnung.« Cross stand auf und beschäftigte sich intensiv damit, sein Medkit zu sortieren, doch ich konnte ihm ansehen, dass auch er seine Konzentration nur schwer auf diese einfache Tätigkeit richten konnte.

Die Sehnsucht nach Wärme grub ein tiefes Loch in mein Inneres. Sie war total selbstsüchtig und Cross gegenüber unfair, denn wenn er sich verliebte, wäre der Schmerz umso schlimmer, wenn ich starb. Aber das

Leben ist nicht fair. Zum Beispiel traf ich den feinen Mann, der mir nach Jahren der inneren Eiszeit die Seele wieder auftauen ließ, natürlich genau in dem Augenblick, an dem ich noch fünfzehn Stunden zu leben hatte. Und dabei wollte ich jede davon bis zur letzten Sekunde auskosten.

Es war dieses Flattern in meinem Bauch, das mir wieder Kraft gab. Cross hatte wirklich Recht – ich musste endlich nicht mehr allein kämpfen. »Vielleicht hast du Recht«, sagte ich schließlich. »Ich kann bei dieser Sache noch helfen, das ist immerhin etwas. Aber eine Forderung habe ich noch.«

»Und das wäre?«

»Wenn wir wieder auf Pherostine sind, will ich als Erstes ein heißes Bad.« Ich musste schmunzeln, als mir die Lächerlichkeit dieser Bitte auffiel. Wenn ich denn wirklich sterben sollte, wollte ich das wenigstens nicht dreckig tun.

Richard musterte mich ungläubig. »Ein Bad.« Als er sah, dass es mir ernst war, wurde der Ausdruck auf seinem Gesicht weicher. »Ich denke, das wird sich einrichten lassen.«

14

Mit einem wohligen Gefühl in der Magengegend blies ich einmal in die Schaumkrone, die auf dem langsam erkaltenden Wasser schwamm. Ich hatte Schweiß und Staub abgewaschen und, zumindest schien es mir so, dabei auch einen Teil der Sorgen mit abgestreift.

Ich saß in einer Metallwanne, die die kleine Kammer zusammen mit einem Vorratsregal, einer kleinen Arbeitsplatte und einem Wasseranschluss mit Becken beinahe vollständig ausfüllte. Über mir prasselte der Regen auf das Dach, und in der Ferne verzog sich das Rollen eines Gewitters. Cross hatte versprochen, im Büro nebenan, dem Hauptquartier der PLU, direkt an der Tür zu arbeiten, damit sein Störsender meine Bombe weiterhin abschirmte. Nach den Anstrengungen der letzten Tage tat ein Augenblick Innehalten wahre Wunder.

Wir waren auf der *Rosario* zurück ins Guavarra-System gesprungen und vier Stunden später – ich hatte ein wenig geschlafen – auf Pherostine in der Arbeitersiedlung gelandet, die im 3. Ostring angesiedelt war – jenem Bereich der Stadt, der bereits hoch auf die Ausläufer des nördlichen Hügels verdrängt worden war. Beim Anflug hatte ich das zusammengewürfelte Wohngebiet aus Hütten, Häusern und Hallen, das man unter ein gigantisches Feld organischer Solarzellenflügel gebaut hatte, zum ersten Mal von nahem gesehen. Die Flügel, die dem Stand der Sonne folgten, hatten dem Berghang beinahe den Eindruck einer schillernden Schmetterlingswiese verliehen – bis ich realisiert hatte, dass diese Wiese mehrere Hektar betragen und die Flügel teilweise hausgroß sein mussten.

Schläfrig schlang ich die Arme um die Beine – plötzlich war es seltsam, so viel Bewegungsfreiheit zu besitzen – und tauchte die weniger verletzte Seite ins Wasser, um Stille und Wärme zu genießen, ohne das Pflaster und die geklebte und getackerte Wunde an der anderen Schulter nass zu machen. Der Plan war, das Chaos der letzten Tage einfach auszusperren.

Vermutlich war es logisch, dass meine Mulitbox genau in diesem Augenblick piepend den Eingang einer Nachricht vermeldete. Ich wollte mir nicht anschauen, woher sie kam, und beim ersten Mal tat ich das auch nicht. Beim zweiten Piepen aber begann die Mühle in meinem Gehirn zu mahlen. Was, wenn die Nachricht wichtig war? Was, wenn Grange oder Swift etwas herausgefunden hatten, oder etwas geschehen war ... Also beugte ich mich vor, griff mir die Multibox vom Stuhl, die ich per

Kabel an das örtliche Telefonnetz angeschlossen hatte, und rief die Textnachricht auf.

»Elyzea. Du kannst dich nicht ewig verstecken. Stewart.«

Ich fühlte mich, als hätte man mir einen eiskalten Eimer Wasser über den Kopf gegossen. Verdammt. Da hatte ich das Thema Bombe im Kopf endlich für zwanzig Minuten ernsthaft beiseitelegen können, um mich zu entspannen, und jetzt holte mein Chef – oder sollte ich besser sagen: Ex-Chef? – es mit einem Paukenschlag zurück. Die Nachricht war sicher schon älter und erst jetzt wegen der Anbindung an die Kabelleitung zugestellt worden.

Wie stellte er sich das jetzt vor? Dass ich einfach wieder angekrochen käme? Ich wischte meine Finger an einem Tuch trocken und tippte eine Antwort. »Leck mich, Stewart. E.«

Ob sich die *Apathos Vierhundert* wieder im Orbit von Pherostine befand? Würde Stewart die Nachricht gleich erhalten?

Das Gerät piepte beinahe umgehend – er musste also wieder in der unmittelbaren Nähe des Planeten sein. Als ich die Mitteilung öffnete, hatte ich einen trockenen Gaumen.

»Negativ. Liefer mir Cross und seine Datenchips.«

Ich tippte schon, bevor ich noch richtig über diese Frechheit nachdenken konnte. »Warum beim Hades sollte ich das tun?«

Seine Antwort leuchtete schnell auf meinem Display auf. »Weil du dann den Deaktivierungscode für den Sprengsatz in deinem Kopf bekommst.«

Es gab einen Deaktivierungscode? Natürlich gab es einen Deaktivierungscode. Die Operation zum Einbau des Sprengsatzes war kompliziert genug gewesen, vermutlich wollte man das nicht unbedingt ein zweites Mal wiederholen müssen. Ich starrte auf diesen Satz, als könne ich ihn hypnotisieren. Die Frage, die mir auf der Zunge brannte, konnte er mir aber nicht beantworten – das konnte nur Stewart. Doch wenn ich diese Frage stellte, dann wusste er, dass er mich am Haken hatte.

Widerwillig beobachtete ich meinen Daumen dabei, wie er trotzdem die Buchstaben auf der virtuellen Tastatur zusammensuchte. »Woher weiß ich, dass du die Bombe danach nicht mit genau so einem Code wieder aktivieren kannst?« Das Herz schlug mir bis zum Hals, während ich wartete.

Zwei lange Minuten vergingen, bis das Gerät wieder piepte. »Das kann ich nicht. Es ist der finale Code.«

Erst als ich enttäuscht ausatmete, bemerkte ich, dass ich beim Lesen die Luft angehalten hatte. Was für eine Antwort hatte ich auf die Frage auch erwartet? Eine eidesstattliche Erklärung?

Dann piepte es noch einmal. »Habe ich dich jemals angelogen?«

Nein, soweit ich mich erinnerte, hatte er das nicht. Er hatte mich erpresst, mir gedroht, mir Dinge verschwiegen und mich beinahe umgebracht – aber er war dabei immer ehrlich gewesen. So viel Fairness musste ich walten lassen.

Ein Klopfen an der Tür ließ mich zusammenschrecken. Ich deaktivierte schnell das Display und legte das Gerät wieder auf den Stuhl. »Ja?«

Richard erschien in dem sich öffnenden Spalt. »Ich habe schlechte Neuigkeiten.«

»Schieß los«, erwiderte ich. »Ich bin momentan schwer zu beeindrucken.«

Er trat ganz herein und schloss die Tür hinter sich. Dabei stieß er mit den Beinen beinahe an den Rand der Wanne. »Ich habe versucht, die Akkus meines Störsenders aufzuladen. Die sind aber wohl nicht für den Dauerbetrieb gedacht. Die Reichweite sollte beinahe wieder auf normalem Niveau sein, aber die Leistung hat sich insgesamt deutlich verschlechtert. Die Lebensdauer wird mir nur noch mit zwölf Stunden angezeigt. Ich glaube, die Dinger verrecken langsam.«

»Danke«, sagte ich mit gemischten Gefühlen. Diese Nachricht traf mich nicht so hart, wie sie vielleicht hätte sollen. Immerhin verschaffte mir das eine Gnadenfrist von weiteren zwei Stunden.

Die Multibox gab wieder ein Piepen von sich. Ich schielte kurz hinüber.

»Elyzea«, hob er wieder an. »Wir schaffen das, wir müssen nur noch ein wenig länger aushalten, dann können wir ...«

»Cross, es ist okay«, unterbrach ich ihn. »Ehrlich, es ist okay. Ich bin lange genug weggelaufen. Das Gefühl, es mal in die andere Richtung zu versuchen, ist ein verdammt gutes, egal, wie lange es währt.«

Er sah betreten zu Boden. »Ich – ich weiß nicht, was ich sagen soll.«

»Du musst gar nichts sagen.«

Doch das Schweigen hing genauso unangenehm im Raum wie das Reden. »Willst du nicht nachsehen, wer dich angeschrieben hat?«, fragte er dann.

»Vermutlich dieser Stash.« Ich wusch mir das Gesicht, damit er die Lüge nicht in meinen Augen sah.

»Was will Stash?«

»Keine Ahnung.«

»Schau doch nach.«

Ich griff nach der Multibox und öffnete die Nachricht von Stewart.

»Wir beide wissen, dass du dich *immer* für dein eigenes Leben entscheiden wirst.«

Ich fühlte, wie mir das Blut aus dem Gesicht wich. Ich legte das Gerät wieder weg und versuchte dabei, das Zittern meiner Hand zu unterdrücken.

»Und?«

»Er – er wollte ein paar technische Details wissen. Zu dem Sprengsatz, meine ich. Doch ich weiß gar nichts dazu.«

»Ach so.« Cross wurde verlegen, und ich sah, dass der Schaum auf dem Wasser inzwischen beinahe vollständig zerfallen war.

»Das heißt wohl, dass wir immer noch aufeinanderhocken müssen, damit ich nicht vorzeitig in die Luft fliege«, sagte ich, um die Stille zu füllen.

Cross fuhr sich mit der Hand verlegen über den Nacken. »Und das ohne Handschellen.« Der Eisenring hatte an seinem rechten Handgelenk ebensolche blauschwarzen Quetschungen hinterlassen wie an meinem linken.

Dann griff er sich spontan einen Schwamm aus dem Regal und setzte sich auf die Kante der Wanne. »Besser zu nahe als zu weit weg, was meinst du? Beug dich vor!«

Überrascht setzte ich mich ein wenig nach vorne, damit er besser an Schultern und Rücken kam. »Sicher. Man kann gar nicht vorsichtig genug sein.«

»Du bist ja total verspannt! Lass mal ein bisschen locker.«

Dann begann er tatsächlich, mir mit dem warmen und seifigen Wasser die Haut zu spülen. Das raue Material glitt mir erst über die rechte Schulter, dann zog es hinüber zum Nacken. Ich spürte die wohlige Wärme mein Rückgrat herunterfahren, spürte, wie sich mir die Härchen auf den Armen aufstellten. Seine Hand verschwand unter Wasser und zog nacheinander die Wölbungen unter meinen Schulterblättern nach.

Als Richard mir zaghaft das Schlüsselbein und den Hals wusch, war es mit der Entspannung allerdings vorbei. Zärtlich strich er mir über das Kinn. Ich suchte seinen Blick und wollte die Frage stellen, die zwischen uns im Raum hing. Dann fühlte ich auch schon seine Lippen auf meinen und hörte auf zu denken. Mir fuhr eine elektrische Entladung ausgehend von der Zunge durch meinen Körper. Meine Knie verwandelten sich endgültig in Pudding, und ich war froh, dass ich bereits saß.

Doppelt verdammt – Liebesromanmetaphern, und das aus meinem Mund. Finden Sie mal bessere Worte dafür! Was soll ich sagen, genau so hat es sich angefühlt. Um mich war es wirklich geschehen, schätze ich.

Hungrig erwiderte ich seinen Kuss und legte ihm die schaumbedeckte Rechte zärtlich in den Nacken. Von dort ließ ich sie unter sein Hemd auf die Brust gleiten. Erst, als ich ein Pflaster spürte und Cross zusammenzuckte, lösten wir uns voneinander. Er schien auch neu verarztet worden zu sein; vermutlich hatte ich einen der Kratzer von den Splittern erwischt, die ihn am Messehafen getroffen hatten. »'tschuldigung«, flüsterte ich.

»Nicht schlimm. Aber wir beide sind schon ganz schön kaputt.«

Die Zweifel, die ich auf der *Rosario* gehegt hatte, kehrten zurück. »Ja. Richard ... Das ist immer noch keine gute Idee. In ein paar Stunden ...«

»In ein paar Stunden ist noch ein paar Stunden hin, Elyzea«, murmelte er. Sein Blick suchte und fand meinen. »Was zählt, ist der Augenblick. Und willst du die Zeit, die dir bleibt, nicht noch ein wenig genießen?«

»Schon.« Ein Lächeln kräuselte meine Lippen, und ich strich mit den Fingern vorsichtig wieder über das Pflaster. »Und du bist auch nicht zu kaputt?«

Er schüttelte schmunzelnd den Kopf. »Zu kaputt gibt es nicht. Halt dich fest.«

Ich schlang ihm die Arme um den Nacken, als er mich aus dem Wasser hob. Meine Schulter meldete sich mit einem dumpfen Schmerz, der mir die Lust beinahe vertrieb. Aber eben auch nur beinahe. »Bei mir schon. Ich glaube, du musst vorsichtig mit mir sein.«

Richard küsste mich erneut, dann glitten seine Lippen über das Kinn hinunter zu der weichen Haut an meiner Kehle. Als er mich auf dem kleinen Tisch absetzte, blies er ein Schaumkrönchen von meiner Brust. »Versprochen«, sagte er lächelnd.

Und als seine Lippen die nun schaumbefreite Haut wärmten, hatte ich die Nachrichten von Stewart beinahe vergessen.

Mein Blick streifte eine Uhr, die an der kargen Wand des Raums hing. Sie hatte ein analoges Ziffernblatt; eines dieser antiquierten Relikte, die man nur noch selten sah, mit drei Zeigern, jeweils für Stunden, Minuten und Sekunden. Der Sekundenzeiger tickte in schläfriger Beständigkeit von einer Markierung zur nächsten. Ich musste im Kopf erst auf digital umrechnen – es war jetzt auf Pherostine 16:23h.

Wir hatten uns inzwischen eng aneinandergeschmiegt an die Wand gelehnt, meine Wange ruhte auf Richards Brust. Eine angenehme Schwere hatte von mir Besitz ergriffen und überlagerte die Müdigkeit, die immer noch an meinen Kräften zehrte. Trotzdem fühlte ich mich derzeit nirgendwo wohler als hier in dieser kleinen Kammer.

Jemand klopfte an die Tür, und das durchdringende Geräusch weckte mich unwiederbringlich aus meiner Gemütlichkeit auf. Richard rührte sich nicht.

»Willst du nicht schauen, wer da ist? Vielleicht war es wichtig.«

»Ungern.« Doch er löste sich von mir, ging zur Tür und steckte kurz den Kopf hinaus. Dort wechselte er ein paar Worte mit jemandem, bevor er zurückkam und sich wieder an mich schmiegte.

»Das sind mal gute Neuigkeiten«, sagte er.

»Was denn?«

»Lass dich überraschen, ja?«

»Ich hasse Überraschungen«, erwiderte ich wahrheitsgemäß.

Doch die Störung hatte mich daran erinnert, dass ich Stewart noch eine Antwort schuldete. Sollte ich ihm noch eine Absage zusenden? Ich entschied mich dagegen – einmal musste reichen.

Mein Blick streifte erneut die Uhr. Jedes »Tick, Tack« bedeutete, dass ich zwei Sekunden weniger alt wurde. Meine alte Rastlosigkeit kehrte zurück.

Siedend heiß fiel mir ein, was Stewart mir geschrieben hatte. »Gib mir Cross und die Datenchips.« Warum hatte er die Mehrzahl verwendet? Hatte er inzwischen von Cagliostro gehört, dass der Chip aus Geronimos Werkstatt verschwunden war? Und was mochten der oder die anderen Chips sein? All die Fragen ließen mich nicht los. Ich küsste Richard auf die Brust, dann erhob ich mich und begann, meine Kleider anzuziehen, die jemand gewaschen und schnellgetrocknet hatte.

»Was ist?«, fragte Richard. »Alles klar?«

»So klar es eben sein kann«, erwiderte ich. »Entschuldige die Hektik. Ich will nicht raus in das Chaos da draußen – eigentlich will ich nicht mal diesen Raum verlassen. Aber ich kann nicht mehr stillsitzen.«

»Verständlich.« Cross begann ebenfalls seine Kleidungsstücke vom Boden und dem Tisch aufzusammeln und sich anzukleiden. »Was hast du vor?«

»Wir sollten uns einen Cube greifen und die Daten des

Chips auswerten. Hast du schon einen Termin mit Müller gemacht?«

»Nein, noch nicht. Damit wollte ich noch warten, bis wir wissen, was für Beweise wir eigentlich in der Hand halten.« Er lächelte. »Alte Journalisten-Gewohnheit. Niemals die Pferde scheumachen, bevor man weiß, was man in der Hand hat.«

»Finde ich gut. Ich sichere mich, wenn's geht, auch immer doppelt ab.«

»Nebenan ist ein Cube, da können wir in aller Ruhe einen Blick darauf werfen.«

Cross führte mich in einen angrenzenden kleinen Raum mit einer abgenutzten Couchecke und einem alten 3D-Cube. Ich steckte den Chip in den Schlitz und wartete, bis die vertraute Molekularstruktur des Treptopenzans angezeigt wurde. Dann ging ich die anderen Informationen durch, die samt und sonders mit dem digitalen Wasserzeichen von CPT hinterlegt waren. Einige digitale Notizen waren in penibel geschwungener Schrift aus royalblauer Tinte versehen. »Das ist Cagliostros Handschrift.«

»Sicher?«

»Sicher. Ich würde sie überall im Universum wiedererkennen. Vermutlich ist er auch der einzige Mensch, der einen virtuellen Füllfederhalter besitzt, statt Kommentare in Computerschrift zu tippen.«

Cross überflog die Analysedaten. »Wie es scheint, hat *WasteLand* die chemischen Eigenschaften des Treptopenzans seit Sharidon deutlich weiterentwickelt.«

»Was für eine Wirkung hat das Zeug jetzt?« Ich versuchte, in den Zahlen und Molekülstrukturen einen Sinn zu erkennen, verstand aber nur Bahnhof. Die Sorte Bahnhof, bei der man keine Ahnung hat, wann man wo einsteigen soll, weil man nicht weiß, wo man hinwill.

Cross ging das offenbar anders. »Sie haben es modifiziert, so dass es wirklich nur an die tierische DNS im Gehirn ansetzt. Menschen dürften inzwischen nicht mehr betroffen sein.«

»Und was macht es im Gehirn?«

»Offenbar handelt es sich um einen Anti-Aggressor, den *WasteLand* im Auftrag von Cagliostro hat entwickeln lassen. Ein hochwirksames Psychopharmaka, das die Betas glücklich macht, wenn du so willst.«

»Klingt nicht so schlecht.«

»Wenn du gleichzeitig in Kauf nimmst, dass du den Betas die Persönlichkeit nimmst und ihren Verstand auf das Niveau von Standarderernährungspaketen reduzierst, vielleicht.«

»Du weißt eine ganze Menge über diesen Chemiekram.«

»Wie gesagt ... ich habe mal darüber recherchiert. Aber aus dem Bericht ist nichts geworden. *WasteLand* scheint seitdem an verschiedenen Standorten in die Großproduktion eingestiegen zu sein.«

»Und Cagliostros Firma CPT steht hinter *WasteLand?*«, fragte ich kopfschüttelnd. »Das hätte ich nicht gedacht.«

»Ich glaube nicht, dass Cagliostro das allein aufgezogen hat. Der Kerl scheint eher ein Mittelsmann zu sein, der Leute zusammenbringt, als jemand, der sich so etwas ausdenkt und finanziert.«

»Und du hast damals auf Sharidon nicht weiter nach den Schuldigen gesucht?«

»Nein«, sagte er grimmig. »Menschen, die mir lieb und teuer waren, starben. Ich wollte verhindern, dass das so weiterging. Also bin ich untergetaucht – und habe die Daten als Rückversicherung mitgenommen. Ich habe den Chip bei jemandem hinterlegt, der sie veröffentlichen wird, sobald ich sterbe.«

»Die Daten, die beweisen ...

»... dass *WasteLand* die Droge entwickelt und auf Sharidon absichtlich in die Atmosphäre entlassen hat. Ich habe das Ganze auf einem Originalchip mit dem digitalen Wasserzeichen von *WasteLand.* Der beweist haarklein, was da damals passiert ist. Aber auch hier lässt sich nicht feststellen, wer das alles beauftragt hat.« Er blätterte die Informationen auf dem Chip noch einmal sorgfältig durch. »Ich stand schon damals so kurz davor, herauszufinden, wer wirklich dahintersteckt. Und jetzt ist es wieder dasselbe!«

»Vielleicht bekommst du nachträglich die Chance dazu«, sagte ich nachdenklich.

Seine Worte ließen die letzten Mosaiksteine in meinem Kopf an ihren Platz fallen. Der Verdacht, den ich hatte, schnürte mir die Kehle zu. Plötzlich drängte sich mir eine Kakophonie von Geräuschen ins Bewusstsein: das leise und zornige Summen sämtlicher Granaten und Patronen in den angrenzenden Zimmern. Dazu spürte ich das harte Vibrieren eines großen Tanks sowie das sachte Schwingen einiger Treibstoffreste in Fässern.

Ich atmete tief durch, um wieder die Kontrolle über meine Emotionen zu gewinnen. Wenn ich nicht achtgab, sprengte ich uns sang- und klanglos in die Luft – und das wäre dann das Ende unserer kleinen Allianz hier. Aber wenn mein Verdacht stimmte, hatte ich noch das eine oder andere Hühnchen zu rupfen. Ich wusste bloß nicht, wie ich Cross verständlich machen sollte, was ich ahnte, ohne dass er mich für den Rest seines – oder meines – Lebens hassen würde.

»Überprüfe das Wasserzeichen«, bat ich Cross.

»Das was?«

»Das Wasserzeichen. Ich kenne den Code nicht, aber ich habe mal gesehen, dass eine Geheimnachricht im Wasserzeichen verborgen ist. Könntest du so etwas knacken?«

»Warte einen Augenblick.« Cross tippte auf der Folientastatur herum und erzeugte in schneller Folge ein halbes Dutzend Fehlermeldungen. »Hm«, sagte er nach ein paar Minuten. »Da könnte etwas sein ... Die Datei ist größer, als sie sein sollte, aber ich komme da nicht heran. Wir brauchen jemanden, der das entschlüsseln kann.«

Mir reichte allein diese Aussage, um meinen Verdacht zu bestätigen. »Und jetzt lässt *WasteLand* dieses Zeug – Treptopenzan – in die Luftwandler auf Pherostine einbauen? Das heißt doch, dass es auf jeden wirkt, der in der Nähe ist, oder?«

»Wie gesagt, nur auf die Beta-Humanoiden. Was schlimm genug ist.«

»Die Dinger werden in die Minen eingebaut. Das

heißt, dass jemand die Betas auf Pherostine zu friedlichen Hundis vergasen will?«

Cross nickte. »Aber nicht jemand. *WasteLand* hat bestimmt Hintermänner.« Er schritt zwischen Sofa und Couchtisch hin und her und legte die Stirn in Falten. »Es muss sich um *United* handeln. Für die steht am meisten auf dem Spiel, wenn die Betas auf Pherostine in die PLU eintreten.«

Ich wiegte den Kopf hin und her. Der Schluss lag nahe, aber für die Beteiligung des Konzerns gab es keine Beweise. »Möglich, aber unwahrscheinlich.«

»Wieso?«

Mein Kiefer war völlig verkrampft von der Konzentration, die es brauchte, meine Gabe zu kontrollieren. Ich holte ein paarmal tief Luft. »Weil nicht *United* den Stollen in die Luft gesprengt hat, um *WasteLand* an den Start zu bringen, sondern *Enclave*. Und von *Enclave* kam auch der Auftrag, dich zu töten.«

Cross blickte mich verständnislos an. »Ja, sicher. Das wissen wir schon, aber wir haben festgestellt, dass das keinen Sinn ergibt.«

»Doch, wenn man genauer darüber nachdenkt, dann tut es das.« Ich rief mir die zarten Blätter eines Gänseblümchens ins Gedächtnis, um nicht wieder die chemischen Prozesse in den Patronen anzuschieben. »Wenn damals auf Sharidon auch *Enclave* dahintersteckte und sie nun nicht nur versuchen, die Situation mit den Betas auf Pherostine in den Griff zu bekommen, sondern auch, die alte Rechnung mit dir zu begleichen?«

Nachdenklich wiegte er den Kopf hin und her. »Mög-

lich. Aber warum hat *Enclave* damals so hart durchge-
griffen? Verdammt nochmal, sie haben meine Frau umgebracht!«

Ich schwieg einen Augenblick betreten. Was hätte ich
auch sagen sollen? »Erste Möglichkeit: weil nicht nur
Betas gestorben sind; das wäre bloß Sachbeschädigung.
Wegen der Menschen, die dabei umgekommen sind,
kann der Konzern immer noch wegen mutwilligen Tot-
schlags in die Pflicht genommen werden. Zweite Möglichkeit: weil *WasteLand* vielleicht das Privatprojekt von
jemandem nahe der Chefetage ist. Und wenn der Konzern eines nicht gern sieht, dann, wenn jemand hinter
seinem Rücken Konkurrenz großzieht, so klein sie auch
sein mag. Umso brisanter, wenn diese Firma auf Sharidon bereits eine Katastrophe verursacht hat, die auf
Enclave zurückfallen würde.«

Cross sah mich fragend an. »Willst du mir damit sagen,
dass kein Konzern, sondern ein einzelner Mensch hinter
all dem steht?«

Ich nickte grimmig. »Zumindest ist es möglich. Vielleicht ist es sogar Stewart, mein Chef.« Deshalb hatte der
in der Textnachricht vermutlich die Chips, Mehrzahl,
gefordert – er wollte auch Cross' Lebensversicherung
von Sharidon ...

Cross schwieg einen Augenblick erstaunt. »Das ist
aber auch nur eine Hypothese, wir haben keine Beweise
dafür.«

»Das stimmt«, räumte ich ein. Ich konnte ihm schlecht
sagen, dass damals, als ich den Auftrag bekommen hatte,
seine Frau zu töten, mein Chef Stewart zum ersten Mal

in der Erinnerung seiner Leute fuchsteufelswild geworden war, und dass er größtmögliche Brutalität eingefordert hatte, um Cross davon abzubringen, weiter nach Informationen zu suchen, die Stewarts Beteiligung nahelegten. »Aber es wäre Stewart zuzutrauen. Und ich bin sicher, dass wir mehr wissen, wenn wir dieses Wasserzeichen dekodieren lassen.«

»Dann sollten wir das tun. Mutmaßungen helfen uns nämlich nicht weiter«, stellte Cross grimmig fest. »Und es bleibt immer noch dieselbe Frage offen: Warum sollte *Enclave* eine Krise auflösen, die *United* schaden kann? Sie sollten doch eher Freudentänzchen aufführen.«

»Das Ganze ergibt Sinn, wenn wir davon ausgehen, dass *Enclave* keine Aktien in der Sache hat, sondern es die Privataktion eines Einzelnen ist. Wenn Stewart dahintersteckt, schlägt er zwei Fliegen mit einer Klappe: Er zieht *WasteLand* neue Aufträge an Land und kann ein paar lose Fäden abschneiden. Unter anderem dich.«

Das Argument schien bei Cross eher zu ziehen. »Dann würde Cagliostro bei *WasteLand* für deinen Chef die Strippen ziehen. Der Auftrag mit den Luftwandlern bringt der Firma sicher Millarden C ein.«

»Und sie benutzen Müller, um die Dinger im Namen der GWA zu positionieren und die Beta-Situation in den Griff zu bekommen …«

»Was Müller aber schadet, denn die GWA ist ja prinzipiell für die Beta-Rechte. Wir müssen mit ihm sprechen. Er ist der Einzige, der diesen verdammten Plan noch verhindern kann.« Er fuhr sich mit der Hand über das Gesicht. Offenbar traf ihn die Erinnerung an seine Frau immer noch sehr; er musste sie sehr geliebt haben. Mir saß ein Knoten im Hals. »Okay.«

Jetzt, wo ich den Gedanken einmal ausgesprochen hatte, dass mein Chef der Initiator all dessen war, ergab alles einen Sinn. Stewarts Gereiztheit, als ich das erste Mal von Pherostine zurückgekehrt war, die Tatsache, dass er den Gewerkschaftsrat gleich mit in die Luft hatte sprengen lassen und nur Cross gerettet worden war – Stewart hatte verhindern wollen, dass nach dessen Tod die Beweise veröffentlicht wurden! Und es würde auch die Nachrichten erklären, die er mir vorhin geschickt hatte. Er wollte ein für alle Mal reinen Tisch mit Cross machen.

Die einzige Frage, die mir ein Rätsel blieb, war, warum er mich dann auf die Mission geschickt hatte, Cross zu töten. Hatte er gedacht, ich würde das sowieso nicht schaffen, wenn ich nichts in die Luft sprengen durfte? Ich wusste es nicht.

Ich wusste auch nicht, wie viele der Aufträge in den letzten vier Jahren mein Team wohl tatsächlich für *Enclave* durchgeführt haben mochte. Wie viele waren auf Stewarts Privatrechnung gegangen? Machte es überhaupt einen Unterschied, in wessen Namen jemand ermordet wurde? Das Vibrieren des Treibstoffs nahm wieder zu – mir entglitt die Kontrolle. Ich ballte die Hände, um mich zu beherrschen.

Richard griff sich seine braune Lederjacke. »Lass uns das mit den anderen besprechen, komm.«

»Wohin?«, fragte ich, doch er ging schon zur Tür hinaus. »Einen Krankenbesuch abstatten.« Er ging gleich wieder durch eine Hintertür durch den Hausflur einer anderen Wohnung, grüßte eine sicher siebzigjährige, aber rüstige alte Frau, trat durch eine Seitentür in eine von Efeu beinahe durchwucherte Wohnung.

»Krankenbesuch? Bei wem? Turner?« Ich folgte ihm schon allein deshalb auf dem Fuße, um mich nicht zu verirren. Dabei warf er mir einen schiefen Blick über die Schulter zu. »Du hast wirklich ein Problem mit Überraschungen, oder?«

Also folgte ich Cross stumm durch ein Gewirr aus Türen und Gängen. So ganz hatte sich mir die Struktur dieses Viertels noch nicht erschlossen, in dem man sich weniger über Straßen und Wege außerhalb von Häusern als vielmehr von einer Wohnung über Flure und Zimmer in die nächste zu bewegen schien. Das Ergebnis war ein Labyrinth ohne Gänge.

Belustigt dachte ich daran zurück, dass ich bei meiner zweiten Ankunft auf Pherostine erwogen hatte, Cross' Haus oder Wohnung auszukundschaften und zu beobachten. Das war hier nur möglich, wenn man aus dem Küchenfenster oder von der Terrasse des unmittelbaren Nachbarn schaute – und etwas sagte mir, dass sich hier alle Menschen außerordentlich gut kannten. Ohne Scanning-Technologie, mit der man durch die Dächer schauen konnte, war hier keine Überwachung möglich, es sei denn, man war ein Teil der Gesellschaft. Und vermutlich sorgten die elektromagnetischen Strömungen der Energiesammler über den Dächern für Interferenzen, die ein technisches Ausspionieren unmöglich machte. Das Viertel war ein perfektes Versteck.

Schließlich blieb Cross vor einer schmalen Stahltür stehen. Das Metall war mit blauen Tribal-Symbolen verziert, die mir vage bekannt vorkamen. Er trat ein und hob die Hand, um uns zu bitten, draußen zu warten. Widerwillig gehorchte ich und maß die Distanz, die uns trennte, mit nervösen Blicken.

Von draußen konnte man nur teilweise in die hohe Halle hinter der Tür hineinsehen. In dem blauen Licht erstrahlten Kabelbündel, die aus der Decke kamen und sich in alle erdenklichen Ecken des Raums verzweigten. Ganze Motoren und Technikanlagen standen auf Werkbänken und Tischen herum, dazu Werkzeug, Schrauben und Muttern, Platinen und sogar Cybergliedmaßen. Auch hier spürte ich ein leichtes Vibrieren, das ich inzwischen zu identifizieren gelernt hatte – Treibstoff. Ich fühlte mich in Geronimos kleine, aber feine Plastikwohnung auf Chorriah versetzt – mit dem Unterschied, dass dieser Raum die Größe einer Fabrikhalle besaß. Dann realisierte ich, woher ich die blauen Zeichen kannte.

In der Mitte der Halle stand ein alter Frachtmecha, ein mit zwei Greifarmen und zwei Beinen aufgebauter übergroßer Roboter, der von einem darin sitzenden Menschen gesteuert wurde, ganz ähnlich den Ladegeräten, wie wir sie am Messehafen gesehen hatten. In diesem Fall lag die Pilotin eher, als dass sie saß.

Winslow sah erschreckend schmal und blass aus. Das blonde Haar war fast vollständig rasiert und von Pflastern bedeckt, wie ich es von Schrapnellverwundeten kannte. Die junge Frau trug einen Anschluss für künstliche Beatmung im Hals, der mit Klebestreifen befestigt war, eine zusätzliche Respiratormaske war über Mund und Nase gestülpt und verbarg ihre blauen Cyberoos. In den Mecha integriert war eine surrende und piepende Maschine, die Winslows Lebenszeichen aufzeichnete und die Beatmung sowie die Versorgung mit Schmerzmitteln sicherstellte. Neben ihr standen Grange, Cross' rechte Hand, wie ich inzwischen herausgefunden hatte, sowie Wauzi und Swift. Swift und Ares behielten mich trotz meiner Hilfe bei der Flucht von Chorriah stets im Auge, Winslow schien mich noch nicht gesehen zu haben.

»Hey!«, sagte Richard in der vorsichtigen Art, in der man mit Kranken spricht.

Winslows »Hey!« klang blechern und kalt aus einem Lautsprecher – offenbar übersetzte ein Sprachprogramm ihre Worte. Mit einem Tubus im Hals sprach es sich nicht so gut. Der Mecha bewegte seinen metallischen Arm und winkte mädchenhaft. Selbst unter der Maske leuchtete ihr Gesicht bei Richards Anblick auf.

»Bin ich froh, dass du das überstanden hast«, sagte Cross mit belegter Stimme. »Ich dachte schon ...« Er sprach nicht weiter.

»Ich auch«, gab die Roboterstimme von sich. »War knapp.«

»Solltest du denn nicht im Krankenhaus liegen?«

»Keine Versicherung«, entgegnete die Frau. »*United* lehnt die Behandlung ab. Kein Arbeitsunfall. Doc Reagan hat mich hierhergebracht und an die Maschinen angeschlossen. Er ist hier praktisch eingezogen.«

Cross stieß einen ungehörigen Fluch aus. »Doc Reagan

ist mehr Techniker als Arzt und ein verdammter Junkie!«

»Er hat einen Doktor in Kybernetik«, kam es aus den Lautsprechern. »Und er ist der Einzige, den ich habe.«

»Ich glaube es nicht. Die PLU spart für genau solche Situationen, Winslow. Wir kriegen das wieder hin.«

»Klar«, antwortete die Blonde.

»Bist du fit genug, um Besuch zu empfangen?«, fragte Cross schließlich. »Wir müssen ein paar Dinge besprechen.«

»Fit wie ein Turnschuh.« Das kahlrasierte und zusammengeflickte Mädchen lächelte schwach unter ihrem Respirator. »Wie seh ich aus, Cross?«, schepperte das Sprachprogramm monoton. Dabei machte der Mecha Bewegungen, als würde sich ein Mädchen adrett drehen, um sich im Spiegel zu betrachten.

Er lachte kurz auf, senkte den Kopf und wischte sich über die Augen. »Großartig, Winslow«, sagte er. Dabei blieb ihm beinahe die Stimme weg. »Du siehst großartig aus.«

»Dann gehen wir bald tanzen, ja? Du und ich, eine Fiedel und eine Flöte ...« Die mechanische Stimme gab ein hustendes Geräusch von sich. Mir stellten sich die Nackenhaare auf, als ich erkannte, dass das Sprachprogramm versuchte, ein Lachen umzusetzen. »... das Leben ist so kurz.«

Dem schlaffen Körper nach zu schließen, würde sie so schnell nicht mehr tanzen gehen – vielleicht nie wieder. Zumindest nicht ohne Geräte. Unwillkürlich hatte ich Bilder in meinem Kopf – Cross und Mecha-Winslow in einer Scheune, wie sie zu Fiedel und Flöte tanzten. »Apropos tanzen – hast du die Schlampe eigentlich erwischt?«, fragte sie dann.

»Gewissermaßen«, sagte Cross und wandte sich um. Damit gab er den Blick auf mich frei. Ich hob die Hand zu einem zögerlichen Gruß.

Das Piepen, das Winslows Herzschlag meldete, wurde hektischer, und ein, zwei andere Geräte, die ich nicht zuordnen konnte, veränderten ebenfalls ihre Geräuschkulisse. Der Mecha machte einen Schritt zurück; eine erstaunlich menschlich wirkende Angstreaktion für so einen Berg aus Stahl, Kabeln und Öl. Gleichzeitig fuhr an einem Arm ein Lauf aus. Das verdammte Ding hatte die Ausmaße eines Maschinengewehrs und musste mit Winslows Gehirn verdrahtet sein. Damit würde sie nicht nur mich, sondern noch die nächsten drei Gebäude durchsieben. Das Mädchen war gut ausgerüstet.

»Hey, keine Angst«, setzte Richard schnell hinzu. »Sie ist unbewaffnet und tut dir nichts. Sie steht auf unserer Seite!«

Swift schnaufte abfällig, und Winslow glotzte mich mit blutunterlaufenen Augen an. »Die hat mich beinahe umgebracht.«

»Sie hat versucht zu helfen, Winslow. Um die Leute in der Bar vor der Granate zu retten – und mich, nebenbei, auch.«

Ich nickte. »Wenn's dich tröstet – ich dachte, bei dir könnte man nicht mehr so viel kaputt machen, nachdem dich die Kugeln getroffen hatten.«

»Schusssichere Weste.«

Ich starrte sie an, als ich begriff, was das bedeutete. Jabberts Kugeln hatten ihr vermutlich nur ein paar Prellungen zugefügt. Der Schaden, den sie erlitten hatte, musste beinahe vollständig von der Granate stammen, die ich ins obere Stockwerk geworfen hatte. Ich fluchte stumm.

»Tu nicht so, als wenn dir das leidtäte«, kam aus dem Lautsprecher.

»Es *tut* mir leid«, sagte ich. »Da unten waren beinahe zweihundert Menschen. Und du hättest es auch nicht anders gemacht, wenn du in meiner Situation gewesen wärst.« Ich neigte den Kopf leicht zu Cross hinüber und sprach den Rest des Satzes nicht aus: Wenn du versucht hättest, dich und Richard zu retten.

Ich konnte das Gesicht der Verletzten unter dem durchsichtigen Respirator nur halb erkennen, doch die Augen sprachen Bände. Sie starrte mich trotz der grünblauen Schwellungen auf Wangenknochen, Stirn und Auge an. Dann glitt ihr Blick hinüber zu Cross. Ich hatte den Eindruck, dass sie ahnte, was zwischen ihm und mir vorgefallen war. Und dass es wehtat. Sie funkelte mich einen Moment lang kämpferisch an, dann schloss sie erschöpft die Augen. In ihrer Situation war sie nicht fähig zu einem Wettbewerb – und vermutlich war ihr nur zu klar, dass sie den auch gesund nicht gewonnen hätte. Man konnte einen Menschen nicht dazu zwingen, jemanden zu lieben.

»Kann sie hereinkommen?«, bat Cross. »Wir müssen uns mit dir besprechen, Winslow. Was Technik angeht, macht dir keiner etwas vor.«

Winslow presste die Lippen zusammen und fuhr das Maschinengewehr des Mecha-Arms nervös ein und aus. Der alte Trotz kehrte in ihren Blick zurück. »Wenn du etwas versuchst, puste ich dich aus den Stiefeln«, sagte die mechanische Stimme.

Doch Cross' Stichwort ließ mein Herz schneller schlagen. Winslow, das Technik-Genie, war am Leben. Gab es vielleicht doch eine Möglichkeit, den Sprengsatz in meinem Kopf zu deaktivieren? Wenn man den Akku seines Störsenders regelmäßig auflud, blieb vielleicht genug Zeit dafür ... Doch nach diesem Aufbäumen der Hoffnung fuhren meine Selbstschutzmechanismen hoch. *Nur nicht zu früh freuen, Elyzea,* sagte ich mir. *Sonst fällst du nur umso tiefer.*

Der Mecha fuhr den Gewehrlauf ein und hob die geballte Stahlfaust. Erst dachte ich, Winslow wolle mit dem Koloss auf mich zustapfen und mich zu Brei hauen, doch dann fuhr der metallene Mittelfinger zu einer obszönen Geste aus. Ich grinste schief. Ich schätze, das hatte ich verdient. »Ich hab dich auch lieb, Schätzchen«, erwiderte ich und betrat mit den anderen die Halle.

In dem Raum herrschte eine Spannung, die sich wie ein Wellenkamm an uns brach. Offenbar war den Leuten aufgefallen, wie lange Cross bei mir in der Kammer geblieben war – und bei dem dünnen Holz der Wände hatte man uns vermutlich zuhören können.

»Wie geht es Turner?«, fragte ich in den Raum. Ich hatte gehofft, den Freibeuter hier anzutreffen.

»Er wird leben«, sagte die Frau einsilbig.

Ich nickte erfreut.

Richard steckte den Chip, den wir auf Chorriah in Geronimos Quartier gefunden hatten, in einen Cube, und bat Winslow, die unübersichtliche Datenmenge im Wasserzeichen zu untersuchen. Dann sah er die Versammelten einen nach dem anderen an. »Also. Wir sind hergekommen, um Fakten zu sammeln. Ich fange damit mal an.« Damit legte er den Anwesenden die Neuigkeiten dar, die wir auf Chorriah und dem Datenchip bislang gefunden hatten – alles über *WasteLand,* das Treptopenzan und *Enclave.*

Als Cross zu seiner eigenen Hintergrundgeschichte kam, stockte er kurz. »Ich habe euch über meinen Namen und meine Herkunft belogen. Das tut mir leid.«

Er sah in schweigende Gesichter – offenbar hatten die anderen erst einmal daran zu knapsen, dass der Kumpel Richard Cross nicht Richard Cross war, dass Richard Cross sogar nur die Kunstfigur eines hochgebildeten Journalisten aus fremden Welten war, die sie nicht kannten.

Cross schien das nicht zu bemerken, er fuhr fort. »Es scheint tatsächlich so zu sein, dass dieser Mensch, Stewart, mich töten will, weil ich damals auf Sharidon Informationen aufgedeckt habe, die er vertuschen will.«

»Informationen?«, fragte Swift, die offenbar als Erste mit den Neuigkeiten umgehen konnte. »Was für Informationen?«

»Beweise, dass *WasteLand* die Droge gegen die Betas zurechtgeschneidert hat und schuld an dem Unfall ist, der damals dort stattgefunden hat. Wir können sie mit

CPT von diesem Cagliostro verknüpfen, aber noch nicht mit den vermuteten Hintermännern.«

»Hintermänner hinter *WasteLand*?«, fragte Winslow und vergrößerte das Bild im Cube um das Doppelte. »Ich habe da etwas gefunden.«

Das Logo von CPT zerfiel in seine Bestandteile und offenbarte das Logo von *WasteLand*. Ich wusste erst nicht, was sie glaubte, entdeckt zu haben, bis sich auch dieses Wasserzeichen auflöste und einen von grauem Rauschen unkenntlichen sprechenden Kopf offenbarte – eine Videobotschaft. »Ich versuche mal, das Rauschen auszublenden. Aber die Verschlüsselung ist erstklassig«, erklang es aus dem Mecha-Lautsprecher. »Weiß jemand, wer das ist?«

Tatsächlich verbesserte sich das Bild so weit, bis man ein Gesicht erkennen konnte. »Allerdings«, sagte ich. »Das ist Stewart, mein Chef. Er versteckt gern Geheimbotschaften in solchen Wasserzeichen.«

»Da besteht kein Zweifel?«, fragte Cross. Er sah aus wie ein Jagdhund, der die Spur seines Wilds aufgenommen hatte und nur auf den Befehl wartete, hinterherlaufen und es stellen zu dürfen.

Ich betrachtete das Bild noch eine Weile und hoffte, dass Winslow die Tonspur aktivieren konnte, doch der Cube gab nur Fetzen von sich. »Keine Zweifel.«

Wauzi knurrte. »Beweist das, dass der Kerl Stewart schuld an Symes und Willbourys Tod ist? Hat er den Stollen in die Luft gejagt?« Er sah kurz zu mir hinüber und korrigierte sich: »Jagen lassen, meine ich?«

Cross verschränkte die Arme vor der Brust und schluckte einmal schwer. Ich hatte den Eindruck, dass er sich zusammenreißen musste, um seine Stimme unter Kontrolle zu bringen. »Das ist der Beweis, dass der Mann mit *WasteLand* zusammenhängt und hinter der Katastrophe auf Sharidon und der Installation der Luftwandler auf Pherostine steht, nicht mehr und nicht weniger.« Ein grimmiges Lächeln breitete sich auf seinem Gesicht aus. »Damit haben wir den Scheißkerl im Sack und zahlen ihm alles heim, was er uns angetan hat.«

»Wegen des Attentats auf den Stollen könnte die Frau, die auf den Knopf gedrückt hat, ja gegen ihn aussagen, oder?«, fragte Swift.

Unentschlossen zuckte ich mit den Schultern. »Wenn wir es damit vor Gericht schaffen, sicherlich. Aber wenn wir das alles an die Presse geben, wird es keine Verhandlung geben, dann ist Stewart Geschichte. *Enclave* wird sein Hirn operativ entfernen, es an einen Computer anschließen, um an die Informationen zu kommen, und den Rest von ihm ohne Verhandlung aus einer Luftschleuse werfen.« Und das wäre noch die nettere Behandlung, die Stewart erwarten konnte – *Enclave* duldete keinen Verrat am eigenen Haus.

»Nicht wenn – *falls* wir die Infos in den Äther bekommen«, grunzte Grange.

»Aber was hat *Enclave* von der Ermordung von Symes und den anderen?«, beharrte Swift. »Cross – ich weiß, sie hat uns geholfen, von Chorriah wegzukommen. Aber wir haben für die Verbindung nur ihr Wort. Können wir wirklich darauf bauen, dass das stimmt? Immerhin hat sie Symes und die anderen umgebracht!«

»Sie ist nicht der Feind, Swift. Sie ist in diesem Spiel ein Bauer, genau wie Symes, wie du und ich. Ich hätte das alles nie verstanden, wenn sie mir nicht dabei geholfen hätte.«

Swift lehnte sich mit dem Hinterteil gegen eine Werkbank und verschränkte die Arme vor der Brust. »Aber *United* hat den einzigen Nutzen daraus.« Sie breitete die Hände aus, als jongliere sie mit unsichtbaren Bällen. »In welchem Universum tut *Enclave United* einen Gefallen?«

»Ich würde eher sagen, dass das *noch* nicht zusammenpasst«, sagte ich. »Ja, hier gibt es eine Leerstelle. Wir wissen nicht, wer genau *WasteLand* mit der Produktion der Droge und der Installation der Luftwandler auf Pherostine beauftragt hat. Wir wissen auch nicht, ob *United* mit im Sack steckt. *Enclave* tut es in jedem Fall – oder jemand bei *Enclave,* was nicht dasselbe sein muss! Aber mal ehrlich – Cagliostro ist ein Spieler, der berüchtigt dafür ist, auf mehreren Hochzeiten gleichzeitig zu tanzen. Jeder kann seine Dienste erwerben. Auch *United.* Im Zweifel arbeitet er sogar für mehrere Parteien gleichzeitig, um die Droge an den Start zu bringen.«

»Hast du mir gerade zugestimmt?«, fragte Swift erstaunt. Offenbar hatte ich sie damit aus dem Konzept gebracht.

Ich nickte. »Du hast etwas Schlaues gesagt.«

»Dieses Klepto ... Trepto ... Dieses Zeug, das in den Luftwandlern steckt, wirkt also nur auf Betas?«, fragte Wauzi.

»Ja.«

Der Hundemensch stieß ein tiefes Knurren aus. Es

klang so bösartig, dass sich mir der Magen zusammen-zog. »Hab schon eine Kostprobe von so 'nem Zeug abbe-kommen. War nich witzig, überhaupt nich. Die *UI*-Sec benutzt es.«

Ich erinnerte mich an die Schlägerei im Luxemburg-Haus, bei der nur die Betas von dem Tränengas betroffen gewesen waren. »Du hast dich durch das Zeug in ein sab-berndes Stück Brot verwandelt. Das neue Treptopenzan soll bloß Aggressionen dämpfen, oder?« Cross nickte und fügte meinem »bloß« mit beiden Händen zwei Luftanführ-rungszeichen hinzu, um die Aussage zu relativieren.

Swift mischte sich ein. »Aber Müller hat die Luftwand-ler als einen Sieg der GWA gegen *United* verkauft, als Verbesserung der Lebens- und Arbeitsbedingungen. Wenn der Konzern sie jetzt benutzt, um die Betas ruhig-zustellen, dann ist das kein Gewinn, sondern eine Verar-sche großen Formats!«

»Allerdings«, sagte Cross. »Wir müssen zu Müller.«

Das Gespräch über Müller rief mir ein Detail in Erin-nerung, das ich vergessen hatte. »Du hast gesagt, dass du mit Müller telefoniert hast, als der Stollen explodiert ist, oder?«

»Ja. Vermutlich ist dem Mann gar nicht bewusst, dass er mir das Leben gerettet hat. Ich muss mich noch bei ihm bedanken.«

»Wer von euch hat angerufen?« Ich kannte die Ant-wort, aber ich wollte sicherstellen, dass ich mich nicht täuschte.

»Er. Ich bin hinausgegangen, weil ich bei dem Emp-fang da unten sonst kein Wort verstanden hätte. Er wollte bloß nachfragen, wie die Situation auf Pherostine aussieht, nichts Großes. Hinterher habe ich mich gewundert, warum er nicht mit Symes sprechen wollte, sondern mit mir, aber vermutlich hat er ihn einfach nicht erreicht. Symes hat bloß einen uralten Phonestick, der da unten vermutlich noch weniger erreichbar war als meiner.«

»Aber Müller hat gewusst, dass ihr in der Mine sein würdet?«

»Möglich. Die Begehung war bei der GWA und bei *United* angemeldet. Aber er hat natürlich nicht den Zeitplan sämtlicher Mitglieder der PLU im Kopf.«

»Aber er kann davon gewusst haben?«

»Kann er schon, warum?«

»Vielleicht hat er absichtlich angerufen, um dich herauszuholen.«

»Aber dazu hätte er wissen müssen, dass du die Mine sprengen würdest«, warf Cross ein.

»Und das hieße, dass er mit drinhängt.«

»Glaubst du das wirklich?«, fragte er. »Ich wüsste nicht, warum er einen Gewerkschaftsrat töten lassen und eine Untersuchung sabotieren sollte, die im Sinne der Gewerkschaft durchgeführt wird.«

»Ich weiß nicht, ob Müller mit drinsteckt. Ich finde nur, das Telefonat passt zu gut in die Sache hinein.«

»Kann ein Zufall gewesen sein«, sagte Grange. »Das macht keinen Sinn. Die GWA will die Betas in die Gewerkschaft holen.«

»Die will uns doch gegeneinander aufhetzen«, mutmaßte Swift.

Ich rollte genervt mit den Augen. »Will sie nicht. Sie

will nur vorsichtig sein, damit wir nicht in eine Falle laufen.« Das Problem mit der Paranoia war, dass man nie wusste, wann sie berechtigt war und wann nicht.

»Ich glaube nicht, dass Müller davon wusste, Cross«, sagte Swift. »Und wohin sollen wir sonst auch gehen?«

»Wir könnten die Daten selbst veröffentlichen, die wir gefunden haben. Was das Zeug ist, und dass es in den Luftwandlern steckt«, schlug ich vor.

»Und wie sollen wir das Zeug an die Öffentlichkeit bringen? Im Cybercafé?«, fragte sie. »Sämtliche Transmissionen von und nach Pherostine werden von *United* durch die Komstation Richfield überwacht. Das Zeug ist schneller gelöscht, als es jemand auswerten kann.«

»Sollte *United* nicht froh sein, dass jemand *Enclave* angeht, oder?«, fragte Winslow.

»Nicht, falls sie selbst einen Deal mit Cagliostro haben und von den Drogen wissen«, sagte ich. »Wir wissen aber nicht, ob *United* Aktien in der Sache hat.«

»Nein. In jedem Fall haben wir keine Kontrolle darüber, wer die Daten wo ausbremst, wenn wir sie nicht direkt in die Komstation bringen lassen können.«

»Das ist zu groß für uns«, sagte Grange. »Gegen *Enclave* müssen wir Müller und die GWA ins Boot holen. Er kann die Luftwandler in den Stollen wieder rauswerfen lassen. Und er kann die Daten in der Komstation veröffentlichen lassen.«

»Müller ist unser Mann«, sagte auch Wauzi.

»Die Luftwandler sind übrigens nicht nur in den Stollen«, verkündete Winslows künstliche Stimme leidenschaftslos. »Die Geräte sind überall. Immerhin wollen sie das Planetenklima verbessern. Jedes verdammte Stadtviertel bekommt eines. Viele davon sind schon installiert.«

Alle Augen wandten sich zu einem sich aktivierenden Cube, in dem ein Nachrichtenstream lief. Dort berichtete die blonde Moderatorin von der erfolgreichen Gewerkschaftsintervention auf Pherostine, die zur Installation der Luftwandler geführt hatte. Im Hintergrund wurde mit mehreren Schnitten gezeigt, wie die schneckenhausförmigen Gehäuse an diversen Stellen in Carabine installiert wurden – im Zentrum, beim Messegelände, in den Arbeiterbezirken des zweiten und dritten Rings und sogar in der Nähe der Arbeitersiedlung unter den Solarflügeln, in der wir uns momentan aufhielten.

Die Blonde schloss ihren Bericht mit grimmigem Gesicht ab. »Zum Sieg der GWA und der PLU auf Pherostine wird Gerhard Müller heute Abend um 20.00 Uhr Ortszeit eine Pressekonferenz vor interstellaren Journalisten geben. Dabei will er auf das spektakuläre Verschwinden des jüngst gewählten Gewerkschaftsvorstandes Richard Cross eingehen, der vorgestern nach einem Terroranschlag im ersten Ring von Carabine City untertauchte. Ich bin Justine Ashley für Starlook aus Carabine City, Pherostine.«

»Da bin ich ja mal gespannt, was er zu sagen hat«, bemerkte Cross trocken.

Grange kaute auf seinem Pfriem herum. »Okay. Das ist doch eine Gelegenheit, an Müller ranzukommen. Wo wollen wir uns mit ihm treffen?«

Cross legte die Stirn in Falten. »Es sollte ein Ort sein,

von dem wir schnell wegkommen.« Er machte eine Pause. »Wo findet diese Pressekonferenz statt?«

Winslow ließ den nun stummen Nachrichtenstream aus dem Cube verschwinden und browste in Gedankenschnelle durch einige Suchprogramme und Karten. Schließlich öffnete sie eine Mitteilung an Justine Ashley, Reporterin bei Starlook Enterprises, in der Ort und Zeit grün unterlegt waren: 20.00 Uhr, *United Industries* Interstellar Communication Center Pherostine, Richfield, Carabine.

»Das passt«, sagte Grange. »Wir spielen ihm die Daten vorher zu und erklären ihm die Sache. Dann kann er sie gleich veröffentlichen.«

Swift nickte. »Du bist erst in Sicherheit, wenn die Informationen, die ihr zusammengetragen habt, an die Öffentlichkeit gebracht worden sind.«

Cross wog zögernd den Kopf hin und her und machte dabei ein Gesicht, als hätte er in eine Zitrone gebissen. »Ich lege mein Schicksal ungern in die Hände von jemand anderem und verlasse mich darauf, dass alles gutgeht.«

»Werden wir doch endlich ein wenig paranoid?«, fragte ich schmunzelnd.

»Es gibt einen Unterschied zwischen Paranoia und gesunder Vorsicht. Müller ist Politiker. Die haben immer eine eigene Agenda. Und Leuten mit einer eigenen Agenda vertraue ich nur so weit, wie ich muss.«

»Sehr weise.« Ich kam nicht umhin, dabei an Stewarts Angebot zu denken. »Du hast die Daten doch? Du kannst sie beschaffen?«

»Natürlich. Es gibt nur den einen Chip, das Original, das sich nicht kopieren lässt. Es hat mir bislang das Leben gerettet und ist deshalb gut verstaut.«

»Aber in Reichweite?«

Cross nickte. »Ich kann ihn besorgen.«

»Schnell?«

»Schnell«, bestätigte er.

Das bedeutete, dass er die für ihn so lebenswichtigen Daten, wegen derer er von Stewart gejagt wurde, hier in der Siedlung oder in nächster Nähe versteckt haben musste.

»Aber was machen wir damit?«, fragte Swift. »Wir können da schlecht selbst hineinspazieren und die Daten eigenhändig in den Satelliten einspeisen.«

»Warum eigentlich nicht?«, fragte ich. »Wir wollen uns eh mit Müller treffen, oder? Warum also nicht dort?«

»Ihr habt sie nicht alle, oder?«, fragte Swift. »Die Komstation auf William's Peak? Wollt ihr uns alle umbringen?«

»Ist sie gut gesichert?«, fragte ich.

»Gut gesichert? *United* ist kein Fan von freier Meinungsäußerung. Die Station ist einer der drohnenverseuchtesten Orte Pherostines. Müller muss einiges gegen den Gouverneur in der Hand haben, dass er dort eine Pressekonferenz halten darf.«

»Ich finde die Idee gut«, erwiderte Cross. »Nur dort können wir sicher sein, dass die Veröffentlichungen nicht sofort wieder von jemandem aus dem Äther gefischt werden, bevor sie von den Satelliten weiterverteilt werden.«

»Ich auch«, sagte Winslow. »Ein wenig verrückt, aber gut.«

»Ein wenig verrückt? Das ist Wahnsinn!«, sagte Swift. »Wie sollen wir da überhaupt reinkommen? *United* riegelt den Bezirk großräumig ab und hat überall Überwachungsdrohnen installiert. Wenn die auch nur dein Profil sehen, Richard, gehen die Sirenen los! Dabei gehen wir alle drauf!«

»Sicher, Richfield ist gut überwacht«, sagte Cross, »liegt aber auch außerhalb, so dass wir dort leichter hineinkommen werden als ins Zentrum von Carabine.«

»Und die Drohnen lasst meine Sorge sein.« Ich war mir nicht ganz sicher, aber ich hatte den Eindruck, dass Winslow unter dem Respirator in stiller Vorfreude leuchtete, als sie das sagte.

»Swift, du musst nicht mitkommen, wenn du es für zu gefährlich hältst«, sagte Cross. »Und das gilt für alle hier. Ich will nicht behaupten, dass die Aktion, die wir vorhaben, leicht wird. Oder dass wir alle das ganz sicher überleben werden. Ich für meinen Teil ...«, er machte eine Pause und sah wirklich müde aus. Dann sah er mich an. »Ich habe genug vom Weglaufen. Diese Sache ist mir mein Leben wert. Aber ich will dabei nicht über euch bestimmen. Ich verstehe, wenn euch das nicht so geht.«

»Beim Hades«, knurrte Swift beinahe so authentisch wie Wauzi, »als ließe ich euch das allein durchziehen. Ich komme schon allein deshalb mit, um ›Siehste!‹ zu sagen, wenn euch die Schlampe hier in den Rücken schießt!«

»Dann ist das beschlossene Sache. Winslow, du findest sicher einen Plan der Anlage, oder?«

»Inklusive Sicherheitsmaßnahmen und allem Drum und Dran«, erwiderte sie.

»Gut. Wir müssen eine Strategie entwickeln, wie wir in die Anlage hineinkommen. Der Plan, wie wir wieder aus der Anlage herauskommen, sollte aber noch besser sein. Da brauchen wir ein Ass im Ärmel.« Er lächelte mich an. »Da zähle ich auf dich, Elyzea.«

»Okay. Ich kann mir da die eine oder andere Gemeinheit vorstellen«, sagte ich lächelnd.

»Sehr gut. Grange, kontaktiere Müller. Aber sag ihm nicht, dass es um mich geht, ja? Sag ihm, er soll bei *United* ein paar Vertreter der PLU als Teilnehmer der Pressekonferenz registrieren. Swift, du bereitest mit Chester das Raumschiff und die Waffen vor.«

Der Cowboy nickte und wollte hinausgehen, doch ich hielt ihn auf. »Grange? Wenn Müller nicht einwilligen will – biete ihm eine Probe von dem Xenan. Die Gewerkschaft wird doch immer noch prüfen wollen, ob das Zeug instabil ist oder nicht, schätze ich.«

»Hast du denn eine Probe?«, fragte Grange erstaunt. Ich nickte. »Wenn der Rucksack, den ich bei meiner Flucht zurückgelassen habe, noch dort ist, wo ich ihn versteckt habe, ja. Es müsste sie nur jemand holen gehen.«

»Das sollte uns mit Sicherheit zu Müller bringen«, schloss der Cowboy, dann ging er hinaus.

Swift folgte, jedoch nicht, ohne mir einen warnenden Blick zuzuwerfen. Ich lächelte freundlich zurück. Doch

Swifts Blick wurde nur noch finsterer. Dann verließ sie den Raum.

Als wir in der Halle nur noch zu dritt waren, wandte sich der Mecha um und griff mit der Metallhand nach einem riesigen Pappbecher mit Wasser und Eiswürfeln. Erstaunlich filigran nahm er ihn auf und steuerte ihn an den Mund der Pilotin. Sie ließ den Arm in der Position ruhen und trank per Strohhalm ein paar Schlucke. Sie sah müde aus.

Trotzdem steckten wir drei die Köpfe zusammen und entwarfen einen Plan, wie wir in die Station auf William's Peak hinein- und auch wieder hinauskommen wollten. Die Parameter waren simpel: Rein, mit Müller reden, die Daten publizieren, wieder raus – mit oder ohne Müller – und abhauen. Wenn wir bei einem der Schritte auf Widerstand stoßen würden, wäre Plan B die einzige Alternative. Da sich Plan B hauptsächlich um mich drehte, war er nicht sonderlich subtil. Wie bei vielen riskanten Unternehmungen konnte insgesamt eine Menge schiefgehen.

War Winslow vorher schon müde gewesen, wirkte sie danach so erschöpft wie andere Leute nach einem Marathon. Wir ließen sie kurz allein und hatten endlich mal wieder ein paar Minuten nur für uns – was auch immer »wir« sein mochten.

»Meinst du, das klappt?«, fragte Cross und berührte zärtlich meine Schulter. »Der Plan steht und fällt mit dir.«

Ich schüttelte den Kopf. »Mit den anderen auch. Winslow bringt uns da hinein und ist unser Joker.«

»Natürlich. Aber du bist Plan B. Du sorgst dafür, dass wir da wieder rauskommen, wenn alles schiefgeht.«

»Nur kein Druck«, sagte ich schmunzelnd. Dann runzelte ich die Stirn und sah ihn unsicher an. »Du weißt aber auch, dass ich mich nicht gut verstellen kann, nicht wahr?«

»Du schaffst das schon«, erwiderte er. Dann wollte er mich zu sich heranziehen, doch ich wandte mich ab. Es gab noch ein paar Sachen, die ich ansprechen musste. »Richard«, begann ich vorsichtig, »was ist, wenn Müller wirklich mit drinsteckt?«

Cross warf die Stirn in Falten. »Dann brauchen wir dich umso mehr.«

»Können wir den anderen vertrauen?«

»Absolut.«

»Und wenn sie Müller mehr glauben als dir?«

»Das wird nicht passieren. Elyzea, du erfüllst die Paranoiker-Quote unter uns mehr als genug, ich werde mich davon nicht anstecken lassen. Außerdem – wenn ich meinen engsten Freunden und Mitarbeitern nicht vertrauen würde, hätten wir beide nie von Chorriah fliehen können und wären vermutlich längst tot.«

»Touché.«

»Eine von *denen* kann euch hören, das wisst ihr, ja?«, dröhnte der Lautsprecher des Mechas, allerdings ohne den genervten Tonfall, den ich der Frau unterstellt hätte. »Und wenn ihr weiter über sie redet, statt mit ihr, dann tritt sie euch in die Ärsche. Mit Wucht. Und mit einem Fuß aus Stahl. Ich sag's nur.«

Cross wandte sich zu ihr um. »Klar, Winslow. Ich habe

noch eine Bitte an dich.« Er deutete auf mich. »Elyzea hat einen Sprengsatz im Kopf. Du kennst dich doch mit Cranialimplantaten aus, oder? Kannst du vielleicht mal eine Analyse durchführen? Schauen, ob man die Bombe deaktivieren kann? Oder hast du keine Kraft mehr dafür?«

Winslow funkelte erst ihn, dann mich an. »Warum sollte ich das tun? Das Weib ist verantwortlich dafür, dass ich an diesen Maschinen hänge!«

Cross wich ihrem Blick aus. »Du könntest es für *mich* tun.«

»Warum?« Die monotone Stimme passte nicht zu dem anklagenden Ausdruck, der trotz des Respirators auf dem verunstalteten Gesicht der Frau zu sehen war.

Sein Blick ruhte für ein paar Augenblicke liebevoll – anders kann ich es nicht nennen – auf mir. »Weil es mir viel bedeuten würde.«

Das folgende Schweigen hing schwer in der Luft. Winslow linste aus ihrem stählernen Bett zu uns herüber. In ihrem Blick mischten sich Sorge, Eifersucht und Hilflosigkeit. Endlich gab Winslows Lautsprecher ein zischendes Geräusch von sich, als ob ein Druckventil kurz geöffnet würde. Ich nehme an, es handelte sich um ein Seufzen. »Okay. Ich schau mal nach. Da ich kein Arzt bin, kann ich das Ding auch nicht herausholen. Aber vielleicht kann ich mich hineinhacken und es abschalten.«

»Danke, Winslow.«

»Ja, danke«, sagte auch ich.

Der Mecha wandte sich halb zu mir um. »Ich tu das nicht für dich. Nur für Cross.« Sie drehte sich zu ihm um und hob mahnend den Zeigefinger des Stahlkolosses.

»Und ich bin immer noch der Meinung, dass du einen gigantischen Fehler begehst, wenn du sie zu nah an dich heranlässt. Man kann ihr nicht trauen.«

Er runzelte die Stirn. »Das ist meine Sache, Wins. Ich vertraue ihr.«

Sie starrte ihn noch einen letzten Augenblick lang an, dann nickte sie. »Ja, leider. Setz dich da rein«, sagte sie zu mir. Ich sah erst auf den zweiten Blick, dass sie eine unter Metallschrott und Platinen begrabene Liege meinte, die einem Zahnarztstuhl nicht unähnlich war und eine etwa genauso freudige Erwartung bei mir auslöste.

Cross und ich räumten den Kram herunter, dann legte ich mich darauf. Als ich nach oben blickte, sah ich, dass sich eine Art Helm aus vielen Bügeln mit etlichen Dioden und Kabeln auf mich herabsenkte. Die ganze Situation triggerte bei mir die Erinnerung an die OP, bei der mir der Sprengsatz eingesetzt worden war. Ich versuchte trotzdem normal weiterzuatmen, schrak aber zusammen, als Cross meine Hand ergriff und sie ermutigend drückte – offenbar sah er mir meine Anspannung an. Ich versuchte mich an einem Lächeln, dann senkte sich der Helm auf meinen Kopf, und ich sah nur noch grüne Wellenlinien, die in unregelmäßigen Abständen über den Schirm huschten. Ich hielt mich an Richards warmen Fingern fest, um mich halbwegs entspannen zu können.

Jetzt war also die Stunde der Wahrheit gekommen – ich erfuhr endlich, ob man das Ding in meinem Kopf abschalten konnte, ohne mir das Kleinhirn wegzusprengen.

15

Die Multibox in meiner Hand schien ein Eigenleben entwickelt zu haben, zumindest hätte ich schwören können, dass mich das Gerät anstarrte.

»Dann mal los, was?«, fragte Wauzi, als er ein weiteres Fass im Regal des Frachtraums der *Rosario* festzurrte. Er hielt inne, fixierte mich mit seinen kleinen Augen und schnüffelte. Erst dachte ich, er hätte einen Knochen gefunden und würde gleich anfangen, in den Ecken des Raumschiffs zu wühlen, doch dann runzelte er geradezu sorgenvoll die Stirn. »Geht's dir gut?«

Ich saß mit dem Rücken an der Wand auf zwei Kisten und hielt meine Multibox in der Hand, die ich per Kabel mit dem System der *Rosario* verbunden hatte, um unter dem Störsender Empfang zu haben. Jetzt verdunkelte ich schnell die Anzeige, damit er nicht zufällig die letzte Nachricht von Stewart sehen konnte. »Super«, erwiderte ich in einem Tonfall, der ihn hoffentlich davon abbrachte, weitere Fragen zu stellen. »Es ist nur der ganze Treibstoff auf dem Kahn. Seit ich ihn spüren kann, muss ich mich mehr darauf konzentrieren, dass ich nicht aus Versehen etwas anstoße, was sich nicht wieder rückgängig machen lässt. Außerdem verursacht mir das Kopfschmerzen.« Das dumpfe Vibrieren des Treibstofftanks, das mir allgegenwärtig war, verstärkte sich allein bei dem Gedanken daran.

»Pass bloß auf«, jaulte Wauzi. »Ich find so Jumps und Psioniker ja ziemlich gruselig. Können einfach Dinge mit dem Kopf.«

»Jeder kann Dinge mit dem Kopf«, erwiderte ich. »Nur die meisten davon sind nicht so offensichtlich wie meine.«

»Wenn eine Bombe tickt, kannst du sie dann nicht einfach wieder ausstellen?«

»Nein. Meine Gabe beschleunigt chemische Prozesse. Was da ›tickt‹ ist ein Zeitzünder oder eine Lunte oder ein Funkzünder. Dabei handelt es sich um Elektronik, um Mechanik oder eine brennende Strippe, nicht um einen chemischen Prozess. Damit kann ich nicht mehr anfangen als du. Und eine Explosion ist meist eh zu schnell vorbei, als dass ich mich darauf konzentrieren könnte.«

»Doof«, entgegnete er.

»Jepp.« Ich begann, mir den Riemen meiner Multibox um die Finger zu schlingen und wieder zu lösen. »Sind wir auf einmal wieder Freunde?«

»Nö«, erwiderte der riesige Bulldoggenbeta. »Aber wir arbeiten zusammen. Ich muss dir den Rücken freihalten und mich darauf verlassen können, dass du mir den Rücken freihältst.«

»Das klappt schon, keine Sorge.«

»Also sind wir immerhin Kollegen oder Genossen oder so. Außerdem ...« Die Chimäre fuhr sich mit der Zunge über die Lefzen und seufzte. »Außerdem ist ja heute eh niemand mehr der, der er zu sein behauptet.«

»Meinst du Cross?«, fragte ich. »Mach dir mal keine Sorgen um Cross, Wauzi. Er ist genau der, für den du ihn immer gehalten hast. Der Mann, der er einmal war, der ist er schon lange nicht mehr.«

»Meinst?«

»Absolut. Es gibt Dinge im Leben ... Dinge, die einen Menschen grundlegend verändern. Die ihn überprüfen lassen, was er vom Leben will. Die ihn zu dem machen, was er ist. Nur weil Cross mal einen anderen Namen und ein anderes Leben gehabt hat, ist er kein schlechterer Mensch als vorher.«

»Hm. So habe ich das noch nicht betrachtet.« Damit schien die Sache für ihn erledigt, und er sah sich um. »Wo steckt'n Cross eigentlich? Seid ihr beiden nicht in letzter Zeit unzertrennlich?« Er wackelte mit den Augenbrauen und hechelte grinsend.

»Zwangsweise.« Ich deutete erst mit dem Zeigefinger auf meinen Kopf, dann mit dem Daumen auf die Pilotenkanzel in meinem Rücken, während ich mit den restlichen Fingern versuchte, die Multibox in ihrer verdrehten Position festzuhalten. »Wir haben vorhin den Datenchip geholt, den er veröffentlichen will. Und jetzt bespricht er sich mit Chester wegen des Anflugs.«

»Ah. Und wo hatte er den Chip versteckt?«

»Er hatte dem Luxemburg-Haus eine Postkarte ge-schickt, in der er das Ding eingeklebt hatte. Die hing da seit Jahren an der Wand. Winslow und ein paar andere wussten offensichtlich davon und hätten das Ding nach seinem Tod an eine Kollegin von Cross geschickt. Aber die Zeit haben wir jetzt nicht.«

»Das ist schlau«, stellte Wauzi fest. Dann runzelte er die fellbedeckte Stirn. »Cross ist ziemlich schlau. Und dann steckt er erst mit dir und Winslow die Köpfe zu-sammen, jetzt mit Chester. Was gibt es denn noch groß zu besprechen? Ich dachte, der Plan steht.«

»Ich habe nicht gefragt.« Das entsprach sogar größ-tenteils der Wahrheit – ich wusste immerhin, dass Cross Chester gerade ein Röhrchen in die Hand drückte, in dem sich ein Teil des Xenans befand, das noch in mei-nem Rucksack gesteckt hatte. Cross hatte ihn mir aus dem Versteck in der Nähe des Potemkin's holen lassen. Ich fand einen letzten ChocFrog, zog das Plastik auf und biss herzhaft hinein. Dabei rutschte mir die Multi-box aus der Hand und zu Boden. Ich sprang von den Kisten und wollte sie selbst aufheben, doch Wauzi war schneller.

»Musst du noch jemanden anrufen?«, fragte er. Er lins-te darauf, als wüsste er, dass es im Speicher etwas Span-nendes zu sehen gab. Tatsächlich müsste er nur auf den Knopf drücken, der die Tastensperre entriegelte, und er würde Stewarts letzte Nachricht lesen können. Ich hoff-te, dass seine Finger zu groß oder ungeschickt für die kleinen Knöpfe waren.

»Nein. Ich kann mich nur nicht nützlich machen, wenn Cross in der Kanzel ist, weil der Radius seines Störsenders nicht so groß ist«, redete ich mich heraus. »Gibst du mir das Teil nun wieder? Ich habe meinen Playcube vergessen und langweile mich.« Ich machte ein paar klickende Bewegungen mit dem Daumen, als bediente ich die Steuerungsknöpfe des elektronischen Spielzeugs.

Wauzi zögerte, als wolle er noch etwas sagen. »Klar.« Er reichte mir die Multibox. »Solche Technik kriegt man hier auf Pherostine selten. Justifier zu sein, ist gar nicht schlecht, wie?«

»Wenn du meinst, dass moderne Technik ein Ausgleich dafür ist, Lohnsklave auf Lebenszeit zu sein, möglicherweise.«

Wauzi zuckte mit den Schultern. »Lohnsklaven sind wir alle, oder? In einer Mine schuften macht auch nicht viel Spaß.« Seine kleinen dunklen Augen musterten mich wieder. »Aber ernsthaft, siehst blass aus.«

»Meinem Magen geht es nicht gut«, sagte ich ausweichend. »Vielleicht waren die drei oder vier Dosen Xtreme, die ich in den letzten paar Tagen genommen habe, ein bisschen viel.«

»Oh ja. Bin von dem Zeug mal umgekippt. *United* verteilt es in den Minen in kleinen Dosen als Aufputschmittel. Dann ist ja gar nicht schlecht, dass du gerade nicht beim Schleppen helfen kannst. Ruhe ist gut.« Er ging wieder hinaus, vermutlich, um ein weiteres Fass einzuladen.

Damit ließ er mich mit meinen Gedanken allein. Ich dachte zurück an die bangen Minuten auf Winslows Analyse-Couch. Erst hatte sie die Maschine ihre Arbeit machen lassen. Dann waren die grünen Wellenlinien vor meinen Augen hektischer geworden, und der Lautsprecher des Kranken-Mechas hatte ein »O-oh« von sich gegeben.

»Was ist?«, hatte Cross gefragt, doch Winslow hatte nicht geantwortet, sondern nur gekeucht, als würde sie Gewichte stemmen, während sich die Wellen vor meinen Augen verflachten und wieder ausschlugen, als fände im Hintergrund ein Kleinkrieg statt. Das hatte es wohl auch getan, denn als sich die Anzeige irgendwann wieder ganz beruhigt hatte, präsentierte Winslow mir das niederschmetternde Ergebnis. »Der Sprengsatz kann nur bearbeitet werden, wenn man den richtigen Code eingibt. Ich hab erst eine Routineanalyse und dann eine Statusanfrage gemacht, quasi bloß mal vorsichtig angeklopft. Das Ergebnis war, dass ich eine Selbstzündungssequenz aktiviert habe, die ich nur mit viel Arbeit wieder abschalten konnte. Das Baby in deinem Kopf schläft sehr unruhig.«

»Was heißt das?«, hatte ich gefragt.

»Das heißt, dass ich das Ding nicht deaktivieren kann, ohne den Sicherheitscode einzugeben. Man hat genau eine Abfrage, und wenn die falsch ist, bist du tot. Da hat jemand ganze Arbeit geleistet – das Teil ist nicht nur idiotensicher, es ist geniesicher.«

Vorsichtig kratzte ich mit den Fingern im Nacken, wo ein allpräsentes Kribbeln die Stelle markierte, an der meine Medulla oblongata mit der Mikrobombe sitzen musste. Geniesicher hatte sie es genannt. Das war es also gewesen – mein Todesurteil.

Oder doch nicht? Ich aktivierte die Anzeige meiner Multibox, auf der noch die Nachricht von Stewart stand: »Wir beide wissen, dass du dich immer für dein eigenes Leben entscheiden wirst.«

Je länger ich auf die Buchstaben starrte, desto weniger ergaben sie einen Zusammenhang. Doch Stewart hatte Recht: Ich hatte mich immer für mein Leben entschieden, als ich die Wahl gehabt hatte – damals in Australien, als ich mir den Sprengsatz hatte einbauen lassen, um Justifier zu werden, dann erneut, als ich die Mine hatte sprengen sollen. Hätte Cross nicht in dem Augenblick den Störsender aktiviert, wäre er jetzt tot, und ich längst nicht mehr auf Pherostine, sondern zu einem neuen Auftrag im Namen von *Enclave Limited* unterwegs.

Ich konnte nicht ewig im Schatten von Cross' Störsender leben, so viel war klar, im Gegenteil – meine Zeit war kurz. Stewart gab mir nun ein letztes Mal die Chance, frei zu sein, wirklich *frei*, statt einem Konzern als Kettenhund zu dienen. Wenn er mir den Deaktivierungscode für den Sprengsatz in meinem Kopf gab, dann würde ich leben und gehen können, wohin ich wollte.

Das einzige Opfer, das Stewart dafür verlangte, war Richard Cross. Cross, der sich auf mich verließ. Der sich für andere einsetzte, sie auf ein gemeinsames Ziel einschwor und kämpfte, ohne Rücksicht auf Verluste. Und unter diesen Verlusten war seine Frau gewesen, die von meiner Hand gestorben war. Was auch immer zwischen uns geschehen war und noch geschehen mochte, *das* würde Cross mir nie vergeben können. Wo also lag meine Zukunft? Im Kampf für eine Sache zu sterben, die nicht die meine war? Oder frei zwischen den Sternen zu leben und mein Schicksal selbst zu bestimmen? Ich kannte die Antwort auf diese Fragen.

Als sich Schritte näherten, sah ich nicht auf, sondern tippte hastig die Nachricht auf der Anzeige meiner Multibox fertig. »20.00 Uhr Komstation Pherostine, Treffen mit Müller. Gib mir den Code, und ich gebe dir Cross und die Chips. Komm nur mit zwei Leuten, oder der Handel platzt.« Als Grange vor mir stand, drückte ich auf Senden und aktivierte die Tastensperre, um die Anzeige zu verdunkeln. Dann legte ich mir die Multibox wieder um den Arm und befestigte sie.

»Ist der Boss fertig?«, fragte Grange und deutete mit einer sparsamen Geste auf die Tür der Pilotenkanzel.

»Frag ihn selbst«, sagte ich klopfenden Herzens. Dann stand ich auf und pochte an das Schott hinter mir. Als es sich öffnete, stand – es musste wohl Chester sein, die darin stand. Zwei starre dunkle Augen in einem bläulich grauen gefiederten Schädel glotzten mich an. Der Kopf saß auf dem beinahe zerbrechlich wirkenden Leib einer Frau, auf deren Handrücken ich noch den Rest von Federflaum sah. Mir fuhr ein Schauer den Rücken hinunter. Menschen und Tiere zu kreuzen, war einfach widerwärtig.

»Was glotzt du so?«, erklang die Stimme, die ich von unserer letzten Reise vom Funk her kannte. Sie hatte keinen Schnabel, sondern einen Mund – immerhin –, und auch der Rest des Gesichts besaß eher menschliche Züge und war unbefiedert. Trotzdem war die Verwandtschaft zu einem Falken nicht zu übersehen.

»Das solltest du doch gewohnt sein«, sagte ich. Dann zuckte ich mit den Schultern. »Keine Bange, mich glotzen auch immer alle an. Vermutlich liegt es an den Schuhen.« Ich deutete auf die breiten Absatzpumps im Schottenkaro, die ich in den letzten zwei Tagen gründlich verhunzt hatte.

Chesters Lippen verzogen sich zu einem Grinsen. »Ich mag dich. Du redest frei raus und verstellst dich nicht, so wie der Rest der Welt.« Sie bot mir ihre Hand und wartete darauf, dass ich einschlug.

Ich schüttelte den Kopf. »Keine Federn. Sorry. Eklig.«

Sie grinste noch breiter. »Ich mag dich wirklich.«

Jetzt schob Cross sie beiseite und trat in den Frachtraum der *Rosario*. »Na, habt ihr euch angefreundet?«

»Chester hat sich angefreundet«, korrigierte ich die Aussage. »Ich überwinde noch meine Vorurteile.« Doch ich musste dabei schmunzeln.

»Ja, Chester kümmert sich nicht darum, was andere Leute von ihr denken. Sie adoptiert die Leute einfach.« Cross wandte sich Grange zu. »Alles geklärt? Was sagt Müller?«

»Geht klar – wir treffen Müller in der Station nach der Pressekonferenz. Ich musste ihn mit dem Xenan bestechen.«

Ich konnte mir vorstellen, wie Grange auf den Mann eingeredet hatte: Vermutlich hatte er hauptsächlich mit hochgezogenen Augenbrauen und finsteren Blicken kommuniziert.

»Hat er Verdacht geschöpft, dass es um mich geht?«, fragte Cross.

Der Cowboy zog den Hut tiefer ins Gesicht. »Denk nicht.«

»Dann sollte wirklich alles klargehen. Wir treffen noch während der Pressekonferenz dort ein. Die Anwesenheit der Journalisten und Kameras wird dafür sorgen, dass wir nicht im Anflug abgeschossen oder vor Ort verhaftet werden können, ohne dass es eine Szene gibt.«

»Dein Wort in der Götter Ohren«, sagte Swift, die eine Kiste hereintrug und sie im Frachtraum bei den anderen abstellte. »Waffen und Munition, für den Fall, dass du dich irrst«, sagte sie.

»Also los«, befahl Richard. Er griff sich eine Handfeuerwaffe, steckte einen Ladestreifen hinein und lud sie durch, bevor er sie wieder sicherte. Er wirkte so entschlossen, wie man nur sein konnte. »Auf in den Kampf.«

»Ich dachte, du hoffst, dass es nicht dazu kommt?«, fragte ich.

Er verstaute die Pistole rechts hinten im Hosenbund, setzte sich neben mich auf einen ausklappbaren Sitz an der Wand und schnallte sich an. Ich tat dasselbe. »Das tue ich auch. Aber ich habe da so ein Gefühl ...«

Ich vermied seinen Blick, indem ich meine eigene Waffe bereitmachte. Insgeheim überprüfte ich auch den Sitz meines Messers im Stiefel. »Gefühle können trügen«, erwiderte ich bloß.

»Können sie das?«, fragte Cross und suchte etwas in meinen Augen.

Einen Augenblick hatte ich den Eindruck, er redete nicht von seinen Leuten. »Ich bin da aber kein Experte«, murmelte ich. »Vielleicht klappt ja einfach alles wie geplant.«

Cross nickte. »Vielleicht tut es das.«

Dann hallte Chesters Stimme durch den Frachtraum. »Cross, sollen wir aufbrechen?«

»Start frei, Chester, bring uns hinüber«, antwortete Cross. Dann wandte er sich uns zu. »Und während Chester uns zu der Station bringt, gehen wir noch einmal die Aufgaben jedes Einzelnen durch, damit auch nichts schiefgeht.«

Unter brausenden Düsen hob die *Rosario* schwankend ab, und wir anderen besprachen einen Plan, von dem ich wusste, dass er über kurz oder lang in einem heillosen Chaos untergehen musste.

»Winslow, hörst du mich?«, fragte Cross laut, damit sie ihn durch den Bauch des Raumschiffs und das Mikrofon in ihrer Werkhalle noch hörte. Grange, Wauzi und Swift hatten sich ebenfalls angeschnallt und bereiteten sich auf den Einsatz vor.

»Laut und deutlich«, erwiderte sie. »Ich bin bei euch. Vielleicht nicht körperlich, aber virtuell.« Wie zur Bestätigung ließ sie den Monitor über dem Schott aufflackern. Das verrauschte Bild zeigte uns einen Avatar ihrer selbst – einen Kampfmecha mit ausgefahrenen Gewehrläufen. Sie selbst saß als Punk mit blondem Haarkamm und blauen Tribal-Cyberoos im Pilotensitz, der sich im Bauch des Metallgerüsts befand, und winkte uns zu. Schade nur, dass das bloß eine Grafik war, denn tatsächlich lag Winslows Körper immer noch genau so verletzt in dem Gestell wie noch vor zwei Stunden. Apropos Stunden. »Wie lange fliegen wir noch?«

»Wir haben jetzt eine dreiviertel Stunde. Chester sagt, wir müssen in der Atmosphäre bleiben und können nicht direkt anfliegen«, sagte Cross. »Insgesamt etwas über dreißig Minuten noch, denke ich.«

»Wie lange hält dein Störsender noch?«, fragte ich.

Er verzog das Gesicht. »Eine Stunde vielleicht. Wenn wir Glück haben.«

»War ja klar, dass das knapp wird«, murmelte ich. Wieder schlug mir das Herz bis zum Hals. Gleichzeitig verstärkte sich das Vibrieren des Treibstoffs um mich herum, und das vielstimmige Summen der Mikro-Sprengladungen in den geladenen Patronen und Granaten wurde zorniger. »Es kann niemals einfach sein, oder?«

»Ich schätze nicht.« Er nahm meine Hand in seine und strich mit den Fingern zärtlich über die Linien auf der Innfläche. »Elyzea ...«

»Nicht«, bat ich. »Egal, was du sagst, es wird wie ein Abschied klingen.«

»Ich habe mich in dich verliebt.«

Ich sah ihn einen Augenblick sprachlos an. »Okay«, stammelte ich dann. »Das klingt nicht wie ein Abschied.«

»Das will ich wohl hoffen«, erwiderte er mit einem schalkhaften Lächeln. Doch der ernste Eindruck verließ seine Augen nicht. »Ich wollte nur, dass du das weißt, ganz egal, wie dieser Tag zu Ende geht.«

»Ich – ich weiß nicht, was ich sagen soll.«

»In der Situation wäre üblich, dass du eine Erwiderung gibst. So etwas wie ›ich mich auch in dich‹ oder ›bleib mir bloß weg mit der Gefühlsduselei‹.« Er grinste kurz, dann schien er in meinem Gesicht etwas zu suchen. »Also, was wird es?«

Ich wich seinem Blick aus. »Ich – ich kann nicht.« Als die Hoffnung aus seinem Gesicht wich, setzte ich schnell hinzu: »Ich kann jetzt nicht darüber reden. Tut mir leid. Ich habe einfach nicht viel Übung darin, meine Gefühle zu sortieren – oder sie auszusprechen.«

Tapfer drückte er meine Finger. »Später also?«

»Später«, stimmte ich zu. »Okay?«

»Okay«, sagte er.

Ich merkte, dass er enttäuscht war. Ich drückte seine Finger und versuchte mich an einem Lächeln. Doch bevor ich noch etwas sagen konnte – ich wusste noch nicht genau, was das gewesen wäre – unterbrach uns eine Durchsage von Winslow. »Cross, hörst du mich?«

»Klar doch«, erwiderte er mit rauer Stimme. Dabei ließ er meine Hand los. »Was gibt's?«

»Die Pressekonferenz ist abgesagt worden«, sagte die gleichgültige Maschinenstimme. »Es ist nicht offiziell und darf noch nicht verbreitet werden, aber sämtliche Journalisten sind mit ihren Teams wieder ausgeladen worden.«

Cross, Swift, Grange, Wauzi und ich wechselten alarmierte Blicke. »Das bedeutet, dass jemand weiß, dass wir kommen. *Enclave?*« Richard sah mich fragend an.

»Vielleicht. Vielleicht auch *United.* Wer weiß?«, erwiderte ich und bemühte mich um eine ruhige Stimme.

»Irgendjemand muss es wissen«, knurrte Grange. »Sonst wär das nicht passiert.«

»Du musst es wissen, du hast sämtliche Gespräche geführt«, sagte ich.

»Willst du Grange an den Karren fahren?«, spie Swift aus. Sie machte Anstalten, sich trotz des holprigen Flugs abzuschnallen, doch Cross hob beruhigend die Hand. »Woher die Info stammt, ist jetzt nicht wichtig. Es kann genauso gut Müller selbst gewesen sein, der mit uns allein sein will.«

»Ich find's wichtig, wer mir in den Rücken schießt«, knurrte Wauzi.

»Ich auch«, sagte Swift.

Ich nickte. »Volle Zustimmung.«

»Wichtig ist, dass wir zusammenhalten und weitermachen. Einen anderen Weg gibt es nicht«, erwiderte Cross. »Wenn wir jetzt anfangen, uns zu misstrauen, werden wir scheitern. Scheitern ist aber keine Option, verstanden?« Er starrte uns nacheinander an, bis alle den Blick gesenkt oder genickt hatten.

»Aber du sagtest, mit der Presse hätten wir den Schutz der Öffentlichkeit«, warf Swift schließlich ein. »Was haben wir denn noch, wenn das weg ist? Laufen wir nicht direkt in eine Falle?«

»Wir haben uns«, verkündete Richard, und er ließ keinen Zweifel daran, dass das ausreichen würde. Jetzt wusste ich wieder, warum der Mann von der Basis der Gewerkschaft in den Vorstand gewählt worden war. »Wir sind ein Team. Wir halten uns gegenseitig den Rücken frei. Im Zweifel holen wir uns da gegenseitig raus.«

Sein Blick blieb auf mir ruhen. »Wir sind miteinander durch dick und dünn gegangen. Das, was vor uns liegt, mag anders verlaufen, als wir hoffen. Aber wir werden es meistern, wenn wir zusammenhalten. Verstanden?« Er schnitt das zustimmende Gemurmel mit einem lauteren »Verstanden?« ab.

»Sicher doch«, sagte Swift lauter, und auch Wauzi und Grange klangen fester, als sie bejahten.

»Verstanden.« Doch ich hatte den Eindruck, dass mir das Blut aus dem Gesicht gewichen war. Ich musste leichenblass aussehen.

Cross runzelte die Stirn. »Lyze, sollten wir ...«

»Anflug beginnt jetzt. Alle festhalten! Wir haben Turbulenzen.« Chesters Durchsage aus der Pilotenkanzel wurde von einem kräftigen Rütteln begleitet, als sich die Nase der *Rosario* nach vorn neigte – offenbar durchquerten wir einen Sturm.

Ich klammerte mich an die Fläche des ausklappbaren Sitzes, auf dem ich mich festgeschnallt hatte, und schloss die Augen. Ich hoffte, dass Stewart – denn wer sonst sollte hinter dem Absagen der Pressekonferenz stehen? – sein Wort hielt und uns nicht schon im Anflug abschießen ließ. Dann jedoch müsste er *United* Rede und Antwort stehen, und ich hoffte, dass er das nicht wollte ...

Als es einmal kräftig rumpelte, zuckte ich zusammen. Wir waren gelandet.

»Winslow? Wie sieht es da draußen aus?«

»Alles im grünen Bereich«, meldete die Technikerin per Funk. »Die Drohnen haben euch akzeptiert und werden auf die Chips reagieren, die ich euch gegeben habe. Die *Rosario* steht genau nach Plan. Viel Glück.«

»Wie hast du das gemacht?«, fragte ich erstaunt.

»Ich stecke in den Logs drin und habe euch registriert«, sagte die Computerstimme. Ich war sicher, wenn Winslow selbst gesprochen hätte, könnte man ihrer Stimme das Grinsen anhören. »Ich habe das Überwachungssystem mit entworfen. Sie haben gedacht, dass sie sich gegen mich abgesichert haben – aber das sind echte Anfänger. Wenn ihr das Baby in den Terminalraum lasst, gehört die Station mir.« Bei dem »Baby« handelte es sich um eine kleine Kugel, die mit Platinen und Chips bestückt war. Winslow hatte sie Cross gegeben, damit sie sich darüber per Funk ein Hintertürchen in das System öffnen konnte.

»Danke, Winslow«, funkte Swift zurück.

»Dann mal los.« Grange griff sich ein Gewehr und sicherte gen Außenschott, dann drückte er auf den Knopf, der die Verriegelung löste.

Wenige Augenblicke später blickten wir auf den Landeplatz der Komstation, auf dem Chester uns abgesetzt hatte. Vor uns lag das Hauptgebäude, in dem die Arbeit stattfand und Müller auf uns warten würde. Links und rechts gab es kleinere Häuser, den Plänen nach mit unterirdischen Anlagen versehen, in denen die Computeranlagen und einige Vorratsreservoirs waren. Alles war untertunnelt, um auch im Kriegsfall weiter operieren zu können, bis Hilfe eintraf. Das Gebäude, in dem sich das riesige Stellar Voice Radio von *United* befinden musste, war mehrfach abgezäunt und von der *UI*-Sec schwer gesichert. Ein gutes Dutzend großer Satellitenschüsseln über dem ganzen Komplex fing die Signale aus dem All auf und leitete sie weiter – bewacht von einer Batterie an Flak-Geschützen, die ich sonst eher auf der Hülle eines Zerstörers vermuten würde. Am Himmel hörte man das Surren von Drohnen und konnte sicher ein Dutzend kleine Scheinwerfer sehen. Ich schluckte einmal schwer bei dem Anblick und hoffte, dass Winslows Manipulation an den Computerlogs nicht bemerkt wurde. Ich wollte von den Systemen hier nicht als feindlich eingestuft werden.

Cross blickte sich zu uns um. »Wir sollten zumindest am Anfang versuchen, nicht nach einem Besatzungsheer auszusehen«, sagte Cross trocken, und so legten Swift, Wauzi und ich alle offensichtlichen Waffen ab. Ich griff mir einen durchsichtigen Behälter mit Treibstoff, in den ich ein paar Tropfen des Xenans gegeben hatte.

»Ansonsten alles wie besprochen. Elyzea und ich gehen da rein und akkreditieren uns. Wir suchen einen Terminalraum und senden dieses kleine Baby hinein, um Winslow Zugang zu den Satellitenterminals zu verschaffen.« Er zeigte eine kleine Kugel aus Metall, an der eine Diode leuchtete. »Swift, Grange und Chester, seht zu, dass ihr hier draußen alles aufgestellt bekommt. Einer von euch kommt nach und gibt uns die Nachricht von Winslow weiter, sobald sie die Sicherheitsanlagen ausgeschaltet hat. Vorher können wir da drinnen nichts machen. Der Rest folgt mit der Bewaffnung – wer weiß, was bis dahin alles passiert ist. Ares, schnapp dir Kamera und Stativ und komm mit. Du hältst uns den Rücken frei, aber sei vorsichtig mit dem großen Gerät, ja?« Damit meinte er den Granatwerfer, der in der Tasche verborgen war. »Bitte behaltet alle die Ruhe. Vielleicht geht ja alles glatt.« Er setzte sich einen Hut auf, der sein Gesicht zumindest teilweise verdeckte. Ich tat dasselbe mit einer rosafarbenen Schirmmütze aus Lack – der letzte Schrei auf den Straßen von Carabine, hatte man mir gesagt. Diese Maßnahme war aber nur gegen Menschen gut, die uns vielleicht aus den Medien kannten, die Hauptarbeit mussten die Chips tun, die uns Winslow angefertigt hatte und die Müller hoffentlich auf die Akkreditierungsliste gesetzt hatte. »Und denkt daran – ihr werdet uns wegen meines Störsenders nicht per Funk erreichen können.«

Ich zog den Ausschnitt meines Shirts tiefer, schob mir die Lackmütze in den Nacken und steckte mir einen Kaugummi in den Mund, um möglichst billig auszusehen. Dann eilten wir zusammen mit Wauzi von der *Rosario* zum Vordereingang. Durch eine Drehtür mit Sicherheitsglas erreichten wir eine Lobby mit hellem Marmorfußboden. Der Raum wurde von mannshohen Metallschranken halbiert, in deren Mitte zwei Wächter in einer sicherheitsverglasten Kabine saßen. Im Hintergrund standen zwei weitere Männer mit Sturmgewehren und Vollpanzerung. Die Kerle sahen aus, als würden sie keinen Spaß verstehen. Mehrere Kameras suchten den Raum ab.

Der eine Mann in der Glaskabine überprüfte unsere IDs. »Die Konferenz ist abgesagt worden, das wissen Sie?«

Cross zuckte mit den Schultern, das Haupt gesenkt. »Wir haben einen Termin bei Müller im Konferenzsaal. Und unsere Kameraleute kommen auch gleich noch, also nicht wundern.«

»Was ist mit dem da?« Der Wächter deutete auf Wauzi.

»Der hat natürlich keine ID. Er stammt aus den Minen und trägt die Kamera«, sagte Cross und deutete auf den länglichen großen Koffer, den Wauzi über dem Rücken hielt. In der Brust des Betas grollte es leise. Ich warf ihm einen warnenden Blick zu.

»Hat er einen Barcode im Ohr?«

»Sicher. Toben Sie sich aus.«

Der Wächter überprüfte die Logs. »Sie sind hier nicht vermerkt. Da muss ich mich rückversichern, Sir, das verstehen Sie sicher.« Er tippte auf sein Funkgerät im Ohr.

»Natürlich«, sagte Cross gelassen.

Ich teilte seine Ruhe nicht, sondern hatte die Hand in der Tasche auf einem von drei Schraubenziehern, die ich eingesteckt hatte. Müller sollte uns doch akkreditieren – warum war das nicht geschehen?

»Was zum ...?« Der Gardeur tippte noch ein-, zweimal auf das Gerät im Ohr, doch offenbar nicht zu seiner Zufriedenheit. Dann hob er ein kleines Scangerät und probierte es an einem Testbarcode aus, doch es leuchtete nach jedem Versuch rot. »Verdammte Technik.« Er lächelte entschuldigend und griff zu einem klassischen Telefonhörer. Das Gespräch war kurz. Der Mann wandte sich uns stirnrunzelnd wieder zu. »Sir, Ma'am, Ich muss leider Ihre Identity Cards einbehalten.«

Ich zog meine Hand mit dem Schraubenzieher langsam aus der Tasche, doch Cross legte mir die Hand auf die Schulter. »Wieso das?«, fragte er.

»Sie bekommen stattdessen diese gelben Swipecards hier. Das autorisiert Sie für den Aufenthalt in den Räumen mit den gelben Fußbodenmarkierungen. Tragen Sie die Swipecards immer bei sich. Verlassen Sie die gelben Markierungen nicht. Wenn Sie einen Raum ohne Swipecard betreten, werden Sie wegen unautorisierten Zutritts verhaftet. Wenn Sie einen grünen oder roten Raum mit einer gelben Swipecard betreten, werden Sie dort eingesperrt und sämtliche Systeme werden verschlüsselt, bevor Sie wegen unautorisierten Zutritts verhaftet werden. Also bitte halten Sie sich an die gelben Räumlichkeiten, Sie unterbrechen sonst den Arbeitsfluss der Mitarbeiter hier.«

»Das klingt kompliziert«, warf ich im Blondinen-Tonfall ein und kaute auf meinem Kaugummi herum. Insgeheim entspannte ich mich aber und ließ den Schraubenzieher, wo er war. Ich hätte durch den dünnen Schlitz in dem Panzerglas auch extrem gut zielen müssen, um damit irgendetwas zu erreichen.

Glücklicherweise hatte der Wächter nichts bemerkt. »Das ist ganz simpel, Miss.« Er hob die gelbe Karte. »Gelbe Karte – gelbe Räume.« Er hob eine rote Karte. »Rote Karte – rote Räume.« Er hob wieder die gelbe Karte. »Gelbe Karte – keine roten Räume. Verstanden?«

»Okay, das verstehe ich. Gelb – gelb«, trällerte ich in aufgesetzter Fröhlichkeit.

Er warf mir einen irritierten Blick zu.

»Was ist mit ihm?« Cross deutete mit dem Daumen auf Wauzi.

»Mein ganzer Funk scheint ausgefallen zu sein, daher kann ich seinen Chip nicht prüfen – das Gerät ist drahtlos mit dem System verbunden. Ich muss Ihnen da vertrauen.«

»Der ist handzahm«, sagte Cross lächelnd.

Als Wauzi wieder dieses dunkle Grollen im Bauch begann, hieb ich ihm den Ellbogen in die Seite. Der Wächter sah mich misstrauisch an, doch ich grinste bloß. »Sehen Sie?«

»Natürlich«, erwiderte er. »Heften Sie ihm irgendwo diese gelbe Karte an. Und bitte passen Sie gut darauf auf, dass er sich an die Beschränkungen hält, denn das System ist unfehlbar. Bitte treten Sie einzeln hier herüber, wir müssen Sie nach Waffen durchsuchen.«

Cross und ich ließen uns abtasten, doch wir hatten beide in weiser Voraussicht sämtliche Waffen zurückgelassen. »Was ist das?« Der Wächter hob die ballförmige Mini-Drohne hoch, die er bei Cross gefunden hatte.

»Mein Diktiergerät«, erwiderte Cross.

»Ach so.« Der Mann schob den kleinen Ball durch einen Taschenscanner, vielleicht um zu prüfen, ob es sich um eine Granate handelte. Bei mir begutachtete er die drei altmodischen Schraubenzieher aus Plastik und Metall, die er offenbar nicht einsortieren konnte. »Werkzeug«, erläuterte ich. Er reichte beides an uns zurück, offenbar zufrieden mit den Erklärungen. Dann deutete er auf den durchsichtigen Zylinder mit der Flüssigkeit, den ich mitgebracht hatte. »Was ist das?«

»Eine Treibstoffprobe«, sagte ich wahrheitsgemäß. »Für Herrn Müller.«

»Treibstoff, was?« Der Mann kratzte sich am Kinn. »Das Zeug kann ich aus Sicherheitsgründen leider nicht gestatten. Sie müssen den Behälter hier in der Sicherheitszone lassen, denn alle leicht entzündlichen Stoffe reagieren auf elektromagnetische Felder. Und von denen haben wir hier im Haus genug, glauben Sie mir.«

»Elektroma-was?«, fragte ich und blinzelte ein-, zweimal mit den Wimpern.

»Es ist gefährlich«, fasste der Wächter zusammen. »Der Treibstoff kann sich entzünden, und das wollen Sie doch nicht?«

»Aber ich muss das mitnehmen, der Vorsitzende will es doch sehen! Und so schlimm kann das doch nicht sein«, erhob ich Einspruch. »Man sieht diese Elektromagneten doch gar nicht.«

Der Blick, den ich von ihm erntete, sprach Bände – er hielt mich für dümmer, als die *UI*-Sec erlaubte. »Lassen Sie das Gefäß hier, Miss.«

»Das wird dem Herrn Müller nicht gefallen.« Doch ich gehorchte und stellte das Gefäß vorsichtig auf die kleine Taschenablage außen an der Sicherheitskabine. »Wenn er sauer ist, dann sage ich, dass Sie schuld sind.«

»In Ordnung, Miss.« Er beäugte den Behälter vor seiner Nase unglücklich, wandte sich aber Wauzi zu. Er hielt respektvollen Abstand zu dem Beta und warf nur einen Blick in den länglichen Koffer. Dann deutete er auf das Rohr, das darin war. »Was ist das?«

»Stativ«, knurrte Wauzi unfreundlich und streckte den

Kopf vor, so dass er sich dem Gesicht des Wächters bedrohlich näherte. Natürlich sabberten die Lefzen dabei.

Der Wächter zuckte angewidert zurück, kräuselte die Nase und winkte uns durch die Schranken. »Folgen Sie dem Gang zur Linken und nehmen sie die dritte Tür rechts. Herr Müller hat bestätigt, dass er Sie und die ... Dame ... erwartet, Sir.«

Cross bedankte sich, dann folgten wir dem ausgewiesenen Gang mit den gelben Bodenmarkierungen, der von Halogenleuchten erhellt wurde. Unauffällig sah ich mich nach dem Wächter um.

»Folgt er uns?«, fragte Cross.

»Tut er. Er hat erst mit den anderen Wächtern gesprochen.«

Wauzi knurrte wieder lauter. »Wenn ich den zwischen die Zähne bekomme ...«

»Vorsichtig mit dem, was du sagst«, wies Cross ihn mit gesenktem Kopf zurecht. »Auch hier sind überall Kameras.«

Tatsächlich befand sich an jedem Ende des Gangs eine Kamera und leitete vermutlich unsere Bilder an die interne Sicherheitszentrale weiter. Auch ich hütete mich im wahrsten Wortsinne, den Kopf zu heben.

Dann entdeckten wir die rot lackierte Tür in dem Gang vor uns, hinter der, wie Winslow uns erklärt hatte, der Terminal-Raum mit den Hauptservern stand. Cross hängte Winslows Baby – die Kugel – direkt über der Tür unter die Decke, wo sie hoffentlich außerhalb der Sichtweite jeglicher Kameras schwebte. Mit ein bisschen Glück würde der Wächter sein mutmaßlich defektes

Ohrstück gegen ein neues austauschen wollen. Wie sollte er auch ahnen, dass kein Wackelkontakt schuld an dem Verbindungsfall war, sondern Cross' Störsender?

Ich sah noch einmal zurück und stellte zufrieden fest, dass der Wächter seine Swipecard – sie war golden – nutzte, um die rote Tür zu öffnen. Die Minidrohne – Winslows Baby – huschte durch den Spalt, bevor er sich wieder schloss. Ich atmete erleichtert auf. »Treffer, versenkt.«

»Dann wollen wir mal hoffen, dass Winslow die Sicherheitsanlagen so umgepolt bekommt, dass wir die anderen Räume auch betreten können«, erwiderte Cross leise. »Hoffentlich gibt sie den anderen bald Bescheid.«

»Sie hat gesagt, dass es nicht ganz leicht sein dürfte. Sie wird Zeit brauchen«, flüsterte ich zurück. Dann spürte ich ein dumpfes Vibrieren von jenseits der Station, so stark, dass ich mir den Kopf halten musste. Was ging da vor?

Doch Cross bemerkte nichts. »Also müssen wir ein bisschen Geduld haben«, erwiderte er. »Wenn wir hier eingeschlossen werden, bis die *UI*-Sec eingetroffen ist, sortieren die mit der groben Kelle aus, wer verhaftet wird und wer nicht.«

»Na super, warum habe ich den Eindruck, dass ich zu den üblichen Verdächtigen gehören würde?«

»Weil du zu den üblichen *Schuldigen* gehörst?«, fragte Cross augenzwinkernd. Doch er wurde sofort wieder ernst.

»Möglich«, entgegnete ich. »Also probieren wir es erst über Müller.«

Nacheinander betraten wir den halbdunklen Saal mit der Aufschrift »Presse« unbehelligt. Wir standen im oberen Bereich eines Raums, in dem wie in einem nach unten abfallenden altmodischen 2D-Kino mehr als zwanzig leere Reihen mit sicher ebenso vielen leeren Sitzen angebracht waren. Statt einer Leinwand stand ein Podest mit Rednerpult da, hinter dem das Logo von *United* aufgehängt war. Davor gab es genug freien Platz für zwei Dutzend Kameraleute mit Gerät. Wir waren die Einzigen hier.

»Und jetzt?«, fragte ich Cross. »Müller scheint nicht da zu sein.«

»Kein Grund, nervös zu werden«, erwiderte Richard und berührte mich am Arm. »Sonst verlierst du noch die Kontrolle.«

»Ich bemühe mich«, erwiderte ich mit einem halbherzigen Lächeln. Dem Vibrieren um mich herum fügten sich mehrere hinzu, einige klein, eines größer. Ein weiteres Raumschiff? Ich versuchte, die Verbindung zu ihnen so beiläufig zu halten, wie es ging, aber ich wusste, dass sich das schlagartig ändern konnte. Mir kam es immer mehr so vor, als nähme nicht ich die Verbindung zu den Treibstoffquellen auf, sondern sie zu mir. Der Gedanke trug nicht dazu bei, mich zu beruhigen, das kann ich Ihnen sagen.

Cross ging voran, die flachen Stufen durch die Sitzreihen hinunter vor das Podest. Ich folgte ihm mit Wauzi langsamer. »Genosse Müller?« Wir lauschten auf eine Antwort, doch es kam keine. Meine Hand schien sich nun wirklich aus eigener Kraft zum Griff unter meine

Achsel zu bewegen, bevor ich realisierte, dass ich meine Pacifier nicht trug. Ich ließ sie dort, denn das wussten eventuelle Feinde ja nicht.

Ich entdeckte einen weiteren Vorhang an der linken Wand und zeigte darauf, um Cross darauf aufmerksam zu machen. Eine weitere rote Tür zum Terminal-Raum, der nebenan sein musste?

Cross nickte, um mir zu signalisieren, dass er dasselbe dachte. »Müller, sind Sie hier?«

»Cross? Sind Sie das?«, erklang schließlich eine Stimme, und Müller trat von hinter dem Vorhang auf das Podest. Der dicke Mann Ende fünfzig mit dem roten Haarkranz hatte die Hände hinter dem Rücken verschränkt. Er trug wieder einen seiner erstaunlich schlecht sitzenden dunklen Maßanzüge, der ihn aussehen ließ, als wäre der Gärtner in die Kleider seines Herrn geschlüpft. Sein Gesicht erinnerte von der Farbe her an einen Puter, um seinen Mund spielte ein unwirscher Zug. Er musterte uns kühl.

Zwei in ihren Anzügen deutlich eleganter wirkende Leibwächter folgten ihm auf dem Fuße und stellten sich strategisch auf, er oben hinter Müller, sie unten vor das Podest, damit sie uns alle im Blick hatte. »Keine Dummheiten«, sagte der Mann zu mir. Er trug sein mittelblondes Haar streichholzkurz, die Frau hatte ihre dunklen Haare zu einem Dutt zusammengedreht. Sie unterstrich seine Aussage mit einer auffordernd gehobenen Augenbraue. Irgendwie erinnerten mich die beiden an Mr. und Mrs. Smith – noch so ein wieder aufgelegter Film, in dem sich zwei miteinander verheiratete Cyberspione gegenseitig darüber hinwegtäuschen, dass sie in derselben Branche arbeiten. Beide hatten ihre Hände wie ich unter dem Jackett, zweifellos an den Waffen. Die beiden blufften nicht, denn ich hörte das hornissenartige Summen der Munition in ihren Waffen. Ich fluchte innerlich, denn die Patronen hier auszuschalten kam nicht infrage – ich fürchtete, total die Kontrolle zu verlieren und uns alle umzubringen.

»Ich habe dich ja schon für tot gehalten, Genosse«, verkündete Müller mit seiner lauten Stimme.

»Enttäuscht?«, erwiderte Cross und führte den Weg voran ans Ende der Sitzreihen zu dem Freiraum vor dem Podest. Er wirkte hier so selbstsicher, wie ich mich nur im Angesicht eines Päckchens Nitramex oder FOX-18 fühlte. Als ehemaliger Journalist war das hier sein Schlachtfeld – nur dass sein Sprengstoff aus Informationen bestand. Während er stehen blieb, setzte ich mich daneben mit einer Pobacke auf eine Armlehne, die zwei Sitze voneinander trennte.

»Natürlich bin ich froh, dass du noch lebst«, sagte Müller. »Aber ich wollte dich heute eigentlich als verschollen erklären und wegen der Dringlichkeit der Verhandlungen einen vorübergehenden neuen Vorsitzenden ins Amt heben lassen.«

»Das wäre Feldberg gewesen«, riet Richard.

»Natürlich Feldberg. Der Mann weiß wenigstens, wann er auf den Rat von Profis hören muss.«

»Du meinst, wann er genau das tut, was ihm gesagt wird.«

»Mein lieber Richard, du tust ja beinahe so, als hätten

wir hier etwas auszufechten.« Müller hatte wieder das salbungsvolle Gehabe aufgelegt, dass mich auf der Versammlung in der Gewerkschaft so genervt hatte. »Im Gegensatz zu dir ist er der Meinung, dass es nicht schadet, auf die Meinung älterer und erfahrenerer Menschen zu hören. Aber du hast mich bestimmt nicht sprechen wollen, um mit mir über Feldberg zu streiten, oder? Dann wäre das nämlich vergeudete Zeit. Also was gibt es?«

»Ich benötige Zugang zu dem Terminal-Raum nebenan«, erwiderte Cross. »Du bist der Einzige, der dafür sorgen kann.«

»Zum Terminal? Willst du etwas veröffentlichen?«, fragte Müller und zog sich ein weißes Tuch aus der Tasche. Damit tupfte er sich den Schweiß von der Stirn, der in den letzten Augenblicken dort entstanden war. Ich blähte meine Nüstern wie ein Wolf, der die Fährte aufnahm, und wechselte einen Blick mit Wauzi, der ähnlich reagiert hatte wie ich. Müller hatte Angst. Doch wovor – vor Cross?

Wo blieben Swift und Grange mit dem Okay von Winslow? Ich musste mich zusammenreißen, damit mir nicht der Geduldsfaden riss. Ich wünschte, ich könnte Winslow via Funk fragen, wie weit sie mit den Sicherheitsfreigaben war.

»Wie stellst du dir das vor?«, keuchte Müller und schlug einen ungeduldigen Bogen mit der Hand, der den Raum umfasste. »Ich wedele einmal mit der Hand, und Pherostine und *United* liegen mir zu Füßen? Das geht auch nicht so einfach, da wollen Gefallen eingefordert werden; meine Position steht auf dem Spiel. Dich hier hereinzubringen, war schon Risiko genug. Wenn ich noch mehr für dich tun soll, muss ich wissen, worum es geht.«

»Apropos – wo sind die Journalisten?«, fragte Cross. »Ich dachte, du hättest dem Universum etwas mitzuteilen gehabt?«

»Der Gouverneur hat die Pressekonferenz auf den letzten Drücker abgesagt, Richard. Du weißt doch, wie das manchmal geht.«

»Na klar.«

»Aber lenk nicht vom Thema ab. Wozu willst du an die Terminals?«

»*WasteLand* vergast Pherostine mit den Luftwandlern, die überall installiert werden«, erklärte Cross. »Das muss an die Öffentlichkeit, sonst endet das in einer Katastrophe.«

»Eine Katastrophe?«, wiederholte Müller. »Bist du sicher? Und kannst du das beweisen?«

Cross schwieg einen Augenblick lang und musterte Müller intensiv. Seine Augen funkelten hintergründig. »So eine Karriere als Vorstand der GWA – die ist bestimmt hart erkämpft, oder?«

Müller runzelte die Stirn. »Natürlich. Richard, Genosse, wenn ich nicht wüsste, dass du ein anständiger Kerl bist, würde ich sagen, du versuchst, mir zu drohen. Was soll das?«

Cross sah ihm ohne mit der Wimper zu zucken ins Gesicht. »Wenn die Presse davon Wind bekommt, dass du dich von *WasteLand* bestechen lässt, diese Luftwandler auf Pherostine zu installieren, die gleichzeitig die Beta-Humanoiden unter Drogen setzen, um Aufstände und Streiks zu vermeiden, dann wärst du dein Amt los und würdest für den Rest deines Lebens in einer Zelle verrotten, oder?«

Müller und ich starrten Cross erstaunt an. Woher nahm er jetzt plötzlich die Sicherheit, dass der Mann davon wusste?

»Das wäre in der Tat so«, erwiderte Müller ungehalten. Ich erkannte, dass sich seine ganze Körperhaltung verändert hatte – er wirkte jetzt wie ein riesiger Bär, der sich aufrichtet, um sein Gegenüber zu bedrohen. »Wären diese Anschuldigungen nicht die verrückte Ausgeburt deiner Fantasie. Wie kommst du darauf?«

»Du hast mich angerufen und aus dem Stollen Adam geholt, zwei Minuten, bevor er in die Luft gegangen ist. Für eine so genaue Rettungsaktion musst du den exakten Augenblick gekannt haben, in dem gesprengt würde. Und den wiederum konntest du nur kennen, wenn du direkten Kontakt mit Elyzeas Chef hier gehabt hast.« Er deutete auf mich.

Als Müller zu mir herübersah, lächelte ich ihn an. Er zuckte erschreckt zusammen – nicht genau die Reaktion, auf die ein Mädchen hofft – und machte einen Schritt zurück. »Das ist doch die Irre, die das Potemkin's in die Luft gesprengt hat! Was macht die hier, Cross?«

Seine Reaktion sorgte dafür, dass Mr. und Mrs. Smith jetzt mich mehr im Auge behielten als Cross. Verdammt.

»Sie hilft mir, diesen Dschungel ein wenig zu lichten«, erwiderte Richard.

»Dann hätte sie in ihrem verdammten Dschungel bleiben sollen! Wie kommt sie zu solchen Anschuldigungen? Hat sie dir das erzählt?«

»Teils, teils«, sagte Cross. »Aber schlussendlich hat deine Reaktion mir eben mehr gesagt als ihre Worte.«

»Meine Reaktion?« Müller breitete beide Arme aus, als warte er darauf, dass sich die Weisheit über ihn ergösse. »Welche Reaktion?«

»Die Tatsache, dass ich dir von dem Gas auf Pherostine erzählt habe und du nicht ein kleines bisschen um dein eigenes Wohl besorgt warst. Du wusstest, dass das Treptopenzan nur gefährlich für Beta-Humanoide ist.«

Müller starrte Cross an, als wolle er sich mit weiteren Ausreden und Lügen aus der Affäre ziehen, doch Richard hatte ihn mit solcher Überzeugungskraft in die Ecke gedrängt, dass ihm offenbar nichts mehr einfiel. So standen sich die beiden Männer für eine gefühlte Ewigkeit gegenüber und maßen einander mit Blicken. Die Spannung zwischen ihnen war beinahe greifbar, so wie die Verbindung, die mir jetzt genau anzeigte, wo Swift und Grange die Fässer mit dem Treibstoff platziert hatten, den wir auf der *Rosario* mitgebracht hatten.

Apropos Swift.

Die dunkelhaarige Frau platzte oben durch die Tür in den Raum. Nicht nur Müller und Cross fuhren herum, sondern auch die beiden Leibwächter, die mich die letzten Minuten wachsam im Auge behalten hatten.

Ich erkannte meine Chance und nutzte sie. Ich reagierte, ohne weiter groß nachzudenken, zog einen der drei

Schraubenzieher aus der Tasche und warf ihn auf Mr. Smith – eine Kunst, die Estyxia mir beigebracht hatte. Gleichzeitig sprang ich auf und rammte Mrs. Smith meine Schulter in den Bauch. Sie keuchte, klappte vornüber und fiel rückwärts zu Boden.

Ich rappelte mich auf und zog die Knie nach vorn, damit ich ihr damit die Schultern zu Boden pressen konnte. Mein volles Gewicht drückte ihr dabei die Luft aus der Lunge, so dass sie keuchte und nach Atem rang.

Mr. Smith fiel, von dem Schraubenzieher am Kopf getroffen, um wie ein Stein. Stöhnend versuchte er, sich aufzurappeln, doch jetzt sprang Cross herbei und schlug auf ihn ein. Wir wussten beide, dass wir nicht die Spur einer Chance gegen professionelle Leibwächter hatten, wenn wir sie nicht sofort ausschalten konnten.

Daher zog ich jetzt einen zweiten Schraubenzieher aus der Tasche und stach Mrs. Smith das metallene Ende in den Hals, wie Estyxia es mir gezeigt hatte – in die Kehle, in die Halsschlagader, Hauptsache tief hinein. Das ging schwieriger, als ich dachte. Blut spritzte, doch jetzt zimperlich zu sein hieße, unser aller Leben gefährden. Als ich aufsprang, hörte ich einen Schuss, und Cross und Mr. Smith blieben regungslos liegen. Ich flankte auf das Podest und zog Cross an der Schulter hoch, um zu schauen, ob er verwundet war, da blickte er mich an. Die Waffe hielt er noch in der Hand – er hatte Mr. Smith die Mündung auf den Bauch gesetzt und durchgezogen. Man konnte die verbrannte Haut riechen. Erleichtert lächelte ich Cross an.

Wir sammelten die vollautomatischen Handfeuerwaffen ein, prüften die Magazine und wandten uns zu den anderen um. Müller starrte uns entsetzt an, und Wauzi schnaufte verärgert. »Und ich dachte, ich wäre hier, um euch den Rücken freizuhalten.«

»'tschuldigung.« Ich lächelte ihm zerknirscht zu.

»Gibt es Nachricht von Winslow?«, fragte Cross.

Swift nickte. »Sie sagt, sie hat das System umgepolt«, sagte sie. »Wir sollten jetzt in den Terminalraum gehen können, ohne dass etwas passiert.«

»Dann tun wir das doch. Gerhard, wärst du so freundlich, uns den Weg zu weisen?«

Doch der Mann rührte sich nicht. Er funkelte Cross wütend an und tupfte sich wieder den Schweiß von der Stirn. Der Eindruck eines Bären vertiefte sich, als er die Ellbogen herausstreckte, als wolle er sich auf einen Kampf vorbereiten. »Du glaubst, du bist etwas Besseres, oder?«, platzte es dann aus dem Gewerkschaftsvorsitzenden heraus. »Du hältst dich für moralisch überlegen, weil du ›das Richtige‹ tust.«

Cross stand ihm wie eine Säule gegenüber, die Arme vor der Brust verschränkt, das Gesicht grimmig. »So in etwa, ja.«

»Ich beneide dich um deine Sicherheit. Du scherst dich nicht darum, ob ›das Richtige‹ vielleicht größere Unruhen, den Sturz der GWA oder vielleicht gar einen neuen Konzernkrieg auslöst, oder?«

»Einen Konzernkrieg? Gerhard, jetzt übertreibst du aber. Willst du etwa sagen, dass du der Meinung bist, dass es richtig ist, das Treptopenzan auf Pherostine freizusetzen? Nur ein selbstgefälliger Irrer kann glauben, dass Menschen zu vergasen – oder Halbmenschen – der richtige Weg ist, um seine Ziele zu erreichen!«

Wauzi knurrte zur Unterstützung.

Gerhard Müller warf die Hände in die Luft. »Oh ja. Ich bin davon überzeugt, dass auf lange Sicht dies der richtige Weg ist.«

»Jetzt bin ich gespannt«, mischte ich mich ein. »Gleich sagst du, es ist im besten Sinne der Gewerkschaft, dass das Treptopenzan auf Pherostine losgelassen wird? Was steckt dahinter?«

Müller betrachtete Cross und mich, als kämen wir von einem anderen Stern. Okay, das ist im heutigen Universum vielleicht nicht mehr unbedingt das passende Bild, aber Sie wissen, was ich meine. »Ihr habt nicht den politischen Durchblick zu erkennen, was hier auf dem Spiel steht, oder? Was euer kleiner Planet Pherostine auslösen könnte, wenn ihr euren Willen bekommt?«

Cross und ich sahen uns an und schüttelten die Köpfe. »Was soll das sein?«, fragte ich endlich. »Wird der Gouverneur von *United Industries* die Herrschaft des Universums an sich reißen und vor den Collies kapitulieren?«

»Nein, schlimmer. Wenn Pherostine damit anfängt, die Beta-Humanoiden in die Gewerkschaft zu lassen, dann ist die Galaxy Worker's Alliance der Feind der Konzerne. Und ich meine nicht nur irgendein Feind. Ich meine DEN Feind ALLER Konzerne. Wenn ihr auf eurem winzigen, dreckigen, verpesteten Hinterwäldlermond den Damm brecht und Betas aufnehmt, dann werden sich alle Mega-Konzerne zusammentun und die GWA vernichten. Und die GWA mag stark sein – aber sie ist nicht

429

so stark, dass sie eine Front aus sämtlichen Megas überleben könnte.«

»Warum sollten sich die Konzerne zusammentun?«, fragte ich verwirrt. »Pherostine ist doch gar nicht wichtig.«

»Pherostine ist total unwichtig«, erklärte Müller ungeduldig. »Aber der Akt, Betas in die Gewerkschaft aufzunehmen, beinhaltet mehr als die Tatsache, dass sie dann keine Streiks mehr brechen können. Bislang können die Megas Beta-Humanoide einfach so auf die gefährlichsten Aufträge schicken, die kein Mensch jemals freiwillig durchführen würde. Sie können sie als Kanonenfutter in den Krieg schicken, oder auf Planeten, von denen es kein Zurück mehr gibt. Wenn ihr die Betas in die Gewerkschaft lasst, müssen sie dafür den vollen menschlichen Status erhalten. Damit gelten alle Gesetze der Arbeitssicherheit für sie, sie können sämtliche Versicherungsund Rentenansprüche geltend machen, die Menschen zustehen, und das ist bloß die Spitze des Eisbergs. Verstanden? Die Kosten wären gigantisch.«

Wauzi bellte entrüstet und rümpfte das Bulldoggengesicht noch weiter. »Wir sollen weiter als Tiere schuften, weil's zu teuer ist? Das is krank, isses!«

»Das Leben ist nicht fair, Mann, für keinen von uns. Abgesehen davon nimmt man den Konzernen mit so einer Aktion die einzige Handhabe gegen die GWA, die sie noch besitzen. Nein«, schloss er seinen Vortrag grimmig, »die PLU ist ein Teil der GWA. Wenn die PLU Betas aufnimmt und damit erfolgreich gegen *United* streikt, wird das das Angesicht des Universums verändern. Die

Betas auf anderen Planeten werden dieselben Rechte fordern. Die Folgen wären unabsehbar.«

»Das kannst du nicht ernst meinen«, erwiderte Cross. »Du riskierst das Leben von Tausenden Menschen und Betas, um den Status quo aufrechtzuerhalten? Dich gegen eine Veränderung zu stemmen, die auf lange Sicht unaufhaltsam ist? Das ist Irrsinn!«

»Genau«, knurrte Wauzi, offenbar um eigene Worte verlegen. Er hatte das Rohr, in dem der Granatwerfer steckte, aus der Kiste geholt und die Hände darum gelegt, als handelte es sich um Müllers Hals.

»Kein Irrsinn.« Müller schüttelte heftig den Kopf. »Umsicht.«

In diesem Augenblick fielen die fehlenden Mosaikstücke an ihren Platz. »Jetzt habe ich es verstanden«, sagte ich langsam. »Du hast dich nicht von Stewart bestechen lassen, um die Luftwandler mit dem Treptopenzan nach Pherostine zu bringen. Du warst selbst derjenige, der Stewart und *WasteLand* beauftragt hat, die Luftwandler zu installieren. Du hast das Ganze zu verschulden! Deshalb ergibt die Einmischung von *Enclave* auch keinen Sinn. Weder *Enclave* noch *United* haben damit etwas zu tun – das Ganze ist auf dem Mist der GWA gewachsen!«

»Nicht der GWA. Auf meinem Mist. Und ich habe nur getan, was nötig war«, rechtfertigte sich Müller.

»Du hast den Tod des Gewerkschaftsrats im Stollen Adam befohlen?«, fragte Cross ungläubig.

Swift gab ein Geräusch von sich, das eher wie ein schnaubender Stier klang als wie eine Frau, die nur wenig größer war als ich. Sie sprang die Treppen hinunter und wäre Müller sicher an die Gurgel gegangen, wenn Cross sie nicht geistesgegenwärtig zurückgehalten hätte. Sie wehrte sich kurz dagegen, aber als Wauzi neben sie trat und sie am Arm ergriff, hob sie abwehrend die Hände. »Schon gut, schon gut!«, rief sie. »Ich bin hier nicht die Mörderin.«

Ich wünschte mir derweilen, Cross hätte wirklich ein Aufnahmegerät mitgebracht – dass Müller so geständig sein würde, hatte ja niemand ahnen können. Der Gedanke machte mich misstrauisch. Wenn Müller uns das alles so frei erzählte, musste er damit rechnen, dass wir dieses Gebäude nicht mehr lebend verlassen würden.

»Warum erzählt er uns das eigentlich alles so offen?«, fragte auch Swift.

Müller verzog seine Lippen zu einem widerwärtigen Grinsen. »Weil ihr niemandem mehr davon werdet erzählen können.«

Kaum hatte er das gesagt, spürte ich mit den Fühlern, die mir die Stimmen von Sprengstoff übermittelten, eine Detonation – nein, zwei. Kurz darauf hörte ich auch schon Schüsse in einiger Entfernung am oder im Gebäude.

Und irgendwie hatte ich den Eindruck, dass das der Anfang vom Ende war.

16

29. März 3042 (Erdzeit)
Planet: Pherostine
Ort: Richfield, Carabine
Gebäude: *United Industries* Interstellar
Communication Center

Schreie hallten aus der Lobby herüber – vermutlich starben da die Wachleute, an denen wir uns vorhin vorbei-
geblufft hatten.

»Winslow sagt, da passiert etwas!«, berichtete Swift,
die Hand am Funkgerät im Ohr. »Irgendjemand stürmt
das Gebäude!«

»Abmarsch«, befahl Cross. »Elyzea, verteil die Waffen
und öffne mit Swift die Tür zum Terminal. Ares – raus
mit dem großen Gerät. Müller – du kommst hier rüber.
Und keinen Ärger, wenn ich bitten darf.«

Ich sprang auf das Podest und warf Swift die Waffe des
bewusstlosen Mr. Smith zu, dann stellten wir uns zusammen an der besagten roten Tür auf. Ich zog meine
gelbe Swipecard an dem Schloss vorbei und hob die
Waffe – doch das Gerät gab nur ein ablehnendes Piepen

von sich und leuchtete rot. Ich zog die Karte noch zwei-, dreimal über das Schloss, doch es änderte sich nichts.

Swift verdrehte die Augen, schnappte mir die Plastikkarte aus der Hand und zog sie noch einmal langsam über das Schloss, das ein erfreutes Piepen von sich gab und grünes Licht zeigte. »Das hat man davon, wenn man böses Karma anhäuft«, sagte sie grinsend.

Dann sprang die Tür auf, und wir sicherten in die entstehende Öffnung. Es war höchste Zeit, denn wer immer da um sich schoss, näherte sich unserer Position.

In dem Terminal-Raum befanden sich sechs Arbeitsplätze mit einer Technik, die der Winslows in nichts nachstand. Vier Arbeitsplätze befanden sich vor direkt an die Wände montierten Großrechnern, die die Ausmaße einer mittleren Schrankwand aufwiesen. Zwei weitere standen im Raum, die Technik war über dicke Datenkabelbündel aus der Decke angeschlossen. An der Wand zum Flur stand ein Regal aus dünnem Metall, in dem sich Bücher und persönliche Habseligkeiten zu befinden schienen. Über unseren Köpfen schwebte noch immer Winslows Minidrohne, mit der sie sich in das Sicherheitssystem eingehackt hatte.

Auf vier Stühlen saßen Arbeiter, zwei Männer und zwei Frauen, die aufsprangen und die Hände hoben. »Bitte bewahren Sie Ruhe«, sagte die älteste der Frauen, eine sicher fünfzigjährige schlanke Frau im Kostüm, die ihre Haare zu einem komplizierten Gebilde aufgesteckt hatte. »Die *UI*-Sec wird in wenigen Minuten hier sein. Je weniger geschieht, desto wohlwollender wird die Justiz mit Ihnen umgehen.«

»Erstens: Hände oben lassen. Zweitens: an die Wand da drüben.«

»Sie sollten sich wirklich überlegen, in welchem Tonfall Sie mit Frau Wengenhüber sprechen«, mischte sich der über vierzigjährige, aber schon glatzköpfige Mann ein, der neben der Dame stand. »Sie ist eine der anges...«

»Ach ja, und drittens: Klappe halten«, fügte ich hinzu.

Der Mann verstummte, und die Leute gehorchten. Wauzi und Swift hielten sie mit ihrer Pistole in Schach und durchsuchten sie nach Waffen, während Cross Müller hereinbrachte. Aber wo zum Hades blieben Grange und Chester?

Richard setzte sich an den ersten frei stehenden Terminal, von dem Frau Wengenhüber eben aufgestanden war, und aktivierte die virtuelle Lasertastatur auf der Schreibtischfläche.

»Wird's gehen?«, fragte Swift und blickte über die Schulter. In diesem Augenblick sprintete der dürre Glatzkopf los, riss die Tür zum Gang auf, an der wir vorhin vorbeigegangen waren, und war schon hinausgestürmt, bevor einer von uns reagieren konnte. Das heißt, Wauzi reagierte – er zog den Abzug seines Granatwerfers. Die Granate sauste auf den Gang, prallte dem Geräusch nach mehrfach gegen Wände und detonierte schließlich irgendwo. Als sich der Krach und der Staub einige Augenblicke später gelegt hatten, sperrte ich die Ohren auf. Niemand schrie – also schien niemand verletzt worden zu sein.

»Ups«, sagte Wauzi. »'tschuldigung.«

Dann erklangen Schüsse und ein erstickter Schrei.

Wer auch immer da kam, hatte den Glatzkopf offenbar für eine Gefahr gehalten. »Mach die Tür wieder zu und verriegel sie«, befahl ich Ares. »Sie sehen also, Frau Wangenhub, wir sind nicht der Feind.«

»Wengenhüber«, korrigierte sie mich, doch sie wurde in ihrer Ecke immer blasser.

Ich hielt mich an Cross' Seite. »Hast du den Geronimo-Chip schon hochgeladen?«

»Nein, ich mache mich noch mit dem System vertraut. Das wäre so viel einfacher, wenn ich mit Winslow sprechen könnte ... Aha, ich glaube, ich nähere mich der Lösung.« Er tippte konzentriert auf der Tastatur herum.

»Hättest du gedacht, dass die GWA hinter all dem steckt?«

»Nicht die GWA, nehme ich an. Müller. Und nein, ich hätte das nicht gedacht.«

»Aber wenn er dahintersteckt, ergibt es noch weniger Sinn, dass er dich vor dem Attentat auf den Stollen gerettet hat«, warf ich ein. »Warum dich am Leben lassen? Das schadet ihm nur.«

»Keine Ahnung. Ich bin ehrlich gesagt nicht böse drum, was auch immer der Grund dafür war.« Er arbeitete konzentriert weiter.

Ich ließ meinen Blick prüfend über die drei verbleibenden Angestellten von *United* gleiten, doch die standen in der Ecke, in die ich sie geschickt hatte, und verhielten sich sehr ruhig.

Plötzlich spürte ich ein aggressives Summen, das meinen Verstand für einen Augenblick überflutete und sich wie ein penetranter Schmerz in meinen Kopf bohrte.

»Runter!«, presste ich zwischen zusammengebissenen Zähnen hervor, griff Cross am Arm und ließ mich fallen.

Ein gewaltiger Krach zerriss die gespannte Stille, und mit ihm deckte eine Rauchwolke den gesamten Raum zu. Der Schmerz verschwand ebenso schnell, wie er gekommen war. Ich reagierte, indem ich auf die Wand feuerte, von der das alles auszugehen schien, und Wauzi tat es mir gleich, denn ich hörte das »Plopp« seines Granatwerfers und den metallenen Einschlag des Projektils draußen auf dem Flur, bevor sie explodierte.

»Hör auf, Ares!«, rief ich. Der Irre feuerte bei den Sichtverhältnissen blind Geschosse ab, die uns leicht alle töten konnten! Doch die Granate hatte immerhin einen Zweck erfüllt: Die Gegner hielten einen Sicherheitsabstand. Weitere Schüsse aus den Gängen beantworteten unser Feuer.

Ich zog den Kopf ein und kroch mit Cross hinter einen Arbeitsplatz, der uns immerhin vor Blicken decken würde, wenn schon nicht vor Kugeln. Ich stieß unter dem Arbeitsplatz auf ihn und hielt mich mit der Linken an ihm fest, um ihn in dem Chaos nicht zu verlieren.

Als sich das sinnlose Gefecht schließlich wieder gelegt hatte, erscholl eine mir nur allzu bekannte Stimme aus dem Gang vor dem Terminal-Raum. »Feuer einstellen!«

»Bleib, wo du bist, oder du wirst in deine Einzelteile zerlegt!«, rief ich zurück.

»Elyzea. Charmant wie immer. Ist Brooks bei dir? Ich würde ihm gern mal von Angesicht zu Angesicht gegenüberstehen.«

Der Staub erzeugte mit dem Licht der Halogenlampen

ein merkwürdig flirrendes Zwielicht, das sich langsam zu lichten begann. Der Raum sah aus wie ein Kriegsgebiet – Mauertrümmer türmten sich dort, wo die Wand zum Flur gewesen war, dazwischen staken verbogene Träger des Metallregals hervor. Müller fluchte irgendwo wie ein Bierkutscher.

»Wer ist das?«, fragte Cross.

»Das ist Stewart, mein Chef – oder vielmehr mein ehemaliger Chef.«

»Das ist das Arschloch, das den Tod meiner Frau befohlen hat?«

Ich nickte nur.

Cross' Miene verdunkelte sich. »Stewart, Sie Feigling! Sie zerstören das Leben anderer bloß aus der Ferne, nicht wahr? Sie trauen sich ja nicht, einem Mann ins Gesicht zu sehen und ihm zu sagen, zu welchem Zweck gute Menschen sterben mussten!«

»Ich habe es nicht nötig, mich zu rechtfertigen«, erwiderte Stewart ruhig. »Vor allem aber nicht, mich provozieren zu lassen. Das mit Ihrer Frau tut mir leid, aber manchmal ist es notwendig, andere Menschen zu opfern. Das haben Sie nie verstanden, sonst hätten Sie damals auf Sharidon weiter nach Beweisen gegen *Waste-Land* gesucht und schließlich veröffentlicht. Dann wäre all das, was hier auf Pherostine in den letzten Wochen geschehen ist, nie passiert.«

Ich erkannte Swift und Ares, die sich in einer Ecke halb hinter einem Trümmerstück der Wand, halb hinter einem umgestürzten Schreibtisch verschanzt hatten. Ich winkte, um sie aufmerksam zu machen, und deutete mit zwei Fingern einer Hand erst auf die beiden, dann auf meine Augen, dann auf das Loch, um sie zu bitten, es im Visier zu halten und beim geringsten Geräusch zu feuern. Swift nickte bestätigend und schob sich so weit vor, dass sie über die Zementbrocken der Wand hinwegsehen und -feuern konnte.

Mein Chef fuhr fort. »Trotzdem steht uns jetzt eine unangenehme Situation bevor, Mister Brooks. Sie können dieses Mal verhindern, dass Ihre Freunde für Sie sterben, wenn Sie sich mir freiwillig mit den beiden originalen Datenchips ausliefern, die Sie auf Sharidon und Chorriah von *WasteLand* gestohlen haben. Ich gebe Ihnen mein Wort, dass ihren Gefährten dann kein Leid zugefügt wird. Tun Sie es nicht, werden Sie alle sterben.«

»Ich glaube nicht, Mr. Stewart«, erwiderte Richard. »In wenigen Sekunden werde ich beide *WasteLand*-Chips über die Katastrophe auf Sharidon sowie die Entwicklung des Treptopenzans für Pherostine durch das Universum verbreiten. Und irgendwann wird auch die *UI*-Sec mitbekommen, was hier geschieht, und uns alle verhaften. Ich denke, dass Sie dann noch unangenehmere Fragen über Ihre Anwesenheit hier beantworten müssen als ich.«

»Sind Sie so zuversichtlich, weil Sie noch ein Ass im Ärmel zu haben glauben?« Stewarts Stimme klang erheitert. »Sie irren sich.«

Cross sah mich fragend an – der Staub hatte sich inzwischen halbwegs gelegt.

Ich zuckte mit den Schultern. »Was meinst du damit, Stewart?«

»Ich meine die Fässer mit Treibstoff, an denen Mikro-sprengladungen befestigt waren, mit denen du sie hättest in die Luft jagen können, Elyzea. Gute Taktik zum Decken einer Flucht, aber leider gescheitert. Wir haben die Sprengladungen abgenommen, und du solltest selbst wissen, dass sie zu klein sind, um allein nennenswerten Schaden anzurichten. Ach ja – der Cowboy und die Vogelfrau, die das Ganze aufgebaut haben, befinden sich übrigens in unserer Gewalt.«

»Verdammt«, fluchte Cross leise.

Ich nickte. »Ich hoffe, Winslow hat ihre Funkgeräte gesperrt, sonst hört Stewart mit.«

»Sie sehen also, dass Sie weiteres Blutvergießen verhindern können, indem Sie sich uns stellen, Mr. Brooks. Dann können die beiden gehen, wohin sie wollen. Wir beide wissen, dass Sie nicht mit ansehen können, wenn andere Leute für Sie sterben.«

»Das kommt nicht infrage«, rief Swift. »Cross, du weißt, dass Grange und Chester das nicht wollen würden – veröffentliche den Scheiß schon und lass uns verschwinden!«

Ich sah Cross an. Sein Gesicht wirkte in dem Staub, der noch in der Luft hing, wie durch einen feinen Schleier verborgen. Haare, Brauen und Wangenknochen waren so verdreckt wie seine Kleidung. Trotzdem sah ich die Marter, die sein Gewissen durchmachte. »Cross?«, fragte ich. Wie auch immer er sich entscheiden würde, unser aller Leben hing davon ab.

Dann schüttelte er den Kopf – eine sinnlose Geste, denn Stewart konnte ihn ja nicht sehen. Sie drückte mehr Richards innere Entschlossenheit aus. »Sie haben Recht, Stewart. Ich hätte die verhängnisvollen Informationen auf Sharidon damals veröffentlichen sollen. Manche Wahrheiten sind wichtiger als Menschenleben, wenn man damit Tausende von Leuten schützen kann. Ich werde denselben Fehler nicht zweimal begehen.«

Dann wandte er sich mir zu. »Ich muss prüfen, ob eines der anderen Terminals noch funktioniert«, flüsterte er. In dem Computer, an dem er eben gesessen hatte, steckte eine lange Metallstange.

»Okay.« Wir schoben ein paar Gesteinsbrocken beiseite und krochen dann zu der Wand, die am weitesten von der Explosion weg lag.

»Dann zwingen Sie mich, mit äußerster Gewalt vorzugehen«, erwiderte Stewart vom Gang her.

Am Terminal drückte Cross auf die entsprechenden Knöpfe und schaffte es immerhin, den Monitor und die Tastatur zu aktivieren. Er zog einen zweiten Chip aus der Tasche – vermutlich den Chip, den er damals auf Sharidon gefunden hatte – und schob ihn vorsichtig in den entsprechenden Schlitz an dem weißen Gerät.

Auf dem Monitor leuchtete sofort eine Hinweismeldung auf: »Originales Datenmedium erkannt. Wasserzeichen: *WasteLand Limited.*« Dabei handelte es sich also um das gesuchte zweite Original.

»Ich verbinde zu dem nächsten Satelliten. Jetzt muss ich nur noch die Adressen der journalistischen Netzwerke eingeben – so – und dann die Daten hochladen, dann ...«

»Cross«, sagte ich tonlos. »Nimm die Finger von der Tastatur.«

Richard wandte mir den Kopf zu und erstarrte, als er die Pacifier in meiner Hand sah, die genau auf seine Brust zielte. »Elyzea? Was soll das?«, fragte er alarmiert.

»Nimm die Finger von dem Gerät. Es tut mir leid. Ich musste sichergehen, dass du den richtigen Chip mitnimmst, bevor ich handele.«

Er gehorchte und sah mich fragend an. »Elyzea? Wie soll es jetzt weitergehen?«

»Cross?« Swift hatte offenbar gehört, dass etwas nicht stimmte. »Alles klar?«

Ich langte mit der freien Hand hinüber und aktivierte den »Pause«-Knopf, der den Datenstrom zum Satelliten unterbrach. »Stewart!«, rief ich. »Hast du den Deaktivierungscode?«

»Wenn du Cross und seinen Chip hast?«

»Natürlich«, sagte ich und ertrug Cross' plötzlich frostigen Blick.

»Schlampe! Ich hab's doch gesagt – der darf man nicht trauen! Wenn ich dich erwische!« Swift entließ eine unsittliche Tirade an Flüchen, die sogar den sprichwörtlichen Bierkutscher – was auch immer das sein mochte – zum Erröten gebracht hätte. Wauzi grollte nur.

»Dann mal rüber mit dem Herrn. Aber bitte langsam!«

»Auf keinen Fall«, antwortete ich. »Du glaubst doch nicht, dass ich dir noch einmal mein Leben anvertraue!«

»Ich kenne das Gefühl«, mischte sich Cross ein.

Stewart machte eine Pause. »Okay, Elyzea. Was also schlägst du vor?«

»Du vertraust einmal mir. Du gibst den Deaktivierungscode ein – Cross hier deaktiviert seinen Störsender – und wenn wir dann noch alle leben, bekommst du Cross.«

»Warum sollte ich da mitspielen?«, fragte Cross.

»Weil ich die Waffe in der Hand habe.« Ich zuckte entschuldigend mit den Schultern. »Außerdem dürfte der Störsender sowieso in ein paar Minuten verrecken, wenn du ihn nicht abschaltest, oder?«

Stewart mischte sich wieder ein. »Was hält dich davon ab, mich dieses Mal zu betrügen?«

Ich fletschte die Zähne zu so etwas Ähnlichem wie einem Grinsen. »Mein gesunder Menschenverstand natürlich. Du glaubst doch nicht, dass ich hier lebend herauskomme, wenn ich hier bei Cross' Verbündeten bleibe, oder? Ich bringe ihn hinaus, du sorgst dafür, dass ich weder von diesen Kumpels hier noch von der *UI*-Sec erschossen werde.«

Mein ehemaliger Chef machte wieder eine Gedankenpause – oder er besprach sich mit jemandem –, dann rief er: »Geht in Ordnung. Der finale Deaktivierungscode für den Sprengsatz in deinem Kopf ist gesendet.«

Ich atmete aus. Was jetzt kam, erforderte mehr Vertrauen, als ich für Stewart noch aufbringen konnte, doch mir blieb keine Wahl. Wenn er log, war ich tot – aber das wäre ich auch, wenn der Störsender den Geist aufgab. Ich wandte mich wieder Richard zu. »Und? Deaktivierst du das Ding?«

Er funkelte mich an. »Und wenn ich es nur deshalb tue, um deinen Kopf wie eine Tomate zerplatzen zu sehen.«

»Richard?«, fragte Swift mit sich überschlagender Stimme. »Was sollen wir tun?«

»Stillhalten, Swift.« Cross schloss die Augen und konzentrierte sich für ein paar Momente. Als er sie wieder öffnete, nickte er leicht. Doch es hätte der Geste nicht bedurft.

Die kleine Bombe in meinem oberen rechten Blickfeld sprühte wieder Funken wie in der Nacht im Potemkin's, als Stewart den Countdown aktiviert hatte. Die Ziffer setzte sich auf die 10 zurück. Dann sprang sie wieder auf die 6. Natürlich, so schnell war das Signal nicht übertragen, nahm ich an. Dann veränderte sich die 6 zur 5.

Mein Herz setzte einen Schlag aus. Entsetzt sog ich die Luft ein, warf mich zurück und zog instinktiv die Arme über den Kopf – vielleicht war der Sprengsatz doch stark genug, um einen nahestehenden Menschen zu verletzen.

Dann löste sich die 5 in Wohlgefallen auf. Das Zeichen verschwand aus meinem Sichtbereich und kehrte nicht zurück.

»Elyzea?«, fragte Cross leise. »Alles in Ordnung?«

Ich entließ den angehaltenen Atem sehr kontrolliert und wagte es, meine Fötushaltung zu lockern. »Ich ... denke schon.«

»Ist die Bombe weg?«

Ich spürte dem winzigen Sprengsatz in meinem Kopf vorsichtig nach. Das wespenartige Summen wurde sofort ein klein wenig lauter, und ich konterte mit den zart-weißen Blättern von Gänseblümchen, um es wieder zu verdrängen. »Nein, die ist noch da. Aber das war auch nicht der Handel. Er sollte den Zünder des Sprengsatzes permanent deaktivieren. Wenn ich mich mit meiner Gabe nicht selbst in die Luft sprenge, sollte ich also sicher sein. Natürlich immer vorausgesetzt, dass Stewart nicht gelogen hat. Winslow, hörst du mich?«

»Na klar, laut und deutlich.«

Es war ein gutes Gefühl, wieder direkt mit den anderen kommunizieren zu können. »Kannst du das nachprüfen?«

»Ich habe versucht, mir das Gerät anzuschauen, aber ich bekomme keine Verbindung mehr. Offenbar ist der Funkzünder wirklich tot.«

Ich schloss die Augen und gab mich der Welle der Erleichterung hin, die mich durchflutete. Ich hatte den Eindruck, dass sich nach vier Jahren endlich eine Verkrampfung in meinem Nackenbereich auflöste, die dort stets gesessen hatte, so als ob ein Teil von mir sich unbewusst immer gegen das Gerät in meinem Kopf gewappnet hatte.

Ich war frei. Wirklich frei.

Cross nahm mir die Pistole aus der Hand, zog mich hoch und schloss mich so fest in die Arme, dass mir einen Augenblick die Luft wegblieb. Ich erwiderte die Geste. Dann schob ich ihn so von mir weg, dass ich ihm gleichzeitig in die Augen sehen und ihn festhalten konnte. »Und bei dir – alles in Ordnung?«

Er nickte und umfing meine Wangen mit seinen Händen. »Ich habe zwischendurch einen Augenblick lang beinahe an dir gezweifelt – ob du dich an unsere Absprache halten würdest, oder ob du mich wirklich auslieferst. Ich hätte wissen müssen, dass du das nicht tun würdest.« Damit küsste er mich zärtlich.

»Elyzea?«, rief Stewart aus seiner Deckung im Gang. »Wo bleibt mein Preis?«

»Augenblick, wir kommen!«, rief ich.

»Winslow, hast du Granges und Chesters Funkgeräte gesperrt?«

»Klar, da hört niemand mit. Die *UI*-Sec ist übrigens im Anmarsch – mit glühenden Rotoren.«

Ich unterdrückte einen Fluch. »Wie lange haben wir noch?«

»Vielleicht drei Minuten.«

»Cross?«, fragte Swift leise über Funk. »Was geht jetzt? Ist die Schlampe jetzt böse, oder ist sie okay?«

Richard musste lächeln. »Die Schlampe ist okay. Das Manöver war vorher mit Winslow und mir abgesprochen. Wir hätten euch eingeweiht, aber dann hätte Stewart gemerkt, dass etwas nicht stimmt.«

»Wer hat dann aber Stewart hergeholt?«, fragte Swift.

»Das war ich«, bekannte ich. »Sonst hätte ich den Deaktivierungscode nicht bekommen. Vermutlich hat Müller ihn auch alarmiert. Aber wir haben jetzt keine Zeit. Lasst uns zum dritten Teil des Plans übergehen.«

»Äh, welches waren Teil eins und zwei?«, fragte Ares.

»Teil eins war in die Station eindringen und Müller treffen«, erläuterte Cross. »Teil zwei war Stewart über's Ohr hauen und ihm den Deaktivierungscode für Elyzeas Bombe abluchsen.«

»Und was ist Teil drei?«, fragte Swift. Man hörte ihr an,

dass sie verletzt darüber war, nicht eingeweiht worden zu sein.

Ich lud meine Waffe durch und sicherte sie sorgfältig. »Die Station lebend verlassen.«

»Und das, ohne William's Peak großflächig einzuäschern«, fügte Cross hinzu.

»Ich garantiere für nichts.« Dann fügte ich lauter hinzu: »Wir kommen jetzt raus! Nicht schießen!«

Ich lächelte entschuldigend, als ich die Waffe wieder auf Cross richtete und ihn beim Arm nahm. Dann führte ich ihn über das Geröll zu dem Loch in der Wand und forderte Swift und Wauzi auf, mir zu folgen.

Als ich mit Richard vorsichtig auf den Gang trat, erblickte ich erwartungsgemäß Männer und Frauen in Vollpanzerung mit Waffen im Anschlag. Das Erste, was ich links sah, waren die großen Schakalohren von Estyxia, die einen ihrer Langdolche an Chesters Kehle hielt; rechts Richtung Lobby erblickte ich das runde Gesicht von Kaufmann, der, in Stadttarnfleck gekleidet, uns auf der anderen Seite durch den Sucher seines High-Tech-Gewehrs im Auge behielt. Hinter Styx und zwei weiteren schwarzen Vollgepanzerten stand Stewart, neben ihm Grange in Handschellen.

»Hi, Leute! Wo ist Browder?« Ich versuchte ein unschuldiges Lächeln. Hätte ich eine Hand frei gehabt, ich hätte damit verlegen gewunken. Den grimmigen Mienen der beiden nach zu urteilen, waren sie nicht erfreut, mich zu sehen. »Ach kommt, ihr habt Jabbert doch auch nicht leiden können, oder?« Sie antworteten nicht.

»Elyzea, komm mit Brooks – oder Cross, wie er sich

jetzt nennt – langsam zu mir herüber. Und keine hastigen Bewegungen mit der Waffe, denn ich glaube, dass einer deiner ehemaligen Kollegen nur so darauf brennt, dass du einen Fehler begehst.«

»Keine Liebe unter Dieben, wie?«

»Keine Liebe für Verräter«, knurrte Estyxia und verlagerte ihr Gewicht ein wenig, um sprungbereit zu sein.

»Dann eben nicht«, erwiderte ich. »Stewart, ich muss noch den Xenan-Behälter holen, der steht vorne in der Lobby. Und wenn wir schon einmal da sind, möchte ich, dass du Cross' Crew Richtung Lobby abziehen lässt, bevor ich dir den Mann gebe. Und damit ihr nicht auf dumme Ideen kommt, werde ich sie mit Cross decken, verstanden? Kaufmann, mach den Weg frei.«

»Woher plötzlich die Menschenfreundlichkeit?«, fragte Stewart misstrauisch.

»Das mit Cross ist ein Geschäft. Vor den Leuten habe ich Respekt – ich habe mit ihnen gekämpft und schulde ihnen das.«

Ich schätze, als ehemaliger Justifier konnte er das halbwegs verstehen.

»Und was, wenn ich Nein sage? Erschießt du den freundlichen Herren dann?«

Ich fletschte die Zähne zu einem Grinsen – ich wusste, dass ich ihn von Angesicht zu Angesicht nicht glaubhaft würde belügen können. »Vermutlich nicht. Aber dann muss dein kostbarer Chip daran glauben.« Ich ließ Cross' Arm los und zog den daumennagelgroßen Chip kurz aus der Tasche, den ich mir aus den Trümmern des Büros gegriffen hatte. Alles hing davon ab, dass er glaubte, die Datenübertragung verhindern zu können. Der echte Chip befand sich noch im Terminal und lud. »Und dann wirst du wohl nie erfahren, ob dies das Original war oder nicht.«

Stewart verengte seine Augen zu Schlitzen, dann nickte er. »In Ordnung. Kaufmann, mach den Weg frei. Behalte sie aber im Visier.«

»Verstanden, Elephant.« Kaufmann stand auf und ging, das Gewehr auf mich angelegt, mit dem rechten angewinkelten Ellbogen immer an der Wand, langsam und vorsichtig rückwärts, ohne sich umzusehen.

»Jetzt ihr«, sagte ich Swift und Wauzi. Die Frau trat ebenfalls auf den Gang, funkelte mich in einem wohlmeinenden Versuch, das Spiel mitzuspielen, an und zog Wauzi dann gen Lobby. Sie wandte mir dabei den Rücken zu. Dieser Vertrauensbeweis rührte mir beinahe das Herz. »Komm«, sagte ich dann zu Cross. »Dreh dich um.«

Jetzt wurde es haarig. Cross ging voran, ich schräg rückwärts, um ihn festhalten zu können – oder zumindest so zu tun. Estyxia, die beiden Gepanzerten und Stewart folgten uns auf dem Fuße, doch ich wusste, dass mein Ex-Chef noch andere Männer im Gebäude verteilt hatte. Das war zumindest seine Standardstrategie. Im Hintergrund folgte Müller mit einigem Sicherheitsabstand.

Als wir die Lobby betraten und ich einen Blick über die Schulter riskierte, sah ich, dass ich Recht behalten hatte. Hinter der Schranke stand Browder an der Drehtür, wie er leibte und lebte: dürr, mit der von violetten

Hautflecken übersäten Glatze, den tief in den Höhlen liegenden Augen und dem irren Grinsen, das stets auf seinen papiernen Lippen lag. In der Hand hielt er seine Lieblingswaffe, von der er nicht zu trennen war: eine abgesägte Schrotflinte.

Rechts und links vor ihm warteten zwei weitere Sicherheitsleute in der universal anerkannten Uniform von Geheimsoldaten – schwarzen Cargos mit Rollkragenpullovern und Skimasken – nahe der total zerschossenen sicherheitsverglasten Kabine (das Werk von Kaufmanns neuen Doppelladungen, nahm ich an). Zwischen ihren Füßen ergoss sich der Inhalt des durchsichtigen Zylinders, den ich hier hatte zurücklassen müssen. Die vier Leute von *United* lagen teils innerhalb der Kabine, teils außerhalb auf dem Marmorboden in ihrem Blut.

»Ganze Arbeit, wie?«, fragte ich.

»Im Gegensatz zu dir machen wir keine halben Sachen«, erwiderte Styx und zog Chester an die Seite.

»Keine Diskussionen«, befahl Stewart und tat dasselbe mit Grange. »Jetzt ist der Zeitpunkt gekommen, an dem du wählen musst, Elyzea. Gib mir Cross, und du kannst mit seinen Leuten gehen.«

»Es war abgemacht, dass sie erst hinaus können.«

»Nein, du hast gefordert, dass sie vorher gehen können«, korrigierte er mich. »Aber ich werde nicht meinen Verhandlungsspielraum aufgeben. Außerdem sehe ich das Problem nicht. Ich verspreche dir, dass ihr fünf diesen Raum lebend und unversehrt verlassen werdet, wenn du mir Cross gibst. Du weißt, ich halte mich an meine Versprechen. Jetzt halte auch deines.«

Ich hatte wohl einen Augenblick zu lange gezögert. Stewart schüttelte bloß traurig den Kopf. »Du hast nicht vor, dich an die Abmachung zu halten, nicht wahr? Selbst auf die Distanz hin konnte ich hören, dass du es nicht ernst gemeint hast. Aber das ist jetzt egal. Wichtig ist bloß, dass du mir endlich Brooks mitsamt der Chips geliefert hast.«

Ich blinzelte verwirrt. »Soll das heißen, dass das von Anfang an dein Plan war?«

»Dass du ihn im Potemkin's am Leben lässt und mit ihm fliehst? Dass du dich in ihn verliebst und für seine Sache erwärmst? Dass du versuchst, ihm das Leben zu retten, in dem er die Daten veröffentlicht, und dass du schlussendlich einem Handel gegen den Deaktivierungscode der Bombe in deinem Kopf zustimmen würdest?« Er lächelte fein – ein Lächeln, bei dem die ganze Arroganz seines überlegenen planerischen Geistes herausschien. »Natürlich war das geplant, Elyzea. Du bist bei den letzten Aufträgen immer weicher geworden, immer müder. Du wolltest so offensichtlich raus aus deinem Kontrakt, dass du dich selbst einem Walross-Beta an den Hals geworfen hättest.« Er deutete auf Cross. »Ich wusste seit zwei Jahren, wo sich Mr. Brooks aufhält. Doch ihn zu töten, hätte nicht ausgereicht, denn ich musste damit rechnen, dass er Vorkehrungen getroffen hatte, dass im Falle seines Todes alles ans Licht käme.«

»Das hatte ich auch«, bestätigte Cross mit belegter Stimme. »Das war das Einzige, was mich am Leben erhalten hat.«

»Exakt. Also musste ich ihm einen Sonnenstrahl schicken, eine Möglichkeit, doch noch alles aufzudecken und Gerechtigkeit walten zu lassen. Dieser Sonnenstrahl waren du, Elyzea, und der Anfang eines Fadens im Gewebe einer Intrige aus Korruption und Betrug, dem kein Journalist widerstehen kann.« Er ließ Grange los und breitete präsentierend die Hände aus. »Und siehe da: Er hat nicht widerstanden.«

»Sie konnten aber nicht ahnen, dass ich einen Störsender besitze und den aktivieren würde«, warf Cross ein.

»Nein, aber das hat zu meinen Gunsten gespielt. Von mir stammte auch die Fehlerroutine, die den Sprengsatz angehalten hat.«

»Aber du konntest nicht wissen, dass wir zurückkehren würden.«

»Natürlich ist in der Aktion nicht alles so glattgegangen, wie ich mir das gewünscht habe. Wenn es nach mir gegangen wäre, hättet ihr den Planeten nie verlassen, sondern euch gleich bei Cross' Verbündeten verschanzt. Ich habe im Gegenteil sogar versucht, euch wieder nach Pherostine zurück zu helfen. Aber ihr seid mir sehr effektiv entkommen. Durch Cagliostro habe ich eure Spur auf Chorriah wiederaufgenommen. Über ihn konnte ich erstmals wieder eingreifen und euch ein paar Brocken hinwerfen – oder glaubst du, C hätte sich sonst so weit herunterhandeln lassen? Ich wusste, dass Cross von seinem Drang, die Verschwörung nahtlos zu ergründen, wieder nach Pherostine zurückgetrieben würde. Glaubenstäter sind sehr berechenbar.«

»Und Jabbert? Willst du behaupten, dass seine Versuche, uns mehrfach umzubringen, nur gespielt waren?«, protestierte ich.

»Nein, das will ich nicht. Das war nicht in meinem Sinne, glaub mir. Ich habe nicht vorhergesehen, dass ausgerechnet Jabbert gegen mich arbeiten würde. Er war derjenige, der Brooks aufgespürt und offenbar mehr über ihn herausgefunden hat, als mir lieb war.« Er schüttelte den Kopf. »Jabbert sollte euch nicht töten, Elyzea. Er sollte dich in Cross' Arme treiben. Ohne dein Wissen hast du eine überzeugende Undercover-Agentin abgegeben, um herauszufinden, wem er seine Daten anvertraut hat. Du weißt ja selbst am besten, wie schlecht du dich verstellen kannst.« Er seufzte. »Stattdessen hat Jabbert seine Chance gewittert, mich bloßzustellen, und *wirklich* versucht, Brooks zu töten, damit die Daten, mit denen er mich erpressen konnte, veröffentlicht werden. Unzweifelhaft hatte er vor, mich mit seiner makellosen Akte dann im Amt zu beerben, sobald mich *Enclave* aus meiner Position entfernt hätte.« Er lächelte unverbindlich. »Ich muss mich bei dir bedanken, dass du den Kerl getötet hast. Du hast mir Arbeit erspart.« Er lächelte breit.

»Du verdammtes Arschloch«, fluchte ich.

Wie auf ein unsichtbares Kommando hin zogen wir uns so weit wie möglich zusammen. Ich suchte mit Cross die Reste der Kabine als Rückendeckung, Wauzi baute sich links von mir auf, und auf seiner anderen Seite stand Swift. Damit hatten wir zwar Kaufmann auf unserer Seite der Schranken und Browder mit seinen beiden Soldaten jenseits davon im Rücken, konnten aber Stewart und Estyxia mit ihren beiden Gefangenen ins Auge sehen. Das zweite Paar Soldaten, das Stewart mitgebracht hatte, baute sich rechts und links vor ihm auf. Der eine der beiden stolperte dabei beinahe über eine der Leichen, die hier lagen.

»Nun, nun. Jones hatte Recht – ein paar Manieren hätten dir gutgetan. Und das bringt uns zum Hier und Jetzt.« Er wies mit einer Hand in die Runde. »Ihr seid quasi unbewaffnet und uns zahlenmäßig unterlegen. Sämtliche Eingänge des Gebäudes sind von meinen Leuten blockiert. Du hast mein Versprechen – ich werde es trotz deines Betrugs halten. Gib mir Cross.«

Ich schüttelte den Kopf. »Das kann ich nicht tun.«

Mein ehemaliger Chef zog die Augenbrauen hoch und schürzte beeindruckt die Lippen. »Dich hat es wohl heftig erwischt, wie? Dass du dich einmal für andere opfern würdest, hätte ich nicht gedacht ... Schade, du lässt mir keine Wahl.«

Durch den ganzen Raum ging eine Welle der Anspannung – jeder machte sich zum Sprung oder zum Schuss bereit und wartete nur auf ein Zeichen des jeweilig Verantwortlichen, Stewarts oder mir. Ich konzentrierte mich.

Doch Stewart gab den Befehl nicht. »Weiß der Mann deines Herzens denn, dass du seine Frau getötet hast, Elyzea?«

Diese Aussage kam so unerwartet und schnell, dass ich nicht mehr eingreifen konnte. Ich hatte mit allem gerechnet, mit einer Schießerei, mit einem schlimmen Blutbad – aber nicht damit.

Cross sah mich verwirrt an. »Du – meine Frau? Er lügt, oder?«

Ich antwortete nicht.

»Elyzea, sag mir, dass er lügt. Er will uns entzweien, nicht? Du hättest mir doch längst etwas davon gesagt, wenn ...«

Als ich ihm in die Augen sah, verstummte er, und sein Blick wurde kalt; wütend und kalt, als er begriff, dass ich nicht widersprechen würde. Einen Augenblick lang rang er um Worte, dann spannten sich seine Hände, als wolle er mir hier und jetzt an die Gurgel gehen. Doch er beherrschte sich.

»Das werde ich dir nie verzeihen«, sagte er schließlich mit dunkler Wut in der Stimme.

Damit hatte ich ihn verloren. Stewart hatte mit ein paar Worten mehr Schaden angerichtet als eine ganze Armee mit ihren Kugeln. Ich atmete einmal schwer ein und wieder aus. Ich schenkte Cross einen Blick, in den ich all das Bedauern legte, dass ich für ihn und seine Frau empfand. Auch wenn er mich mit nur mühsam unterdrückter Wut anfunkelte, zwinkerte ich ihm mit einem Auge zu – ein Signal, das wir vereinbart hatten –, bevor ich mich wieder Stewart zuwandte. »Weißt du, Stewart, ich bin mir meiner Fähigkeiten durchaus bewusst.«

Er runzelte die Stirn. »Ja und?«

»Ich weiß, dass ich keinen Deut schauspielern kann, selbst wenn mein Leben davon abhängt.« Jetzt war es an mir zu lächeln, doch ich verspürte keine Freude, nur einen grimmigen Freiheitsdrang. »Ich habe mich darauf verlassen, dass du mir kein Wort glaubst. Wichtig ist allein, dass du gekommen bist.«

Dann schloss ich kurz die Augen und griff nach sämtlichen Quellen, die ich bislang am Rande meines Bewusstseins gehalten hatte, und die nur darauf warteten, mir den Kopf zu füllen. Es war so leicht, und ich fand sie alle. Die Fässer mit Treibstoff, die jeweils mit einem Schluck Xenan aufgewertet worden waren, bevor Grange und Chester sie an den Eingängen platziert hatten, vibrierten begierig. Die Patronen, die in den Gewehren und Pistolen sowie in weiteren Magazinen lagen, summten kaum hörbar, die Granaten in Wauzis Granatwerfern hingegen klangen deutlich tiefer. Kaufmanns Explosivmunition besaß die Lautstärke eines singenden Kindes, und der Inhalt des zerschossenen Zylinders, der sich auf dem Boden ergossen hatte und unter den Schuhen von Browder und seinen beiden Leuten klebte, fauchte nur leise. Das Schwierigste war nur, die beiden lautesten Stimmen in meinem Kopf, die gewaltigen Tanks der Raumschiffe, die nahe am Gebäude standen, sowie die aggressiv summende Wespe des Sprengsatzes in meinem Kopf auszublenden, doch es gelang mir.

Dann öffnete ich die Augen, lächelte Stewart an und sagte: »Bumm.«

Cross und seine Leuten reagierten in dem winzigen Moment der Stille nach diesem Losungswort, das ich ihnen eingeschärft hatte, und damit geschahen fünf Dinge beinahe gleichzeitig.

Wauzi warf seinen Granatwerfer auf die beiden gepanzerten Wachleute.

Swift riss ihm den Gurt mit den Mikrogranaten zum Nachladen vom Gürtel und schleuderte ihn auf Browders Gesicht zu.

Chester griff nach Estyxias Arm und versuchte, ihr die Klinge aus der Hand zu winden.

Grange rammte Stewart Kopf und Schulter in den Brustkorb, um ihn zu Boden zu reißen.

Und neben mir zischte Cross in sein Funkgerät: »Winslow, ist der Chip publiziert?«

Dann entfesselte ich die Gewalten, die ich beschworen hatte. Bislang hatte ich immer nur punktgenaue Explosionen verursacht, jetzt breitete sich das Chaos wellenförmig um mich aus, als wäre ich das Epizentrum eines unsichtbaren Bebens.

Zuerst platzten die kleinen Patronen in den Waffen und Magazinen, doch im Vergleich zu den dann folgenden Granaten klangen sie wie Popcorn in der Mikrowelle. Kaufmann schrie, als ihm die Explosivgeschosse um die Ohren flogen, während Browder rechtzeitig den Arm hochriss, um das Geschoss abzuwehren. Als Nächstes entflammte der durch das Xenan aufgewertete Treibstoff, den ich in dem Zylinder an dem Wächterhäuschen gelassen hatte. Eine Feuerlache entzündete sich von einem Augenblick auf den nächsten und ließ den Männern die Stiefelsohlen schmelzen. Als Letztes erklangen von draußen die dumpfen Detonationen der von Chester und Grange aufgestellten Fässer.

Hier in der Lobby entbrannte in den nächsten Sekunden ein brutaler Kampf, während mich der stechende Kopfschmerz zu Boden warf. Die Sorte Kopfschmerz, der den Rest der Welt einfach ausblendet, komplett mit Tastsinn und Geräuschkulisse. Jetzt zahlte ich den Preis dafür, dass ich meine Gabe stärker genutzt hatte als sonst in meinem ganzen Leben zusammengenommen. Als das Pochen langsam abebbte und ich wagte, die Augen wieder zu öffnen, lag ich auf dem Boden. Ich richtete mich vorsichtig in die Hocke auf und warf zwei Blicke über die Schultern. Browder und Kaufmann waren ausgeschaltet; Ersterem hatte die Explosion der Mikrogranaten den Arm und die Schultern zerfetzt, Letzterem waren seine Hohlladungen in den Händen explodiert. Auch das war kein hübscher Anblick.

Chester presste die Hand auf den Schnitt am Hals, während Wauzi direkt vor uns die Schakalbeta Estyxia mit einem wütenden Knurren angesprungen hatte und mit ihr um das Messer rang, während der Soldat neben ihr ihn mit dem Griff seiner Pistole schlug. Swift warf ihre nutzlose Waffe dem zweiten Soldaten links von Stewart entgegen, zog selbst einen Schraubenzieher und stach nach ihm. Cross funkte an meiner Seite mit Winslow. Ich hörte ihr erlösendes Wort: »Die Daten sind rausgegangen, bevor die Verbindung zum Satelliten abgerissen ist, Cross. Wir haben es geschafft.«

Erleichtert suchte ich Stewart. Der lag, von Granges Angriff überrascht, auf dem Rücken und wollte sich gerade aufrappeln. Der Cowboy warf sich auf ihn, um ihn mit seinem Gewicht unten zu halten, als ich ein Messer aufblitzen sah. »Grange, nein!«, schrie ich, doch es war zu spät, er konnte nicht mehr bremsen. Sein eigener Schwung trieb die Klinge tief in seine Brust; er sackte ohne einen Schrei oder ein weiteres Wort zusammen.

Ich ignorierte meine Kopfschmerzen und sprang vorwärts, ließ Wauzi mit seinen beiden Gegnern zu meiner Rechten zurück und zog dabei meinen Schraubenzieher. Als ich bei Stewart ankam, hatte er Grange schon von sich heruntergerollt, das Messer herausgezogen und sprang gerade auf.

Das war genau der richtige Zeitpunkt, dem Scheißkerl ins Gesicht zu treten.

Er sah meinen Fuß kommen und wich aus, verlor dabei aber das Gleichgewicht und stürzte wieder. Er trat nach dem Schienbein, auf dem ich stand, und erwischte es voll, so dass ich aufschrie und meinerseits das Gleichgewicht verlor. Ich konnte mich gerade noch selbst herumrollen, um nicht demselben Schicksal zu erliegen wie Grange eben.

Als ich mich von dem Schmerz im Bein und dem in der Schulter (glücklicherweise der linken) erholt hatte, war Stewart schon über mir und stieß mit seinem Messer nach meinem Auge. Ich zuckte mit dem Kopf beiseite und hörte neben meinem Ohr ein Knirschen, als die Spitze auf dem Marmor wegglitt, dann packte ich seinen Unterarm mit beiden Händen und biss ihn in den Arm. Ja, ich weiß, es hätte nur noch gefehlt, dass ich ihm an den Haaren zog, und es wäre der perfekte Catfight gewesen.

Jetzt war es Stewart, der aufschrie, doch er ließ das Messer nicht los. Stattdessen schlug er mir mit der Linken ins Gesicht. Ich lockerte meinen Kiefer sofort, um zu verhindern, dass er brach. Stewart zog trotz meiner Gegenwehr die Hand mit dem Messer hoch, so dass es wieder über meinem Gesicht schwebte und sich langsam näherte. Ich stemmte mich mit ganzer Kraft dagegen, doch der alte Herr war immer noch viel, viel stärker als ich. Als sich die Spitze meiner Nase näherte, drehte ich keuchend den Kopf, doch jetzt bedrohte sie meine Wange. Und meine Arme begannen bereits zu zittern – kein Wunder, nach den Anstrengungen der letzten Tage.

Stewart lächelte auf mich herab und legte die zweite Hand auf die erste, um mehr Druck ausüben zu können. »Jetzt erhältst du, was du verdienst, Elyzea Quinn.«

Ich suchte nach einem dummen Spruch, der eine entsprechende Antwort ausgemacht hätte, da knackte Stewarts Genick, und sein Grinsen erschlaffte. Ich fing gerade noch das Messer, bevor es mich verletzte. Wauzi stand über mir und warf den Mann beiseite wie ein Spielzeug. Ein Blick zeigte mir, dass er dem Soldaten daneben den Schädel eingeschlagen und Estyxia beide Arme gebrochen hatte. Ich schluckte schwer, als er mit blutunterlaufenen Augen zu mir herabsah. Doch er griff mich nicht an, sondern reichte mir die Hand und half mir auf. »Danke, Ares«, sagte ich.

Er gab ein bestätigendes Wuffen von sich, ging aber mit zwei schweren Schritten an mir vorbei. Er hatte sein nächstes Ziel ausgemacht – Gerhard Müller, der hinter Stewart im Gang gekauert hatte und jetzt ohne Deckung dasaß. Müller erkannte die Gefahr, in der er schwebte, wollte aufspringen und wegrennen, doch da war der Bulldoggenbeta schon heran, hob ihn in der Öffnung des

Gangs am Schlafittchen hoch, so dass er mit den Beinen in der Luft baumelte, und gab das bedrohlichste Knurren von sich, das ich je gehört hatte.

»Ares!«, rief ich, doch ich hatte nicht den Eindruck, dass er mich hörte.

Stattdessen legte er Müller die freie Hand an den Hals und drückte zu.

»Ares, lass ihn los! Der Mann ist keine Gefahr!« Ich rüttelte ihn an der Schulter, doch ich kam nicht zu ihm durch. Ich drängte mich in den Gang, um zu versuchen, den Griff zu lösen, doch vermutlich hätte ich mehr Glück bei dem Versuch gehabt, eine Schraubzwinge aufzubiegen. »Ares, bitte!« Doch es hatte keinen Zweck. Müller bekam Glubschaugen, sein Gesicht wurde dunkel.

Ein peitschendes Knacken erklang, und Ares zuckte zusammen. Sein wütender Blick entspannte sich, und Müller rutschte ihm aus dem Griff. Der Bulldoggenbeta sah erst auf seine Brust, wo ein dunkler Fleck wuchs, dann zu mir herüber. Er öffnete die Schnauze, als wolle er noch etwas sagen, doch er taumelte bloß. Ich fing ihn, konnte aber nicht mehr tun, als ihn kontrolliert zu Boden sacken zu lassen. Damit er nicht auf das Gesicht fiel, drehte ich ihn um. Ein Röcheln drang aus seiner Kehle, er hustete einmal – und erschlaffte. Er war tot.

Wütend blinzelte ich ein paar Tränen aus den Augenwinkeln und blickte auf. Browder senkte gerade die unverletzte Rechte. Darin hielt er die MarkVIII, die ich ihm aus dem Stollen Adam mitgebracht hatte. Die Waffe arbeitete nicht mit Zündmitteln, sondern funktionierte nach dem Prinzip einer Schleuder. Daher hatte ich sie mit meiner Explosionswelle nicht ausschalten können. Vermutlich hatte er sogar auf mich gezielt.

In mir spürte ich nur kalte, unbändige Wut. Ich schloss Wauzi – Ares – sorgfältig die Augen. Dann stand ich auf, griff mir Stewarts Messer und stapfte durch die Schranke zu dem verletzten Browder hinüber, der schwach den Arm hob, um noch einmal auf mich zu schießen. Doch ich war schneller, trat ihm die Waffe aus der Hand und jagte ihm die Klinge in den Hals. Dort ließ ich sie stecken und drehte mich um.

Die Lage hatte sich bis auf die Schreie der Verletzten – hauptsächlich Estyxias und Kaufmanns – beruhigt. Die Lachen des mit Xenan angereicherten Treibstoffs brannten immer noch, das Feuer hatte inzwischen auf die Wände und das Innere der Kabine übergegriffen.

Die gepanzerten Soldaten, die Stewart mitgebracht hatten, waren entweder tot oder hatten ihr Heil in der Flucht gesucht. Chester blutete schrecklich, doch Swift kümmerte sich bereits um die Wunde. Cross erhob sich gerade von der Stelle, wo Grange lag. Er sah mich an und schüttelte bloß leicht den Kopf, um mir mitzuteilen, dass auch der Cowboy tot war. Dann erinnerte er sich offenbar der Dinge, die jetzt zwischen uns standen, und er wandte den Blick ab. Ich presste die Lippen zusammen.

»Müller. Hilf Swift dabei, Chester durch die Schranke zu bringen.«

Der verschreckte Mann gehorchte sofort, und zusammen machten sie sich daran, die Verletzte in den vorderen Teil der Lobby zu bugsieren. Ich nahm Chester entgegen, während Swift zurückkehrte, um die nutzlosen Waffen einzusammeln und Grange und Ares nach vorne zu ziehen. Sie begann mit dem Bulldoggenbeta, musste jedoch bald einsehen, dass sie allein zu schwach war, den Leichnam zu bewegen.

»Cross, die Daten sind wirklich hochgeladen?«, fragte ich knapp.

»Allerdings«, erwiderte er kalt. »Jetzt müssen wir hier nur noch raus.«

Maschinengewehrfeuer durchpflügte das Dach der Anlage und ließ uns alle zusammenzucken. »Achtung, Achtung. Dies ist die Sicherheitseinheit von *United Industries*. Werfen Sie die Waffen weg und verlassen sie mit erhobenen Händen die Anlage. Sämtliche Angestellten befolgen Sicherheitsprozedur Tango Alpha. Ich wiederhole.« Dann leierte die Stimme dieselbe Ansage noch einmal herunter.

»Raus da!« Winslows maschinengenerierte Stimme dröhnte mir ins Ohr. »Ihr müsst da raus! Die *UI*-Sec ist überall, ein paar Shuttles sind schon gelandet!«

»Zwei Teams«, rief ich Cross zu. »Ihr versucht euer Glück hinten, wir vorne! Winslow, kannst du uns den Rücken freihalten?«, fragte ich.

»Ich werde sehen, was ich tun kann, aber ehrlich? Meine Optionen sind beschränkt.«

Sämtliche Sirenen, Wassersprenkler und Warnhinweise sprangen an und dröhnten durcheinander, inklusive Evakuierungshinweis und Feueralarm. Der Lärm war entsetzlich.

Cross' und meine Blicke trafen sich ein letztes Mal

über die Flammen der brennenden Sicherheitskabine hinweg. Er zog drohend die Brauen zusammen und schnitt sich mit der flachen Handkante einmal über die Kehle. Ich schätze, er wollte mir sagen, dass unsere nächste Begegnung nicht von Liebesbekenntnissen geprägt sein würde. Dann drehte er sich um, zog Swift hinter sich her und verschwand in den Gang.

»Müller, helfen Sie mir bei Chester!«

Gemeinsam stabilisierten wir die Vogelfrau so weit, dass wir sie durch die Drehtür bugsieren konnten. Vor uns sah ich in der Tat die Besatzungen zweier Shuttles diese gerade in militärischer Formation verlassen und mit gezückten Waffen auf uns zukommen.

Bevor wir das schützende Panzerglas hinter uns ließen, schloss ich noch einmal die Augen und konzentrierte mich. Ich suchte und fand das stetige, aufgeregte Vibrieren des Tanks der *Rosario* und des Shuttles, mit dem Stewart und Konsorten gekommen waren. Als drittes wählte ich ein Sicherheitsfahrzeug, das gerade im Anflug war.

Die Explosionen der drei Tanks waren so heftig, dass sie den Boden erzittern ließen. Das Sicherheitsfahrzeug stürzte ab wie ein brennender Stein. Ich hatte die Umgebung in einen wahren Kriegsschauplatz verwandelt. Der Preis zeigte sich sofort, denn ich spürte, wie mir etwas Warmes aus der Nase lief. Als ich mit dem Handrücken darüberwischte, spürte ich Blut. Wenn ich so weitermachte, würde ich mein Gehirn in Pudding verwandeln.

Doch meine unsichtbaren Angriffe zeigten die erwünschte Wirkung. Die Männer und Frauen der *UI*-Sec rannten auseinander und weg von den Shuttles, und auch die Piloten sprangen heraus. »Jetzt!«, befahl ich Müller, und gemeinsam sprinteten wir vorwärts, auf das nächste Fahrzeug zu. Ich versuchte, mich auf die Handfeuerwaffen zu konzentrieren und eine weitere Welle auszusenden, die die Munition zünden würde. Ich hörte das Summen von ein, zwei Magazinen und hier und da ein Knallen – dann spürte ich nichts mehr –, kein Summen, kein Vibrieren, gar nichts. Mein Innerstes fühlte sich an wie ausgebrannt, meine Hände und Knie zitterten wie Espenlaub. Ich fluchte.

»Müller, da hinein!« Wir zogen Chester in das kleine, flache Shuttle, das wir uns ausgewählt hatten. Der Pilot sprang gerade auf der anderen Seite hinaus, und ich hieb auf die Knöpfe zum Schließen der Schotts. »Chester, kannst du fliegen?«

Die Vogelfrau öffnete ein Auge und grinste schwach. »Kannst du atmen, Baby?«

»Ich nehme das als Ja. Müller, bringen Sie Chester in die Pilotenkanzel!« Ich deutete auf eine Öffnung.

Und während der Vorsitzende der GWA und die Pilotin durch das Schott verschwanden, ließ ich mich mit dem Rücken zur Wand zu Boden sinken.

Wir hatten es geschafft. Die Informationen über Stewarts Verrat und die Machenschaften von *WasteLand* mussten die Öffentlichkeit erreicht haben. Doch zu welchem Preis? Stewart selbst konnte eh niemand mehr etwas anhaben. Doch vielleicht beruhigte das, was wir erreicht hatten, die Fronten auf Pherostine. Vielleicht würde das alles ein Gutes haben.

Als die Motoren uns in die Luft erhoben, wischte ich mir mit der zitternden Hand das Blut weg, das mir nach wie vor aus der Nase lief.

Ich weiß noch, dass mein letzter Gedanke Cross galt, als es dunkel um mich wurde. Ob er es mit Swift aus der Station geschafft hatte?

Plötzlich wünschte ich, ich hätte auf dem Anflug nach Richfield eine Antwort für ihn parat gehabt.

Jetzt wusste ich, was ich ihm hätte erwidern wollen.

EPILOG

12. April 3042 (Erdzeit)
Fehler: Koordinaten unleserlich.

Zwei Wochen waren vergangen. Ich saß spätabends allein in der Pilotenkanzel des Shuttles. Vier Kurzstreckensprünge hatten uns von Pherostine weggebracht, auf das ich ehrlich gesagt in meinem Leben keinen Fuß mehr setzen möchte. Ich hatte noch einmal versucht, Winslow zu kontaktieren, doch die Leitung, unter der sie in ihrer Schrotthalle zu erreichen gewesen war, war inzwischen tot. Vielleicht hatte Cross sie da rausgeholt.

Chester hatte uns hier inzwischen heimisch gemacht. Die Konsolen in der Pilotenkanzel waren in erdigen Brauntönen gestrichen, die zu dem Rostrot der Sitzpolster passten. Über die metallischen Wände zog jetzt sogar eine kleine, mit Hand aufgemalte Karawane mit Kamelen und Beduinen und allem. Es gab sogar ein Babykamel. Das Ganze hatte den Charme eines heimeligen Zuhauses bekommen.

Die Daten über *WasteLand* waren tatsächlich an die Öffentlichkeit gedrungen, und die Presse hatte sich wie die Geier darauf gestürzt. Clairveaux, der Gouverneur von Pherostine und CEO von *United Industries* auf dem Planeten, hatte ein langes Interview gegeben, in dem er *Enclave Limited* wegen der versuchten Einmischung auf Pherostine »Konsequenzen« androhte. Als hätten wir Menschen sonst keine Probleme: Überall im Universum wurden Raumschiffe der Konzerne abgezogen, um die Flotte der VHR gegen die Collectors zu verstärken. Ich hatte das üble Gefühl, dass uns da noch etwas bevorstehen würde.

Ich hatte Müller auf Cheque abgesetzt, dort würde er schnell eine Passage zurück in die Zivilisation und schlussendlich auf die Erde finden. Man stellte inzwischen auch Fragen zu seiner Beteiligung an dem Treptopenzan-Skandal auf Pherostine, und möglicherweise würde er sich einer Anklage wegen Korruption stellen müssen.

Pherostine war auch in den letzten vierzehn Tagen noch nicht zur Ruhe gekommen. Cross' letzte Amtshandlung als Vorsitzender der PLU war gewesen, sämtliche Beta-Humanoiden auf Pherostine in die Gewerkschaft aufzunehmen. Da das Gesetz verbot, sie als ordentliche Vollmitglieder zu integrieren, hatte er sie unter dem Passus für »Arbeitsgerät und Mobiliar« als »unabdingbares Transportwerkzeug« eingestuft. Gleichzeitig hatte er dafür gesorgt, dass Gabelstapler das Wahlrecht zugesprochen bekamen.

Die Betas auf Pherostine jubelten, *United* verlachte

sie – und Müller hatte die PLU kurzerhand aus der Galaxy Workers Alliance geworfen.

Die Blutungen aus der Nase hatten irgendwann aufgehört. Ich begann langsam auch wieder, den Treibstoff-Tank des Schiffs und den Sprengsatz in meinem Kopf zu spüren. Doch meine Gabe erholte sich nur langsam. Ich schätze, ich hatte es in der letzten Zeit ein bisschen übertrieben.

Ich blickte hinaus in die Schwärze des Alls, die sich vor mir erstreckte, und lächelte. Ich konnte gehen, wohin ich wollte, tun und lassen, was ich wollte. Bleiben, wo ich wollte. Innerhalb bestimmter Parameter natürlich, denn der Steckbrief auf meinen Kopf, den *Enclave* ausgeschrieben hatte, war inzwischen vom Guavarra-System zu einer interstellaren Fahndung erweitert worden.

Ich schaltete den 3D-Cube an und sah zu meinem Erstaunen das Gesicht von Richard Cross auf Starlook. Er hatte ein Mikrofon vor dem Mund und blickte ernst in die Kamera. »... und daher dürfen wir die Konzerne nicht damit durchkommen lassen. Journalisten sind das Machtkorrektiv einer jeden Gesellschaft. Wir müssen für die Rechte der Menschen auf Freiheit, auf Selbstbestimmung und die unantastbare Menschenwürde kämpfen. Transparenz und unabhängige Nachrichten sind eine Grundvoraussetzung für diese Werte. Ich bin Richard Cross. Und ich werde für die Wahrheit kämpfen, wo immer die Konzerne versuchen, etwas zu vertuschen.«

Ich schaltete ab. Cross hatte seinen alten Beruf also wieder aufgenommen, wenn auch unter seinem neuen

Namen. Ich schätze, hier verschmolzen seine beiden Leben zu einem dritten, neuen. Inzwischen wurde er ebenfalls gesucht – man hatte ihn als unbestechlichen Whistleblower der schlimmsten Sorte eingestuft. Eine tödliche Kombination in einem Universum der Konzerngeheimnisse. Immerhin war nun niemand mehr hinter den Daten her, die ihm lange das Leben gerettet hatten, und auch nicht speziell hinter seinem Kopf, um ein Geheimnis zu bewahren. Hey, man muss auch auf die kleinen Erfolge feiern.

Apropos Cross: Ich habe ihn seit der Schlacht um Richfield nicht mehr gesehen. Vielleicht ist das besser so, denn ich schätze, er wird bei unserer nächsten Begegnung versuchen, mich umzubringen. Vielleicht aber auch nicht. Wir werden sehen.

Ich hoffe derweilen, dass Jabbert Recht damit hatte, dass man sich im Leben immer dreimal begegnet. Nach der Rechnung haben Cross und ich noch zwei Treffen offen – um ein Stück Weges miteinander zu gehen, und um uns zu verabschieden. Denn inzwischen habe ich erkannt, dass das Band, das er und ich in den verhängnisvollen Tagen zwischen Pherostine und Chorriah geknüpft haben, stark ist – möglicherweise so stark, dass er mir eines Tages vergeben kann, was ich seiner Frau angetan habe.

Wenn die Zeit reif ist, werde ihn suchen. Ich werde ihn finden, und ich werde ihm eine Antwort auf die Frage geben, die er mir auf der *Rosario* gestellt hat. Dass ich ihn auch liebe. Dass ich ihn immer lieben werde, egal, was in Zukunft noch geschieht. Schauen Sie mich nicht so an.

Wenn *Sie* das erlebt hätten, würden Sie erkennen, dass manche kitschigen Phrasen einen wahren Kern besitzen.

Jetzt überprüfte ich den Autopiloten noch einmal, erhob mich von dem Pilotenstuhl und ging hinunter in den Bauch des Schiffs. Hier hatten Chester und ich uns ein paar Hängematten eingerichtet. Sie hatte natürlich die obere gewählt und nannte sie liebevoll ihr Nest. Jetzt saß sie an dem Navigations-Schirm, der hier installiert war, und verschaffte sich einen Überblick über die Sternenkarten.

»Alles klar?«, fragte ich und beugte mich über sie, um den Verband an ihrem Hals zu überprüfen. Die Wunde hatte sich geschlossen, doch es würde noch lange dauern, bis sie verheilt war. Immerhin, durch Swifts schnelle Reaktion hatte sie nicht zu viel Blut verloren.

»Ich bin in der Mauser«, nörgelte sie und zog sich einen Federkiel aus der Kopfhaut.

Ich rümpfte die Nase. »Kannst du das bitte lassen? Das ist widerlich.«

Chester grinste und flötete: »Ich hab dich auch lieb, Schätzchen.«

»Betas«, grummelte ich kopfschüttelnd. »Grässliche Erfindung.«

»Absolut«, murmelte auch Turner und grinste mich aus seiner Hängematte an. »Zu nichts nutze.«

Der Freibeuter hatte mich ein paar Tage nach der Flucht kontaktiert und hatte uns auf Cheque getroffen – immer noch verletzt und schwach, doch auf dem Weg der Besserung. Ich musste lächeln, denn so waren wir fast eine Crew.

Ich ließ mich neben der Falkenfrau auf eine der Kisten fallen, die wir als Sitzgelegenheiten nutzten, und begann einen Kurs zu planen.

Wohin? Keine Ahnung. Das würde ich wissen, wenn ich dort angekommen war.

Denn ich war frei.

DIE JUSTIFIERS KEHREN
ZURÜCK IN:

THOMAS FINN

MIND CONTROL

MARKUS HEITZ

SUBOPTIMAL II

12. Februar 3041 a. D
System: 61 Cygni
Planet: Betterday (im Besitz der FEC,
derzeit vermietet an: Konzern SternenReich)
Distrikt: Vierzehn, Stadt: Moreau

»Und was genau bedeutet das?« Professor Remigius
Dalljin verschob die pulsierenden Tabellen mit einer
Handbewegung in den virtuellen Müllkorb des im Tisch
integrierten Monitors und sah seine Kollegin Doktor
Estifania Esterhazy scharf an. Es war eine Kampfansage
des Dreiundfünfzigjährigen, indem er ihre Erkenntnisse
mit Ablehnung strafte und sie sogar vernichtete – wenn
auch nur auf seinem Rechner. »Welche neuen Erfolge
soll *das* dem Konzern bringen?«

Die brünette, deutlich jüngere Kollegin rammte die
Fäuste in die Kitteltaschen, dass das Material knirschte.
»Sie sind ein Ignorant!«

Die Wissenschaftler standen sich im Hauptlabor gegenüber, in dem sich in erster Linie Computer und Spek-
trometer sowie andere saubere Untersuchungsgeräte
befanden; auseinandergeschnitten, zerstückelt, zerklei-
nert und püriert wurde hinter den anderen Türen. Assistenten lieferten das Material für die Analysen. Damit
waren Dalljin und Esterhazy allein. Niemand wurde
Zeuge der Bloßstellung und des Affronts, sah man von
den summenden, blinkenden Maschinen ab.

Dalljin lehnte sich nach hinten und verschränkte die
Arme, lachte die Frau schallend aus.

»Ja, blöken Sie ruhig wie ein Schaf-Beta!«, giftete Esterhazy. »Wir werden sehen, was Professorin Mølta zu meinen Ergebnissen sagen wird.«

»Was wird sie wohl sagen? Ich denke, das Gleiche wie ich, und das ist eine Mischung aus Unglaube und Belustigung«, gab er grinsend zurück und wischte sich die Tränen aus den Augenwinkeln. »Machen Sie sich ruhig lächerlich, Kollegin. Sie haben bei KreARTificial ohnehin keine Karriere vor sich, da können Sie gern als Laborclown Ruhm ernten.« Dalljin schüttelte das schüttere schwarze Haupt. »Sie haben die Kurven falsch interpretiert, und der Computer hat sich gemäß Ihrem Modell ...«

»Nein«, unterbrach sie ihn. »*Ich* habe *keinen* Fehler gemacht! Die Beigabe von Menschenfleisch zu Beginn der Aufzucht in den Natus-Tanks der Spezies Huntclaw hatte Auswirkungen auf die psychische und physische Entwicklung. Es lässt ...«

»Hören Sie mit dem Schwachsinn auf«, stieß Dalljin entnervt aus und riss die Hände in die Höhe, als wollte er einen Gott um Gnade anflehen. »Gehen Sie meinetwegen zu Mølta, präsentieren Sie ihr Ihren Unsinn, aber jammern Sie hinterher nicht rum, man würde Sie auslachen.« Nach einer Pause fügte er hinzu: »Schon wieder.« Seufzend öffnete er den Kühlschrank neben sich, fischte einen Glaskolben heraus, auf dem das Biohazardzeichen aufgemalt war, und trank daraus. »Wie oft sind Sie mit Ihren Entdeckungen schon baden gegangen, Kollegin?«

Esterhazy sackte leicht in sich zusammen. »Ich sollte ...«

»Fünfmal«, sagte er an ihrer Stelle und gönnte sich noch einen Triumphschluck. »Und immer hatten Sie einen Berechnungsfehler zu Beginn Ihrer Formeln. Was glauben Sie, wie oft Mølta Ihnen noch eine Chance geben wird?« Dalljin lehnte sich nach vorn, sein Atem roch nach Pfefferminzschnaps. »Zetsche aus der Personalabteilung hat eine Streichliste aus der Vorstandsetage bekommen. Tausche gute Neue gegen schlechte Alte. Und ich sage es mal so: Mein Name stand nicht drauf. Ich prüfe nämlich meine Ergebnisse mehrmals, bevor ich eine Eingabe mache.« Er stellte den Kolben zurück. »Ist nur freundlich gemeint.«

Esterhazy stieß die Luft aus und schlurfte davon. Ihr Kampfgeist war gebrochen.

»Diese jungen Dinger«, murmelte er und öffnete mit einem Fingerdruck die Kom-Leitung zu seiner Tochter. Sie gehörte ebenfalls zu den Anfängern und durfte folgerichtig in einem der Labore: auseinanderschneiden, zerstückeln, zerkleinern und pürieren. Schlachthausdienst nannte man das auch gern.

In der Schreibtischoberfläche, die zugleich ein Komplettdisplay war, öffnete sich ein Fenster, und Xian wurde darin sichtbar. Sie trug einen blauen Ganzkörperschutzanzug mit eigener Sauerstoffversorgung; ihr hübsches asiatisch-europäisches Gesicht war kaum zu erkennen. In der rechten Hand hielt sie seine Kreissäge, die auf einem beweglichen Deckenhalter montiert war, und sie war voller blassroter Blutspritzer. »Ja, Papa?«

Dalljin beugte sich vor. »Was bearbeitest du da?«

»Einen Mandibelreißer, den man nur auf Gliese Jahreiss 1111 findet. Ich versuche, an sein inneres Myrisma zu gelangen, aber der Knochenpanzer ist sehr dick.«

»Und warum nimmst du keinen Laser?«

»Die Hitze verbrennt das Myrisma.« Xian lächelte tadelnd. »Wolltest du mich mal wieder testen, Papa?«

Dalljin grinste und wackelte mit der rechten Hand. »War keine Absicht. Ist mir rausgerutscht. Wie lange bist du noch an dem Ding dran?«

Seine Tochter sah neben sich, wo der Kadaver außerhalb seines Sichtbereichs lag. »Wenn die Säge so funktioniert, wie sie soll, würde ich sagen ... zehn Minuten, bis ich durch bin, und nochmals zehn, bis ich die Ovulat-Flüssigkeit entnommen und gesichert habe.«

»Gut. Ich warte hier auf dich. Sei pünktlich. Du weißt, dass wir noch was vorhaben. Es ist alles organisiert.«

Xian warf die Säge an, und das ohrenbetäubende Kreischen schluckte jedes Geräusch, einschließlich ihrer Antwort. Roter Regen sprühte gegen sie und auf das Objektiv.

Dalljin schaltete aus, räumte um seinen Schreibtisch herum auf und kontrollierte alle übrigen Geräte, die Anzeigen für Raumluft und Inhaltsstoffe. Er war penibel, seit ihn vor beinahe zwanzig Jahren die Reste eines ätzenden, geruchlosen Chemie-Sauerstoff-Gemischs den rechten Lungenflügel gekostet hatten. Das geklonte Organ arbeitete einwandfrei, aber Dalljin fühlte sich mit einem inneren Makel behaftet. Rational betrachtet war das Unsinn – wer wusste das besser als ein Wissenschaftler?

Eine halbe Stunde später kam Xian in einem sportlichen Outfit ins Hauptlabor. Sie sah aus, als wäre sie gerade vom Dauerlauf gekommen. Deogeruch erfüllte die Luft. »Ich musste noch duschen«, entschuldigte sie sich. »Mir war, als hätte mich das Mandibelreißerblut durch den Anzug erwischt.«

Sie kam näher, Tochter und Vater umarmten sich.

»Hast du alles rausholen können?« Dalljin war stolz auf seine hübsche, clevere Xian.

»Ja. Die Kreissäge mit der Diamant-Wasser-Schneide hat es geschafft. Es war das größte Ei, das ich jemals aus einem Weibchen geschnitten habe«, sprudelte es aus ihr hervor, und schon begann die Abhandlung über die Fortpflanzungseigenheiten der vogelähnlichen Käferrasse von Gliese Jahreiss 1111, die ihren Nachwuchs in einer Schale in sich austrugen. Sobald der Nachwuchs die Schale von innen durchstoßen konnte, starb das Muttertier und diente dem Nachwuchs mit seinem Fleisch als Nahrung. »Bislang waren die Eier fußballgroß, aber heute das!« Xian sog die Luft ein. »Medizinball! Mindestens! Die Ovulat-Flüssigkeit wird Aufschlüsse bringen, und das Myrisma ist unglaublich.« Sie atmete die Begeisterung laut aus. »Und bei dir? Fortschritte in Sachen Beta-Neuzucht-Optimierung?«

»Nichts Wichtiges.« Dalljin wollte nicht über Esterhazy sprechen. »Schau es dir an. Ich muss zur Toilette. Danach können wir los.« Er eilte aus dem Labor in den Korridor, passierte zwei Sicherheitsschleusen.

Ihm kamen zwei Kollegen entgegen, die ihn freundlich grüßten, als sie auf gleicher Höhe waren.

Er kannte sie nicht, was ihn nicht weiter verwundert hätte – aber die Ausweise waren keine Besucherausweise, und sie behaupteten, dass die Männer in sein Labor gehörten. Dalljin kannte die Namen seiner persönlichen Mitarbeiter allerdings genau. Jeden.

»Einen Moment!« Er wandte sich um, aber die Schleusentore aus Duráplexiglas fuhren hinter dem Duo zusammen. Ohne zu zögern, machte er einen Schritt zur Seite und drückte den Notknopf neben dem Öffnungsmechanismus am Schott.

Der Alarm schallte sofort aus den in der Decke verborgenen Lautsprechern, und kleine rote Warnlampen flackerten über den Durchgängen auf. Es wurde verriegelt.

»Hier ist die Zentrale. Was ist passiert, Professor Dalljin?«, kam es aus der Sprechanlage über dem Knopf.

»Zwei Unbekannte auf dem Weg ins Hauptlabor.« Solche Besuche bedeuteten, dass ein anderes Unternehmen versuchte, an Wissen zu kommen, ohne dafür Forschung betreiben zu müssen. Zwei Leute waren alles andere als harmlos, je nachdem wie ihr Auftrag lautete. Beispielsweise Sabotage oder ein Anschlag mit Sprengstoff. Er stockte, weil ihm siedend heiß einfiel, dass Xian dort auf ihn wartete. »Meine Tochter ...«, bekam er viel zu spät über die Lippen. Ihm wurde schlecht.

»Das Sicherheitsteam ist bereits auf dem Weg.« Der Sprecher klang routiniert. »Zehn zu eins, dass es Spione von *United Industries* sind. Die versuchen es meistens auf diesem Weg.«

Es war gängige Praxis, auf die Herkunft von Angreifern und Spionen zu wetten, und der Professor hatte früher immer mitgemacht. Aber da seine geliebte Xian in Gefahr war, fehlte ihm der Sportsgeist. »Sie sollen sich beeilen«, raunte er entsetzt und bereute es, keine Waffe zu tragen. Er wäre den beiden Fremden hinterher, bevor sie seine Tochter treffen konnten.

Das Schott, durch das er hatte gehen wollen, öffnete

sich. Ein Fünferteam Gardeure, ausstaffiert mit dicken Panzerungen und Schnellfeuergewehren, rückte vor und an ihm vorbei.

Dalljin folgte ihnen. Es ging ihm nicht schnell genug, die Sicherheitstruppe vergeudete seiner Meinung nach an jeder Schleuse wertvolle Sekunden, indem sie sicherten. »Die Leute sind nicht gepanzert«, rief er. »Sie müssen schneller ...«

»Professor, entschuldigen Sie, aber lassen Sie uns bitte unseren Job machen«, unterbrach ihn der Anführer. »Die Zentrale schickt uns Verstärkung.«

»Verstärkung gegen zwei Männer?« Dalljin musste aufpassen, damit er nicht loslachte.

»Ich habe den Hinweis bekommen, dass Teile des Überwachungssystems ausgefallen sind. Es geht wahrscheinlich um mehr als nur zwei Angreifer«, erwiderte der Bewaffnete und gab der Truppe das Zeichen vorzurücken. »Sie hatten Hilfe von einem Insider.«

Die Prozedur ging weiter.

Die Alarmsirenen gellten immer noch und zermürbten Dalljins klares Denkvermögen. Er wünschte sich, in einer ARIES-Vollrüstung zu stecken, um seine Xian aus dem Raum zu holen, bevor Unsägliches darin geschah.

Zwei Sicherheits-Bots in einem segwayähnlichen Design rollten surrend an ihnen vorbei; obenauf saßen zwei Automatikgewehre auf einer 360-Grad-Lafette sowie ein Schwenkarm mit einer Kamera. Sie wurden von der Zentrale gesteuert und durch das sich öffnende Schott ins Hauptlabor geschickt.

Es krachte laut, als sie von den Unbekannten unter

Beschuss genommen wurden. Eine der Maschinen verging mit einem leisen Knall, die andere schoss noch zurück, bevor ein Glaskolben daran zerschellte und sich Säure darüber ergoss; feiner Rauch kräuselte auf.

»Xian!«, schrie Dalljin und hetzte los, vorbei an den Gardeuren.

Aber der vorderste bekam seinen Kittel zu fassen und brachte ihn zu Fall. Das Handgelenk ziepte, als er aufschlug.

»Bleiben Sie liegen, Sir. Wir machen den Rest.« Die Gepanzerten sprangen vorwärts, stürmten ins Labor.

Wieder dröhnten Schüsse. In das anhaltende Stakkato der Schnellfeuergewehre mischte sich ein dunkles Wummern. Mehrere Schreie erklangen, dann endete die Gegenwehr.

»Xian!« Dalljin stemmte sich auf die Beine und schaute in sein zweites Zuhause.

Seine Tochter lag neben dem Computertisch, einer der Angreifer war von den Garben buchstäblich zerfetzt worden. Sein Blut hatte die Wände der gesamten Umgebung getüncht, der Mann selbst erinnerte an einen rohen Fleischklumpen, aus dem das Rot sickerte. Vom zweiten Angreifer konnte er nichts entdecken.

»Nein!« Dalljin rannte los und erreichte seine Tochter zusammen mit einem der Gardeure; auf dessen rechtem Oberarm prangte ein kleines rotes Kreuz, das ihn als Sani auswies. Hilflos tastete der Professor an Xian herum, an ihrer Kleidung haftete Blut. Er konnte winzigste Moleküle aufstöbern, die Kreuzungsgesetze brechen und Kreaturen jenseits aller Vorstellungen erschaffen, die DNA von nahezu jedem Lebewesen verändern – aber Erste Hilfe beherrschte er nicht. Ein Gott mit einem Schönheitsfehler.

»Sir, lassen Sie mich nachschauen.« Der Gardeur schob ihn mit sanfter Gewalt zur Seite und untersuchte Xian. »Das Blut an ihr ist nicht ihr eigenes«, befand er nach einigen Sekunden Abtasten. »Am Hinterkopf hat sie eine Beule. Entweder vom Sturz auf den Boden, oder einer von denen hat sie niedergeschlagen. Ich gebe ihr etwas, das sie wieder auf die Beine bringt.« Er zog einen pistolenartigen Hochdruckinjektor und verabreichte ihr eine Dosis von einer klaren Flüssigkeit; die leere Ampulle wurde wie aus einer Waffe seitlich ausgeworfen. »Und gegen die Schmerzen war auch was dabei.«

Xians Lider flatterten, sie kam zu sich.

Dalljin hörte über den Funk des Mannes, dass der zweite Eindringling noch gejagt wurde. Er hatte sich abgesetzt, bevor die Gardeure den Sturm aufs Labor begannen.

»Papa?« Xian schlug die Augen auf, sah sich verwirrt um und entdeckte das verwüstete Labor. Sie setzte sich auf, Dalljin hielt sie am Arm. Als sie die Leiche sah, die eben von den Sicherheitsleuten hinausgeschleift wurde, schüttelte sie sich.

Ein Monitor an der Wand flackerte und zeigte das Gesicht von Professor Gundel, dem Leiter der Gesamteinrichtung. »Was ist passiert, Remigius? Alles in Ordnung, Xian?« Mit einem leisen Geräusch richtete sich die Überwachungskamera in der rechten Ecke auf sie. Das System funktionierte offenbar wieder.

»Alles in Ordnung, Professor.« Sie rieb sich die Stelle am Kopf. »Ein Beule, mehr nicht.« Xian zeigte auf den

Schreibtisch. »Ich stand da und habe auf meinen Vater gewartet, als die Tür aufging und zwei Männer in Kitteln hereinhetzten. Einer kam sofort zu mir und stieß mich zur Seite. Mehr weiß ich nicht.«

Gundel nickte. »Wir erfahren mehr, wenn wir den zweiten erwischen. Sie hatten Hilfe von innen, das ist sicher. Und dieser Maulwurf muss gefunden werden.« Die Augen richteten sich auf Dalljin. »Sehr geistesgegenwärtig. Gut gemacht. Wer weiß, welcher Schaden angerichtet worden wäre.«

»Danke, Chef.« Er erhob sich und half seiner Tochter beim Aufstehen. »Wir müssen gehen. Ich habe einen Flug gebucht, der uns nach Relax bringt. Für unsere angeschlagenen Nerven genau das Richtige, würde ich sagen.«

»Ah, der alljährliche Vater-Tochter-Urlaub.« Gundel lächelte. »Heute habt ihr ihn euch besonders verdient. Ich werde beim CEO durchdrücken, dass KreARTificial sämtliche Kosten übernimmt. Nach den Heldentaten und dem Schrecken.« Er deutete eine Verbeugung an, und der Bildschirm wurde schwarz.

»Ja, ich denke, wir haben uns die zwei Wochen auf Relax verdient«, murmelte Xian und schüttelte sich, als sie auf die rote Lache blickte, die von zwei kleinen Putz-Bots bekämpft wurde.

Dalljin gab ihr einen Kuss auf die Stirn, und sie hakte sich ein, als sie an den Gardeuren vorbeischritten. Zwei von ihnen eskortierten sie; Xian zog sich in der Umkleide rasch frische Kleidung an. Ihre Leibwächter verließen sie erst, als Dalljin und Xian mit dem SonicSpeed Sportschweber davonfuhren.

Eine Stunde später saßen sie im Raumschiff und flogen der Erholung entgegen.

17. Februar 3041 a. D
System: 61 Cygni, Planet: Relax (im Besitz der
United Industries), 4. Kontinent (vermietet an
Freepress Moviesection), Stadt: Pool

»Ich hätte gern noch einen WhiteRussian.« Dalljin schob das leere Glas zum Barkeeper und drehte seinen Sitz zur Seite. Er saß unterhalb des Antigravpools und sah hinauf zu den Schwimmern, Tauchern und Planschern. Mittendrin befand sich irgendwo auch seine Tochter, die ihr schreckliches Erlebnis von vor einer Woche gut verkraftet hatte.

Die Null-G-Pools waren der letzte Schrei. Ein Kraftfeld schuf einmal in der Stunde eine stabile Antigravglocke und hob das Wasser des gesamten Bassins nach oben, auf dreißig Meter Höhe. Die Schwimmer schwebten über allen, genossen die Aussicht und konnten beim Tauchen weit unter sich die Erde sehen. Rausfallen sollte unmöglich sein, hieß es.

Dalljin war der Spaß zu gefährlich. Nicht auszudenken, wenn die Generatoren ausfielen – aber die Ferienparkbetreiber garantierten, dass keinerlei Unfälle geschahen. Seit der Installierung vor einem Jahr war es auch so geblieben.

»Auch wieder da, Remi?«, hörte er eine dunkle Frauenstimme neben sich sagen.

»Wie jedes Jahr.« Dalljin musste sich nicht umdrehen, um zu sehen, wer ihn gefunden hatte. Es war Lisbetta Engers, eine langjährige Freundin, mit der er sehr viele schöne Erinnerungen im zwischenmenschlichen Bereich verband, wenn er es neutral formulieren sollte. Andere würden sagen: Sex und Freundschaft, keine Liebe im klassischen Sinn. Das dachte er zumindest. Und sie war verheiratet. Jetzt schaute er sie an und lächelte. »Du siehst gut aus.«

Lisbetta trug einen schwarzgrauen Bikini und ein Hüfttuch; mit ihren 45 Jahren hatte sie sich die perfekte Figur erhalten, an der er jede Stelle kannte. Sie stellte sich neben ihn und legte eine Hand auf seinen Rücken. »Schön, dich zu sehen. Ich freue mich.«

Dalljin beugte sich vor und schloss sie in die Arme. Die langen, weißen Haare trug sie offen, und sie roch nach dem dezenten Eau de parfum, das er ihr geschenkt hatte. Der Körperkontakt löste vieles bei ihm aus, und er war froh, dass sein weites Hawaiihemd die anbahnende Erektion in der weißen Badehose verdeckte. »Ich freue mich auch.«

»Alles an dir freut sich«, neckte Lisbetta und setzte sich elegant auf den Hocker neben ihm. Auf ihrer Nase saß die schwarze, dünne Brille, die ihrem Gesicht die besondere Note verlieh. »Ist Xian wieder schwimmen?«

Er nickte. »Ja. Sie genießt es.« Rasch berichtete Dalljin von dem Überfall auf das Labor, so vage, wie es ging. Lisbetta arbeitete für einen anderen Konzern, in einer ähnlichen Abteilung und ähnlichen Position wie er. Beruflich waren sie Konkurrenten und achteten darauf, einander nichts zu verraten. »Kamen die beiden von euch?«, konnte er es sich nicht verkneifen zu fragen.

»Nein. Unser Maulwurf bei euch hat uns bestätigt, dass wir schon viel weiter sind als ihr«, erwiderte sie grinsend. »Ihr habt keine Chance. Wir arbeiten gerade für die Pornoindustrie an einem Hybriden aus Mann und Elefant.« Lisbetta zwinkerte, und Dalljin lachte schallend. Der Barkeeper schob ihm den WhiteRussian hin, sie bestellte das Gleiche.

»Es ist so schade, dass wir uns nur einmal im Jahr sehen.« Er nahm einen Schluck.

Sie seufzte. »Du weißt, dass es nichts anders geht. Lass uns diese eine Woche genießen.«

Dalljin merkte, dass er einen Fehler begangen hatte und die Stimmung ruinierte. Wie jedes Jahr, eine Art Ritual. Normalerweise wäre es gut gewesen, und sie hätten einander zugeprostet, getrunken und wären aufs Zimmer gegangen, um Sex zu haben. Aber heute sagte er: »Ich habe gehört, er wird versetzt.« Unausgesprochen schwebte in der Luft, dass es die Gelegenheit für eine Trennung von ihrem Mann oder häufigere gegenseitige Besuche wäre.

Lisbetta verzog den Mund. »Du weißt, dass ich dahin muss, wo er ist? Ich bin inoffiziell seine rechte und linke Hand. Was glaubst du, was bei *TTMS* los wäre, wenn ich ...« Sie biss sich auf die Lippe.

Dalljin übersetzte innerlich: Sie würden Lisbetta nicht gehen lassen. Goldener Käfig. Das kam davon, wenn man zu wertvoll für ein Unternehmen wurde. Er nahm ihre Hand und drückte sie. »Tut mir leid. Ich habe nicht drüber nachgedacht.« Er küsste sie sanft auf den Mund. »Genießen wir die Woche.«

Lisbetta erwiderte die Zärtlichkeit.

Der Antigravpool schwebte langsam nach unten, und als Xian an die Bar kam, standen zwei leere Gläser am Platz ihres Vaters. Sie sah, dass es zwei WhiteRussian gewesen waren.

Der Barkeeper schob ihr einen Zettel hin. »Der ist für Sie, Miss Dalljin.«

Xian setzte sich. »Einen IpanemaDiablo, Paul, bitte.« Auf dem Wisch stand in der Handschrift ihres Vaters, dass er eine alte Freundin getroffen habe und sie sich zum Austausch von Erinnerungen zurückgezogen hätte.

Sie musste grinsen. Ihr Vater dachte immer noch, dass sie nicht wüsste, dass er ein Verhältnis hatte. Mit Lisbetta Engers, der Frau des Senior Vice President von Moreau Labs, die wiederum zu *TTMS* gehörten.

Es war delikat und nicht ungefährlich, etwas mit der Frau eines Konkurrenten anzufangen, zumal die Frau selbst die Position des Vice President des Unternehmens innehatte. Xian konnte sich vorstellen, welche Position Lisbetta gerade eingenommen hatte.

»Bitte sehr, Miss Dalljin.« Paul stellte den Ipanema-Diablo vor ihr ab. »Einen kleinen Snack dazu?«

Sie winkte ab, und der Barkeeper kümmerte sich nach einem Verabschiedungslächeln wieder um andere Gäste.

Sie trank durch den Strohhalm und spürte, wie der starke Alk direkt ins Blut ging und ihr in den Kopf schoss.

Auch wenn der IpanemaDiablo den Anschein der Harmlosigkeit erweckte – wie der promillefreie Bruder –, hatte es der Cocktail in sich. Nach einem Bad im Pool mochte sie ihn besonders gern.

Xian schaute sich um.

Relax war ein Projekt von Freepress Moviesection, ein Nebenprodukt der Filmindustrie. Moviesection hatte alte Requisiten zusammengetragen und sie quer auf einem Kontinent verteilt. So hatte man den Eindruck, man wäre ständig in einem bekannten Film, und wartete darauf, dass gleich etwas Entsprechendes geschah. Was aber nicht eintrat. Relax war vergleichbar mit Luxuskreuzfahrttraumschiffen, deren einziger Zweck darin bestand, Zeit mit Entspannung zu vergeuden.

»Na, wenn das nicht Xian Dalljin ist!«, tönte es plötzlich neben ihr, und grelles Licht überschüttete sie. »Wow, Sie machen ja eine klasse Figur in dem Hauch von nichts, das andere Trikini nennen.«

Sie wandte sich um und ärgerte sich, ihr Handtuch bei der Liege gelassen zu haben. Sie hatte eine gute Figur, wenn auch für ihren Geschmack zu wenig Oberweite, aber das war kein Grund, es laut herumzuschreien. Als sie den Mann vor sich sah, der eine kleine Kamera auf sie gerichtet hielt, wusste sie, wen sie vor sich hatte: »Der Vador!«

»Oh, ich bin geschmeichelt. Sie kennen mich?« Der windige Reporter, für den es ebenso viele Beleidigungen wie Lobeshymnen gab, grinste sie frech an. Seinen richtigen Namen hatte sie gerade nicht parat. Er liebte es, unter seinem Spitznamen aufzutreten. Er hatte sich in

Bermudas geschwungen, auf denen Leuchtschriften auf-
blinkten. Sie machten Werbung für Sendungen – natürlich seine Sendungen. Das durchsichtige Hemd war bis
zum Nabel aufgeknöpft.

»Nur vom Wegschalten.« Sie sah Paul an, und Paul wiederum streckte sich und hob die Hand. Er schien einen
Sicherheitsmann herbeizuwinken.

»Locker bleiben, Limettenquäler«, empfahl Vador.
»Ich habe eine Drehgenehmigung.«

»Sie müssen mich um Erlaubnis bitten, bevor Sie mich
filmen. Und wenn das live ist, verklage ich Sie!« Xian
konnte es kaum fassen. »Woher kennen Sie mich?«

Vador schaltete die Kamera aus. »Woher wohl? Von
der Gästeliste? Der Name Dalljin ist recht bekannt, und
da ich Ihren Vater nirgends aufstöbern konnte, dachte ich, *Sie* würden mir vielleicht ein kleines Interview
geben.«

»Zu welchem Thema?«

»Relax. Ich mache ein Imagefilmchen für die Reise-
branche. Werbung, Sie verstehen. Total harmlos.« Vador
sah sie bittend an, und der Hundeblick brachte Xian
zum Lachen. Er täuschte vor, ins Taumeln zu geraten.
»Götter und Sterne! Sie sollten Model werden! Sie hauen
einen ja um!«

Auch wenn sie sich geschmeichelt fühlte, ein Stimm-
chen warnte Xian davor, sich von dem Reporter bequat-
schen zu lassen. »Nein, ich habe schon was getrunken.
Ich möchte klar sein, wenn Sie mir Fragen stellen. Sie
führen die Leute gern aufs Glatteis.« Schnell trank sie
vom IpanemaDiablo. »Wie lange sind Sie noch hier?«

»Bis morgen, Miss Dalljin. Nur noch bis morgen.« Vador sah bedauernd aus, taxierte sie und schien sich den Trikini wegzudenken, was keine große Kunst war. Der Stoff war mit Spezialkleber aufgetragen, so dass ein Verrutschen im Wasser unmöglich wurde. Somit blieb sie vor Busenblitzern sicher – zum Leidwesen von Vador und anderen Männern. »Das ist schade. Ein hübsches Gesicht wäre schön gewesen. Ein natürlich schönes.« Er reichte ihr seine Karte: *Salvador »Vador« M. Ransom, Sternenreporter.* »Wenn Ihr werter Vater Zeit und Lust hat ...« Der Reporter grüßte und ging.

»Zeit und Lust hat er schon. Allerdings spielst du dabei keine Rolle«, murmelte Xian hinter ihm her. Da sie nicht wusste, wohin damit, legte sie die Karte neben den Untersetzer. »Lassen Sie die bitte auf mein Zimmer schicken«, sagte sie zu Paul und schaute sich wieder um.

Sie war auf der Suche nach Beute. Nach Bekanntschaften. Nach einem Partner für ein nettes Treffen. Und auch das fand man auf Relax; darüber hinaus hatte sie noch etwas zu erledigen. Je eher Xian das hinter sich gebracht hatte, desto entspannter konnte sie sein. In einer Stunde war es so weit.

Sie glitt vom Hocker und ging in Richtung der Massagebecken. Entspannt gingen die meisten Dinge einfach besser.

»Remi, das war ...« Lisbetta rollte sich auf den Rücken und sah ihn neben sich liegen. Schweiß rann an ihnen herab, mischte sich und wurde auf den Laken zu feuchten Flecken. Sie hatten sich beim Liebesspiel verausgabt, der zweite Durchgang würde langsamer und zärtlicher sein als der erste. Aber nicht weniger intensiv.

Dalljin mochte es, wenn sie ihn Remi nannte. Es klang französisch, verrucht und jenseits von dem, was ihm als Image anhaftete: ein verstaubter, spaßfreier Superkopf, für den nur DNA und Vererbungslehre zählten. Mit Lisbetta war er Mann, durch und durch. »Ja, das war es«, sagte er und wischte ihre zerzausten weißen Haare zur Seite, damit er sie küssen konnte.

Er sank in die weichen, duftenden Kissen, und sie rückte an ihn heran, schmiegte sich an ihn. Schweigend lagen sie da, lauschten auf die Geräusche, die von draußen hereindrangen: Stimmengewirr, Wasserplätschern, Lachen, gedämpfte Musik. Ein Tag am Meer.

»Warum sind nicht alle Tage so wie hier?«, flüsterte er. »Mit dir?«

Lisbetta gab ihm einen Kuss auf die Wange. »Nicht! Quäl uns nicht mit Wünschen, die niemals in Erfüllung gehen können.«

»Weil du dein Leben aufgeben müsstest.« Dalljin schluckte. »Ich verstehe das. Aber ... du weißt, du kannst jederzeit zu mir kommen. Du wirst als Vice President bei KreARTificial anfangen, und ...«

Lisbetta stand auf und schlüpfte in ihren Bikini.

»Was machst du da?«

»Das weißt du ganz genau. Wir hatten eine Abmachung, und die lautete, dass wir niemals«, sie hob energisch den Zeigefinger, »*niemals* anfangen, den anderen überreden zu wollen, die Seiten zu wechseln. Und genau das«, Lisbetta schlang sich die Hüfttuch um, »tust du gerade.« Sie marschierte auf die Tür zu, während ihr der verblüffte Dalljin nachblickte. »Schönen Urlaub, du Idiot!«

»Aber ...« Er sprang aus dem Bett und verfolgte sie, stellte sich vor sie. »Es war nicht so gemeint. Ich ... ich möchte doch nicht mehr als ...«

Sie lächelte, wenn auch schwach, und küsste ihn auf die Nasenspitze. »Ich weiß, Remi. Aber Strafe muss sein. Es gibt erst morgen wieder Sex. Lass es dir eine Lehre sein.« Lisbetta schob sich an ihm vorbei und verließ das Appartement; mit einem dünnen Summen rastete das Schloss ein.

»Scheiße!«, rief Dalljin und trat gegen die Wand, was seinem Fuß mehr Schaden zufügte als dem gegossenen Sandkunststoffgemisch.

Im gleichen Moment flog hinter ihm das Fenster auf, das zur kleinen Seitenstraße führte.

In einem Scherbenregen landete eine schwarz gekleidete Gestalt auf dem Terrakottafliesenboden. Ein geschlossener Helm saß auf dem Kopf, der das Gesicht verbarg; der Unbekannte sah durch zwei unterschiedlich große Kameralinsen.

Dalljin sah die leichte Panzerung, die der Mann trug; in Gurthalterungen saßen verschiedene Pistolen an seinem Körper verteilt, und der Griff eines Schwerts ragte über die Schulter hinaus. Er wich vor dem Besucher zurück. »Was ...?«

Langsam richtete sich der Unbekannte auf, Scherben fielen leise klirrend zu Boden. »Sie haben etwas aus dem Labor nach Relax mitgenommen, das dem Unternehmen gehört«, sagte eine elektronisch verzerrte Stimme. »Kre-

ARTificial findet es nicht gut, dass Sie Verrat begehen, indem Sie Erkenntnisse an Moreau Labs weitergeben.«

Dalljin dämmerte, wen er vor sich hatte: einen Justifier, ausgesandt von der Bossetage, um ihn ... um ihn *was*? »Ich habe nichts getan. Meine Beziehung zu Lisbetta ist rein freundschaftlich.« Er tastete hinter sich, um die Klinke zu finden.

»*Meine* Beziehung zu Ihnen, Professor, ist rein professionell.« Der Justifier kam langsam auf ihn zu und zog eine Pistole. »Also: Wo ist der Datenträger?«

»Ich weiß nicht, wovon Sie sprechen! Ich bin seit Dekaden ein loyaler Mitarbeiter von KreARTificial, und ich bin der Letzte, der ...«

»Sir, es ist mir egal. Ich bin ausgesandt worden«, unterbrach ihn der Maskierte, »um die Informationen zurückzubringen, die von Ihnen entwendet wurden. Finde ich sie nicht bei Ihnen, gehe ich zu Ihrer Liebschaft.« Er krümmte den Finger, und im gleichen Moment bohrte sich ein stechender Schmerz durch Dalljins Oberschenkel. Der Schuss hatte kein Geräusch erzeugt.

Der Professor wollte aufschreien, doch seine Stimme versagte. Die Lähmung hatte blitzartig eingesetzt, und er rutschte an der Tür nach unten.

»Das Gift setzt ihre Muskeln außer Kraft, nicht aber ihr Schmerzempfinden. Wir sind bei Stufe eins: Ich werde Sie in den nächsten zehn Minuten bearbeiten, danach gebe ich Ihnen das Gegenmittel, damit Ihr Herz nicht stehen bleibt. Dann beginne ich erneut mit meiner Befragung. Lügen Sie oder bleiben Sie stumm, folgt Stufe zwei: Ihre Liebschaft wird in der gleichen Weise bearbeitet.

Antworten Sie mir immer noch nicht, kommen wir zu Stufe drei: Ich bringe Ihre Tochter her und werde auch sie vor Ihren Augen behandeln, um Ihre Zunge zu lösen, Professor. Es liegt an Ihnen, wie viele Stufen wir erklimmen, bis ich höre, was ich will, und die Daten erhalte.«

Dalljins Gedanken waren zuerst bei seiner Tochter, dann bei Lisbetta. Er musste sie warnen, wollte zu seinem Kommunikator, wollte wegrennen, wollte laut um Hilfe schreien – aber er lag regungslos zu Füßen des Justifiers, der ein Messer mit einer langen, dünnen Klinge zog und vor ihm in die Hocke ging.

Als die Schneide spielend leicht durch Fleisch und Knochen glitt und den kleinen Zeh abtrennte, schossen Dalljin die Tränen aus den Augen. Mehr konnte er nicht tun, um seine Qualen zum Ausdruck zu bringen.

17. Februar 3041 a. D
System: 61 Cygni, Planet: Relax (im Besitz der
United Industries), 3. Kontinent (vermietet an
StarLook), Stadt: Objective

Xian hatte sich der Studio-Tour angeschlossen, die durch die Requisiten und Studios von StarLook reiste. Ein ein Meter großer, knallrot gestrichener Bot im Spielzeugroboterdesign fuhr vor der hundert Mann starken Gruppe her, die Stimme eines Schauspielers, dessen Namen ihr nicht einfallen wollte, erklang aus den Boxen und erklärte die Abläufe. Es war das System-Hauptstudio, in dem Nachrichten, Unterhaltungssendungen, Spielshows und Soaps produziert wurden. Hier liefen die Berichte von den Planeten ein, und hier landeten auch die Meldungen aus dem Rest des besiedelten Universums.

Xian hörte nur mit halbem Ohr zu. Wichtiger war ihr, dass sie endlich ins Studio 54 gelangten. Dort wartete ihr Date. Ein außergewöhnliches Date. Sie wusste nicht, wie es ablaufen sollte, und kannte nur das verabredete Stichwort *Gedankenmühle*, auf das sie *Eiersalat* antworten sollte. Was danach kam, war Improvisation pur.

Bewaffnet war Xian nicht. Sie verließ sich auf die Zusicherung, dass ihr nichts geschehen würde, und auf ihre Kampfsportfertigkeiten. Als Halb-Asiatin hatte sie es geradezu als Pflicht angesehen, sich in traditionellem Karate und Aikido zu schulen. Ein guter Ausgleich zum Laborjob.

Endlich kamen sie ins Studio 54, wo sie durch das Set von *the boss and me* liefen, eine Comedy-Serie um einen Konzernangestellten, der nach oben wollte und von einer selbst verschuldeten Katastrophe in die nächste stolperte. Xian mochte sie nicht, die Gags waren ihr zu dämlich.

»Damit endet unsere Tour. Wir bedanken uns für Ihre Aufmerksamkeit«, sagte der Bot mit der Schauspielerstimme, »und wünschen Ihnen noch einen schönen Tag. Gehen Sie bitte geradeaus, folgen Sie den blauen Strichen, und Sie gelangen in unseren Souvenirshop: Autogramme, Shirts und mehr für Ihre Lieben zu Hause. Auf Wiedersehen und: immer schön einschalten!«

Die Leute applaudierten und folgten den Linien, die sie in die Einkaufshölle schickten.

Xian sah sich um, konnte jedoch niemanden entdecken. »Was nun?«, murmelte sie. Ihre Nervosität schlug um in steigende Angst, dass das Treffen platzen könnte, was zumindest für zwei Menschen fatal wäre.

»Man könnte denken, die Studios sind eine einzige Gedankenmühle«, sagte eine bekannte Stimme.

Xian fuhr herum – und sah den Spielzeugbot vor sich stehen. Die Augen befanden sich auf Höhe ihres Schritts und blinkten blau. »Was?«

»Sie haben schon richtig verstanden: Die Studios sind eine einzige Gedankenmühle.«

»Eiersalat. Ich hätte Lust auf ... Eiersalat«, brachte sie stotternd heraus.

»Oh, wirklich? Dann folgen Sie mir. Ich bringe Sie zur Kantine.« Der Bot wandte sich um und rollte los.

Xian folgte ihm und überlegte die ganze Zeit, wo sie einen Handkantenschlag bei einer Maschine anwenden konnte, um sie auszuschalten. Da sie keine kybernetischen Modifikationen besaß, würde sie sich die Hand am Kunststoff brechen und den Roboter nicht wesentlich beeindrucken.

Der Bot kurvte durch das Dickicht aus Sets, vorbei an schwebenden Kameras und Scheinwerfern, vorbei an Crews und durch schmale Gänge, die als Abkürzungen dienten, vorbei an Filmaufnahmen. Niemand achtetet auf die Frau und die Maschine.

Sie bewegten sich in einen noch engeren Gang, das Licht wurde schummrig. Es fiel Xian schwer, etwas im Halbdunkel zu erkennen. Dann standen sie vor einem Raumschiffschott, auf das *Damn Collie, die* aufgesprüht war.

»Warten Sie hier.« Der Roboter bog nach links ab und verschwand in einem der Seitengänge. Das Blau seiner Blinkaugen gelangte zunächst als Reflexion bis zu ihr, dann verschwand es.

Xian blickte sich um und fühlte sich unwohl.

Mit einem lauten Zischen öffnete sich das Schott, Kunstnebel waberte aus der Öffnung. Von hinten beleuchtet erhob sich ein Collector vor ihr, die Rüstung überragte sie um gut einen Meter. »Schützenswerte, bedrohte Rasse Mensch«, erklang die Botschaft aus den Lautsprechern, die jedes Kind in den Kolonien kannte und fürchtete. »Eure Rettung ist nahe!«

Xian rümpfte die Nase. »Was ist denn *das* für eine Idee? Geht es noch auffälliger?«

»Oh, Sie sind nicht leicht zu beeindrucken«, kam es vom Collector. »Scheint, als wäre das zarte Laborblümlein voller Dornen.« Die gepanzerte Hand, die dem Original lediglich aus Plastik nachempfunden war, reckte sich ihr entgegen. Darin lag ein Datenleser. »Bitte schieben Sie den Chip rein und aktivieren Sie den Decryptor.«

Xian langte in die Tasche, nahm ihr scheckkartendünnes Kom heraus und öffnete die Klappe auf der Rückseite. In dem kleinen Fach, in dem normalerweise der Memorychip lag, wartete der Datenträger, den sie aus dem Labor von KreARTificial geschmuggelt hatte. Sie holte ihn heraus und hielt ihn zwischen Daumen und Zeigefinger. »Wir sind uns einig?«

»Sicher. Sie halten sich an Ihre Abmachung, wir an unsere.« Die Collie-Imitation vollführte eine auffordernde Bewegung.

Xian blieb nichts anderes übrig. Sie drückte den Chip in den Schlitz und schaltete den Decryptor ein. Das Gerät summte auf, mehre Lämpchen leuchteten farbig auf, und auf dem flachen Display stand *running*.

Schweigend warteten sie ab, was das Gerät ermitteln würde.

Nach langen Minuten sprangen die Lämpchen nacheinander auf blau um, und die Meldung *okay* war zu lesen.

»Sehr gut, Miss Dalljin. Sie haben mir einen sehr großen Dienst erwiesen.« Die Hand des Collectors schloss sich um Chip und Decryptor. »Sie müssen nichts mehr tun. Ihre Aufgabe ist erfüllt.« Er machte einen Schritt zurück, und der Kunstnebel schoss fauchend aus der Luke und verschluckte ihn. Das Schott schloss sich, wie Xian mehr ahnen als sehen konnte, und es wurde finster.

Sie schluckte und bemerkte, dass sie zitterte. Xian wollte zurück nach Pool. Sie brauchte dringend einen IpanemaDiablo. Am besten zwei.

17. Februar 3041 a. D
System: 61 Cygni, Planet: Relax (im Besitz der
United Industries), 4. Kontinent (vermietet an
Freepress Moviesection), Stadt: Pool

Es war kurz vor dem Abendessen, als Xian ins Ressort zurückkehrte.

Auf die Anrufe von unterwegs bei ihrem Vater hatte er nicht reagiert. Also würden sie vermutlich nicht zusammen am Tisch sitzen und einen Berg Alanam-Scampi mit creolisch-daturianischer Soße verputzen. Sie konnte sich denken, dass er noch immer mit Lisbetta das Wiedersehen feierte.

Xian ging direkt zur Bar am Pool, um sich den ersten der verdienten IpanemaDiablo zu gönnen.

Ihr entging nicht, dass ihre Bekanntschaften ihr Blicke zuwarfen, die sie nicht zu deuten vermochte. Mitleid, Erstaunen, Fassungslosigkeit.

Sie hatte die Bar erreicht und setzte sich. »Hallo, Paul. Einen IpanemaDiablo.«

Der Barkeeper sah sie an und schluckte. »Miss Dalljin, Sie werden von den *UI*-Sicherheitskräften gesucht.«

Xian konnte fühlen, wie sie ihre Farbe verlor und blass wurde. »So?«, fragte sie gespielt gleichgültig und wusste, dass jeder ihre schlechte Darbietung durchschauen würde. »Kann nur ein Missverständnis sein. Ich habe nichts angestellt.«

Paul räusperte sich und stellte zu ihrer Verwunderung einen Tequila hin. »Miss Dalljin, ich weiß nicht, wo Sie gewesen sind, aber haben Sie nichts mitbekommen?«

»Paul, Sie machen mir Angst. Ich war ein bisschen unterwegs. Am … Strand. Was habe ich nicht mitbekommen?« In Xians Kopf ging alles durcheinander. Die Vermutungen wirbelten umher, ohne dass sie einen echten Verdacht greifen konnte.

»Ich bin wahrlich nicht der Richtige für die Nachricht.« Paul wand sich, wusste sich aber nicht anders zu helfen als zu flüstern: »Ihr Vater wurde ermordet, Miss Dalljin. In seiner Suite. Zusammen mit seiner Freundin.«

Xian wurde schlecht. In ihrem Magen bildete sich etwas Kaltes, Dickes, und Magensäure schoss ihr den Hals hinauf. Mit Mühe schaffte sie es, sie nicht vor dem Barkeeper auf den Tresen platschen zu lassen. Sie zitterte schon wieder, starrte Paul an. »Was?«, brachte sie mit Anstrengung über die Lippen.

Paul wiederholte die Auskunft, die nicht besser und nicht weniger schrecklich wurde. Dann richtete er sich auf, die Augen schauten an ihr vorbei; der Ausdruck war eine einzige Warnung an sie. »Sir. Ich wollte Sie gerade informieren, dass Miss Dalljin aufgetaucht ist.«

Zuerst roch Xian den Mann, der eine Duftwelle vor sich herschob. Es war ein kühler, sportlicher Duft mit einer unbekannten, kräftig-würzigen Note darin, der nicht so recht dazu passen wollte. Dann lehnte er sich neben ihr an den Tresen und sah sie an. Freundlich, aber wachsam. »Hallo, Miss Dalljin. Mein Name ist Phileas Kalimeropoulus. Ich bin der Sonderermittler, der von *United Industries* mit dem Fall betraut wurde. Der Konzern hat allergrößtes Interesse, dass der Fall gelöst wird.« Er zeigte ihr seinen Ausweis.

»Was ist passiert ...?« Xian wisperte, obwohl ihr zum Schreien zumute war.

Er sah auf den unangerührten Tequila. »Wir sollten unsere Unterredung an einem anderen Ort fortführen, Miss Dalljin. Ich werde Sie über das in Kenntnis setzen, was wir bisher wissen.« Behutsam nahm er sie am Ellbogen und ging los.

Xian folgte ihm wie in Trance. Die Umgebung glitt an ihr vorbei, die Gesichter verschmolzen zu einem Konglomerat aus Augen, Mündern und Nasen. Wo sie entlanggingen, wusste sie nicht; dann schritten sie in ein Gebäude, durch einen Korridor und schließlich durch eine Bürotür; hier warteten bereits zwei Frauen und ein Mann, die sich leise berieten und verstummten, als sie näher kamen.

Kalimeropoulus bugsierte sie sanft auf einen Stuhl und nahm ihr gegenüber am Tisch Platz. Die Leute stellten eine Karaffe mit Blauwasser und zwei Gläser vor sie hin, eine Kamera war bereits aufgebaut. »Wir werden das Gespräch aufzeichnen, Miss Delljin. Das dient unserer und Ihrer Absicherung.«

»Was ist passiert?«, fragte sie wieder und immer noch leise, mit brüchiger Stimme.

»Der Zimmerservice hat Ihren Vater, Professor Remigius Dalljin, und Lisbetta Engers tot aufgefunden. Beide lagen nackt im gleichen Raum. Der Zeitpunkt des Todes wurde nach einem ersten Check auf 20.30 Uhr Standardzeit geschätzt, und die Leichen wiesen massive Verstümmelungen auf. Die Einzelheiten erspare ich Ihnen, Miss Dalljin. Aber meinen Erfahrungen nach«, er sah sie mitleidig an, »wurden die beiden Opfer eines Psychopathen. Bei der Tat wurde die Methode von Ernest Frenouille imitiert. Sagt Ihnen der Name etwas?«

Xian atmete mit einem lauten Schluchzer ein und schlug die Hände vors Gesicht. Das Weinen ließ sich nicht länger zurückhalten, der Damm war gebrochen, und sie musste heulen, heulen, heulen. Ihr Körper bebte, die Tränen rannen in einem unaufhörlichen Strom.

Jemand drückte ihr ein Tuch in die Hand, aber sie konnte nicht aufhören.

»Miss Dalljin, ich habe volles Verständnis, und glauben Sie mir, dass auch ich erschüttert bin«, hörte sie Kalimeropoulus' tiefe, vibrierende Stimme. Seine Art zu sprechen war beruhigend wie das Schnurren einer Katze. »Aber Sie müssen uns helfen, damit wir den Täter noch auf Relax zu fassen bekommen. Zum einen, damit er nicht weiter mordet. Zum anderen: Die Brisanz des Falls ist Ihnen klar. Lisbetta Engers war die Frau des Senior Vice President von Moreau Labs, und diese wiederum gehören ...«

»... zu *TTMS*, ja, das weiß ich«, stieß Xian hervor und nahm die Hände vom Gesicht. Sie wischte sich die Tränen weg, ihre Augen brannten. »Mein Vater ist tot, und Sie reden allen Ernstes von den Belangen eines Konzerns?«

Kalimeropoulus behielt den freundlichen Ausdruck bei. »Wir reden von *TTMS*. Es ist nicht *ein* Konzern, es ist *der* Konzern. Ein Unternehmen mit derart viel Einfluss, dass *United Industries* nichts unversucht lassen darf, Resultate vorzuweisen. Und vergessen möchte ich nicht, dass Ihr Vater wie Sie bei einem kleinen, aber ebenso feinen Konzern gearbeitet hat. Das sind drei«, er hob die passende Anzahl von Fingern, »Beteiligte, die alle wissen wollen, wer Dalljin und Engers ermordet haben. Mister Engers wird sich mit Sicherheit auch einschalten und private Ermittler beauftragen.« Er sah sie an. »Ihr Vater und Miss Engers standen in welchem Verhältnis zueinander?«

»Sie ... haben sich geliebt.«

»Wie lange geht das schon?«

»Etwa ... ich weiß es nicht, um ehrlich zu sein. Aber lange.«

»Wissen Sie von Drohungen gegen Ihren Vater?«

»Nein.«

»Oder gegen Miss Engers?«

»Nein.«

»Wurden Ihr Vater wegen seiner Liaison ...«

»Sie haben sich GELIEBT«, fiel ihm Xian ins Wort und schrie dabei fast.

»Wurde Ihr Vater wegen der Beziehung zu Miss Engers erpresst?«, formulierte es Kalimeropoulus um.

»Mir hat er nichts davon gesagt.« Sie suchte seinen Blick. »Ich dachte, Sie gehen von einem Psychopathen aus? Das klingt, als verfolgten Sie eine andere Spur.«

»Wir müssen vieles in Betracht ziehen, Miss Dalljin.« Kalimeropoulus zeigte ein Raubtierlächeln und ein Gebiss mit starken, kräftigen Zähnen. »Haben Sie etwas Besonderes beobachtet, während Sie auf Relax oder im Ressort waren? Gab es einen aufdringlichen oder auffälligen Gast?«

»Nein.« Xian konzentrierte sich. Die Fragen des Sonderermittlers sorgten dafür, dass sich ihre eigenen Gedanken ordneten. Sie wusste mehr, als Kalimeropoulus ahnte. Und ihre schlimmste Befürchtung war, dass sie die Schuld am Tod ihres Vaters und Lisbettas trug. Sie traute SternenReich, dem Mutterkonzern von KreARTificial, durchaus zu, einen Justifier oder eine ganze Einheit hinterhergehetzt zu haben, um den Chip zurückzuholen. Den Chip, den sie aus dem Labor geschmuggelt hatte. Unschuldige waren ihretwegen gestorben! Sie hatte ihren eigenen Vater auf dem Gewissen!

»Wo waren Sie eigentlich heute Nachmittag?«

Die Frage brachte Xian in die Gegenwart zurück. »Schwimmen.«

»Schwimmen.«

»Wo?«

»Am Meer. Pool hat sehr schöne Strände, auch wenn die meisten lieber im Ressort bleiben«, gab sie zurück.

»Und vermutlich waren Sie allein. Niemand kann bezeugen, dass Sie tatsächlich am Meer waren, Miss Dalljin.«

Xian sah ihn entrüstet an. »Wollen Sie damit andeuten, ich hätte was mit dem Mord zu tun?«

»Nein. Ich will nur herausfinden, wo Sie wirklich waren und warum Sie lügen«, entgegnete er mit einem Lächeln. »Der Grund erschließt sich mir nicht. Und Sie haben nicht danach gefragt, wer Ernest Frenouille war, obwohl ich Ihrem Gesicht ansehen konnte, dass Sie es nicht wussten.«

Sie langte nach dem Glas Blauwasser und trank es in einem Zug leer. »Finden Sie den Mörder meines Vaters«, sagte sie danach und stellte das Gefäß behutsam ab. »Mehr muss Sie von meiner Seite aus nicht interessieren. Haben Sie noch Fragen an mich?«

»Keine. Bis auf den Umstand, wo Sie heute Nachmittag waren.« Kalimeropoulus schenkte ihr nach. »Eher werden Sie dieses Büro nicht verlassen, Miss Dalljin. Sie sind auf einem Planeten von *United Industries*, und hier habe ich das Sagen.« Er lehnte sich vor. »Ich bin nicht Ihr Feind, sondern will wie Sie herausfinden, wer das angerichtet hat! Wer Ihrem Vater, seiner Liebe und Ihnen das angetan hat.«

Xian erhob sich langsam. »Ich war am Strand. Schwimmen. Allein«, wiederholte sie, und ihre Stimme klang fester als vorhin. »Sobald die Ermittler von Sternen-Reich eingetroffen sind, sagen Sie mir Bescheid. Ich halte sie für fähiger als Sie, Mister Kalimeropoulus. Sie können nichts als implizite Verdächtigungen aussprechen. Einen erfolgreichen Tag wünsche ich Ihnen.« Sie ging los.

Die übrigen Sonderermittler machten ihr Platz.

»Ernest Frenouille«, sagte er laut in ihrem Rücken, »war ein Psychopath, der im Auftrag folterte. Er entlockte seinen Opfern, die allesamt hochrangige Konzerngrößen waren, die intimsten und strengsten Geheimnisse. Durch Drogen und Schmerzen. Es dauerte lange, bis man ihn geschnappt und erledigt hatte. Doch die *Methode Frenouille* wurde berühmt.«

Xian war stehen geblieben. Sie wusste, was der Mann ihr damit sagen wollte.

»Miss Dalljin, wenn ich mich nicht irre, dann hat der Mörder Ihres Vaters und seiner Geliebten den beiden vor dem Tod Geheimnisse entlockt.« Kalimeropoulus schlürfte an seinem Wasser. »Hat er nicht das gehört, weswegen man ihn geschickt hat, würde ich stark annehmen, er geht bei der erstbesten Gelegenheit zu der Person, die den Opfern nahesteht, und versucht es nochmals. Sollte das so sein, werden Sie die Methode Frenouille bald selbst zu spüren bekommen. Ich rate Ihnen: Sagen Sie mir, wo Sie waren und was Sie verbergen. Nur dann kann ich Sie beschützen.« Wieder erklang das Schlürfen. »Eines noch: Bitte verlassen Sie den Planeten vorerst nicht, bis wir die ersten Ermittlungen abgeschlossen haben.«

»Werde ich nicht.«

»Was werden Sie nicht?«

»Den Planeten verlassen und mich noch verdächtiger machen, als ich anscheinend ohnehin schon bin.« Xian stieß die Luft aus und öffnete die Tür, verließ das Zimmer und eilte vorwärts, um dem Gebäude zu entkommen. Aber die Schuldvorwürfe blieben an ihr haften und würden sich mit keinem Reinigungsmittel der Welt entfernen lassen. Sie wusste, dass Vater und Lisbetta ihretwegen gestorben waren.

Wegen des Chips.

Und dass der Mörder nun sie suchen würde.

TO BE CONTINUED ...

GLOSSAR

AHUMANE Bezeichnung für nichtmenschliche Rassen; früher »Außerirdische«

ANCIENTS Nicht mehr existente Hochkultur, die lange vor den Menschen Raumfahrt betrieben hat und deren Relikte/Artefakte sich auf anderen Planeten finden; solche Artefakte sind heiß begehrt

ANDROID/GYNOID Bezeichnung für äußerlich menschengleiche männliche bzw. weibliche Roboter

ANTIGRAVITATIONSPULSATOR Modul, das ähnlich einer Düse ein begrenztes Feld von geringer bis null Schwerkraft unter sich schafft

AROMATA-SPENDER Kleines Gerät mit Pillen, die den Geschmack eines Essens/Getränks verändern

ATV All Terrain Vehicle, Bodenfahrzeug

BETA oder **CHIM(ÄRE)** Abfällig für Beta-Humanoide

BOT Kürzel für Roboter/robot

C Terracoins, Erdwährung

CEO Chief Executive Officer (Generaldirektor)

CHEMICAL Meist missgebildete Personen mit starken psionischen Fähigkeiten; oft geht die Missbildung auf den Missbrauch von genverändernden Medikamenten der Eltern während der Schwangerschaft/Zeugung zurück

CHIMÄREN/BETA-HUMANOIDE Mischwesen aus Tier und Mensch, Laborzüchtungen von Konzernen und Regierungen; ein bis drei Meter groß, je nach verwendeter Tier-DNS; der Anblick erinnert an die klassischen Werwesen aus Horrorfilmen

CHOCFROG Schokoriegel in Froschform

COLLECTORS Außerirdische Fremdrasse; gebräuchlich ist auch der Begriff »Samariter« aufgrund der ersten Begegnung mit ihnen

COLLIE, COLLIES Kürzel für »Collector«

CYBEROOS Cyber-Tattoos, bei denen sich langsam verändernde Muster auf der Haut abgebildet werden

EXEC Abk. für Executive Officer, hochrangiger Konzernmitarbeiter in leitender Funktion, bspw. als Gouverneur

ELEKTROSYNC-PAPIER Dauerhaftes beschreib- und bedruckbares Kunststoffpapier mit elektrosynthetischen Funktionen

FEC Feudal European Coalition, bestehend aus Deutschland, Polen, Russland und England

FERROPLASTRIEMEN Fessel aus extrem hartem Plastik

FOX-18 hochbrisanter Sprengstoff, meist kristallin

GARDEUR Begriff für einen Sicherheitsmann eines Konzerns

HARDBALL Körperbetontes Spiel; Mischung aus Fußball, Rugby, Lacrosse und Catchen

HOCHREGALHORT Lager mit einer gewaltigen Ansammlung von Hochregalen (mehrere Kilometer hoch), Ausdehnung über viele Quadratkilometer

HOLO-KUBUS/3DCUBE/CUBE Würfel, in dessen Inneres Filme und Bildaufzeichnungen in 3D projiziert werden. Es gibt verschieden große Modelle

IC Identity Card, engl. »Ausweis«; enthält allgemeine Angaben und biometrische Daten

INTERIM Die Sphäre, durch die man sich bei einem KSP und einem LSP bewegt

ISOWASSER Mineralwasser mit geschmacksneutralen isotonischen Zusätzen

JUSTIFIERS Einsatzteam eines Konzerns für Angriffe, Planetenerkundung etc.; überwiegend militärisch

KSP Kurzstreckensprung

LSP Langstreckensprung

MEDICS Abk. für Medical Doctors, Ärzte

MULTIBOX Multifunktionsgerät aus Smartphone, Uhr, Speichermedium, Kalender, Telefonbuch etc. Wird üblicherweise wie eine Armbanduhr am Handgelenk getragen.

NOTE-PAD Kleincomputer, ungefähr DIN-A6 groß

ORDER OF TECHNOLOGY (2OT) Orden mit dem Ziel der Abschaffung des anfälligen menschlichen Körpers, um dem Verstand durch Technisierung mehr Möglichkeiten zu geben

PACIFIER, auch *United Industries Pacifier3000* – moderne Schwere Pistole

PSIONIKER Menschen, die über Geisteskräfte verfügen, auch Hexer genannt

RESPIRATOR Atemmaske mit integrierter Sauerstoffkapsel

SCHRAUBENDREHER Ugs. Mechaniker

SNAFU Militärslang: Abkürzung für »Situation normal, all fucked up«; Bedeutung etwa: »alles wie immer schlimm«

SPOTLITE Taschenlampe mit stark gebündeltem Lichtstrahl

STARLOOK Interstellares Nachrichtenmagazin

SUPERSIGHT X Auch Multibrille bzw. Multifunktionsbrille. Kombination aus Sonnenbrille, Blitzlichtschutz,
Infrarotsicht und Fernglas.

SUPERSOLDIER/SUPRAKRIEGER Genetisch oder medi-
kamentös verbesserte Soldaten, meistens Gardeure;
heute sind die dafür verwendeten Medikamente ille-
gal

SYNTHGIPS moderne Form der Gipskartonwand

SWIPECARD Plastikkarte mit Chip, z.B. als Schlüssel für
Hotelzimmer etc.

TAB-SHEET Millimeterdünne Folie, auf der wie auf Papier gemalt werden kann; ist mit einem Mini-Chip
ausgestattet, der die Bilder aufzeichnet

TOI Währung

TTMS *Terra TransMatt Specialities Inc.,* ein gewaltiger
Konzern mit *TransMatt*-Monopol

VEEP Abk. für Vice President; stehen unter den Execs

VERSATILE, auch *Gauss Industries VersatileXP* – eine altmodische mechanische schwere Pistole mit kleinem
Zielfernrohr und Stiftlampe am Lauf

VHR Vereinte Humane Raumfahrtnationen, eine Art
UNO-Ersatz fürs Weltall

XENAN Grundstoff für Xerosin

XEROSIN Treibstoff

XTREME Aufputschmittel